Where Blood Reigns

Fam Schaper wurde 1997 in der Nähe von Frankfurt am Main geboren, lebt aber seit einigen Jahren in Berlin. Sie hat schon New Adult-Romane veröffentlicht, doch seit ihrer Kindheit schlägt ihr Herz für Fantasy-Geschichten. Ihre Zeit verbringt sie am liebsten mit Freunden im Park, in Secondhand- und natürlich Buchläden. Neben ihrer Arbeit als Autorin ist sie auch als Lektorin tätig – sie beschäftigt sich also den ganzen Tag mit Geschichten und möchte damit auf keinen Fall wieder aufhören.

Für mehr Informationen zu Fam Schaper, ihren Büchern und spannenden Aktionen folgt ihr auf Instagram **@famschaper**

Mehr über Loomlight und unsere Autor:innen auf www.loomlight-books.de und auf Instagram **@thienemannslinger_booklove** und TikTok **@thienemannslinger**

FAM
SCHAPER

WHERE BLOOD REIGNS

LOOMLIGHT

Liebe Leser:innen,

dieser Roman enthält potenziell triggernde Inhalte.
Auf der vorletzten Seite findest du eine Themenübersicht,
die Spoiler für die Geschichte enthält.
Entscheide bitte für dich selbst,
ob du diese Warnung liest.
Wir wünschen dir das bestmögliche Leseerlebnis!

Fam Schaper und das Loomlight-Team

Für meine Mama,
die all meine Bücher gelesen hat, obwohl in ihnen niemand gestorben ist.
Keine Sorge, dein Warten auf ein blutrünstiges Buch von mir hat ein Ende.
Und für meinen Papa,
von dem ich meine Begeisterungsfähigkeit geerbt habe (sind wir immer dankbar, dass wir sie haben?) und mit dem ich immer über jede meiner neuen Buchideen reden kann.
Ich hab euch lieb!
Viel Spaß beim Lesen!

Playlist

Let's go to Hell – Tai Verdes

Love and War – Fleurie

L'amour – Karim Ouellet

Blood Runs Red – Matt Maeson

You Can Run – Adam Jones

Work Song – Hozier

Tous les mêmes – Stromae

Blood // Water – grandson

bad guy – Billie Eilish

Human – Wrest

Elle ne t'aime pas – La Femme

Run With Me – Watt White, Loch

Dead Boys – Sam Fender

Angel Of Small Death & The Codeine Scene Hozier

Lost – Dermot Kennedy

Flesh & Blood – Ed Prosek

Shiver – Keir

Free Animal – Foreign Air

Glory – The Score

Colourblind – Feelds

Villain – Lucy Dye

Will We Talk? – Sam Fender

1. Kapitel

Bevor ich mir überlegen muss, wie ich Leon davon abhalte, jetzt vor mir auf die Knie zu gehen, erklingt der Alarm auf meinem Handy. Am liebsten hätte ich erleichtert geseufzt. Ein Heiratsantrag hätte mir wirklich gehörig den Abend versaut.

Ich ziehe mein Handy aus meiner Tasche und sehe das, worauf ich gehofft habe: **Vampir beim Kaufhaus Lafayette gesichtet.**

»Wir müssen los«, sage ich und erhebe mich von meinem Stuhl. Leon hat sich noch nicht bewegt, sondern starrt enttäuscht auf seine Sektflöte, als wäre sie an allem schuld. Bevor er sich trotz Ablenkung zu einem spontanen Antrag hinreißen lässt, werfe ich ein paar Geldscheine auf den Tisch und steuere auf den Ausgang des Restaurants zu.

Wenn mich jemand fragen würde, ob ich lieber bei Kerzenlicht irgendein überteuertes Gericht esse oder auf Vampirjagd gehe, wäre meine Antwort klar.

Ich trete auf die Straße, öffne meine Handtasche und hole einen Holzpfahl heraus.

»Du hast Waffen in deiner Tasche?«, fragt Leon, sobald er neben mir steht. Das sollte ihn doch eigentlich nicht mehr überraschen. Heute ist unser Jahrestag. Wir sind seit vier Jahren zusammen und kennen uns, seitdem wir Kinder waren. Ich habe Holzpfähle dabei, egal, wohin ich gehe.

»Du etwa nicht?«, frage ich augenzwinkernd zurück und gebe ihm einen Kuss auf den Mund, bevor ich mich auf den Fahrersitz meines Minis schiebe und den Holzpfahl griffbereit in den Getränkehalter lege. Leon grinst beschwichtigt und setzt sich auf den Beifahrersitz. Er schlägt die Autotür hinter sich zu, und ich gebe sofort Gas.

»So habe ich mir unseren Jahrestag nicht vorgestellt«, sagt er, während ich mein Auto so schnell ich kann, ohne von der Polizei angehalten zu werden, durch die Straßen von Paris lenke.

Ich weiß nicht, was ich darauf erwidern soll. Er hat meine beste Freundin Zoe um Hilfe bei der Auswahl des Rings gebeten. Und sie hat mir schon von seinem Antrag erzählt, bevor sie das Schmuckgeschäft überhaupt betreten hatten. Zoe hat sich die nächsten Tage nicht mehr eingekriegt. Sie ist ständig aufgeregt um mich herumgehüpft. Komischerweise konnte ich ihre Freude nicht teilen.

Zoe liebt Leon. Meine Eltern lieben Leon. Alle meine Freunde lieben Leon. Ich liebe Leon. Glaube ich.

Er ist der zweitbeste Jäger in unserem Alter. Wir teilen dieselben Werte und glauben an dieselbe Sache. Er hat sein Leben der gleichen Mission verschrieben. Wir sind Vampirjäger. Das wird für uns beide immer an erster Stelle stehen.

Ich sollte also enttäuscht sein, dass dieser Abend beendet wurde, bevor er fragen konnte, ob ich ihn heiraten will. Doch ich bin erleichtert. Denn ich hätte Nein gesagt. Ich bin zwanzig Jahre alt. Ich bin noch nicht bereit zu heiraten.

Erst jetzt fällt mir auf, dass ich nicht auf seine Aussage reagiert habe. Aber Leon scheint nicht beleidigt zu sein. Er glaubt vermutlich, dass ich in Gedanken bereits bei unserem bevorstehenden Einsatz bin. Das sollte ich sein. Aber ich kann die Anwesenheit des protzigen Verlobungsrings quasi körperlich spüren. Und das, obwohl ich ihn nicht mal sehen kann.

Wir erreichen das Kaufhaus Lafayette, und ich stelle den Motor ab. Leon und ich machen uns schweigend fertig. Sobald ich den Kofferraum öffne und meine hohen Schuhe hineinwerfe, verschwinden alle anderen Gedanken, die mich heute Abend beschäftigt haben, und ich werde vollkommen ruhig. So ist es vor jedem Einsatz. Leon nennt es die Ruhe vor dem Sturm.

Ich schlüpfe aus meinem Seidenkleid und hinein in meine Kampfmontur. Ich habe immer zwei im Auto. Leon nimmt sich die andere. Der schwarze Stoff ist fest und dick genug, dass Zähne sie nicht durchdringen können. Nicht einmal sehr spitze. Das Material schmiegt sich an meinen Körper wie eine zweite Haut. Leon zieht meinen Reißverschluss am Rücken hoch und ich tue das Gleiche bei ihm. Die Montur reicht bis zu den Fußknöcheln, zu den Handgelenken und ist auch am Hals hochgeschlossen, damit wenig Haut ungeschützt ist, sie liegt eng an und scheint mich ein bisschen zusammenzudrücken. Aber dieser Druck gibt mir Sicherheit.

Schnell steige ich in meine schwarzen Lederstiefel. Sie gehen mir fast bis zu den Knien, sind gleichzeitig robust und doch nicht zu schwer. Außerdem kann man in ihnen Waffen verstauen. Zwei Holzpfähle stecke ich mir in meine Stiefel, zwei weitere reiche ich Leon. Zusätzlich nehmen wir noch die Waffengürtel aus dem Kofferraum und schnallen sie uns um.

Wir sind ausgerüstet. Nur meine Armbrust vermisse ich. Sie musste neu aufgespannt werden, weil sie nicht mehr verlässlich geschossen hat. Das ist mein erster Einsatz ohne sie. Fast alle Vampire, die ich getötet habe, habe ich mit meiner Armbrust erledigt.

Aber auch mit den Holzpfählen bin ich geschickt und treffsicher. Dass ich meine Armbrust jetzt vermisse, liegt vor allem daran, dass ihre Abwesenheit mein Ritual vor einem Einsatz stört. Ich benehme mich schon wie ein Sportler, der nicht ohne seine Glückssocke aufs Spielfeld gehen kann.

Ich schließe den Kofferraum und der Knall verscheucht alle unnötigen Gedanken aus meinem Kopf.

Schnell schreibe ich meinem Vater eine Nachricht: **Sind angekommen.** Dann stelle ich mein Handy auf lautlos und stecke es in meine Brusttasche. Sollte etwas schiefgehen, habe ich es griffbereit, um die Zentrale zu verständigen.

Leon und ich nicken uns zu und setzen uns in Bewegung. Es ist bereits dunkel. Die Straßenlaternen spenden Licht, aber nicht einmal Schatten bewegen sich vor uns auf der Straße. In der Ferne rauschen Autos durch die Nacht. Sonst ist es bis auf unsere Schritte und unseren Atem still. Sofort fühle ich ein nervöses Prickeln auf meiner Haut. In Paris mag zwar die Sonne untergehen, doch die Stadt selbst schläft niemals.

Wir erreichen die Eingangstüren von Lafayette. Unter dem Druck meiner Hand schwingt das Glas nach innen. Sie wurde aufgebrochen. Leon und ich wechseln einen Blick, dann schiebe ich mich als Erste hinein in den Eingangsbereich, der tagsüber von Touristen überrannt wird. Jetzt – verlassen und dunkel – wirken die Verkaufstheken und Glasvitrinen wie verfallene Häuser in einer Geisterstadt. Es ist stockduster. Nur der blasse Schein der Straßenlaternen vor der Tür fällt hinein. Wir können nicht riskieren, uns mit Taschenlampen zu verraten. Also muss das wohl reichen.

Ich gehe vor, Leon folgt mir. Es ist vollkommen still. Selbst unsere Schritte machen kaum Geräusche. Doch ich weiß, dass jemand hier ist. Ich spüre es einfach.

Leon sieht sich genauso aufmerksam um wie ich. Wir halten beide einen Holzpfahl in der einen und eine Holzsplittergranate in der anderen Hand. Doch das Erdgeschoss scheint verwaist. Um sicherzugehen, müssen wir höher. Ich steuere die Rolltreppe an, laufe langsam hinauf und sehe mich um. Das Erdgeschoss ist leer. Wie vermutet. Das bedeutet, der Vampir ist über uns. Meine Kopfhaut kribbelt, als könnte ich seine toten Augen auf mir spüren.

Gründlich gehen wir jedes Stockwerk ab, bevor wir uns das nächste vornehmen. Leon hält sich immer dicht hinter mir und gibt mir Deckung. Wir reden nicht. Aber das ist gar nicht nötig. Kleine Gesten genügen.

Mit jeder Sekunde, die vergeht, ohne dass wir etwas Auffälliges entdecken, steigert sich meine Aufregung. Schweiß rinnt mir in dicken Tropfen den Nacken hinunter. Die Haare auf meinen Unterarmen haben sich vor mehreren Minuten aufgestellt und nicht wieder hingelegt. Irgendwas stimmt nicht. Meine rechte Hand zittert leicht. Sie zittert nie. Irgendwas stimmt hier nicht.

Was sollte ein Vampir in einem verlassenen Kaufhaus wollen? Hier gibt es keine Nahrungsquelle. Weder Blutkonserven noch Menschen ... Außer uns ...

Mein Körper ist gespannt wie eine Bogensehne. Ständig wende ich mich zu allen Seiten um. Doch über mir erkenne ich nur die beeindruckende Glaskuppel, die sich dem Nachthimmel entgegenbiegt. Wenn ich zur Seite sehe, erblicke ich die Balkone, die an verlassene Logenplätze in der Oper erinnern. Aber ich finde keine Hinweise, die auf einen Vampirangriff deuten. Alle Ausstellungsstücke scheinen an ihrem Platz zu sein. Nichts ist umgeworfen, nichts wirkt verändert. Bis auf die Eingangstür.

Wir laufen weiter. Im nächsten Stockwerk stehen Schaufensterpuppen in schicken Kleidern. Die Kleiderständer versperren mir die Sicht. Hier kann man sich gut verstecken. Was ist, wenn er uns schon beobachtet?

Ich umklammere die Granate in meiner Hand noch fester, für den Fall, dass ich sie schnell werfen muss. Auch bei einem Überraschungsangriff treffe ich mein Ziel. Dafür müsste ich allerdings erst einmal wissen, was ich treffen muss. Noch immer höre ich nichts außer meinem und Leons Atem und dem Blut, das in meinen Ohren rauscht. Doch das heißt nichts. Vampire können sich schneller und leiser bewegen als jeder Mensch. Sie sind Dämonen. Das Böse, im Gewand eines menschlichen Körpers. Sie haben ihre Tricks. Ich mustere meinen Waffengürtel. Aber wir haben unsere eigenen.

Und dann höre ich es. Eine Puppe fällt um. Das Klirren auf dem Marmorboden hallt so laut wie ein Pistolenschuss durch das ganze Gebäude. Doch ich zucke nicht zusammen. Ich fahre herum. Leon ebenfalls. Und dann sehe ich spitze Zähne, die im schwachen Licht, das durch die schmuckvollen Fenster dringt, blitzen. Ohne zu zögern, werfe ich die Granate, ehe Leon und ich uns flach auf den Boden fallen lassen. Sie geht los. Schmerzensschreie erklingen. Holzsplitter bohren sich in totes Fleisch. Es sind zwei. Und sie rennen in unterschiedliche Richtungen davon.

Fast zeitgleich kommen Leon und ich auf die Füße. Ich gebe ihm ein Zeichen und er nickt. Er rennt rechts herum. Ich links. Sie dürfen nicht entkommen.

Nach der Explosion und den Schreien ist es nun wieder beängstigend still. Als hätte ich mein Gehör verloren, ohne es zu merken.

Auf dem weißen Boden glänzen zwei Blutstropfen wie Blütenblätter auf Schnee. Ich habe das Geschöpf verletzt. Sehr gut. Dann wird es leichter, es zu töten und von seinem Dasein zu erlösen.

Ich schleiche und zwinge mich, flach zu atmen. Es klirrt rechts von mir zwischen zwei Kleiderständern, als sei der Vampir gestolpert. Habe ich sein Bein verletzt? Das würde erklären, warum er so langsam ist. Doch mehr vernehme ich nicht. Keine Kampfgeräusche dringen von der anderen Seite zu mir herüber. Leon hat seinen Vampir auch noch nicht gefunden.

Ich schiebe Leon aus meinen Gedanken, um mich auf das zu konzentrieren, was vor mir liegt. Ein Fehler und ich habe meinen letzten Atemzug getan. Das weiß ich. Und das darf ich niemals vergessen.

Wieder ertönt ein Klirren. Ich folge dem Geräusch. Den Holzpfahl hoch erhoben. Wieder entdecke ich Blutspuren. Diesmal an einem Kleiderbügel. Mein Herz pumpt immer schneller. Trotzdem zwinge ich mich, ruhig weiterzuatmen.

Ich biege um die Ecke. Die Blutstropfen werden größer. Der Vampir muss hier länger gestanden haben. Eine Lache hat sich gebildet. Ich blicke mich um. Doch die Spur endet an dieser Stelle. Kein weiterer Tropfen verrät die Richtung, in die er verschwunden ist. Der Weg endet hier.

Als ich realisiere, was das bedeutet, ist es zu spät. Ein Schatten stürzt von der Decke auf mich herunter und ein schwerer Körper reißt mich mit sich zu Boden. Ich schlage hart auf. Der Holzpfahl rutscht mir aus der Hand, weil ich meinen Kopf vor dem Aufprall schütze. Mein einziger Trost ist, dass der Vampir einen schmerzverzerrteren Laut ausstößt als ich selbst.

Ich lasse mir keine Zeit, mich vom Sturz zu erholen, sondern springe sofort auf die Beine. Mein rechter Knöchel schmerzt, doch ich ignoriere es. Und sobald ich meinem Gegner entgegensehe, erstickt das Adrenalin sowieso alle anderen Empfindungen.

Zwei Meter von mir entfernt steht er. Groß gebaut, jung und agil, sieht er aus wie ein Mensch, obwohl er das nicht mehr ist. Man erkennt es an den Augen. Bevor die Seele diesen Körper verlassen hat, bevor der Mensch, der einst darin gesteckt und dessen Herz einst geschlagen hat, gestorben ist, sind seine Augen vermutlich von einem gewöhnlichen Blau gewesen. Nun leuchten sie wie zwei Saphire, in denen sich die Strahlen der Laternen brechen wie in einem Prisma. Sie wirken lebendig. Doch das täuscht. Die Augen sind genauso tot wie der Körper, der sich vor mir aufgebaut hat, bereit, sich auf mich zu stürzen.

Er hat eine bedrohliche, kampfbereite Haltung eingenommen. Aber er ist verletzt. Splitter haben sich in seine Beine gebohrt, einige sogar in seinen Hals. Sie verhindern, dass die Wunden heilen. Noch immer sickert Blut heraus. Wie hat er es trotz der Verletzungen geschafft, an die Decke zu springen und mich von da zu überfallen?

Ich bewege mich nicht. Ich bleibe ganz ruhig stehen und schätze meinen Gegner ab. Auf den ersten Blick würde ich ihn auf Anfang zwanzig schätzen – etwa mein Alter. Doch vermutlich hätte dieser Körper schon vor Hunderten von Jahren zu seiner letzten Ruhe gelegt werden sollen. Das werde ich heute nachholen. Diese tote Hülle wird die Beerdigung bekommen, die sie verdient hat.

»Willst du da nur nutzlos in der Gegend rumstehen, Vampirjägerin?«, fragt er auf einmal spöttisch, und ich zucke zusammen. Ich habe sie noch nie zuvor sprechen hören.

Ein Grinsen verzieht sein Gesicht. So schelmisch. So selbstsicher. *So menschlich.* Beinahe als wäre der Mensch nicht während seiner Verwandlung zum Vampir gestorben. Als wäre er noch dort.

Nur eine Täuschung, erinnere ich mich. Eine böse Täuschung, um mich aus dem Konzept zu bringen. Damit ich denke, ich würde einen Menschen töten, und zögere. Doch das tue ich nicht. Das ist nicht mein erster Kampf mit einem Vampir. Ich weiß, was ich zu tun habe.

Dennoch bleibe ich stehen. Genauso wie er.

Er nimmt seine Hand aus der Hosentasche seiner Jeans und fährt sich durch das pechschwarze Haar. Ich schlucke. Warum greift er mich nicht an? Hätte ich meine Armbrust, hätte ich ihn schon längst erschossen. Doch um ihn mit dem Holzpfahl zu töten, muss er nah vor mir stehen. Für einen direkten Angriff bin ich zu langsam. Die übernatürliche Schnelligkeit dieser Monster verschafft ihm einen Vorteil. Ich habe nur eine Chance gegen ihn, wenn er sich mir nähert. Doch das tut er nicht.

Ich behalte seine Hand im Blick. Sie fährt zum Hals und zieht zwei Splitter heraus. Dabei verzieht der Vampir vor Schmerz das Gesicht. Die spitzen Zähne blitzen zwischen seinen vollen Lippen auf. Als wollten sie ankündigen, dass sie sich gleich in meine Halsschlagader bohren werden. Und diese pocht so heftig von innen gegen meine Haut, als wollte sie das Gleiche.

»Hat es dir bei meinem Anblick die Sprache verschlagen?«, fragt mich das Monster, das nicht wie eines aussieht. Ich sage nichts. Weil das tatsächlich der Fall ist.

Ein Knall ertönt von der anderen Seite der Galerie. Er ist ohrenbetäubend laut. Darauf folgt ein Schrei. Gegenstände poltern zu Boden. Ein weiterer Schrei erklingt. Es ist ein Todesschrei. Leon hat seine Aufgabe erfüllt.

Das Monster sieht sich um, wendet mir den Rücken zu – und genau das ist sein Fehler. Ich nutze die Ablenkung, greife mir einen Holzpfahl aus meinem Stiefel und renne auf ihn zu. Er schafft es nicht mehr, sich rechtzeitig umzudrehen. Ich bohre ihm den Pfahl in den Rücken und er schreit auf. Doch er wehrt sich. Sein Herz habe ich verfehlt. Er geht zum Gegenangriff über, getrieben von seinem Schmerz. Eigentlich sind Vampire viel stärker als Menschen, aber er ist geschwächt. Seine Beine sind verletzt und jetzt auch sein Rücken. Er versucht, mich zu packen, doch ich bin schneller. Mit meinem rechten Bein ziehe ich ihm seine unter dem Körper weg und er landet rücklings auf dem Boden. Der Pfahl bohrt sich noch tiefer in das tote Fleisch, erreicht aber das Herz nicht.

Ich beuge mich über ihn und habe schon den nächsten Pfahl in der Hand, bereit, zuzuschlagen und seine Existenz zu beenden. Ich lasse die Waffe niedersausen, doch zwei große, sehnige Hände fangen den Pfahl im letzten Moment ab. Die Spitze zeigt direkt auf sein Herz, hat aber nur die erste Hautschicht durchdrungen. Ich stemme mich mit meinem ganzen Gewicht auf die Waffe. Der Vampir wehrt sich. Aber mit jeder Bewegung bohrt er sich den Pfahl in seinem Rücken tiefer in sein Fleisch. Seine Kräfte schwinden. Es fehlt nicht mehr viel. Ich kann ihn überwältigen. Doch ich zögere. Denn auf einmal spricht er wieder.

»Ihr habt sie umgebracht«, entfährt es ihm, während ihm Tränen über die Wangen rinnen. »Ihr habt sie umgebracht!« So viel Wut und Hass steckt in seinen Worten, doch in seinen Augen ist nichts davon zu sehen. Nur Trauer, die in seinen blauen Iriden ertrinkt. Ich bin so erstaunt, dass ich den Druck auf den Pfahl kurz verringere.

Das Monster schnappt nach vorne, ein stechender Schmerz fährt mir ins Handgelenk, die Waffe fällt mir aus der Hand. Bevor sie auf dem Boden aufkommt, ist mein Gegner auch schon verschwunden. So spurlos, als wäre das niemals passiert.

Ich blicke auf mein wild pochendes Handgelenk und sauge scharf die Luft ein. Mir wird warm und kalt zugleich, als die Realität auf mich einstürzt. Mein Herz pumpt noch schneller. Es scheint all das Leben vorholen zu wollen, das ich niemals haben werde.

Ich starre auf die Innenseite meines Handgelenks. Die Haut

ist an dieser Stelle so dünn, dass meine blauen Venen hindurchscheinen. Doch nicht das hält meinen Blick gefangen, sondern die beiden Punkte, aus denen langsam mein Blut tropft. Sie sehen unscheinbar aus. Fast schon harmlos. Doch das sind sie nicht. Panik droht mich zu übermannen. Ich weiß, was das bedeutet.

Auf meinem Handgelenk. Ein Biss. Mein besiegeltes Schicksal.

2. Kapitel

Ich höre schnelle Schritte. Sie kommen näher. Hastig schiebe ich meine Ärmel herunter und verberge die Bissspuren unter dem dicken Stoff. Unbeholfen komme ich auf die Beine. Sie zittern stärker als nach jedem Training und jeder Verfolgungsjagd. Ein kräftiger Windstoß würde schon reichen, um mich vornüberfallen zu lassen.

»Lana!«, ruft Leon aufgeregt und taucht zwischen zwei Kleiderständern auf. Er ist unverletzt. Das erkenne ich an seinem beschwingten Gang und dem unbekümmerten Gesichtsausdruck. Ich zwinge mich, beides nachzuahmen. »Alles gut?«

»Alles gut«, wiederhole ich. Der Biss scheint beim Klang dieser Lüge protestierend zu pochen.

»Hast du ihn erwischt?«, fragt mich Leon und blickt sich auf der Suche nach einer Leiche um. Überrascht sieht er mich an. Ich scheitere nie. Bis heute.

»Er ist mir entwischt«, sage ich und versuche, unbekümmert zu klingen. »Ihn hatten nicht genug Splitter getroffen. Er war immer noch zu schnell.«

Leon grinst selbstgefällig. »Vielleicht bin ich ja nicht mehr nur der zweitbeste Jäger unseres Alters, wenn ich einen Vampir mehr erledigen konnte als die berüchtigte Lana Delacroix.«

Ich zwinge mich, verschlagen zu grinsen, weil es das ist, was ich unter normalen Umständen tun würde. Leon darf nicht merken, dass etwas nicht stimmt. Niemand darf das. Also sage ich in einem für mich typischen, leicht gelangweilten Tonfall: »Träum weiter. Das war ein Glückstreffer. Auch ein blindes Huhn findet mal ein Korn.«

Leon grinst breit und gibt mir einen Kuss. Ich versteife mich automatisch, zum Glück merkt er es nicht.

»Verständige die Zentrale. Die Leiche muss fortgeschafft werden.«

Ich nicke und wende mich von ihm ab, damit er nicht sieht, dass meine Hände zittern, während ich mein Handy aus meiner Brusttasche ziehe. Irgendwie schaffe ich es, meinen Vater anzurufen.

»Lana?«, fragt er. »Alles gut gelaufen?«

François Delacroix, der Leiter der Zentrale, fragt immer zuerst nach der Mission und erst danach, wie es uns geht. So ist er eben. Ich habe schon vor Jahren aufgehört, mich deswegen schlecht zu fühlen.

»Es war nicht nur ein Vampir, sondern zwei. Einen hat Leon erledigt. Der andere ist verletzt entkommen.«

Unzufriedenes Grummeln von der anderen Seite der Leitung.

»Geht es euch beiden gut?« Erst jetzt kommt die Frage.

»Ja, beide unverletzt«, lüge ich.

Äußerlich sehe ich vielleicht gesund aus, doch ich habe die schlimmste Verletzung erlitten, die es für einen Vampirjäger gibt.

»Sehr gut. Wir schicken eine Reinigungstruppe. Die kümmert sich um den Rest.«

Die meisten Jäger gehen auf die Jagd nach Vampiren. Aber einige von uns übernehmen auch die wichtige Aufgabe, unsere Existenz und die unserer Feinde vor dem Rest der Menschheit geheim zu halten. Dazu gehören neben dem Einsatz von Bestechungsgeldern auch weniger schöne Methoden wie die Beseitigung unliebsamer Überreste. Ich bin gerade sehr froh, dass ich mich darum nicht kümmern muss. Meine Finger zittern fast zu stark, um das Handy festzuhalten, geschweige denn einen Leichnam.

»Danke«, antworte ich einen Hauch zu spät und lege auf. Mein Vater und ich haben uns noch nie viel aus Begrüßungs- oder Abschiedsformeln gemacht. Dafür nehmen wir uns keine Zeit. Wir kommen immer direkt zum Punkt. Dass wir uns nicht immer gut verstehen, liegt nicht daran, dass wir zu unterschiedlich sind, sondern zu ähnlich.

»Wir können zurückfahren«, teile ich Leon mit.

»Na dann los«, sagt er, noch ganz beschwingt vom Adrenalin und der Freude über seinen Triumph. Ich ringe mir ein Lächeln ab und folge ihm. Nur mit aller Kraft kann ich verhindern, dass ich unter der Erkenntnis, die über mir schwebt, zusammenklappe. Mein Herz schlägt noch. Es leugnet etwas, was mein Kopf längst verstanden hat: Ich bin bereits tot.

Die ganze Autofahrt über schildert mir Leon, wie er die Vampirin ausgeschaltet hat. Doch ich höre ihm kaum zu. Noch immer hallen die traurigen Schreie des Vampirs, den ich nicht habe töten können, in meinem Kopf nach, begleitet vom Pochen der Wunde an meinem Handgelenk.

Leon sitzt am Steuer, weil ich ihn darum gebeten habe. Ich könnte gerade keine zwei Meter fahren, ohne einen Unfall zu bauen.

Wir erreichen die Zentrale viel zu schnell für meinen Geschmack. Ich bin noch nicht bereit. Leon ist zu aufgekratzt, um zu merken, dass etwas nicht stimmt. Er fährt sich immer wieder mit der rechten Hand über seine kurzen, blonden Haare, durch die sich nun dunkle Streifen getrockneten

Blutes ziehen. Rote Flussadern in einer Wüste. Der Anblick bereitet mir Übelkeit.

Der Motor erstirbt, genauso wie Leons Stimme. Er steigt aus, ich tue es ihm gleich. Ich bewege mich so mechanisch wie ein aufgezogenes Kinderspielzeug, während nur noch ein Gedanke durch meinen Kopf kreist: Irgendwie muss ich es schaffen, in mein Zimmer zu gelangen, bevor jemand den Biss entdeckt.

Ich belaste meinen rechten Knöchel, obwohl es schmerzt. Leon darf nicht merken, dass ich verletzt bin. Er würde mich ins Krankenzimmer schicken, wo ich mich einer gründlichen Untersuchung unterziehen müsste. Das ist das Letzte, was ich jetzt gebrauchen kann. Also ertrage ich den stechenden Schmerz, der durch meinen Körper fährt, sobald ich auftrete. Der Schmerz gefällt mir sogar. Er zeigt mir, dass meine Verletzung noch da ist. Er zeigt mir, dass ich noch ein Mensch bin.

Leon tritt vor mir ins Haus und hält mir die Tür auf.

Alles sieht aus wie immer und doch wirkt alles anders.

Mir ist dieses Haus noch nie so altmodisch vorgekommen wie in diesem Moment. Die Wände sind mit dunklem Holz getäfelt und der Boden ist mit alten Teppichen ausgelegt, die jeden Schritt dämpfen. Der Eingangsbereich ist groß genug, dass mehrere Pariser Wohnungen darin Platz finden würden. Direkt gegenüber der Tür prasselt ein Feuer in einem steinernen, massiven Kamin, durch den ein sehr dicker Weihnachtsmann ohne Probleme hineinklettern könnte.

Es ist Anfang September. Draußen ist es auch nachts noch warm. Aber das Feuer brennt immer. Sommer wie Winter. Vielleicht traut sich niemand, es erlöschen zu lassen, weil das Feuer ein Zeichen für unsere Aufgabe ist. Solange es brennt, brennt auch der Hass in unserer Brust.

Die Fenster sind hoch, doch meist hängen dicke Vorhänge davor. Als wären wir ebenfalls Vampire, die sich vor der Sonne schützen müssen. Ohne es zu merken, haben wir uns über die Jahrhunderte unseren Feinden angepasst.

Leon läuft bereits auf meinen Vater zu. Er sitzt in einem großen, braunen Ledersessel am Feuer, auf einem kleinen Tisch neben ihm ruht ein Whiskeyglas. Die Flammen des Kamins spiegeln sich in der bernsteinfarbenen Flüssigkeit und scheinen sie in Brand zu stecken. Dieser Anblick ist mir so vertraut wie mein Spiegelbild. Mein Vater sitzt immer in diesem Sessel, wenn eine Mission läuft und erhebt sich erst, wenn das Einsatzteam zurückgekehrt ist.

Er steht auf, verschränkt die Arme hinter dem Rücken und hört Leon konzentriert zu, während dieser ihm im Detail von unserer Mission berichtet.

François Delacroix kämpft nicht mehr selbst. Bei seiner letzten Mission vor fünfzehn Jahren wurde seine Schulter zertrümmert. Seitdem kann er Holzpfähle nicht mehr sicher genug in der Hand halten.

Er hat es mir nie gesagt, aber ich weiß trotzdem, dass das der schlimmste Moment seines Lebens war. Die Erkenntnis, niemals wieder einen Vampir umbringen zu können, hat ihn sogar schwerer getroffen als der Tod seines kleinen Bruders, der bei einer Mission ums Leben gekommen ist. Und ich glaube, mein Vater hat immer gehofft, dass er genauso gehen würde. Ein ehrenhafter Tod für ein ehrenhaftes Leben – das sagt er immer, wenn es um seinen Bruder geht. Doch ich weiß, dass er in erster Linie von sich selbst spricht.

Der Biss juckt noch stärker.

Mein Vater kennt keine Gnade. Sie wurde ihm nicht beigebracht. Was wird er erst tun, wenn er von meiner Verletzung erfährt?

Ich schlucke schwer, reiße mich dann aber zusammen und setze ein ungezwungenes Lächeln auf. Mit durchgedrückten Schultern laufe ich zum Kamin hinüber und gebe meinem Vater einen kurzen Kuss auf die Wange. So begrüße ich ihn immer nach einer geglückten Mission. Und er schenkt mir dafür immer ein mildes Lächeln, das mir mitteilt, dass er froh ist, dass ich noch atme. Auch wenn er keine Zeit hat, solche Sentimentalitäten laut auszusprechen.

»Ein aufregender Abend«, sagt er und wirft einen kurzen Blick auf meine Hand. Genauer gesagt auf meinen Ringfinger. Leon hat meinen Vater bestimmt um Erlaubnis gefragt, ob er mir einen Antrag machen darf. Wie man es schon vor Jahrhunderten getan hat. Denn Traditionen sterben in unseren Kreisen niemals aus. Sie sind unsterblich. Genauso wie unsere Feinde.

Mein Vater geht nicht weiter darauf ein.

»Du siehst müde aus.« So was sagt er nur selten zu mir. Sein Blick verändert sich sogar, bis er fast besorgt wirkt. Das bedeutet, dass mir mein ungezwungenes Lächeln nicht so gut gelungen ist, wie es hätte sollen.

»Ja, ich fühle mich schon seit ein paar Tagen ein bisschen erkältet«, lüge ich. »Ich muss einfach mal ausschlafen.«

»Dann tu das. Das hast du dir verdient.« Ich habe schon mit Vorwürfen gerechnet, weil ich bei unserem Einsatz einen Vampir habe entkommen lassen, doch mein Vater scheint heute Abend guter Stimmung zu sein.

»Das hast du mir gar nicht erzählt«, sagt Leon vorwurfsvoll. Wir sind zwar Vampirjäger, was so ziemlich der gefährlichste Beruf auf der Welt sein muss, aber er macht sich schon Sorgen um mich, wenn ich mir nur einen Holzsplitter in den Finger jage. Normalerweise finde ich das charmant. Gerade will ich aber nur allein sein.

»Ich wollte nicht, dass du dich sorgst«, sage ich und lächle sanft. »Jetzt sollte ich wirklich schlafen.« Ich küsse ihn kurz auf die Wange.

Er nimmt mich noch in den Arm und flüstert mir ins Ohr: »Wir werden den Abend nachholen. Versprochen.«

Das befürchte ich, denke ich, verkneife mir aber, es auszusprechen, verabschiede mich von Leon und meinem Vater und mache mich schnellen Schrittes auf den Weg zu meinem Zimmer. Mein Knöchel tut immer noch weh. Das ist ein gutes Zeichen.

Schon von Weitem sehe ich Zoes schwarzen Haarschopf um eine Ecke huschen und beschleunige meine Schritte. Sie darf mich nicht entdecken, sonst will sie die ganze Nacht lang über das reden, was heute Abend nicht passiert ist. Und das kann ich nicht. Ich muss allein sein. Ganz allein.

Die Gänge sind länger und verwinkelter als heute Morgen noch, da bin ich mir gerade sicher. Das erste Mal in meinem Leben fällt mir auf, an wie vielen Gemälden meiner toten Verwandten ich vorbeigehen muss, um zu meinem Zimmer zu gelangen. Das ganze 17. und 18. Jahrhundert der Familie Delacroix zieht an mir vorbei. Die Porträts zeigen erhabene Männer, die alle die gleiche Haltung und den gleichen Gesichtsausdruck wie mein Vater tragen. Als wäre in all diesen Jahrhunderten immer und immer wieder dieselbe Person zur Welt gekommen.

Mein Vater war der erste Delacroix, der nur ein Kind bekommen hat. Der Einzige, der keinen männlichen Erben zeugen konnte. Doch meinen Vater schien das nie gestört zu haben. Ich bin seine Erbin und bei meiner offiziellen Ernennung zu seiner Nachfolgerin hat er mich voller Stolz in den Augen angesehen. Es hat für ihn keinen Unterschied gemacht, dass ich ein Mädchen bin, weil ich besser gekämpft habe als alle

Jungen in meinem Alter. Weil ich härter und verbissener gearbeitet habe. Weil ich alle unsere Traditionen geehrt habe. Bis jetzt.

Endlich erreiche ich die alte Holztür, die zu meinem Zimmer führt, reiße sie auf und schlüpfe in Sicherheit. Ich lehne mich mit meinem Rücken gegen die Tür und drehe den Schlüssel im Schloss. Kurz verweile ich in der Dunkelheit und versuche meinen Herzschlag zu beruhigen. Doch es gelingt mir nicht. Ich betätige den Lichtschalter. Mein Zimmer sieht genauso altmodisch aus wie die Gänge, durch die ich gerade gegangen bin. Manchmal fühle ich mich tatsächlich, als wäre ich in einem anderen Jahrhundert geboren worden als die Menschen in der Welt vor meinem Fenster.

Ich gehe ins Bad, schlüpfe aus meinem Anzug und betrachte die Wunde. Es besteht kein Zweifel. Es ist ein Vampirbiss. Zwei Punkte. Einer für jeden Eckzahn, der sich in mein Fleisch gebohrt hat.

Aber ich sehe auch Schrammen auf meiner Haut. Mein Knöchel pocht und als ich ihn aus meinem Stiefel schäle, stelle ich mit Erleichterung fest, dass er geschwollen ist. Wäre ich bereits ein Vampir, würden meine Verletzungen heilen.

Schnell gehe ich in meinem Kopf alle Fakten über Vampirbisse durch, die ich gelernt habe, sobald ich lesen konnte.

Es gibt zwei Arten von Bissen.

Ein Vampir kann seinem Opfer das Blut aussaugen. Dabei kann er den Menschen zwar umbringen, ihn aber nicht verwandeln, weil er zu wenig Gift abgibt. Das reicht gerade dazu aus, dass das Opfer die Begegnung mit dem Vampir vergisst und die verräterischen Bissspuren verheilen.

Ein Vampir kann sein Opfer aber auch beißen, ohne von seinem Blut zu trinken. Dabei schießt das Gift durch seine

Zähne in den Blutkreislauf des Menschen und macht diesen zu einem von ihnen. Der Biss wird dann niemals verblassen.

»Anzeichen für eine einsetzende Verwandlung«, flüstere ich meinem Spiegelbild entgegen. »Frische Wunden heilen, gesteigerte Lichtempfindlichkeit, Brennen der Haut im Sonnenlicht, unbändiger Hunger.«

Meine Wunden sind noch da. Das Licht ist zwar ein bisschen zu hell, aber das liegt an der Glühbirne und nicht an meinen Augen. Die Sonne scheint nicht, also kann ich den dritten Punkt nicht überprüfen. Und ich habe zwar Hunger, aber ich habe nach jedem Einsatz Hunger. Das heißt nicht, dass ich mich gerade in ein Monster verwandle.

»Genau«, sage ich laut, um die Gedanken zu übertönen, die hektisch durch meinen Kopf zu rennen scheinen. »Genau. Genau. Genau.«

Ich verlasse das Bad und schlüpfe in eine kurze Pyjamahose und ein Top. Steif lege ich mich in mein Bett unter die schwere mitternachtsblaue Decke.

Er hat nur von meinem Blut getrunken. Er hat mir kein Gift verabreicht. Ich bin noch ein Mensch. Ich bin noch ein Mensch. Ich bin noch ein Mensch.

Aber was ist, wenn nicht?

3. Kapitel

Eine Stunde nachdem es mir endlich gelungen ist, einzuschlafen, werde ich durch ein Klopfen an meiner Tür geweckt. Bis in die Morgenstunden lag ich wach in meinem Bett und habe mich wild hin und her gewälzt. Als ich nun die Augen öffne, fühle ich mich furchtbar. Der Kopfschmerz pocht wie ein Hammer gegen meine Schädeldecke. Und das Klopfen hört einfach nicht auf.

»Was?«, rufe ich mit rauer Stimme.

»Ich bin's, Leon.« Er verstummt kurz. Vermutlich ist ihm die Gereiztheit in meiner Stimme nicht entgangen. »Hast du vergessen, was heute passiert?«

Ich denke nach, doch es will mir nicht einfallen. Erst schüttle ich den Kopf, bis mir klar wird, dass Leon mich nicht sehen kann, weil er immer noch vor meiner verschlossenen Tür steht.

»Anscheinend.«

»Heute ist Camilles Beerdigung. Du hast noch eine halbe Stunde. Ich glaube nicht, dass dein Vater es gutheißen würde, wenn du zu spät kommst.«

Mein Magen fällt. Ich warte nur darauf, dass er polternd auf dem Fußboden aufschlägt.

»Danke fürs Wecken. Ich beeil mich.«

»Sehr gut.« Leon zögert wieder kurz. Ich höre ihn vor der Tür atmen. Wieso atmet er so laut? Es klingt, als stünde er direkt neben meinem Bett. »Geht's dir heute besser? Brauchst du was?«

»Danke, nein«, rufe ich. »Ich muss mich nur schnell fertig machen.«

»Alles klar.« Wieder zögert er. Er sagt zwar nichts mehr, aber sein Atmen ist unüberhörbar. Bis jetzt ist mir nie aufgefallen, wie viele Geräusche diese Tür durchlässt. »Wir sehen uns gleich.« Endlich entfernt er sich. Seine Schritte werden leiser, bis sie aus meiner Hörweite verschwunden sind.

Ich schiebe mich langsam zur Bettkante. Jeder Muskel in meinem Körper ist erschöpft, und ich fühle mich ausgehungert. Aber es hilft nichts. Schwungvoll stehe ich auf, um meinem Körper vorzugaukeln, dass ich nicht total erledigt bin.

Ich stocke. Bedächtig wippe ich von meinen Fußballen zu den Zehen und wieder zurück. Dann mache ich einige Schritte. Ich hüpfe dreimal. Mein Magen fällt erneut. So rasant wie in einem Freefalltower.

Sofort setze ich mich auf mein Bett und ziehe die Socke an meinem rechten Fuß runter. Mein Atem stockt. Die Schwellung ist fort. Mein Knöchel sieht aus, als wäre er nie verletzt gewesen.

Ich mustere meine Arme. Meine Haut ist glatt und gleichmäßig – makellos. Nicht eine Schramme ist zu sehen. Alle Blessuren des gestrigen Kampfes sind verschwunden. Nur die Bissspuren prangen immer noch gut sichtbar auf meinem Handgelenk.

Das kann nicht sein.

Ich sprinte in mein Bad. Ich brauche mehr Licht. In meinem Schlafzimmer war es wegen der schweren Vorhänge vorm Fenster zu dunkel, deswegen konnte ich die Verletzungen nicht richtig erkennen. Genau. Das wird's sein, rede ich mir ein. Ich betätige den Lichtschalter und zucke sofort zusammen. Es ist auf einmal so grell in dem kleinen Raum aus weißen Fliesen, dass meine Augen brennen. Schnell lösche ich das Licht wieder.

Ich gehe langsam zurück in mein Schlafzimmer. Auch hier ist keine Lampe erleuchtet. Die Vorhänge sind so dick, dass sie keinen Strahl Sonne durchlassen. Und doch erkenne ich alles so deutlich, als wäre es taghell. Ich sehe mein massives Bett auf dem dunklen Holzgestell, die Bettwäsche, dunkel wie der Nachthimmel, meinen alten Sekretär, an dem ich so gut wie nie sitze, den Kleiderschrank, der immer offen steht, weil ich nie daran denke, ihn zu schließen. Auf den Familienfotos, die an den Wänden hängen, erkenne ich selbst die kleinsten Details jedes einzelnen Gesichts.

Mein Puls rast immer schneller und mein Atem geht abgehackt.

Das kann nicht sein.

Ganz langsam, als würde ich mich einem gefährlichen Tier nähern, laufe ich auf den Vorhang zu, der die gleiche Farbe wie meine Bettwäsche hat. Der samtige Stoff hat sich immer angenehm unter meinen Fingern angefühlt, gerade kratzt er. Ich atme tief durch. Meine Hand zittert. Wieso habe ich plötzlich Angst davor, einen Vorhang zur Seite zu ziehen? Ich kenne die Antwort. Doch ich will sie nicht einmal denken.

»Schluss mit dem Scheiß«, stoße ich aus und ziehe den Vorhang einen Spaltbreit auf. Ein dünner Streifen Sonnenlicht teilt mein Zimmer in zwei Hälften. Ich stehe noch im Schatten. Wo ich mich wohlfühle. Aber ich muss es wissen.

Langsam strecke ich meine Hand aus. Jeden Zentimeter in Richtung Licht muss ich mir hart erkämpfen. Ich spüre deutlich die Wärme an meinen Fingerspitzen, dabei liegt meine Hand noch im Schatten. Das bilde ich mir ein. *Das bilde ich mir ein. Das bilde ich mir ein.*

Meine Hand hat den Spalt erreicht. Ich tauche meine Fingerspitzen in das Licht, als würde ich damit die Wassertemperatur in einem Pool testen. Tausend kleine Nadeln bohren sich schmerzhaft in meine Haut. Panisch zucke ich zusammen. Auf einmal bestehen die Strahlen der Sonne für mich nur noch aus Splittern. Trotzdem wage ich es erneut. Ich zwinge mich, nicht vorm Schmerz zurückzuzucken. Es brennt. Doch es ist noch erträglich. Meine Haut beginnt nicht zu verbrennen, wie es bei einem Vampir der Fall wäre. Es schmerzt. Aber ich kann es aushalten.

Denke ich zumindest. Bis sich meine Haut so rot färbt, als hätte ich sie auf eine heiße Herdplatte gedrückt. Ich ziehe meine Hand zurück in den Schatten und betrachte meine geschundenen Fingerkuppen. Sie verändern sich. Die Verbrennungen verblassen und sehen nach einigen Sekunden nur noch aus wie ein Sonnenbrand. Ich kann meiner Haut dabei zusehen, wie sie heilt. Zusammen mit der Rötung verschwinden auch die Schmerzen.

Das kann nicht sein.

Ich starre erneut auf die Bissspuren an meinem Handgelenk. Sie müssten verschwunden sein, gemeinsam mit allen Erinnerungen an meinen Kampf mit dem blauäugigen Vampir. Aber sie sind noch da.

Das kann nicht sein.

Ich blicke auf die Uhr auf meinem Nachttisch. Mir bleiben nur noch zehn Minuten. Und wie ich Leon kenne, wird er mich vor meiner Tür abholen.

Wie in Trance schlüpfe ich in meine Kampfmontur. Wir tragen sie wie Soldaten ihre Uniform bei der Beerdigung eines verstorbenen Kameraden. Ich überprüfe mehrmals, dass der Ärmel die Bissspuren an meinem rechten Handgelenk vollständig bedeckt. Die Panik will immer wieder in mir hochkochen, doch ich drücke sie in mein Inneres. Ich muss jetzt zu dieser Beerdigung. Weiter kann ich nicht planen.

Ich stecke meine rotbraunen Haare zu einem strengen Knoten zusammen und werfe einen letzten Blick in den Spiegel. Meine grünen Augen leuchten. Wie Smaragde.

Das kann nicht sein.

Leons Klopfen lässt mich so stark zusammenfahren, dass es mich nicht wundern würde, wenn ich mir dabei etwas gezerrt hätte. Ich atme tief durch und klammere mich an mein Mantra: Das kann nicht sein. Das kann nicht sein. Das kann nicht sein. Zittrig entweicht mir die Luft. Es darf einfach nicht sein.

Im Versammlungssaal im ersten Stock der Zentrale sitzen die Pariser Vampirjäger bereits zusammen. Hier finden alle wichtigen Veranstaltungen statt: von Taufen über Hochzeiten bis hin zu Beerdigungen. Ganz vorne vor den hinter Vorhängen verborgenen bodentiefen Fenstern stand ich, als mein Vater mich vor zwei Jahren zu ihrer zukünftigen Anführerin erklärt hat. Diese vier Wände beobachten schon seit Jahrhunderten alle Ereignisse, die das Leben eines Jägers ausmachen. Welche Geschichten sie zu erzählen hätten, wenn sie sprechen könnten …

Mit diesen Gedanken lenke ich mich ab, während ich in der ersten Reihe zwischen meinem Vater und meiner Mutter sitze. Die Delacroixs sitzen immer hier. Die Anführer der Jäger. Die Mutigsten und Ehrenhaftesten unter ihnen. Zumindest hat das einst gestimmt.

Ich drehe mich kurz um. Leon sitzt mit seinen Eltern zwei und Zoe mit ihren Eltern und Geschwistern vier Reihen hinter mir. Beide lächeln mich an, sobald sie meinen Blick auffangen. Zoe deutet auf ihren Ringfinger und verzieht dann das Gesicht zu einer Schnute. In Zoe-Sprache heißt das so viel wie: *Tut mir leid, dass du noch nicht verlobt bist. Aber keine Sorge. Leon holt es nach.*

Ich lächle gequält zurück und richte meine Aufmerksamkeit wieder nach vorne.

Auf einer Empore ruht ein geöffneter Sarg, der so gründlich poliert wurde, dass seine schwarze Lackierung leuchtet. Ein Bild von Camille steht daneben. Sie lächelt breit. Das hat sie immer getan. Bis ich alt genug war, selbst zu kämpfen, war sie der Protegé meines Vaters. Wenn ihr Leben nicht so frühzeitig beendet worden wäre, hätte sie den Platz als Vaters Stellvertreterin eingenommen. Sie war gerade einmal achtunddreißig Jahre alt, als sie starb. Ihr Mann Jean sitzt mit leeren Augen neben meinem Vater und starrt nur das Bild seiner Ehefrau an. Ihren Sohn, der noch ein Baby ist, hat er auf dem Arm. Der Kleine zappelt unruhig in den Armen seines Vaters. Er versteht nicht, was vor sich geht – ich wünschte, ich wüsste es auch nicht.

Ich fixiere den Vorhang, als hätte ich Angst, jemand könnte ihn ohne Vorwarnung aufreißen und die Sonne mich treffen. Doch er bleibt geschlossen. Auch auf dem Weg hierher haben die Vorhänge im Flur das Tageslicht von mir ferngehalten. Sie sind meist geschlossen. Die Nachbarn sollen nicht erfahren, was in diesem Gebäude passiert. Da wir unsere eigenen Leute so besser beschützen können, leben die meisten Jäger hier gemeinsam in der Zentrale. Über dem Eingangsportal hängt das Logo einer erfundenen gemeinnützigen Organisation, die sogar eine eigene Website hat, um zu verschleiern, was wir hier wirklich tun.

Leises Tuscheln erfüllt den Saal, bis mein Vater sich von seinem Stuhl erhebt. Sofort wird es still.

»Wir sind heute zusammengekommen«, beginnt er und wendet sich an die rund fünfzig anwesenden Jäger und Jägerinnen, deren Familien sich derselben Aufgabe verschrieben haben wie unsere, »um eine der Unseren zu betrauern. Wir sind gemeinsam aufgewachsen, haben zusammen trainiert und gemeinsam geblutet. Alles für unsere heilige Aufgabe.«

»Von heute bis in alle Ewigkeit«, antworten wir alle unisono.

»Camille hat immer wieder ihren Mut unter Beweis gestellt. Sie hat gekämpft. Wir haben ihr viele Siege zu verdanken und deswegen werden wir ihrer stets gedenken.«

Jeans Schultern beben vor unterdrückten Tränen, doch er weint nicht. Ich kann ihn kaum ansehen.

»Bei einer Mission ist Camille leider einem der Monster der Nacht unterlegen. Sie wurde gebissen, ihr Schicksal besiegelt.«

Mein Vater macht eine auffordernde Geste mit dem ausgestreckten Arm und die Doppeltüren auf der anderen Seite des Raumes öffnen sich. Zwei Männer in Kampfmonturen eskortieren eine Frau in ihrer Mitte.

Die Kälte, die mich bei diesem Anblick erfasst, trifft mich unvorbereitet. Ich kenne das Prozedere. Ich habe diesen Beerdigungen schon als kleines Kind beigewohnt. Es gehört dazu. Doch gerade ertrage ich es kaum.

Camille oder der Körper, der einst Camille gehört hat, läuft den Mittelgang entlang. Sie ist ausgezehrt und wirkt müde, aber sie sieht aus wie Camille. Meine Trainerin. Die Frau, die mich gelehrt hat, eine starke Kriegerin zu werden. Und doch hat sie es nicht geschafft, mich so nobel und ehrenhaft zu erziehen wie sich selbst.

Jean sieht die Hülle seiner Frau nicht einmal an. Doch ihre Augen suchen verzweifelt seinen Blick, während sie in ihren Sarg steigt.

Ich muss hier raus. Ich kann mir das nicht ansehen. Ich kann nicht. Ich kann nicht. Ich kann nicht.

Einer der Männer, der Camille eskortiert hat, reicht ihr einen Holzpfahl. Mir ist übel. Ich zittere. Ich muss hier raus.

Doch ich bin wie erstarrt. Camille sitzt in ihrem eigenen Sarg, atmet und bringt nun den Holzpfahl in Stellung, um ihn sich in die Brust zu jagen. Sie weiß, wo ihr Herz liegt. Es wird nicht das erste Herz sein, das sie pfählt. Aber das letzte.

So verlangt es unsere Tradition. Wenn wir gebissen werden, wenn wir drohen uns in einen Vampir zu verwandeln, müssen wir das Einzige tun, was uns dann noch bleibt: uns das Leben nehmen. Wir setzen uns in unseren eigenen Sarg, nehmen einen Pfahl und besiegeln selbst unser Schicksal. So war es schon immer und wird es vermutlich auch immer sein.

Der Biss an meinem Handgelenk pocht wieder stärker. Wenn ich in Camilles Augen sehe, blicke ich direkt in meine Zukunft. Sie wurde vor drei Tagen gebissen. Sie hat es direkt nach ihrer Mission gemeldet und die letzten Tage ihres Lebens im Verlies verbracht. Sie hat das getan, was ihre Erziehung verlangt. Ich bin der Feigling.

Camille sieht das letzte Mal zu ihrem Mann hinüber, er kann ihrem Blick nicht länger ausweichen und die ersten Tränen rinnen seine Wangen hinab. Er weint leise, aber das gedämpfte Geräusch ist noch viel herzzerreißender als ein lauter Schluchzer. Camille lächelt matt, als sie ihren Sohn betrachtet. Er lächelt zurück und streckt die Arme nach ihr aus. Sie ist seine Mutter. Für ihn hat sich daran nichts geändert. Mir wird so übel, dass ich meine Lippen aufeinanderpressen muss, weil ich Angst habe, mich sonst zu übergeben. Camilles Lippen verziehen sich zu einem schmalen Strich. Ihr Sohn muss im selben Raum sein, während seine Mutter sich tötet. Wieso ist mir die Grausamkeit dieser Tradition vor diesem Moment nicht klar gewesen?

Schmerz verzieht Camilles Gesicht, ehe sie sich abwendet und mich anschaut. Ich habe sie in dem Moment für tot erklärt, als sie mit dem Biss am Hals in der Zentrale ankam. Doch sie sieht mich genauso an wie früher. Was ist, wenn Camille noch immer bei uns ist? Was ist, wenn sie gar kein Monster ist? Was ist, wenn wir falschliegen? Was ist …?

Mein Gedanke wird jäh unterbrochen, als Camille sich den Pfahl in die Brust stößt. Ich habe aufgehört zu atmen. Ich starre sie an. Ihr Mund steht offen, als wäre sie von ihrem eigenen Angriff überrascht. Ihre Hände liegen fest um das Holz. Mehrere Sekunden. Dann erschlafft ihr ganzer Körper. Erst ihre Hände. Sie lassen den Pfahl los, der in ihrem Oberkörper stecken bleibt. Ihr Kopf sackt nach vorne und schließlich bricht sie zusammen.

»Von heute bis in alle Ewigkeit«, sagen alle, doch ich kann meine Lippen nicht dazu bringen, sich zu bewegen. Immer noch starre ich Camille an. Ihre tote Gestalt. Ich bin als Nächste dran.

Und jetzt kann mir auch der Satz »Das kann nicht sein« nicht mehr helfen.

4. Kapitel

Ich verlasse den Raum, sobald ich es kann, ohne unnötig Aufmerksamkeit auf mich zu lenken. Ich stolpere fast über meine eigenen Füße – so hastig versuche ich Abstand zwischen mich und Camilles Leiche zu bringen.

»Lana!« Leon läuft mir hinterher und ich kann unmöglich so tun, als hätte ich ihn nicht gehört. Er holt mich ein und sieht besorgt auf mich herunter. »Was ist los?«

Ich kann ihm nicht die Wahrheit sagen. Es tut weh, sich das einzugestehen. Aber ich kann ihm nicht sagen, was mit mir los ist. Er würde niemals unsere Regeln brechen. Nicht einmal für mich.

So habe ich mir Liebe nicht vorgestellt.

»Nichts«, sage ich ausweichend. »Ich fühle mich erkältet. Und Camille und ich standen uns nah.«

»Natürlich. Natürlich. Wie kann ich nur so unsensibel sein?«, stößt Leon aus und zieht mich an sich. »Es muss gerade sehr hart gewesen sein, dich noch mal an ihren Tod erinnern zu müssen.«

Ich schlinge meine Arme um seinen Körper und lehne meinen Kopf an seine Schulter. Kurz fühle ich mich tatsächlich besser. Aber nur für eine Sekunde. Denn dann höre ich es. Wie das Blut durch seine Adern rast. Es klingt wie ein rauschender Fluss. Ein Wasserfall. Ich spüre seinen Herzschlag bis in meine Zehen. Und dann ... ich atme tief durch die Nase ein ... rieche ich es auch noch. Das warme, frische Rot in seinen Adern.

Wie gebannt starre ich auf seine Halsschlagader. Sie pulsiert. Das Blut drückt sich von innen gegen seine Haut, als wollte es zu mir kommen.

Ruckartig löse ich mich von Leon. Er sieht perplex auf mich herab. Doch ich nehme seinen Gesichtsausdruck kaum wahr. Das Blut in seinem Körper lenkt mich von allem anderen ab.

»Sorry«, bringe ich irgendwie hervor. »Ich fühle mich wirklich nicht gut. Ich muss mich hinlegen. Sorry«, krächze ich, drehe mich um und renne davon.

Meine Mutter hat mir schon drei Teller Hühnersuppe gebracht, damit ich so schnell wie möglich wieder gesund werde. Ich habe jeden Teller aufgegessen, doch meinen Hunger konnte ich nicht stillen. Die Suppe scheint ihn sogar angestachelt zu haben. Ich weiß nicht, wie lange ich das noch aushalte.

Schon seit Stunden sitze ich auf meinem Bett, ohne mich zu rühren. Die Beine an meinen Körper gezogen, die Arme um meine Knie geschlungen und mein Kinn darauf abgelegt. So sitze ich da. Mit geschlossenen Vorhängen. In der Dunkelheit, die für mich keine mehr ist. Ich sehe alles viel zu deutlich. Dabei will ich doch nur, dass alles verschwimmt. Wenigstens für einen Moment. Damit ich mein Schicksal vergessen kann.

Ich will nicht sterben.

Dieser Gedanke trifft mich mit einer Heftigkeit, die mich fast umwirft. Ich will nicht sterben. Ich will mich nicht in einen Sarg setzen und mir einen Pfahl in die Brust rammen, während alle Menschen, die ich jemals gekannt habe, zusehen. Allein beim Gedanken daran wird mir so kalt, als wäre ich bereits tot. Vielleicht bin ich das ja auch. So habe ich es gelernt. Sobald man gebissen wurde und sich in einen Vampir verwandelt, stirbt die Seele. Das, was einen Menschen zu einem Menschen macht, vergeht, bis nur der Blutdurst übrig bleibt.

Ich spüre den Hunger. Doch ich bin noch hier. Ich denke und fühle noch. Ich bin immer noch Lana Delacroix. Oder etwa nicht?

Wenn ich das hier überstehen will, brauche ich Antworten. Und es gibt nur einen Ort in diesem Haus, wo ich sie bekommen kann. Steif schiebe ich mich vom Bett. Ich werfe einen Blick zum Fenster. Es ist schon dunkel. Den Tag habe ich zumindest überstanden. Aber wie soll es morgen werden? Ewig werde ich die Fassade nicht aufrechterhalten können.

Vorsichtig lasse ich mein Schloss klicken und trete in den Flur. Ich horche. Niemand rührt sich. Ich kann die anderen in ihren Zimmern gleichmäßig atmen hören. Also setze ich mich in Bewegung. Die Gänge sind leer. Es bleibt ruhig. Bis auf den Wachposten im Aussichtszimmer über der Eingangshalle nutzen wohl alle diese Nacht, um Schlaf nachzuholen. Nur ich kann meine Augen nicht schließen.

Ich tappe durch die Dunkelheit und kann doch alles genau erkennen. Wohin mein Blick auch schweift, überall begegnen mir protzige Möbel, schwere Vorhänge, aufdringliche Teppiche. Erst als ich die Eingangshalle durchschreite und die schwere Tür zum Keller öffne, verändert sich meine Umgebung. Hier starren mir nur graue, kalte Wände entgegen. Sofort spüre ich die Veränderung in der Luft. So viel deutlicher als früher. Jeder Partikel, der in der Luft schwebt, scheint sich auf meine Haut zu legen und dort zu verweilen. Ich spüre die Feuchtigkeit und den Staub, rieche die Verzweiflung, lange bevor ich sie sehe.

Ich war schon oft hier. Das ist alles Teil der Ausbildung. In meiner Familie wird man auch als Kind nicht von den hässlichen Wahrheiten unseres Vermächtnisses verschont.

Die Treppe findet kein Ende, windet sich mehrmals um die Ecke. Ein schmaler Schacht führt immer weiter hinab in die Tiefe. Wenn ich mich umdrehe, sehe ich keinen Ausweg. Doch ich gestatte mir nicht, stehen zu bleiben. Das Pochen in meinem Handgelenk zwingt mich weiterzugehen.

Und dann höre ich es. Seine Emotionen verlassen mit jedem Atemzug seinen Körper. Die Luft wird noch dicker und schmeckt verbrauchter. Hunger, Verzweiflung, Einsamkeit. Wie habe ich das all die Jahre nicht spüren können?

Die letzten Schritte fallen mir schwer, aber auch sie bringe ich hinter mich. Nun stehe ich in einem Gang, der zu allen Seiten hin von kleinen Gefängniszellen gesäumt ist. Obwohl. Als Gefängniszellen kann man sie wohl kaum bezeichnen. Es handelt sich eher um Verschläge.

Alle Zellen sind leer. Bis auf eine.

Ihr Bewohner hat mich bereits entdeckt. Doch er regt sich nicht. Er sitzt still wie eine Statue, und ohne das Blinzeln seiner Lider würde ich glauben, er wäre nicht real.

»Lana Delacroix.« Er flüstert meinen Namen. Seine Stimme ist so leise, dass ich sie kaum hören dürfte, trotzdem zucke ich so heftig zusammen, als hätte er mich angeschrien.

»Woher kennst du meinen Namen?«

Ein leichtes Lächeln verzieht seine eben noch eingefrorene Mimik. Langsam wendet er sich mir zu. Ich kann ihm genau ansehen, dass er nicht aus diesem Jahrhundert stammt. Solche feinen und aristokratischen Gesichtszüge gibt es in unserer Zeit nicht mehr. Seine Nase hat einen Haken, seine Augen sind dunkelbraun, blondes Haar fällt ihm um die Schläfen. Er sieht aus wie dreißig. Doch das täuscht. Wenn man weiß, wonach man zu suchen hat, kann man die Jahre in seiner Iris erkennen. Wie die Kreise in einer Baumrinde.

»Ah, Lana Delacroix. Die Erbin dieser heiligen Hallen.

Welch eine Ehre«, sagt er und breitet die Arme aus, als wäre der Anblick, der sich uns bietet, nicht bedrückend, sondern prächtig. Als wäre der Boden nicht dreckig, die Zellen nicht klein, die Wände nicht karg.

Er sitzt schon seit Monaten hier unten. Trotzdem kann er noch lächeln. Ob eine lange Existenz lehren kann, selbst im Angesicht des Grauens eine entspannte Haltung zu bewahren? »Natürlich weiß ich, wer du bist.« Er fasst mich ins Auge und legt den Kopf schief. Kann er so mehr erkennen? »Du bist nicht hier, um mich zu foltern«, stellt er ganz ruhig fest.

Kurz huscht sein Blick zur großen Tür am Ende des Gangs. Die Schwere und Größe der Metalltür gibt jedem auch ohne Worte deutlich zu verstehen, dass man sie nicht durchschreiten sollte. Ich weiß, was dahinter liegt. Das Laboratorium. Dort finden Experimente statt. An Vampiren. Ich starre die Tür ebenfalls an. Hinter ihr befindet sich der einzige Raum in diesem Haus, zu dem ich keinen Zutritt habe. Mein Vater meint, ich wäre zu jung für das, was mich dahinter erwartet. Und wenn er das sagt, kann ich mich glücklich schätzen, dass ich noch nie einen Fuß über die Schwelle setzen musste.

Mit Gewalt reiße ich meinen Blick los und richte ihn wieder auf den Vampir in der Zelle vor mir. Er scheint schon lange nicht mehr die Tür, sondern mich betrachtet zu haben. Noch immer sind seine Züge nicht feindselig. Nur interessiert.

»Was führt dich zu mir?«, fragt er und lässt die Arme lässig über seine angewinkelten Knie hängen.

»Ich ...«, setze ich an, doch meine Stimme erstirbt. Etwas tief in mir hat mich hierhergetrieben. Auf der Suche nach Antworten, die ich mir nicht selbst geben kann.

»Ich heiße übrigens James«, sagt der Vampir. »Es kommt mir nicht gerecht vor, dass ich deinen Namen kenne und du meinen nicht.«

»James«, wiederhole ich tonlos. Natürlich haben Vampire Namen. Darüber habe ich zuvor nie nachgedacht.

James kneift die Augen zusammen.

»Du bist anders, als ich es mir vorgestellt habe«, sagt er.

»Wie hast du dir mich vorgestellt?«, frage ich automatisch, weil es leichter ist, über alles andere zu reden als das Pochen an meinem Handgelenk.

»Nicht so freundlich«, sagt er. »Feindseliger.«

Früher wäre ich das sicherlich gewesen, doch das spreche ich nicht aus.

»Um zu meiner ersten Frage zurückzukommen«, sagt James und blickt unverwandt zu mir hinauf, direkt in meine Augen und ich kann nicht anders, als zurückzusehen, weil ich mich den seinen nicht entziehen kann. »Was führt dich zu so später Stunde hierher?«

Ich lasse geräuschvoll beim Ausatmen die Luft entweichen und fahre mir mit allen zehn Fingern durch meine leicht welligen, dicken Haare.

Ich bin immer noch verzweifelt am Suchen nach einer Antwort, als James ein überraschtes Geräusch entfährt. Hastig drehe ich mich zur Treppe herum, voller Panik, dass uns jemand entdeckt haben könnte. Doch der Gang ist leer. Und James schaut auch nicht in diese Richtung, sondern in meine. Auf mein rechtes Handgelenk, um genau zu sein. Mein Ärmel ist hochgerutscht und die silbrig glänzende Narbe entblößt.

»Du wurdest gebissen«, stellt James nüchtern fest. »Wann?«

»Vor etwa dreißig Stunden«, sage ich mit matter Stimme.

»Angesichts der Tatsache, dass du vor einer Zelle stehst, statt in einer zu sitzen, schließe ich, dass du niemandem davon erzählt hast.«

»Richtig.«

»Wirst du es melden?«

Ich atme zittrig ein. »Ich weiß es nicht«, antworte ich wahrheitsgemäß.

James wirkt noch immer ruhig, gefasst und verständnisvoll. Sein sanftes Gemüt überrascht mich. Fast so sehr wie das Grinsen und die Tränen in den Augen des Vampirs, der mich gebissen hat.

»Ich verstehe dein Zögern«, sagt James ernst. »Ihr müsst euch selbst das Leben nehmen, bevor die Verwandlung abgeschlossen ist, nicht wahr?«

»Richtig.«

»Barbarisch, wenn du mich fragst.« Er legt den Kopf wieder schief. Ich bin mir nicht sicher, ob er diese Geste überhaupt bewusst macht. »Und trotzdem halten sich alle von euch daran. Die Frau, die bis heute Morgen in der Zelle gegenüber von meiner gesessen hat, wollte mich nicht einmal ansehen, nicht mit mir sprechen. Sie wollte lieber sterben, als wie ich zu sein.« Beim Gedanken an Camilles Blick, bevor sie sich den Pfahl ins Herz gestoßen hat, schmecke ich Galle auf meiner Zunge. »Für sie kam nur der Tod infrage. Für dich scheint das nicht zu gelten.« Seiner Stimme fehlt nach wie vor jedes Zeichen von Feindseligkeit. »Interessant.«

James schweigt eine Weile. Unwillkürlich frage ich mich, was ihn davon abhält, loszuschreien und mein Geheimnis zu verraten. Ich habe die Tür oben offen gelassen, die anderen Jäger könnten seine Schreie hören. Es wäre die perfekte Rache für eine Jägerin wie mich. Es wäre die perfekte Rache für alle anderen Jäger, ihre Erbin in dieser demütigenden Situation zu sehen. Doch er macht keine Anstalten, Derartiges zu tun. Und komischerweise rechne ich auch nicht damit.

»Was passiert jetzt mit mir?«, frage ich mit schwacher

Stimme, die mich um Jahre jünger klingen lässt. In jeder anderen Situation hätte ich mich für die Schwäche in jeder Silbe gehasst. Heute fehlt mir die Kraft dazu.

»Die Verwandlung wird nicht mehr lange dauern. Du riechst zwar noch wie ein Mensch. Aber der Geruch von menschlichem Blut ist hartnäckig. Es wird noch mindestens einen Tag dauern, bis er vollständig verflogen ist. Trotzdem bist du jetzt schon mehr Vampir als Mensch«, stellt James fest und schnürt mir mit jedem Wort weiter die Brust zu. »Wunden müssten bereits schnell heilen. Du müsstest inzwischen empfindlich auf Licht reagieren, deine Sinne sollten sich geschärft haben. Deine Augen beginnen bereits zu leuchten. Auch den Hunger dürftest du bereits spüren.« Die letzte Feststellung ist auch eine Frage, deswegen nicke ich kaum merklich. »Hast du Blut zu dir genommen?«

»Nein!« Das erste Mal, seitdem ich diesen Keller betreten habe, ist meine Stimme laut.

James' Blick ist mitleidig. »Du wirst dich nicht für immer dagegen wehren können. Je länger du wartest, desto schlimmer wird das Verlangen danach.« Er denkt nach. »Heute hat die Sonne vermutlich schon wehgetan, aber noch wird deine Haut der Sonne standhalten, ohne zu verbrennen. Ab morgen wird das nicht mehr der Fall sein. Du kannst das nicht länger verstecken.« Ist das Sorge, die in seiner Stimme mitschwingt? Das bringt mich völlig aus dem Gleichgewicht.

»Willst du mich nicht verraten?«

»Nein«, sagt er mit fester und sehr ernster Stimme, die keinen Raum für Zweifel lässt. »Ich würde niemandem Leid zufügen, der ist wie ich.« Bin ich wie er? Ekelt mich der Gedanke so an, wie meine Erziehung es von mir erwartet? Kann man sich vor dem ekeln, was man selbst ist?

Wieder einmal hole ich zittrig Luft und sammle mich, damit ich endlich die Frage stelle, wegen der ich hergekommen bin.

»Gibt es nichts, was ich dagegen tun kann?«

James schüttelt langsam den Kopf und zerschlägt damit alle Hoffnung, die mir geblieben war.

»Ich habe leider keine Lösung für dich«, sagt er, obwohl seine eindeutige Geste jede Erklärung überflüssig gemacht hat. Trotzdem macht sie es noch schlimmer. Genauso wie der Ausdruck in James' Augen. Sie sind nicht voller Hass, sondern Bedauern.

»Nur einen Rat habe ich für dich.« Er sieht mich eindringlich an, um mir zu zeigen, dass das, was er als Nächstes sagen wird, von großer Bedeutung ist. Seine übernatürlich glänzenden Augen, die mich an einen polierten dunklen Stein erinnern, fesseln mich. »Verschwinde von hier, solange du noch kannst.«

5. Kapitel

Ich habe nicht auf James gehört. Direkt nach unserem Gespräch habe ich eine Tasche mit meinen wichtigsten Habseligkeiten gepackt. Ich hätte nur noch mein Zimmer verlassen müssen. Aber ich konnte nicht. Nun ist die Sonne aufgegangen. Und ich sitze fest. Denn James hatte recht. Die Sonne und ich sind nicht länger Freunde. Ein Vampir geht zwar nicht sofort in Flammen auf, wenn er mit Sonnenlicht in Kontakt kommt. Es dauert Stunden, bis er stirbt. Aber schon nach wenigen Minuten in der Sonne brennt die Haut langsam vom Körper herunter.

Trotzdem halte ich meine Hand immer wieder in die Sonnenstrahlen. Ich brauche diesen Schmerz. Er beweist mir, dass ich mich nicht länger vor der Wahrheit verstecken kann. Sie hat mich längst eingeholt. Ich werde sterben, wenn ich nicht von hier verschwinde. Leider habe ich die Sonnenstrahlen des neuen Tages gebraucht, um mir dieser Tatsache bewusst zu werden.

Aber wenigstens habe ich jetzt einen Plan: Sobald die Sonne untergegangen ist, werde ich von hier verschwinden. Ich werde nicht in meinem eigenen Sarg sterben. Nur noch diesen einen Tag muss ich überstehen.

Mir wird schwarz vor Augen und ich muss mich an meinem Holztisch abstützen. Ständig rechne ich damit, ohnmächtig zu werden. Der unerträgliche Hunger ist noch da. Doch inzwischen bin ich zu schwach, um ihm nachzugeben.

Ich will kein Blut zu mir nehmen, obwohl mir mein ausgezehrter Körper zu verstehen gibt, dass ich es zum Überleben brauche. Aber diesem Problem werde ich mich erst widmen, wenn ich diesen Ort hinter mir gelassen habe.

Das Klopfen an meiner Zimmertür lässt mich zusammenschrecken. Gestern waren meine Sinne geschärft, als hätte sie jemand angespitzt wie einen zuvor stumpfen Bleistift. Nun ertrinkt alles in meinem Blutdurst.

Langsam schleppe ich mich zu meiner Tür und öffne sie nur einen Spaltbreit. Meine Mutter steht davor. Von ihr habe ich die dicken Haare geerbt, nur sind ihre mehrere Nuancen dunkler. Sie ist ein bisschen kleiner als ich, aber genauso gut trainiert. Das sehe ich an ihrer unerschütterlichen Haltung.

»Geht's dir schon besser, Schätzchen?«, fragt sie besorgt.

»Nein«, antworte ich. Die Schwäche in meiner Stimme muss ich nicht einmal spielen.

»Das tut mir leid«, sagt sie und lächelt aufmunternd. »Trotzdem musst du jetzt mal dein Zimmer verlassen.«

Mein Herz schlägt mir bis in die Halsbeuge.

»Wieso?«, kriege ich irgendwie über die Lippen. In meinem Kopf rast es. Warum würde mich meine Mutter aus meinem Zimmer scheuchen wollen, wenn sie mich für krank hält? Ahnen sie etwas? Wissen sie es? Hat mich James doch verraten? Meine Panik steigt schwallartig in mir an. Als könnte ich auf einmal auch schneller und umfangreicher fühlen als ein normaler Mensch.

»Hast du etwa vergessen, welcher Tag heute ist?«, fragt meine Mutter und schüttelt leicht tadelnd, aber gleichzeitig liebevoll den Kopf. »Heute ist Freitag. Das Mittagessen mit allen Jägern steht an. Du weißt doch, dass dein Vater da keine Ausrede gelten lässt. Wir sind schon spät dran. Komm.«

Bevor ich sie daran hindern kann, hat sie die Tür auch schon vollständig geöffnet.

»Sehr gut. Du trägst keinen Pyjama. Dann können wir ja sofort los.« Sie geht auf mich zu. »Du siehst wirklich nicht gut aus. Du kommst einfach nur für eine Stunde mit und dann darfst du wieder auf dein Zimmer, okay? Eine Stunde?«

»Eine Stunde«, gebe ich nach und folge meiner Mutter auf wackeligen Beinen. Die Angst, mit Sonnenlicht in Kontakt zu kommen, verfolgt mich. Doch die Vorhänge sind auch heute fast alle geschlossen. Deswegen kann ich den Weg von meinem Zimmer bis zum Speisesaal ohne Probleme hinter mich bringen. Und auch in den Speisesaal fällt kein Tageslicht.

»Lana«, begrüßt mich mein Vater. Meine Mutter und ich sind die Nachzügler, auf die alle gewartet haben. »Freut mich, dass du gekommen bist. Geht es dir besser?«

»Nicht wirklich«, sage ich und hebe grüßend meine Hand, während ich an dem langen Tisch, der fast den gesamten Speisesaal einnimmt, vorbeigehe. Jeder Platz ist bereits besetzt. Die versammelten Jäger tragen legere Freizeitkleidung. Bei diesem wöchentlichen Essen soll es ungezwungener als sonst zugehen. Trotzdem ist es keine lockere Veranstaltung. Dafür sitzen wir zu gerade.

Genauso wie alle anderen Möbel in diesem Haus ist auch der riesige Holztisch, an dem wir essen, massiv und aus dunklem Holz. Er sieht so schwer aus, dass ich mich als Kind gefragt habe, ob der Boden eines Tages einfach nachgeben und wir ein Stockwerk tiefer fallen würden. Da das zwölf Jahre her ist, denke ich, dass der Boden seine Stabilität bewiesen hat.

Mein Vater sitzt wie immer am Kopfende. Das andere Kopfende bleibt unbesetzt, damit kein Zweifel aufkommt, wer hier das Sagen hat.

Meine Mutter lässt sich links von meinem Vater nieder, ich als seine Erbin zu seiner Rechten. Auf diesem Platz habe ich schon als kleines Mädchen gesessen, aber seit zwei Jahren fühlt sich dieser Stuhl nicht mehr nur wie ein Stuhl an – er ist ein Thron. Mein Thron. Ist die Nachfolge der Jäger bestimmt, gibt es kein Zurück mehr. Die Einführung ist bindend. Für mich und die anderen Jäger. Ich darf nicht mehr zurücktreten und niemandem ist es gestattet, meine Position infrage zu stellen. Nur der Tod kann mir dieses Erbe wieder nehmen.

Eine Sekunde zögere ich, bevor ich Platz nehme. Dieser Stuhl gehört nicht länger mir.

Ich verbanne den Gedanken in die tiefsten Winkel meines Verstandes. Leon sitzt bereits auf seinem Stuhl neben mir und wirft mir einen besorgten Blick zu. Ich kann es ihm nicht verübeln. Ich bin fürchterlich blass heute, und so krank gefühlt habe ich mich in meinem ganzen Leben noch nicht. Doch das ist gut so. Denn hätte ich mehr Kraft im Körper, wüsste ich nicht, ob ich mich gegen meinen Hunger zur Wehr setzen könnte. Der Blutgeruch in diesem Raum voller Menschen ist allumfassend. Bedächtig atme ich durch den Mund und es wird ein bisschen erträglicher.

»Nun da wir vollzählig sind, können wir ja beginnen«, verkündet mein Vater und lässt den ersten Gang auftragen. Ich reagiere kaum auf das, was er zu seinen Anhängern sagt, doch das erwartet auch niemand von mir. Ich gebe heute eine sehr bemitleidenswerte Figur ab. Dass ich nicht zuhöre, nimmt mir nicht einmal mein Vater übel. Hauptsache, ich lasse den rechten Stuhl neben ihm nicht unbesetzt. Nächsten Freitag wird niemand mehr hier sitzen.

Ich werfe meinem Vater und meiner Mutter einen Blick zu. Sie werden mich vermissen und sie werden nicht verstehen, was mich dazu bewogen haben könnte, ihnen den Rücken zu kehren. Aber das ist immer noch besser als die Wahrheit. Sie dürfen niemals wissen, was aus mir geworden ist. Es würde ihnen das Herz brechen.

Und was ist mit Leon? Seine Hand streichelt behutsam über meine. Bestimmt wartet er nur darauf, dass ich wieder gesund bin, damit er mir einen Antrag machen kann. Darüber werde ich mir wohl keine Gedanken mehr machen müssen.

Meine Haut kribbelt. Obwohl die Vorhänge zugezogen sind, könnte ich schwören, die unangenehme Wärme der Sonne auf meinen nackten Armen zu spüren. Ich kneife meine Augen zusammen. Wenn man ganz genau hinsieht, kann man die kleinen Maschen im massiven Stoff der Samtvorhänge erkennen. Sie lassen Partikel entweichen. Und meine Haut spürt jeden einzelnen. Doch der leichte, konstante Schmerz ist auszuhalten. Ich atme tief durch. Ich muss nur den Hauptgang überstehen.

»Ich bringe dich dann gleich wieder auf dein Zimmer«, flüstert Leon, und ich wende meinen Kopf in seine Richtung. Er sieht gut aus heute. Die blonden Haare hat er wie immer ordentlich nach hinten gekämmt. Seine braunen Augen leuchten, die schmalen Lippen hat er zu einem zärtlichen Lächeln verzogen, das die Kanten seines Gesichts noch stärker betont. Und seine Halsschlagader ... Ich schlucke schwer. Warum sehe ich immer wieder auf seine Halsschlagader?

Auch er hat mich gemustert und verzieht jetzt kritisch das Gesicht. Hat er gemerkt, dass ich auf seine Ader gestarrt habe? Mein Atem stockt. Er mustert meine Augen. Meine Augen, die grüner sind, als sie es gestern waren. Mir wird sofort übel. Ist es ihm aufgefallen? Ich bete, dem ist nicht so. Der Raum wird nur von alten, geschwungenen Lampen an den Wänden und einem Kronleuchter über unseren Köpfen beleuchtet. Es ist viel zu dämmrig, um Details wahrzunehmen. Oder?

In dem Moment betreten unsere Küchenhilfen den Saal, um den Hauptgang zu servieren. Leon wendet den Blick ab. Und ich muss mich zwingen, nicht erleichtert auszuatmen. Meine Erleichterung ist aber nur von kurzer Dauer und findet ein jähes Ende, als ein Teller vor mir abgestellt wird.

Heute gibt es Steak. Und meines wurde nur Medium-Rare gebraten. Das Stück Fleisch schwimmt in seinem eigenen Blut, das sich mit der sahnigen Soße vermischt. Blut. Nicht von mir getrennt durch eine rettende Hautschicht. Einfach nur Blut. Vor mir aufgebahrt.

Alles um mich herum verschwindet. Die Gespräche, das Klirren von Besteck auf den Tellern tritt in den Hintergrund. Ich höre nichts mehr. Ich spüre nichts mehr. Ich sehe nichts mehr. Nur den Hunger.

Das ist der Moment, in dem meine Verwandlung ihren Abschluss erreicht. Wie kleine Dolche bohren sich meine Eckzähne in meine Unterlippe. Der Schmerz bringt mich zurück in die Wirklichkeit. Meine Zähne sind gewachsen. Ich bin ein Vampir.

Schnell ziehe ich sie aus meinem Fleisch und verstecke sie hinter meinen Lippen, die ich noch nie so verzweifelt aufeinandergepresst habe. Ich schmecke mein eigenes Blut auf meiner Zunge. Doch es ist bitter und nicht das, wonach mein Körper mit jeder Pore verlangt.

Ich muss verschwinden. Sofort. Die Kontrolle über mich selbst droht mir zu entgleiten. Ich bin ein voll verwandelter Vampir im Herzen der Zentrale der Jäger. Wie soll ich verstecken, was ich nun bin?

Ich empfinde Todesangst, als ich in die Runde blicke. Mein Überlebensinstinkt setzt ein.

Ich erhebe mich ohne Erklärung. Würde ich den Mund öffnen, könnten sie meine Zähne sehen. Aber vielleicht kann ich so tun, als wäre ich zu erschöpft, um zu sprechen.

Ich weiß nicht, ob jemand versucht, mich zurückzuhalten

oder mich anzusprechen. Darum kann ich mich nicht kümmern. Ich muss einfach nur fort von hier.

Doch ich komme nicht weit.

Zuerst registriere ich den Schmerz, der mich in tausend Teile zu zerreißen droht. Bevor ich verstehe, was geschehen ist, stürze ich. Mein Schrei hallt von den holzverkleideten Wänden wider. Ich lande auf dem Teppich. Doch auch der kann die Wucht meines Aufpralls nicht dämpfen. Ich spüre sie wie eine Welle durch meinen ganzen Körper wogen. Noch immer verbrennt der Schmerz mich. Ich drehe meinen Kopf zur Seite und spüre den Schmerz sofort auch im Gesicht. Schnell wende ich es wieder ab. Ich glaube, ich habe wieder geschrien, doch das weiß ich nicht so genau. Es ist zu hell. Ich kann kaum etwas erkennen.

Die Sonne. Jemand hat die Vorhänge zur Seite gezogen. Und nun verbrennen die Strahlen meine Arme. Meine Haut verfault. Ich krieche. Nur weg von dem Schmerz. Noch immer verstehe ich nicht, was um mich herum geschieht. Das Licht ist zu gleißend. Ich kann nichts sehen.

»Packt sie!« Der Ruf meines Vaters übertönt den Schmerz. Endlich verstehe ich, dass ich nicht allein bin. Sie haben alle gesehen, wie ich aufgeschrien habe, als die Sonnenstrahlen mich berührt haben. Sie wissen Bescheid.

Die Erkenntnis bringt mich dazu, auf die Füße zu springen. Doch eine Sekunde später schlägt mich jemand mit einem Stuhl nieder. Sobald ich auf dem Boden aufschlage, weiß ich, dass ich keine Chance habe. Die zersplitterten Überreste meines Stuhls liegen um mich herum. Wie passend, dass der Stuhl des Erben gemeinsam mit mir sein Ende findet.

Mehrere Hände greifen nach mir und zerren mich auf die Füße. Ich kann mich nicht wehren. Ich kann nicht einmal mehr richtig stehen.

Jemand hat die Vorhänge geschlossen und langsam schälen sich wieder deutlichere Umrisse aus dem gleißend hellen Licht, das mich gerade eben geblendet hat. Alle Jäger sind von ihren Stühlen aufgesprungen. Schock steht ihnen in die Gesichter geschrieben. Und Hass. Ich sehe ihn nicht nur, ich schmecke ihn auf der Zunge. Mein Vater steht neben mir, doch ich kann meinen Kopf nicht weit genug drehen, um ihm in die Augen zu blicken. Das ist vielleicht auch besser so. Ich weiß nicht, ob ich Hass aus den Augen, die ich geerbt habe, ertragen könnte.

Aber meine Mutter kann ich sehen. Regungslos steht sie an ihrem Platz, die Hände vor den Mund geschlagen. In ihren Augen schwimmen Tränen. Ich ertrage es nicht länger, sie anzusehen. Doch dann trifft mein Blick Leons.

»Hilf mir«, flüstere ich ihm zu. Ein Teil von mir wagt zu hoffen, dass seine Liebe zu mir größer ist als unsere heilige Mission.

Doch als sie mich fortschleifen und er nicht einmal Anstalten macht, zu mir zu eilen, weiß ich, dass es zu spät für Hoffnung ist.

6. KAPITEL

»Lana!«

Eine Stimme ruft immer und immer wieder meinen Namen. Doch ich will die Augen nicht öffnen. Es ist so viel angenehmer, zu schlafen.

»Lana!«

Die Stimme ist nur leider zu laut und zu energisch, um sie auszublenden.

Ganz langsam blinzele ich. Wenigstens ist es nicht mehr zu hell. Es ist angenehm dunkel. Die Stimme wiederholt immer noch meinen Namen, und dann höre ich, wie an etwas Metallenem gerüttelt wird.

Erst jetzt realisiere ich, dass ich auf dem Boden liege. Das müsste unbequem sein. Aber ich glaube, um so etwas zu fühlen, fehlt mir die Energie. Als Nächstes bemerke ich, dass mir mein T-Shirt von der Feuchtigkeit des Bodens klamm am Körper klebt. Aber gerade finde ich das sogar angenehm. Alles ist besser als Hitze.

Als ich meinen Oberkörper hochdrücke und mich mit dem Rücken gegen die Wand hinter mir sinken lasse, durchzuckt mich Schmerz wie ein Stromschlag. Ich blicke auf meine Arme. An manchen Stellen ist meine Haut so stark gerötet, dass die Farbe schon wieder ins Violette kippt.

»Du würdest schneller heilen, wenn du Blut zu dir genommen hättest. Dann könntest du schon wieder aussehen wie neu.«

Ich hebe den Kopf. James sitzt mir gegenüber. Getrennt

durch einen breiten Gang und zwei Gitter. Die seiner Zelle und die meiner. Sie haben mich hier eingesperrt.

»Oh Gott«, stoße ich aus und taste nach meinen Eckzähnen. Sie sind immer noch lang und verdammt spitz.

»Ich habe dir doch gesagt, dass du abhauen sollst.«

»Ich wollte heute Nacht verschwinden.«

»Tja, zu spät.« Diese Worte müssten herablassend klingen, doch ich sehe nichts als Bedauern in James' sanften Augen. »Ich wünschte, du wärst nicht hier mit mir. Ich wünschte, du wärst frei.«

»Wieso?«, frage ich.

»Wie könnte ich jemandem dieses Schicksal wünschen?«

Ich antworte nicht, sondern ziehe nur meine Beine an meinen Körper und bette mein Kinn auf meine Knie. Die Zelle ist karg. Außer mir und der Kleidung, die ich am Leib trage, ist sie leer. Doch das spielt keine Rolle. Ich werde ohnehin nicht lange hierbleiben.

»Ich werde morgen sterben«, stelle ich fest, und meine Stimme bricht seltsamerweise nicht.

»Das tut mir leid«, sagt James, und ich weiß, dass er das auch so meint. »Was würde passieren, wenn du dich weigerst, dir den Pfahl in die Brust zu stoßen?«

»Jemand anderes würde es für mich übernehmen.«

»Aber deine Eltern ...«

»Haben mich in diese Zelle geworfen. Für sie ist ihre Tochter bereits gestorben. Ich bin nur noch die Hülle, die sie daran erinnert.«

Ich blicke wieder auf meine Arme, damit ich nicht in James' bedauerndes, ehrliches Gesicht sehen muss. Die Haut ist ein wenig heller geworden. Ich heile. Langsam. Aber das wird mir auch nichts mehr bringen.

»Weißt du, was ich mich frage?«

Ich sehe wieder auf. James' Gesicht erinnert mich an Jane Austen-Romane. So habe ich mir das Antlitz einer der männlichen Protagonisten vorgestellt. Und ich benutze ganz bewusst das Wort *Antlitz*, weil *Gesicht* bei ihm nicht ausreicht. Selbst blutleer, ungewaschen und in zerschlissener Kleidung hat er noch immer etwas Erhabenes an sich. Bewundernswert. Ich will nicht wissen, was für einen bemitleidenswerten Anblick ich in diesem Moment abgebe.

»Was fragst du dich?«, gebe ich schließlich zurück. Mit James zu reden, lenkt mich von den dunklen Gedanken in meinem Kopf ab.

»Rechnet nicht jeder von euch damit, früher oder später hier zu enden?«

»Ich wusste natürlich, dass dieser Tag kommen könnte. Aber nicht so bald.« Ich seufze tief. »Nein, das ist nicht wahr. Wenn ich ehrlich bin, dachte ich, dass er niemals kommt. Und nun sitze ich doch hier. Das passiert wohl, wenn man zu selbstsicher wird.«

James spiegelt meine Haltung wider. Auch er lehnt mit dem Rücken gegen die Wand seiner Zelle und hat die Beine angewinkelt.

»Diesen Fehler hat wohl jeder von uns gemacht. Egal, ob Vampir oder Mensch.«

»Sprichst du aus Erfahrung?«

»Natürlich«, gibt er ohne Umschweife zurück. »Ich bin 1756 auf die Welt gekommen. Ich hatte genügend Zeit, um viele Fehler zu machen.«

»1756?«, stoße ich aus und mache mir erst gar nicht die Mühe, nachzurechnen, wie alt ihn das macht. Sehr alt, mehr muss ich gerade nicht wissen. »Bist du deswegen so entspannt, obwohl du in einer Folterkammer sitzt?«

James lacht auf. Der volle Klang passt so gar nicht zu diesem Ort. Die Wände scheinen den Hall zu schlucken, als wären sie der gleichen Meinung. Als wollten sie jedes Anzeichen von Freude so schnell wie möglich tilgen.

»Kann sein.« Seine Züge werden wieder ernst. »Und du bist viel zu jung, um morgen zu sterben. Wenn ich morgen sterben würde, hätte ich ein erfülltes Leben voller Abenteuer und Liebe hinter mir. Mit genug Freude, um das Leid hier drin aufzuwiegen. Du nicht.«

Ich schlucke schwer.

»Erzähl mir von deinem Leben«, fordere ich und schlucke das leichte Beben in meiner Stimme einfach herunter.

James lächelt. Er versteht, dass ich Ablenkung brauche, und er ist bereit, sie mir zu geben.

»Es war einmal im Jahr 1756 ...«

Ich fahre so abrupt aus dem Schlaf hoch, als hätte James erneut versucht, mich zu wecken. Doch er sitzt nur still in seiner Zelle und beobachtet mich aus ruhigen Augen. Hat er überhaupt geschlafen? Ich kann es ihm nicht ansehen. Auch weiß ich nicht, wie spät es ist. Der Keller hat keine Fenster, die die Tageszeit verraten könnten. Ist es schon Morgen? Bei dem Gedanken wird mir kalt und heiß zugleich.

Ganz entfernt nehme ich Geräusche wahr. Schritte auf der Treppe. Bin ich deswegen wach geworden? Jemand nähert sich. Ist es schon so weit? Holen sie mich? Ich bin nicht bereit.

Ich sehe zu James hinüber. Er hat die Geräusche auch gehört. Mit aufmerksamen Augen blickt er zur Treppe. Entspannt und angespannt zugleich.

Er hat mir mehrere Stunden lang von seinem Leben erzählt. Aber nur von der Zeit, als er noch ein Mensch war. An das Gesicht seiner Mutter kann er sich nicht mehr richtig erinnern. Es sei mit jedem Jahrzehnt, das sie voneinander trennt, mehr verschwommen. Doch die Manieren, die sie ihm beigebracht hat, kann er einfach nicht vergessen. Das hätte sie sehr glücklich gemacht, meinte er. Auch seine Haltung habe er ihr zu verdanken. Und die ist auch jetzt, in einer feuchten Zelle zweihundert Jahre nach ihrem Tod, immer noch gerade und herrschaftlich.

Gibt es etwas, was mich meine Eltern gelehrt haben, an das ich mich auch in zweihundert Jahren noch erinnern könnte?

Das werde ich wohl niemals erfahren.

Eine Gestalt betritt den Keller. Mein Atem stockt. Es ist Leon. Er ist allein. Ist er hier, um mich zu meiner Beerdigung zu begleiten? Er trägt zwar seine Kampfmontur, aber er hat meine nicht bei sich.

Als er mich in meiner Zelle entdeckt, zögert er, doch dann macht er einige Schritte in meine Richtung.

»Wo hat dein Vater die Schlüssel zu den Zellen versteckt?«

Mehrere Sekunden kann ich ihn nur sprachlos anstarren, weil ich mit vielem gerechnet habe, aber nicht mit dieser Frage.

»Wo sind die Schlüssel?«, fordert Leon mit erhobener Stimme und leicht zitternden Händen. »Sag es mir. Wir haben nicht viel Zeit.«

Mein Herz schlägt so heftig in meiner Brust, als könnte es erst meinen Rippen und dann den Gitterstäben der Zelle entwischen.

»In seinem Büro hinter dem Gemälde auf der rechten Seite.«

»Ich bin gleich wieder da.«

Er macht sich nicht die Mühe, zu erklären, was er vorhat, er dreht sich um, ohne ein weiteres Wort zu verlieren und sprintet davon. Mein Herz versucht, mit ihm davonzulaufen, ist aber zu seiner Enttäuschung immer noch an mich gebunden.

»Er will dich retten«, stellt James erstaunt fest.

Hätte er es nicht ausgesprochen, hätte ich nicht gewagt, es zu denken. Es ist zu schön, um wahr zu sein. Leon würde sich niemals gegen meinen Vater erheben. Nicht einmal für mich. Zumindest habe ich das bis eben geglaubt.

»Lana!«, sagt James energisch und reißt mich aus meiner Starre. »Wir haben nicht viel Zeit, bis er zurückkehrt, und ich muss dir vorher noch was sagen.« Erst als ich ihn direkt ansehe, spricht er weiter. »Du musst dich in Sicherheit bringen. Du könntest zwar die Stadt verlassen, aber du bist ein neuer Vampir. Du brauchst Hilfe, wenn du nicht die Kontrolle verlieren willst. Und du brauchst Freunde, denn die Jäger werden dich nicht gehen lassen. Du weißt zu viel über sie. Schließ dich den Pariser Vampiren an. Sie werden dir helfen. Du musst heute Nacht nur am Fluss entlanggehen, dann werden sie dich finden. Der Vampir, der dich gebissen hat, wird auf der Suche nach dir sein – das ist seine Aufgabe. Geh zu ihnen. Gaspard ist ihr Anführer. Er ist ein guter Mann. Er wird nicht zulassen, dass dir etwas geschieht.«

»Du redest so, als würdest du nicht mitkommen. Wenn Leon mich befreit, kann er auch dich befreien.«

Energisch schüttelt James den Kopf. »Nein, ich werde hierbleiben. Dein Vater hat etwas vor und ich muss herausfinden, was es ist. Ich brauche noch ein paar Monate.«

»Er wird dich nicht so lange am Leben lassen.«

»Doch, das wird er«, widerspricht James, und ich verstumme sofort. »Aber kann ich dich um etwas bitten?«

»Ja«, sage ich ohne Umschweife.

»Rette mich in zwei Monaten. Erzähl Gaspard, dass ich hier bin und dass es meine Entscheidung war, zu bleiben. Sag ihm, dass es um uns alle geht, um alle Vampire in Paris. In zwei Monaten habe ich entweder die Informationen, die ich suche, oder bin kurz vorm Tod. Dann wirst du kommen, um mich hier rauszuholen. Versprochen?«

»Versprochen«, antworte ich erneut ohne Zögern.

Wir sehen einander tief in die Augen, treffen still eine Vereinbarung – und sie ist bindend. Das fühle ich tief in meinem Inneren. Aber bevor ich James fragen kann, auf welche Informationen er hofft und warum sie es wert sind, das Leiden in diesem Keller in Kauf zu nehmen, rennt Leon den Gang entlang.

»Schnell! Wir haben nicht viel Zeit!«, sagt er, da hat er die Zellentür noch gar nicht aufgeschlossen. Sein Blick ist so fokussiert wie bei einem Einsatz. Doch er richtet ihn nicht einmal für eine Sekunde auf mein Gesicht. Als hätte er Angst vor dem, was ihn dort erwartet.

Das Schloss klickt und die Zellentür schwingt auf. Umständlich komme ich auf die Füße. Die Nähe zu warmem, menschlichem Blut ist erneut überwältigend, doch ich bin zum Glück zu schwach, um dem Hunger nachzugeben.

Leon bedeutet mir, ihm schneller zu folgen. Obwohl ich strauchle, stützt er mich nicht. Dass er mich nicht berühren will, versetzt mir einen unangenehmen Stich ins Herz. Ich ignoriere meine Gefühle und sehe noch ein letztes Mal zu James hinüber. Wir nicken uns zu. Sein Blick ist ernst, doch dann schleicht sich der Schatten eines Lächelns auf seine Lippen.

»Viel Glück«, flüstert er so leise, dass ich mir sicher bin, dass ich es nur hören kann, weil ich ein Vampir bin.

»Danke«, gebe ich genauso leise zurück und zwinge mich, ihm den Rücken zuzukehren.

Der Aufstieg zieht sich ewig in die Länge. Meine Muskeln brennen, als wäre ich der Sonne ausgesetzt. Aber ich kämpfe mich weiter.

Vor uns liegt dunkel die Eingangshalle und obwohl ich

kein Geräusch wahrnehmen kann, rechne ich damit, dass sich gleich wieder jemand auf mich stürzt.

Jede Nacht ist ein Jäger dafür eingeteilt, die Umgebung der Zentrale im Auge zu behalten. Die Vampire haben uns hier zwar noch nie angegriffen, aber das bedeutet nicht, dass sie es niemals tun werden. Auch jetzt müsste jemand wach sein und im Raum über der Eingangshalle sitzen. Sobald wir hinaustreten, wird er uns entdecken und meine Flucht wird auffliegen, denke ich panisch.

Doch dann räuspert sich Leon leise, weil ich zu langsam laufe, und der Groschen fällt. Er soll heute Nacht Wache halten. Und deswegen können wir das Haus verlassen, ohne aufgehalten zu werden.

Ich folge ihm hinaus in die kühle Spätsommernacht. Er rennt, als würde uns jemand verfolgen und ich habe Schwierigkeiten, mit ihm mitzuhalten. Doch ich beschwere mich nicht. Er scheint ein konkretes Ziel zu haben.

Wir durchqueren enge Gassen, lassen das Flüstern der nächtlichen Passanten an uns vorbeiziehen und biegen von einer menschenleeren Straße in die nächste. Wir könnten die einzigen beiden Menschen auf der Welt sein. So fühlt es sich an.

Und dann bleibt Leon abrupt stehen.

Wir stehen auf einem kleinen Platz. Die Häuser um uns herum findet man in keinem Stadtführer. Sie sind alt, aber nicht so alt, dass sie das interessant genug machen könnte. Sie sind weder schick noch rustikal, nur heruntergekommen, vergessen von einer berühmten Metropole.

Doch genau das fühlt sich gerade so befreiend an. Nur der Nachthimmel scheint mit uns hier zu sein. Ich atme tief durch. Seit unserem Einsatz in Lafayette war ich nicht mehr vor der Tür, und es tut gut, nicht mehr eingesperrt zu sein, egal, ob in meinem Zimmer oder einer Zelle.

Diese Nacht sieht anders aus als alle, die ich vor ihr erlebt habe. Einladender. Die Dunkelheit ist weniger drückend. Sie ist weiter. Grenzenlos. Und auf einmal tue ich etwas, von dem ich nicht gedacht hätte, dass ich es jemals wieder tun würde: lächeln.

Leon steht zwei Meter von mir entfernt, immer noch regungslos. Vorsichtig mache ich ein paar Schritte in seine Richtung, strecke meine Hand nach ihm aus, doch er weicht sofort zurück.

»Ich wollte nicht, dass du in deinem eigenen Sarg stirbst«, flüstert er mit matter Stimme. Er dreht mir den Rücken zu.

Wieder will ich ihn berühren. Ich will seine Haut unter meiner fühlen, um mich zu vergewissern, dass ich noch am Leben bin. Ich strecke meine Hand aus. Nur noch Zentimeter trennen meine Fingerspitzen von seinem Schulterblatt.

»Ich wollte, dass du unter freiem Himmel stirbst.«

Ich lasse meine Hand sofort sinken und mache einen Schritt zurück.

»Wovon redest du?« Obwohl seine Absicht klar ist, wehrt sich mein Kopf doch, sie zu begreifen.

Leon dreht sich langsam wieder zu mir um. Sein Blick ist von Trauer verhangen, als wäre ich bereits tot, als würde er meine Leiche betrachten.

Und in diesem Moment realisiere ich, dass es tatsächlich so ist. In seinen Augen bin ich schon gestorben. Er sieht nicht länger die Person, die er liebt, wenn er in mein Gesicht blickt.

Ich sollte rennen. Aber ich kann nicht vor ihm davonlaufen. Auch nicht, als er den Holzpfahl aus seinem Stiefel zieht und sich auf mich stürzt.

7. Kapitel

In letzter Sekunde springe ich zur Seite. Leon und sein ausgestreckter Arm rauschen an mir vorbei. Doch er gibt nicht auf und geht zum nächsten Angriff über. Mein Überlebensinstinkt setzt ein und mobilisiert die letzten Kräfte.

Aber es ist nicht genug.

Noch zweimal schaffe ich es, mich unter dem Holzpfahl hindurchzuducken und schon werden meine Glieder steif. Meine übernatürliche Geschwindigkeit verlässt mich, bevor ich sie richtig nutzen konnte. Bei der nächsten Attacke reagiere ich zu langsam. Der Pfahl trifft meinen rechten Arm, große Holzstücke splittern ab und bohren sich tief in mein Fleisch und ein Schrei entweicht mir. Ich habe die Sonne auf meiner Haut für schmerzhaft gehalten, doch das hier ist schlimmer. Ich spüre jeden einzelnen Splitter. Wie sie sich in meinem Körper bewegen. Meine Haut versucht verzweifelt, sich zu heilen, doch es gelingt nicht.

Ich bin eine bessere Kämpferin als Leon. Schon immer gewesen. In einem fairen Kampf würde ich ihn immer besiegen. Auch als Mensch. Doch ich bin ein blutleerer Vampir und fühle mich wie eine alte Frau. Alles schmerzt. Meine Hände zittern, als ich den Pfahl erneut von meinem Herz ablenke.

Leon hingegen ist kaum außer Atem. Und er ist wild entschlossen, mein Leben hier und jetzt zu beenden. Das sehe ich in seinen sonst so sanften braunen Augen. Trotzdem bringe ich es nicht über mich, zum Gegenangriff überzugehen. Ich will ihn nicht verletzen.

Er steht zwei Meter von mir entfernt und schätzt ab, wie er mich als Nächstes angreifen kann. Nur mühsam halte ich mich auf den Beinen, hebe schützend meine Arme und bekomme den Holzpfahl zu greifen. Doch Leon hält ihn eisern in der Hand und drückt ihn runter. Meine Arme zittern so stark – ich werde nicht mehr lange durchhalten. Ich konzentriere mich auf den Holzpfahl und merke deswegen zu spät, dass Leon mir die Beine unter dem Körper wegzieht. Der Aufprall ist hart. Alle Luft entweicht meiner Lunge und lässt mich für eine Sekunde regungslos zurück. Und dann ist da auch schon wieder der Pfahl.

Schnell umklammere ich ihn mit beiden Händen. Leon ist über mir und drückt den Pfahl mit seinem ganzen Gewicht herunter. Ich stemme mich dagegen, doch die Spitze berührt bereits meine Brust, direkt über meinem Herzen. Holzsplitter treiben sich in meine Hände.

»Von heute bis in alle Ewigkeit«, flüstert er und mein Herz zieht sich so schmerzhaft zusammen, als hätte der Pfahl es schon durchstoßen.

Ich kann Leon direkt in die Augen sehen. Er wollte, dass ich unter freiem Himmel sterbe. Doch das werde ich nicht. Das Letzte, was ich sehe, bevor ich sterbe, wird nicht ein wolkenloser Sternenhimmel sein, sondern sein hasserfüllter Blick. Der Ausdruck in seinen Augen nimmt mir mehr Kraft als seine Schläge.

Ich will loslassen. Ich kann nicht länger kämpfen. Ich weiß bereits, dass ich verloren habe.

Doch auf einmal ist Leon verschwunden. Das Gewicht seines Körpers ist fort, genauso wie der Holzpfahl. Dann höre ich, wie er mit einem schmerzerfüllten Stöhnen auf dem Boden landet. Ich setze mich auf. Leon liegt mehrere Meter von mir entfernt und sieht sich hektisch auf der Suche nach seinem Angreifer um. Ich tue das Gleiche. Doch ich höre ihn, bevor ich ihn sehe.

»Komm!«, ruft eine Stimme, die mir seltsam bekannt vorkommt. Leons Angreifer ist direkt hinter mir, langt ohne Vorwarnung mit beiden Armen unter meine und hebt mich mit einem kraftvollen Ruck auf die Beine. »Lauf!«

Ich denke nicht nach. Ich renne los, obwohl ich immer noch nicht gesehen habe, wer neben mir läuft. Das spielt gerade keine Rolle. Ich muss einfach nur fort von hier.

»Lana!« Leons Ruf durchreißt die Nacht. Der Schmerz in seiner Stimme bringt meinen Körper zum Beben und auch mein Retter scheint zu stolpern. Dann wird er schneller, während Leons Stimme in der Ferne verhallt.

»Du bist zu langsam«, sagt der Fremde, wirft sich meinen linken Arm über die Schulter und zerrt mich mit sich. Ich kann mich nicht gegen ihn wehren. Gerade will ich das aber auch gar nicht.

Wir rasen durch die Nacht. So schnell, dass die Lichter der vorbeifahrenden Autos verschwimmen. Ich sehe die Welt wie durch ein Milchglas. Nah dran und dennoch undeutlich.

Mein Retter trägt mich mehr, als dass er mich stützt und scheint doch nicht im Entferntesten außer Atem zu sein. Im Gegensatz zu mir. Der große Splitter des Holzpfahls, der immer noch in meinem rechten Arm steckt, schwächt mich zusätzlich.

Ich drehe mich um. Und mein Herz stockt. Mein Biss pulsiert vehement. Als wollte er mir mitteilen, dass wir seinen Verursacher gefunden haben. Unwillkürlich versuche ich mich loszureißen. Dass ich ohne ihn wohl keine zwei Meter weit kommen werde, ist mir gerade egal. Er hat mich gebissen. Er ist schuld an allem, was mir passiert ist.

Doch sein Griff bleibt unbeugsam. Obwohl ich versuche,

ihn von mir zu stoßen, hält er mich fest und rennt weiter. Meine Gegenwehr scheint er gar nicht wahrzunehmen.

Auf einmal springt er. Und ich mit ihm. Wir segeln durch die Luft. Für einen Augenblick fühlt es sich an, als würden wir fliegen. Mein überraschter Schrei bleibt mir im Hals stecken. Da landen wir auch schon auf einem mit Ziegeln bedeckten Dach. Ohne mich loszulassen, öffnet der Vampir die Dachluke und springt mit mir zusammen hindurch. Wir landen auf alten Holzdielen, die unter unserem Gewicht knarren, in einem staubigen Dachboden, der mit Kisten vollgestellt ist. Sobald ich aufrecht stehe, schüttle ich ihn endlich ab und schubse ihn von mir.

Er strauchelt, fängt sich aber schnell wieder und bleibt mehrere Meter von mir entfernt stehen.

»Ist das dein Dank?«, fragt er leicht gereizt und verschränkt die Arme vor der Brust. Mein Blick wandert automatisch einmal über seinen ganzen Körper.

Er trägt eine dunkle Jeans und ein schlichtes Shirt, darüber ein aufgeknöpftes, kariertes Hemd, das er bis zu den Ellbogen hochgekrempelt hat. Seine Haare sind so dunkel, dass ich nicht genau ausmachen kann, wo sie enden und die Dunkelheit um ihn herum beginnt. Er hat kantige Züge und an seinem Kinn erkenne ich ein paar Leberflecken, die eine Art Muster zu bilden scheinen.

»Dank für was?«, gebe ich zurück. Meine Stimme krächzt.

Mein Gegenüber schnauft aufgebracht. Seine blauen Augen leuchten so intensiv, als wollte er mich mit ihnen durchbohren. Vielleicht kann er das tatsächlich.

»Ich weiß nicht, ob du gerade nicht aufgepasst hast, aber wenn ich mich nicht täusche, habe ich dir gerade dein Leben gerettet. Gern geschehen.«

»Dafür soll ich also dankbar sein?«, entfährt es mir. Meine

Wut bricht ungehindert aus mir heraus. Sie muss irgendwohin. Alle meine Emotionen müssen irgendwohin. Sie haben in den vergangenen Tagen nur auf den perfekten Empfänger gewartet. »Du bist der Grund, dass ich überhaupt in dieser Lage war! Du hast mir das angetan!«

»Nennt sich Notwehr. Wenn ich mich nicht täusche, hättest du mir sonst einen Besenstiel ins Herz gerammt. Also ist es letztendlich ganz allein dir zuzuschreiben, dass du dich in dieser Lage befindest.«

Seine Stimme ist ungerührt. Genauso wie sein Körper. Ich wende meinen Blick ab, weil ich nicht über den Wahrheitsgehalt seiner Worte nachdenken will.

Jetzt, da ich nicht mehr um mein Leben renne, merke ich erst, wie ausgelaugt ich bin. Ich atme aus und will mich an der Wand abstützen. Doch sofort fahre ich vor Schmerz zusammen. Sobald ich meinen rechten Arm bewege, bohrt sich der große Splitter tiefer in die Haut und steckt meinen ganzen Körper in Brand. Mit aller Kraft beiße ich meine Zähne zusammen, um nicht zu schreien.

»Das Holzstück muss raus«, sagt der Vampir. Ich nehme aus dem Augenwinkel wahr, dass er einen Schritt auf mich zu macht, was mich reflexartig zurückweichen lässt.

»Dass ich dir das Leben gerettet habe, willst du wirklich nicht einsehen, oder?«, fragt er genervt.

Ich drehe mich ihm wieder frontal zu. Es wäre leichtsinnig, ihn aus den Augen zu lassen, als wäre er jemand, dem ich vertrauen kann.

Seine Haltung ist mindestens genauso abwehrend wie meine. Er mustert mich unverhohlen und die Art, wie er dabei den Mund verzieht, legt nahe, dass ihm nicht gefällt, was er sieht. *Das beruht auf Gegenseitigkeit*, würde ich ihm am liebsten versichern. Doch dann müsste ich den Mund öffnen.

Und ich bin mir ziemlich sicher, dass mir gerade keine Worte entfahren würden, sondern nur ein Schmerzensschrei.

»Willst du nicht, dass ich dich von deinen Schmerzen befreie?«, fragt der Vampir und deutet auf den riesigen Splitter in meinem Arm. Ich schüttle nur den Kopf, und er gibt ein wütendes Schnauben von sich. »Wenn du lieber für immer mit Holz im Arm herumlaufen willst, tu, was du nicht lassen kannst, aber komm dann nicht zu mir und heule, wenn ...«

Er verstummt. Mein Aufschrei hat seine Worte übertönt. In meinen zitternden Fingern halte ich den Splitter, den ich mir mit einem Ruck aus dem Arm gerissen habe. Blut rinnt über meine Haut, doch ich kann schon nach wenigen Sekunden spüren, dass es weniger wird. Mir ist übel, doch ich schlucke mein Unwohlsein einfach runter und lasse den Splitter zu Boden fallen. Ihn herauszuziehen war schmerzhafter, als ihn hineingerammt zu bekommen. Die Nachwehen der Schmerzen wogen immer noch wie Wellen durch meinen Körper. Doch ich versuche, es mir nicht anmerken zu lassen.

Mein Gegenüber folgt mit den Augen dem Holzsplitter, der langsam über den staubigen Boden auf ihn zurollt. Dann sieht er mich überrascht an. Er lässt seine verschränkten Arme sinken und vergräbt seine Hände in seinen Hosentaschen.

»Mein Name ist Nic, übrigens.«

Zwar würde ich seinen Tonfall nicht als nett bezeichnen, aber der feindselige Unterton hat sich verflüchtigt. Damit habe ich nicht gerechnet.

»Lana«, gebe ich zurück und ernte ein freudloses Lachen.

»Das habe ich gerade auch gehört«, sagt er trocken. »Mir wurde also die Ehre zu Teil, nicht nur irgendeine Jägerin zu beißen, sondern Lana Delacroix, Nachfahrin der berüchtigtsten Vampir-Mörder, die jemals gelebt haben.«

Der feindselige Unterton ist schneller als erwartet zurückgekehrt.

»Warum hast du mir überhaupt geholfen, wenn du das ganz offensichtlich nicht tun willst?«, frage ich geradeheraus.

»Weil ich dich gebissen habe. Das heißt, ich bin für dich verantwortlich.« Und darüber scheint er nicht erfreut zu sein.

»Willst du mich denn nicht tot sehen?«, frage ich und bekomme erneut ein freudloses Lachen als Antwort.

»Das will ich. Sehr sogar. Du hast viele Vampire getötet. Aber es gibt Regeln und ich werde mich an sie halten.« Ich erinnere mich an mein Gespräch mit James. Er hat angedeutet, dass mir niemand etwas antun würde. Doch dass es so leicht sein könnte, hätte ich trotzdem nicht gedacht.

Nic mustert mich weiter.

»Und auch die anderen werden sich daran halten. Obwohl es ihnen vermutlich genauso schwerfallen wird wie mir.«

Ich schlucke. Obwohl James wollte, dass ich zum Oberhaupt der Pariser Vampire gehe und seine Nachricht überbringe, spüre ich nun doch Panik in mir aufsteigen. Ich bin jetzt zwar auch ein Vampir, nichtsdestotrotz bin ich noch immer Lana Delacroix. Nic hat mir das Leben gerettet, aber er sieht mich an, als hätte er sich lieber eine Stunde gesonnt, wenn er die Wahl gehabt hätte. Doch für mich gibt es keinen anderen Ort, an den ich gehen kann. Das muss ich einsehen. Ich habe kein Zuhause mehr. Ich bin allein auf der Welt. Je eher ich das begreife, desto besser stehen meine Überlebenschancen.

»Das heißt, du bringst mich in …«, setze ich an, weil ich es aus seinem Mund hören muss, um es glauben zu können.

Meine Angst scheint Nic zu erheitern, denn er grinst gönnerhaft, als er sagt: »Die Festung der Vampire.«

8. Kapitel

Schweigend laufen wir an der Seine entlang. Der Fluss ist ruhig und unruhig zugleich. Er fließt in die gleiche Richtung, in die er schon seit Jahrhunderten fließt. Mit einem klaren Ziel. Und trotzdem schwappt er an manchen Stellen gegen die Mauern, die ihn eingrenzen, als wollte er seinem vorbestimmten Pfad entgehen und sich zu uns auf den Bürgersteig gesellen. So ähnlich fühle ich mich in diesem Moment. Mit bestimmten Schritten laufe ich stumm neben Nic her. Von außen ein Bild der Ruhe. Doch gleichzeitig will ich ausbrechen. Überschwappen.

Keine Ahnung, ob das überhaupt Sinn ergibt.

»Bevor wir die Festung erreichen«, bricht Nic nach so langer Zeit die Stille, dass ich schon geglaubt habe, er würde niemals wieder das Wort an mich richten, »solltest du ein paar Dinge wissen.«

Ich sehe weiterhin nach vorne und versuche die Nacht tief einzuatmen, damit mich ihre Wirkung niemals wieder verlässt. Gerade beruhigt sie mich. Aber ich glaube nicht, dass man dieses Gefühl konservieren kann wie den Geschmack von Früchten in Marmelade. Wenn man die Stimmung eines Ortes oder einer Tageszeit einkochen und in einem Glas aufbewahren könnte, hätte ich immer eine Pariser Nacht im Spätsommer bei mir.

»Lana«, sagt Nic leicht genervt und reißt mich aus meinen Gedanken.

»Ja?«

»Wenn wir gleich in der Festung ankommen, darfst du niemandem sagen, wer du bist. Dein Name darf nicht fallen, verstanden?«

»Weil sie mich sonst umbringen.«

Nic knirscht mit den Zähnen. »Sie werden dich nicht umbringen. Wir Vampire haben zwei Regeln. Je früher du sie verstehst, desto besser. Regel eins: Für den Vampir, den du verwandelt hast, bist du verantwortlich.«

»Was deine widerwillige Hilfsbereitschaft erklärt.«

Den Blick, den Nic mir bei diesen Worten zuwirft, kann ich nur schwer deuten. Wenn ich es nicht besser wüsste, würde ich sogar sagen, dass ihn mein Kommentar belustigt hat. Doch das ist unmöglich. Denn dass er mich nicht leiden kann, hat er unmissverständlich klar gemacht.

»Regel zwei: Vampire töten keine anderen Vampire.«

Ich ziehe die Augenbrauen nach oben. Meine Mutter hat mir immer wieder gesagt, dass ich bald die faltige Stirn einer alten Frau haben werde, wenn ich damit nicht aufhöre. Darüber werde ich mir nun wohl keine Gedanken mehr machen müssen. Dieses Gesicht, wie es heute ist, wird für immer das meine sein. Ob ich will oder nicht.

»Überrascht?«, fragt Nic. Meine Gedanken scheint man mir an besagten Falten ablesen zu können.

»Ja«, gebe ich zu, weil ich keinen Sinn darin sehe, jemanden anzulügen, der mich ohnehin nicht leiden kann. Das wäre verschwendete Energie und mit der muss ich momentan sparsam umgehen.

Ich stolpere über meine eigenen Füße. Nic fängt mich auf, seine Arme schlingen sich für den Bruchteil einer Sekunde um meine Taille, ehe er mich abrupt wieder auf die Beine stellt. Es überrascht mich, dass er mich nicht einfach hat Staub schlucken lassen.

»Lass mich raten«, setzt er an und sein Tonfall verrät mir, dass er sich über mich lustig machen will. »Du hast angenommen, Vampire wären nicht viel mehr als Tiere. Dass wir uns gegenseitig zerfleischen, und ihr einfach die erledigt, die noch übrigbleiben. Dass wir keine richtigen Lebewesen mehr sind.«

Ich muss nicht antworten, er weiß, dass er recht hat.

»Es tut mir leid, dich enttäuschen zu müssen. Du hast keine Monster getötet, sondern Lebewesen, die denken und fühlen können wie du und ich.«

Diesen Gedanken hatte ich bis zu diesem Zeitpunkt nicht zugelassen. Doch nun, da Nic ihn mir vor die Füße geknallt hat, kann ich nicht einfach einen Schritt darüber hinweg machen, weitergehen und nie wieder einen Blick zurückwerfen. Ich habe mich nach dem Biss zwar verändert. Ich nehme meine Umgebung anders wahr. Aber ich fühle noch immer. Angst, Panik und Schmerz. Genauso wie die, deren Existenz ich beendet habe.

Wieder stolpere ich. Wieder fängt Nic mich auf. Diesmal nimmt er seine Hand aber nicht weg, sondern lässt sie auf meinem Unterarm ruhen, um meinen Gang zu stabilisieren.

»Du musst dringend Blut zu dir nehmen. Du siehst nicht nur furchtbar aus, du kannst ja kaum noch geradeaus laufen.«

Ich weiß, dass er recht hat.

Auch hier unter freiem Himmel umgibt mich Blut. Ich rieche es an jedem Passanten, als wäre es ein Parfum, das man auf den Körper aufträgt und nichts, das durch mehrere Schichten Gewebe vor mir geschützt ist. Das Pulsieren der Adern ertönt wie der Beat eines Songs. Jeder Mensch, der uns passiert, hat sein eigenes Lied, sein eigenes Herz, den Schlagzeuger seines Körpers, der den Takt vorgibt.

»Ich will nicht«, sage ich trotzdem. Ich bin stärker als der Hunger. Ich kann kein Blut trinken. Obwohl sich jede Pore meines Körpers danach verzehrt, will der Teil von mir, der noch immer eine Jägerin ist und vermutlich immer eine sein wird, das nicht zulassen. Bei dem Gedanken an Blut auf meiner Zunge wird mir übel und hungrig zugleich.

Nic verdreht nur die Augen, als hätte er jetzt nicht die Nerven, um sich mit den schlechten Ideen eines Kindes auseinanderzusetzen. Vielleicht bin ich genau das in seinen Augen. Ist er so alt wie James? Wann er wohl auf die Welt gekommen ist? Wie viele Jahre er schon gelebt hat?

Wir überqueren den Fluss. Noch immer stützt mich Nic. Ohne ihn wäre ich vermutlich erneut zusammengeklappt.

»Wir sind da.«

Ich lege den Kopf in den Nacken, um das Gebäude zu mustern, vor dem wir angehalten haben. Es ist eines dieser Häuser, die typisch für Paris sind. Sie stehen direkt an der Seine, flankieren sie von beiden Seiten wie Soldaten, die sie schon seit Jahrhunderten beschützen. Hier finden sich keine modernen Hochhäuser. Diese Häuser sind Prunkbauten aus einem anderen Jahrhundert. Heller Stein trifft an der Spitze auf meist mattblaue Dächer, die nur leicht schräg werden und dann oben flach zusammenlaufen. Die Fenster sind tief. Stuck schmückt die Fassaden wie Marzipanverzierungen eine schicke Hochzeitstorte.

Wir haben oft darüber spekuliert, wo die Vampire ihr Hauptquartier haben könnten. Ein Gebäude direkt an der Seine, mitten in der Stadt, ist uns nie in den Sinn gekommen.

»Du hast etwas anderes erwartet«, stellt Nic fest. Meine Fassungslosigkeit scheint ihm diebische Freude zu bereiten. Doch ich gehe nicht darauf ein. Ich starre immer noch perplex hinauf. Die Vampire leben hier? Direkt unter unserer Nase? In einer der teuersten Immobilien, die man in Paris finden kann? Ach was, auf der ganzen Welt.

»Das ganze Haus nur für ...?«

»Vampire, richtig«, sagt Nic und lächelt das Gebäude an wie einen alten Freund. »Das sind die Vorteile der Unsterblichkeit. Man kann Immobilien schon Jahrhunderte, bevor sie unbezahlbar werden, kaufen.«

»Dieses Gebäude war schon immer unbezahlbar«, gebe ich zurück.

Nic zuckt mit den Schultern. »Weiterer Vorteil der Unsterblichkeit: Man hat genug Zeit, große Vermögen anzuhäufen.«

Er geht beschwingt auf die Eingangstür zu und schiebt mich mit sich hindurch. Im Treppenhaus ist es kühler als draußen, doch ich friere nicht. Ich weiß nicht, ob ich das überhaupt noch kann.

Die Treppe mit metallenem Geländer windet sich hinauf wie eine riesige Schlange. Unsere Schritte werden von den Steinstufen geschluckt. Wir erreichen einen alten Aufzug, der nur durch ein Gitter abgegrenzt ist und aus dem man hinausgucken kann, während man hinauffährt. Schon beim Öffnen der Tür quietscht es wenig vertrauenerweckend. Doch da ich einen Sturz aus schwindelerregender Höhe inzwischen überleben kann, zwinge ich mich, mich davon nicht verunsichern zu lassen.

Nic schiebt das Gitter hinter uns wieder zu, und der Aufzug setzt sich in Bewegung. Meine Anspannung steigt. Wenn ich früher von meinen zukünftigen Heldentaten geträumt habe, habe ich mir ausgemalt, wie ich eines Tages im Alleingang die Festung der Vampire stürmen würde. In meinen Träumen war das keine Selbstmordmission, weil ich unbesiegbar war. Obwohl ich davon geträumt habe, habe ich nie gedacht, dass es Wirklichkeit werden könnte. Und ganz sicher nicht auf diese Weise.

Je höher wir fahren, desto deutlicher dringen Geräusche an

meine Ohren. Erst ist es nur ein Flüstern. Doch es schwillt an. Als würde jemand an einem Lautstärkeregler drehen.

Die Fahrt dauert eine halbe Ewigkeit und gleichzeitig nicht lang genug. Einen Raum voller Vampire unbewaffnet und ausgezehrt zu betreten, wird mir vermutlich niemals behagen.

»Du erinnerst dich an das, was wir besprochen haben?«, fragt mich Nic beschwörend. Der Aufzug hat bereits angehalten, doch noch macht Nic keine Anstalten, das Gitter zurückzuschieben, damit wir aussteigen können. Nicht, solange er keine Antwort von mir erhalten hat.

»Tue ich«, wiederhole ich brav. »Ich werde nicht verraten, wer ich bin.«

Er nickt.

»Und greif auf keinen Fall jemanden an. Auf das Verletzen eines anderen Vampirs steht die Todesstrafe. Nicht, dass du bis zur Gerichtsverhandlung durchhalten würdest. Ich weiß nicht, ob du dich in diesem Zustand gegen ein zwölfjähriges Mädchen behaupten könntest, geschweige denn gegen hundert wütende Vampire.«

»Für ein zwölfjähriges Mädchen wäre ich nicht einmal eine Herausforderung. Bei einer Achtzigjährigen mit Demenz hätte ich vielleicht noch eine Chance. Aber nur bei einer mit Arthrose«, sage ich und weiß nicht, warum ich ausgerechnet jetzt einen Witz machen muss.

Nic sieht mich erst erstaunt an, ehe sich ein ehrliches Grinsen auf sein Gesicht legt. Aber nur für eine Sekunde. Dann scheint er sich daran zu erinnern, wer ich bin und wessen Blut an meinen Händen klebt. Sein Blick verschließt sich so schnell wieder, wie er sich geöffnet hat.

»Komm.« Nic zieht mich weiter und versetzt einer Flügeltür einen kräftigen Stoß. Schwungvoll fliegt sie auf.

Ein Gewirr aus Tausenden Gesprächen bricht über mich

herein. Die Fetzen rasen alle gleichzeitig auf mich zu. Trotz meines neuen Gehörs kann ich nichts verstehen. Es sind zu viele Eindrücke auf einmal – ich kann sie nicht filtern.

Der Raum, in dem ich stehe, ist so weitläufig, dass ich fast erwarte, das andere Ende nicht ausmachen zu können.

Überall stehen Tische und Stühle wild verteilt und an jeder Ecke sitzen Menschen. Ich korrigiere, Vampire. Mein Kopf zuckt hektisch hin und her. Es sind so viele. Sofort kribbelt es mir im Nacken. Meine Arme spannen sich an und wollen instinktiv nach den Pfählen tasten, die ich nicht länger bei mir trage.

In diesem Raum prallen die Modestile der letzten fünf Jahrhunderte aufeinander. Die Kleidung der Vampire legt nahe, dass jeder ein anderes Motto für die gleiche Halloweenparty erhalten hat. Ich sehe schmuckvolle Kunstwerke aus Stoff, die mich an Ballsäle mit riesigen Kronleuchtern und klassischen Orchestern erinnern, aber auch Outfits mit grellen Farben, die man so schrill nur in den Achtzigern miteinander kombiniert hat. Extrem freizügige und extrem züchtige Schnitte. Manche von ihnen zeigen nicht mal ihre Knöchel, manche fast alles. Doch nicht nur ihre Kleidung unterscheidet sich stark. Auch ihr Auftreten und ihre Mimik. Manche haben die Haltung eines Feldherrn. Manche sitzen allein und ruhig in einer Ecke, mit einem Buch auf dem Schoß. Aber eins haben sie alle gemeinsam: Sie starren mich an.

Durch die hohen Fenster dringen die Geräusche und Lichter der Stadt herein. Die schweren Vorhänge sind zur Seite gezogen worden und hängen wie die Flügel eines Vogels herab, der sie gerade nicht braucht, weil er erst bei Sonnenaufgang davonfliegen muss.

Ich versuche zu verstecken, wie sehr mich der Anblick dieses Raums fasziniert.

Nic zieht mich weiter. Wir laufen durch einen Mittelgang, der das Chaos der Möbel zerteilt, als wäre er eine Schneise im Meer. Nic geht zielstrebig auf das andere Ende des Raumes zu. Dort sitzt ein Mann auf einem hohen Sessel. Eigentlich ist es kein auffälliges Möbelstück. Doch durch den Mann, der darauf sitzt, wirkt es wie ein Thron.

Gaspard.

Ich weiß sofort, wen ich vor mir sehe. Den Anführer der Pariser Vampire. Das Kribbeln in meinem Nacken intensiviert sich. Diese Begegnung hätte ich als Mensch nicht überlebt. Ich wäre tot gewesen, bevor ich einen Schritt durch die Tür gesetzt hätte. Egal, wie gut trainiert ich auch gewesen bin. Das hätte angesichts der Kraft, die jeder Einzelne in diesem Saal ausstrahlt, keinen Unterschied gemacht.

Gaspard kann nicht viel älter als Mitte dreißig gewesen sein, als er verwandelt wurde. Doch genauso wie James verströmt er den Dunst der Jahrhunderte. Er ist alt. Seinem Äußeren mag man das nicht ansehen. Aber man spürt es.

Sein blondes Haar leuchtet wie flüssiges Gold und seine Haut ist gebräunt. Ich frage mich, wie er das hinbekommt. Gehen Vampire ins Solarium? Sonnenbaden kommt ja wohl kaum infrage. Oder benutzt er Selbstbräuner?

Was würde Gaspard wohl sagen, wenn ich ihn das fragen würde? Bei dem Gedanken daran muss ich ein schrilles Lachen unterdrücken. Warum denke ich ausgerechnet in dieser Situation über so einen Mist nach?

»Du hast sie gefunden«, stellt Gaspard fest, sobald Nic und ich vor ihm zum Stehen kommen. Während er spricht, dreht er gedankenverloren an dem Ring, der an seinem rechten Zeigefinger steckt. Der Stein, der in einer goldenen Fassung ruht, ist blutrot. Es ist der größte Rubin, den ich jemals gesehen habe. Das perfekte Schmuckstück für einen berüchtigten Vampir.

»Das habe ich«, bestätigt Nic.

»Herzlich willkommen.« Gaspard wendet sich mit seiner tiefen, melodischen Stimme an mich. »Du bist jetzt eine von uns.«

Ich schlucke schwer und nicke nur. Ich hoffe, dass ich ausgezehrt genug aussehe, um meine Sprachlosigkeit zu erklären. Gaspard scheint sich daran jedoch nicht zu stören. Er lächelt leicht. Auf eine freundliche, aber auch distanzierte Weise.

Er weiß, wer ich bin. Natürlich weiß er es. Aber da ich noch atme, scheint er seine Begrüßung ernst gemeint zu haben.

Ich lasse meinen Blick erneut schweifen, weil ich einfach nicht anders kann. Der Saal ist so vollgestopft mit Eindrücken, als wäre es ein Wimmelbild in einem Kinderbuch. Die anderen Vampire lächeln mir zu. Manche winken. Manche rufen ebenfalls »Herzlich willkommen«. Automatisch suche ich nach bekannten Gesichtern, die ich bei Einsätzen gesehen haben könnte. Gerade will ich erleichtert Luft holen, überzeugt, dass niemand von meiner wahren Identität weiß, als ich an einem feindseligen Blick hängen bleibe.

Der Mann ist riesig. Nicht so schlank wie die meisten Vampire, die schließlich keine großen Muskeln mehr brauchen, um stark zu sein. Er trägt schlichte Kleidung und ist einer der wenigen, die sich diesem Jahrhundert entsprechend mit Jeans und T-Shirt zufriedengeben. Sein Gesicht kommt mir bekannt vor. Stahlgraue Augen, die leuchten wie eiskaltes Metall. Braune Haare. Harte Züge. Als er verwandelt wurde, muss er um die vierzig Jahre alt gewesen sein. Aber ich kann nicht einschätzen, ob er schon so lange auf der Welt ist wie Gaspard und James. Die beiden strahlen eine übermenschliche Gelassenheit aus, die ihr langes Leben ihnen gegeben hat. Dieser Mann sieht aus, als würde er jede Sekunde aus der Haut fahren – und zwar meinetwegen.

Ich zupfe an Nics Ärmel. Er folgt meinem Blick, ohne dass ich mich erklären muss. Sobald er den Mann entdeckt hat, versteht er, was los ist. Er will dazwischengehen, doch da ist es schon zu spät.

Der Hüne löst sich aus der Menge und pirscht so elegant und bedrohlich wie ein Tiger auf mich zu. Seine Fangzähne blitzen.

»Bastille!«, setzt Nic an, doch der Mann ignoriert ihn. Seine Aufmerksamkeit liegt nur auf mir.

»Bastille«, wendet sich nun Gaspard mit getragener Stimme an ihn. Das kann er nicht ignorieren.

»Gaspard«, gibt Bastille in einem Tonfall zurück, der so knapp an der Grenze zur Respektlosigkeit vorbeischrappt, dass ich am liebsten das Atmen einstellen würde. »Du erlaubst ihr Zutritt zur Festung, ohne uns wenigstens zu erklären, wer sie ist? Ohne ihren Namen zu erwähnen, der uns allen nur allzu bekannt ist.«

Aufgeregtes Murmeln erhebt sich.

»Das spielt keine Rolle, Bastille. Ich frage niemanden nach seiner Vergangenheit. Wer hierher kommt, beginnt ein neues Leben. Alte Sünden werden zurückgelassen.«

Viele Vampire nicken zustimmend. Andere bleiben neugierig und mustern mich noch intensiver. Als wäre ich ein Zootier in einem Käfig. Jeder Blick scheint Spuren auf meiner Haut zu verursachen, bis ich mich richtig klebrig fühle.

»Und es ist ehrenhaft, dass du uns diese Güte erweist«, sagt Bastille und obwohl seine Worte oberflächlich respektvoll sind, klingen sie aus seinem Mund wie eine Herausforderung. »Aber sollte das wirklich für jeden gelten? Auch wenn sie Verbrechen gegen unseresgleichen begangen haben?«

Die Stimmen werden lauter, die Blicke kritischer. Ich werde sterben. Davon bin ich überzeugt. Sobald mein Nachname gefallen ist, werde ich sterben. Diese Regeln, von denen Nic gesprochen hat, werden keinerlei Bedeutung mehr haben.

»Auch, wenn die Neue in unserer Mitte Lana Delacroix ist?«

Kurz herrscht Stille. Und dann wird es so laut, dass es in meinen Ohren dröhnt. Alle starren mich an. Feindseligkeit tropft von den Wänden wie kochendes Wasser, das erst verdunstet und dann an der Decke wieder flüssig wird. So stark ist ihre Wut. So stark, dass sie den Aggregatzustand wechseln kann.

Gefletschte Zähne leuchten im einfallenden Licht der Straßenlaternen. Arme gestikulieren wild.

Das ist mein Ende.

9. Kapitel

Sie wollen sich auf mich stürzen und mich zerfleischen. Ich sehe es in ihren Augen.

Ich denke schon, dass Nic sich zurückziehen wird, um mich meinem Schicksal zu überlassen. Wenn ich nicht mehr lebe, bin ich auch nicht länger sein Problem. Doch zu meiner Überraschung tut er genau das Gegenteil. Anstatt sich in Sicherheit zu bringen, baut er sich schützend vor mir auf.

Leider wird diese mutige Geste keinen Unterschied machen, wenn mich hundert Vampire, die nach Rache gieren, angreifen.

Bastille genießt den Aufruhr, der wie ein Sturm um ihn tobt. Sein selbstgefälliges Grinsen reißt mich aus meiner Bewegungslosigkeit. Ich werde mich nicht tatenlos meinem Schicksal ergeben. Ganz sicher nicht.

Ich schiebe Nic zur Seite, damit ich Gaspard direkt ansehen kann, und rufe so laut ich kann: »Ich habe eine Nachricht von James.«

Hätten die Anwesenden kein übernatürliches Gehör, hätten sie mich in diesem Tumult niemals verstanden. Sofort wird es ruhiger.

»Was hast du gesagt?« Das ist Nic. Er steht direkt neben mir und sieht mit weit aufgerissenen Augen zu mir herunter. Seine Stimme zittert leicht. Ich wünschte, ich wüsste, was seine Stimmbänder zum Vibrieren bringt.

»Ich habe eine Nachricht von James«, wiederhole ich. Nic ist nicht der Einzige, der überrascht, fast schon verstört auf meine Worte reagiert. Viele Blicke sind nicht länger feindselig, sondern betroffen.

»James ist am Leben?« Gaspard ist aufgestanden und nach einem Blinzeln steht er auch schon direkt vor mir. Ich muss mich zwingen, an der Stelle stehen zu bleiben und nicht vor ihm zurückzuweichen.

»Das ist er«, bestätige ich. »Ich war in der Zelle gegenüber von seiner eingesperrt.«

»Was hat er gesagt?«, blafft Bastille und kommt ebenfalls auf mich zu. Bei ihm habe ich komischerweise nicht das Bedürfnis, zurückzuweichen, sondern ihm trotzig ins Gesicht zu spucken.

Die letzten Tage habe ich mich nicht wie ich selbst gefühlt. Nur wie eine Hülle, in der einst Lana Delacroix gelebt hat. Ich war ein zu selbstbewusster Mensch. Manchmal auch unverschämt in meiner Arroganz, immer von meinen Fähigkeiten überzeugt. Der Anblick dieses Felsens von Vampir bringt mein ungestümes Gemüt allerdings mit Macht zurück. Wenn auch nur kurz. Als wäre dieser Teil von mir aufgeflackert, nur um Sekunden später wieder zu erlöschen.

»Die Nachricht ist für Gaspard. Ich sollte sie ihm überbringen. Und zwar nur ihm.«

Bastille sieht mich an, als würde er sich gerade im Detail vorstellen, wie er mich langsam auseinandernimmt.

»Dann gehen wir in mein Büro«, sagt Gaspard schlicht. Er versucht, seine Emotionen zu verstecken. Trotzdem höre ich ihm an, dass ihn diese Nachricht aus dem Konzept gebracht hat.

Er wendet sich noch einmal an seine Anhänger: »Es spielt keine Rolle, wer Lana in ihrem vorigen Leben war. Sie ist jetzt eine von uns. Und jeder, der sie verletzt, bekommt es mit mir zu tun.«

Sofort ist es still. Niemand wagt, ihm zu widersprechen. Nicht einmal Bastille.

»Komm mit«, sagt Gaspard und läuft voraus. Nic und ich folgen ihm. Ich halte meinen Kopf gesenkt, weil ich nicht mehr wissen will, wie ich angesehen werde. Wir lassen den Saal endlich hinter uns. Gaspard schreitet am Treppenhaus vorbei und auf eine massive Tür am anderen Ende des Stockwerks zu. Er öffnet sie und lässt Nic und mich eintreten, bevor er sie hinter sich schließt.

»Dieser Raum ist schalldicht«, erklärt er und klopft gegen das stabile Metall der Tür. »Damit ich vertrauliche Gespräche führen kann.«

Gaspards Büro ist groß und elegant eingerichtet. Hinter einem massiven Schreibtisch tut sich ein riesiges Fenster auf und vier große mit grünem Samt bezogene Sessel sind vor einem Kamin platziert. Gaspard fordert uns mit einer Geste auf, uns zu setzen. Nic ist noch immer hier. James hat zwar gesagt, ich sollte seine Nachricht Gaspard überbringen. Doch ich will nicht mit ihm allein sein. Also sage ich nichts.

»James lebt«, setzt Gaspard an, sobald wir uns in den Sesseln niedergelassen haben.

»Er wurde unten im Keller in eine der Zellen gesperrt. Schon eine Weile, glaube ich«, erkläre ich. »Als ich aus der Zelle befreit wurde, wollte ich James retten. Doch er hat abgelehnt. Er wollte dort bleiben.«

»Was?«, stößt Nic aus. »Wieso sollte er so etwas tun?« Er springt auf die Füße und beginnt hektisch im Raum auf und ab zu laufen.

»Er hat gesagt, dass mein Vater etwas im Schilde führt, und er herausfinden muss, was es ist. Es gehe um alle Vampire in Paris. Und ich musste ihm etwas versprechen.«

»Und das wäre?«, fragt Gaspard.

»Ich soll ihn in zwei Monaten befreien, damit er uns die Informationen, die er bis dahin sammeln konnte, mitteilen kann.«

Gaspard und Nic schweigen angespannt, als warteten sie darauf, dass ich noch mehr sage. Doch ich bleibe still.

»Das ist alles?«, fragt Nic aufgebracht.

»Ja, wir hatten nicht viel Zeit.«

»Warum lebt er noch?«, fragt er. »Er ist vor einem Monat geschnappt worden. Wir dachten, er wäre längst gestorben. Warum haben sie ihn verschont?«

»Ich weiß es nicht genau«, antworte ich ehrlich. »Aber mein Vater hält immer mal wieder Vampire gefangen. Für eine Weile. Unten im Keller. Aber ich habe keinen Zutritt zu seinem Labor. Keine Ahnung, was er dort tut.«

Nics Augen werden riesig vor Schock. »Was meinst du mit *Labor?*«

Hilflos zucke ich mit den Schultern. »Ich weiß es nicht genau«, wiederhole ich. »Er redet nicht darüber. Aber er macht …« Ich stocke, weil ich Nics gequälten Blick sehe und es nicht noch schlimmer machen will.

»Was?«, fragt er gereizt.

»Experimente«, schließe ich. »Er macht Experimente. An Vampiren.«

Nic sieht mich an, als würde er sich kein zweites Mal schützend vor mich stellen, sollte mich wieder jemand bedrohen. Viel mehr wirkt es, als würde er sich der aufgebrachten Menge am liebsten anschließen.

»Ihr seid krank«, entfährt es ihm. Er wendet sich von mir ab. Meinen Anblick scheint er nicht länger ertragen zu können. Er stapft auf die Tür zu. Vermutlich will er mich einfach zurücklassen. Doch dann fällt ihm wieder ein, dass er für mich verantwortlich ist, also bleibt er frustriert stehen.

»James ist der Vampir, der ihn gebissen hat. Sie haben eine enge Beziehung. Du musst ihm sein Verhalten verzeihen«, sagt Gaspard. Er macht sich nicht die Mühe zu flüstern. Nic würde ihn sowieso verstehen.

»Nicolas.« Gaspard erhebt sich, und sein Ton lässt Nic gar keine andere Wahl, als sich umzudrehen. »Du wirst jetzt mit Lana auf dein Zimmer gehen. Solange sie sich eingewöhnt, wird sie bei dir wohnen. Ich will sie ungern unbewacht lassen. Da sie deine Verantwortung ist, wirst du ihr helfen und sicherstellen, dass ihr nichts geschieht. Ich weiß, dass du gerade aufgebracht bist. Aber eine ehemalige Jägerin in unserer Mitte kann für uns von Vorteil sein. Vergiss das nicht.«

Nic drückt seinen Rücken durch und nickt Gaspard respektvoll zu. Obwohl er wirkt, als würde es ihm körperliche Schmerzen bereiten, zwingt er sich, mich wieder anzusehen.

»Die Sünden unseres früheren Lebens verlieren an Bedeutung, sobald wir uns verwandeln«, fährt Gaspard fort. »Und auch für die Sünden unserer Väter sind wir nicht verantwortlich. Denkst du nicht auch?«

»Ja, Gaspard«, sagt Nic, macht eine knappe Bewegung mit dem Kopf und bedeutet mir, ihm zu folgen.

»Danke, Lana«, sagt Gaspard, als ich mich zum Gehen wende.

»Wofür?«

»Dass du mir heute eine gute Nachricht überbracht hast.«

Und mit diesen Worten bin ich entlassen.

10. Kapitel

Auf dem ganzen Weg zu seinem Zimmer wechselt Nic kein Wort mit mir. Sein Schweigen hat etwas Vorwurfsvolles an sich. Doch ich bin mir nicht sicher, was genau er mir vorwirft. Es gibt so viele Möglichkeiten.

Aber ich bemühe mich auch nicht, es herauszufinden. Wir fahren im Aufzug drei Stockwerke nach unten. Nic führt mich an mehreren verschlossenen Türen vorbei, bis er seine erreicht. Wortlos gibt er mir zu verstehen, ihm gefälligst zu folgen und knallt die Tür unbarmherzig zu, kaum dass ich hindurchgetreten bin.

Das bodentiefe Fenster gegenüber von mir steht weit offen und der schwere Vorhang wiegt sich leicht im Wind hin und her. Vielleicht bin ich ja nicht die Einzige, die die Nacht hereinlassen und einatmen will.

Sein Zimmer ist erschreckend normal. Im Gegensatz zur Zentrale sind in der »Festung« – ich schaffe es noch nicht, das ohne Anführungszeichen zu denken – die Möbel nicht nur altmodisch. Das ist mir schon im großen Saal aufgefallen. Nics Zimmer beherbergt sowohl Möbel, die aus einem Ikea-Katalog stammen könnten, als auch solche, die man auf einem Flohmarkt finden würde. Das Bett ist groß und ruht auf einem schlichten Gestell. Daneben steht ein altes Holzregal, an dem Kratzer und farbige Kleckse von früheren Besitzern erzählen. Der Kleiderschrank ist aus Pressspan und sieht eher neu aus. Als Schreibtisch dient ihm ein schmaler Sekretär.

Wie Gaspard scheint auch Nic ein Faible für große Ohrensessel zu haben. Ein riesiger blauer steht direkt neben einer Glastür, die auf einen winzigen Balkon hinausführt. Sofort laufe ich darauf zu. Der Blick auf die Seine unter meinen Füßen ist wunderschön. Das Licht der Straßenlaternen glitzert verzerrt auf dem schaukelnden Wasser.

»Diese Zimmer sind sehr beliebt«, sagt Nic zu meiner Überraschung und tritt zu mir auf den Balkon, dessen Fläche komplett ausgefüllt ist, sobald wir beide darauf stehen. »Diesen Ausblick hat man nicht überall.«

Da hat er wohl recht. Ich antworte nicht, sondern lasse mir einfach vom Wind die Haare zerzausen. Jetzt, da wieder Stille herrscht und ich in einem abgeschlossenen, vermeintlich sicheren Raum bin, kriecht mir die Erschöpfung in alle Glieder. Meine Finger zittern, als wäre ich unterzuckert.

»Du hast wirklich mit James geredet?«, fragt Nic schließlich und offenbart, warum er sich dazu herabgelassen hat, mich anzusprechen.

»Das habe ich.«

»Als du ebenfalls in eine Zelle gesperrt warst?«

»Auch davor.«

Nics kritischer Blick bringt mich dazu, weiterzusprechen.

»Als ich gemerkt habe, was mit mir passiert, wollte ich mit jemandem darüber sprechen. Aber ich konnte mich niemandem anvertrauen. Also habe ich mich in den Keller geschlichen, um James um Rat zu fragen.«

Nics Miene ist schwer zu lesen. Sein Gesichtsausdruck gleicht einer verschlüsselten Nachricht, zu der mir der Code fehlt. Ich kann nicht sagen, ob ich ihn mit dieser Aussage erstaunt oder nur wieder verärgert habe.

»Und wie geht es ihm?« Die Frage scheint ihn Überwindung zu kosten.

»Er wirkte erstaunlich gut gelaunt«, sage ich. »Er hat offen und freundlich mit mir gesprochen. Von der ersten Sekunde an.« Ich erinnere mich an seine tröstenden Augen. »Und als ich in meine Zelle gesperrt wurde und mich vor dem gefürchtet habe, was mich erwartet, hat er mir von seinem Leben erzählt.« Das habe ich eigentlich gar nicht laut sagen wollen. Es ist mir einfach so herausgerutscht.

»Du solltest dich selbst umbringen, richtig?« Nics Stimme klingt nüchtern. Und irgendwie beruhigt das meine Nerven sogar.

»Ja.«

»Hast du deinen Eltern erzählt, was mit dir passiert?«

Allein die Erwähnung meiner Eltern reicht aus, um mir Tränen in die Augen zu treiben. Doch ich sehe hinauf in den Himmel und blinzle, bis sie wieder verschwunden sind.

»Nein. Ich wollte abhauen, bevor sie es herausfinden. Aber ich habe zu lange gewartet. Und dann bin ich aufgeflogen und sie haben mich in eine Zelle gesperrt.«

»Warum hat dann dieser Mann versucht, dich draußen umzubringen?«

Ich schließe die Augen. Leon. Er hat versucht, mich umzubringen. Bemerkenswert, dass seit meiner Flucht so viel passiert ist, dass mich der Schmerz erst jetzt erreicht, wo ich zum Stehen komme. Funktioniert emotionaler Schmerz so? Kann er einen nicht einholen, solange man in Bewegung bleibt?

»Ich dachte, er will mich befreien. Falsch gedacht, würde ich sagen.«

Ich stütze mich mit meinen Unterarmen am Geländer des Balkons ab und blicke weiter stur geradeaus. Ich sehe mich nicht zu Nic um, spüre aber, dass er direkt neben mir steht. Er berührt mich nicht. Aber seine Beine sind so nah an meinen, dass ich die Vorboten einer Berührung spüren kann. Das lässt mich aus Gründen, die ich selbst nicht kenne, erschauern.

»Wer ist er?«

Offensichtlich hat Nic an meinem Tonfall gehört, dass ich das Thema nicht vertiefen will. Deswegen spricht er mich natürlich erst recht darauf an. Und da ich den Vampir, der mir das Leben gerettet hat, heute schon einmal grundlos angezickt habe, verzichte ich darauf, es ein zweites Mal zu tun.

»Mein Freund. Bevor wir zu Lafayette gefahren sind, war meine größte Sorge, dass er geplant hatte, mir einen Heiratsantrag zu machen, den ich nicht annehmen wollte. Ich war froh, dass der Einsatz das Abendessen unterbrochen hat. Tja, jetzt versucht er, mich umzubringen.«

Nic reagiert so lange nicht auf mein Geständnis, dass ich denken würde, er wäre verschwunden, wenn ich seine Anwesenheit nicht körperlich spüren könnte. Aber seine Anwesenheit ist nicht das Einzige, was ich spüre. Die Stimmung zwischen uns verändert sich. Sie spannt sich an. Wie ein Faden, der bei der geringsten Bewegung reißen wird. Eine Lunte, die gleich abbrennt.

Ich richte mich auf, um ihn anzusehen. Und diesmal brauche ich nichts, um seinen Blick zu entschlüsseln. Seine Stirn ist in Falten gelegt und seine stahlblauen Augen durchbohren mich. Mir wird bewusst, dass mir sein Körper den Eingang zum Zimmer versperrt und ich keinen Ausweg außer dem Sturz hinunter auf den Bürgersteig habe. Ich würde es überleben. Aber angenehm wäre es sicherlich nicht. Und wie ich den Passanten erklären sollte, dass ich danach noch atme, weiß ich auch nicht.

»Du warst also schick essen, bevor dein Freund das Leben einer meiner Freundinnen beendet hat?«

Ich lehne mich so weit zurück, wie es das Geländer zulässt. Doch ich komme nicht weit. Und ausrichten können diese wenigen Zentimeter auch nichts. Nic und seine Wut sind mir immer noch zu nah.

»Ja«, antworte ich ehrlich, weil er meine Lüge sowieso durchschauen würde. »Das waren wir. Und ich war erleichtert, dass ich bei einem Dessert nicht heucheln musste, dass ich auf so einen kitschigen Abend tatsächlich Lust habe. Weil ich lieber Vampire umgebracht habe, als Sekt zu trinken.« Ich zwinge mich, mich wieder aufzurichten und nicht zurückzuweichen.

Nic ist von diesen Worten deutlich überrascht. Genauso wie ich selbst. So etwas wollte ich eigentlich gar nicht sagen. Aber ein Teil von mir drängt mich dazu, seinen Hass noch weiter zu befeuern. Weil ein Teil von mir noch immer von meinem Vater gesteuert wird, der will, dass meiner Existenz endlich ein Ende bereitet wird. Vielleicht bringt Nic mich ja um, wenn ich ihn nur lange genug provoziere. Vielleicht muss ich dann niemals Blut trinken. Vielleicht muss ich dann niemals lernen, etwas zu sein, was ich mein ganzes Leben gehasst habe. Vielleicht werde ich dann vergessen, dass sie mich verstoßen haben.

Doch ich weiß, dass das nur sinnlose Gedanken sind, die man in seinem Kopf hin und her wirft, wenn man sich einreden will, man wäre ehrenhafter, tapferer und mutiger, als man tatsächlich ist. Denn die Wahrheit ist, dass ich die letzten Tage so sehr mit Überleben beschäftigt war, dass ich fast schon verlernt habe, stolz zu sein. Ich habe alles, an das ich mit Inbrunst geglaubt habe, einfach so von mir geworfen, in dem Moment, als es mir nicht mehr gepasst hat. Ich habe alles verraten, wofür meine Familie schon seit Jahrhunderten steht. Weil ich nicht sterben wollte. Und das Schlimmste daran: Meine Ideale zu verraten, ist mir nicht einmal schwergefallen.

Und jetzt stehe ich Angesicht zu Angesicht einem Vampir gegenüber, habe ihre »Festung« betreten, nach der wir so lange gesucht haben, und trotzdem habe ich nicht einmal einen Angriff versucht. Und was noch viel entscheidender ist: Ich wollte es auch gar nicht.

»Du hasst mich«, stelle ich fest. »Das weiß ich. Jeder in diesem Gebäude hasst mich. Das weiß ich auch. Aber ich habe nun mal keinen anderen Ort, an den ich gehen kann.«

Nic dreht sich um und verlässt wortlos sein Zimmer. Ich bleibe allein auf dem Balkon und denke schon, dass er gar nicht zurückkehren wird, als die Tür sich öffnet und er mit einer dünnen Matratze und Bettzeug hereinkommt. Achtlos lässt er alles auf den Parkettboden fallen.

»Dein Schlafplatz«, kommentiert er trocken und schmeißt sich auf sein bequemes Bett. Doch ich beschwere mich nicht. Das ist besser als die kleine Zelle, in die mich meine Familie gesteckt hat.

Ich lege mich in meiner Kleidung, die ich schon viel zu lange am Körper trage, auf die Matratze, verberge mich so weit unter der Decke, dass nur noch mein Gesicht herausschaut, und wende Nic den Rücken zu. Ich bin erschöpft. Schlafen kann ich trotzdem nicht. Ich spüre das Gewicht von Nics Gefühlen zu deutlich. Genauso wie all die Worte, die unausgesprochen geblieben sind.

»Wie hieß sie?«, flüstere ich in meine Decke hinein.

»Wer?« Nics Stimme ist rau.

»Deine Freundin.«

Laut lässt er die Luft aus seiner Lunge entweichen. Komisch, dass ich konsequent weiteratme, obwohl ich nicht mehr ersticken kann.

»Lucie.«

»Lucie«, wiederhole ich so ehrfürchtig, als würde ich ihren Namen an ihrem Grab aussprechen. »Wart ihr euch sehr nah?«

Ich rechne damit, dass er abwiegelt, mir mitteilt, dass es mich nichts angeht, doch er überrascht mich.

»Sie und James haben sich um mich gekümmert. Sie war eine der ältesten Vampire hier. Niemand kannte ihr konkretes Geburtsjahr. Sie hat immer ein Geheimnis daraus gemacht und gesagt, dass es unhöflich sei, eine Dame nach ihrem Alter zu fragen.« Ihm entfährt ein kleines Lachen, als würde er sich an einen witzigen Moment erinnern. »Sie war noch nie in einem Kaufhaus. Als sie noch in der Sonne gehen konnte, gab es so was noch lange nicht. Deswegen sind wir im Lafayette eingebrochen, damit ich es ihr zeigen konnte. Wie ein Museumsführer.« Seine Stimme verdüstert sich. »War keine besonders gute Idee.«

Mir schnürt es die Kehle zu. Ich habe sie nicht umgebracht, aber gerade fühle ich mich, als hätte ich ihr persönlich den Pfahl durch den Brustkorb gejagt.

Nic schweigt und erhebt sich von seinem Bett, geht zum Fenster, schließt es und zieht dann die Vorhänge zu. Draußen hat es bereits begonnen zu dämmern. Nicht mehr lange und die ersten Sonnenstrahlen wären in den Raum gekrochen.

Seine Schritte bringen die Bodendielen wieder zum Knarzen, während er zum Bett zurückläuft. Seine Decke raschelt. Auch er macht sich nicht die Mühe, sich vorm Schlafen umzuziehen, obwohl er im Gegensatz zu mir Wechselkleidung vor Ort hat. Eine Weile wälzt er sich hin und her – genauso ruhelos wie ich. Dabei sollte er doch daran gewöhnt sein, tagsüber zu schlafen und nachts wach zu sein.

Ich achte auf seinen Atem, in der Hoffnung, dass er mich

beruhigt. Doch er ist angestrengt, also bin auch ich es. Noch immer spüre ich die ungesagten Worte zwischen uns und entscheide mich, ehrlich zu sein.

»Es tut mir leid.«

»Was?«, fragt Nic erstaunt.

»Das mit Lucie. Das tut mir leid.«

Wieder schweigt er ewig. Während die meisten Menschen schnell antworten, ohne groß über ihre Worte nachzudenken, nimmt Nic sich alle Zeit, die er braucht. Egal, wie lange und seltsam die Stille, die dadurch entsteht, auch sein mag. Irgendwie gefällt mir das.

Schließlich antwortet er mir.

»Das spielt jetzt auch keine Rolle mehr.«

»Lass mich raten«, sagt Nic mit einer gespielt fröhlichen Stimme, während er durch die Tür seines Zimmers tritt. »Kein Blut, keine Gesellschaft. Du willst die Nacht wieder im Bett verbringen. Habe ich was vergessen?«

Ich antworte nicht. Dafür ist mein Mund zu trocken. Gestern habe ich versucht zu sprechen. Dabei sind meine Mundwinkel aufgerissen. Und sie sind nicht verheilt. Dafür bin ich zu blutleer und zu schwach. Dennoch hat diese Erschöpfung etwas sehr Tröstliches an sich. Sie ist eine schwere Decke, die so warm und gemütlich ist, dass man niemals unter ihr hervorkommen will.

Nun bin ich schon seit ein paar Tagen in der »Festung«. Am Anfang habe ich noch alle hasserfüllten Stimmen gehört, doch mein Gehörsinn ist wieder so schlecht wie der eines Menschen. Was eine Erleichterung.

Nic seufzt theatralisch. Er versucht ständig, mich dazu zu bringen, aufzustehen. Keine Ahnung, wieso. Solange ich mich in seinem Zimmer verstecke, muss er nicht auf mich aufpassen. Aber sein Verhalten ergibt ohnehin keinen Sinn. Innerhalb eines Gesprächs wechseln seine Emotionen von freundlich zu gleichgültig zu hasserfüllt und wieder zurück. Gut, dass ich inzwischen keine Gespräche mehr führen kann.

Ich will weiter vor mich hin dösen, doch Nic scheint andere Pläne für mich zu haben. Er umrundet meine Matratze und lässt direkt vor meinem Kopf einen Stapel Bücher auf den Boden fallen.

»So«, setzt er an und hockt sich direkt vor mich. Seine Stimme erinnert an einen Animateur in einem All-inclusive Hotel. »Gaspard wollte, dass ich dir diese Bücher bringe. Aus seiner Privatsammlung. Die bekommt nicht jeder einfach so ausgeliehen. Das ist eine Ehre.«

Ich reagiere nicht. Am liebsten würde ich mich von Nic abwenden, nur fehlt mir dazu die Kraft. Ich verhungere und kann gleichzeitig nicht sterben. Meine Adern fühlen sich seltsam leer an. Ich bilde mir ein, mein weniges Blut langsam fließen zu spüren. Mein Herz schlägt nur noch alle zehn Sekunden einmal.

»Okay«, sagt Nic, endlich wieder mit einer Stimme, die nicht gekünstelt klingt. »Erklär mir mal eins, Lana. Wenn du dich weigerst, Blut zu trinken und als vertrocknete Rosine endest, wozu war alles, was du durchgemacht hast, dann gut? Wenn du sterben willst, sag einfach Bescheid, ich bringe dich zurück zu deinen Eltern und deinem charmanten Ex-Freund. Die werden es schnell für dich beenden. Auf diese Weise, wie du es gerade versuchst, wirst du nicht sterben. Du wirst dich nur irgendwann gar nicht mehr bewegen können. Und dann macht es auch keinen Unterschied mehr, ob du lebst oder stirbst.«

Er hat recht. Warum bin ich nicht wie ein Jäger gestorben,

wenn ich nicht bereit bin, als Vampir zu leben? Es ergibt keinen Sinn. Das ist mir bewusst. Aber allein der Gedanke, Blut zu trinken, bringt mich fast um.

»Eigentlich solltest du mir so besser gefallen. Dann kannst du dich wenigstens nicht darüber beschweren, dass ich dir das Leben gerettet habe oder von deinen glorreichen Tagen als Vampir-Mörderin erzählen. Für dich ist dieses Dasein die gerechte Strafe«, fährt Nic fort. Dass ich ihm nicht antworte, scheint ihn nicht länger zu stören. »Aber dieser Anblick ist deprimierend. Von einer Delacroix hätte ich mehr Kampfgeist erwartet.«

Er sieht mich erwartungsvoll an und wartet auf einen Kommentar, der ausbleibt. Nic seufzt.

»Also gut«, sagt er. »Ich werde dir trotzdem erzählen, worum es in diesen Büchern geht und warum Gaspard sie dir gegeben hat. Viele Vampire haben sie gelesen. Aus Hoffnung, wieder Menschen werden zu können. Denn diese Bücher enthalten nicht nur all das Wissen, das Vampire in den letzten Jahrhunderten über ihre eigene Existenz zusammengetragen haben, sondern dokumentieren die Fülle an Legenden und Gerüchten über eine Heilung.«

Meine Augen weiten sich. Nic grinst.

»Ich wusste, dass ich dich damit kriege.« Zärtlich streicht er über den Rücken eines sehr alten Buches, dessen Einband an manchen Stellen bereits zu brechen droht. Als wäre er nicht länger stark genug, um all das Wissen in sich gefangen zu halten. Als wollte es ihm entfliehen. »Schon seit Jahrhunderten suchen verzweifelte Vampire nach einer Heilung, weil sie diesem Dasein entgehen wollen. Weil sie denken, dass sich alle ihre Probleme in Luft auflösen, wenn sie wieder ein Mensch werden. Ein sinnloses Unterfangen, wenn du mich fragst. Aber nicht jeder kann mit seinem Schicksal so zufrieden sein wie ich.« Langsam beschleicht mich das Gefühl, dass Nic sich sogar besser und offener mit mir unterhalten kann, wenn ich rumliege wie eine leblose Schaufensterpuppe. »Und die Chance, diese Heilung zu finden, ist gering. Aber es besteht ein Fitzelchen Hoffnung, dass du wieder ein Mensch sein kannst. Auch wenn es unrealistisch ist, ist es doch eine Anreiz, oder?« Könnte ich mich noch bewegen, würde ich bereits hektisch nach den Büchern greifen. In meinem Zustand kann ich sie allerdings lediglich verzweifelt anstarren. »Habe ich es mir doch gedacht«, sagt Nic, als könnte er meine Gedanken lesen.

»Nun, da ich deine volle Aufmerksamkeit habe ...« Er greift über mich hinweg und hat auf einmal einen Beutel in der Hand. Ich erkenne ihn sofort. Es ist eine Blutkonserve. Er wedelt nicht das erste Mal mit einer vor meiner Nase herum. Und obwohl meine Sinne inzwischen gedämpft sind, nehme ich doch den Geruch von Blut wahr. »... werde ich erneut versuchen, dich dazu zu bringen, hiervon zu kosten.« Er steckt einen Strohhalm in die Konserve und saugt einmal daran. Genießerisch schließt er die Augen, als würde er einen Werbespot fürs Fernsehen drehen. »Du willst zwar kein Blut zu dir nehmen. Aber ohne kannst du die Bücher nicht lesen. Und ohne diese Bücher wirst du niemals erfahren, ob du wieder ein Mensch sein kannst. Also, wofür entscheidest du dich?« Er hält mir den Strohhalm direkt unter die Nase. »Wirst du aufgeben oder kämpfen?«

Ich sehe in Nics durchdringende, blaue Augen. Sie sind klar wie der Karibische Ozean. Ich kann nicht sagen, ob er mich gerade anlügt und die Bücher vor mir nur Romane sind. Doch wenn ich in diesem Zustand verharre, werde ich es niemals erfahren. Ich senke den Blick. Der Strohhalm ist sehr nah. Und sobald ich ihn ansehe, hält Nic ihn mir noch näher an den Mund. Ich müsste nur die Lippen öffnen. Die Bewegung bekomme ich hin. Ich zögere – eine Sekunde. Und dann ist es zu spät.

Der erste Tropfen Blut benetzt meine ausgetrocknete Zunge, und ich schließe unwillkürlich die Augen. Der Geschmack explodiert in meinem Mund, genau beschreiben kann ich ihn nicht. Ich weiß nur, dass ich noch nie etwas Besseres gekostet habe. So schmeckt Leben. So schmeckt Energie. So schmeckt Macht.

Ich trinke mehr und kann schließlich auch die rechte Hand ausstrecken, um die Konserve selbst zu halten. Ob Nic das kommentiert, weiß ich nicht, weil ich mich nur auf das Gefühl in meinem Körper konzentrieren kann. Meine aufgerissenen Mundwinkel verheilen innerhalb von Sekunden. Ich spüre genau, wie sich meine Haut dort schließt. Ich setze mich auf.

Erst als ich den letzten Tropfen aufgesaugt habe, lasse ich den Beutel sinken. Doch es ist nicht genug. Es ist noch lange nicht genug. Es kann niemals genug sein. Ich öffne die Augen. Auf einmal liegt ein roter Filter über der ganzen Welt. Ich dachte, ich würde den Hunger eines Vampirs bereits kennen. Doch ich habe mich geirrt. Erst jetzt spüre ich ihn. Tief und dunkel in meinem Inneren. Unstillbar.

Was habe ich nur getan?

11. Kapitel

Meine Haare wehen mir ins Gesicht, aber ich mache mir nicht die Mühe, sie fortzustreichen. Der Anblick, der sich mir gerade bietet, müsste berauschend sein. Doch nichts macht dem Pulsieren Tausender Hauptschlagadern zu meinen Füßen Konkurrenz.

Mit angewinkelten Beinen sitze ich auf dem Dach der »Festung«. Ich kann von hier aus den hell erleuchteten Eiffelturm sehen, die glitzernde Seine, die schmuckvollen Bauten am Flussufer. Vor mir liegt die perfekte Pariser Postkarte real ausgebreitet. Trotzdem denke ich nicht daran, diesen Abend konservieren zu wollen. Ich denke an Blut. Weil ich an nichts anderes mehr denken kann.

Neben mir liegen zwei Blutkonserven. Ich habe sie bis auf den letzten Tropfen ausgetrunken. Doch es ist nicht genug. Das habe ich inzwischen verstanden. Es wird niemals genug sein.

Dunkle Träume suchen mich seit Tagen heim. Nachts sitze ich hier draußen und beobachte die Passanten unter mir, und sobald ich schlafen gehe, ermorde ich sie immer und immer wieder. Was ein Albtraum sein sollte, fühlt sich gut an. Bis ich aufwache und mir erneut klar wird, dass ich ein Monster geworden bin.

Ich grabe meine Nägel in die Ziegel, bis sie brechen. Nur so kann ich mich zügeln und verhindern, dass ich vom Dach springe und meine Zähne in den nächsten Passanten bohre. Der Wind trägt ihren Geruch zu mir herauf, als wollte er, dass ich dem Sehnen endlich nachgebe.

Warmes, lebendiges Blut riecht so viel besser als das kalte, tote in den Konserven. Jeden Tag male ich mir aus, wie viel besser Blut schmecken muss, wenn es frisch ist. Wie gut es sich anfühlen muss, es zu trinken, während das Herz noch schlägt und die Adern pumpen.

Ich hasse mich selbst.

Und ich hasse Nic.

Er hat mich dazu gebracht, Blut zu trinken. Er hat mich mit diesen Büchern geködert. Er hat gesagt, ich könnte die Wahrheit über die Heilung nur erfahren, wenn ich wieder zu Kräften komme. Doch das war eine Lüge. Ich habe mir die Bücher immer noch nicht angesehen. Sobald ich versuche zu lesen, scheinen die Buchstaben zu bluten und verlaufen vor meinen Augen, bis nichts von ihnen übrig bleibt.

Wie kontrolliert man dieses unerträgliche Verlangen in seinen Muskeln? Wie unterdrückt man das Pochen in den Eckzähnen? Das Jucken der Haut? Wenn alle Vampire so empfinden wie ich in diesem Moment, warum ist dann in Paris noch ein einziger Mensch am Leben?

Ich kann die Stimmen nicht länger ausblenden. Meine Sinne sind gespitzt und nehmen alles überdeutlich wahr. Auch die Gespräche in der »Festung«. Sie reden über mich. Ständig. Niemand scheint mehr über etwas anderes als mich zu reden.

In den Köpfen der anderen Vampire habe ich schon tausend Mal auf brutalste Weise mein Leben verloren. Sie machen sich nicht die Mühe, zu flüstern. Im Gegenteil: Sie wollen, dass ich sie höre. Und das tue ich. Jedes einzelne Wort.

Vor allem Bastille ist sehr kreativ, was meinen Tod betrifft. Seine Stimme ist die lauteste und übertönt die der anderen.

»*Oder wir liefern sie einfach an ihre Eltern aus. Dann nehmen die uns die Drecksarbeit ab.*«

Mein Mund wird trocken. Doch die Konserven sind leer. Ich kann nichts gegen dieses Gefühl ausrichten.

»*Natürlich würde ich die Aufgabe gern selbst übernehmen. Aber was könnte schmerzhafter sein, als von seinen geliebten Eltern ermordet zu werden?*«

Bastille kennt mich nicht. Trotzdem weiß er genau, was er sagen muss, um mich zu treffen.

»*Andererseits glaube ich, dass das Eingreifen anderer sowieso nicht nötig sein wird.*« Seine Ausführungen werden vom gönnerhaften Lachen seiner Freunde untermalt. »*Ich gebe ihr noch eine Woche. Dann stellt sie sich freiwillig in die Sonne und stirbt lieber, als mit dem Wissen zu leben, dass es nur noch Menschen gibt, die sie hassen, und niemanden mehr, der sie liebt.*«

Ich drücke meine Fäuste auf meine Augen, damit ich nicht weine. Meine Emotionen kann ich genauso wenig kontrollieren wie meinen Hunger. Auf einmal ist jede spöttische Bemerkung so schmerzhaft wie die Sonnenstrahlen. Jede Erinnerung an meine Vergangenheit wie ein Splitter, der sich in meine Haut bohrt.

Sobald ich an meine Eltern und Leon denke, möchte ich sterben, nur, damit ich sie vergessen kann.

Die Verzweiflung befeuert meinen Blutdurst wie Sauerstoff ein Feuer. Es lodert immer höher. Ich bohre meine Finger noch tiefer in die Ziegel, doch es nützt nichts. Obwohl die Nägel immer wieder brechen und verheilen, brechen und verheilen. Ich nehme es nicht mehr wahr. Nur noch das Blut. Und es ruft nach mir.

Ich höre auf zu denken und springe. Der Boden rauscht mir entgegen. Ich lande so weich, als wäre ich nicht dreißig Meter in die Tiefe gestürzt. Die Seitenstraße ist leer. Doch ich rieche mein Opfer schon.

Unaufhaltsam laufe ich auf ihn zu. Irgendwo, ganz tief

vergraben in meinem Hinterkopf, appelliert eine Stimme, die mich zum Umkehren bewegen will, an meine Menschlichkeit. Doch ich höre nicht hin.

Ich laufe mehrere Meter hinter meinem Opfer und warte auf den richtigen Moment. Noch hat er mich nicht entdeckt. Ein Mann mit diesem Körperbau hat nie gelernt, sich nachts unruhig umzusehen. Er hält sich für die größte Gefahr in diesen dunklen Gassen. Falsch gedacht.

Unwillkürlich laufe ich schneller. Sein Blut ruft nach mir. Ich habe mein Opfer fast erreicht.

Er biegt in eine schmuddelige Seitenstraße ein.

Endlich dreht er sich zu mir um. Er ist ungefähr so alt wie ich. Seine Muskeln legen nahe, dass er viel Zeit im Fitnessstudio verbringt. Seine Lippen verziehen sich zu einem schleimigen Lächeln, sobald er mich erblickt.

»Bist du mir etwa gefolgt?«, fragt er spielerisch. Dass ich so nah vor ihm stehe, beunruhigt ihn nicht. Großer Fehler.

Ich bin mir sicher, dass er noch irgendetwas zu mir sagt. Ein plumper Anmachspruch vielleicht. Oder eine Einladung auf ein Getränk. Doch ich sehe lediglich, dass sich seine Lippen bewegen. An meine Ohren dringt nur der Beat seines Herzschlags. Die Ader an seinem Hals ist alles, was jetzt noch eine Bedeutung hat.

Ich springe nach vorne und bohre meine Zähne in seinen Hals. Der Geschmack von frischem Blut umgibt mich sofort wie ein Schleier. Ich weiß nicht, ob der Kerl schreit oder zappelt. Ich weiß nur, dass es kein besseres Gefühl auf der Welt gibt. Und dass es niemals genug sein wird, selbst wenn ich den letzten Tropfen gekostet habe.

Doch dann werde ich abrupt aus meinem Rausch gerissen. Ich fliege rückwärts gegen die Hauswand und gehe zu Boden. Mehrmals muss ich blinzeln, um den roten Schleier zu durchdringen. Eindrücke kehren zurück. Ich spüre die Nässe an meiner Kleidung. Als ich mich aufrapple, rutsche ich beinah in einer Pfütze aus, in der ich gelandet bin.

»Ich habe schon auf diesen Moment gewartet.«

Mir gegenüber steht Nic. Sein Blick ist ernst, obwohl seine Worte gönnerhaft klingen. Er ist nicht allein. Er stützt einen Mann, der aussieht, als würde er zu Boden fallen, wenn Nic nicht da wäre.

Die Erkenntnis trifft mich härter als der Aufprall an der Hauswand.

»Was habe ich getan?«, stoße ich aus und schlage beide Hände vors Gesicht. Entsetzt reiße ich sie zurück, während etwas Klebriges über meine Wangen rinnt. *Blut.*

»Gut, du bist wieder ansprechbar«, sagt Nic. Ich sehe nicht ihn an, sondern den Mann, der neben ihm steht. Blut tropft von seinem Hals herab und tränkt seine Kleidung. Er ist so blass um die Nase, als würde er jeden Moment ohnmächtig zusammenklappen.

»Ich hätte ihn beinahe ...« Ich kann es nicht aussprechen. Aber Nic kann es.

»Umgebracht. Richtig«, sagt Nic, kein Vorwurf schwingt in seiner Stimme mit. Mitgefühl allerdings auch nicht. Er wendet sich dem Mann zu und mustert ihn eindringlich. »Er steht noch. Gutes Zeichen.« Vorsichtig lässt er ihn los, woraufhin er schwankt, aber nicht umfällt. »Blutverlust. Allerdings noch nicht genug, um wirklich Schaden anzurichten.« Nic betrachtet den verletzten Hals. »Es heilt schon. Ein Hoch auf Vampirbisse.« Er legt dem Mann beide Hände auf die Schultern, als wäre er ein enger Freund, dem er gut zureden will. »Dir geht's gut, Kumpel. Kein Grund zur Sorge.« Nic lässt seine Arme sinken und zieht sein kariertes Hemd aus. Ich stehe zu sehr unter Schock, um das infrage zu stellen.

»Zieh das an«, sagt er zu dem Kerl, der stumm gehorcht, sich erst sein blutverschmiertes Shirt auszieht und dann das Hemd überstreift.

»Wie neu«, sagt Nic, zufrieden mit sich selbst. Er nimmt das ruinierte Shirt in die eine und ohne Vorwarnung meine Hand in seine andere. Dann springt er und ich fliege mit ihm über die Dächer.

Ich denke, dass Nic mich zurück zur »Festung« schleppen wird. Doch das tut er nicht. Schon zwei Dächer weiter bleibt er stehen, lässt mich los und lehnt sich mit vor der Brust verschränkten Armen an einen Schornstein.

»Wie geht's dir?«, fragt er. Sein Gesichtsausdruck ist undurchschaubar.

»Wie es mir geht?«, entfährt es mir hysterisch. Ich lasse mich auf den Boden sinken und vergrabe das Gesicht in den Händen. Nur, um wieder festzustellen, dass es voller Blut ist.

»Hier.« Nic reicht mir das blutige T-Shirt. Als ich mich weigere, danach zu greifen, seufzt er und geht vor mir in die Hocke. Er fragt mich nicht um Erlaubnis, sondern nimmt den besudelten Stoff und reibt mir damit übers Gesicht. Ich rieche Blut. Aber inzwischen nehme ich auch wieder andere Gerüche wahr. Dem Shirt haftet ein unangenehmes Moschusparfum an. Wie ist mir das vorher entgangen?

Endlich lässt Nic von meinem Gesicht ab und wirft das Shirt von sich.

»Jetzt siehst du nicht mehr ganz so wie Carrie auf ihrem Abschlussball aus.« Er versucht sich an einem aufmunternden Grinsen, doch es ist offensichtlich, dass er darin keine Übung hat.

Ich habe keine Ahnung, was dieser Satz bedeutet, aber es interessiert mich nicht genug, um nachzufragen. »Wir hätten ihn nicht allein lassen sollen«, sage ich tonlos, unfähig, auf seinen unpassenden Kommentar zu reagieren. »Was ist, wenn er verblutet?«

»Er wird nicht verbluten«, sagt Nic schlicht. »Der Biss wird schnell verheilen und er wird sich an nichts erinnern. Die Vorteile eines Vampirbisses.«

Ich nicke langsam. Das Blut liegt warm auf meiner Zunge. Noch immer verzehre ich mich nach mehr. Wenn mein Vater mich jetzt sehen könnte ... Nicht nur meine Kehle, sondern mein ganzer Körper zieht sich zusammen. Ich kann nicht mehr atmen. Es versetzt mich in Panik, obwohl ich nicht ersticken kann.

»Ich hätte ihn umgebracht, wenn du nicht gekommen wärst«, bringe ich über die Lippen, ohne Nic anzuschauen. Ich umklammere meine Beine mit den Armen, als könnte ich mich auf diese Weise zusammenhalten. Doch das kann ich nicht. »Ich hätte das getan, wogegen ich mein ganzes Leben gekämpft habe. Und ich hätte es genossen.« Meine Stimme zittert. Mein Gesicht fühlt sich immer noch feucht an. Doch als ich meine Wangen berühre, erkenne ich, dass es nicht mehr Blut ist, das meine Haut benetzt, sondern Tränen. Ich wende mein Gesicht ab, damit Nic es nicht bemerkt.

Doch es ist zu spät.

Er hockt immer noch vor mir und legt nun eine Hand an meine Wange. Ich erstarre. Es ist nicht das erste Mal, dass er mich berührt. Er hat schon zuvor meine Hand genommen oder sich meinen Arm über die Schulter geworfen, um mich mit sich zu schleppen. Aber jede dieser Berührungen hatte einen rationalen Zweck. Sie waren nicht vermeidbar. Diese hier ist definitiv vermeidbar. Trotzdem schüttle ich seine Hand nicht ab.

Sanft drückt er meine Wange, bis ich mich ihm wieder zuwende. Mein Herzschlag wird schneller. Er kann es bestimmt hören. Aus irgendeinem Grund ist mir das unangenehm. Er soll nicht wissen, dass die Nähe zu ihm meinen Puls rasen lassen kann.

»Es muss dir nicht peinlich sein, dass du weinst«, sagt Nic ernst. Ich warte darauf, dass er sich über mich lustig macht. Doch das tut er nicht. Seine Augen blicken direkt in meine. Mir wurde beigebracht, strahlende Vampiraugen zu hassen. Gerade ist mein einziger Gedanke, wie unglaublich schön sie sind. »Es gibt keinen Vampir in der Festung, der nicht die gleiche Erfahrung gemacht hat wie du gerade.« Ich schlucke schwer. »Und es gibt viele, bei denen es nicht so glimpflich ausgegangen ist wie bei dir.«

Ich will fragen, ob er von sich selbst spricht, traue mich aber nicht.

»Wie kontrolliert man diesen unerträglichen Hunger? Es ist alles, woran ich denken kann«, frage ich stattdessen, während mein Puls sich langsam an den Körperkontakt mit ihm gewöhnt.

Nic lächelt leicht. »Ich weiß, dass es dir so vorkommt, als gäbe es keinen Ausweg. Der Hunger wird zwar immer da sein. Aber er wird mit der Zeit nachlassen. Du musst dich erst noch an die gesteigerten Sinne und Emotionen gewöhnen. Und ich werde dir dabei helfen. Versprochen.«

Erst als ich langsam nicke, lässt Nic seine Hand sinken. Ich trauere seiner Berührung ein bisschen nach, sage aber natürlich nichts.

Er setzt sich neben mich und blickt ebenfalls geradeaus.

»Warum bist du so nett zu mir?«, frage ich und wische mir mit meinem Ärmel die restlichen Tränen aus dem Gesicht. Sie sind versiegt und mein Inneres zur Ruhe gekommen. Zumindest für den Moment.

»Weil du mich an meine eigene Anfangszeit erinnerst«,

sagt Nic und fügt nach einer kurzen Pause hinzu: »Gewöhn dich nicht dran. Das heißt nicht, dass ich dich leiden kann.«

Mir entfährt tatsächlich ein Lachen. »Das weiß ich. Ich habe die Gespräche in der Festung gehört.«

»Sie werden dir nicht wehtun. Du musst dir keine Sorgen machen.«

»Ich weiß, dass mich niemand angreifen wird.«

»Was beunruhigt dich dann?«

Ich antworte nicht sofort. Alles, was ich jetzt sagen könnte, würde Nic lächerlich erscheinen. Doch weil er mich schon so oft gerettet hat, kann ich ihn auch nicht anlügen.

»Unsterblichkeit«, sage ich also. »Mich für immer so zu fühlen, wie ich es gerade tue.« *Für immer einsam zu sein.*

»Du wirst dich daran gewöhnen, ein Vampir zu sein. An alles, was dazugehört.«

»Ach ja?«, frage ich und drehe mich das erste Mal, seitdem dieses Gespräch begonnen hat, vollständig zu Nic um. Sein Blick ruht auf den Hausdächern unter uns. »Willst du jetzt die Weisheiten mit mir teilen, die du über die Jahrhunderte, die du die Erde bevölkerst, angesammelt hast? Willst du mir erzählen, wie du im Ersten Weltkrieg gekämpft und die Liebe deines Lebens an die Spanische Grippe verloren hast? Oder besser noch: Wie ein tiefgründiges Gespräch mit da Vinci dich für immer verändert hat? Und willst du mir klarmachen, dass du so viel mehr Ahnung von allem hast wegen all dieser Erfahrungen mehrerer Lebenszeiten?«

»Bist du fertig?«, fragt Nic und sieht mich leicht genervt, aber auch amüsiert an.

»Noch lange nicht«, sage ich leise und spüre die Vorboten eines Lächelns an meinen Mundwinkeln zupfen.

»Du kannst all deine wilden Ideen für dich behalten. Ich bin nicht dreihundert Jahre alt, sondern dreiundzwanzig. Ich bin erst seit zwei Jahren ein Vampir. Die Geschichten von meiner Jahrhunderte-anhaltenden Einsamkeit und der Last der Unsterblichkeit bleiben dir also erspart.«

Einsamkeit – bedeutet das, dass er auch diese gähnende Leere kennt, die mich seit Tagen kontinuierlich aushöhlt? Doch das frage ich ihn nicht, ich sage nur: »Gott sei Dank.«

»Ich glaube nicht, dass er noch für uns zuständig ist«, meint Nic, wieder ernst, und wendet den Blick ab. Unwillkürlich greife ich mir an die Brust, wo mein Herz noch immer schlägt, als wollte es einfach nicht verstehen, dass es nicht mehr richtig am Leben ist. Doch es ist nicht mein Herz, nach dem ich taste. Es ist meine Seele. Als könnte man sie so gut erfühlen wie das Herz. Ich wünschte, es wäre so. Denn ich muss wissen, ob ich noch immer eine habe, oder ob sie gestorben ist, sobald ich zu einem Vampir geworden bin.

»Schon wieder dieser kritische Gesichtsausdruck«, sagt Nic tadelnd. »Wärst du kein Vampir, würde ich dir raten, dir eine Faltencreme zuzulegen.« Er will mich tatsächlich aufmuntern. Doch diese Worte erinnern mich an meine Mutter.

Nic gibt sich nicht so leicht geschlagen. »Du stehst also auf muskelbepackte Arschlöcher, die in Aftershave baden«, stellt er fest.

»Du willst dich über den Mann lustig machen, den ich fast umgebracht habe?«, frage ich fassungslos.

»Mann? Das war doch kein Mann«, entgegnet Nic ungerührt. »Das war ein Poser.« Er grinst schadenfroh. »Aber von einer Frau, die fast von ihrem Verlobten aufgespießt wurde, kann ich wohl keinen guten Männergeschmack erwarten.«

Diese Aussage ist so dreist, dass sie mich tatsächlich zum Lachen bringt.

»Er war nicht mein Verlobter. Er wollte mir nur einen Antrag machen«, berichtige ich Nic, obwohl das nun wirklich keine Rolle mehr spielt.

»Und du hättest Nein gesagt«, stellt er fest, obwohl das noch weniger eine Rolle spielt.

»Hätte ich.«

Nic grinst schon wieder diebisch. »Also bist du doch nicht ganz verloren.«

Ich lasse den Blick über die Stadt schweifen und atme die dunkle Nacht ein. Ich antworte nicht, weil ich nicht zugeben will, dass ich längst verloren bin.

12. Kapitel

»*Seit Jahrhunderten hat sie niemand mehr zu Gesicht bekommen*«, »*Sagenumwoben*«, »*Es ist umstritten, ob sie wirklich existiert hat*«.

Wütend klappe ich das Buch zu.

Das ist alles Nics Schuld. Er hat mir Hoffnungen gemacht, obwohl er wusste, dass sie nur enttäuscht werden konnten. Er hat mich reingelegt.

Die Bücher, die von einer angeblichen Heilung sprechen, von der Möglichkeit, wieder ein Mensch zu werden, sind nutzlos. Sie beweisen nur, dass es auch unter Vampiren geblendete Verschwörungstheoretiker gibt. Doch anstatt sich einzureden, dass die Erde flach und die Mondlandung erfunden ist, glauben sie daran, dass sie ihrem unsterblichen Schicksal entgehen können. Und ich bin darauf hereingefallen.

Ich stütze meine Ellbogen auf dem Tisch ab und verberge mein Gesicht in den Händen. Mein einziger Trost ist, dass ich die Stimmen der anderen Vampire nicht hören kann.

Ich sitze in der Bibliothek der Festung. Hier sind die Wände genauso schalldicht wie in Gaspards Büro. Der Raum gefällt mir also nicht nur wegen der vielen Bücher, die in endlos langen Reihen alter massiver Regale stehen. Wenn ich an einem der Tische sitze und lese, fühle ich mich kurz wieder wie ein Mensch. Denn in den Stunden, die ich hier verbringe, werden meine Sinne nicht mit Reizen überflutet. Ich nehme nur wahr, was tatsächlich in diesem Raum geschieht. Bastilles böse Worte können mich hier nicht finden.

Nicht viele Vampire kommen regelmäßig in die Bibliothek. Die meisten nutzen den Tag zum Schlafen und die Nacht für Ausflüge. Also habe ich hier meine Ruhe.

Ich habe eine gewisse Routine gefunden. Wenn ich mich nicht über die sinnlosen Worte aufrege, die ich lese, gehe ich mit Nic spazieren. Das ist mein Training. Er setzt mich Menschen und ihrem Blutgeruch aus, damit ich lerne, meine Instinkte zu kontrollieren. In manchen Nächten fällt es mir leichter, in manchen schwerer. Ein paarmal musste Nic mich festhalten oder beschwörend auf mich einreden, aber ich habe niemanden mehr angegriffen.

Nic besteht auf diese Trainingseinheiten, obwohl ich ihm anmerke, dass er lieber überall wäre, nur nicht an meiner Seite. Ich schlafe in seinem Zimmer, er kümmert sich um mich. Trotzdem sind wir keine Freunde und werden es vermutlich auch niemals sein. Es ist seltsam, so viel Zeit mit jemandem zu verbringen, der einen nicht in seiner Nähe haben will.

Jemand räuspert sich. Dieses Geräusch ist mir inzwischen sehr vertraut. Ich muss nicht aufsehen, um zu wissen, von wem es stammt.

Die Frau mit den hüftlangen schwarzen Haaren und dem eleganten Hosenanzug sitzt immer auf demselben Stuhl vier Tische weiter. Sie liest jeden Tag in einem anderen Buch. Doch ihre Haltung ist immer die gleiche. Sie hat sich im Stuhl zurückgelehnt, die Beine nach vorne gestreckt und an den Füßen überkreuzt. Das Buch hält sie mit der rechten Hand vor ihr Gesicht. In dieser Position verharrt sie für Stunden. Alle paar Minuten hebt sie ihre linke Hand, um mit ihrem Zeigefinger umzublättern. Immer und immer wieder. Sie wirkt wie eine Statue, ein Bild vollkommener Ruhe. Nur ihre Augen machen diesen Eindruck kaputt. Die können nicht so gut stillhalten wie ihr Körper. Immer wieder huschen sie zu mir herüber. So oft, dass ich mich frage, ob sie wirklich zum Lesen hierherkommt oder um mir nachzuspionieren.

Doch ich spreche sie nicht darauf an und auch sie nähert sich mir nicht.

Ich seufze schwer und starre wütend auf die Seiten, die aufgebahrt vor mir liegen. Das hat alles keinen Zweck. Selbst die Bücher scheinen das begriffen zu haben. Nur bei mir ist die Nachricht noch nicht angekommen.

Die Tür knarzt. Ich spüre, dass sich auch die Unbekannte unwillkürlich aufrichtet. Doch meine Muskeln entspannen sich schnell wieder. Es ist nur Nic.

»Hast du mich schon vermisst?«, frage ich spöttisch und schlage das Buch vor mir schwungvoll zu. Staub wirbelt in alle Richtungen. Ich bin mir nicht sicher, ob ich das wahrnehmen könnte, wenn ich noch ein Mensch wäre.

Nic lässt sich nicht dazu herab, auf meine Frage zu antworten. Er schnaubt nur. Ist wohl Antwort genug.

»Ich freue mich auch, dich zu sehen«, sage ich, weil ich es mir nicht verkneifen kann. Aus dem Augenwinkel nehme ich den kritischen Blick der Unbekannten wahr. Zumindest bilde ich es mir ein. »Spaziergang?«

»Heute nicht«, sagt Nic knapp. »Ich soll dich zu Gaspard bringen.« Seine Miene ist ausdruckslos, seine Mundwinkel in ihrer mürrischen Position so fest fixiert, als wäre Nics Gesicht nicht dafür gemacht, zu lächeln. Sein Verhalten mir gegenüber würde ich zwar nicht immer als freundlich bezeichnen, aber so eisig war er seit meiner Ankunft in der Festung nicht mehr.

»Okay«, sage ich zögerlich und erhebe mich von meinem Stuhl. Ich fühle mich wie ein Schulkind, das zum Rektor zitiert wird, weil es was verbrochen hat.

»Was ist los, Nic?« Das erste Mal höre ich die Stimme der Unbekannten und nicht nur ihr Räuspern. Der Klang ist weich, fordert aber auch Respekt ein. Genau wie ihre Haltung. Sie ist ebenfalls aufgestanden und wirkt dabei genauso regungslos wie beim Sitzen.

»Es geht um Tony«, sagt Nic. Sobald er mich nicht länger ansehen muss, werden seine Züge weicher und offener. Ich wünschte, ich könnte sagen, dass mir das egal ist. »Er ist verschwunden.«

»Wie meinst du das?« Die sanfte Stimme zittert leicht.

»Mehr weiß ich auch nicht. Gaspard wollte erst, dass ich sie hole.« Er deutet auf mich, ohne in meine Richtung zu blicken.

»Dann komme ich mit«, sagt die Unbekannte. Sie und Nic setzen sich in Bewegung, ohne nachzusehen, ob ich ihnen folge. Es sind diese kleinen Gesten, die mir immer wieder deutlich vor Augen führen, dass ich nicht an diesen Ort gehöre und sich in den Augen seiner Bewohner auch niemals etwas daran ändern wird.

Weil mir keine andere Wahl bleibt, trotte ich den beiden hinterher und schlucke meine Verärgerung herunter. Sie kann sich zu der Trauer, Enttäuschung und Schuld gesellen, die ich ebenfalls zu einem Dasein tief in meinem Inneren verdammt habe.

Sobald ich die Bibliothek hinter mir gelassen habe, stolpere ich über die Eindrücke, die wieder ungehindert und mit voller Wucht auf mich einprasseln können. Die Stimmen all der Vampire, die sich in diesem Gebäude unterhalten. Die Passanten auf der Straße. Das Rauschen der Seine. Ich muss kurz stehen bleiben, um mich an diesen Geräuschpegel zu gewöhnen, bevor ich Nic und der Unbekannten folge, die mir bereits einen Treppenabsatz voraus sind.

Schnell schließe ich zu ihnen auf. Wir passieren mehrere Stockwerke, doch für einen Vampir ist das keine Anstrengung.

Nach ein paar Tagen in der Festung ist mir klar geworden, dass der Aufzug so baufällig aussieht, weil Vampire ihn nicht brauchen. Sie sind schneller zu Fuß. Nic hat ihn nur benutzt, weil ich bei meiner Ankunft kaum aufrecht stehen konnte.

Ich spüre meine Muskeln kaum, da sind wir auch schon bei Gaspards Büro angekommen. Die Tür ist angelehnt und ich folge Nic und der Unbekannten hindurch und ziehe sie hinter mir zu. Die Geräusche verschwinden und ich kann wieder tief durchatmen.

Gaspard sitzt nicht in einem seiner großen Sessel. Er steht, die Hände hinter seinem Rücken verschränkt, und starrt in den Kamin, in dem nie ein Feuer brennt. Dieser Anblick trifft mich unvorbereitet. Für einen Moment verändert sich die Umgebung. Die Sessel sind nun mit braunem Leder bezogen, die Wände sind aus dunklem Holz und das Feuer im Kamin spiegelt sich in einem Whiskeyglas. Ich blinzle heftig. Die Bilder verschwinden. Aber ein herber Nachgeschmack bleibt auf meiner Zunge zurück.

Langsam dreht sich Gaspard zu uns um. Seine Miene ist ernst.

»Was ist passiert?«, platzt es aus der Unbekannten heraus. »Wo ist Tony?«

»Das wissen wir nicht.«

Die Tür öffnet sich. Ein Mann tritt hindurch. Während er läuft, saugt er beherzt an einer Blutkonserve. So beherzt, dass Blut über seine Mundwinkel und seinen Hals rinnt wie verschütteter Rotwein.

Sobald er mich erblickt, lässt er die Konserve sinken und ich kann einen richtigen Blick auf sein Gesicht werfen. Er ist furchtbar jung. Seine Wangen sind so glatt, als hätte sich noch kein einziges Haar dorthin verirrt. Er war nicht einmal richtig erwachsen, als er sich verwandelt hat. Seine Haltung verrät aber, dass er schon lange kein Jugendlicher mehr ist. Er wirkt ernst und reif, auch wenn sein Gesicht das niemals widerspiegeln wird.

Ungeniert mustert er mich. Sein Blick ist abmessend und vorsichtig, aber nicht offen feindselig. Im Vergleich dazu, wie mir die anderen Vampire begegnen, kommt das schon einer herzlichen Umarmung gleich.

Erst auf den zweiten Blick wird mir klar, dass das Blut auf seiner Haut nicht nur fremdes ist, sondern auch sein eigenes an ihm klebt. Sein T-Shirt und seine Hose sind an einigen Stellen zerrissen. Seine Haut ist vermutlich längst wieder verheilt.

Ich weiß sofort, welche Waffe dafür verantwortlich ist. Holzsplittergranate. Ein Jäger hat ihn angegriffen.

»Oh mein Gott, was ist dir denn passiert?«, fragt die Unbekannte und mustert den Neuankömmling, während sie mit großen Schritten auf ihn zugeht und ihn vorsichtig am ganzen Körper abtastet.

»Beruhige dich, Sybille. Mir geht es gut«, sagt er und schiebt sie sanft, aber bestimmt von sich. »Ich bin nicht derjenige, um den wir uns Sorgen machen müssen.«

Er räuspert sich und setzt sich ungefragt in einen der Sessel. Die leere Konserve lässt er einfach zu Boden fallen, aber niemand beschwert sich darüber.

»Um Tony müssen wir uns Sorgen machen.« Sein Kiefer ist so versteift, dass ich mich wundere, dass überhaupt ein Wort seinen Weg hinausfindet.

»Erzähl uns, was passiert ist«, sagt Gaspard mit ruhiger Stimme. Die anderen bleiben stehen. Obwohl ich keine Ahnung habe, was hier vor sich geht und sich niemand die Mühe macht, mich aufzuklären, fühle auch ich mich zu aufgekratzt, um mich hinzusetzen.

»Wir wollten Blut beschaffen. Das war schließlich unsere Aufgabe für heute Nacht«, beginnt der Junge und sieht dabei Gaspard an. »Es sollte eine Mission wie jede andere werden. Doch dann ist Tony auf eine präparierte Bodendiele getreten und eine Granate ist losgegangen. Wir wollten sofort weiter, aber es waren zu viele Splitter. Wir konnten uns kaum bewegen und mussten sie erstmal aus unseren Beinen ziehen. Und dann haben sie uns auf einmal von allen Seiten angegriffen. Es waren richtig viele.«

Ich schlucke schwer und bin mir in diesem Moment nicht ganz sicher, ob die Sorge, die ich spüre, den Jägern oder Tony gilt. Meine Verwandlung zum Vampir scheint auch meine Instinkte verändert zu haben. Obwohl ich keine Ahnung habe, wer Tony ist, spüre ich bei der Vorstellung, er könnte getötet worden sein, einen Stich in der Brust. Doch meine Erziehung wurde nicht vollkommen ausgelöscht. Noch immer kann ich die Stimme meines Vaters in meinen Ohren dröhnen hören. Und die verhöhnt mich gerade lautstark für meine lächerlichen Gefühle.

»Sie haben noch mehr Granaten auf uns geworfen. Wir wurden regelrecht durchlöchert. Ich habe es geschafft, zum nächsten Fenster zu gelangen. Doch Tony haben sie geschnappt.«

»Geschnappt?«, entfährt es Sybille, die ihre Fähigkeit, wie aus Stein gemeißelt auszusehen, verloren hat. Immer und immer wieder fährt sie mit den Händen über ihr schwarzes Jackett mit weißen, dünnen Nadelstreifen, als wollte sie den makellosen Stoff glatt streichen, obwohl er nicht eine Falte aufweist. Auch am Gürtel, der um ihre Taille liegt, fummelt sie herum. Trotz ihrer Nervosität hat sie noch immer eine beneidenswert perfekte Haltung, die zusammen mit ihrem schicken Anzug den Eindruck erweckt, sie wäre auf einem Fotoshooting für ein Modemagazin.

»Ja, sie haben ihn nicht getötet, glaube ich«, sagt der Junge und reibt sich mit dem Handrücken über den Mund, wobei er das Blut noch großflächiger in seinem Gesicht verwischt. »Sie haben ihn festgehalten. Ich dachte, sie würden ihn töten. Stattdessen haben sie ihn mitgenommen. Warum haben sie ihn nicht getötet? Was haben sie vor?«

Sein Blick trifft meinen. Erhofft er sich Antworten auf seine Fragen von mir? Sobald er erkennt, dass ich keine Antwort für ihn habe, wendet er sich mit einer Endgültigkeit von mir ab, als hätte er nicht vor, sich jemals wieder in meine Richtung zu drehen.

»Vermutlich wird Lanas Vater sich eine gute Verwendung für ihn einfallen lassen«, kommentiert Nic trocken. Beim Klang meines Namens zucke ich unwillkürlich zusammen. Nic hat seine Stimme nicht erhoben, aber in seinen Worten liegt eine Schärfe, die mich viel stärker trifft als jeder Schrei.

Ich weiche seinem Blick aus, und starre in den leeren Kamin, weil ich mir ziemlich sicher bin, die Gesichtsausdrücke der anderen gerade nicht ertragen zu können. Der Kamin sieht aus, als wäre er noch nie benutzt worden, kein Ruß verschmutzt die Verkleidung – als hätte er keine Vergangenheit. Nichts zeugt von der Anwesenheit von Feuer. Das sollte mich nicht überraschen. Feuer ist das einzige Element, das Vampiren gefährlich werden kann. Vermutlich wollen sie nicht täglich an diese Tatsache erinnert werden.

»Wie meinst du das, Nic?«, fragt der Junge.

»Das willst du nicht wissen, Gabriel.« Wieder diese Schärfe, die nur mir gilt. Selbst dann, wenn er eigentlich nicht mit mir spricht.

»Das kann so nicht weitergehen«, sagt Sybille. Ihre zitternde Stimme bringt mich dazu, meinen Blick vom Kamin zu lösen. Sie will so gar nicht zu ihrer beeindruckenden Erscheinung passen. »Erst James, Lucie, jetzt auch noch Tony.« Sie setzt sich in einen Sessel und Gabriel greift sofort nach ihrer Hand.

»Du hast recht, Sybille. So kann es nicht weitergehen«, bestätigt Gaspard, der zwar im Vergleich zu den anderen Anwesenden sehr gefasst ist, dessen Blick aber immer wieder durch sein geschlossenes Fenster in die Ferne geht, als könnte er von hier aus die Zellen sehen, in die seine Freunde gesperrt wurden. »In letzter Zeit sind wir zu oft in die Fallen der Jäger getappt. Wir haben schon zu viele Freunde verloren. Die Beschaffung von Blut ist zu gefährlich geworden. Aber wir brauchen es.«

Er wendet sich mir zu.

»Deswegen bist du hier, Lana.«

Alle Augen richten sich auf mich und ich habe das Gefühl, sofort um mehrere Zentimeter zu schrumpfen. Ich hasse es, mich so zu fühlen. Ich hasse es, so unsicher zu sein. Als Erbin der Jäger war ich es gewohnt, angesehen zu werden. Es hat mich nicht gestört. Ganz im Gegenteil. Ich habe es genossen. Als könnte man jeden anerkennenden Blick sammeln und sich seinen ganz eigenen Thron daraus bauen. Doch von dieser Lana scheint nichts übrig zu sein.

Bei jedem Versuch, mich an sie zu erinnern, entgleitet mir die Vergangenheit ein Stück mehr. Ich widerstehe dem Drang, in mich zusammenzusinken, nur um den anklagenden Gesichtsausdrücken zu entfliehen. Ich drücke meinen Rücken durch und verschränke die Arme vor der Brust. Vor allem Nics Blick ruht schwer auf mir. Trotzig schiebe ich mein Kinn vor und fordere ihn heraus. Er wendet den Kopf zuerst ab.

Dann sehe ich Gaspard an. Erst, als sich unsere Augen begegnen, spricht er weiter.

»Du kannst uns helfen«, sagt er und läuft zu seinem riesigen Schreibtisch direkt vor dem Fenster hinüber. Wir alle folgen ihm und versammeln uns um die Karte, die den gesamten Tisch einnimmt. Sie zeigt Paris und auf ihr sind alle Krankenhäuser markiert.

Gaspard sieht von der Karte auf und wieder mich an.

»Wo befinden sich die Fallen?«

Wieder liegen alle Blicke wie stumme Aufforderungen auf mir. Ich versteife mich und tue so, als würde ich die Karte mustern, um Zeit zu gewinnen. Sofort fallen mir einige Vorrichtungen ein, die ich selbst angebracht habe.

»Ich ...«, setze ich an, bekomme den Satz aber nicht vollständig über die Lippen. Da ich ohnehin schon alle Ideale verraten habe, für die meine Familie steht, sollte man meinen, dass es mir nicht schwerfallen würde, auch alle ihre Geheimnisse zu offenbaren. Doch zwei Teile von mir kämpfen unerbittlich miteinander. Mein Mund ist wie ausgedörrt. Als hätte mein Vater, als ich ein kleines Kind war, eine Vorkehrung eingebaut, die mir die Fähigkeit zu sprechen nimmt, sollte ich jemals versuchen, die Jäger zu verraten. Das wäre fast schon eine tröstliche Vorstellung. Wenn meine Sprachlosigkeit, mein trockener Rachen, meine gelähmten Stimmbänder seine Schuld wären. Wenn es eine logische Erklärung gäbe. Doch so einfach ist es nicht. Dass ich mich fühle, als würde ich innerlich gleich in zwei Hälften zerreißen, habe ich nur mir selbst zu verdanken.

Ich räuspere mich umständlich, atme tief durch und konzentriere mich, um die Worte endlich herauszupressen.

»Was ist, wenn ich es nicht verraten will?« Ich sehe nur Gaspard an. Sein Gesichtsausdruck bleibt freundlich. Das ist nicht das, womit ich gerechnet habe. Seit Tagen warte ich darauf, dass er die Maske fallen lässt. Weil ich mir eingeredet habe, dass er eine tragen muss.

Als Kind habe ich gelernt, dass die ältesten Vampire die unberechenbarsten und gefährlichsten sind. Schließlich existieren sie schon seit Jahrhunderten und so lange bleibt man nur am Leben, wenn man hinterhältig, gerissen und bösartig ist. Doch ich kann nichts in seinen Augen entdecken, das zu den Horrorgeschichten passt, die mir früher Albträume beschert haben.

Ich weiß auch nicht, warum ich so aktiv nach dem Monster in Gaspard suche. Vielleicht wäre meine Existenz leichter zu ertragen, wenn ich wenigstens einmal erkennen könnte, dass meine Familie nicht schon seit Jahrhunderten eine Bedrohung bekämpft, die keine ist. Dann müsste ich meine Familie nicht mehr dafür hassen, mich verstoßen zu haben.

Aber Gaspard zeigt mir keine andere Seite. Das Einzige, was er mir immer und immer wieder zeigt, ist Güte und Verständnis. Und das tut er auch jetzt wieder.

»Ich werde dich zu nichts zwingen, was du nicht tun willst.«

Seine Stimme ist so offen, dass sich dort keine bösen Absichten verstecken können. Ich glaube ihm. Ich kann gar nicht anders.

Wieder sehe ich auf die Karte vor mir auf dem Tisch. Ich weiß, wo die Fallen platziert sind. Aber ich bekomme kein Wort heraus.

Niemand fragt mich ein zweites Mal. Sie lassen mich bewegungs- und sprachlos auf den Tisch starren.

»Nic«, sagt Gaspard, »wir brauchen Blut. Die Mission heute ist gescheitert. Aber unsere Reserven sind aufgebraucht.«

»Alles klar«, sagt Nic gelassen. »Ich mache mich gleich auf den Weg.«

Gaspard deutet auf der Karte auf das nächstgelegene Krankenhaus. Nic nickt und wendet sich bereits zum Gehen. In dem Moment löst sich die Blockade in meinem Hals.

»Warte.«

Er hält an der Tür inne und sieht sich zu mir um. Fragend zieht er die Augenbrauen hoch.

»Dort ist eine Falle installiert.« Die Worte liegen wie Stacheln auf meiner Zunge, als sie meinen Mund verlassen. Doch den metallenen Nachgeschmack ignoriere ich. Nic hat mir mehr als einmal das Leben gerettet. Obwohl er mich nicht leiden kann, hat er nie gezögert, mir zu helfen. Ich kann ihn nicht einfach in eine Falle laufen lassen.

»Woher weißt du das?«

»Weil ich sie aufgestellt habe«, sage ich. »Also weiß ich, wie man sie entschärfen kann.«

Ich rechne damit, dass die Kälte in seine Stimme zurückkehrt und er mir einen Blick zuwirft, den ich noch Stunden später auf meiner Haut spüren kann. Doch beides bleibt aus. Nic lächelt zwar nicht, aber sein Blick verliert seine Härte.

»Dann werdet ihr euch gemeinsam auf den Weg machen und du die Falle entschärfen«, bestimmt Gaspard. Er lächelt zufrieden, als hätte er schon vor Beginn dieses Gesprächs gewusst, wie es ausgehen würde, dabei habe nicht mal ich geahnt, dass ich mich tatsächlich dazu bereit erklären würde, zu helfen.

Doch ich nehme mein Angebot nicht zurück, nicke Gaspard zu und sage an Nic gewandt: »Lass uns aufbrechen.«

13. Kapitel

In einem Krankenhaus ist zu jeder Tageszeit viel Betrieb. Ich kann das lebendige Blut, das sich überall in diesem Gebäude befindet, nur zu deutlich riechen. Genauso wie das tote im Keller, für das wir hierhergekommen sind.

Der Blutgeruch kratzt an meiner Selbstbeherrschung und droht sich schon wieder wie ein roter Filter über meine anderen Sinne zu schieben. Trotzdem schaffe ich es, konzentriert und ruhig zu bleiben, während wir durch das Gebäude gehen.

Nic und ich haben eine Mission und dieses Wissen hilft mir, alles andere auszublenden. Obwohl ich Blut immer aus den Augenwinkeln wahrnehmen kann und es mich nie wirklich verlässt, kann ich doch der Versuchung widerstehen, seinen Rufen zu folgen.

Nics skeptischer Blick liegt auf mir, doch als ich keine Anstalten mache, loszurennen und meine Zähne in menschliches Fleisch zu bohren, lässt er von mir ab. Ich rechne jede Sekunde damit, dass jemand erkennt, dass wir nicht hierher gehören. Zum Glück ist in dem Krankenhaus so viel los, dass wir niemandem auffallen. Und als wir uns dem Bereich nähern, zu dem nur Angestellte Zutritt haben, rennen wir so schnell, wie nur Vampire es können, sodass uns niemand bemerkt. Wir werden wieder langsamer und schleichen schweigend weiter. Nic öffnet eine Tür, will den Raum mit den Blutkonserven betreten, doch ich halte ihn zurück.

Er stellt es nicht infrage, sondern bleibt einfach stehen. Seit wir aufgebrochen sind, haben wir nicht mehr als zwei Worte miteinander gewechselt und auch jetzt scheint er nichts daran ändern zu wollen.

Ich bin mir nicht sicher, ob das ein gutes oder schlechtes Zeichen ist. Bin ich ihm den Aufwand, einen Satz zu formulieren, nicht wert? Oder bedeutet sein Schweigen, dass er meine Anwesenheit toleriert? Schwer zu sagen. Nic scheint selbst nicht zu wissen, wie er zu mir steht, also ist es für mich unmöglich, sein Verhalten zu entschlüsseln.

Ich schiebe alle Gedanken an ihn beiseite und konzentriere mich auf meine Umgebung. Diese Falle habe ich selbst aufgestellt. Ich kann mich daran erinnern, mit Zoe hier gewesen zu sein.

Früher habe ich diese Aufgabe immer als langweilig empfunden. Man hat keinen direkten Gegner. Es gibt keinen Kampf. Es passiert nichts. Doch die Folgen meiner Taten habe ich nie gesehen. Die Vampire, die wegen mir gestorben sind, werden meine Fallen wohl nicht für langweilig gehalten haben.

Langsam laufe ich in den Raum hinein. Damit das Krankenhaus trotz der Falle wie gewohnt auf seine Blutkonserven zugreifen kann, ist alles mit ausgewählten Ärzten und einflussreichen Vorstandsmitgliedern des Krankenhauses abgesprochen – die wie viele wichtige, reiche oder mächtige Menschen in dieser Stadt von den Jägern und ihrer Mission wissen –, und der Eingang sicher. Die Falle ist weiter hinten. Unter dem kleinen Fenster. Weil wir davon ausgegangen sind, dass Vampire eher durch die Luke als durch die Tür diesen Raum betreten.

Der Faden, der über den Boden gespannt ist, hat die gleiche Farbe wie das Laminat und ist so dünn, dass ihn niemand sehen würde – nicht mal ein Vampir –, wenn er nicht weiß, wonach er Ausschau halten muss.

Ich hocke mich auf den Boden und blicke unter ein Regal. Dort liegt die Granate. Der Faden ist um ihren Stift gewickelt. Tritt ein Vampir auf den Faden, zieht es den Stift aus der Granate und sie geht los.

Noch zweimal atme ich tief durch, dann greife ich unter das Regal und versuche den Faden vom Stift zu lösen. Meine Finger werden ganz ruhig. Ich arbeite mit präzisen Bewegungen. Genauso wie in dem Moment, als ich die Granate hier angebracht habe.

Der Faden lockert sich und ich hole die Granate unter dem Regal hervor.

»Entschärft«, sage ich, stehe auf und sehe Nic an. Kritisch mustert er die Granate. Doch weil ich ruhig stehen bleibe, wird auch seine Haltung entspannter. Er sieht nicht länger aus, als wäre er jede Sekunde bereit, aus dem Raum zu springen.

»Lass uns schnell die Konserven einpacken und dann von hier verschwinden«, sagt er und schiebt seinen Rucksack von seiner Schulter. Mit beiden Händen greift er in die Regale und schiebt die Konserven hinein. Ich zögere noch einen Moment, tue es ihm dann aber gleich. Die Granate lege ich auf ein Regalbrett, damit keiner von uns aus Versehen auf sie tritt und sie hochgeht. Ich bin nicht bereit, eines so unnötigen Todes zu sterben. Das passt nicht zu mir.

Sobald ich mich nicht mehr darauf konzentrieren muss, eine Granate zu entschärfen und uns damit das Leben zu retten, drängt sich der rote Filter wieder mit mehr Nachdruck in mein Blickfeld. Ich sehe ihn nicht länger nur aus den Augenwinkeln.

Langsam lasse ich meinen Rucksack auf den Boden sinken und kralle mich mit der rechten Hand am nächsten Regal fest. *Ich bin stärker als das Blut. Ich bin stärker als das Blut.*

Aber es umgibt mich. Es ist überall. Es schließt mich ein in einen fast schon tröstlichen, warmen Kokon. Dieser Raum besteht nur aus Blut. Egal, wohin ich blicke.

Doch das Blut, das mich ruft, das an meinen Muskelsträngen zerrt, mich anschreit, endlich zu ihm zu kommen, läuft zwei Stockwerke über mir. Ich kann es in den Adern rauschen hören. Es lebt. Es ist ein eigener Organismus. Es hat einen eigenen Willen und gehört nicht länger dem Menschen, in dem es gerade wohnt. Es gehört mir.

»Lana!«

Nics Stimme dringt durch den Filter. Das Rot zerreißt, als ich seine blauen Augen sehe. Die zwei letzten sauberen Tropfen in einem blutigen Meer.

»Atme ruhig weiter. Du kannst dem widerstehen – du bist stärker als der Hunger. Ich weiß, dass du es schaffen kannst!« Das Rauschen des lebendigen Blutes übertönt ihn fast. Doch ich kann ihn hören. Und fühlen. Seine Hand liegt auf meiner Schulter und erdet mich. Der Kontakt zu ihm beweist mir, dass der rote Kokon nicht allumfassend ist. Wenn er mich darin erreichen kann, kann ich auch einen Weg hinaus finden.

Also konzentriere ich mich auf seine Hand, seine Worte, seine Augen. Und das Rot zieht sich zurück. Es verschwindet nicht. Es verschwindet nie. Die Ebbe hat zwar eingesetzt, ich kann tief durchatmen, doch die Tatsache, dass die Flut jederzeit zurückkehren kann, hängt immer über mir.

»Ich bin okay«, flüstere ich, lasse das Regal los, an das ich mich geklammert habe, und richte mich wieder auf. »Ich bin okay.«

Nic lässt mich nicht gleich los. Seine Hand liegt immer noch auf meiner Schulter. Ob er mich damit beruhigen oder davon abhalten will, etwas Unüberlegtes zu tun, weiß ich nicht. Aber es spielt auch keine Rolle.

Erst als ich Nic direkt in die Augen sehe und noch ein paarmal tief durchgeatmet habe, nickt er schließlich und lässt mich los.

»Vielleicht haben wir dich mit dieser Mission ein bisschen überfordert. Als neuer Vampir in ein Krankenhaus zu gehen, ist eine Herausforderung«, sagt Nic und schultert seinen Rucksack, der bis obenhin voll ist mit Blutkonserven. Meinen nimmt er in die Hand. »Aber du hast es geschafft. Darauf kannst du stolz sein.«

Ich bringe ein schwaches Lächeln zustande. »War das etwa ein Kompliment? Ich fass es nicht.«

Nic schüttelt nur den Kopf, kann aber das Zucken seiner Mundwinkel nicht vollkommen verbergen.

Ich will ihn schon damit aufziehen, da erregt ein Gespräch meine Aufmerksamkeit. Schon seit wir die Festung verlassen haben, kommt es mir so vor, als könnte ich jedes Gespräch hören, das in ganz Paris geführt wird. Das unaufhörliche Piepen jeder Beatmungsmaschine und jedes genervte Wort der Krankenpfleger in diesem Krankenhaus dringen an mein Ohr und deswegen kann ich die einzelnen Geräusche nicht voneinander trennen. Aber dieses Gespräch verstehe ich. Es ist gestochen scharf, während der Rest nur verschwommen ist.

Mein Herz setzt einen Schlag aus. Oder sogar mehrere. Ich bin mir nicht sicher.

»Wir müssen hier raus. Sofort«, sage ich und schnappe mir die Granate. Ich lasse mich auf den Boden fallen und greife nach dem Faden.

»Was machst du da?«, fragt Nic irritiert, doch ich antworte nicht. Das Gespräch kommt immer näher und macht es mir fast unmöglich, meine Finger am Zittern zu hindern, die gerade versuchen, den Faden wieder um den Stift der Granate zu wickeln, ohne sie dabei auszulösen. Ich fühle mich dem unnötigen Tod, den ich eigentlich vermeiden wollte, gefährlich nahe.

Doch endlich habe ich es geschafft. Die Granate liegt wieder an ihrem ursprünglichen Platz. Die Falle ist voll funktionsfähig. Aber das Gespräch inzwischen auch viel zu nah.

»Keine Zeit für Erklärungen. Komm«, sage ich, schwinge mir meinen vollen Rucksack über die Schulter, greife Nics Hand und zerre ihn hinter mir her aus dem Raum. Schnell laufe ich um die nächste Ecke, Nic im Schlepptau, und drücke mich dann gegen die Wand.

Obwohl ich seine vielen Fragen im Blau seiner Iris schwimmen sehen kann, bleibt Nic still. Er scheint auch ohne Worte zu verstehen, dass ich etwas gehört habe. In dem Moment, in dem er die Situation erkennt, drückt er meine Hand. Ich hatte ganz vergessen, ihn loszulassen.

»Ich verstehe nicht, was wir hier eigentlich machen sollen.« Das ist unverkennbar Zoes Stimme. Und sie hat dieses Stockwerk erreicht. Mein Herz schlägt so vehement und laut in meiner Brust, dass ich schon Angst habe, dass es uns verraten wird.

»Hinterfrag es nicht. Mach einfach.«

Leon.

Beim Klang seiner Stimme schließe ich unwillkürlich die Augen.

Sie sind beide nur wenige Meter von uns entfernt. Nic drückt meine Hand noch fester. Wieder weiß ich nicht, ob er mich damit trösten oder aufhalten will.

»Wir sollen einfach nur sichergehen, dass die Fallen noch funktionieren. Wir wissen schließlich nicht, was sie ihnen alles verraten hat.«

Er redet über mich. Und schafft es nicht einmal, meinen Namen auszusprechen. Sein Schrei, mein Name aus seinem

Mund, verzweifelt gebrüllt, hallt in meinen Ohren nach. Ich presse meine freie Hand auf meine Lippen, weil ich mir sicher bin, dass mir sonst ein gequälter Laut entweichen wird.

Tausend Erinnerungen prasseln genauso rücksichtslos auf mich nieder wie gerade eben noch meine Sinneseindrücke. Ich sehe Leon vor mir, als er mich das erste Mal geküsst hat. Wir waren vierzehn Jahre alt und mal wieder im Trainingsraum, während alle anderen noch schliefen. Ich sehe ihn, als er mir das erste Mal gesagt hat, dass er mich liebt. Das war nach unserem ersten richtigen Auftrag, während das Adrenalin noch wie ein reißender Fluss durch unsere Körper rauschte. Ich habe »Ich liebe dich auch« gesagt, bevor ich darüber nachgedacht habe, was diese Worte überhaupt für mich bedeuten. Ich glaube, das weiß ich immer noch nicht. Trotzdem ist der Gedanke an unsere Beziehung, und wie sie geendet hat, so schmerzhaft, dass ich Nics Hand noch ein bisschen fester drücke.

Leon und Zoe betreten den Raum. Ich hoffe, dass ihnen nicht auffällt, wie leer geräumt er ist.

»Die Falle ist noch genau dort, wo Lana sie aufgestellt hat«, sagt Zoe. *Sie* kann meinen Namen noch aussprechen. Und zwar nicht in einem Tonfall, als hätte sie mich längst beerdigt, sondern als wäre ich noch am Leben. Tränen brennen mir in den Augen. Ich blicke nach oben in das blendende Licht der viel zu hellen Deckenlampen und blinzele dagegen an.

Wir sind zusammen aufgewachsen. Haben so viel miteinander geteilt. Wie viele Abende saßen wir auf dem flauschigen Teppich in ihrem Zimmer und haben uns über die Jungs ausgelassen, die uns weniger ernst genommen haben, weil wir Mädchen waren? Wie oft haben wir uns unauffällig High Five gegeben, wenn wir diesen Jungs gezeigt haben, dass sie uns nicht unterschätzen dürfen? Wie oft haben wir voreinander geweint, weil wir anderen Jägern unsere Tränen niemals zeigen wollten?

Sie war der Mensch, mit dem ich immer ehrlich sein konnte. Ich könnte es nicht ertragen, wenn der Biss an meinem Handgelenk all das einfach ausgelöscht hätte.

»Du denkst wirklich, dass Lana uns verraten würde?«

»Sie ist nicht länger Lana.« Ich wünschte, Leon wäre dabei geblieben, meinen Namen nicht auszusprechen. So klingt es, als wäre nicht nur ich, sondern auch diese vier Buchstaben gestorben.

Wieder höre ich seinen verzweifelten Schrei und er mischt sich mit dem abgeklärten und kalten Tonfall, den er gerade verwendet hat. Früher hat er meinen Namen gehaucht, andächtig geflüstert oder gestöhnt. Diese Zeiten sind für immer vorbei.

Zoe erwidert nichts darauf. Sie bleibt still. Weder gibt sie ihm recht noch widerspricht sie ihm. Das ist besser als nichts. Damit kann ich leben. Es könnte bedeuten, dass ein Teil von ihr mich noch nicht aufgegeben hat und nicht nur mit Bedauern an unsere Freundschaft zurückdenkt.

»Lass uns gehen. Ich bin müde«, sagt sie nach einer anhaltenden Stille.

»Okay«, murmelt Leon in sich hinein. Seine Stimme ist mürrisch. Den Tonfall kenne ich nicht. Leon ist nicht mürrisch. Leon ist optimistisch und chronisch gut gelaunt. Anscheinend bin ich nicht die Einzige, die sich verändert hat.

Nic und ich bleiben noch lange gegen die Wand gedrückt stehen, obwohl wir längst gehört haben, dass die beiden das Krankenhaus verlassen und davongefahren sind.

Nic schafft es als Erster, sich aus seiner Starre zu lösen.

»Sie sind weg«, sagt er überflüssigerweise. Vielleicht denkt er, dass es mir hilft, wenn er mir das noch mal versichert. Und ein bisschen tut es das auch. »Es war eine gute Idee von dir, die Falle wieder aufzubauen.«

Ich nicke mechanisch, löse mich endlich von der Wand und lasse auch Nics Hand los, die ich viel zu fest gehalten habe, selbst wenn man bedenkt, dass er ein Vampir ist, dessen gebrochene Knochen schnell wieder verheilen.

»Wir sollten die Falle stehen lassen. Damit die Jäger nicht wissen, dass wir sie durchschaut haben. Sonst stellen sie neue Fallen an anderen Orten auf. Wir können Gaspard einfach warnen, damit kein Vampir hineintappt.«

»Machen wir«, sagt Nic nur und setzt sich in Bewegung. Ich folge ihm, wieder erdrückt von meinen Sinneswahrnehmungen.

Leon und Zoe waren mir so nah und doch ferner als jemals zuvor. Der Ausdruck in Leons Gesicht, als er versucht hat, mich umzubringen, läuft in Endlosschleife vor meinem inneren Auge ab. Dieses Bild wird mich vermutlich niemals verlassen. Eine unendliche Erinnerung an das, was ich verloren habe, und niemals zurückbekommen werde.

Komisch, wie schmerzlich man etwas vermissen kann, das man so lange für selbstverständlich gehalten hat. Ich wollte ihn nicht heiraten. Ich war mir nie sicher, ob ich seine Gefühle auf die Weise erwidert habe, wie er es verdient hätte. Und doch fühlt es sich, nun da ich ihn für immer verloren habe, an, als würde ein Teil von mir fehlen. Ein sehr wichtiger Teil.

Nic und ich lassen das Krankenhaus endlich hinter uns und biegen in eine Seitengasse. Nic sieht sich um und da er niemanden entdeckt, springt er nach oben und verschwindet im Schatten eines Dachs. Ich atme tief durch, spanne meine Beine an und folge ihm. Meine Landung ist wenig elegant. Ich stolpere, falle aber nicht hin, wie so oft, wenn Nic und ich in den vergangenen Tagen spazieren waren.

Ich sehe mich nach ihm um. Ich denke schon, dass er keine Lust hatte, auf mich zu warten, und ohne mich von Dach zu Dach bis zur Festung gesprungen ist. Doch dann sehe ich ihn an der Kante sitzen.

Langsam, fast schon vorsichtig, gehe ich auf ihn zu, nicht sicher, ob er das überhaupt will. Er blickt so ruhig über die Stadt. Ich will ihn dabei nicht stören.

Ich lasse mich neben ihn sinken und schiebe meine Beine über die Dachkante. Es geht tief runter. Die Angst vor einem Sturz kann ich einfach nicht abschütteln. Ich fürchte noch immer um mein Leben. Seltsames Gefühl irgendwie. Wenn man unsterblich ist, sollte die Angst vor dem Tod keine Rolle mehr spielen. Aber die Welt ist nicht logisch, das habe ich inzwischen verstanden. Wenn auch nicht gerade auf die sanfteste Weise.

»Was ist los?«, frage ich, weil Nic schweigt.

»Ich genieße es manchmal, von der Festung fort zu sein«, sagt er und starrt hinab. Der Ausblick ist weniger schön als von seinem Fenster aus. Die Seine plätschert nicht zu unseren Füßen dahin und auch der Eiffelturm leuchtet nicht in der Ferne. Ich kann nur ab und an den Schein sehen, der zwischen den Häusern hervorblitzt, wenn das Licht an dessen Spitze sich gerade in unsere Richtung dreht.

Hier stehen ganz gewöhnliche Häuser. Nichts Besonderes eigentlich. Und doch scheint Nic von diesem Ausblick wesentlich ergriffener zu sein. Seine Miene ist verschlossen. Gleichzeitig ist sie auf eine ganz seltsame Weise ... sanft. Ich folge der Richtung seines Blicks, um zu sehen, was er sieht. Doch ich kann einfach nicht das Gleiche erkennen wie er. Als würde sich ein Teil der Welt, der für ihn sperrangelweit offen steht, mir nicht erschließen.

Ich könnte ihn fragen, warum er diese Häuserreihe mit so

einer Intensität anstarrt, doch ich traue mich nicht. Ich traue mich überhaupt nicht mehr, ihn anzusprechen. Sein Blick scheint zwar die ganze Welt auf einmal einzulassen, aber mich sperrt er aus. Wie so oft.

Also sitze ich einfach schweigend neben ihm und lasse ihn diesen Moment genießen. Obwohl wir uns so nahe sind, habe ich keinen Teil daran.

Aber das ist in Ordnung. Denn auch ich bin in meinen eigenen Gedanken vergraben, die ihn genauso wenig angehen wie mich seine.

»Warum hast du uns geholfen?« Nics Frage kommt so überraschend, dass ich nicht verstehe, wovon er überhaupt redet.

»Was meinst du?«

»Warum hast du uns gesagt, wo die Falle ist? Warum hast du mich nicht einfach mitten reinlaufen lassen?«

Er sieht mich an. Und kurz verrutscht seine Maske. So stark, dass es mir Angst macht. Meine Haut beginnt zu kribbeln, wie sie es einst getan hat, wenn Sonnenstrahlen auf sie gefallen sind. Heute würde sie nicht mehr kribbeln, sondern brennen. Und während ich seinem intensiven Blick begegne, frage ich mich, ob dieses Kribbeln nicht auch noch zu einem Brennen werden könnte.

»Ich wollte nicht, dass du dich in Gefahr begibst, wenn ich es verhindern könnte. Das erschien mir nicht fair, nachdem du mich so oft gerettet hast.«

Nic scheint eine Weile über meine Worte nachdenken zu müssen, sie sich entfalten zu lassen wie den Geschmack eines teuren Weins. Und dann lächelt er. Ehrlich. Ein Lächeln, das so aufrichtig ist, dass es keinen Platz für Bitterkeit lässt.

Und ich erwidere es.

Seine rechte Hand zuckt und kurz rechne ich damit, dass er sie auf meine legen wird, die nur wenige Zentimeter von seiner entfernt ruht. Aber dann bleibt sie doch bewegungslos neben ihm liegen.

Wir verharren an der Dachkante, nah genug, dass wir die Anwesenheit des anderen körperlich spüren, und dennoch weit genug voneinander entfernt, dass wir uns nicht berühren können, und lächeln uns schweigend an. Ich habe mich mit ihm noch nie so verbunden gefühlt. Was seltsam ist, wenn man bedenkt, dass wir gemeinsam schon wesentlich Spannenderes erlebt haben, als einfach nur herumzusitzen.

»Aber da du es erwähnst«, sage ich, ohne ihn aus den Augen zu lassen. »Hätte ich dein Zimmer bekommen, wenn du draufgegangen wärst?«

Nic lacht auf. »Wie es aussieht, hast du einen großen Fehler gemacht.«

Er richtet seinen Blick wieder auf die Häuser unter sich, doch meiner verweilt noch eine Weile auf seinem Profil. Ich lächle wieder leicht. Denn gerade fühlt es sich wenigstens kurz so an, als könnten wir tatsächlich so was wie Freunde werden.

14. Kapitel

Ich war schon immer zu stur, um aufzugeben. Vermutlich, weil ich nicht daran gewöhnt bin, zu verlieren. Für eine Delacroix ist Gewinnen eine Lebenseinstellung. Wir sind keine Familie, die sich gerne mit einer Niederlage zufriedengibt. Delacroixs verlieren vielleicht ihr Leben in einem Kampf. Aber niemals ihren Stolz. Und mitten im Kampf aufgeben, kommt sowieso nicht infrage.

Mit meinen Genen erkläre ich mir nun also, dass ich immer noch in der Bibliothek vor diesen verstaubten Büchern sitze, obwohl es nichts mehr zu gewinnen gibt.

Ich habe sie gelesen. Mehrmals. Ich habe jede Seite umgeblättert, betrachtet, studiert. Und bin doch keinen Schritt weiter. Trotzdem sitze ich hier. Auf dem gleichen Stuhl, am gleichen Tisch, allein in der Bibliothek.

Vielleicht will ich die Sinnlosigkeit dieses Unterfangens nur nicht einsehen, weil ich dann keine Ausrede mehr hätte, mich hier zu verkriechen. Und mich der bitteren Wahrheit stellen müsste, dass ich mich an einem Ort befinde, an dem ich immer eine Außenseiterin sein werde.

Stuhlbeine knarzen, während sie über den Marmorboden geschoben werden. Das Geräusch ist nicht laut, aber prägnant. Es kündigt etwas an. Eine Ankunft. Eine Präsenz.

Sybille, die Statue, wie ich sie gerne nenne, setzt sich in Bewegung. Wieder hat sie stundenlang regungslos auf ihrem Stuhl verharrt und versucht zu verbergen, dass sie immer wieder in meine Richtung geschielt hat. Nun läuft sie langsam, aber bestimmt auf mich zu. Das Klacken ihrer Absätze ist genauso prägnant wie das Zurückschieben ihres Stuhls.

Ich sehe nicht auf. Ich warte, bis sie mich erreicht hat. Wieder einen Stuhl zurückschiebt. Sich darauf niederlässt. Direkt gegenüber von mir.

Sie klappt eines meiner Bücher zu.

Ich sehe auf.

Sybille hat ihre Beine überschlagen. Wieder trägt sie ein extrem schickes Outfit. Eine weite Bluse, die sie in die dunkle Anzugshose, die ihr bis zur Taille reicht, gesteckt hat. Darüber ein Jackett. Diesmal offen. Ein schlichtes Tuch hat sie sich um ihren Hals gewickelt.

Verglichen mit ihr bin ich schäbig gekleidet. Seit Tagen trage ich die schwarzen Shirts und Jeans aus einer Tasche, die Nic kommentarlos neben meine Matratze gestellt hat. Sybille und ich wirken nicht, als stammten wir aus derselben Zeit – oder derselben Welt.

Ihre Augen sind grün. Das haben wir gemeinsam. Nur sind ihre dunkler. Und klarer. Auch ihr kann ich ansehen, dass sie wesentlich älter ist als ich. Sie scheint allerdings noch nicht so viele Erinnerungen mit sich herumzutragen wie James und Gaspard. Und trotzdem mehr als ein Mensch in einer Lebensspanne erleben könnte.

Sie mustert mich genauso intensiv wie ich sie. Ihre rot geschminkten Lippen hat sie zu einer kritischen Linie verzogen. Ihre Haltung ist aber nicht abwehrend.

Sie lehnt sich in ihrem Stuhl zurück und vergräbt beide Hände in den Taschen ihrer Hose. Sie lässt sich Zeit mit jeder ihrer Bewegungen. Sybille macht stets den Eindruck, als erwarte sie, dass gleich jemand eine Kamera zückt.

Und erst als alles sitzt, als jeder Finger an seinem Platz ist, erst dann spricht sie mich nach Tagen, in denen sie mich still beobachtet hat, an.

»Du hast Nic das Leben gerettet.« Eine seltsame Einleitung, um ein Gespräch mit einer Vampirjägerin in der Frührente zu beginnen.

»Da ich auch schon mal versucht habe, ihn umzubringen, dachte ich mir, das wäre nur fair.«

Ich denke schon, dass ich mit diesem Satz zu weit gegangen bin, als Sybille über das ganze Gesicht grinst. Spitze Eckzähne sahen nie schöner aus.

»Ich bin Sybille.« Sie reicht mir ihre Hand über den Tisch hinweg. Ich ergreife sie. Ihr Druck ist fest, aber nicht unangenehm.

»Lana«, antworte ich und ziehe die Hand zurück.

»Das weiß ich.« Sie vergräbt ihre Hand wieder in ihrer Hosentasche. »Jeder in diesem Gebäude weiß das.«

»Leider«, rutscht es mir raus. Ich schlage die restlichen Bücher zu und lehne mich ebenfalls in meinem Stuhl zurück.

Sybille legt den Kopf leicht schief. Weiß sie, dass ihre perfekten, seidigen, schwarzen Haare dadurch wie Wasser über ihre Schultern fließen?

»Ich wusste nicht, was ich von dir halten sollte«, sagt sie. Ihr Grinsen verblasst, doch ihre Miene bleibt offen. Ich erkenne nicht einmal ein Anzeichen von Feindseligkeit in ihren Augen. »Eine Delacroix.« Mein Name hört sich aus dem Mund eines Vampirs immer wie ein schlimmes Schimpfwort an, etwas, was man niemals laut vor seinen Kindern aussprechen würde. Doch nicht bei Sybille. Aus ihrem Mund klingt es einfach nur wie ein normaler Nachname. »Aber du bist anders als die Mitglieder deiner Familie, denen ich begegnet bin.«

»Du bist Mitgliedern meiner Familie begegnet?« Ein kalter Schauer läuft mir über den Rücken und ich weiß nicht einmal wieso.

»*Begegnet* ist vermutlich nicht das richtige Wort«, sagt Sybille. Ihre Miene hat sich stark verdunkelt. Ich kann die düsteren Gedanken, die sich in ihrem Kopf wie Gewitterwolken zusammenziehen, in ihren Augen sehen. »Bist du dir sicher, dass du die Geschichte dazu hören willst?«

Ich schlucke schwer, schaffe es aber zu nicken.

»Ich war jahrzehntelang verliebt. Coco war meine große Liebe. Ich habe sie Ende der 40er-Jahre hier in Paris kennengelernt. Wir haben geheiratet, bevor das überhaupt legal möglich war. Doch unter Vampiren galten schon immer andere Regeln.« Ihre Stimme ist so bitter, wie sie nur sein kann, wenn man von schönen Erinnerungen spricht, die von einem furchtbaren Ereignis überschattet werden. Obwohl sie dieselben sind, sind doch die Emotionen, die man mit ihnen verbindet, für immer verändert.

Während ich Sybille mustere, beschleicht mich eine Vorahnung, die meinen Magen so stark verknotet, dass ich mir sicher bin, ihn niemals entheddern zu können.

»Ich kann mich an den Tag, an dem ich sie verlor, so deutlich erinnern, als wäre es gestern gewesen und nicht zehn Jahre her.« Sybilles Mund ist nur noch eine unbarmherzige Linie. »Wir sind nur spazieren gegangen, Händchen haltend durch die Gassen der Stadt, sind über die Dächer gesprungen. Und dann ist auf einmal eine Granate losgegangen. Sie haben uns quasi durchlöchert. Coco lag dort. Hilflos. Und er hat ihr einen Pfahl ins Herz gerammt. Vor meinen Augen.« Ihr Blick ist weit in die Ferne gewandert. Zurück zu dieser Nacht. Zurück zu diesem Dach. Doch dann klärt er sich wieder und sie sieht mir in die Augen.

»Ich habe sein Gesicht fast deutlicher vor mir als ihres. Es hat mich verfolgt. Also habe ich das Gleiche mit ihm gemacht. Bis ich ihn getötet hatte. Mit seiner eigenen Waffe. Auch an diesen Gesichtsausdruck kann ich mich erinnern. Obwohl er dort wieder dem Tod ins Auge geblickt hat, war seine Miene so anders. Vermutlich, weil es jetzt sein Tod war, dem er ins Auge sehen musste.«

Mein Körper spannt sich an. Sybille bleibt so regungslos, wie es für sie typisch ist. Trotzdem warte ich darauf, dass gleich etwas passiert. Ich weiß nicht, ob es was Gutes oder Schlechtes ist. Aber irgendwas muss jetzt passieren. Solche Worte können nicht einfach in einem leeren Raum verhallen, ohne Konsequenzen nach sich zu ziehen.

»Seine Augen sehe ich jedes Mal, wenn ich meine schließe. Wie er mich angestarrt hat, als er starb.« Sybille macht eine weitere Pause, diese wiegt noch schwerer als die davor. Ich halte die Luft an, weil ich jetzt schon ahne, dass nun der Satz kommt, auf den alles hinausläuft. »Und gerade blicke ich in die gleichen Augen wie damals in dieser verlassenen, kalten, feuchten Gasse.« Sie fixiert mich. Meine Augen. Die sie schon lange, bevor wir uns jemals begegnet sind, verfolgt haben.

Ein Bild blitzt vor meinem inneren Auge auf.

Ein Leichnam. Durchbohrt von einem Holzpfahl. Kein Vampir, sondern ein menschlicher Körper. Als der Tote durch die Eingangstür der Zentrale geschleppt wird, fällt mein Vater auf die Knie. Es macht ein dumpfes Geräusch, als das Whiskeyglas zu Boden geht. Bernsteinfarbene Flüssigkeit sickert in den alten Teppich. Ein Laut entfährt ihm, ähnlich dumpf wie sein auf den Teppich fallendes Glas. Ein Beben schüttelt seinen Körper, der sich weigert, die Trauer herauszulassen. Als würden ihn die stummen Schreie zum Vibrieren bringen. Nur sein Atem geht abgehackt. Ein Dela-

croix weint nicht. Selbst dann nicht, wenn er über der Leiche seines kleinen Bruders kniet.

»Mein Onkel«, kriege ich hölzern über die Lippen, sobald ich mich von der Erinnerung lösen kann. »Du hast meinen Onkel getötet, nachdem er die Liebe deines Lebens umgebracht hat.« Mein Onkel Mathéo hatte die gleichen Augen wie mein Vater und ich. Mein Vater hat mir immer erzählt, dass man an ihnen erkennen könnte, wie tapfer wir sind. Nur die tapfersten Delacroixs haben diese grünen Augen geerbt.

Diese Geschichte wird mein Vater von nun an wohl nicht mehr erzählen.

»Das habe ich«, sagt Sybille. Ihre Lippen sind nicht mehr ganz so krampfhaft zusammengepresst, ihre Miene wieder gelassener. Sie scheint den Weg aus ihrer Vergangenheit zurück in die Bibliothek zu finden.

»Ich kann mich an seine Leiche erinnern«, flüstere ich, mehr zu mir selbst, und starre auf die Tischplatte. Kratzer ziehen sich durch das alte Holz wie Lebenslinien durch eine Handfläche. In diesem Gebäude scheint jedes Möbelstück mehr Geschichte, mehr Erinnerungen, mehr Leben in sich zu tragen als ich.

»Du kannst gerade mal zehn Jahre alt gewesen sein«, sagt Sybille, immer noch heiser von der Erzählung über die schlimmsten Momente ihres Lebens, und doch ist ihre Stimme jetzt überraschend sanft.

»War ich. Aber mit zehn Jahren ist man kein Kind mehr. Zumindest nicht, wenn man eine Jägerin ist.«

»Zukünftige Anführerin der Jäger«, murmelt Sybille und ich hebe wieder meinen Blick.

Ihre Geschichte hätte mir vermutlich Angst machen sollen. Sie hat mir gesagt, dass ich die gleichen Augen habe wie der Mörder der Liebe ihres Lebens. Er war mein Onkel. Wir sitzen allein in diesem Raum, der so gut isoliert ist, dass niemand meine Hilfeschreie hören könnte. Nicht, dass mir jemand zu Hilfe kommen würde, sollte man mich hören. Doch ich habe keine Angst. Weil irgendwas ganz tief in mir sagt, dass ich von ihr nichts zu befürchten habe.

»Sie wollten bestimmt Rache für seinen Tod«, sagt Sybille und ich nicke ernst.

»Er ist mit einer seiner eigenen Waffen umgebracht worden. Mein Vater wollte Rache.«

»Aber er hat sie nicht bekommen«, sagt Sybille. Ihre Anwesenheit ist der Beweis dafür.

»Hat er nicht.«

»Willst du Rache, weil ich ihn getötet habe?«

»Nein.«

Sybille lächelt matt, nicht mehr so breit wie vor unserer Unterhaltung, aber wenigstens aufrichtig. »Ich bin froh, das zu hören.« Sie sieht wieder in meine Augen, die auf einmal eine ganz andere Bedeutung erhalten haben. »Und nicht nur, weil ich es natürlich zu schätzen weiß, dass du mich nicht töten willst. Aber auch, weil ich eine Sache gelernt habe: Rache ist keine Lösung. Sie macht alles nur noch schlimmer. Weil es mit einem Tod nie getan ist. Es ist ein endloser Kreislauf aus Vergeltungen, aus dem es kein Entrinnen gibt, und irgendwann kann sich niemand mehr erinnern, welchen Tod man ursprünglich rächen wollte. Er verliert seine Bedeutung und ertrinkt in dem Blut, das er verursacht hat. Jäger und Vampire sind in dieser selbstzerstörerischen Spirale schon seit Jahrhunderten gefangen und können ihr nicht mehr entgehen. Sie ist stärker geworden als die Akteure, die sich in ihr bewegen, und wir alle, die darin gefangen sind, werden zu Marionetten. Wo hört es auf?«

Wir schweigen. Ihre Worte lasten schwer auf uns. Ich weiß nicht, was ich dazu sagen soll. Ich habe keine Antwort. Ich kann das Ende nicht sehen.

Sybille räuspert sich. Das Geräusch, mit dem sie sich ursprünglich bei mir vorgestellt hat. Sie steht auf und glättet ihre Kleidung. Dann streckt sie mir ihre Hand erneut über den Tisch hinweg entgegen.

»Komm mit.«

Perplex sehe ich ihre Hand an. Wir haben gerade noch über den jahrhundertealten Krieg zwischen Jägern und Vampiren gesprochen und über die tragischen Opfer, die dieser gefordert hat, und jetzt steht sie auf einmal auf und streckt mir so enthusiastisch ihre Hand entgegen, als wollte sie mich auffordern, sie auf ein Abenteuer zu begleiten.

»Wohin?«

»Sei nicht so misstrauisch. Leg endlich diese Bücher weg. Sie haben noch keinem Vampir Glück gebracht.« Sie lässt ihre Hand immer noch nicht sinken, obwohl ich sie weiterhin ignoriere. »Ich glaube nicht, dass es eine Heilung gibt, aber wenn du mir jetzt folgst, verspreche ich dir, dich bei der Suche nach Hinweisen zu unterstützen, damit du es wenigstens versucht hast.«

Ich runzle die Stirn, weil ich nicht anders kann.

»Wieso solltest du das tun?«

Sybille grinst. Ich scheine sie zu amüsieren. Und das lässt die Erinnerung an ihren Verlust wenigstens kurz verblassen. Zumindest äußerlich. Was in ihr vorgeht, werde ich niemals wissen.

»Ist dir aufgefallen, dass sich dir niemand mit seinem Nachnamen vorgestellt hat?«, stellt sie eine neue Frage, statt meine zu beantworten.

»Nein«, gebe ich zögerlich zu.

»Weißt du, woran das liegt?«

»Nein«, erwidere ich erneut.

»Wir legen unsere Familiennamen ab, sobald wir Vampire werden, weil wir unsere Familien zurückgelassen haben. Wir fangen neu an. Ohne eine Vorgeschichte. Und auch dir sollte es gestattet sein, deine abzustreifen. Viele hier sehen dich vielleicht noch als eine Delacroix, aber auch sie werden irgendwann akzeptieren, dass du einfach Lana bist.« Sie klingt gelassen, während in meinem Kopf die Frage, was überhaupt von mir übrig bleibt, wenn ich meinen Nachnamen ablege, seine Kreise zieht. »Du bist jetzt eine von uns. Vermutlich für immer. Du bist unsterblich. Du kannst dich nicht bis in alle Ewigkeit vor allen verstecken.«

»Natürlich kann ich das«, entgegne ich ganz automatisch.

Sybille legt nur grinsend den Kopf schief. Sie wird mir das nicht durchgehen lassen. Und vielleicht will ich auch gar nicht, dass sie mich jetzt aufgibt. Also ergreife ich endlich ihre ausgestreckte Hand.

Sofort zieht sie mich auf die Füße und mit sich aus der Bibliothek. Sobald wir sie verlassen, rasen wieder Tausende Gespräche auf mich ein, machen es mir schwer, mich zu konzentrieren, drohen mich zu ertränken. Doch das lässt Sybille nicht zu. Sie hakt sich bei mir unter und steuert den Raum an, den ich seit meiner Ankunft gemieden habe. Ich möchte am liebsten wieder davonrennen. Doch Sybilles Griff ist fest.

Sie stößt die Tür auf und wir betreten den Aufenthaltsraum, vor dem ich mich so sehr gefürchtet habe wie vor keinem anderen Ort in Paris. Hier sitzen so viele von ihnen, unterhalten sich und lachen. Viele drehen die Köpfe in unsere Richtung, als wir eintreten. Ihre Blicke sagen mehr als ihre Worte. Aber Sybille ist noch immer an meiner Seite. Sie lässt die Blicke einfach an sich abprallen und steuert zielstrebig auf einen Tisch zu. Dort sitzen Nic und Gabriel zusammen und spielen Karten.

Sybille lässt sich neben Nic auf einen Stuhl sinken und ich mich ihm gegenüber, wenn auch eine Spur zögerlicher als sie. Nic betrachtet mich nachdenklich, aber ich habe keine Ahnung, was in ihm vorgeht.

»Ich habe beschlossen, dass Lana sich nicht mehr verkriechen wird und ab jetzt eine von uns ist. Irgendwelche Einwände?«, fragt Sybille in die Runde.

Gabriel sagt nichts, aber als er die Karten austeilt, gibt er auch mir welche. Das ist wohl seine Art, meine Anwesenheit zu akzeptieren.

Ich habe damit gerechnet, dass Nic protestieren würde, doch er zuckt nur mit den Schultern.

»Ich habe nicht vor, mich mit dir anzulegen, Sybille«, sagt er und fächert die Karten in seiner Hand auf.

»Weise Entscheidung.« Zufrieden greift Sybille nach ihrem Blatt und bedeutet mir, es ihr gleichzutun. Sobald ich das gemacht habe, fangen die anderen auch schon an mit dem Spiel. Sybille grinst mich an und ich kann nicht anders, als es zu erwidern.

Sie hat mich gefragt, wo dieser endlose Kreislauf der Rache enden wird. Ich hatte keine Antwort auf ihre Frage. Stellt sich heraus, Sybille schon.

Es endet mit uns.

15. KAPITEL

Wo zur Hölle ist Sybille? Wir wollten uns in der Bibliothek treffen und uns einen Plan überlegen, wie wir mehr über die Heilung in Erfahrung bringen könnten. Sie hatte es mir versprochen und mich auch noch mal an ihr Versprechen erinnert. Was meine Hoffnung natürlich angeheizt hat wie Sauerstoff ein Feuer.

Nun habe ich eine Stunde gewartet und muss mir wohl eingestehen, dass sie nicht kommen wird. Haben Vampire ein anderes Zeitgefühl? Sybille ist am Anfang des 20. Jahrhunderts zur Welt gekommen. Wenn man so lange gelebt hat, nimmt man eine einzelne Stunde vermutlich nicht mehr ernst. Für sie ist sie nicht mehr als das Flackern einer Kerze.

Diese Wahrnehmung teile ich aber nicht mit ihr. Ich bin zwar ein Vampir, aber trotzdem nur zwanzig Jahre alt. Ich bin jung und ungeduldig. Eine Stunde kann sich wie eine halbe Ewigkeit anfühlen.

Vor allem für jemanden, der es nicht gewohnt ist, viel Freizeit zu haben. Meine Tage und auch meine Nächte waren früher durchgetaktet. Jäger gehen nicht in die Schule, sondern werden von anderen Jägern unterrichtet. Darauf folgt Kampftraining. In den letzten Jahren hatte ich keinen Unterricht mehr und habe dennoch jeden Tag trainiert und viel Zeit mit meinem Vater verbracht, der mich in seine Aufgaben als Anführer eingewiesen hat. Ich habe tagsüber Fallen aufgestellt, nachts Wache gehalten und bin auf Vampirjagd gegangen. Mein Dasein als Jägerin hat fast jede Sekunde meines Lebens beherrscht. Ich habe so gut wie nie Bücher gelesen, Filme geschaut noch seltener. Nur wenige Stunden habe ich mir für mich gestohlen. Gespräche in der Nacht mit Zoe, Sex mit Leon oder einfach allein in meinem Zimmer sitzen und aus dem Fenster starren. Doch es war nicht viel.

Nun stehe ich ganzen Tagen gegenüber, die nur mir gehören. Das ist mehr, als ich ertragen kann.

Die letzte Stunde habe ich damit verbracht, auf einem Stuhl hin und her zu rutschen. Ich habe die Tür im Auge behalten und hektisch mit dem Bein gewippt – mindestens so schnell, wie ein Kolibri mit seinen Flügeln schlägt. Es hat nicht mehr viel gefehlt, bis ich mich auf diese Weise wie ein Presslufthammer durch die Decke ein Stockwerk tiefer gebohrt hätte.

Bevor es so weit kommen konnte, bin ich aufgebrochen, um sie suchen zu gehen. Nun irre ich durch die Festung und weiß nicht, wo ich anfangen soll. Wo ist Sybilles Zimmer? Keine Ahnung. Ich kenne sie noch nicht lange. Und auch nicht gut genug, um genervt und ungefragt in ihr Zimmer zu platzen.

Wieder begleitet mich das Flüstern der Bewohner der Festung bei jedem Schritt, den ich tue. Wie einen unsichtbaren Schleier ziehe ich ihre Worte hinter mir her. Ich frage mich nicht zum ersten Mal, wie die anderen Vampire das aushalten.

Ich bin kurz davor, wieder umzudrehen und mich in der Bibliothek zu verkriechen, als etwas den Nebel aus Gemurmel durchdringt. Ein Klang, den ich hier noch nie gehört habe.

Ein Klavier.

Sobald ich nach einem Ton gegriffen habe, kann ich auch die anderen festhalten. Sie schwellen an, bis ich nur noch sie höre.

Die Töne sind furchtbar sanft. Es ist, als würde, wer auch immer dieses Instrument gerade spielt, die Tasten nur streicheln. Die Melodie ist traurig. So traurig, dass sich mein Hals zuschnürt, obwohl ich nicht weiß, welchem Schicksal diese Töne gewidmet sind.

Automatisch setze ich mich in Bewegung. Ich folge der Musik die Wendeltreppe hinauf und erreiche die oberste Etage.

Hier gibt es nur eine Tür. Die Musik scheint unter dem Türspalt am Boden hindurchzufließen.

Mir steht es nicht zu, an dieser persönlichen Melodie teilzuhaben. Und es steht mir erst recht nicht zu, diese Tür zu öffnen. Wer weiß, wer sich dahinter befindet? Ich bin nicht gerade der beliebteste Vampir in Paris.

Doch ich kann nicht anders. Ich will der Musik noch näher sein. Also drücke ich langsam die Klinke herunter.

Staub tanzt in der Luft, als könnte jeder Partikel die Musik genauso deutlich fühlen wie ich. Der Raum ist leer bis auf den riesigen schwarzen Flügel, der vor den deckenhohen Fenstern steht. Und am Instrument sitzt Nic.

Obwohl er ein übernatürliches Gehör hat, bemerkt er mich nicht. Er hat die Augen geschlossen und spielt einfach weiter. Auch ich schließe meine Augen. Ich höre die Musik nicht nur. Ich spüre sie. Bis tief in meine Zehenspitzen. Tränen treten mir in die Augen. Das Lied geht weiter, schwillt an. Und dann endet es mit den letzten gehauchten Noten.

Auch nachdem sie längst in der Luft verklungen sind, stehe ich noch mit geschlossenen Augen an der Tür, und weigere mich, in die Realität zurückzukehren.

»Was machst du hier?« Nics heisere Stimme zwingt mich, meine Augen wieder aufzuschlagen.

Er sieht mich über den Flügel hinweg an. Ich warte darauf, dass er wütend wird. Doch beißende Worte bleiben aus. Bilde ich es mir nur ein oder wirken auch seine Augen verhangen?

»Ich bin der Musik gefolgt. Ich hoffe, ich habe dich nicht gestört.«

Nic scheint darüber nachdenken zu müssen, doch dann schüttelt er langsam den Kopf. Mal wieder lässt er sich Zeit zu antworten. Diese ausgedehnten Pausen, die in fast jedem Gespräch mit ihm entstehen, steigern die Intensität. Worte können Situationen entschärfen. Lange Blicke können das nicht.

»Du hast nicht gestört.«

Ich lächle leicht. »Das war wunderschön.«

Nic lächelt zurück. »Danke.«

Wieder Schweigen. Wieder diese langen Blicke quer durch den Raum, die eine Verbindung zu spinnen scheinen.

»Ich wollte Konzertpianist werden. Früher. Bevor ...«

Er muss nicht weitersprechen. Jeder Vampir versteht die Bedeutung des Wortes *bevor* ohne Erklärung. Das Leben eines jeden Vampirs ist in zwei Abschnitte zerteilt. Das Bevor und das Danach. Vor und nach dem Biss. Vor und nach der Verwandlung. Das Leben als Mensch und das Leben als Vampir.

»Wieso wirst du nicht trotzdem Konzertpianist?« Wir stehen zehn Meter voneinander entfernt. So führt man normalerweise kein Gespräch. Aber aus irgendeinem Grund, den ich selbst nicht kenne, traue ich mich nicht, näher zu kommen.

Nic schüttelt leicht den Kopf. »Wie denn? Wie sollte ich erklären, dass ich nicht älter werde? Wie sollte ich erklären, dass ich niemals tagsüber ein Konzert im Freien spielen kann?«

Jetzt kommt mir meine Frage ziemlich taktlos vor. Natürlich kann er nicht einfach weiterleben, als wäre er noch ein Mensch. Es tut mir leid, ihn mit meiner Frage daran erinnert zu haben. Doch Nic macht mir das nicht zum Vorwurf.

»Wir müssen in den Schatten dieser Welt weilen. Im realen Schatten und im metaphorischen.«

»Du erinnerst mich an James, wenn du so redest.«

Nic lächelt bitter und sein Blick wandert zum Fenster.

»Ich kann nicht fassen, dass er tatsächlich freiwillig dortgeblieben ist«, sagt er, seine Augen wieder ähnlich abwesend wie auf dem Dach beim Krankenhaus. »Manchmal stehe ich draußen und muss mich davon abhalten, einfach loszugehen, um ihn zu retten.«

Einzelne Töne schweben wieder zu mir herüber. Noch immer schaut Nic aus dem Fenster. Bemerkt er überhaupt, dass er wieder spielt? Wenn ich sein Gesicht so betrachte, scheint es, als nehme er überhaupt nichts mehr wahr außer seiner Sorge um James.

Seine Finger haben sich selbstständig gemacht. Wieder ist die Melodie traurig. Aber auch wütend. So furchtbar wütend.

Als Nic besonders stark auf die Tasten haut, löst er endlich seinen Blick vom Fenster und wendet sich wieder dem Klavier zu. Diesmal streichelt er die Tasten nicht so vorsichtig, als hätte er Angst, sie zu verletzen. Ganz im Gegenteil. Seine Wut muss irgendwo hin. Seine Hilflosigkeit. Dass ich all das hören kann, scheint ihn nicht zu stören. Sonst ist Nic extrem verschlossen, seine Miene gibt selten etwas preis. Aber seine Musik verrät alles.

Das Lied endet und Nic atmet zittrig ein und aus.

Stille, die auf so starke Musik folgt, fühlt sich hohl an. Was sollte auch gut genug sein, um diese zu füllen?

»Ich habe Musik noch nie so gefühlt wie jetzt«, rutscht es mir heraus. Ich wollte eigentlich nichts sagen.

Nic sieht von den Tasten hoch.

»Vampir zu sein hat viele Vorteile«, sagt er und mustert mich aus seinen Augen, deren Iriden brodeln wie blaue Flammen. »Und du kennst sie noch gar nicht.« Er steht auf. »Heute werden wir nicht nur spazieren gehen. Kontrolle hast du inzwischen raus.«

Da könnte ich ihm definitiv widersprechen.

»Heute trainieren wir was anderes.«

Nic läuft auf die hohen Fenster zu und öffnet sie. Ein kräftiger Windstoß lässt die Vorhänge sich an der Wand wie Wellen am Strand brechen.

»Kommst du?«

Er hält mir seine Hand hin. Seine Augen leuchten noch immer wie ungebändigtes Feuer. Ich habe das Gefühl, dass er Ablenkung braucht. Dass er das hier nicht nur für mich tut. Aber das ist in Ordnung.

Ich ergreife seine Hand.

Ohne Vorwarnung springt er.

An dieses Gefühl werde ich mich wohl nie gewöhnen. Ich falle. Meine Organe scheinen alle einmal ihren Platz zu wechseln, als würden sie Reise nach Jerusalem spielen. Dann landen wir auf einem anderen Hausdach.

»Vampir sein bedeutet nicht nur, dass du mit dem Hunger zu kämpfen hast«, sagt Nic. »Es bedeutet nicht nur, dass ich nicht den Beruf ergreifen kann, von dem ich als Mensch geträumt habe.« Er sieht mich matt lächelnd an. »In mancher Hinsicht hat man zwar weniger Freiheiten. Wir können nicht mehr in der Sonne laufen, kein normales Leben führen, keine Kinder bekommen, keine Familie gründen.« Kurz atmet er durch. »Aber gleichzeitig haben wir auch so viele neue Möglichkeiten, die wir als Mensch niemals gehabt hätten.«

Er lässt meine Hand los – wie so oft vermisse ich sofort die Berührung – und macht zwei Schritte zurück, sieht mich aber noch immer an.

»Die Eindrücke erschlagen dich, oder?«

Ich nicke. Auch in diesem Moment liegt nur ein Bruchteil meiner Aufmerksamkeit auf ihm. Meine ganze Konzentration geht dafür drauf, seine Worte aus dem Hintergrundgeflüster, das mich verfolgt, egal, wohin ich gehe, zu filtern.

»Du kannst das steuern. Wenn ich die Touristen auf der

anderen Seite der Seine bei ihrem Spaziergang belauschen will, ist das kein Problem für mich. Ich kann sie aber auch komplett ausblenden.« Ich folge seinem ausgestreckten Finger und erblicke das Pärchen, von dem er gesprochen hat. Uns trennen bestimmt dreihundert Meter. Trotzdem kann ich sie so deutlich sehen und hören, als stünden sie direkt neben mir.

»Schließ die Augen und konzentricre dich nur auf meine Stimme. Und jedes Mal, wenn du ausatmest, blendest du ein weiteres Geräusch aus. Du musst dich nur konzentrieren. Mehr ist das nicht.«

Ich nicke und schließe die Augen.

»Es freut mich, dass du dich mit Sybille angefreundet hast«, sagt Nic. Ich höre ihm an, dass er nicht so genau weiß, was er mir eigentlich erzählen soll, um diese Übung zu machen. »Für dich, aber auch für sie. Ich kannte Coco nicht, aber James hat mir erzählt, dass Sybille nach ihrem Tod nie wieder dieselbe war. Und jetzt ist auch noch Lucie fort, James und Tony sind verschwunden. Es ist schön, dass unsere Gruppe mal ausnahmsweise ein Mitglied dazugewinnt, anstatt immer nur welche zu verlieren.« Seine Stimme ist so ungewohnt warm, dass mein Magen kribbelt. Oft klingen seine Worte hart und schneidend. Gerade sind sie fast schon ... sanft.

Ich öffne die Augen. »Du gibst also zu, dass ich ein Mitglied eurer Gruppe bin? Und dass du mich tatsächlich gerne dabeihast?«

»Die Übung ist noch nicht vorbei. Du musst die Augen wieder schließen.«

Mit einem Eingeständnis hätte ich nicht gerechnet, aber das leichte Grinsen in seiner Stimme reicht mir schon. Also komme ich seiner Bitte nach. Mein Magen kribbelt immer noch ein bisschen.

»Tony war wie ich ein neueres Mitglied in unserer Gruppe. Er sieht vielleicht aus, als wäre er Anfang zwanzig, aber er ist im gleichen Jahr geboren worden wie mein Vater.« Er bricht ab. Ich lasse die Augen diesmal geschlossen und warte ab. »Denkst du, Tony ist noch am Leben? Wenn sie James nicht getötet haben, könnte doch auch er noch leben, oder?«

Ich schlucke. »Ja, ich glaube schon«, sage ich. »Sonst hätten sie ihn vor Ort getötet.«

Nic entweicht hörbar die Luft.

»Der letzte Neuzugang war ich.« Er redet einfach weiter, als hätte er mich gerade nicht gefragt, ob meine Familie seinen Freund am Leben gelassen hat. »Ich bin erst seit zwei Jahren hier und doch fühlt es sich länger an.«

Ich höre nur noch Nics Stimme. Ich habe die anderen Eindrücke fortgeschoben. Genauso wie meinen Hunger kann ich sie aus dem Augenwinkel zwar wahrnehmen. Aber sie lenken mich nicht mehr ab. Meine Aufmerksamkeit liegt nur auf ihm. Und ich genieße dieses Gefühl. Sein tiefer Atem echot in meinen Ohren. Ich bilde mir ein, dessen Weg durch seine Luftröhre in seinen Körper hinein und wieder heraus zu hören. Oder vielleicht bilde ich mir das gar nicht ein. Vielleicht kann ich das tatsächlich wahrnehmen.

»Es hat geklappt«, sage ich und öffne die Augen wieder.

»Sehr gut.« Nic ringt sich ein Lächeln ab. Die Leberflecke an seinem Kinn bewegen sich dabei. Welche Muster sie wohl formen? Ich werfe einen Blick in den Nachthimmel. Vermutlich sind die Punkte in seinem Gesicht ein Sternbild. Die Vorstellung gefällt mir besser, als sie sollte.

Wir schweigen kurz und ich schaffe es, obwohl ich mich nicht mehr auf seine Stimme konzentrieren kann, alle anderen Eindrücke auszusperren. Da ist nur er. Nur Nic. In diesem Moment sind wir beide ruhig. Da ist kein unterdrückter Hass, keine brodelnde Wut und auch nicht die Kluft, die mein Nachname zwischen uns aufreißt.

Manchmal ertappe ich mich bei dem Wunsch, diese Kluft zu überwinden. Aber ich weiß, dass er das auf keinen Fall will. Er will die Kluft. Und es fällt mir jeden Tag schwerer, mir vorzumachen, dass mir das nichts ausmacht.

»Du hast deinen Vater erwähnt«, flüstere ich, weil ich die Distanz zwischen uns gerade nicht akzeptieren will. »Lebt deine Familie noch?«

Nic spannt sich sofort an.

»Das war Lektion eins, um dein Vampirdasein besser genießen zu können. Jetzt kommt Lektion zwei«, doziert er hölzern und ignoriert meine Fragen einfach. Er wird sie mir nicht beantworten. Vermutlich niemals. Also hake ich nicht nach, obwohl ich die Kluft jetzt wieder klarer vor mir sehe.

»Schnelligkeit und Stärke.« Trotz seiner Anspannung hält Nic mir leicht widerwillig seine Hand hin. Ich unterdrücke ein Lächeln und ergreife sie. Und wir fliegen los. Wir springen von Dach zu Dach. Er hält nicht inne. Wir rennen und springen. Rennen und springen. So sind wir schon mal durch die Stadt geflogen. Nachdem er mich vor Leon gerettet hatte. Aber diesmal fühlt es sich ganz anders an. Wir rennen vor nichts davon und auch auf nichts zu, sondern einfach, weil wir es können.

Nic bleibt abrupt auf einem Dach stehen.

»Bisher habe ich dich mitgezogen. Jetzt versuch es allein«, sagt er und lässt meine Hand los. Ich bin schon ohne seine Hilfe auf Dächer gesprungen. Doch noch nie habe ich selbst dieses übernatürlich schnelle Tempo angeschlagen. Mir ist ein bisschen mulmig deswegen. Wenn ich stolpere, werde ich in die Tiefe stürzen. Und nur, weil ich nicht sterben werde, heißt es noch lange nicht, dass ich das nicht verhindern will.

Ich atme tief durch und dann renne ich einfach los. Ich höre, dass Nic schnell zu mir aufholt. Er könnte mich ohne Probleme überholen, aber er bleibt neben mir.

Doch ich konzentriere mich nicht auf ihn, sondern auf alles andere. Unter mir zieht die Stadt vorbei, Menschen, die in den nächtlichen Straßen von Paris ausgehen, lachen und ihre Leben leben, nichts ahnend, dass über ihren Köpfen gerade zwei Vampire vorbeizischen. Die Lichter der Stadt verschwimmen und hüllen mich ein. Genauso wie tausend Gerüche und Geräusche. Und an allem rase ich entlang, schnappe mir einen Teil davon, nehme ihn mit und bin auch schon wieder verschwunden.

Seit ich zum Vampir wurde, haben mich meine Sinneswahrnehmungen erschlagen. Ich habe mich gefühlt, als könnte ich mich nicht gegen sie zur Wehr setzen. Jetzt lasse ich alle Eindrücke bereitwillig auf mich niederprasseln. Ich entscheide mich bewusst dazu, alles zu fühlen. Und zum ersten Mal kann ich es genießen.

Ich rieche die Gewürze des Currys, das sich ein Mann in einem kleinen Restaurant bestellt hat. Es vermischt sich mit einem besonders frischen Parfum und dem Duft nach Popcorn, der aus den geschlossenen Türen eines Kinos dringt. Die Gerüche müssten sich beißen und doch finde ich, dass sie perfekt harmonieren.

Ich höre das Lachen eines Kindes, das heute ausnahmsweise länger wach bleiben durfte. Vorhänge wurden vom Wind aus einem offenen Fenster gezerrt und streichen jetzt so sanft wie ein Bogen über die Stäbe eines Balkons, als hätte er sie mit Geigensaiten verwechselt. Die ganze Stadt ist ein Orchester, das eine epische Oper spielt, wenn man nur weiß, wie man hinhören muss.

Ich renne noch schneller. Die Stärke, die ich in meinem

Körper spüre, ist unbeschreiblich. Ich fühle mich, als könnte mich niemand besiegen, mich niemand aufhalten. Mein Herz quillt über von Eindrücken, und als ich den Mund öffne, entfährt mir ein freudiges Lachen. Ich springe und renne und werde nicht müde. Ich werde niemals müde werden.

Schließlich bleibe ich auf einem Dach stehen und breite die Arme aus, weil ich mir einbilde, meine Kraft so noch besser spüren zu können.

»Wenn du jetzt *Ich bin der König der Welt* schreist, muss ich dich leider vom Dach schubsen«, sagt Nic trocken. Seine Haare sind vom Wind zerzaust und er versucht mürrisch zu gucken, aber seine Augen verraten, dass er sich gerade ähnlich fühlt wie ich.

Ich grinse breit, obwohl ich nicht verstehe, worauf er damit anspielt. Es ist auch egal.

Ich sehe Nic an, auch er lächelt leicht. Unsere Blicke verhaken sich ineinander. Ich warte darauf, dass er den Kontakt unterbricht, doch er tut es nicht. Die Luft zwischen uns scheint sich aufzuwärmen. Seine Augen huschen kurz zu meinen Lippen und dann zurück zu meinen Augen. Die Luft wird noch wärmer. Mein ganzer Körper auch. Mir fällt auf, wie voll und schön geschwungen seine Lippen sind. Und dann wird mir klar, wie lange es her ist, dass ich auf intime Weise berührt wurde. Meine Haut ist wie elektrisiert. Als Vampir empfindet man alles intensiver. Schmerz, Freude, Liebe, Verlangen. Ich bilde mir ein, dass ich es auch in seinem Gesicht lesen kann. Doch noch immer weichen wir nicht voreinander zurück. Aufeinander zu gehen wir aber auch nicht. Und so verweilen wir in dem Moment, der zwischen zwei Entscheidungen liegt, mein Herz schlägt wild, und kurz glaube ich, dass er es gar nicht mehr so schlimm findet, ausgerechnet mit mir hier zu sein.

16. Kapitel

»Ich kann immer noch nicht fassen, dass ich mich dazu bereit erklärt habe.«

Sybille wirft ihre Haare schwungvoll über ihre Schultern und seufzt theatralisch.

»Hast du mich deswegen gestern versetzt?«

»Ich habe das nicht mit Absicht gemacht«, versucht sie sich rauszureden. »Gabriel und ich sind feiern gegangen und ich habe die Zeit vergessen.«

»Feiern? Vampire gehen feiern? In Clubs? Mit Musik und Alkohol?«

»Natürlich, was hast du denn erwartet, was wir mit unserer Unsterblichkeit anfangen?«, fragt Sybille belustigt zurück und fährt mit ihrem Finger über das Bücherregal, an dem sie gerade vorbeigeht. Den Staub, der auf ihrer Haut haften bleibt, mustert sie kritisch. Vampire verwenden ihre Unsterblichkeit anscheinend nicht dafür, ihr Haus zu putzen.

»Etwas Bedeutungsvolleres?« Ich beobachte Sybille, während sie so bedächtig durch die Bibliothek streift, als kenne sie den Raum noch gar nicht.

Ich kann sie aber verstehen. Die Bibliothek wird auch auf mich immer eine Faszination ausüben, egal wie viel Zeit ich schon in ihr verbracht habe. Fast jeder freie Quadratmeter ist mit Regalen vollgestellt. So muss es sein, denn hier ist das Wissen von Jahrhunderten gespeichert. Unendlich viele Vampire haben zu dieser Sammlung beigetragen, die Geschichten erzählen kann, von denen Menschen nicht einmal etwas ahnen, weil viele der Schriftstücke nur einmal, und zwar in diesem Raum existieren. Gaspard kümmert sich darum, dass dieses Wissen nie vergehen kann. Er pflegt die alten Schriftstücke und hindert sie mit seiner Sorgfalt daran, auseinanderzufallen. Die besonderen Schätze bewahrt er in Vitrinen auf. Unter ihnen ist auch eine Gutenberg-Bibel. Und das ist nicht einmal das wertvollste Buch in seiner Sammlung. »Gaspard hat eine wichtige Aufgabe für sich gefunden, um seiner Unsterblichkeit einen Sinn zu geben«, sage ich. »Keine Ahnung, ob ich so was auch finden werde.«

»Ach, da spricht der Jäger aus dir. Bei euch muss alles immer eine Bedeutung haben. Eine heilige Mission. Euer Schicksal. Gaspard mal ausgenommen sind die meisten Vampire pragmatischer.« Sybille wirft mir einen vielsagenden Blick über die Schulter zu. »Das wirst du auch noch merken.« Sie beendet ihren Spaziergang durch die Bibliothek, kommt auf mich zu und lässt sich auf dem Stuhl neben meinem nieder. »Aber bis du so weit bist, wirst du wohl noch diese Mission brauchen. Und ich werde dir bei der Suche nach der Heilung helfen.«

»Obwohl du überhaupt keinen Bock darauf hast«, stelle ich nüchtern fest.

»Obwohl ich überhaupt keinen Bock darauf habe«, bestätigt Sybille, lächelt mich aber frech an. Ich kann ihr nicht böse sein, dass sie mich gestern versetzt hat. Das geht einfach nicht, wenn sie so viel Elan für etwas ausstrahlen kann, das sie gar nicht machen will.

»Aber du hast gesagt, meine Bücher würden mich nicht weiterbringen. Was würde mich denn weiterbringen?«

»Ich dachte schon, du würdest niemals fragen«, sagt sie und steht schwungvoll wieder von ihrem Stuhl auf. »Wenn etwas seit Jahrhunderten verschollen ist, muss man jemanden aufsuchen, der vor Jahrhunderten schon gelebt hat.« Sie läuft bereits zielstrebig auf die Tür zu. »Gut, dass wir so viele Unsterbliche im Haus haben.«

Sie bedeutet mir, ihr zu folgen. Ich stehe auf und eile ihr hinterher.

»Sind viele Vampire wirklich mehrere Jahrhunderte alt?«, frage ich, während ich hinter Sybille die Treppe hinaufsteige.

»Nein. Vampire sind zwar unsterblich, aber nicht unbesiegbar. Doch viele Vampire vergessen diesen wichtigen Unterschied leider, wenn sie eine gewisse Zeit gelebt haben. Ein Jahrhunderte andauerndes Leben kann dir das Gefühl geben, dass dich tatsächlich nichts töten kann. Du weißt am besten, dass Vampire sehr wohl getötet werden können.« Sie hat diesen letzten Satz nicht gesagt, um mich zu kränken. Das weiß ich. Ich mag Sybille noch nicht lange kennen, aber was ich in dieser kurzen Zeit bereits über sie gelernt habe, ist, dass sie sehr direkt und sehr ehrlich ist. Sie spielt niemandem etwas vor. Wenn sie dich verletzen will, wirst du es merken.

Trotzdem trifft mich dieser Satz. Ich habe Coco zwar nicht selbst getötet. Allerdings habe ich zweifellos einen Vampir getötet, der einem anderen so wichtig war wie Coco für Sybille. Und dieses Wissen wird mich eines Tages noch unter sich zermalmen.

»Gaspard und James sind sehr alt. Lucie war sehr alt. Bastille ist alt.« Kurz verzieht sie das Gesicht. Wir gehen jedoch nicht weiter auf ihn ein. Das tun wir nie. Vielleicht denkt ein Teil von uns, dass er einfach verschwindet, wenn wir ihn nur hartnäckig genug ignorieren. »Es gibt nur einen Vampir in Paris, der noch älter ist. Niemand weiß genau wie alt. Aber wenn sie mir erzählen würde, dass sie den Fall Roms miterlebt hat, würde es mich nicht wundern.«

Sybille bleibt vor einer Tür stehen und klopft beherzt an.

»Diese Höflichkeiten kannst du getrost bleiben lassen, Sybille Liebes. Ich habe dich schon vor Minuten kommen hören. Und man nennt eine Dame niemals alt. Ich dachte, das hätte ich dir beigebracht«, dringt eine Stimme deutlich durch die Tür, bevor Sybille sie überhaupt geöffnet hat. Sie grinst mich breit an und tritt ein. Ich folge ihr.

Ich fühle mich, als wäre ich in den Lagerraum eines Auktionshauses getreten. Das Zimmer ist locker doppelt so groß wie Nics und wirkt trotzdem winzig, weil es bis in die letzte Ecke und bis unter die Decke vollgestellt ist. Ich sehe nicht einen Fleck Wand. Sie ist vollkommen begraben unter der Last der Erinnerungsstücke eines verdammt langen Lebens, das hier einlagert. Und in der Mitte sitzt eine Frau.

»Ist das ein Picasso?«, frage ich und trete mit geöffnetem Mund an das Bild heran.

»Natürlich, was denkst du denn, kleine Vampirjägerin? Ich würde mir doch kein billiges Museumsposter aufhängen. Wer denkst du, wer ich bin?«

Ich mache einen Schritt vom Bild zurück und versuche meinen Blick am Wandern zu hindern, obwohl es noch so vieles in diesem Raum zu entdecken gibt. Aber dafür bin ich nicht hergekommen. Auf die Frau, die inmitten dieses Chaos thront, sollte ich mich konzentrieren.

Ihr Gesicht ist jung und doch sieht sie uralt aus. Sie hat nicht eine Falte. Ihre Haare sind lang und voll. Ihre Finger grazil. Aber ihr Teint ist unnatürlich hell. Ihre Haut sieht kaum noch wie Haut aus. Sie ist porös und durchsichtig wie altes Papier. Wenn ich ein Licht hinter sie stellen würde, würde es bestimmt durch sie hindurchscheinen.

Es ist, als habe die Zeit ihr die Farbe entzogen. Ihre Haare sind so hellblond, dass sie fast weiß sind. Das Grau ihrer Iris ist verwässert. Als hätten die vielen Dinge, die sie gesehen hat, sie getrübt.

»Lana, das ist Edna«, stellt Sybille die Fremde vor und lässt sich ungefragt gegenüber der alten Vampirin in einen Ohrensessel sinken. Wenn es etwas gibt, das Vampire genauso lieben wie Blut, dann sind es anscheinend Ohrensessel. Ich habe noch nie so viele in einem Gebäude gefunden. »Edna, das ist Lana.«

»Ich weiß, wer sie ist, Sybille. Ich bleibe zwar lieber für mich, weil mir die Brut in diesem Haus auf die Nerven geht. Das heißt aber noch lange nicht, dass ich nicht alles mitkriege, was hier passiert. Ich bin informiert.«

»Natürlich, Edna«, sagt Sybille. Ihr Grinsen kann sie nicht unterdrücken.

»Setz dich, kleine Vampirjägerin. Es macht mich nervös, wenn du so nah neben meiner Ming-Vase stehst. Du kommst mir wie eine sehr tollpatschige Kreatur vor.«

Ich drehe mich um und entdecke erst jetzt die Vase, die ich tatsächlich umgestoßen hätte, wäre mein Ellbogen ein bisschen weiter angewinkelt gewesen.

Also komme ich ihrem Befehl nach und setze mich zu den beiden, ohne mich über Ednas Unterstellung aufzuregen.

»Eine Delacroix.« Edna mustert mich eingehend. »Ich hätte nicht gedacht, dass sich mal einer von euch in mein Zimmer verirren würde.« Sie sieht mich an, als würde sie überlegen, wo in ihrem Raum noch Platz ist, um mich auszustellen. »Ich bin vielen deiner Vorfahren begegnet. Ich will mich ja nicht beschweren. Damals war mein Leben ziemlich eintönig. Als die Delacroixs auf der Bildfläche auftauchten, ist wenigstens wieder etwas passiert.«

Ich ziehe die Augenbrauen nach oben. »Sie waren schon auf der Welt, bevor meine Familie Vampirjäger waren?«

Edna macht nur eine wegwerfende Handbewegung, schnappt sich eine Blutkonserve und füllt für uns alle eine Portion in schicke Porzellantässchen. Sie haben sogar Untertassen. Das muss einer der bizarrsten Momente meines Lebens sein.

»Der Fall Roms, sage ich doch«, meint Sybille grinsend und nippt vornehm an ihrer Tasse. Auch ich nehme die Tasse entgegen, kann mich aber nicht so gut zurückhalten wie Sybille. Sobald ich den ersten Tropfen Blut auf meiner Zunge schmecke, kann ich nicht anders, als den Rest gleich hinterherzukippen.

»Du bist noch so neu.« Edna beobachtet mich über den Rand ihrer Tasse.

Sie hat Hunderte Jahre gelebt, vielleicht sogar Tausende. Wie fühlt sich ein solcher Moment für sie an? So bedeutungslos, dass sie ihn schon wieder vergessen hat, ehe er überhaupt vorüber ist?

Oder erinnert sie sich an alles? An jedes Erlebnis in ihrem so unfassbar langen Leben? Wie mag sich Zeit für sie anfühlen? Was ist schon ein Menschenleben, wenn man Hunderte gelebt hat?

»Du hast viele Fragen«, stellt Edna fest und lächelt wissend. Langsam leckt sie sich über die Lippen, an denen Blut hängen geblieben ist. Kein Tropfen bleibt zurück. »Aber wenn ich euch die letzten Tage richtig belauscht habe, dann nur eine, die dich hierhergeführt hat.«

Sybille grinst immer noch. Sollte das inzwischen nicht wehtun?

»Edna kommt gerne auf den Punkt«, erklärt sie und trinkt den Rest ihres Blutes.

»Natürlich tue ich das. Wenn man etwas verliert, wenn man so lange lebt wie ich, dann ist es Geduld.« Sie streicht ihr

Kleid glatt. Es ist schwarz und schlicht. Deswegen lässt sich schwer feststellen, aus welchem Jahrzehnt oder vielleicht sogar Jahrhundert es stammt. Aber das spielt vermutlich keine Rolle. »Also rück mit dem raus, weswegen du hergekommen bist, kleine Vampirjägerin. Ich gebe Antworten nur dann, wenn ich auch freundlich nach ihnen gefragt werde.«

Ich räuspere mich und stelle die Tasse auf ihrem kleinen Beistelltischchen ab. »Gibt es eine Heilung?«

»Eine gute Frage«, sagt Edna. »Du bist bei Weitem nicht der erste Vampir, der sie stellt. Und du kannst dir vermutlich denken, dass diese Vampire nie wieder zu Menschen geworden sind.«

Ich schlucke schwer. Auch das Blut, das meinen Hals geölt hat, kann nichts gegen den massiven Kloß ausrichten, den diese Aussage hervorruft.

»Aber wenn es jemanden gibt, der etwas wissen könnte, dann bist du das«, springt Sybille ein. Kann sie spüren, dass mein Hals gerade zu fest zugeschnürt ist, um ein Wort herauszupressen? Geschweige denn einen zusammenhängenden Satz.

»Sybille, du weißt doch, dass du bei mir mit Komplimenten nicht weit kommst.« Ednas Ton ist tadelnd, doch dann verzieht sie ihr Gesicht zu einem leichten Lächeln. »Aber ich finde es sehr charmant, dass du es trotzdem immer wieder versuchst.«

»Du kennst mich. Ich gebe mich selten geschlagen.«

»Das weiß ich.« Wieder lächelt Edna. Wie eine Großmutter ihr Enkelkind anlächelt. Dass beide Frauen auf den ersten Blick gleich alt aussehen, ändert nichts an der Wirkung dieses Gesichtsausdrucks. »Ich habe den anderen Vampiren nichts verraten, weil die Informationen, die ich habe, ihnen sowieso nicht geholfen hätten. Aber für dich mache ich eine

Ausnahme, Sybille.« Sie sieht mich an. »Und auch für dich, kleine Vampirjägerin. Weil du so ganz anders bist als die Delacroixs, deren Wege sich mit meinem gekreuzt haben.« Auch sie lässt nun ihre Tasse sinken. Ich habe noch nie einen Vampir gesehen, der so langsam Blut getrunken hat. Vermutlich relativiert sich so ziemlich alles, wenn man so lange gelebt hat. Auch Hunger. Und Gefühle. Kann man nach so langer Zeit überhaupt noch fühlen? Sind sie nicht irgendwann aufgebraucht? Können Freude und Trauer wirklich für so viele Lebenszeiten reichen? Das stelle ich mir furchtbar anstrengend vor.

»Ihr dürft das aber nicht weitersagen«, befiehlt Edna. »Ich habe kein Interesse daran, dass mein Zimmer zur Auffangstation für existenzialistische Vampire wird.«

»Versprochen«, sagt Sybille.

»Versprochen«, wiederhole ich.

»Gut.«

Edna greift an Sybille vorbei. Eine Sekunde später schallt Heavy Metal aus Lautsprechern, die so von Krimskrams zugestellt sind, dass ich sie erst jetzt entdecke. Kein Klang hätte weniger zu diesem Raum und dessen Bewohnerin gepasst.

»Ich weiß eines sehr sicher. Es gibt tatsächlich eine Heilung.«

Mein Herz bleibt stehen.

»Es gibt ...«

»Sch! Kindchen, wenn du so schreist, kann uns auch diese grausige Musik nicht vor neugierigen Ohren bewahren«, tadelt mich Edna mit einer Manier, die man wirklich nicht in diesem Jahrhundert gelernt haben kann.

»Es gibt sie tatsächlich?«, flüstere ich.

»Ich habe sie mit meinen eigenen Augen gesehen.« Edna

streicht einen nicht vorhandenen Fussel von ihrem Kleid. »Nur das Blut des allerersten Vampirs, der jemals gelebt hat, kann uns von dem, was wir sind, heilen. Zumindest wurde mir das so erzählt.«

»Wo ist sie?« Ich muss mich richtig anstrengen, um meine Stimme daran zu hindern, zu schreien. Kaum etwas ist mir in meinem Leben so schwergefallen. Und das sage ich nach den Wochen, die ich hinter mir habe.

»Diese Frage kann ich dir nicht beantworten. Deswegen habe ich dich vorgewarnt, dass meine Information dir nicht weiterhelfen wird.«

»Hast du keine Anhaltspunkte?«, fragt Sybille, die auf einmal nicht mehr so statuenhaft in ihrem Sessel sitzt, wie sie es sonst immer tut. Sie balanciert genauso wie ich an der Kante. Es fehlt nicht mehr viel und wir beide fallen auf den Boden. Aber wir können nicht anders. Sitzen passt nicht zu dieser Offenbarung. Hektisches Auf-und-ab-Rennen schon eher.

Sybille hat sich meiner Mission erst nur widerwillig angeschlossen, nicht an ihren möglichen Erfolg geglaubt. Doch das scheint sich geändert zu haben.

»Der Vampir, der sie damals in seinem Besitz hatte, wollte sich eines Tages mit ihr begraben lassen«, setzt Edna getragen an.

»Wer war dieser Vampir? Kennst du seinen Namen oder weißt sonst irgendwas über ihn?«, fragt Sybille, der ich ihre Anspannung inzwischen deutlich anhören kann.

»Hm, lass mich nachdenken.«

Sybille wirft mir einen Blick zu, der mir deutlich zu verstehen gibt, dass Edna selten über etwas nachdenken muss. Sie scheint uns mit ihrer langen Pause nur auf die Folter spannen zu wollen.

Sie räuspert sich. Sybille und ich lehnen uns noch näher an

sie heran. Es fehlt nicht mehr viel und wir haben beide den Kontakt zu unserem Sessel verloren.

Da klopft es.

Klopfen sollte nicht dazu in der Lage sein, Heavy Metal Screams zu übertönen, doch dieses ist so bestimmt, dass es auch während einer Explosion zu hören wäre.

Edna lässt die Musik ersterben. Sybille und ich sinken fast synchron zurück in unsere Sessel. Solange die Musik aus ist, werden wir nicht die Antworten erhalten, die wir suchen.

»Herein«, flötet Edna. Die Tür öffnet sich und Gaspard tritt ein. An Ednas Gesichtsausdruck meine ich ablesen zu können, dass sie mit seinem Auftritt gerechnet hat. »Meine Lieben, ich würde ja sagen, dass es mir leidtut, euch rauszuschmeißen. Aber dann müsste ich lügen.«

Ich mustere Gaspard kritisch. Sein protziger Rubinring blitzt im Schein von Ednas Kerzen. Er hat seine schulterlangen blonden Haare mit einem Seidenband zu einem barocken Zopf im Nacken fixiert. Ein Man Bun würde einfach nicht zu seiner eleganten Ausstrahlung passen.

Sein Gesichtsausdruck ist so höflich und neutral wie immer. Trotzdem habe ich das Gefühl, dass er heute etwas hinter seiner Fassade verbirgt. Ist es wirklich ein Zufall, dass er ausgerechnet in dem Moment, als Edna uns von der Heilung erzählen will, hier hereinplatzt?

Sybille ist bereits aufgestanden und mir bleibt nichts anderes übrig, als es ihr gleichzutun.

Im Vorbeigehen nicke ich Gaspard zu. Ich bin mir ziemlich sicher, dass er mir mein Misstrauen ansieht. Aber er nickt nur und setzt sich zu Edna. Auch ihm schenkt sie Blut in eine Tasse. Sybille zieht mich hinter sich her, damit ich schneller das Zimmer verlasse.

»Was war das?«, frage ich, sobald wir wieder im Treppenhaus stehen. Sybille legt nur ihre Finger auf ihre Lippen und lotst mich zur Bibliothek zurück.

»Ich finde es sehr niedlich, dass du manchmal vergisst, dass nicht nur du ein übernatürliches Gehör hast«, zieht mich Sybille auf, sobald sie die schalldichte Tür hinter uns geschlossen hat.

»Findest du es nicht seltsam, dass Gaspard genau in der Sekunde auftaucht, in der Edna uns etwas über die Heilung verraten wollte?«, frage ich und lehne mich gegen einen Tisch.

»Natürlich. Ich lebe schon lange genug, um zu wissen, dass Zufälle sehr selten nur Zufälle sind.«

»Also müssen wir wieder zu ihr gehen und sie noch mal fragen.«

»Bleib ruhig«, ermahnt Sybille mich. »Edna ist schnell genervt. Und ist sie erstmal genervt, wird sie dir überhaupt nichts mehr verraten. Wir müssen geduldig sein.«

Meine Enttäuschung kann ich anscheinend nur schlecht verbergen, denn Sybille schenkt mir einen mitleidigen Blick.

»Lass den Kopf nicht hängen, Lana«, sagt sie und lehnt sich neben mich gegen den Tisch. »Jetzt gibt es tatsächlich Hoffnung. Du könntest wieder ein Mensch werden.« Kurz schweigt sie und blickt auf ihre polierten schwarzen Stiefel hinab. »Ist es für dich wirklich so schlimm, ein Vampir zu sein, dass du den Gedanken, noch ein paar Tage oder Wochen länger einer sein zu müssen, nicht ertragen kannst?«

Über diese Frage muss ich eine Weile nachdenken. Auch ich mustere meine Schuhe, obwohl man meine ausgetretenen Sneakers natürlich nicht so gut bewundern kann wie Sybilles teuer aussehende Stiefel.

»Nicht mehr«, sage ich schließlich, hebe den Blick und sehe Sybille in die Augen. »Aber ich will nicht unsterblich sein. Ich will nicht für immer einsam sein.« Ich schlucke schwer. Diese Worte haben meinen Hals verstopft.

Sybille schüttelt lächelnd den Kopf. »Bist du denn wirklich so einsam?«

Ich lächle leicht zurück. »Gerade nicht.«

Sybille drückt meine Hand. »Ich werde dir helfen. Das habe ich dir versprochen und dieses Versprechen werde ich halten. Aber sollten wir die Heilung wirklich finden, will ich, dass du gut über das nachdenkst, was du aufgibst.«

»Danke.« Ich würde gerne noch so viel mehr sagen. Aber mir fällt nichts Besseres ein. Sybille scheint das nicht zu stören. Sie sagt auch nichts mehr.

Wir sitzen noch eine Weile schweigend nebeneinander. In unsere eigenen Gedanken versunken. Und doch alles andere als einsam.

17. Kapitel

»Ich weiß nicht, ob das eine gute Idee ist«, sagt Nic.

»Du kannst die Wahrheit doch nicht einfach vor ihr verbergen«, entgegnet Sybille.

Die Diskussion geht schon eine Weile. Sybille und Nic verhalten sich wie Eltern, die sich nicht auf eine Erziehungsmethode einigen können.

Während sie so über mich hinwegreden, als wäre ich ein kleines Kind, habe ich tatsächlich das Gefühl, zu schrumpfen und meine Milchzähne zurückzubekommen.

»Hallo, ich bin auch noch hier«, starte ich genervt einen Versuch, mir Gehör zu verschaffen. Doch die beiden gehen nicht darauf ein.

»Mach dir nichts draus.« Gabriel boxt mir freundschaftlich in die Seite. Er probiert gar nicht erst, sich in die Diskussion einzumischen. Er scheint zu wissen, dass das bei den beiden keinen Zweck hat.

Wir stehen in einer feuchten, dunklen Pariser Seitengasse vor einer verschlossenen Tür. Wenn ich in den letzten Wochen etwas gelernt habe, dann dass sich hinter so massiven Türen, durch die kein Ton dringt, Vampire verbergen. Doch noch hat sich niemand die Mühe gemacht, mir zu erklären, was unser Ziel ist und warum Nic nicht will, dass ich dort ankomme.

»Sie ist eine von uns, Nic. Krieg das endlich in deinen Dickschädel.« Sybille dreht sich endlich zu mir um. »Hast du Lust, ausnahmsweise auch mal Spaß zu haben?«

»Wieso beunruhigt mich diese Frage?«

»Lana hat echt schnell verstanden, wie das hier läuft.« Gabriel nickt anerkennend und grinst unschuldig, auch als Sybille ihm ihren strengsten Mutterblick zugeworfen hat.

»Ich finde immer noch, dass es eine schlechte Idee ist, aber mich fragt mal wieder keiner«, murrt Nic und verschränkt die Arme vor seiner Brust.

»Weil keiner deine langweiligen Antworten hören will«, entgegne ich nur trocken. Sybille und Gabriel lachen auf und Nic wirft mir einen kritischen Blick zu.

»Du hast doch keine Ahnung, worum es hier eigentlich geht und wo Sybille dich hinbringen will«, entgegnet er defensiv.

»Nur weil du es nicht für nötig hältst, es mir zu erklären. Anstatt mir zuzutrauen, meine eigenen Entscheidungen zu treffen, willst du das für mich übernehmen. Daran habe ich kein Interesse.«

Vermutlich reagiere ich eine Spur zu schnippisch, aber nach unserem Ausflug über die Dächer von Paris hatte ich gehofft, dass wir einer möglichen Freundschaft ein bisschen näher gekommen wären. Seine Nähe zuzulassen, hat sich verdammt gut angefühlt. Vielleicht ein bisschen zu gut. Ich habe mich nach mehr gesehnt. Und ich glaube noch immer, dass er das auch getan hat. Doch jedes Mal, wenn wir einen Schritt aufeinander zu machen, macht Nic mehrere zurück. Ich habe es satt, dass er jeden Tag seine Meinung über mich ändert.

»Dann mal los«, fordere ich Sybille auf.

»Dann mal los«, wiederholt sie und klopft an die schalldichte Tür. Ein kleiner Spalt öffnet sich und ein Paar Augen kommt zum Vorschein. Geräusche können durch den Spalt entfliehen. Ich höre Musik, Lachen, Gespräche. Nichts, was ich mit Gefahr verbinden würde.

Das Augenpaar mustert uns eingehend. Sybille grinst frech und entblößt ihre spitzen Eckzähne.

Der Spalt schließt sich wieder und eine Sekunde später öffnet sich die ganze Tür.

»Viel Spaß«, sagt der Vampir, der uns hereinlässt. Sobald wir alle in dem engen, dunklen Gang stehen, schließt er die Tür auch schon wieder hinter uns.

Ein kräftiger Bass lässt den Boden vibrieren. Ich spüre die Musik deutlich unter meinen Fußsohlen.

»Ist das hier ein Club?«

»Hundert Punkte für Lana«, sagt Gabriel.

»Ich verstehe nicht, was Nic daran auszusetzen haben könnte.« Ich werfe ihm einen vielsagenden Blick über die Schulter zu.

»Macht doch alle, was ihr wollt«, grummelt er nur. Eine normale Tonlage scheint heute nicht mehr im Angebot zu sein.

»Das werden wir.« Sybille hakt sich bei mir und Gabriel unter. Der Gang ist so eng, dass wir nur knapp nebeneinander die Stufen hinablaufen können. Meine Schulter schrappt über die raue Wand.

Nic seufzt, ergibt sich aber endlich in sein Schicksal. Ich sehe mich nicht noch mal zu ihm um, doch ich höre, dass er uns folgt.

Die Musik wird immer lauter. Sie schwillt an wie das Tosen des Meeres.

Wir steigen immer tiefer hinab. Der Weg erinnert mich auf unangenehme Weise an die Treppe, die zum Verlies in der Zentrale führt. Doch ich schlucke diese Erinnerungen einfach herunter. Dort war es beängstigend leise. Hier ist es alles andere als das.

Rotes Licht schwappt gemeinsam mit der Musik zu uns herauf.

Als wir den untersten Treppenabsatz erreichen, werde ich förmlich von den Eindrücken erschlagen.

Neonleuchten tauchen alles in rotes Licht. An der gegenüberliegenden Seite des riesigen Raumes zieht sich eine Bar entlang. Dass sie hier nicht nur Alkohol ausschenken, kann ich deutlich riechen.

In den Ecken haben es sich Vampire auf gepolsterten Bänken gemütlich gemacht. Ein DJ steht auf einer Empore.

Was mich jedoch am meisten fasziniert, ist die Tanzfläche. So eine ausgelassene Stimmung habe ich noch nie erlebt. Ich bin mir sicher, dass Menschen nicht auf diese Art feiern können. Nicht, dass ich es wüsste.

Für Partys und Alkohol war in meinem alten Leben voller Traditionen und Disziplin keine Zeit und auch kein Raum vorgesehen. Aber ich habe manchmal darüber nachgedacht, mich nachts rauszuschleichen, um in das Pariser Nachtleben einzutauchen, und zwar ohne Holzpfahl bewaffnet. Durch die Eingangstür hätte ich nicht unbeobachtet gehen können. Aber mein Fenster ließ sich nie richtig schließen. Eins der Scharniere ist kaputt. Und ich dachte mir, dass das nicht nur bedeutet, dass jemand leichter von außen eindringen, sondern auch, dass ich leichter ausbrechen könnte. Direkt unter dem Fenster ragen ein paar Steine aus der Mauer heraus. Man hätte sie also problemlos als Leiter verwenden können. Doch ich habe nur mit dem Gedanken gespielt und ihn nie verfolgt. Nicht einmal vor mir selbst konnte ich zugeben, dass es auch nur einen Gedanken in meinem Kopf gab, der mich zu weniger als der perfekten, vorbildlichen Jägerin gemacht hat. Das hat einfach nicht zu meinem Selbstbild gepasst.

Und trotzdem habe ich nie mein Fenster repariert, obwohl ich wusste, dass es eigentlich leichtsinnig war, diesen Makel in unserer Zentrale nicht zu beheben.

»Klapp deinen Mund wieder zu, Lana«, zieht Sybille mich auf. »Habe ich zu viel versprochen?«

»Du hast überhaupt nichts versprochen. Du hast mich einfach ohne Erklärung hierher geschleift«, gebe ich trocken zurück. »Aber ich bereue es nicht, von dir hierher geschleppt worden zu sein.«

»Das wollte ich hören.«

Wieder zerrt sie mich weiter. Wir schlängeln uns durch die tanzende Meute, bis wir die Bar erreichen.

»Vier Tequila-Shots«, sagt Sybille und der Barmann kommt ihrem Befehl sofort nach, obwohl noch weitere Vampire etwas bestellen wollen. Sybille hat diese Ausstrahlung, die es nicht erlaubt, dass man sie warten lässt.

Während er erst Tequila und dann Blut in Shotgläser gießt, sehe ich mich um. Ich rieche das Blut, das in schönen Flaschen hinter dem Tresen der Bar lagert. Doch ich rieche auch lebendiges Blut. Mein Blick huscht zu einer Ecke, in der eine Frau zwischen zwei Vampiren sitzt. Ehe ich mich fragen kann, wie ein Mensch in diesem Club gelandet ist, nehmen die zwei Vampire jeweils eines ihrer Handgelenke in die Hand und stoßen ohne Vorwarnung ihre Zähne in ihr Fleisch.

Dass ich automatisch auf sie zugehen wollte, merke ich erst, als Nic seine Hand auf meine Schulter legt, um mich zurückzuhalten.

Ich sehe mich zu ihm um und suche eine logische Erklärung für das, was hier vorgeht. Eine unschuldige. Doch Nics ernster Blick macht klar, dass ich sie nicht finden werde.

Er lässt seine Hand auf meiner Schulter ruhen. Sanft und doch bereit, mich noch fester zu packen, sollte ich Anstalten machen, einzuschreiten. Er scheint mich besser zu kennen, als er zugeben will.

»Deswegen wollte ich dich nicht mitnehmen«, erklärt er,

seine Worte überraschend verständnisvoll. Mir wird klar, dass er mich tatsächlich nicht bevormunden, sondern mir einen Anblick ersparen wollte, von dem er wusste, dass er für mich schwer zu ertragen wäre. Ich weiß wirklich nicht, was ich mit dieser Erkenntnis anfangen soll.

Ich lasse meinen Blick wieder schweifen und entdecke weitere Vampire, die ihre Zähne in bewegungslose Menschen mit leerem Blick schlagen.

»Wieso schreien sie nicht? Warum versuchen sie nicht zu fliehen?«, flüstere ich.

»Du kennst die Antwort«, sagt Nic schlicht.

»Die Wirkung eines Vampirbisses.«

Er nickt.

Ich erinnere mich sofort an den Mann zurück, den ich umgebracht hätte, hätte Nic mich nicht aufgehalten. Mein Biss hat ihn ruhig, gefügig und vergesslich gemacht.

»Du darfst nicht einschreiten.« Nics Stimme ist ernst. Er drückt sanft meine Schulter, damit ich ihn wieder ansehe. »Die Vampire machen nichts Verbotenes, aber würdest du sie angreifen, dann würdest du gegen die zweite Regel verstoßen.«

Sybille und Gabriel kommen zu uns und schieben jedem von uns ein Shotglas hin, doch wir beide ignorieren sie.

»Nicht alle Vampire geben sich mit Blutkonserven zufrieden wie wir«, sagt Gabriel, der unser Gespräch mitgehört hat. »Wie du selbst weißt, schmeckt lebendiges Blut einfach besser.«

Leider weiß ich das. Viel zu gut. Auch jetzt erinnere ich mich an dieses berauschende Gefühl von Blut, das von einem Herzschlag gegen meine Zähne gepresst wird. Der Anblick von Menschen, die als lebendige Blutkonserven missbraucht werden, ohne sich wehren zu können, widert mich an. Gleichzeitig macht es mich furchtbar hungrig und lässt meine Zähne voller Erwartung pochen.

»Trink, das hilft«, sagt Nic, nimmt sich sein Shotglas und reicht mir meines. Jetzt lässt er meine Schulter los. Vertraut er mir genug?

Wir alle stoßen an, doch die Euphorie, die ich gespürt habe, als wir hier angekommen sind, hat sich verzogen. Ich kippe den Blut-Tequila-Mix herunter und knalle das leere Glas auf die Theke.

»Wir können auch jetzt schon gehen«, schlägt Nic vor und stellt ebenfalls sein Glas ab. »Wir müssen heute sowieso noch losziehen, um unsere Blutreserven aufzustocken.«

»Kommt nicht infrage«, schneidet ihm Sybille das Wort ab. Ernst und beschwörend sieht sie mich an. »Ich weiß, dass dieser Anblick für dich schwer zu ertragen ist, Lana. Ich verstehe das wirklich. Aber so funktioniert diese Welt nun mal. Du wirst sie nicht ändern. Also akzeptiere sie. Und erlaube es dir doch wenigstens einmal in deinem Leben, nicht nur zu grübeln, sondern Spaß zu haben. Du hast es wirklich nötig.« Aufmunternd lächelt sie mich an. »Ich will tanzen. Bist du auch dabei?«

Mit einem Seufzen sehe ich zur Tanzfläche.

»Komm schon, Lana«, mischt sich nun auch Gabriel ein. Er hält mir seine Hand entgegen und deutet eine Verbeugung an. Diese Geste sieht bei ihm so natürlich aus, dass ich mir sicher bin, dass er in einer Zeit geboren wurde, in der man Frauen noch auf diese Weise zum Tanzen aufgefordert hat.

»Okay«, gebe ich mich geschlagen, weil ich die anderen nicht enttäuschen will. Erst seitdem Sybille sich dazu entschlossen hat, mich in ihre Gruppe von Freunden aufzunehmen, habe ich das Gefühl, meine Existenz als Vampir ertragen zu können. Wenigstens einmal sollte ich ihr einen Gefallen tun können.

Also ergreife ich Gabriels ausgestreckte Hand und lasse mich von ihm auf die Tanzfläche ziehen. Sybille klatscht freudig in die Hände. Die beiden beginnen sofort zu tanzen. Einfach so, wie sie es wollen. Ihre Bewegungen passen sich an die Musik an und von da an lassen sie sich treiben.

Unschlüssig stehe ich zwischen ihnen, weil ich keine Ahnung habe, was ich tun soll. Jäger lernen nur ein paar steife Gesellschaftstänze, die zu ihren altehrwürdigen Traditionen passen. Nicht, wie man seinem Körper gestattet, wirklich frei und locker zu sein.

Gabriel dreht mich einmal um meine eigene Achse und Sybille tanzt vor mir auf und ab. Ihre Aufforderungen sind unmissverständlich.

Ein letztes Mal gestatte ich mir einen tiefen Seufzer, ehe ich mich in Bewegung setze. Ich bin mir sicher, dass ich dabei ungelenk aussehe. Doch das spielt keine Rolle. Das erkenne ich, während ich die anderen auf der Tanzfläche beobachte. Jeder tanzt vollkommen anders als der Vampir einen halben Meter neben ihm. Jeder, wie er will. Jeder, wie er sich fühlt.

Also schließe ich die Augen und lasse mich auf diesen Moment ein. Die Musik schwappt wie sich brechende Wellen über mich hinweg und reißt mich mit sich. Ich hebe die Arme, tanze und tanze. Meine Haare lösen sich aus meinem Zopf und kleben in meinem Nacken. Aber das ist in diesem Moment genauso egal wie alles andere.

Ich schlage die Augen auf, weil mir irgendwas tief in mir sagt, dass ich es tun sollte.

Nic tanzt nicht. Er lehnt immer noch am Tresen der Bar. Und beobachtet mich.

So intensiv, dass ich es gespürt habe.

Er sieht nicht weg. Und ich auch nicht. Meine Haut beginnt zu kribbeln. Meine Bewegungen werden langsamer, bis auch ich stillstehe, weil sein Blick mich gefangen hält.

Da ist es wieder. Dieses Verlangen, das wir beide nicht wollen, das uns aber doch nicht ganz loslässt.

Mehrere Meter trennen uns voneinander. Niemand macht einen Schritt auf den anderen zu. Niemand sagt etwas. Aber es bricht auch niemand den Augenkontakt. Wir treffen keine Entscheidung. Genau wie auf dem Dach.

Nics Gesicht wirkt so ausdruckslos wie immer. Doch seine Augen sagen alles. Wieder lodern sie. Saphire in Flammen.

Sie ziehen mich an.

Endlich treffe ich eine Entscheidung. Ich mache einen Schritt in seine Richtung.

Und zerstöre diesen Moment für immer.

Abrupt löst Nic sich vom Tresen, wendet sich ab und taucht in der Menge unter.

Perplex bleibe ich an der Stelle stehen und starre den Punkt an, an dem er gerade verschwunden ist.

Was zur Hölle war das?

Und warum muss ich diese Frage eigentlich ständig stellen, wenn es um Nic geht?

Schon wieder bin ich sauer auf ihn. Und auf mich. Weil ich mich erneut der sinnlosen Hoffnung hingegeben habe, dass er meine Anwesenheit tatsächlich eines Tages tolerieren könnte.

Ich setze mich in Bewegung. Ich bin mir nicht sicher, was ich damit erreichen will. Aber vielleicht ist es manchmal besser, wenn man sein Verhalten gar nicht erst hinterfragt.

Doch ich kann Nic nicht konfrontieren. Er ist weg.

Ich stehe am Rand der Tanzfläche.

Und auf einmal ist da nicht mehr nur die Musik. Ich höre Rufe. Ekstatische Rufe. Sie kommen nicht aus diesem Raum.

Irritiert blicke ich mich um und entdecke eine Tür.

Langsam trete ich auf sie zu. Niemand versucht mich aufzuhalten. Also drücke ich die Klinke herunter und trete ein.

Ich folge mehreren Stufen hinab. Diesmal ist es nicht Musik, die mich begrüßt, sondern Schreie. Ein Knacken. Ich bin mir ziemlich sicher, dass sich nur brechende Knochen so anhören können.

Vermutlich sollte in so einem Moment der erste Impuls sein, wieder umzukehren. Aber ich laufe einfach weiter.

Ich bringe die letzten Stufen hinter mich und betrete den Kellerraum. Er ist ungefähr so groß wie der Club eine Etage weiter oben. Nur sieht er vollkommen anders aus.

Das Licht hier ist grell. Eigentlich zu grell für Vampiraugen. Doch es passt zur Stimmung.

Der Raum ist kahl bis auf einen Ring in der Mitte – ein Boxring. Gruppen von Vampiren haben sich darum versammelt und schreien aus voller Kehle. Der Lärm ist unerträglich.

Und doch zieht mich das Geschehen an wie eine Motte das Licht. Die Motte sollte inzwischen wissen, dass das, was sie so magisch anzieht, nur Unheil bedeuten kann. Aber die Motte kann sich nicht wehren. Die Anziehungskraft ist einfach zu stark.

Im Ring stehen sich zwei Vampire gegenüber. Zwei Männer. Oberkörperfrei. Blutverschmiert. Und sie prallen mit einer Macht aufeinander, dass es mir den Atem verschlägt. Glieder treffen unter Ächzen aufeinander, Fäuste zielen unbarmherzig auf jede Stelle, die ungeschützt bleibt. Es scheint keine Regeln zu geben. Den Arm – vermutlich das, was ich habe brechen hören – biegt sich der eine Vampir einfach wieder gerade. Eine Sekunde später ist er verheilt und er kann weiterkämpfen. So erbittert, als wäre niemals etwas gewesen.

Mein Herz rast. Warum weiß ich auch nicht so genau.

Der nächste Schlag ins Gesicht hätte jedem Menschen das Leben gekostet, da bin ich mir sicher. Der Vampir lebt noch. Aber der Schaden, den er erlitten hat, ist offensichtlich. Zähne fliegen durch die Luft. Sein Kiefer knackt. Als er sich wieder aufrichtet, kann ich erkennen, wie schief er hängt. Ein kalter Schauer rinnt mir über den Rücken.

»Das bringt dein Blut in Wallungen, nicht wahr, Lana Delacroix?«

Bastille steht plötzlich neben mir und legt mir seinen massigen Arm um die Schulter. Die Geste hätte etwas Freundschaftliches, wenn er mich nicht so fest halten würde. Ich versuche mich von ihm zu lösen, doch er lässt nicht locker.

»Zwei Vampire, die sich gegenseitig zerfleischen, das ist doch bestimmt der Inhalt all deiner feuchten Träume.«

Er schiebt mich näher an den Ring heran, bis wir in der ersten Reihe stehen.

Der Vampir mit dem gebrochenen Kiefer taumelt gegen die Bänder, die um den Ring gespannt sind. Wären sie nicht da, wäre er auf uns gefallen. Bastille grinst über das ganze Gesicht. Äußerlich wirkt er ganz locker, doch der Schraubstockgriff, indem er mich hält, verrät, wie angespannt er ist.

Der verletzte Vampir will noch nicht aufgeben, aber sein Gegner ist im Gegensatz zu ihm noch in der Lage, gerade zu stehen.

»Wart's ab. Jetzt kommt der beste Part.«

Die Vampire gehen noch einmal aufeinander los, doch jeder weiß bereits, wie dieser Kampf ausgehen wird. Der verletzte Vampir wird am Genick gepackt. Der andere dreht ihn in einen unnatürlichen Winkel. Ich halte die Luft an. Dann ertönt das lauteste Knacken, das ich jemals gehört habe. Das Genick bricht.

Nur mit aller Kraft unterdrücke ich einen überraschten

Aufschrei. Diese Genugtuung werde ich Bastille nicht geben. Viel zu deutlich spüre ich das Gewicht seines Blicks auf meinem Gesicht, also zwinge ich mich, nicht vor Grauen die Augen zu schließen.

Der gebrochene Vampir wird so lieblos aus dem Ring gezerrt, als wäre er nicht mehr als ein kaputtes Spielzeug. Die Meute rastet aus. Die Jubelschreie bringen mein Trommelfell zum Vibrieren.

»Was eine Show, oder?«

»Ich dachte, Vampire dürfen einander nicht töten oder verletzen«, sage ich. Vermutlich auch, um mich daran zu erinnern und wegen der aufgezwungenen körperlichen Nähe zu Bastille nicht die Fassung zu verlieren.

»Gut erkannt.« Bastille blickt wieder von oben auf mich herab. Sein Gesichtsausdruck signalisiert mir deutlich, dass mein Herz nur noch in meiner Brust ruht, weil er Gaspards Rache fürchtet. »Aber wer sich freiwillig in den Ring begibt, ist bereit, die Schmerzen auf sich zu nehmen. Also ist dieser Ring unsere Grauzone.« Er sieht zum gebrochenen Vampir hinüber. »Und er ist nicht tot. Ein gebrochenes Genick tötet einen Vampir nicht. Das solltest du doch wissen, Lana Delacroix.« Mal wieder klingt mein Nachname wie das dreckigste Schimpfwort, das man hätte aussprechen können. Egal, wie oft Sybille mir beteuert, dass Vampire nach der Wandlung ihre Nachnamen ablegen, ich glaube nicht, dass Bastille mir das jemals gestatten wird. »Willst du es auch mal versuchen?« Er deutet auf den Ring. »Dich mit einem Vampir messen, wenn du nicht mit einer schönen Holzsplittergranate oder deiner Armbrust mogeln kannst.«

Mein Gesicht verzieht sich, bevor ich es daran hindern kann.

»Ich habe dich schon mal bei einem deiner Einsätze hautnah miterleben dürfen. Du kannst dich vermutlich nicht mehr daran erinnern. Aber lass mich dein Gedächtnis auffrischen. Ich war mit meinen Freunden nichts Böses ahnend in Paris unterwegs, als einer von ihnen auf einmal von einem Holzpfahl durchbohrt wurde. Er war sofort tot. So eine Treffsicherheit muss man bewundern. Du hast bestimmt fünfzig Meter weit weg gestanden.« Der Druck seiner Hand auf meiner Schulter verstärkt sich, doch ich bin nicht bereit, Schwäche zu zeigen. »Beeindruckend. Wirklich. Eine so effektive Jägerin habe ich selten gesehen. Natürlich ist ein Angriff mit einer Armbrust aus sicherer Entfernung etwas für Feiglinge, wenn du mich fragst. Ein Kampf im Ring. Haut auf Haut. Ohne Waffen. Das ist wesentlich ehrlicher. Findest du nicht auch?«

Mein Herz schlägt mir gegen den Hals. So stark, dass ich mir sicher bin, dass es die Haut nach vorne biegt und Bastille meinen Herzschlag deutlich sehen kann.

»Kein Interesse. Aber danke für das Angebot«, presse ich zwischen zusammengebissenen Zähnen hervor. Sybille, Gabriel und Nic sind nicht hier. Vermutlich können sie uns wegen der lauten Musik ein Stockwerk weiter oben auch nicht hören. Ich bin auf mich allein gestellt. Also muss ich ruhig bleiben. Egal, wie stark die Panik auch in mir brennt.

Es hat kein neuer Kampf begonnen. Eine seltsame Ruhe hat sich über den Raum gelegt. Die Meute blickt nicht länger auf den Ring, sondern zu uns. Was sie von mir halten, steht ihnen deutlich ins Gesicht geschrieben.

»Schade. Wirklich schade. Ich hätte dir so gerne gezeigt, was es wirklich bedeutet, ein Vampir zu sein. Wenn du immer nur mit diesen Strebern abhängst, wirst du doch niemals in den richtigen Genuss kommen.«

Ich schiebe seinen Arm beiseite, doch noch immer entdecke ich keinen Ausweg. Die Meute hat einen engen Kreis um uns geschlossen.

»Du lebst deine Gelüste gar nicht richtig aus.« Bastille redet ganz ruhig weiter, das macht seine Ausstrahlung aber umso bedrohlicher. Er gibt einen Wink. »Cédric«, richtet er sich an einen seiner Freunde, der immer an seinem Rockzipfel hängt. Der bestimmt zwei Meter große Mann mit schiefen Zähnen rennt kurz aus dem Raum und kommt schnell zurück. Ich weiß schon, wen er mitbringt, bevor er wieder da ist. Ich kann das Blut riechen.

Cédric zerrt eine junge Frau in den Raum. Sie ist schon ganz blass wegen des Blutverlustes, den sie heute Nacht erleiden musste. Doch noch ist genug in ihr, dass ich es körperlich spüren kann. Rote Schlieren ziehen sich über ihren ganzen Körper. Ihr Geruch ist so intensiv, dass er mir direkt zu Kopf steigt.

Ich versuche an Nics beruhigende Worte zu denken, doch Bastille übertönt sie einfach.

»Gib doch endlich nach. Du weißt selbst, dass es unvermeidbar ist. Akzeptiere endlich, was aus dir geworden ist.« Er nimmt die Frau entgegen, die sein Freund ihm reicht, als wäre sie eine Weinflasche. Er stellt sie vor sich, drückt ihren Kopf leicht zur Seite und schiebt ihr Haar zurück, um ihre Halsschlagader freizulegen. »Koste von ihr. Du willst es. Ich kann es in deinen Augen sehen.«

Er hat recht. Alles in mir will diese wenigen Meter überwinden und meine Zähne in ihre Adern schlagen. Doch ich weiß, dass ich mit einem Schluck nicht zufrieden sein werde. Ich habe nicht genug Kontrolle. Ich würde sie töten. Ich würde einen unschuldigen Menschen töten. Und mich niemals davon erholen. Wenn ich jetzt von ihr trinke, dann kann man mir auch gleich einen Holzpfahl in die Brust stoßen.

Und das weiß Bastille. Das sehe ich ihm an. Er darf mich nicht mit seinen eigenen Händen umbringen, obwohl die Versuchung, mein Leben zu beenden, für ihn vermutlich genauso groß ist wie für mich, das Blut dieser Frau zu trinken. Doch wenn er mich dazu bringt, ein menschliches Leben zu beenden, muss er sich nicht mehr selbst die Hände schmutzig machen. Das würde mein Gewissen für ihn erledigen.

»Komm schon. Gib nach. Es muss doch anstrengend sein, sich immer zu beherrschen«, sagt Bastille und bohrt dann seine eigenen Zähne in die weiche Haut der Frau. Der Blutgeruch wird noch intensiver. Der rote Filter droht zurückzukehren. Mit aller Kraft stemme ich mich dagegen. Denn Sybille, Gabriel und Nic sind nicht hier, um mich aufzuhalten, sollte ich die Beherrschung verlieren.

Bastille lässt von ihr ab. Er will sie nicht töten. Er will, dass ich das übernehme.

»Du bist eine große Enttäuschung, weißt du das, Lana Delacroix? Nachdem ich über den Leichen meiner Freunde gekniet habe, habe ich mir immer vorgestellt, wie blutrünstig du sein musst. Doch du bist einfach nur schwach. Du versteckst dich hinter Vampiren, die vorgeben, deine Freunde zu sein. Jäger, die sich selbst den Todesstoß verpassen, kann ich ja wenigstens noch respektieren. Aber dich? Kein Wunder, dass deine Familie versucht hat, dich umzubringen. Wenn ich schon enttäuscht bin, wie muss es erst ihnen gehen. Sie ...«

Ich kann mich nicht länger zurückhalten. Ich stürze nach vorne. Aber nicht auf die Frau zu. Meine Wut ist so laut, dass sie selbst meinen Blutdurst übertönt. Alles, was ich sehe, ist Bastille.

18. Kapitel

Ich habe meine Eckzähne ausgefahren und bin bereit, sie in Bastilles Fleisch zu schlagen. Keine Ahnung, ob ich damit überhaupt Schaden anrichten kann. Aber das ist mir gerade egal. Alles ist mir egal. Vor allem Konsequenzen. Ich will ihm nur sein überhebliches Grinsen aus dem Gesicht wischen und ihn verstummen lassen.

Doch meine Zähne erreichen ihn nicht. Jemand packt mich mitten im Sprung und fixiert meine Arme so fest an meinem Körper, dass ich mich nicht wehren kann. Ich versuche es natürlich trotzdem und strample mit den Beinen.

»Halt still, verdammt«, höre ich Nic fluchen und ich komme seinem Befehl sofort nach. Ich dachte schon, dass mich einer von Bastilles Schergen gepackt hätte. Doch er ist es. Er will nicht Bastille beschützen, sondern mich vor mir selbst. Erst als ich die vielen gefletschten Eckzähne um mich herum sehe, erkenne ich, was ich im Begriff war zu tun.

Ich habe versucht, einen anderen Vampir zu verletzen. Vor sehr vielen Zeugen. Es gibt nur zwei Regeln. Und wäre Nic nicht eingeschritten, hätte ich gegen eine davon verstoßen.

Davor hat er mich schon bei meiner Ankunft in der Festung gewarnt. Er hat mir klargemacht, dass ich keine weitere Sekunde leben würde, sollte ich einen anderen Vampir angreifen. Nun erkenne ich, dass er nicht übertrieben hat. Bastilles Anhänger sehen aus, als wären sie bereit, mich hier und jetzt zu zerfleischen. Und ich hätte ihnen dafür sogar fast eine Entschuldigung serviert. Auf dem Silbertablett.

Ich habe mit meinem Fast-Angriff nicht geschafft, dass Bastilles Grinsen verschwindet, sondern das Gegenteil erreicht. Ich habe genau das getan, was er von mir wollte. Ich habe die Kontrolle verloren.

»Sie hat nichts getan. Ihr könnt eure Eckzähne wieder einfahren«, sagt Nic mit gefasster, aber auch sehr bestimmter Stimme. Noch immer hält er mich fest umklammert und ich erhebe keine Widerworte. Das steht mir gerade nicht zu.

»Nur, weil du sie aufgehalten hast«, ruft einer.

»Das spielt keine Rolle«, entgegnet Nic ruhig. »Sie hat niemanden angegriffen. Keine Regeln wurden verletzt. Wenn ihr uns jetzt angreift hingegen, werdet ihr Regeln verletzen.«

Alle drehen sich zu Bastille um. Sie werden sich auf uns stürzen, wenn er es befiehlt. Auch sie scheißen im Angesicht ihrer kochenden Wut auf Konsequenzen. Und sie folgen ihm blind. Eine gefährliche Kombination.

Doch Bastille schüttelt nur langsam den Kopf. »Wir werden gegen keine Regeln verstoßen«, verkündet er ganz entspannt und fixiert mich. »Aber wir werden da sein, wenn sie es tut.«

Ich schlucke schwer. Es ist ein deutliches Versprechen. Diese Auseinandersetzung hat gerade erst begonnen und Bastille wird sich so schnell nicht geschlagen geben. Wir sind beide unsterblich. Er kann sich mit seiner Rache ewig Zeit lassen. Kein Grund, etwas zu überstürzen, er muss nur auf den richtigen Moment warten.

Nic ist still. Er löst den Griff um meine Arme, packt mich aber sofort an der Schulter und schiebt mich grob vor sich her aus dem Raum und dann auch noch aus dem Club. Erst als wir wieder draußen auf der Straße stehen, lässt er mich los.

»Was hast du dir nur dabei gedacht?«, schreit er mich aus voller Kehle an. »Nein, warte. Du hast dir gar nichts gedacht.«

Ich habe Nic noch nie so die Fassung verlieren sehen. »Und du wolltest ihn tatsächlich mit deinen Zähnen angreifen? Vampirblut ist giftig für andere Vampire. Ein ordentlicher Schluck und du hättest dich selbst umgebracht.«

»Er hat mich provoziert«, versuche ich mich zu rechtfertigen.

»Natürlich hat er das! Überrascht dich das?«, schreit er weiter, während er sich schnellen Schrittes vom Club entfernt. Er rauft sich seine schwarzen Haare, bis sie wild von seinem Kopf abstehen. »Er hat gute Gründe, dich tot sehen zu wollen.«

Bis jetzt war ich ihm in der dunklen Seitengasse nachgelaufen, doch nun bleibe ich abrupt stehen.

»Das klingt ja so, als würdest du es jetzt bereuen, mich aufgehalten zu haben.«

Nic bleibt ebenfalls stehen und dreht sich zu mir um. »Vielleicht tue ich das.«

Ich stolpere einen Schritt zurück, als hätte er mich geschlagen. Das hätte vermutlich weniger wehgetan, als diese Worte zu hören.

Doch ich fange mich schnell wieder. Ich drücke meinen Rücken durch und setze einen kalten Blick auf. Meine verletzten Gefühle schiebe ich einfach zur Seite. Ich werde sie nicht für immer ignorieren können, aber gerade kann ich es und das ist alles, worauf es in diesem Moment ankommt.

»So, endlich hast du es zugegeben. Du willst mich tot sehen. Fühlst du dich jetzt besser?«

Nics Wut scheint ein bisschen an Intensität verloren zu haben. Doch das heißt noch lange nicht, dass sie vollkommen verschwunden ist. Wenn ich in seiner Nähe bin, ist sie das sowieso nie. Sie brodelt immer dicht unter der Oberfläche. Und ich bin fast schon erleichtert, dass er sie endlich rauslässt.

»Sag endlich, was du wirklich über mich denkst. Ich ertrage es nicht länger, dass du so beherrscht bist, obwohl ich dir ansehen kann, dass du mich hasst. Belüg mich wenigstens nicht. Sag mir, was du wirklich von mir hältst. Tu uns beiden den Gefallen und lass es endlich raus. Denn deine täglichen Stimmungsschwankungen werden alt.«

»*Meine* Stimmungsschwankungen?«, entfährt es ihm fassungslos. »Ich soll der mit den Stimmungsschwankungen sein?« Er lacht bitter auf. Es gibt kaum ein hässlicheres Geräusch auf dieser Welt. »Du willst, dass ich ehrlich bin?« Er dreht sich mir wieder frontal zu und sieht mich direkt an. »Das willst du wirklich?«

»Ja«, sage ich mit fester Stimme, obwohl ich mir nicht sicher bin, ob ich es wirklich will.

»Gaspard predigt vielleicht, dass alle unsere vergangenen Verbrechen an Bedeutung verlieren, wenn wir Vampire werden. Aber wie viel Blut kann man tatsächlich tilgen?« Seine Stimme zittert leicht und wird von dem Zittern meiner Muskeln beantwortet. »Weißt du, wie viele Freunde wir durch die Jäger verloren haben? Wie viel Leid sie uns zugefügt haben?«

Wir sehen uns direkt in die Augen, obwohl es uns beiden wehtut.

»Du warst eine Jägerin und du hast Vampire gejagt, als wären wir weniger wert als Tiere. Sybille und Gabriel sprechen dich nicht auf deine Verbrechen an, weil sie dich schützen wollen. Aber was ist, wenn du den Schutz vor der Wahrheit gar nicht verdient hast?« Seine Stimme ist neutral, doch solche Worte brauchen keine wütende Tonlage. Sie wirken auch allein.

»Manchmal kann ich es kurz vergessen. Doch dann erinnere ich mich wieder daran, wer du bist. Eine Mörderin. Und daran wird sich niemals etwas ändern.«

Tränen brennen in meinen Augen, doch ich drücke sie zurück, ehe Nic sie sehen kann. Ich werde jetzt nicht weinen. Ich werde jetzt auf gar keinen Fall weinen.

»Wir sollten uns auf den Weg machen. Gaspard hat gesagt, wir müssen das Blut noch heute Nacht besorgen«, bekomme ich mechanisch über die Lippen. Ich klinge gar nicht mehr wie ich, sondern wie jemand, der ich niemals sein wollte.

»Lana ...«, setzt Nic an, doch ich warte nicht darauf, dass er diesen Satz beendet. Ich springe und lande auf dem nächsten Dach. Ich springe weiter. Von Dach zu Dach. Ich spüre, dass Nic da ist, aber er macht keine Anstalten, mich anzusprechen.

Das Krankenhaus kommt in Sicht und ich schwinge mich durch ein Dachfenster ins Haus auf der gegenüberliegenden Straßenseite. Dieses verlassene Stockwerk benutzen Vampire als Aussichtspunkt. Bevor wir das Krankenhaus betreten, beobachten wir von hier aus durch eine hohe Fensterfront den Eingang und lauschen nach verräterischen Geräuschen, um sicherzugehen, dass uns die Jäger nicht auflauern.

Nic folgt mir.

»Lana, ich ...« Diesmal kommt er ein Wort weiter.

»Lass gut sein. Ich wollte, dass du ehrlich bist. Du warst ehrlich. Machen wir keine große Sache draus. Ich wusste schon vorher, dass du mich hasst.«

»Ich ...«, setzt Nic erneut an und macht einen Schritt auf mich zu. Doch diesmal bin nicht ich es, die ihm das Wort abschneidet. Es ist ein ohrenbetäubendes Krachen. Automatisch ducken wir uns beide. Auf das Krachen folgen aber keine weiteren Geräusche. Nicht die Rufe von angreifenden Jägern oder das Klicken, wenn eine Armbrust einen Holzpfahl losschickt. Es bleibt still.

Erst als ich die Augen wieder öffne, realisiere ich, dass ich sie geschlossen hatte.

Nic ist wieder aufgestanden und rüttelt an den Gitterstäben, die uns umgeben.

Mein Herz fällt nach unten. Es kann die Pariser Gassen unter uns erreichen. Ich nicht mehr.

Ein Käfig schließt uns zu allen Seiten ein. Einer von uns muss einen Mechanismus ausgelöst haben und die Falle ist zugeschnappt. Ich wünschte, ich wüsste nicht so verdammt genau, was das hier bedeutet.

Nic rüttelt weiter an den Gitterstäben, obwohl auch er längst eingesehen haben müsste, dass sie trotz seiner Vampirstärke nicht nachgeben werden.

»Ist das eine Falle der Jäger?«, fragt er, verbissen am Rütteln, als würde er beim hundertsten Versuch auf einmal ein anderes Resultat erwarten.

»Ja«, sage ich, immer noch nicht fähig, mich zu rühren. »Sie müssen erkannt haben, dass wir diesen Ort benutzen, um das Krankenhaus auszukundschaften.«

»Verdammt! Wie kommt man aus dieser Zelle raus? Lana, wir müssen uns beeilen. Wir müssen hier raus, bevor die Jäger auftauchen.«

Ich lache hysterisch auf. Nic sieht mich entgeistert an.

»Wir müssen uns nicht beeilen«, flüstere ich und starre die Fensterfront an.

»Wovon redest du?«

Ich deute auf das deckenhohe Fenster, durch das der Schein der Straßenlaternen dringt. In ein paar Stunden wird nicht mehr das Licht der Laternen auf uns fallen, sondern das der Sonne. »Sie werden erst kommen, wenn wir längst verbrannt sind.«

19. Kapitel

Wir haben alles versucht. Es gibt einen Mechanismus, der die Tür der Zelle öffnen kann. Das weiß ich, weil ich schon selbst solche Fallen aufgestellt habe. Doch der Mechanismus befindet sich außer Reichweite. Nic hat versucht, Sybille und Gabriel anzurufen, doch natürlich hat er ausgerechnet jetzt keinen Empfang. Und trotz seiner übermenschlichen Stärke konnte er die Gitterstäbe nicht verbiegen. Sowohl die Decke über uns als auch der Boden zu unseren Füßen besteht aus massivem Metall.

Es gibt nichts mehr, was wir noch tun könnten. Also sitzen wir einander schweigend gegenüber, den Rücken an die Gitterstäbe gelehnt, starren am anderen vorbei und warten auf unseren Tod. Einen sehr schmerzhaften Tod. Die Fensterfront verspricht ihn uns. Sobald die Sonne hineinscheint, werden wir verbrennen. Aber nicht sofort. Dieser Prozess ist langsam. Das hat mir mein Vater vor Jahren erklärt. Gerade jetzt wünschte ich, er hätte mir die Details erspart. Denn so genau zu wissen, was uns bevorsteht, steigert meine Angst, die mir die Luftröhre zuschnürt, als versuchte sie, mir einen weniger schmerzhaften Tod zu bescheren.

Zu schweigen und den Blick des anderen zu meiden, macht die Situation auch nicht gerade besser.

»Ich war schon mal hier«, flüstere ich nach geschätzt einer Stunde in völliger Stille. Nic hat auf seine Schuhe gestarrt. Jetzt sieht er mich das erste Mal direkt an, seitdem wir erkannt haben, dass es keinen Ausweg gibt.

»Weil du diese Falle aufgestellt hast?«, fragt er, seine Schärfe hat er sich ausnahmsweise gespart.

»Nein, ich war schon mal in genau diesem Moment. Mit James«, sage ich. »Als ich von meiner Familie eingesperrt wurde und wusste, sie würden mich am nächsten Morgen hinrichten. Wir haben uns in unseren Zellen gegenübergesessen wie wir jetzt. Aber wir haben miteinander gesprochen. Das hat ein bisschen geholfen.« Nic reagiert nicht auf diese Aussage. Das überrascht mich nicht. »Ich weiß, dass du dich nicht mit mir unterhalten willst. Lieber gehst du schweigend in deinen Tod. Also vergiss, dass ich es angesprochen habe.«

Ich sehe aus dem Fenster. Noch ist es dunkel. Doch es wird nicht mehr lange dauern, bis es dämmert. Ich traue mich nicht, Nic nach der Uhrzeit zu fragen und ich trage weder eine Uhr noch das Handy bei mir, das Sybille mir vor einer Woche gegeben hat. Vielleicht ist es besser, wenn ich mir keinen Countdown für meinen Tod stellen kann.

»Wie kommst du darauf, dass ich mich nicht mit dir unterhalten will?«

Ich lache auf. »Die Frage meinst du nicht ernst, oder?« Ich wende den Blick wieder vom Fenster ab und nehme mir vor, mich nicht noch mal in diese Richtung umzudrehen. Beim Anblick des Himmels wird mir übel. »Du warst bei unserem Streit gerade schon anwesend, oder?«

»Nur weil wir uns gestritten haben, heißt es ja noch lange nicht, dass ich nie wieder mit dir reden will. Du tust so, als hätte ich mich noch nie mit dir unterhalten.«

»Nicht richtig«, entgegne ich. »Nur weil man ein paar knappe Worte miteinander wechselt, führt man noch lange keine Unterhaltung.«

Kritisch zieht er die Augenbrauen nach oben. »Wie würdest du eine Unterhaltung denn sonst definieren?«

Ich seufze. »Nic, du wechselst meist nur die nötigsten Worte mit mir. Die, die sich eben nicht vermeiden lassen. Aber sobald ich dich etwas Persönliches frage, antwortest du nicht. Ich kenne dich überhaupt nicht. Du wolltest mir nicht verraten, ob du eine Familie hast oder wie und warum du ein Vampir geworden bist. Immer weichst du aus. Für mich ist eine Unterhaltung nicht nur ein Austausch von Worten, sondern von Geschichten, Anekdoten und Persönlichem. Worte allein reichen nicht, wenn sie eigentlich gar nichts ausdrücken.«

Ich betrachte die Gitterstäbe und die dahinter liegende Wand, weil ich weder das Fenster noch Nic ansehen will.

»Ich lag im Sterben.«

»Was?« Ich wende den Kopf, obwohl ich doch vorhatte, das nie wieder zu tun.

»Ich lag im Sterben«, wiederholt Nic und hält meinen Blick fest. »Deswegen wurde ich ein Vampir.«

»Siehst du. Da merkt man mal wieder, dass du nicht in der Lage bist, ein normales Gespräch zu führen. Diese zwei Sätze reichen nicht, um diese Geschichte zu verstehen.«

Ich denke schon, dass diese Aussage Nic dazu bringen wird, wieder alle seine Sicherheitsvorkehrungen und Mauern hochzufahren. Doch er lächelt tatsächlich.

»Okay, vielleicht verstehe ich ein bisschen, worauf du hinauswillst.« Er räuspert sich und fährt sich durch die Haare, als wollte er Zeit schinden. Vielleicht muss Nic erst ganz tief Luft holen, um überhaupt in der Lage zu sein, etwas Persönliches über sich preiszugeben. Vielleicht ist es der größte Kraftakt, den es für ihn gibt.

»Ich hatte Krebs. Leukämie. Mir blieben nur noch wenige Wochen, wenn nicht Tage. Meine Eltern und meine Schwester wollten nie von meiner Seite weichen. Doch es war spät in der Nacht und sie waren nach Hause gegangen, um ein bisschen zu schlafen. Ich war allein und konnte kein Auge zutun. In einem Krankenhaus ist es nie wirklich still. Die Krankenpfleger haben einmal pro Stunde nach mir gesehen. Vermutlich, um sicherzugehen, dass ich noch lange genug atme, um den Besuch meiner Familie am nächsten Morgen zu erleben. Und dann stand auf einmal ein fremder Mann vor mir.« Nic schüttelt den Kopf. »Selbst nach all den Jahren, die er gelebt hat, weiß James noch nicht, wie man jemandem davon erzählen sollte, dass es Vampire gibt.«

»Gibt es wirklich eine gute Art, es jemandem zu erzählen?«, frage ich.

»Vermutlich nicht.« Nic atmet einmal tief durch. »Ich glaube, ich habe ihn für eine Halluzination ausgelöst von den Schmerzmitteln gehalten. Er hat davon geredet, dass er mein Leben retten könnte. Doch ich müsste mein altes Leben aufgeben, dürfte meine Familie nie wiedersehen und ich würde anders sein als zuvor. Da ich ihn sowieso nicht für real gehalten habe, habe ich eingewilligt.« Nic rauft sich wieder die Haare. »Kurz darauf konnte ich wieder aufstehen und rennen. Ich war nicht länger ans Bett gefesselt. Das kannte ich gar nicht mehr.« Sein Blick geht in die Ferne. »Ich bin fast durchgedreht. Aber James ist ruhig geblieben, hat mich aus dem Krankenhaus geschleust und es so aussehen lassen, als wäre ich abgehauen, damit meine Familie mich nicht sterben sieht. Erst, als ich mit meinem neuen Dasein besser zurechtgekommen bin, hat James mir erzählt, warum er mir das Leben gerettet hat. Er kannte meinen Urururgroßvater. Ein Ur mehr oder weniger ist auch möglich.«

Ich muss gar keine Nachfragen mehr stellen. Es ist, als wäre ein Damm gebrochen und Nic hätte endlich erkannt, dass es nicht immer schlecht ist, etwas von sich preiszugeben. Dass es furchtbar leicht sein kann, wenn man es nur zulässt.

»Mein Vorfahr war die große Liebe in James' Leben. Doch er wollte nie ein Vampir werden. Also hat James ihm an seinem Sterbebett versprochen, sich um dessen Nachfahren zu kümmern. Und das hat er. Sybille und ich sind auch verwandt. Sie ist, glaube ich, meine Urururgroßtante. Wieder ist ein Ur mehr oder weniger möglich.«

Nic verstummt und sieht mich erstaunt an, als wäre nicht er derjenige gewesen, der das alles erzählt hat, sondern ich.

»Meine Familie lebt noch. Wir waren nach unserem Einsatz im Krankenhaus in der Nähe ihres Hauses. Manchmal gucke ich es mir aus der Ferne an, obwohl ich weiß, dass ich es niemals wieder betreten werde. Beantwortet das deine Frage?«

»Es beantwortet sogar mehrere meiner Fragen«, sage ich, weil ich keine Ahnung habe, was ich auf seine Geschichte erwidern soll. Weder auf seine Krankheit noch seine Familie oder James.

Nic grinst. Sein bevorstehender Tod hat ihm eine Gelassenheit verliehen, die ihm sonst fehlt.

»Komisch, wie offen man wird, wenn man weiß, dass der andere bald alles mit ins Grab nehmen wird.« Mich würde es nicht überraschen, wenn er seine Geschichte gerade das erste Mal jemandem anvertraut hätte.

»Du hättest mir das wohl nicht erzählt, würden wir morgen um diese Uhrzeit noch leben«, sage ich, um meine Angst zu übertönen.

»Vermutlich nicht.«

Nic grinst kurz, ehe es verblasst. Wir schweigen. Eine Unterhaltung, wie persönlich sie auch sein mag, wird nichts an unserem Schicksal ändern. Das ist uns wohl klar geworden.

Doch es gibt etwas, das ich noch wissen muss.

»Hasst du mich?« Ich sage diese Worte so leise, dass selbst ich sie kaum hören kann.

Nic blickt überrascht auf. »Was?«

»Hasst du mich?«

»Wieso fragst du mich das?« So schnell fällt er in alte Muster, keine Frage von mir beantworten zu wollen, zurück. Aber das ist nun wirklich nicht der richtige Zeitpunkt dafür.

»Weil ich es gerne wüsste, bevor ich sterbe«, gebe ich kleinlaut zu. Ich will nicht, dass er weiß, wie wichtig mir die Antwort auf diese Frage ist. Es gelingt mir nicht – man hört meinen Worten deutlich an, wie zerbrechlich sie sind.

»Spielt das eine Rolle?«

Ich meide seinen Blick. »Vermutlich nicht.«

Wieder Stille. Drückende, unerträgliche Stille. Doch diesmal hält sie nicht lange an.

»Ich hasse, wofür du stehst.« Ich schlucke schwer und starre weiter die Wand an, weil ich sein Gesicht nicht sehen will, wenn er mir erzählt, wie sehr er mich hasst. »Dich hasse ich nicht.«

Ich atme zittrig ein und aus. »Aber ich bin eine Mörderin«, sage ich.

»Das bist du und ich kann diesen Gedanken nicht ganz abschütteln. Dennoch weiß ich, dass es nicht nur deine Schuld ist. Du wurdest wie wir alle in ein Leben hineingeboren, das du dir nicht aussuchen konntest. Du hast Vampire gehasst, weil du so erzogen wurdest. Du hast einer jahrhundertealten Tradition blind geglaubt. Doch als es darauf ankam, hast du dich für einen anderen Weg entschieden.«

»Und wir sehen ja, wohin er mich geführt hat«, sage ich und versuche sarkastisch zu klingen. Es will mir nicht ganz gelingen.

Nic lächelt schwach. Ihm gelingt das auch nicht so richtig.

»Niemand hat behauptet, dass es einfach wäre, seinen eigenen Weg zu gehen oder dass der Erfolg dabei garantiert ist.«

»Oder dass der Weg nicht abrupt enden kann.«

Das erste Mal, seitdem wir in dieser Zelle auf unseren Tod warten, meine ich, so was wie Angst in Nics Augen zu erkennen. Bis jetzt wirkte er viel zu gelassen. Als würde ihn das alles gar nichts angehen. Doch gerade kann ich einen Blick auf den jungen Mann werfen, der zum Vampir wurde, weil er nicht bereit war, schon so jung zu sterben.

»Exakt«, kriegt er mit einer kleinen Verzögerung über die Lippen und versteckt seine Angst wieder. Doch ihre Anwesenheit lässt sich nicht mehr leugnen.

»Was meine Eltern wohl denken werden, wenn sie mich tot hier finden?«, spreche ich die Frage aus, die mich seit dem Zuschnappen der Falle nicht loslässt. Auch wenn es nicht gerade gegen meine Panik hilft, über meinen bevorstehenden Tod zu reden.

»Ich will dich ja nicht noch mehr beunruhigen, aber es wird nicht viel von dir übrig bleiben, was man finden könnte.«

Ich deute auf meine Ohrringe. »Die hat mir meine Mutter geschenkt. Die wird sie erkennen«, sage ich. »Vergiss meine Frage. Ich weiß ohnehin, was sie denken werden. Sie werden erleichtert sein. Denn um mich haben sie bereits getrauert. Obwohl ich noch gar nicht tot bin.«

»Das Gefühl kenne ich.« Nics Pupillen schwimmen in seiner blauen Iris.

»Würdest du deine Familie anrufen, wenn du könntest?«

Er muss einen kurzen Moment darüber nachdenken. »Nein«, sagt er schließlich. »Sie haben meinen Tod hoffentlich überwunden. Kein Grund, alte Wunden wieder aufzureißen.«

Ich betrachte ihn und realisiere, dass seine nie vollständig verheilt sind.

»Jetzt dauert es nicht mehr lange.« Nic klingt, als wollte er damit die Ankunft eines Stars, für den wir vor einem Hotel gecampt haben, oder den Beginn eines Films, auf den wir uns schon seit Jahren freuen, ankündigen.

»Ich weiß«, sage ich und atme mehrmals tief durch. Wenn ich Blutdurst widerstehen kann, dann auch meiner Todesangst.

Nic schaut schon wieder auf sein Handy, obwohl es nichts an der Tatsache ändert, dass sein Empfang verschollen bleibt. Ich kann es ihm nicht verübeln. Ich würde dasselbe tun.

»Immer noch kein Empfang?« Ich stelle diese Frage nicht zum ersten Mal und eigentlich kann ich dessen Antwort auch an Nics enttäuschtem Gesichtsausdruck ablesen. Aber ich kann mich genauso wenig von dieser Frage abhalten wie er davon, auf seinen Bildschirm zu starren.

»Keiner«, bestätigt er. »Ich verstehe das nicht. Wir sind in Paris. Ich habe hier überall Empfang. Außer natürlich dann, wenn mein Überleben davon abhängt.« Seine Stimme ist mit jedem Wort lauter geworden. Er atmet schwer. Ich bin ihm dankbar dafür. Es ist angenehm zu sehen, dass ich nicht die Einzige bin, die kurz davor ist, die Kontrolle, die Fassung und ihre Würde zu verlieren.

»Das ist wirklich komisch«, murmle ich in mich hinein und komme das erste Mal seit Stunden auf meine Füße. »Nicht nur komisch. Es ist eigentlich unmöglich.«

»Worauf willst du hinaus?« Auch Nic steht auf. Er scheint mir anzusehen, dass ich über etwas nachdenke.

Ich kann ihm nicht antworten, ich bin schon mehrere Schritte weiter. Nachdenklich laufe ich in unserem Gefängnis umher, mustere die Umgebung und suche nach Unebenheiten in den Wänden, dem Boden oder der Decke. Und finde tatsächlich eine. Der Mechanismus, der uns aus dieser Zelle befreien könnte, ist fünf Meter von uns entfernt in der Wand und weil es ein Schalter ist, den man nach unten ziehen muss, haben wir aus dieser Entfernung keine Chance, ihn zu betätigen. Aber neben ihm ist die Wand uneben. Als wäre dort noch etwas angebracht.

»Ein Störsender«, entfährt es mir und ich sehe Nic aus riesigen Augen an. Diesmal kann ich die Tränen nicht zurückhalten. Ein paar entwischen mir und rollen in dicken Tropfen über meine Wangen. Doch es sind Tränen der Erleichterung, nicht der Angst. »Sie haben einen Störsender angebracht, um den Handyempfang zu unterbrechen.«

»Bist du dir sicher?« Auch Nic kann seine Gefühle nicht mehr zuverlässig verstecken. Seine Stimme zittert verräterisch.

»Nicht zu hundert Prozent. Aber wir können es herausfinden.« Ich setze mich auf den Boden und ziehe beide Schuhe von meinen Füßen.

»Was genau hast du vor?«, fragt Nic kritisch, doch ich mache mir nicht die Mühe, zu antworten.

Ich stehe wieder auf, trete direkt an das Gitter, nehme einen Schuh in meine rechte Hand und ziele. Nic bleibt vollkommen still und bewegungslos. Er scheint zu spüren, dass er mich gerade nicht ablenken darf.

Noch einmal atme ich tief durch und fixiere dann die Unebenheit neben dem Mechanismus. Als mein Kopf vollkommen leer ist und mein Körper die richtige Position eingenommen hat, werfe ich mit voller Wucht. Mein Schuh fliegt quer durch den Raum und landet genau dort, wo ich ihn haben wollte. Die Unebenheit an der Wand bröckelt tatsächlich ab und offenbart ein Loch.

»Du hattest recht«, stößt Nic aus und tritt neben mich an die Gitterstäbe des Käfigs. Nun da die Verkleidung der Wand durch meinen Schuh beseitigt wurde, können wir ein kleines, schwarzes Gerät erkennen.

»Hast du jetzt Empfang?«

»Nein«, sagt Nic und starrt erst sein Handy und dann das Loch in der Wand böse an. »Es blinkt auch noch.«

Erst jetzt sehe ich das kleine rote Lämpchen, das uns verkündet, dass mein Schuh das Gerät nicht beschädigt hat. Es scheint uns zu verhöhnen.

Also schnappe ich mir meinen zweiten Schuh. Ein Stein wäre natürlich ein besseres Wurfgeschoss. Meine Sneakers sind eigentlich nicht schwer genug, um ein technisches Gerät zu zerstören. Aber wie man schon an meinem ersten Wurf gesehen hat, verleiht die übernatürliche Kraft eines Vampirs so ziemlich jedem Gegenstand genug Geschwindigkeit, dass es großen Schaden anrichten kann.

Nic bleibt wieder still und lässt mich werfen. Wieder treffe ich. Doch das Lämpchen blinkt unbeirrt weiter.

»Mist!«, schreie ich.

»Du hast es eingedellt. Du musst einfach noch mal werfen.« Nics Hoffnung trieft aus jedem Wort. Er setzt sich auf den Boden und zieht nun auch seine Schuhe aus. Da es klobige Stiefel sind, werden sie vermutlich mehr Wirkung zeigen als meine Stoffschuhe.

»Hier«, sagt er und reicht mir einen.

Ich atme wieder tief durch. Wir haben nur noch zwei Schuhe. Zwei Versuche. Sonst tragen wir nichts am Körper, das wir werfen könnten. Es muss jetzt klappen. Es muss.

Der Schuh trifft. Plastik knirscht. Doch das Lämpchen blinkt weiter.

»Keine Sorge«, sagt Nic, bevor mir ein weiterer frustrierter Schrei entweichen kann. »Wir haben noch einen Schuh. Wir schaffen das.«

Ich nicke nur. Ich kann gerade nichts erwidern. Momentan würde ich nur Flüche zustande bringen und die werden uns auch nicht weiterhelfen.

Diesmal nehme ich mir noch ein bisschen mehr Zeit, um mich zu sammeln. Dieser Wurf ist unsere letzte Chance. Je deutlicher sich dieser Gedanke in meinem Kopf ausbreitet, desto stärker zittert meine Hand. Verdammt. Verdammt. Verdammt!

»Bleib ruhig«, sagt Nic und tritt neben mich. »Du schaffst das. Du hast jedes Mal getroffen. Warum solltest du jetzt nicht treffen?« Er steht vor mir und sieht mir direkt in die Augen, was er doch in den meisten Situationen versucht zu vermeiden. Sein Blick ist mir neu. So viel Vertrauen habe ich in seinen Augen noch nie entdecken können. Schon gar nicht in mich. Aber nun ist es dort. Und hilft mir tatsächlich, meine Hand am Zittern zu hindern.

»Okay. Okay«, sage ich und wende mich von ihm ab. Gerade darf es nur dieses kleine Gerät in der Wand geben. Sonst nichts. Alles andere ist egal. »Okay.« Dann werfe ich. Obwohl der Schuh nur den Bruchteil einer Sekunde durch die Luft fliegt, glaube ich seinen Flug in Slow Motion verfolgen zu können.

Es kracht.

Ich kann nicht hinsehen. Ich habe die Augen geschlossen. Kurz bleibt es still. Dann entfährt Nic ein Schrei. Ich öffne die Augen, weil dessen Klang mir nicht verrät, ob es ein Schrei aus Frustration oder Freude war.

Freude. Es ist Freude.

Das Gerät ist aus der Wand gefallen, liegt auf dem Boden und blinkt nicht mehr. Nic hat bereits sein Handy am Ohr und wartet darauf, dass endlich jemand rangeht.

»Nic, wo seid ihr?« Das ist Sybille. Ich kann ihre Stimme so deutlich hören, als würde ich mit ihr telefonieren.

»Sybille«, stößt Nic erleichtert aus. »Lana und ich sind in einer Falle der Jäger gelandet und sitzen fest. Ihr müsst herkommen und uns holen.«

»Nic. Die Sonne geht gleich auf. Wie sollen wir denn einmal quer durch die Stadt fahren?«

»Keine Ahnung, Sybille!«, schreit Nic verzweifelt in sein Handy, das er so fest umklammert hält, dass ich schon Angst habe, dass er es zerquetscht, bevor dieses Gespräch beendet ist. »Aber wenn ihr den ganzen Tag wartet, wird es hier nichts mehr geben, was ihr retten könnt. Wir starren auf eine riesige Fensterfront. Uns bleibt nicht mehr viel Zeit.«

Sybille flucht bunt vor sich her und ruft Gabriel etwas zu.

»Okay, wir lassen uns was einfallen. Keine Sorge. Wir holen euch da raus.« Ihre Worte überschlagen sich.

»Danke, Sybille«, flüstert Nic. »Beeilt euch.«

»Werden wir. Werden wir.« Sybille legt auf, Nic schickt ihr noch unseren Standort, dann lässt er langsam das Handy sinken.

»Wir haben sie erreicht«, sage ich und versuche den Optimismus wiederzufinden, der in mir aufgestiegen ist, als ich das tote Gerät auf dem Boden erblickt habe. »Sie werden uns retten.«

Nic reagiert nicht sofort. Er steckt sein Handy zurück in seine Hosentasche und wirft dann einen Blick zum Fenster. Seine Miene versteinert genauso plötzlich wie sein ganzer Körper.

»Wenn sie sich nicht beeilen, dann wird es keinen Unterschied machen, dass wir sie erreicht haben«, gibt Nic zurück, in seiner typischen losgelösten Tonlage, die alle seine Gefühle vollständig vor der Außenwelt verschleiert.

Seit ich mir vorgenommen habe, die Fensterfront nicht mehr anzusehen, habe ich es auch nicht mehr getan. Doch wenn Nic so etwas sagt, kann ich natürlich nicht anders, als meinen Kopf zu drehen.

Mein Herz sinkt.

Die schützende Dunkelheit der Nacht hat sich zurückgezogen. Die Dächer von Paris sind bereits ins dämmrige Licht der Morgensonne getaucht. Sie glänzen, als hätte sie jemand mit flüssigem Gold übergossen. Dieser Anblick könnte schön sein, wenn er nicht gleichzeitig so furchtbar wäre.

Die Sonne hat ihre Strahlen vorgeschickt, um die Umgebung für sie auszukundschaften. Nun kommt auch sie langsam hinter den Gebäuden hervor.

Und dann fällt Licht auf den Boden der Zelle.

Nic und ich springen automatisch zurück und drücken uns mit dem Rücken an die Wand. Wir bringen so viel Abstand zwischen uns und das Fenster, wie wir können. Doch das Licht macht nicht halt. Es fließt weiter auf uns zu. Kommt immer näher.

Mein Herz schlägt so schnell, dass ich Angst vor einem Herzinfarkt hätte, wenn so was für mich noch möglich wäre.

Ganz automatisch greife ich nach Nics Hand und ganz automatisch drückt er sie.

Ich sehe zu ihm hinüber und er zu mir. Seine Miene schwankt, doch sie bleibt stark. Er hat die Kiefer fest zusammengepresst, um sie am Zittern zu hindern. Ich wünschte, mir würde das genauso gut gelingen.

»Wir schaffen das. Sybille und Gabriel werden rechtzeitig hier sein«, sagt Nic, doch ich höre ihm viel zu deutlich an, dass er das selbst nicht glaubt. Und dann spüre ich den ersten Sonnenstrahl auf meiner nackten Haut und in dem Moment verliert sowieso jedes aufmunternde Wort, das jemals gesagt wurde, an Bedeutung.

20. Kapitel

Der Schmerz frisst mich auf.

Es ist nicht das erste Mal, dass ich die Zerstörungskraft der Sonne direkt auf meiner Haut spüre. Doch ich habe vergessen, wie schlimm es wirklich ist. Das ist vermutlich normal. Erinnerungen sind nur ein Echo. Niemals mehr als das.

Und dann ist der Schmerz einfach fort. Dass ich geschrien habe, erkenne ich erst, als meine Schreie verstummen.

Ich denke, dass Sybille und Gabriel tatsächlich schon eingetroffen sind, um uns zu retten. Doch selbst meinem Kopf, der gerade von Angst ertränkt wird, ist klar, dass sie nicht so schnell hier sein könnten.

Ich zwinge mich, meine Augen zu öffnen, obwohl die Intensität des Lichts selbst durch meine geschlossenen Lider kaum zu ertragen ist.

Direkt vor mir steht Nic. Er hält die Sonnenstrahlen und mit ihnen auch den unerträglichen Schmerz von mir fern. Sein Gesicht ist verzerrt. Egal, wie stur er auch versucht, seine Gefühle zu verstecken, die Schmerzen haben seine sonst so undurchdringliche Miene durchsichtig werden lassen.

»Was tust du da?« Meine Stimme ist verzerrt. Sie klingt gar nicht mehr wie meine eigene.

»Wonach sieht es denn aus?«, presst Nic zwischen zusammengebissenen Zähnen hervor. Er schreit nicht. Er weiß, dass ihm das keine Linderung verschaffen wird.

»Wir müssen uns abwechseln«, sage ich, obwohl ein Teil von mir sich wünscht, ich hätte diesen Vorschlag niemals gemacht. Ich will mich nicht in die Sonne stellen. Ich will niemals wieder diese Schmerzen spüren. Aber ich kann Nic ihre Last nicht für uns beide tragen lassen. An dieser Erkenntnis kann selbst meine Angst nicht rütteln. »Wir müssen beide bei Kräften bleiben, bis Sybille und Gabriel hier ankommen.«

Nic entfährt etwas, das wohl ein verächtliches Lachen sein sollte. Der Schmerz verzerrt seine Stimme wie die Angst die meine.

»Die Sonne ist aufgegangen. Wie sollen sie denn zu uns gelangen? Wir sind auf uns gestellt«, stößt Nic hervor. Die Sonnenstrahlen scheinen ihm den letzten Rest Hoffnung aus dem Körper gebrannt zu haben. Ich kann riechen, wie sich sein Vertrauen in unsere Rettung aus seinem Körper verzieht. Es riecht nach verbranntem Fleisch.

Mir wird übel. Ich versuche, mich nur auf Nics Gesicht zu konzentrieren, das direkt über meinem schwebt. Doch egal, wie energisch ich auch in seine wunderschönen Augen blicke, dieser Geruch lässt sich nicht ausblenden.

Ich kann riechen, wie seine Haut verbrennt. Die Sonne brät ihn langsam und qualvoll wie ein Schwein am Spieß.

»Ich meine es ernst, Nic. Wir müssen uns abwechseln.«

Er rührt sich nicht, obwohl er bereits am ganzen Körper zittert. Ich will ihn zur Seite schieben. Meine Hand tastet sich aus dem Schatten heraus, den sein Körper mir bietet, und mir entfährt ein schmerzverzerrtes Stöhnen. Weiter komme ich nicht. Nic reißt mich unwirsch zurück. Die Schmerzen haben ihn fahrig gemacht. Viel zu fest umgreift er meine angebrannte Hand, als er sie zurück in Sicherheit schiebt. Wenn ich kein Vampir wäre, hätte er mir mit dieser Geste die Finger gebrochen. Es schmerzt ein bisschen. Ich weiß nicht, ob es an der Verbrennung liegt oder an Nics festem Griff. Doch ich mache keine Anstalten, mich aus seiner Umklammerung zu befreien. Vielleicht braucht er das, um seinen eigenen Schmerz besser ertragen zu können. Man hört doch immer von Frauen, die bei der Geburt ihres Kindes ihren Partnern die Hände zerquetschen.

Diesen Vergleich sollte ich mit Nic teilen. Vielleicht wird er dann sauer genug auf mich, um mich doch der Zerstörungskraft der Sonne auszusetzen.

»Kannst du einmal in deinem Leben einfach mal machen, was ich dir sage?«, schnauzt er ungehalten, die Zähne so fest zusammengepresst, dass ich Angst habe, dass er sie sich ausbeißen wird. Er will den Schmerz nicht herausschreien, egal, wie unerträglich er auch werden mag.

»Und kannst du einmal nicht so verdammt stur sein?«, gebe ich zurück. Mit ihm zu streiten, ist das Einzige, was mir noch geblieben ist. Solange wir uns streiten – so wie wir es immer tun – muss ich vielleicht nicht mehr so verdammte Angst haben. »Du riechst wie ein Barbecue.«

Nic entfährt ein Geräusch, irgendwo zwischen Lachen und Stöhnen.

»Ich weiß, dass dir Regel Nummer eins wichtig ist. Aber ich glaube nicht, dass das Teil der Regeln ist.«

Nic kippt nach vorne, sodass ich strauchle. Ich falle gegen die Gitterstäbe in meinem Rücken und Nic klammert sich mit beiden Händen an ihnen fest, um den Halt nicht zu verlieren. Nun kann ich ihm wirklich nicht mehr entgehen. Seine Arme sperren mich ein.

»Du denkst, das mache ich wegen Regel Nummer eins?«, fragt er. Die Stäbe knirschen unter der Kraft seiner Hände, doch es reicht nicht, um sie zu biegen.

»Warum denn sonst?«, gebe ich zurück. Die Stäbe haben sich von der Hitze der Sonne aufgewärmt und die Wärme beißt mich regelrecht.

Nic knurrt nur zur Antwort und lässt den Kopf sinken. Ein Sonnenstrahl trifft auf meine Stirn und ich versuche, meinen Aufschrei zu unterdrücken. Es gelingt mir nur halb. Sofort hebt er den Kopf wieder, schützt mich und sieht mich an.

»Wir können tauschen«, beharre ich, obwohl ich mir ziemlich sicher bin, dass ich mich vor Nic blamieren werde. Er erträgt den unerträglichen Schmerz mit einer gewissen Würde, um die ich ihn nur beneiden kann. Ich schreie ja schon nach einer Sekunde auf. Eigentlich will ich nicht herausfinden, was es mit mir machen würde, wenn ich der Sonne wirklich ausgesetzt wäre. Aber ich kann Nic auch nicht einfach untätig beim Sterben zusehen. Die Sonne scheint sogar seine Augen in Brand gesteckt zu haben. Seine Iris flackert, als bestünde sie aus blauem Feuer.

»Du kannst das nicht ewig aushalten.«

»Sag mir nicht, was ich kann und was nicht«, fährt er mich unwirsch an. Nicht nur seinem Körper, sondern auch seiner Sprache ist die Feinmotorik verloren gegangen.

»Aber ...«

»Kein Aber!«, braust er auf. »Hör auf, mich zu nerven. Mach dich lieber nützlich und lenk mich ab. Damit ich an etwas anderes denke als den ...« *Schmerz*. Er will das Wort nicht einmal aussprechen, als würde er ihm sonst zu viel Macht über sich geben.

»Wie soll ich dich denn ablenken? Ich dachte, mit dir zu streiten, hätte schon ganz gut geholfen.«

Nic schnaubt. »Lana Delacroix, was würde ich nur ohne deinen furchtbaren Humor mit meinem Leben anfangen?« Seine Arme zittern. »Mach irgendwas. Ich weiß nicht, wie lange ich das noch ...« *aushalte*. Seine Augen bohren sich in meine. »Mach irgendwas ... bitte.« Dieses Wort lässt eine Sicherung in mir rausspringen. Ohne darüber nachzudenken lege ich meine Hände an Nics Wangen, strecke mich ihm entgegen und drücke meine Lippen auf seine. Es ist schwer zu sagen, wer von uns geschockter ist. Wir erstarren beide. Als hätte uns diese verbotene Berührung in Stein verwandelt.

Sie dauert nur wenige Sekunden. Ich ziehe mich zurück, bevor man diesen Kuss überhaupt als richtigen Kuss bezeichnen kann. Er war harmlos, fast schon keusch.

Doch das, was ich in Nics Augen sehe, sobald ich zurückgewichen bin, ist alles andere als das.

Seine blauen Augen sind noch weiter aufgerissen. Der Schmerz aber ist verschwunden. Kurz scheint er wie verflogen. Weil Nic nichts anderes wahrzunehmen scheint außer mir.

Bevor ich etwas sagen kann, hat er sich zu mir heruntergebeugt und seine Lippen auf meine gepresst. Diesmal erstarren wir nicht. Diesmal stehen wir nicht nur in einer Schockstarre gefangen voreinander und haben dabei zufällig unsere Lippen aufeinanderliegen. Dieser Kuss darf sich auch so nennen.

Nics Lippen sind weich, obwohl es dieser Kuss nicht ist. Er ist verzweifelt. Und er reißt mich mit sich, tief hinein in diese dunkle Emotion. Nic drängt sich noch näher an mich, bis ich zwischen den Gitterstäben und seinem Körper eingekeilt bin. Ich kann seine Schmerzen in jeder seiner Bewegungen spüren. Ich kann spüren, dass dieser Kuss das Letzte ist, was ihn noch auf den Beinen hält.

Sein Mund ist grob. Der Kuss tut fast schon weh. Ich spüre seine Zähne. Und ich möchte lieber nicht zugeben, was das mit mir macht.

Ich biege meinen Rücken durch, um ihm noch näher zu sein. Meine Hände lege ich wieder an seine Wangen, fahre durch seine Haare, zerre an ihnen. Dass Sonnenstrahlen meine Haut streifen, nehme ich wie durch einen Schleier wahr. Es ist, als sehe ich den Schmerz nur aus den Augenwinkeln, weil Nic mein Blickfeld vollkommen einnimmt.

Seine Lippen lösen sich von meinen, legen sich auf meine Mundwinkel, drücken sich auf meine Halsbeuge und sind dann aber sofort zurück auf meinem Mund. Mir entfährt ein gequältes Stöhnen, was er mit einem eigenen beantwortet.

Nic lässt die Gitterstäbe los, um mich berühren zu können. Er packt mich an der Taille. Seine Hände berühren meine nackte Haut. Sie glühen, als hätten sie die Sonnenstrahlen in sich aufgenommen. Es sollte wehtun, doch ich kann nur erneut seufzen.

Ohne die Gitterstäbe scheint Nic Halt zu fehlen, er rutscht zu Boden und zieht mich mit sich. Noch immer bildet er mit seinem Körper ein schützendes Zelt für mich. Gleichzeitig küsst er mich und küsst mich und hört nicht damit auf. Ich habe mich noch nie so verloren und gefunden zugleich gefühlt.

Abrupt löst Nic seine Lippen von meinen. Er stöhnt. Diesmal vor Schmerzen. Erschöpft lehnt er seine Stirn an meine. Er zittert am ganzen Körper. Meine Ablenkung war nur von kurzer Dauer – nun ist er wieder da, der Schmerz. Und ich kann auch den Geruch seines sterbenden Fleischs wieder riechen.

»Nic?«, frage ich sanft. Entschieden schüttelt er den Kopf, bevor er ihn hebt und mich direkt ansieht.

»Wehe du schlägst noch mal vor, dass wir die Plätze tauschen sollen«, flüstert er eindringlich. »Damit würdest du die fast schon kitschige Romantik dieses Moments kaputt machen.«

Mir entfährt ein gequältes Lachen. »Machst du dich gerade über meine Ablenkungsmethode lustig?«, stichle ich, weil ich weiß, dass er nicht nachgeben wird. »Auch wenn du es jetzt vielleicht nicht mehr zugeben willst, bin ich mir doch sicher, dass sie auf Begeisterung gestoßen ist.«

Ein richtiges Lachen will ihm nicht gelingen, doch ein kurzes Grinsen kann er sich abringen. »Ist sie«, gibt er tatsächlich zu. »Vielleicht sollte ich mich öfter von dir ablenken lassen.«

Man könnte diese Aussage als Flirten bezeichnen, wenn er dabei nicht langsam verbrennen würde.

»Vielleicht solltest du das«, wiederhole ich, ein schelmischer Ton gelingt mir allerdings nicht, weil mir sein Anblick inzwischen große Angst einjagt. Seine Augen leuchten nicht mehr so intensiv, sie sind fast gläsern, als würde die Sonne durch sie hindurchscheinen. Er zittert. Seine Haare kleben ihm schweißnass am Kopf. Sein Kiefer ist so verspannt, dass er ihn sich fast ausrenkt. Und der Gestank ... Nic stirbt. Es ist ein langsamer Prozess. Aber er stirbt. Ich kann seinen Rücken nicht sehen. Seine Hände verraten mir allerdings schon genug. Seine Haut zerfällt. Sie hängt in losen Fetzen herab.

Ich kann mir das nicht länger ansehen. Ich muss etwas tun. Doch bevor ich zu einer weiteren Diskussion ansetzen kann, kippt Nic einfach nach vorne. Und dann kommen die Schreie. Sie sind so laut und markerschütternd, als hätte er sie sich in der letzten halben Stunde aufgespart und ihre volle Kraft für diesen Moment aufgehoben. Nun kann er sich nicht mehr gegen mich wehren. Ich schiebe mich hinter ihm hervor ins Freie. Die Sonne blendet mich, Flecken tanzen vor meinen Augen. Ich schreie, doch meine Schreie sind so viel leiser als seine. Sie bedeuten weniger.

Schnell wende ich der Sonne meinen Rücken zu. Mein Gesicht ist in Sicherheit, doch meine Arme sind nackt. Ich ignoriere das Gefühl, das mich verbrennt. Ich muss mich auf Nic konzentrieren.

Ich packe ihn, schiebe ihn an die Stäbe, lehne ihn mit dem

Rücken dagegen und baue mich vor ihm auf. Ich kann ihn nicht vollständig abschirmen. Er ist größer als ich. Doch der Großteil seines Körpers ist in Sicherheit und darauf kommt es an.

Er hat aufgehört zu schreien. Seine Augen fallen immer wieder zu. Sein Kopf ist nach vorne gesackt, als fehle seinem Hals die Kraft, um ihn weiterhin zu tragen.

»Lana«, sagt er. Seine Stimme ist unglaublich leise, die Sorge ist trotzdem deutlich hörbar.

»Halt die Klappe«, fauche ich zwischen zusammengebissenen Zähnen. Ich verbrenne. Ganz langsam. Mir ist übel. Aber ich weiche nicht zur Seite, weil er dasselbe für mich getan hat. Und weil ich es nicht länger ertragen kann, in sein schmerzerfülltes Gesicht zu blicken. »Jetzt bin ich dran, Held zu spielen.«

Ich glaube, er lacht. So genau lässt sich das nicht sagen.

Er wird ohnmächtig. Seine Haut heilt. Aber viel zu langsam. Reichen seine Verletzungen, um ihn umzubringen? Ich weiß es nicht. Und diese Ungewissheit tut noch mehr weh als die Sonnenstrahlen auf meiner nackten Haut.

Wir werden hier sterben. Der Gedanke sickert ein. Wir werden in der Sonne verbrennen. Ich bin noch nicht bereit. So darf es nicht enden.

Mit beiden Händen klammere ich mich an den Stäben fest, wie es Nic vor mir getan hat, um unter der Wucht der Sonnenstrahlen nicht umzufallen. Sie scheinen mich auf den Boden drücken zu wollen, doch sobald ich liege, kann ich Nic nicht mehr abschirmen und das würde seinen Tod bedeuten. Da bin ich mir sicher. Also wehre ich mich und versuche die Schmerzen durch meine Schreie wieder loszuwerden. Kurz bilde ich mir ein, dass sie alles erträglicher machen. Doch schnell erkenne ich, dass das nur eine Täuschung ist. Meine

Haut verbrennt trotzdem langsam. Ob ich schreie oder nicht wird nichts am Endergebnis ändern. Trotzdem macht diese Erkenntnis diese Situation so viel schlimmer.

»Nic!«, schreie ich. »Bleib wach!« Seine Augenlider flattern wie ein müder Vogel mit seinen Flügeln. »Nic! Bitte, du musst hierbleiben!«

Doch Nic kann mich nicht mehr hören. Er reagiert nicht auf meine Worte. Sein Rücken ist verkohlt. Und er atmet nur noch erschreckend langsam.

»Nic!« Ich kann nicht aufhören, seinen Namen zu schreien. Es wird nicht mehr lange dauern, bis ich im gleichen Zustand neben ihm liege. Aber selbst, wenn es so weit kommen muss, will ich, dass er mich noch einmal angesehen hat. Wenigstens noch einmal muss ich das Blau seiner Augen sehen. Wenigstens ein letztes Mal.

Doch diesen Wunsch erfüllt er mir nicht. Trotzdem schreie ich immer und immer wieder seinen Namen. Bis mein Hals sich genauso wund anfühlt wie mein Rücken. Die Schmerzen werden unerträglich. Ich zittere. Ich werde ihn gleich nicht mehr schützen können.

Die Tür springt auf.

Ich rechne damit, dass gleich Jäger in den Raum stürmen. Mein erster Gedanke ist, dass sie uns dann wenigstens von unserem Leiden befreien können, dass die Schmerzen enden, obwohl ich dann nie wieder Nics blaue Augen sehen werde.

Doch es sind Gabriel und Sybille.

»Lana!«

Sybille rennt auf unseren Käfig zu und schreit gequält auf, als die Sonnenstrahlen sie treffen. Reflexartig stolpert sie zurück in die Sicherheit des Eingangs.

»Neben euch«, schwerfällig kriege ich die Worte hervor. »Da ist ein Schalter. Ihr müsst die Tür der Zelle öffnen.«

Gabriel nickt und zieht den Schalter nach unten. Ich höre das Öffnen der Zellentür, doch ich schaffe es nicht, meinen Kopf zu wenden. Mein Körper krampft sich zusammen. Ich habe die Kontrolle über ihn verloren. Nur die über mein Bewusstsein habe ich noch.

Schmerzensschreie, die nicht meine eigenen sind, dringen an mein Ohr, und dann packen mich schützende Arme. Sybille zieht mich aus der Zelle und dann aus dem Raum, Gabriel schleppt Nic, dessen Augen geschlossen sind.

Sobald wir ins Treppenhaus stolpern, löse ich mich aus Sybilles Griff, falle auf die Knie und atme mehrmals tief durch, bis das elendige Zittern meiner Muskeln langsam nachlässt. Es bleibt zurück. Doch es ist nur noch das Nachbeben.

Als ich wieder allein stehen kann, sehe ich mich zu Nic um. Gabriel hält ihn im Arm. Noch immer hat er sein Bewusstsein nicht zurückerlangt.

»Nic!«, entfährt es mir zum hundertsten Mal an diesem Tag.

»Wir bringen euch erstmal hier raus. Dann gucken wir, wie es ihm geht«, sagt Sybille bestimmt und hält mich davon ab, zu ihm zu gehen. »Wir müssen hier weg.« Erst als sie mein Gesicht in ihre Hände nimmt und mir direkt in die Augen sieht, dringt die Bedeutung ihrer Worte zu mir durch. Verspätet nicke ich. Sybille stützt mich, während wir die Treppen hinablaufen. Ich kann mich nicht davon abhalten, immer wieder über meine Schulter zu sehen, um herauszufinden, ob Nic endlich aufgewacht ist. Ist er nicht.

Wir verlassen das Gebäude und die Schmerzen begrüßen mich erneut. Doch ehe ich mich's versehe, schiebt mich Sybille auch schon in ein Auto. Gabriel folgt mit Nic. Die Tür schließt sich und der Tag ist ausgesperrt. Verdunkelte Scheiben schützen uns.

»Fahr los«, sagt Sybille zum Fahrer und erklärt mir, dass es irgendein Mensch ist, den sie bestochen hat. Aber ich höre ihr gar nicht richtig zu. Vor mir auf einer Sitzbank hocken Sybille und Gabriel. Nic liegt leblos neben mir und wird von jeder Bewegung des Autos hin und her geschoben. Ich beuge mich über ihn. Dass meine Haut ähnlich übel aussieht wie seine, merke ich erst, als ich nach seinem Arm greife. Auch meine Haut verheilt nur quälend langsam, doch ich war der Sonne wesentlich kürzer ausgesetzt als er. Mir ist übel, mein ganzer Körper schmerzt, doch ich bin bei Bewusstsein. Er nicht.

»Wach auf! Wach auf, verdammt!«, schreie ich ihn an. »Wach auf!« Meine Stimme bricht. »Bitte!«

Ich nehme seine Hand in meine und wende mich kurz ab, weil ich es nicht länger ertrage, in sein lebloses Gesicht zu blicken. Dann spüre ich es. Etwas drückt meine Hand. Ich sehe wieder zu ihm. Er öffnet die Augen. Zwar nur kurz, aber das leuchtende Blau kommt zum Vorschein. Sie sehen direkt in meine, bevor sie sich erschöpft wieder schließen. Doch der Druck auf meine Hand bleibt. Er ist bei Bewusstsein.

Dass ich vor Erleichterung weine, merke ich erst, als Sybille mir ein Taschentuch reicht. Ich nehme es entgegen, aber lasse Nics Hand die ganze Fahrt über nicht los. Wenn ich könnte, würde ich sie niemals wieder loslassen.

21. Kapitel

Sobald ich durch die Pforte der Festung trete, würde ich vor Erleichterung am liebsten wieder in Tränen ausbrechen. Nur mit Mühe kann ich es unterdrücken. Die alten Tränen sind noch nicht einmal richtig getrocknet. Es fühlt sich an, als würde eine dünne Schicht Kleber auf meinen Wangen liegen.

Gabriel schleppt Nic, der definitiv nicht wieder in der Lage ist, auf eigenen Beinen zu stehen. Seine Hand halte ich immer noch fest in meiner, denn solange er den Druck erwidert, weiß ich, dass er lebt. Und das hindert mich daran, einfach umzukippen.

Sybille stützt mich und hilft mir, hinter Gabriel und Nic in den Aufzug zu steigen. Wir schweigen. Ich wüsste beim besten Willen nicht, was ich in dieser Situation sagen sollte.

Ich wäre fast gestorben. Nic und ich wären fast gestorben. Wir sind dem Tod so knapp entkommen, dass ich seinen Atem in meinem Nacken spüre. Ich dachte immer, der Atem des Todes müsste eiskalt sein. Jetzt weiß ich, dass er kochend heiß ist.

Gabriel steuert auf Nics Zimmer zu. Und erst, als er ihn auf sein Bett hievt, lasse ich seine Hand los. Doch ich laufe sofort auf die andere Seite und hocke mich auf das Fußende. So kann ich das Heben und Senken der Matratze spüren, das seine Atemzüge auslösen. Es ist nur eine winzige Bewegung. Als Mensch hätte ich sie wohl nicht wahrgenommen. Aber sie reicht aus, um meine Panik etwas zu dämpfen.

Dass Gabriel das Zimmer verlassen hat, registriere ich erst, da kommt er schon wieder zurück, mit mehreren Blutkonserven ausgerüstet. Meine Eckzähne pochen erwartungsvoll. Seit wir der Falle entkommen sind, spüre ich überdeutlich, wie meine verbrannte Haut über meinen Körper spannt. Dieses Blut verspricht Erlösung. Es wird mich endlich heilen.

Aber ich kann keinen Tropfen davon trinken, bevor es Nic nicht besser geht.

Gestern hätte ich es wohl nicht geschafft, eine Blutkonserve in die Hand zu nehmen, ohne sie direkt auszutrinken. Aber gestern scheinen sowieso ganz andere Regeln gegolten zu haben. Heute ist anders. Einfach alles.

Ich rutsche weiter nach oben, bis ich vor Nics Gesicht hocke. Gabriel hat ihn auf den Bauch gelegt. Sein Rücken liegt in Fetzen vor mir. An manchen Stellen sehe ich, wie Haut versucht, nachzuwachsen. Aber sie schafft es nicht. Nicht ohne Hilfe.

»Trink«, sage ich mit sanfter Stimme und halte die Blutkonserve direkt unter Nics Mund. »Bitte, trink.«

Erst regt er sich nicht und mein Herz will sich schon wieder ängstlich zusammenziehen. Da öffnet er die Augen. Das Blau seiner Iris findet mich. »Trink«, wiederhole ich.

Er unterbricht den Blickkontakt nicht, aber er kommt meiner Forderung nach. Mit wenigen gierigen Schlucken leert er die ganze Konserve. Ich reiche ihm gleich die nächste. Gabriel und Sybille haben den ganzen Vorrat aufs Bett gelegt und sich wortlos zurückgezogen. Ich kann nicht sagen, seit wann sie nicht mehr in diesem Zimmer stehen. Meine Aufmerksamkeit liegt auf Nic.

Er trinkt noch zwei weitere Konserven, dann schafft er es, sich auf den Händen abzustützen. Sein Rücken heilt. Ich kann dabei zusehen, wie er sich langsam wieder zusammensetzt. Die verbrannte Haut zieht sich zurück. Von ihr bleibt nichts übrig.

Dass ich immer noch Angst um Nics Leben hatte, realisiere ich erst, als sie mich endlich loslässt. Ich atme auf. Das erste Mal seit Stunden so richtig. Und obwohl ich meine Lunge eigentlich nicht mehr zum Überleben brauche, fühlt es sich in diesem Moment so an.

»Du musst auch trinken.« Nics Stimme klingt rau. Aber er spricht. Er hat wieder genug Kraft dafür. Einzelne Tränen rinnen über meine Wangen.

»Hier.« Nun ist es Nic, der mir eine Konserve direkt unter die Nase hält. Ich bin mir sicher, dass ich extrem hungrig bin. Aber meine Emotionen sind so viel stärker als mein Hunger. Und ich kann ihn einfach nicht aus den Augen lassen. Nur, wenn ich ihn ansehe, weiß ich auch, dass es ihm gut geht. Nur dann kann ich ruhig atmen.

Bedächtig führt Nic die Blutkonserve an meine Lippen, als könnte er meine Gedanken lesen und wüsste deswegen, dass ich gerade nicht dazu in der Lage bin, mich zu rühren.

Sobald die ersten Tropfen Blut meine trockene Zunge benetzen, entfährt mir ein Stöhnen. Jetzt lässt sich der Hunger nicht mehr ignorieren. Ich trinke genauso gierig wie Nic gerade eben noch. Mit jedem Schluck spüre ich, wie sich mein unsterblicher Körper Stück für Stück wieder zusammensetzt. Ich wusste, dass ich nun über Heilkräfte verfüge. Aber ich habe sie bisher noch nicht in diesem Maße in Anspruch genommen. Es fühlt sich unglaublich an. Die Stellen, die gerade noch geschmerzt haben, kribbeln kurz, und dann ist alles wie vorher. Es werden keine Narben zurückbleiben.

Gleichzeitig frage ich mich beklommen, ob das überhaupt etwas Positives ist. Will ich, dass mein ganzes unsterbliches Leben spurlos an mir vorbeigeht? Will ich, dass nichts Abdrücke auf meinem Körper und, was noch viel wichtiger ist, in meinem Inneren hinterlässt? Will ich, dass alles so einfach ausgelöscht werden kann wie diese Verletzungen?

Auch wenn ich Todesangst hatte, will ich doch nicht alles vergessen, was in der letzten Nacht passiert ist.

Erst jetzt wird mir klar, dass Nics Blick sich verändert hat. Er starrt mich noch intensiver an. Nun kribbelt es in meinem Bauch.

»Was?«, hauche ich und lasse die Blutkonserve sinken.

»Das Geräusch, das du gerade ausgestoßen hast, hat mich nur an etwas erinnert.« Seine Stimme ist noch immer rau. Aber vielleicht liegt das auch nicht mehr nur an den Nachwehen seiner Verletzungen.

»Ja? An was?«, frage ich und ziehe neckisch die Augenbrauen hoch. Aber die Geste wird von meiner atemlosen Stimme untergraben.

»Das weißt du«, erwidert Nic schlicht und mein einziger Trost ist, dass auch er das nicht so gleichgültig rüberbringt, wie er wohl geplant hatte.

»Das weiß ich«, gebe ich zu. Mein Herz rast jetzt aus ganz anderen Gründen. Es scheint mir noch mal mit mehr Nachdruck beweisen zu wollen, dass es das letzte Organ ist, das ich wirklich noch zum Überleben brauche und dass ich erst sterben werde, wenn es durchbohrt wurde.

Es zeigt mir, dass es die Kontrolle über mich hat. Über meinen Geist, über meinen ganzen Körper. Und ich glaube ihm. Ich habe ihm eigentlich auch schon geglaubt, bevor es mir seine Macht mit diesem Herzrasen bewiesen hat. Ob wir nun Menschen oder Vampire sind – letztendlich geht es doch immer nur um unser Herz. Es ist unser persönlicher Schlagzeuger. Es gibt den Takt an, nach dem wir unser Leben leben, egal, wie lange es auch dauern mag. Und gerade zeigt es mir, wer es dazu bringen kann, seinen Rhythmus zu ändern, den es doch sonst so diszipliniert durchhält. Schläge, die immer präzise sitzen, können sich auf einmal verschieben. Und da reicht nur ein Blick, der nun auf meine Lippen fällt.

Nic starrt sie an, als wollte er sich noch deutlicher ins Gedächtnis rufen, wie sie sich auf seinen angefühlt haben. Und ich schlucke trocken, weil ich seinen Gedanken sofort in diese Richtung folge.

Wir haben uns geküsst. Und zwar so richtig. Wir haben nichts zurückgehalten. Doch nun weiß ich nicht, was ich denken soll. Ich habe ihn geküsst, weil er eine Ablenkung von dem Schmerz gebraucht hat, den er auf sich genommen hat, damit ich es nicht muss. Aber was bedeutet dieser Kuss noch, nun, da wir wieder in Sicherheit sind?

Und was bedeutet seine Entschlossenheit, mich vor Schmerzen zu bewahren, angesichts der Tatsache, dass er mich erst wenige Stunden vorher angeschrien und mich eine Mörderin genannt hat?

Seitdem ist so viel passiert, dass ich unseren Streit fast vergessen hatte. Wir sind nur in diese Falle gelaufen, weil wir vor Wut blind waren, nachdem er mir gesagt hat, was er wirklich von mir hält. Und mir klar gemacht hat, dass er niemals ganz vergessen können wird, wer ich wirklich bin.

Ich unterbreche den Blickkontakt zuerst und wende meinen Kopf ab, weil ich auf einmal nicht mehr an den Kuss denke, wenn ich Nic ansehe, sondern an die hässliche Wahrheit, die er mir in einer dunklen Seitengasse entgegengeschrien hat.

»Wir sollten uns ausruhen«, sage ich. »Wir heilen zwar, aber ein bisschen Schlaf kann wohl nicht schaden.«

»Das stimmt«, gibt Nic mir mit einigen Sekunden Verzögerung recht. Unwillkürlich frage ich mich, ob er einen Moment länger gebraucht hat, um sich von der Erinnerung an unseren Kuss loszureißen. Und sofort hasse ich mich dafür, dass ich das überhaupt gedacht habe.

Ich will aufstehen und mich auf meine Matratze auf dem Boden zurückziehen, obwohl ich jetzt schon weiß, dass ich wohl keinen erholsamen Schlaf finden werde, solange Nic im selben Raum ist. Doch er hält mich fest und zieht mich zurück auf sein Bett.

Irritiert starre ich auf seine Hand. Vermutlich, weil mir das leichter fällt, als ihm ins Gesicht zu sehen.

»Mein Bett ist bequemer. Und du hast recht: Wir müssen uns ausruhen.«

Er fordert mich nicht auf, mich neben ihn zu legen. Doch obwohl ich nichts in seine Worte hineininterpretieren will, was eigentlich gar nicht da ist, weiß ich, dass ich die versteckte Bedeutung dieser Sätze nicht missverstanden habe. Seine immer noch raue Stimme verrät ihn.

Ich sollte mich zurückziehen. Aber ich kann nicht. Mir fehlt die Kraft dazu. Und das schiebe ich auf meine noch nicht vollständig verheilten Wunden, weil das einfacher zu verkraften ist als die Wahrheit.

»Okay«, sage ich also nur, weil es das harmloseste Wort ist, das mir einfallen will, und lege mich langsam auf Nics Bett, fast schon bedächtig, als hätte ich Angst, sonst irgendwas kaputt zu machen.

Nic hebt die Decke an und legt sie dann über uns beide. Mein Kopf ruht auf einem Kissen, seiner auf einem anderen. Zwischen uns ist genug Platz, dass ich seinen Atem nicht auf meiner Haut spüre. So kann ich mir wenigstens vormachen, dass dieser Moment gar nicht so intim ist, wie er sich gerade anfühlt.

»Wir wären fast gestorben«, sagt Nic nach einer lang anhaltenden Stille, die wir nur dazu genutzt haben, uns in die

Augen zu sehen. Was würde er wohl denken, wenn er wüsste, dass sich all meine Gedanken um ihn gedreht haben, als ich geglaubt habe, dass unsere Leben gleich enden würden?

»Wir wären fast gestorben«, wiederhole ich. Mir will nichts anderes einfallen, was ich mich auch traue, laut auszusprechen.

»Du wirst meine Geschichte wohl doch nicht mit ins Grab nehmen.«

»Zumindest nicht heute.«

Nics Mundwinkel, die mir früher wie festbetoniert vorgekommen sind, zucken tatsächlich.

»Du hättest mir all das nicht erzählt, wenn du gewusst hättest, dass wir den Tag überleben. Bereust du jetzt, es getan zu haben?«, frage ich so leise, als wollte ich die Antwort gar nicht hören.

Nic zögert einen Moment. Und obwohl mich das nervös macht, zucken nun auch meine Mundwinkel. Dieses Zögern. Dieses Innehalten. Dieses Luftholen. Das gehört zu Nic. Er überstürzt nichts. Er lässt sich Zeit, die richtigen Worte zu finden. Und das weiß ich zu schätzen. Selbst wenn ich diese Worte nicht immer hören will.

»Nein«, sagt er schließlich.

Wieder ändert mein Herz seinen Rhythmus. Auf diese Antwort habe ich gehofft. Aber ich habe nicht mit ihr gerechnet.

Meine Mundwinkel zucken energischer als eben noch.

»Wirklich?« Eigentlich wollte ich gar nichts sagen. Doch ich muss mit hundertprozentiger Sicherheit wissen, dass er das genauso meint.

»Wirklich«, bestätigt er. »Es hat gutgetan, darüber zu reden.« Er zögert kurz, bevor er weiterspricht. »Ich vertraue dir.«

Ich vergrabe mein Gesicht in dem Kissen, damit er meinen

Ausdruck nicht sehen kann, der ihm verraten hätte, was diese Aussage in mir auslöst. Zu viel. Auf einmal.

»Ich vertraue dir auch«, gebe ich schließlich zurück.

Diese schönen Worte können die hässlichen, die wir bei unserem Streit gewechselt haben, zwar nicht auslöschen. Aber sie können den Schmerz, den sie verursachen, lindern. In seinen Augen werde ich zwar immer eine Mörderin sein. Trotzdem vertraut er mir. Das ist mehr als nichts. Und besser als das, was vor einigen Wochen noch zwischen uns war.

Erst gab es da nur Hass, Misstrauen und eine Verpflichtung, die er niemals haben wollte. Nun ist da mehr. Viel mehr. Und alles, was sich zwischen uns entwickelt hat, ist so viel komplizierter als die drei Zutaten, aus denen unsere Beziehung zu Beginn bestanden hat.

Trotz allem, was geschehen ist, bin ich dankbar für das komplizierte Chaos, zu dem wir geworden sind. Ich finde kein Wort, um uns zu beschreiben. Über *Feinde* sind wir weit hinaus. Aber *Freunde* will auch nicht ganz passen. Vermutlich muss ich erst verstehen, was in mir vorgeht, wenn ich ihn ansehe, bevor mir ein passendes Wort einfallen wird.

»Worüber denkst du nach?« Sein Flüstern scheint mir Geheimnisse zu versprechen, die er nur mit mir teilen wird.

»Dass wir schon lange keine Feinde mehr sind, ohne es gemerkt zu haben«, entgegne ich ehrlich, ohne die ganze Wahrheit zu offenbaren.

Jetzt grinst Nic so richtig. Es wirkt noch erschöpft. Die Schatten der letzten Stunden haben sich in seinen Lachfältchen festgesetzt. Das macht sein Grinsen aber nicht weniger schön.

Ich warte auf eine Reaktion, doch sie bleibt aus. Komischerweise bin ich nicht enttäuscht. Sein Grinsen hat mir schon gereicht.

»Wir sollten wirklich schlafen«, meint Nic, dem ich seine Müdigkeit anhören kann.

»Sollten wir.« Ich atme tief ein und filtere die Gerüche, die mir in die Nase dringen, bis ich zwischen den Hunderten, die ich wahrnehme, seinen gefunden habe. Herb wie die tiefste Nacht und rau wie der Staub, der auf den Tasten seines Klaviers ruht – das ist Nic. Er riecht wie eine Pariser Spätsommernacht, weil er all ihre Eindrücke in sich aufnimmt, wenn er in sie eintaucht. Vielleicht kann ich diesen Duft nicht konservieren. Aber solange er neben mir liegt, muss ich das auch gar nicht.

Kurz noch ruhen Nics Augen aufmerksam auf mir, dann schließt er sie, während die Andeutung eines Lächelns so schnell über sein Gesicht huscht, als wollte es sich nicht erwischen lassen.

»Gute Nacht«, flüstere ich noch, dann tue ich es ihm gleich. Es dauert nicht lange, ehe ich einschlafe. Und das liegt nicht nur daran, dass sein Bett bequemer ist als meine Matratze.

22. Kapitel

Ein lautes Klopfen an der Tür lässt mich aus dem Schlaf hochfahren. Ich will mich reflexartig aufsetzen, werde aber von einem Widerstand zurückgehalten.

Ich brauche einen Moment, um zu verstehen, warum ich direkt wieder auf die Matratze gefallen bin. Es sind Nics Arme, die sich um meinen Körper schlingen. Mein Rücken ruht an seiner Brust und er hält mich fest, obwohl sein regelmäßiger Atem nahelegt, dass er noch immer schläft.

Ich verrenke meinen Hals, um ihn ansehen zu können. Seine Augen sind geschlossen und er bewegt sich keinen Millimeter. Er scheint weder das Klopfen noch meine hektische Bewegung registriert zu haben.

»Lana! Nic!« Sybilles energische Stimme dringt durch die Tür, während sie lauter klopft. »Ich gebe euch drei Sekunden. Wenn ich bis dahin keine Antwort höre, komme ich rein.«

Nic regt sich. Er öffnet die Augen, begegnet meinen und lässt mich unwillkürlich los. Ich falle fast aus dem Bett, weil ich mich noch immer ein bisschen gegen seine Umarmung gestemmt habe. Im letzten Moment fange ich mich und stehe ungelenk auf, ohne mit dem Gesicht voraus auf dem Boden zu landen.

Nic steht auf der anderen Seite des Bettes und starrt mich so irritiert an, als wären es meine Arme gewesen, die sich im Schlaf um seinen Körper geschlungen haben, und nicht andersherum.

»Das reicht mir«, dringt es durch die Tür, ehe sie sich auch schon öffnet. »Ihr seid ja wach. Zum Glück.«

Sybille scheint gar nicht aufzufallen, dass wir uns noch immer ein bisschen perplex ansehen. Sie läuft einfach um das Bett herum und schließt mich in die Arme.

»Gestern habe ich es mir natürlich nicht anmerken lassen, weil es wichtig war, dass ich gelassen bleibe, aber euer Anblick hat mir wirklich eine Riesenangst eingejagt«, sagt sie, während ihr Kopf auf meiner Schulter ruht. An ihr vorbei kann ich Gabriel sehen, der ebenfalls das Zimmer betritt. Aber wesentlich zögerlicher als Sybille.

»Ich hatte auch eine Riesenangst«, gebe ich zu.

Sybille lässt mich los, läuft ums Bett herum und schließt nun auch Nic in eine Umarmung. »Ich wollte euch etwas Ruhe gönnen. Aber jetzt werdet ihr mich die nächsten Wochen erstmal nicht los. Irgendjemand muss ja dafür sorgen, dass ihr nicht ständig in gefährliche Situationen stolpert.«

Ich würde ihr ja gerne erklären, dass das nicht nötig ist. Doch Nic und ich sind tatsächlich in die Falle gestolpert, die beinah unser Tod gewesen wäre. Und das nur, weil wir gestritten haben, statt uns auf unsere Umgebung zu konzentrieren.

»So«, sagt Sybille, als sie sich wieder von Nic löst, den sie beinah mit ihrer Liebe erdrückt hätte. »Ich hoffe, ihr seid wieder fit. Denn wir haben noch was vor.«

»Was haben wir vor?«, fragt Nic skeptisch und ich zwinge mich, nicht zu ihm hinüberzusehen. Es bringt mich schon aus dem Konzept, dass sein Geruch an mir haftet. Würde ich jetzt auch noch dem Blau seiner Augen begegnen, könnte ich vermutlich die ganze Nacht über keinen klaren Gedanken fassen, der sich nicht um ihn dreht.

Sybille schnaubt entrüstet. »Du hast es vergessen? Na ja,

egal, du bist gestern fast gestorben, also lasse ich dir diese grobe Verfehlung mal durchgehen. Aber nur ausnahmsweise.«

Man könnte meinen, dass sich Sybille verhält, wie sie es immer tut. Sie zwinkert verschwörerisch und ihre Stimme klingt neckend. Sie steckt in einem für sie typischen perfekt gebügelten Anzug und trägt dazu eine elegante weiße Bluse mit einem hohen Kragen. Und obwohl sie alles tut, um es zu überspielen, kann ich ihr doch ansehen, dass ihr der Schock noch tief in den Knochen sitzt.

Doch vermutlich hilft es ihr, sich so gelassen zu geben.

Mit langen Schritten läuft sie zum Fenster, öffnet es und zieht die Vorhänge auf, damit sie endlich die Nacht hereinlassen kann. Hier wird sie willkommen geheißen wie ein alter Freund.

»Dann mal los«, sagt Sybille und tritt durch die Tür in den Flur. »Wenn ihr mir dann folgen würdet?«

Auffordernd hebt sie den Arm. Zuerst reagiert Gabriel auf ihren stummen Befehl. Dabei grinst er in sich hinein, wie er es so oft tut, wenn einer von uns ihn mit seinem Verhalten belustigt. Er kommentiert es nicht, aber er denkt sich seinen Teil.

Nic und ich setzen uns nur verzögert in Bewegung und als wir an der Tür ankommen, will jeder von uns dem anderen den Vortritt lassen. Also stehen wir letztendlich nur beide vor der offenen Tür herum, nicht fähig, uns von der Stelle zu bewegen.

»Ist es so schwer, ein Zimmer zu verlassen?«, fragt Sybille genervt.

Irgendwie ist es das auf einmal. Mit einem Kuss konnten Nic und ich irgendwie umgehen. Doch nun habe ich in seinen Armen geschlafen. Die Liste an Dingen, über die wir uns nicht trauen zu reden, wird immer länger und ich weiß nicht, wie lange es noch dauert, bis wir bei jedem Schritt über sie stolpern.

Ich laufe an ihm vorbei, weil er es nicht zu schaffen scheint. Ich höre, wie er mir folgt, aber ich drehe mich nicht zu ihm um. Das ist mir zu heikel.

Sybille läuft durch die Festung, doch sie scheint nicht den Eingang, Gaspards Büro oder die Bibliothek anzupeilen. Ich runzle die Stirn. Wo will sie hin?

Vor einer Tür, durch die ich noch nie getreten bin, bleibt sie stehen.

»Bist du bereit?«, fragt sie breit grinsend.

»Wie soll ich diese Frage beantworten, wenn ich nicht einmal weiß, wofür ich bereit sein muss?«

»Sybille macht es gern spannend. Das weißt du doch inzwischen«, kommentiert Gabriel. »Und gestern hat das ja hervorragend geklappt.«

»Hey«, macht Sybille. »Dass die beiden in einer Falle der Jäger gelandet sind, ist sicherlich nicht meine Schuld.«

»Ist es nicht«, beschwichtige ich sie schnell. »Was ist hinter der Tür?«

Sybille grinst wieder, ihre Sorge um uns zieht sich aus ihren Zügen zurück, dann drückt sie die Klinke herunter und lässt die Tür nach innen aufschwingen.

Sie bedeutet mir, als Erste über die Schwelle zu treten, also tue ich das. Ich habe keine Ahnung, was ich erwartet habe, aber nach allem, was in den letzten Wochen hinter verschlossenen Türen auf mich gelauert hat, sicherlich nicht so ein normales Zimmer wie dieses.

Das Zimmer ist ungefähr so groß wie Nics. Auf der linken Seite steht ein Himmelbett, ein riesiger Schrank auf der rechten. An der Wand neben dem Fenster ist ein kleiner Tisch und darüber hängt ein Gemälde.

»Das sieht aus, als wäre es von Klimt«, sage ich ehrfürchtig. Obwohl ich inzwischen eingesehen haben müsste, dass man in diesem Gebäude überall über wahre Schätze stolpern kann, wehrt sich mein Gehirn noch immer gegen die Erkenntnis, dass dies ein Gemälde von Gustav Klimt ist.

»Ist es auch«, meint Sybille, die neben mich getreten ist, ohne dass ich es wahrgenommen habe. Das Bild vor mir hat all meine Sinne in Anspruch genommen. Es ist aus Gold, wie die anderen Kunstwerke, für die dieser Maler so bekannt ist. Doch dieses Motiv habe ich noch nie gesehen. Eine junge Frau steht in der Mitte, ihr Haupt hoch erhoben. Sie scheint über uns hinwegzusehen. Ihr Blick ist entschlossen, als könnte sie nichts bezwingen.

»Das Gemälde kennt die Menschheit gar nicht, oder?«

»Richtig erkannt«, meint Sybille. »Es ist auch nicht für die Menschheit bestimmt, sondern für dich.«

Irritiert sehe ich mich zu ihr um.

»Das hier ist dein Zimmer«, erklärt Sybille und breitet die Arme aus. »Gaspard hat uns gebeten, es für dich herzurichten, damit du dich wohlfühlst.«

Ich zwinge mich zu lächeln, obwohl sich etwas in mir zusammenzieht. Das hier ist ab jetzt mein Zimmer. Also werde ich nicht mehr bei Nic schlafen.

Ich verscheuche den Gedanken und laufe aufs Fenster zu, um den anderen meine Gefühle nicht zu verraten.

»Ich kriege ein Zimmer mit Blick auf die Seine?«, frage ich ungläubig. Bei meiner Ankunft in der Festung hat Nic mir gesagt, dass diese Räume hart umkämpft sind. Wieso habe ausgerechnet ich eins bekommen?

Gaspard mag der Überzeugung sein, dass jeder Vampir ein Anrecht darauf hat, seine Vorgeschichte hinter sich zu lassen, wenn er die Festung betritt. Doch die Sünden der Vergangenheit lassen sich nun einmal nicht so gut vor der Schwelle abstellen wie sperriges Gepäck. Seine Absichten sind nobel, scheitern allerdings an der Realität.

Ich bin eine Vampirin. Aber ich werde auch immer eine Jägerin, eine Delacroix, eine Mörderin sein.

Dieses Zimmer ist eine schöne Geste. An den Tatsachen wird es trotzdem nichts ändern.

»Gaspard wollte dir eine Freude machen, weil du uns in letzter Zeit so oft geholfen hast«, erklärt Sybille, als wäre nichts dabei.

»Ich kann mir vorstellen, dass es viele in dieser Festung nicht gern sehen werden, dass ich dieses Zimmer bekommen habe«, sage ich mit belegter Stimme. »Vermutlich bin ich sogar dafür verantwortlich, dass dieses Zimmer wieder frei ist, weil ich seinen früheren Bewohner gepfählt habe.«

Die Stille, die auf meine harten Worte folgt, ist ziemlich vielsagend.

»Lana«, setzt Sybille vorsichtig an. »Gaspard wollte dir nur eine Freude machen.«

»Und wenn ich sie überhaupt nicht verdient habe? Ich werde immer eine Mörderin sein, egal, was ich mache.«

Aus dem Augenwinkel nehme ich wahr, dass Nic zusammenzuckt. Ich wollte ihm seine eigenen Worte nicht vorwerfen. Das steht mir gar nicht zu. Aber ich konnte sie auch nicht in mir verschlossen halten.

»Lana.« Sybille greift nach meinen Händen und zwingt mich so, mich wieder dem Raum zuzuwenden, statt aus dem Fenster zu stieren. »Wir sind alle Mörder.«

Ich schlucke schwer, als mein Blick es sich traut, zu Nic hinüberzuzucken. Nachdem er verhindert hat, dass ich einen Menschen töte, hat er zu mir gesagt, dass er mir diese Erfahrung ersparen wollte. Ist sie ihm vielleicht nicht erspart geblieben?

»Das ändert nichts an den Fehlern, die ich gemacht habe«, erwidere ich zittrig.

Ich fühle mich, als würden mich die Ereignisse der letzten vierundzwanzig Stunden jetzt erst so richtig erreichen. Nics Worte, die er mir entgegengeschleudert hat, bevor wir in die Falle gegangen sind, sinken immer tiefer in mein Innerstes ein und lassen mich ihr wahres Gewicht spüren.

»Das stimmt. Aber du kannst die Fehler deiner Vergangenheit nicht rückgängig machen. Du kannst nur sichergehen, dass du sie nicht wiederholst.« Das Lächeln, mit dem Sybille mich nun bedenkt, ist so liebevoll, dass es schmerzt. »Und ich finde, bisher schlägst du dich wirklich gut.«

Sie wartet, bis ich ihr Lächeln zaghaft erwidere. Erst dann lässt sie meine Hände los und geht zum Schrank hinüber. Sie öffnet die großen Doppeltüren, damit ich die Kleidung sehen kann, die dahinter auf mich wartet.

»Jeder Vampir fängt neu an, wenn er sich verwandelt. Wir müssen herausfinden, wer wir sind. Wie viele Teile von uns übrig bleiben, wenn wir aufhören, Menschen zu sein, und wie viele Teile wir neu hinzubekommen. Wir müssen sie erst zusammensetzen, ehe wir wahrlich verstehen können, was aus uns geworden ist. Ich weiß, dass das schwer und schmerzhaft ist. Und doch auch spannend, oder nicht?«

Vermutlich steckt viel Wahrheit in Sybilles Worten. Die meiste Zeit fühle ich mich wie ein Schatten meines früheren Ichs. Die alte Lana war selbstbewusst, vielleicht ein bisschen zu selbstbewusst und auch ein bisschen arrogant, aber sie war auch mutig und unbeugsam. Und all das vermisse ich. Selbst die negativen Eigenschaften. Habe ich mehr Teile verloren, als ich gewonnen habe?

»Und ich dachte mir, ich helfe dir, deine Verwandlung nun auch äußerlich zu manifestieren«, fährt Sybille fort.

»Reichen die spitzen Eckzähne nicht?«, frage ich.

»Ganz sicher nicht«, widerspricht Sybille.

Gabriel lässt sich auf mein Bett fallen. Nic steht immer noch unbeweglich an der gleichen Stelle und scheint sich nicht zu trauen, sich zu rühren. Seinen Blick hat er auf den Boden gerichtet, als wollte er das Risiko nicht eingehen, aus Versehen meinem zu begegnen. Inzwischen kann ich nicht einmal mehr sagen, warum er mich nicht ansehen will. Es gibt zu viele Gründe.

»Du trägst Kleidung, die du dir nicht ausgesucht hast, lebst aus einer Tasche und schläfst auf einer Matratze auf dem Fußboden. Das sind alles Übergangslösungen. Aber dein Leben hier ist keine Übergangslösung.« Zumindest, solange wir keine Heilung gefunden haben, scheint mir ihr Gesichtsausdruck sagen zu wollen. »Wie sollst du richtig hier ankommen, wenn deine Umgebung nicht konstant ist? Wenn dir nichts gehört? Das wollte ich ändern.«

Tränen brennen in meiner Nase. Die Rührung, die ich fühle, ist zu viel für meinen emotional ausgelaugten Körper.

»Danke«, schniefe ich. Sybille hat sich so viel Mühe gegeben, obwohl sie das wirklich nicht musste. Das Mindeste, was ich tun kann, ist ihre Mühe wertzuschätzen.

Also trete ich auf den Schrank zu und lasse meine Hand über die Stoffe gleiten. Manche sind rau und kratzen meine Fingerkuppen. Manche sind so weich, dass sie wie Wasser über meine Haut gleiten.

Diese Nuancen wären mir mein ganzes Leben verborgen geblieben, wenn ich kein Vampir geworden wäre.

»Natürlich hast du dir diese Kleidung auch nicht selbst ausgesucht, sondern ich. Es ist nur eine Vorauswahl. Du kannst ja immer noch gucken, was dir am besten gefällt«, meint Sybille und wird immer schneller, bis die Silben ineinanderkrachen wie Autos bei einem Auffahrunfall.

»Vielen Dank«, sage ich erneut mit Nachdruck. »Das ist wirklich toll!«

Sybille grinst. »Dann such doch mal was aus. Ich habe auch Schmuck besorgt.« Sie holt ein Schmuckkästchen aus einer Schublade hervor und stellt es auf dem Schreibtisch ab.

Ich folge ihr, weil mich die Auswahl im Schrank überfordert und ich hoffe, dass mir die Entscheidungen, die in diesem kleinen mit Samt bezogenen Kästchen auf mich warten, leichter fallen werden.

Sybille öffnet es. Ich erblicke Ketten, Armbänder und Ohrringe in Silber und Gold, mit großen und kleinen Steinen.

Ich schlucke. Zögerlich greife ich nach einem Paar silberner Ohrringe in Halbmondform. Sie ziehen mich quasi an. Und ich verstehe sofort, was mein Herz mir damit sagen will. Sie stehen für die Nacht, in die ich mich verliebt habe, ohne es zu bemerken. Ich bin jetzt ein Geschöpf der Nacht. Und wenn ihre tröstende Dunkelheit auf mir ruht, finde ich die Vorstellung, dass ich die Ewigkeit in ihr verbringen könnte, gar nicht mehr so beängstigend.

Ich lege die Perlenohrringe, die mir meine Mutter zum zwölften Geburtstag geschenkt hat, ab.

Erst als ich die Halbmonde angelegt habe, traut sich Sybille wieder, mich anzusprechen. »Sie stehen dir richtig gut«, befindet sie und ich weiß, dass sie das nicht nur sagt, weil sie mir ein Lächeln entlocken will. »Was meint ihr, Jungs?«, fragt sie und dreht mich herum. Sie hebt meine Haare an, damit Gabriel und Nic die Ohrringe besser sehen können, obwohl sich die beiden vermutlich überhaupt nicht dafür interessieren.

Gabriel zeigt brav einen Daumen hoch. Nic reagiert gar

nicht, sondern starrt mich einfach nur an. Erinnert er sich daran, dass meine Mutter mir die Perlenohrringe geschenkt hat? Oder erinnert ihn mein freigelegter Hals vielleicht sogar daran, dass er ihn vor wenigen Stunden noch mit seinen Lippen berührt hat?

Auf einmal ist mir heiß. Nachdem ich fast von der Sonne gebraten wurde, habe ich nicht damit gerechnet, Hitze noch einmal als angenehm zu empfinden. Aber diese Wärme dringt von ganz tief in meinem Inneren hervor und deswegen hat sie nichts Bedrohliches an sich. Sie ist einfach nur ... aufregend.

In Nics Augen lodert das blaue Feuer auf und ich weiß, dass ihm die gleichen Gedanken durch den Kopf gehen wie mir.

Ich warte darauf, was er als Nächstes tun wird. Gerade sieht er mich so an, als würde er am liebsten die Meter überwinden, die noch zwischen uns liegen, und mich küssen. Und würde er das tun, wäre es mir vermutlich auch egal, dass wir nicht allein sind.

Doch er bewegt sich nicht auf mich zu. Er tut genau das Gegenteil.

»Ich sollte mich mal bei Gaspard melden«, sagt er unvermittelt. »Wir haben einiges zu besprechen.« Ohne auf eine Reaktion zu warten, dreht er sich um und verschwindet.

Nicht nur ich sehe ihm verwirrt nach. Wir schweigen einen Moment, dann entfährt Sybille ein Lachen.

»Das war seltsam«, stellt sie fest.

»Sogar für Nics Verhältnisse«, ergänzt Gabriel.

Dann sehen sie mich an.

»Was ist in diesem Käfig passiert, bevor wir euch gerettet haben?« Sybille zieht wieder auf diese typisch neckische Weise ihre Augenbrauen hoch. Diese Geste in Verbindung mit diesen Worten gefällt mir gar nicht.

»Was soll schon passiert sein?«, erwidere ich und erkenne

selbst, dass ich viel zu defensiv klinge. »Wir haben auf den Tod gewartet und dann sind wir fast verbrannt.«

»Denkst du, sie hatten Nahtoderfahrungssex?«, fragt Gabriel fachmännisch an Sybille gerichtet.

»Wir hatten was?«, stoße ich aus.

Sybille grinst. »Als Pariser Vampir ist man ständig in Gefahr. Und wenn man mal in einer Falle sitzt, dann überfällt einen vielleicht das Bedürfnis, die letzten Stunden, die einem auf dieser Welt noch bleiben, richtig auszukosten.« Ihr Grinsen wird immer breiter, je größer das Entsetzen in meinem Gesicht wird.

»Und Nic ist befangen. Wenn ihr Sex gehabt hättet, würde das sein Verhalten erklären«, fügt Gabriel hinzu.

»Wir haben nicht miteinander geschlafen«, entfährt es mir fassungslos. Genau genommen ist nicht *nichts* in der Falle passiert. Aber die beiden haben mich nur gefragt, ob wir Sex hatten, also habe ich nicht gelogen. Wenn sie Antworten von mir haben wollen, müssen sie auch die richtigen Fragen stellen.

»Wenn du es sagst«, meint Sybille und grinst immer noch zweideutig.

Ich nehme mir ein Kissen und bewerfe sie damit. »Ihr seid unmöglich. Alle beide.«

Sie lachen. Und lassen dann zum Glück freiwillig von dem Thema ab, ohne dass ich darum bitten muss. Aber die nächsten Stunden, die wir damit verbringen, meinen Schrank durchzugehen, kann ich doch immer wieder ihre prüfenden Blicke auf meiner Haut spüren.

23. Kapitel

Die Tür knallt mit beeindruckender Akustik hinter Sybille und mir wieder ins Schloss.

»Anscheinend wollte Edna nicht noch mal mit uns reden«, kommentiere ich trocken, obwohl ich genau weiß, dass die alte Vampirin uns sehr deutlich verstehen kann.

Das ist mir aber herzlich egal. Immerhin hat sie uns gerade aus ihrem Zimmer geworfen. Ich habe kein Interesse mehr daran, Höflichkeit zu heucheln.

Sybille zieht mich hinter sich her, bis wir die Bibliothek erreichen. Erst dann antwortet sie mir. »Ich habe dir doch gesagt, dass man sie nicht drängen darf.«

»Ich habe sie nicht gedrängt«, entfährt es mir ein bisschen zu heftig.

Sybille reagiert nicht sofort, aber schließlich nickt sie. »Ich weiß. Ich bin nur frustriert, dass sie uns nicht mehr verraten wollte«, gibt sie zu.

»Geht mir auch so.«

Wir hatten ihr Zimmer gerade erst betreten, da hat sie uns quasi schon wieder vor die Tür gesetzt. Über ein *Hallo* und ein *Hast du noch mehr Informationen für uns?* sind wir gar nicht hinausgekommen.

»Was sollen wir jetzt tun? Wie lange muss man Edna in Ruhe lassen, ehe sie wieder gesprächig wird?«

»Meine Antwort wird dir nicht gefallen. Edna operiert in anderen Zeiteinheiten als du.«

»Du willst mir damit also sagen, dass ich erst in ein paar

Jahrzehnten wieder bei ihr vorbeischauen sollte«, stelle ich fest.

Sybille nickt.

Enttäuschung zupft an mir. Doch sie trifft mich nicht mit so einer großen Wucht, wie ich erwartet hatte.

Ich möchte nicht darüber nachdenken, was meine Meinung über mein unsterbliches Dasein verändert haben könnte. Dieses Etwas geht mir nämlich seit ein paar Tagen aus dem Weg.

»Welche Anhaltspunkte haben wir denn bisher?«, frage ich und beginne auf und ab zu laufen. Meine schwarzen Stiefeletten hinterlassen klackende Geräusche auf dem Boden, die so lange nachhallen, dass mehrere Schritte ineinanderklingen. Es erinnert mich an ein Windspiel. Wenn man als Vampir weiß, wie man hinhören muss, besteht die ganze Welt aus Musik. Jemand scheint alles um mich herum komponiert zu haben. Vielleicht ist unsere ganze Existenz ein riesiges Opernstück. Wir können nur nicht deutlich genug sehen, um die Notenblätter am Horizont zu erkennen.

»Wir wissen, es gibt die Heilung. Schon mal gut«, meint Sybille. »Und wir wissen, dass Edna sie mit eigenen Augen gesehen hat.«

»Wir wissen, dass sie das Blut des ersten Vampirs ist«, ergänze ich.

»Und dass der Vampir, der die Heilung damals hatte, sich mit ihr begraben lassen wollte, sobald er gestorben ist«, sagt Sybille.

»Klingt nach einem ziemlich egoistischen Arschloch, würde ich sagen«, kommentiere ich. »Er hat die Heilung, aber anstatt sie jemand anderem zu geben, lässt er sich lieber mit ihr beerdigen.« Ich halte mitten in der Bewegung inne. Das Klacken hallt nach und verstummt schließlich. Das Musikstück wird kurz pausiert. Alle Musiker warten darauf, dass der Dirigent ein Zeichen gibt, damit es weitergeht.

»Was ist, wenn der Vampir diesen Plan schon wahr gemacht hat?«, frage ich aufgeregt. »Was ist, wenn die Heilung irgendwo in einem Grab liegt?«

»Das kann sein. Aber hilft uns das weiter?« Sybille lehnt sich gegen einen der massiven Tische. Auf jedem von ihnen steht eine kleine Lampe mit grünem Schirm. Doch sie sind nie eingeschaltet, weil Vampirsinne sie nicht brauchen. Nicht das erste Mal frage ich mich, warum sie überhaupt hier stehen. »Wir wissen den Namen des Vampirs, der die Heilung hatte, nicht. Also wo fangen wir an zu suchen?«

»Edna hatte ein sehr langes Leben und hat vermutlich überall auf der Welt gelebt. Aber die letzten Jahrhunderte hat sie in Paris verbracht, oder?«

»Ja«, sagt Sybille gedehnt. »Soweit ich weiß.«

»Also wäre es gar nicht so abwegig, anzunehmen, dass die Heilung in Paris ist. Irgendwo unter der Erde.«

Sybille verschränkt die Arme vor ihrer Brust. »Red weiter«, fordert sie mich auf.

»Sieh dich mal in diesem Raum um. Seit Jahrhunderten horten Vampire Kunst, Literatur, Geschichte und die wertvollsten Gegenstände jeder Epoche. Und woher hatten sie all diese Schätze?«

»Von den Künstlern selbst«, erwidert Sybille. »Aber ich sag dir, deren Gesellschaft wird sehr überschätzt. Picasso mag Talent gehabt haben, aber ich bin nie einem langweiligeren Gesprächspartner begegnet.«

Ich übergehe die Tatsache, dass Sybille Picasso persönlich kannte. Darauf werde ich später definitiv noch mal zurückkommen. Jetzt muss ich erstmal meinen Gedanken zu Ende bringen.

»Und wenn Vampire ihr Leben mit den Künstlern und Berühmtheiten verbracht haben, wollten sie vielleicht auch im Tod nicht von ihnen getrennt werden.«

Sybille grinst. »Du meinst, sie würden sich nicht mit irgendeinem Friedhof zufriedengeben.« Schwungvoll stößt sie sich vom Tisch ab und kommt mit geschmeidigen Schritten auf mich zu. »Das hast du gut kombiniert. Wenn Pariser Vampire nicht von Jägern getötet wurden und den Zeitpunkt ihres Todes selbst gewählt haben, haben sie sich eigentlich alle auf dem gleichen Friedhof begraben lassen.«

Ich erwidere ihr Grinsen. »Friedhof Père-Lachaise.«

»Ich hätte mich definitiv umziehen sollen«, sagt Sybille bei Weitem nicht zum ersten Mal. Und nicht zum ersten Mal gebe ich ihr in Gedanken recht. Sie hat sich sehr viel Mühe gegeben, meine neue Garderobe zusammenzustellen. Seit Tagen trage ich schwarze Stiefeletten zu einer taillierten karierten Hose und einem weichen Kaschmirpulli. Ich liebe das Outfit. Aber diese Aktion wird es wohl nicht überleben.

Wir stehen beide mit Schaufeln auf einem Friedhof und heben ein Grab nach dem anderen aus. Wenn ich noch ein Mensch wäre, würde ich mir jetzt vermutlich Sorgen um mein Karma-Konto machen. Aber ich glaube, das gilt für Vampire nicht.

Sybille und ich sind eine Weile über das Gelände geirrt, bis sie Grabsteine mit Namen gefunden hatte, die sie wiedererkannt hat. Sie hat mir erzählt, dass einige Vampire sich von ihrer Unsterblichkeit erdrückt fühlen. Es sammeln sich so viele Erinnerungen an, dass der Geist überfordert ist. Und irgendwann kann sich nach Jahrhunderten auch Lebensmüdigkeit einstellen. Man hat genug erlebt und gesehen. Wenn manche Vampire diesen Punkt erreichen, entscheiden sie sich, ihr Leben zu beenden. Sybille hat einige von ihnen gekannt. Und deren Gräber entweihen wir jetzt.

Aber kann man das Grab eines Vampirs überhaupt entweihen? Sind wir nicht ohnehin seelenlose Dämonen, für alle Ewigkeit verdammt?

Der Gedanke sollte mir Angst machen. Direkt nach meiner Verwandlung hat er das. Doch an irgendeinem Punkt habe ich aufgehört, an ihn zu glauben. Und ich weiß, dass ich das jemandem im Besonderen zu verdanken habe.

»Sybille?«, frage ich und halte kurz inne. Sybille tut es mir gleich, dreht sich zu mir um und stützt sich an ihrer Schaufel ab. Selbst mit Dreck im Gesicht und einer schmutzigen Bluse sieht sie noch verboten elegant aus.

»Was ist los?«

»Könntest du mir einen Gefallen tun?«

»Ich dachte, das tue ich gerade«, erwidert sie und bei ihrem nächsten Grinsen blitzen ihre spitzen Eckzähne im Mondlicht auf.

»Das tust du. Nur ...« Ich räuspere mich, weil ich gelassen klingen will. Und mache mit diesem Räuspern den Eindruck eigentlich schon zunichte. »Kannst du Nic bitte nicht erzählen, dass wir nach der Heilung suchen?«

Sybille zieht kritisch die Augenbrauen zusammen. »Wieso?«

»Weil ...« Ich setze an und breche direkt wieder ab. Wenn es um ihn geht, fällt es mir nie leicht, meine Gedanken laut auszusprechen.

»Er hat dir doch die Bücher von Gaspard gegeben, also wusste er, dass du dich damit auseinandersetzt«, meint Sybille. Doch dann stockt sie. Wissend zieht sie die Augenbrauen nach oben. »Du willst nicht, dass er weiß, dass du *immer noch* ein Mensch werden willst.« Es ist keine Frage. Sie hat mich durchschaut.

»Ja«, sage ich nur. Dass es sich jedes Mal so anfühlt, als würde ich Nic verraten, wenn ich nur an die Heilung denke, behalte ich für mich. Er hat mir die schönsten Seiten des Vampirdaseins gezeigt, um mich mit meinem neuen Leben zu versöhnen. Ich will nicht wissen, wie er reagieren würde, wenn er davon erfährt.

»Solltest du sie finden, müsstest du es ihm früher oder später sagen.«

»Ich weiß.« Ich seufze. »Aber noch nicht jetzt. Außerdem wissen wir gar nicht, ob wir sie jemals finden werden.«

Sybille nickt langsam. »Würdest du sie denn noch nehmen wollen, wenn wir sie jetzt finden würden?«

Ihre Frage erwischt mich kalt. Deswegen kann ich sie einen Moment lang nur irritiert ansehen.

»Natürlich«, erwidere ich, ohne darüber nachzudenken. Aber genau das scheint Sybille von mir zu erwarten.

»*Natürlich*«, ahmt sie mich nach. »Du darfst deine Meinung ändern, Lana. Ich hoffe, das weißt du.«

Ich schlucke schwer. Ich stamme nicht aus einer Familie, in der man seine Meinung zu irgendeinem Thema ändert. Aber eigentlich habe ich allein mit meiner Verwandlung schon bewiesen, dass ich in gewissen Punkten ganz anders bin als meine Familie.

»Hm«, mache ich nur und fange wieder an zu buddeln. Ich warte darauf, dass Sybille mir noch weitere Fragen stellt, deren Antworten so kompliziert sind, dass mein Kopf sie gar nicht verarbeiten kann. Doch sie bleiben aus. Stattdessen nimmt auch sie ihre Arbeit wieder auf.

Meine Schaufel trifft auf etwas Hartes. Der Sarg. Nach und nach legen wir ihn frei. Bevor ich ihn öffne, zögere ich eine

Sekunde. Es ist nicht der erste Sarg, dessen Deckel ich heute aufgeklappt habe, dennoch bleibt das Zögern nicht aus. Ich atme durch und tue es.

Der Vampir, der darin liegt, sieht aus, als wäre er höchstens vor einer Woche gestorben und nicht, wie Sybille mir erklärt hat, vor fünf Jahrzehnten. Selbst Vampirkörper vergehen irgendwann. Es dauert nur wesentlich länger. Als würden ihre Hüllen sich noch an die Unsterblichkeit klammern, wenn ihr Geist sie längst losgelassen hat.

»Wir wissen nicht einmal, wie die Heilung aufbewahrt wird«, meint Sybille. »Ich habe keine Ahnung, wonach wir suchen sollen.«

Darüber haben wir auch schon beim Ausheben der anderen Gräber geredet. Wenn die Heilung tatsächlich das Blut des ersten Vampirs ist, müsste es in irgendeinem Gefäß stecken. In einer Phiole? In einer kleinen Flasche? Wir wissen es nicht genau. Aber ich bin mir sicher, dass ich die Heilung erkenne, sobald ich sie sehe. Es muss so sein. Wir reden hier von *der* Heilung.

»Er hat nichts bei sich«, kommentiere ich, nachdem wir den Sarg und dann auch noch die Hosentaschen des toten Vampirs durchsucht haben. Ich habe ihn nur mit spitzen Fingern berührt, trotzdem rasen mir gleich mehrere Schauder den Rücken herunter. Er wirkt so menschlich. Seine Leiche mag nicht richtig verwesen, aber abgesehen davon sieht er wie ein friedlicher, toter Mensch aus.

»Lassen wir ihn weiterruhen«, sagt Sybille.

Wir schließen den Sarg wieder und bedecken ihn mit Erde. Natürlich würden wir schneller vorankommen, wenn wir uns nicht um die Gräber scheren würden. Aber wir wollen sie nicht so zurücklassen, sondern alles in Ordnung bringen. Wir mussten uns nicht absprechen. Wir haben es einfach getan.

Schweigend arbeiten wir weiter. Ich bin so in meine Gedanken versunken, dass ich einen Moment brauche, bis ich bemerke, dass Sybille innegehalten hat.

»Sybille?«, frage ich vorsichtig, lasse die Schaufel sinken und laufe langsam auf sie zu. »Alles okay?«

»Weißt du, was ich mich gefragt habe?« Sie starrt auf die Erde zu ihren Füßen. Ihre Stimme klingt anders als sonst. Irgendwie abwesend. Als wäre sie langsam davongedriftet und hätte nur Überreste von sich zurückgelassen.

»Was?« Ich bleibe nur einen Schritt hinter ihr stehen.

»Was passiert mit den Vampiren, die von den Jägern getötet werden?«

Mein Herz zieht sich zusammen. Ich weiß, was sie wirklich fragen will. Sie will wissen, was mit Coco passiert ist.

Es fällt mir nicht leicht, ihr eine Antwort zu geben, obwohl ich weiß, dass sie sie verdient hat.

»Wir begraben sie«, setze ich an. »Aber es sind namenlose Gräber.« Meine Stimme ist so rau, dass sie die Worte zerreibt, bis kaum noch etwas von ihnen übrig bleibt. Auch nach einem Räuspern wird es nicht besser. »Ich könnte sie dir zeigen, aber ich glaube nicht, dass das eine gute Idee ist. Es wäre zu gefährlich. Ich kann mir vorstellen, dass du gern hingehen würdest, aber ...«

»Ich weiß.« Sybille unterbricht mich sanft, aber bestimmt. »Ich weiß, dass ich nicht hingehen kann. Es ist nur ... manchmal ist es sehr schmerzhaft, dass ich nicht einmal zu einem Grabstein gehen kann, um Blumen abzulegen. So ein menschlicher Wunsch, oder? Komisch, dass auch ein Jahrhundert als Vampir mir das nicht austreiben konnte.«

Sie dreht sich langsam zu mir und will wohl unbekümmert wirken. Aber sie kann ihre Trauer nicht verstecken.

»Wir sollten zur Festung zurückgehen«, schlage ich vor.

»Ohne den richtigen Namen werden wir die Heilung nie finden.«

Sybille nickt, doch ihr Körper zittert.

Ich denke nicht darüber nach. Ich nehme sie einfach in den Arm. »Tut mir leid, dass ich dich hierhergebracht habe. Das war unsensibel.«

»Alles gut«, erwidert Sybille, aber in ihrer Stimme hängen ungeweinte Tränen. »Ich vermisse sie nur immer noch. Manchmal wache ich auf und will ihr etwas erzählen. Erst nach einigen Sekunden wird mir dann klar, dass ich das niemals wieder tun kann.«

Ich höre die ersten Tränen, die sich aus ihren Augenwinkeln lösen und dann ihre Wange herunterrinnen. Ich wusste nicht, dass Tränen ein Geräusch machen. Und ich wusste nicht, dass es herzzerreißend schön klingt.

»Weißt du, was ich manchmal glaube?«, fragt Sybille, während sie ihre Arme um meinen Körper schlingt und sich an mir festhält.

»Was?«

»Dass die Liebe eines Vampirs genauso unsterblich ist wie er selbst.« Sie wehrt sich nicht länger gegen die Tränen. »Und das ist in manchen Fällen tragisch, aber irgendwie auch wunderschön. Findest du nicht?«

Ich nicke mechanisch, weil ich keine Ahnung habe, was ich dazu sagen soll.

»Ich hätte daran denken sollen, als sie gestorben ist, anstatt mich an meine Rache zu klammern.« Ihre Bitterkeit ist so deutlich herauszuhören, dass ich sie auf meiner Zunge schmecken kann. »Manchmal hasse ich mich dafür, aus Rache getötet zu haben. Es hat den Schmerz nicht gelindert. Es hat mir nur einen neuen beschert.«

Ich schlucke schwer und halte sie noch ein bisschen fester. Denn ich kenne diese Schuld, diesen Selbsthass, der einen langsam zerfrisst.

»Manchmal weiß ich nicht, wie ich es jemals verkraften soll, so viele Leben beendet zu haben.« Es gibt nichts, das ich sagen könnte, das Sybille ihren Schmerz nehmen würde. Aber ich kann ihr zeigen, dass sie in ihrem Schmerz nicht allein ist. Und vielleicht kann sie ihn dann besser ertragen.

Sybille antwortet nicht. Sie hält mich nur ebenfalls fester. Wir umklammern uns, als wollten wir einander davor bewahren, auseinanderzufallen. Es ist so viel leichter, sich mit den Schuldgefühlen anderer zu befassen. Zu wissen, dass wir mit unseren dunklen Gedanken nicht allein sind, macht es leichter. Und vielleicht werden wir irgendwann wirklich in der Lage sein zu heilen.

24. KAPITEL

Die Erschöpfung, die ich fühle, als ich neben Sybille die Festung betrete, ist sehr menschlich. Eigentlich sind Vampirkörper zu stark, um nach einem langen Tag Müdigkeit in den Knochen zu spüren. Muskelkater ist uns fremd. Aber nicht die körperliche Arbeit hat mich so ausgelaugt, sondern die Emotionen, die ich gefühlt habe. Und das ist auch gut so.

Sybille lächelt matt, während wir die Treppen erklimmen. Der Dreck ist an ihrer Wange verkrustet und ich kann ähnliche Spuren in meinem Gesicht spüren. Gerade ist das allerdings egal.

Ich drücke ihre Hand und ihr Lächeln wird noch ein bisschen aufrichtiger.

»Bevor wir in unsere Zimmer gehen, sollten wir noch mal kurz in die Bibliothek. Da können wir uns ungestört besprechen«, sagt sie. Ich nicke nur. In der Festung wagen wir es nur, über die Heilung zu sprechen, wenn wir uns hinter schalldichten Türen befinden. Zu viele fremde Ohren könnten zuhören.

»Und ich sollte mit Gabriel reden«, meint Sybille. »Er weiß, was wir heute Nacht gemacht haben. Wenn ich ihm nicht sage, dass er es für sich behalten muss, tut er es auch nicht.«

Ich weiß genau, was Sybille mir damit sagen will. Gabriel würde niemals mit irgendeinem Vampir über die Heilung reden. Doch er würde Nic davon erzählen, weil wir in unserer kleinen Gruppe eigentlich keine Geheimnisse haben.

Ich nicke wieder nur. Als wir die Bibliothek erreichen, stößt Sybille die Doppeltür schwungvoll auf.

Gerade mal zwei Schritte weit kommen meine Beine. Dann friere ich am Boden fest.

Sybille schließt die Tür noch hinter uns und tritt an meine Seite.

Gabriel sitzt auf einem Stuhl, während Nic vor ihm an einem Tisch lehnt. Eigentlich wirkt die Szene, die sich mir bietet, ruhig.

Aber ein Blick in Nics Gesicht genügt und ich weiß, dass wir zu spät sind. Gabriel hat es Nic längst erzählt.

Und in dessen blauen Saphiraugen erkenne ich das, wovor ich mich so gefürchtet habe.

»Die Grabräuber kehren zurück«, stellt er nüchtern fest und verschränkt die Arme vor der Brust.

Sybille wirft mir einen kurzen Blick zu, bevor sie sich wieder ihm zuwendet. »Du weißt also Bescheid.«

»Ich habe ihn eingeweiht«, meint Gabriel, dem der Stimmungsumschwung vollkommen entgangen zu sein scheint.

Ich zwinge mich, entspannt zu lächeln. Wenn ich so tue, als wäre es keine große Sache, glauben das vielleicht auch die anderen.

Eigentlich ist mir bewusst, dass das nur Wunschdenken ist, aber ich bin noch nicht bereit, mich davon zu lösen.

»Du hast es also nicht für nötig gehalten, mir zu erzählen, dass du die Heilung suchst«, sagt Nic. Er wird zwar nicht laut, doch das Beben seiner Stimme verrät, was wirklich in ihm vorgeht.

»Du hast mir damals die Bücher gegeben«, erwidere ich.

Gabriel und Sybille sind so still geworden, als wollten sie Teil der Einrichtung werden.

»Das ist mir bewusst. Aber ich dachte ...« Er bricht ab.

»Du dachtest was?«

Ich kenne die Antwort. Er dachte, dass ich die Suche inzwischen aufgegeben hätte. Aber ich will, dass er es ausspricht. Ich möchte es aus seinem Mund hören. Und was ich noch viel lieber hören will, ist, warum er das dachte.

So einfach wird er es mir jedoch nicht machen.

Ich kenne Nic gut genug, um das zu wissen.

»Ich bin müde. Ich gehe dann mal«, stammelt Sybille und macht eine Geste, die Gabriel wohl zum Gehen auffordern soll. Der lässt sich nicht zweimal bitten und springt so schwungvoll vom Stuhl auf, dass er damit schon den halben Weg zur Tür hinter sich gebracht hat.

»Wir sehen uns, wenn die Sonne untergeht«, murmelt er in sich hinein und dann sind er und Sybille auch schon verschwunden.

Ich nehme es ihnen nicht übel, dass sie abgehauen sind. Wenn ich nicht wissen wollte, was in Nic vorgeht, hätte ich die explosive Stimmung in diesem Raum wohl auch hinter mir gelassen.

Das Klicken der Tür, die ins Schloss fällt, ist für einen Moment das einzige Geräusch im Raum. Nic spricht nicht sofort weiter. Er sieht mich einfach an.

Seine Mimik ist schon wieder so undurchdringlich, wie sie es früher immer gewesen ist.

Am liebsten würde ich all meine Frustration herausschreien. Ich habe gehofft, wir hätten seine Mauern endlich hinter uns gelassen. Aber ich habe mich wohl getäuscht.

Und dann komme ich mir lächerlich vor, weil ich überhaupt glauben konnte, es würde sich jemals grundlegend etwas zwischen uns ändern.

»Warum streiten wir uns ständig?«, frage ich kraftlos.

»Keine Ahnung. Sag du es mir«, gibt Nic zurück.

Mir entfährt kein frustrierter Schrei, aber ein genervtes Stöhnen kann ich nicht unterdrücken.

Ich atme mehrmals sehr tief durch, um mich zu beruhigen. Wenn ich jetzt wütend werde, ist jede Chance, ein konstruktives, klärendes Gespräch zu führen, dahin. Und das will ich nicht.

»Überrascht es dich, dass ich immer noch nach der Heilung suche?«, frage ich und lehne mich gegen einen anderen Tisch, damit ich nicht hektisch auf und ab laufen kann.

Nic weicht meinem Blick aus und etwas tief in mir zieht sich zusammen.

»Es sollte mich wohl nicht überraschen«, sagt er nach einem langen Zögern. In seiner Stimme liegt eine Wahrheit, die ich nicht entschlüsseln kann. Weil er es nicht mehr zulässt.

»Es ist schwer, ein Vampir zu sein«, setze ich an, ohne zu wissen, wo ich mit diesem Satz überhaupt hinwill. Aber alles ist besser als die erdrückende Stille, die sich zwischen uns ausdehnt wie ein schwarzes Loch, das alle glücklichen Emotionen wie Sterne schluckt.

Das denke ich zumindest, bis mich Nics bohrender Blick trifft. Prompt wünschte ich, er hätte meinen weiterhin gemieden.

»Warum solltest ausgerechnet du die Heilung bekommen, wenn es sie gibt? Ziemlich egoistisch, oder?« Ich kann ihm nicht widersprechen und deswegen tun seine Worte noch mehr weh. »Denkst du, nur für dich ist es schwer? Denkst du, du bist die Einzige, die kämpfen muss?«

»Natürlich nicht«, erwidere ich heftig. »Aber ...«

»Aber was? Bei dir ist es schlimmer? Du hast ein größeres Anrecht darauf, erlöst zu werden? Wieso? Im Vergleich zu anderen war deine Zeit als Vampirin ein Spaziergang.«

Meine Wut hält gemeinsam mit mir inne. »Im Vergleich zu anderen?«, frage ich zögerlich. »Du meinst zu dir?«

»Das spielt keine Rolle«, wehrt Nic direkt ab. Aber er hat

mir bereits mehr verraten, als er wollte. Und dass er jetzt wieder wegsieht und sich durch die Haare fährt, wird daran auch nichts ändern können.

Es ist heikel, auf dem Thema zu beharren. Nic könnte mich endgültig aussperren. Aber ich bin nicht bereit, jetzt umzukehren. »Du hast mal zu mir gesagt, dass du mir geholfen hast, meine Anfangszeit zu überstehen, weil du mir einiges ersparen wolltest. Was ist dir passiert?«

Nic lacht bitter auf. Das letzte Mal, als er so gelacht hat, standen wir in einer dunklen Seitengasse und er hat mir entgegengeschrien, dass er immer eine Mörderin in mir sehen wird. Dieses Lachen kündigt an, dass mir das, was er als Nächstes sagen wird, vermutlich genauso wenig gefallen wird. Trotzdem will ich es hören. Denn nur, weil ich etwas nicht ertragen kann, heißt das nicht, dass es nicht wahr ist.

»Was mir passiert ist?« Nic schüttelt den Kopf. »Was den meisten neuen Vampiren passiert. Ich habe die Kontrolle verloren. Und mir eine Schuld aufgeladen, die mich niemals loslassen wird.«

»Du hast jemanden umgebracht«, flüstere ich.

»Sybille hat es doch gesagt. Wir sind alle Mörder.«

Aber nur mir kann er es nicht verzeihen. Wir alle haben Blut an den Händen kleben. Doch nur bei mir ist es immer sichtbar. Meines kann man niemals abwaschen. Meines wird er mich nie vergessen lassen.

Ich verstehe, warum. Sie haben getötet, weil sie nicht anders konnten. Ich mit voller Absicht. Das Endresultat mag das gleiche sein und doch besteht zwischen diesen beiden Dingen ein riesiger Unterschied. Und dieser wird immer wie eine Schlucht zwischen uns aufklaffen.

Vermutlich hätte mir das schon längst klar sein sollen. Trotzdem trifft mich diese Erkenntnis nun unvorbereitet.

»Und warum solltest ausgerechnet du deinen Hunger ablegen, wieder in der Sonne gehen und zu deinem alten Leben zurückkehren dürfen?«, fragt er. »Warum bekommst du die Heilung und nicht Sybille oder Gabriel oder ich?« Er lächelt, aber es ist so unecht, dass ich darauf warte, dass es gleich wieder aus seinem Gesicht fällt und zu seinen Füßen in tausend Teile zerbricht. »Ich war auch ein ganz normaler Mensch. Mit Hobbys und Zielen. Ich habe Musikwissenschaften studiert, bis ich zu schwach war, um die Tasten des Klaviers herunterzudrücken. Denkst du nicht, dass auch meine Träume wichtig genug sind, dass mir die Heilung zusteht?«

Mir steigen Tränen in die Augen – keine Ahnung, welche Emotion sie ausgelöst hat. Eigentlich ist es auch egal. Denn diese Tränen sind alle ihm gewidmet.

»Ich hatte eine Mutter, die mich gehalten hat, wenn ich geweint habe. Ich hatte eine große Schwester, die immer alles besser wusste als ich. Und einen Vater, der nie verstanden hat, worüber sich die anderen Familienmitglieder gestritten haben.«

Er hält abrupt inne. Ich kann ihm deutlich ansehen, dass er viel mehr gesagt hat, als er eigentlich wollte.

»Würdest du wieder ein Mensch werden wollen, wenn du könntest?« Erst, als ich die Frage stelle, wird mir klar, dass ich Nic das schon vor langer Zeit hätte fragen sollen. Warum habe ich das nicht getan?

Er hat recht. Ich bin egoistisch. Ich war so mit meinen Gefühlen und mit meinen Problemen beschäftigt, dass ich nicht einmal darüber nachgedacht habe, dass es auch andere Vampire geben könnte, die sich nach der Heilung sehnen. Vielleicht sogar mehr als ich.

»Das spielt keine Rolle«, erwidert er tonlos.

»Natürlich spielt es eine Rolle«, schreie ich ihm fast entgegen. »Es spielt eine Rolle. Was du willst, spielt eine Rolle.«
Wieder lacht Nic bitter auf. Ich hasse den Klang. Ich hasse ihn so sehr, dass ich mir am liebsten die Hände auf meine Ohren pressen würde, um ihn nie wieder hören zu müssen. Nicht dass es etwas bringen würde. Meine Sinne sind zu stark. Vor ihnen kann ich mich nicht verstecken.

»Für dich scheint es keine Rolle zu spielen, was ich will, sonst hättest du mir erzählt, dass du noch immer nach der Heilung suchst.«

Ich will ihn fragen, was genau er damit meint. Doch dafür lässt er mir keine Zeit. Er redet direkt weiter.

»Was würdest du überhaupt tun, wenn du wieder ein Mensch wärst? Zu deiner Familie zurückkehren? Dort weitermachen, wo du aufgehört hast, als wären die letzten Wochen nie passiert?« Er bricht ab. Das ist aber der einzige Hinweis, den er mir gibt, dass diese Unterhaltung etwas in ihm auslöst. Seine Stimme klingt genauso unbewegt, wie sein Körper aussieht. Er lehnt immer noch am Tisch, rührt sich nicht und weicht meinem Blick aus. Wir stehen vielleicht im gleichen Raum, aber gerade könnten wir auch auf unterschiedlichen Kontinenten sein. Die Distanz würde sich nicht größer anfühlen, als sie es ohnehin schon tut. »Würdest du wieder eine Jägerin sein wollen? Würdest du mich umbringen, wenn wir uns dann wieder begegnen würden?«

»Das fragst du mich nicht ernsthaft«, entfährt es mir.

»Doch, das tue ich. Kannst du mir glaubhaft versichern, dass das nicht dein Plan war?«

»Ganz am Anfang vielleicht«, gebe ich zu. Ich versuche seinen Blick einzufangen, aber er rennt vor mir davon, und ich bin nicht schnell genug, um ihn einzuholen. »Aber ich könnte nicht einfach zu meinem alten Leben zurückkehren.«

»Weil deine Eltern dich nicht zurücknehmen würden oder weil du es wirklich nicht willst?«

»Spielt das eine Rolle?«, frage ich, obwohl ich diese Frage gerade noch so gehasst habe, als er sie gestellt hat.

»Natürlich tut es das!«, schreit er heraus. Diese Worte scheinen etwas Ähnliches in ihm auszulösen wie in mir. Aber das ist auch kein Trost. Denn wir unterhalten uns vielleicht noch und schreien uns unsere Frustration entgegen. Doch die Dinge, die wir wirklich sagen sollten, die Dinge, auf die es wirklich ankommt, halten wir in uns verschlossen.

»Eine sehr große sogar«, setzt Nic viel leiser hinzu.

Für den Bruchteil einer Sekunde lassen es seine Augen zu, dass meine zu ihnen aufholen. Das Blau in seiner Iris brodelt wie in einem Geysir. Dann blinzelt er und ich kann nichts mehr in ihnen erkennen außer einer Schicht Eis, die mich aussperrt.

»Ich weiß nicht, was ich tun würde, wenn ich wieder ein Mensch wäre«, gebe ich zu und hoffe, dass der aufrichtige Ton in meiner Stimme ihn dazu bringen wird, mich wieder anzusehen. Und zwar richtig. Und nicht, als würde es ihm Schmerzen bereiten. »Aber eins weiß ich: Ich könnte dich niemals verletzen.«

Nic schnaubt. »Das tust du doch längst.«

Und mit diesen Worten lässt er mich einfach stehen.

Noch eine halbe Ewigkeit verharre ich allein in der Bibliothek und warte auf den Moment, in dem seine Worte weniger schmerzen, nur um einzusehen, dass dieser Moment niemals kommen wird.

25. KAPITEL

Sybille sitzt auf meinem Bett und wirft einen kritischen Blick nach dem anderen zu mir herüber.

»Ich finde leider nichts zum Anziehen. Ich kann also nicht mitkommen. Tut mir leid«, sage ich, während ich in meinen Schrank starre, ohne etwas zu sehen.

»Netter Versuch, Lana. Du kommst heute Abend mit. Und wenn ich dich über meine Schulter werfen und tragen muss, werde ich das tun.«

Mir entfährt ein Seufzen, das sich irgendwo ganz tief in meinem Inneren gelöst hat. »Du weißt, was das letzte Mal passiert ist, nachdem du mich in einen Club geschleppt hast? Ich wäre fast draufgegangen.«

Sybille schnaubt verächtlich. »Dafür, dass Nic und du so leichtsinnig seid, in eine Falle der Jäger zu tappen, lasse ich mich nicht verantwortlich machen. Ihr habt euch vermutlich einfach mal wieder abgelenkt, wie ihr es immer tut. Also such die Schuld nicht bei jemand anderem. Das geht auf euer Konto.«

Ich kann ihr deutlich anhören, dass sie in sich hineingrinst. Aber deswegen bin ich erst recht nicht bereit, mich umzudrehen.

»Ich weiß nicht, wovon du redest.«

Sybille gibt einen Laut von sich, der wohl mal ein Lachen werden sollte, bevor es von einem verächtlichen Schnauben erstickt wurde. »Darüber willst du ganz sicher nicht mit mir diskutieren. Dir würde nicht gefallen, was ich dir zu sagen habe. Wenn es um Nic geht, bist du einfach nicht bereit, die Wahrheit zu hören.«

Ich tue so, als hätte ich sie gar nicht gehört, und beweise damit wohl, dass sie mit jedem Wort recht hat. Darauf irgendwas zu erwidern, ist mir trotzdem zu heikel.

»Ich könnte im Club Bastille begegnen«, wechsle ich wenig elegant das Thema. »Das kann nicht gut gehen.«

Seit ich ihm fast meine Zähne in die Hauptschlagader geschlagen habe, habe ich ihn nur ein paar Mal in der Festung gesehen. Sein Gesichtsausdruck hat mich immer an sein Versprechen erinnert, dass er da sein würde, wenn ich einen Fehler mache. Er hat jedoch nicht ein Wort zu mir gesagt. Er läuft vielleicht durchs Gebäude, als würde es ihm gehören, aber auch er hat Respekt vor Gaspard. Solange Bastille weiß, dass Gaspard ihn hören kann, traut er sich nicht, mich zu provozieren. Allerdings würde ich nicht auf seine Zurückhaltung setzen, wenn er mir außerhalb der Festung begegnet. Und ich habe Angst, dass ich wieder die Kontrolle über mich selbst verliere.

»Bastille ist wie ein Hund«, sagt Sybille kryptisch.

Nun wende ich mich ihr doch zu.

Triumphierend grinst sie. Anscheinend wollte sie genau das erreichen.

»Er bellt, aber beißt nicht«, erklärt sie.

»Er würde gerne beißen«, erwidere ich.

»Das wird er nicht tun, weil Gaspard ihn an der Leine hat.«

Ich lache auf. »Das Bild werde ich nie wieder los.«

»Gern geschehen«, meint Sybille nur.

Schwungvoll steht sie auf und läuft zu mir herüber. Mit zwei Handgriffen hat sie ein Outfit aus meinem Schrank gezogen und hält es mir auffordernd hin. Eine dunkelgrüne Hose, die ziemlich gut zu meinen Augen passt, und dazu ein schwarzer Pulli. Ich überlege fieberhaft, aber mir fällt nichts ein, was ich dagegen sagen könnte. Das Outfit ist schlicht und trotzdem elegant. Sybille hat einen Blick für Stoffe und Schnitte. Das muss man ihr lassen. Wäre sie kein Vampir, hätte sie vielleicht eine berühmte Designerin werden können.

Der Gedanke stimmt mich traurig. So einen Satz kann man wohl für jeden Vampir formulieren, der in der Festung lebt. Wäre Gaspard kein Vampir, hätte er ein guter Politiker werden können. Wäre Gabriel kein Vampir, hätte er ein liebevoller Vater werden können. Wäre Nic kein Vampir, hätte er ein gefeierter Konzertpianist werden können.

Nur für mich will mir ein solcher Satz nicht einfallen. Ich war eine Jägerin. Das war alles, was mich früher ausgemacht hat. Meine Identität hatte keine weiteren Facetten. Sie bestand nur aus diesem einen Wort. Nun, da ich erkannt habe, dass ich und die anderen Jäger fast in jedem Punkt falschgelegen haben, fühlt sich dieses Wort leer an, wie ausgehöhlt und all seiner Bedeutung beraubt, die es einst in sich getragen hat. Ich bin keine Jägerin mehr und könnte es auch nie wieder sein, selbst wenn ich die Heilung finden würde. Aber ich weiß nicht, was ich sonst bin. Dort, wo einmal meine Identität war, klafft nun ein Loch, das so groß ist, dass ich befürchte, es nie wieder füllen zu können.

»Komm, zieh dich um. Dann können wir aufbrechen.« Sybilles sanfte Stimme reißt mich aus meinen Gedanken.

»Muss ich?« Ich klinge kleinlaut, aber gerade stört mich das nicht einmal. Ich werde meinen Stolz vergessen, wenn das bedeutet, dass ich mich heute in der Bibliothek verkriechen kann, wie ich es getan habe, nachdem ich hier ankam. Seitdem hat sich viel verändert. Das weiß ich. Nur in diesem Moment fühlt es sich nicht so an. Gerade fühle ich mich genauso verloren wie kurz nach meiner Verwandlung.

»Ja, du musst«, beharrt Sybille. Selbst meine geschlagene Stimme scheint sie nicht milde stimmen zu können. Sie hat es sich in den Kopf gesetzt, dass ich heute mitkomme. Also werde ich das auch tun. »Denn wir gehen nicht einfach nur so in den Club. Wir haben einen besonderen Anlass zu feiern.«

Fragend ziehe ich die Augenbrauen zusammen.

»Ich habe Geburtstag.«

»Du hast Geburtstag?«, entfährt es mir. »Wieso erfahre ich das erst jetzt?«

»Weil ich es mir als letztes Druckmittel aufheben wollte. Und wie es aussieht, habe ich es auch gebraucht.«

»Du hast Geburtstag«, wiederhole ich ungläubig. »Wie alt bist du heute geworden?«

»Ich werde für immer fünfundzwanzig sein. Darauf kommt es an. Mehr verrate ich nicht.«

»Eine Frau verrät also auch dann ihr Alter nicht, wenn sie gar nicht mehr altern kann?«, frage ich und schaffe es das erste Mal, seitdem Sybille in mein Zimmer gestürmt ist, fröhlich zu klingen.

»Richtig. Das wirst du auch noch lernen.« Sie drückt mir die Klamotten, die sie für mich ausgesucht hat, gegen die Brust. »Und jetzt zieh dich endlich um und lass mich arme, alte Frau nicht warten.«

Ich verdrehe die Augen, wehre mich aber nicht länger. Sybille setzt sich wieder auf mein Bett und wartet, bis ich in die grüne Hose und den schwarzen Pulli geschlüpft bin.

Ich betrachte mich in dem Spiegel, der in die Schranktür eingelassen ist. Meine Haare habe ich mir wie immer zusammengebunden, allerdings weniger streng, als ich es früher getan habe. Vorne hängen ein paar lose Strähnen raus und fallen mir ins Gesicht. Das sieht komischerweise ganz schön aus. Bevor ich ein Vampir wurde, wusste ich nicht, dass sich auch in Chaos Schönheit verbergen kann. Doch wenn man bereit ist, richtig hinzusehen, kann man sie überall finden.

»Ich werde mitkommen. Du musst mich nicht mehr überreden«, setze ich an. Insgeheim erwarte ich ein erleichtertes Seufzen oder sogar einen triumphalen Schrei. Doch Sybille scheint mir angehört zu haben, dass ich noch mehr zu sagen habe. Also unterbricht sie mich nicht. Sybille scheint immer zu wissen, was ich brauche. Sei es ein liebevoller Schubs nach vorne oder einfach nur Stille. Und deswegen habe ich in diesem Moment genug Mut, um ehrlich zu ihr zu sein.

»Es stimmt, dass ich Bastille nicht begegnen will, aber das ist nicht der wahre Grund, warum ich heute Nacht nicht mitwollte.« Ich gehe rüber zu einem Lautsprecher, drücke einen Knopf und Vivaldis Vier Jahreszeiten schallt durch mein Zimmer. Sybille hat mir den Lautsprecher vor ein paar Tagen gebracht, weil sie meinte, dass jeder Vampir einen in seinem Zimmer braucht, um die Option zu haben, völlig ungestört zu reden, ohne Angst haben zu müssen, belauscht zu werden. Und das Wissen, dass nur Sybille meine Worte hören kann, gibt mir genug Sicherheit, um weiterzusprechen.

»Ich will Nic nicht begegnen«, gebe ich zu. Seit unserem Streit haben wir nicht mehr als zwei Worte miteinander gewechselt und sind einander so gut es ging aus dem Weg gegangen. Doch wenn Sybille heute mit uns beiden feiern gehen will, wird das nicht mehr funktionieren. »Ich will mich nicht wieder mit ihm über die Heilung streiten müssen.«

Sybille schnaubt. Ich habe mit vielen Reaktionen gerechnet. Damit sicherlich nicht.

Langsam drehe ich mich zu ihr um. Sie sitzt immer noch auf meinem Bett, stützt sich mit einem Arm hinter ihrem Körper ab und hat den anderen in ihre Hüfte gestemmt. Ihr Blick ist durchdringend. Aber sie macht keine Anstalten, etwas zu sagen – das Schnauben war ihr wohl Antwort genug.

Jetzt habe ich auch das Bedürfnis, eines auszustoßen.

»Dein Schnauben ist immer außergewöhnlich ausdrucksstark«, setze ich an. »Trotzdem weiß ich nicht, was du mir damit sagen willst.«

Sybille verdreht die Augen und fährt sich durch die langen schwarzen Haare, die ihr wie immer glänzend über die Schulter fließen. »Ich kann nicht fassen, dass ich das wirklich erklären muss.«

Jetzt stemme auch ich die Arme in meine Hüfte. »Was erklären muss?«

»Bitte sag mir, dass du verstanden hast, warum er wütend geworden ist.«

»Weil er es egoistisch findet, dass ich die Heilung haben will. Und weil er sie haben will«, sage ich, obwohl ich mir nicht sicher bin, dass das stimmt.

Sybille schüttelt vehement den Kopf. »Nic ist gerne ein Vampir. Sobald er seine Anfangsphase überstanden hatte, hat es ihm gefallen. Er ist nicht interessiert an der Heilung.«

Eigentlich weiß ich das. Trotzdem verstehe ich Nic nicht. Immer, wenn ich denke, dass ich ihn durchschaut habe, beweist er mir, dass ich ihn eigentlich gar nicht kenne. Und das tut er in den meisten Fällen nicht gerade auf die sanfte Art.

»Lana.« Sybilles Züge werden auf einmal ganz weich und sie lächelt mich auf eine Weise an, wie eine Mutter es tun würde. Und das reißt eine meiner Wunden auf und scheint sie gleichzeitig wieder zu schließen. »Er will nicht, dass du die Heilung nimmst, weil er nicht will, dass du gehst.«

Mein Hals schnürt sich zusammen. »Red keinen Mist«, entfährt es mir ganz automatisch.

»Lana, du bist intelligent. So zu tun, als wärst du es nicht, passt nicht zu dir.« Sybille klingt vorwurfsvoll und gleichzeitig belustigt.

»Ich bezweifle, dass es ihm auffallen würde, wenn ich weg wäre«, flüstere ich, auch wenn ein Teil von mir es selbst nicht wirklich glaubt.

Sybille durchschaut mich sofort. Sie deutet an mir vorbei und ich folge ihrem ausgestreckten Zeigefinger mit dem Blick. Er ist auf das Bild von Klimt gerichtet, das über meinem Schreibtisch hängt. »Dieses Gemälde. Die Frau umgeben von Gold«, setzt Sybille an.

»Ja?«

»Nic hat es ausgesucht. Er hat gesagt, es erinnert ihn an dich.«

Bei ihren Worten zieht sich mein ganzer Körper so fest um mein Herz zusammen, als wollte jeder Quadratzentimeter Haut, jeder Strang Muskeln und jede Sehne es mal berühren.

Das Bild erinnert ihn an mich. Ich weiß auch nicht, warum ich einen so simplen Satz als so sanft empfinde. Er fühlt sich an wie eine zarte, federleichte Berührung mit den Fingerspitzen. Es bedeutet, dass er mich besser kennt, als er manchmal vorgibt. Es bedeutet, dass er Teile von mir in anderen Dingen sucht.

Und er hat so einen Teil in einem Bild gefunden, das eine selbstbewusste und scheinbar unbezwingbare Frau zeigt. Sieht er mich so? So strahlend?

»Ich merk schon. Dir ist die Fähigkeit zu sprechen abhandengekommen«, sagt Sybille. Ich kann ihr anhören, wie zufrieden sie mit sich selbst ist. »Gar kein Problem. Wir müssen nicht darüber reden. Ich lasse dich einfach mit dieser Erkenntnis allein. Mal sehen, wohin sie dich führt.«

Ich würde jetzt gerne etwas Intelligentes erwidern, aber ich kann tatsächlich nicht mehr sprechen. Und ich kann mich auch nicht wehren, als Sybille mich an der Hand nimmt und entschlossen aus meinem Zimmer und schließlich aus der Festung zieht.

Auf dem Weg zum Club beschäftigt mich die ganze Zeit der gleiche Gedanke: Wenn auch nur ein Satz stimmt, den Sybille gesagt hat, was würde das für mich bedeuten? Das Lächeln, das sich auf meinem Gesicht ausbreitet, gibt mir wohl die Antwort.

※

Das Lächeln hat sich ziemlich schnell wieder verzogen. Sollte Nic mich tatsächlich für strahlend halten, scheint er das Ganze zu wörtlich zu nehmen. Er meidet meinen Blick so vehement, als hätte er Angst, geblendet zu werden. Und inzwischen verstehe ich Sybilles Bedürfnis, ständig zu schnauben. Ich kann es auch kaum unterdrücken, sobald ich seinen zu Boden gerichteten Kopf sehe. Seine Augen wandern durch den ganzen Raum. Nur nie zu mir. Findet er den Weg zu meinem Gesicht nicht ohne Navi, oder was ist sein Problem?

Wir trinken den nächsten Shot auf Sybilles Leben und ich bin dankbar für den Geschmack von belebendem Blut und im Rachen brennendem Tequila, der wenigstens für einen kurzen Moment meine Sinne vollkommen benebelt.

Auch heute sitzen in den Loungeecken des Clubs wieder Menschen, die von Vampiren als lebendige Blutkonserven missbraucht werden. Der Geruch nach lebendigem, pulsierendem Blut hat sich in meiner Nase festgesetzt. Inzwischen kann ich dessen Anwesenheit allerdings schon viel besser ertragen als vor einigen Wochen. Das Blut wird wohl immer an mir zerren. Doch es wird mich nicht kontrollieren.

Wäre ich nicht so aufgekratzt, würde mich diese Erkenntnis vermutlich glücklich machen.

Nic trägt wie immer ein schlichtes Shirt mit einem karierten Hemd darüber. Seine Hose ist schwarz und ein bisschen abgewetzt. An den Füßen hat er die klobigen Stiefel, mit denen ich den Störsender zerstört habe, während wir in der Falle saßen. Und sofort muss ich an die andere Sache denken, die dort zwischen uns passiert ist.

Seine Haare sind so verstrubbelt, als hätte der Wind mit beiden Händen hineingegriffen. Das rote Licht, das durch den Raum flackert, wird von seiner Iris eingefangen und mischt sich mit dem tiefen Blau.

Dass er gerade so gut aussieht, macht mich nur noch wütender. Ich reiße meinen Blick los. Wenn er zu feige ist, sich mir zu stellen, sollte er mir egal sein.

»Ich finde es toll, dass die Stimmung so locker ist«, meint Gabriel sarkastisch und entlockt mir damit sogar ein Lächeln.

»Darauf trinke ich!«, sage ich und wir stoßen zu zweit an. Sybille lacht. Nic schaut weg. Dieser Abend könnte verdammt lang werden.

Mein Körper verspannt sich, bevor er überhaupt den Grund für diese Reaktion kennt. Ich lasse das Glas langsam sinken, blicke mich suchend um und strecke meine Sinne in alle Richtungen aus. Und dann höre ich die Stimme, auf die ich gut verzichten könnte.

Ich begegne Sybilles Blick. Sie hat es auch gehört.

»Bastille«, sagt Gabriel und wir nicken.

Ein paar Minuten später betritt er mit seinen Anhängern den Club. Wie ein Felsblock schieben sie sich durch die Menge, die irritiert guckt und ihnen automatisch Platz macht.

Erst denke ich, sie werden uns ignorieren und direkt die Tür ansteuern, hinter der ihr Fight Club liegt. Doch ich habe mich zu früh gefreut.

Bastille fixiert mich und ein grausames Lächeln legt sich

auf seine Lippen. Sobald ich ihn ansehe, fällt es mir schwer, mich daran zu erinnern, dass eigentlich ich der Bösewicht in seiner Geschichte bin und nicht andersherum. Ich habe seine Freunde auf dem Gewissen. Aber er macht es einem nicht gerade leicht, Mitgefühl mit ihm zu empfinden. Er hat keinen Respekt vor dem menschlichen Leben und nimmt es, ohne zu zögern. Nur Gaspard steht zwischen Bastille und seinen schlimmsten Impulsen. Ohne ihn würde Bastille eine Spur aus Leichen in ganz Paris hinterlassen. Aber ich bin wohl die Letzte, die ihn dafür verurteilen darf.

»Lana Delacroix«, sagt er überschwänglich, als wären wir gute Freunde, die sich lange nicht mehr gesehen haben. Die Drohung, die hinter jeder Silbe lauert, höre ich trotzdem. »Man hat mir erzählt, du wurdest fast gegrillt. Ich bin immer noch enttäuscht, dass ich das verpasst habe.«

Nicht nur mein Körper spannt sich an, sobald er einen Meter vor mir zum Stehen kommt. Sybille, Gabriel und Nic tun zwar so, als wären sie ganz locker, ihre Gefechtsbereitschaft spüre ich trotzdem.

»Das glaube ich dir«, erwidere ich ungerührt. »Aber wie du siehst, habe ich das Ganze unbeschadet überstanden.«

»Was ein Glück«, meint Bastille trocken.

»Ich bin sehr dankbar für deine Anteilnahme.«

Er lacht auf und wirft seinen Kopf dabei so schwungvoll in den Nacken, dass ich mich schon fast der Hoffnung hingebe, dass er ihn sich damit selbst abreißt. Natürlich werden meine Gebete nicht erhört. Aber da ich ein Vampir bin, sollte mich das wohl nicht überraschen.

»Mein Angebot steht übrigens noch«, sagt er. »Wenn du dich traust, dich einem Vampir auch mal im Nahkampf zu stellen.«

»Du meinst dir?«

»Natürlich. Die Ehre, sich mit der berüchtigten Lana Delacroix im Ring zu messen, würde ich niemand anderem gönnen.«

»Natürlich nicht.«

Mich vor all seinen Anhängern in einem Kampf zu schlagen – davon träumt er vermutlich schon, seitdem ich das erste Mal einen Fuß in die Festung gesetzt habe. Ich kann den Blutdurst in seinen Augen sehen. Er lässt das kühle Metall seiner Iris anlaufen, als würde sie von all dem Hass rosten.

Ich versuche mich an die Person zu erinnern, die ich war, bevor die Bissspuren auf meinem rechten Handgelenk mein Leben für immer verändert haben. Damals wäre ich vor keinem Kampf zurückgeschreckt, weil ich wusste, dass ich ihn nicht verlieren werde.

Ich beneide diese Lana um ihr Selbstbewusstsein. Aber in diesem Moment erkenne ich, dass ich mehr gelernt habe, als sie jemals gekonnt hätte. Sie dachte, sie wäre unbesiegbar. Ich weiß, dass man, egal wie gut man ist, jeden Kampf verlieren kann. Aber dieses Wissen macht mich nicht zu einem Feigling.

Im Gegenteil: Dieses Wissen macht mich zu einer noch gefährlicheren Gegnerin.

»Ich nehme das Angebot an«, sage ich. Eine Sekunde später spüre ich Sybilles Hand auf meinem Arm. Sie bohrt warnend ihre Fingernägel in meine Haut. Doch ich zucke nicht zusammen. Ich weiß, dass ich das tun muss. Ich kann nicht länger davonlaufen. Nie wieder. Und vor allem nicht vor der Person, die ich in den vergangenen Wochen geworden bin.

Bastilles Grinsen wird noch grausamer. Angst greift nach mir, doch ich lasse mich nicht von ihr leiten. Mut ist nicht die Abwesenheit von Angst. Mut ist die Fähigkeit, Angst auszuhalten.

»Perfekt«, sagt er. »Dann folg mir.«

Er wirft mir noch einen Blick zu, der mir wohl unaussprechliche Schmerzen versprechen soll, ehe er sich abwendet und die Tür ansteuert. Seine Anhänger folgen ihm.

»Hast du den Verstand verloren?«, zischt Sybille. Bastille kann uns hören und es scheint Sybille herzlich egal zu sein. »Du darfst dich nicht von ihm provozieren lassen.«

»Ich habe mich nicht provozieren lassen«, entgegne ich ruhig. »Das war eine bewusste Entscheidung.«

»Noch schlimmer«, kommentiert Gabriel und kippt sich gleich mehrere Shots hintereinander runter, als könnte er diesen Abend nur ertragen, wenn er richtig betrunken ist. Dabei ist es für einen Vampir echt schwer, sich mit Alkohol abzuschießen. Dazu müsste er schon mehrere Flaschen Tequila trinken.

»Wir können einfach gehen«, sagt Sybille. »Es war eine beschissene Idee, heute hierherzukommen. Ich sehe es ein. Ich hätte auf dich hören und dich nicht drängen sollen auszugehen. So. Bist du jetzt zufrieden?«

Ich drücke beschwichtigend ihre Hand. »Mach dir keine Sorgen.«

»Keine Sorgen?«, stößt sie schrill aus. Ich wusste nicht, dass Sybilles sanfte Stimme dazu in der Lage ist, solche Tonlagen anzunehmen. »Weißt du, was er mit dir machen wird, wenn du in diesen Ring steigst?«

»Er darf mich nicht umbringen«, erwidere ich.

»Aber sehr schwer verletzen.«

Obwohl Sybilles Warnungen etwas in mir auslösen und sich meine Brust auf einmal enger anfühlt, als sie es vor einigen Minuten noch getan hat, merke ich doch, dass keines ihrer Argumente mich davon abhalten wird, jetzt diese Treppen runterzugehen und in diesen Ring zu steigen. Und diese Gewissheit lässt eine Ruhe in mir wachsen, die so gar nicht zu der Situation und zu dem, was mir bevorsteht, passen will.

Ich will mich gerade in Bewegung setzen, da schlingt sich eine Hand um meinen Arm. Ich muss mich nicht umsehen, um zu wissen, dass es Nics ist. Die Berührung löst ein Echo in meinem Inneren aus und zwingt mich dazu, stehen zu bleiben.

»Hast du auch noch was zu sagen?«, frage ich herausfordernd.

Er zögert, dann tritt er direkt vor mich. Sein Körper ist so nah, dass ich seine Wärme deutlich auf meiner Haut spüren kann. Er lässt meinen Arm nicht los, sondern scheint ihn nur noch verzweifelter zu umklammern.

»Bitte geh da nicht runter«, haucht er. Seine Stimme zittert ein bisschen.

»Warum sollte ich auf dich hören, wenn du mich nicht einmal ansehen kannst?« Ich versuche gefühllos zu klingen, obwohl das Beben seiner Stimme so viel in mir ausgelöst hat.

Wieder zögert er. Aber dann hebt er den Kopf. Und ich wünschte, er hätte es nicht getan. Seine Augen fixieren meine und mein Herz schlägt viel zu schnell.

»Bitte geh da nicht runter«, wiederholt er. Sein Blick verrät mir in diesem Moment so viel mehr, als sich seine Worte jemals getraut haben. Und das macht mir viel mehr Angst als Bastilles Fäuste.

Ich lächle schwach, löse seine Hand von meinem Arm und ergreife sie. Unsere Finger verflechten sich sanft miteinander, als wäre unser letztes Gespräch kein Streit gewesen und als hätten wir danach nicht Tage gebraucht, ehe wir wieder miteinander sprechen konnten, ohne den anderen zu verletzen.

»Glaubst du, ich kann ihn nicht schlagen?«, frage ich.

Ein Grinsen zupft an seinen Mundwinkeln. »Ich glaube, dass du alles schaffen kannst.«

»Dann lass mich das tun«, erwidere ich mit fester Stimme. »Ich muss das tun.«

Nach einem langen Augenblick nickt er schließlich und tritt zur Seite, damit ich zur Tür gehen kann.

Ich lächle noch ein bisschen breiter, sage aber nichts mehr, sondern drücke nur kurz Nics Hand, lasse sie dann los und setze mich in Bewegung, bevor ich es mir anders überlegen kann.

»Und jetzt streitest du dich nicht mit ihr?«, entfährt es Sybille ungehalten. »Jetzt, wo es wirklich mal angebracht wäre?«

Sie hört nicht auf zu zetern, folgt mir aber genauso wie Gabriel und Nic. Meine Hand zittert leicht, als ich die Tür aufstoße. Trotzdem bleibe ich nicht stehen.

Grelles Licht und johlende Rufe begrüßen mich, sobald ich den Raum mit dem Kampfring in der Mitte betrete.

Bastille steht bereits darin. Er hat sein Shirt ausgezogen und schüttelt seine Arme aus.

»Lächerliches Theater«, flüstert Gabriel mir zu und ich grinse ihn an. Bastilles Gesicht verzieht sich. Er hat die Worte gehört. Und genau das hatte Gabriel beabsichtigt.

»Ich bin sauer auf dich, Lana. Ich hoffe, das weißt du«, sagt Sybille, während ich mir meinen Pulli über den Kopf ziehe und ihr in die Hand drücke. Jetzt trage ich nur noch ein enges Top, das meine Bewegungsfreiheit nicht einschränkt. Und eine Schicht Wolle könnte Bastilles Schläge sowieso nicht abfedern.

»Das weiß ich«, sage ich, ziehe meinen Zopf enger und atme mehrmals tief durch.

»Hast du es dir anders überlegt, kleine Delacroix?«, ruft Bastille höhnend zu mir herüber. Seine Anhänger-Meute johlt schon wieder. Ich verdrehe die Augen und das entlockt Sybille sogar in ihrem aufgekratzten Zustand ein vorsichtiges Grinsen.

»Habe ich nicht«, erwidere ich, ohne mich zu Bastille umzudrehen. Noch einmal sehe ich Nic in die blauen Augen. Ihre klare Oberfläche, die mich an einen klaren Bergsee, in dem sich der Himmel spiegelt, erinnert, beruhigt mich. Ich atme ein letztes Mal tief durch und meine, nun auch frisches Gras und hohe Berge riechen zu können.

Nic schluckt schwer, aber er weicht meinem Blick nicht länger aus und er schenkt mir ein aufmunterndes Lächeln, obwohl es ihm offensichtlich schwerfällt. Vermutlich würde er mich am liebsten festhalten, damit ich nicht in den Ring steige. Doch diesmal versucht er nicht, mich aufzuhalten. Er glaubt an mich. Und das gibt mir die letzte Portion Mut, die ich noch gebraucht habe, um mich umzudrehen, auf den Ring zuzugehen und hineinzusteigen.

»Du bist mutig«, sagt Bastille, während er sich vor mir aufbaut. »Das muss ich dir lassen.«

Ein verschlagenes Grinsen, das die alte Lana stolz gemacht hätte, legt sich auf meine Lippen. Es ist mir so fremd geworden, dass es sich seltsam in meinen Mundwinkeln anfühlt. »Fangen wir an?«

Bastille fixiert mich, erwidert das Grinsen und gibt Cédric ein Zeichen. Der läutet eine Glocke. Der Kampf beginnt. Und Bastille lässt sich nicht lange bitten.

Er rast so schnell auf mich zu, dass ein Mensch die Bewegung vermutlich nur verschwommen wahrgenommen hätte. Ich weiche aus, als seine Faust nur wenige Zentimeter an meinem Kopf vorbeizuckt. Der Lufthauch, den der kraftvolle Schlag ausgelöst hat, rauscht über meine rechte Wange.

Das war verdammt knapp. Bastille hatte Jahrhunderte, um seine übernatürliche Geschwindigkeit zu trainieren. Ich gewöhne mich noch an sie. Und gerade spüre ich, welch großer Nachteil das ist.

Er rennt wieder auf mich zu. Ich versuche auszuweichen, bin jedoch nicht schnell genug – er erwischt meinen Oberarm, packt mich grob, hebt mich hoch und knallt mich dann mit so viel Wucht nach unten, dass mein Aufprall den Boden des Rings zum Knirschen bringt. Oder war das meine Schädeldecke?

Da ich nicht herausfinden will, wie viel sie aushält, ehe sie bricht wie eine Eierschale, entwinde ich mich Bastilles Griff.

Meine Beine schwanken ein bisschen unter mir, als ich mich aufrapple, aber ich finde wieder einen stabilen Stand. Mein Kopf pocht, doch die Verletzung ist verheilt, bevor ich herausfinden konnte, welchem Teil von mir Bastille Schaden zugefügt hat.

»Jetzt habe ich ein bisschen Angst, dass dieser Kampf vorbei sein wird, ehe ich ihn richtig ausgekostet habe«, ruft Bastille. »Es gibt nur zwei Möglichkeiten, diesen Kampf zu beenden. Entweder du gibst auf oder du wirst bewusstlos.«

Ich reagiere nicht auf seine Aussage und hechte nach vorne. Sobald ich mich übernatürlich schnell bewege, scheint die Luft um mich herum dicker zu werden. Sie leistet mehr Widerstand, als hätte sie etwas dagegen, wenn jemand die Regeln des menschlichen Körpers missachtet. Trotzdem kann sie mich nicht aufhalten.

Meine Faust fliegt auf Bastilles Gesicht zu. Doch er ist schneller. Er dreht sich im letzten Moment zur Seite. Ich stolpere ins Leere und er versetzt mir einen so heftigen Stoß gegen den Rücken, dass ich gegen die Bänder fliege, die den Ring begrenzen. Sie bohren sich so tief in meine Magengrube, dass ich schon damit rechne, dass gleich all meine Organe durch meinen Mund aus meinem Körper gedrückt werden. Solange mein Herz nicht dabei ist, würde ich zwar nicht sterben. Erleben will ich es trotzdem nicht.

Bevor ich mich umdrehen kann, packt Bastille mich bei den Haaren, reißt mich zurück, bis mein Gesicht nur Zentimeter vor seinem schwebt. Er reißt so brutal an meinen Haaren, dass ich ein gequältes Stöhnen nicht mehr unterdrücken kann, und schlägt mir dann in die Magengrube. Der Schmerz lähmt mich für eine Sekunde. Und die nutzt er, um noch einmal zuzuschlagen.

Diesmal zögere ich nicht. Trotz der Tränen in meinen Augen schwinge ich mit der Wucht seines Schlags mit und reiße mich so aus seinem Griff. Ich lande auf dem Rücken, rolle mich rückwärts ab, bis ich wieder auf die Füße komme.

Diesmal noch unsicherer als beim letzten Mal. Aber ich stehe noch. Und darauf kommt es an.

»Ich frage mich wirklich, warum du früher so gefürchtet warst«, spottet Bastille, der seine Worte mindestens so sehr genießt wie die Schmerzen, die er mir zufügt. »Lana Delacroix, die berüchtigte Vampirjägerin? Was eine Enttäuschung. In Wahrheit bist du nur ein kleines, schwaches Mädchen.«

Ich ignoriere die abfälligen Kommentare, die mir von allen Seiten entgegengebrüllt werden. Ich stürze wieder auf ihn zu. Diesmal mit noch mehr Schwung. Diesmal mit noch mehr Vampirgeschwindigkeit, die mir Nic in der schützenden Dunkelheit von Paris beigebracht hat.

Meine Faust trifft auf Bastilles Unterkiefer, der mit einem Knirschen auf das Knacken meiner Knöchel antwortet.

Bastilles Kopf fliegt zur Seite und er strauchelt kurz. Doch er hat sich schnell wieder gefangen und baut sich zu seiner vollen Größe auf. Er fasst sich an den Kiefer, der trotz der Wucht meines Schlages nicht gebrochen ist.

Auf seinen Lippen liegt nicht länger ein Grinsen, doch ohne es sieht sein Gesicht noch viel grausamer aus.

Nun verschwendet er keine Zeit mehr, sondern geht sofort zum Gegenangriff über. Ich weiche zweimal aus, ehe es ihm gelingt, mich erneut am Arm zu packen. Als ich versuche, mich loszureißen, wird sein Griff nur noch fester. Ich hole aus, verfehle ihn aber.

Er dreht meinen Arm um. Ich schreie, obwohl ich ihm doch eigentlich nicht die Genugtuung geben wollte.

Ich bäume mich auf, doch meine Gegenwehr macht alles nur schlimmer. Bastille greift den Arm nun auch noch mit seiner zweiten Hand.

Ich höre das ohrenbetäubende Knacken, bevor der Schmerz in meinem Gehirn ankommt. Kurz ist es das Einzige, was zu mir durchdringt. Und dann höre ich nichts mehr, weil der Schmerz so allumfassend ist. Er rast durch meinen ganzen Körper, bis ich ihn auch in meinem Zahnfleisch fühle.

Mit einem Schlag kehren meine restlichen Sinne zurück.

Bastille lacht. Sein Lachen hallt durch meinen Kopf und will einfach nicht verklingen.

Er hat mir den Arm gebrochen. Ich kann die zwei Teile des Knochens spüren, die jetzt an ihren Bruchstellen übereinanderreiben. Meine Vampirsinne überfluten mich mit Reizen. Ich soll nichts verpassen.

»Lana!« Nic schreit meinen Namen. Kurz sehe ich auf. Er will sich dem Ring nähern, doch Gabriel hält ihn zurück. Als das nicht ausreicht, packt ihn Sybille an den Schultern.

Ich reiße meinen Blick von ihm los und drehe mich wieder zu Bastille um. Ich will seinen nächsten Angriff mit meinem unverletzten Arm abwehren. Doch ich bin weder stark noch schnell genug. Diesmal schließt sich seine Pranke um meinen Hals und er hebt mich hoch, bis meine Füße den Kontakt zum Boden verlieren. Meine Lunge brennt, obwohl ich nicht ersticken kann. Das macht den Schmerz aber nicht weniger real.

Ich trete nach Bastille, treffe ihn am Bein, doch es entlockt ihm nicht einmal ein Zucken. Ich hebe meinen unverletzten Arm und bohre meine Fingernägel in seine Hände. Trotzdem lässt er mich nicht los.

»Was eine Enttäuschung«, sagt Bastille, als er sich meinem Gesicht bis auf wenige Zentimeter genähert hat. Dann verstärkt er den Druck um meinen Hals und wirft mich mit voller Wucht auf den Boden.

Diesmal höre ich etwas knacken und schließe die Augen.

26. Kapitel

»Was soll ich mit ihr machen?«, schreit Bastille in die Menge, während er sich feiern lässt. »Noch hat sie nicht aufgegeben. Noch ist sie bei Bewusstsein. Wie soll ich diesen Kampf beenden?«

Seine Anhänger rufen ihm so viele Vorschläge entgegen, dass ich keinen richtig verstehen kann. In meinen Ohren klingelt es. Meine Vampirsinne sind gedämpft.

Ich liege bäuchlings auf dem Boden des Rings. Mein gebrochener Arm steht von meinem Körper ab. Vorsichtig blinzele ich und sehe Sybille und Gabriel, die noch immer einen aufgebrachten Nic zurückhalten. Sein Mund bewegt sich, aber ich kann nicht verstehen, was er sagt. Alles wird vom Tosen der Menge verschluckt.

Nur Bastille höre ich noch deutlich, weil er mir am nächsten steht. Gerade überlegt er laut, ob er mir einfach das Genick brechen soll. Doch er möchte diesen Moment auskosten. Wieder feuern ihn seine Anhänger an.

Ich nehme die Welt wahr, wie ich es früher getan habe, als ich noch ein Mensch war. Wie soll ich mich in diesem Zustand gegen ihn zu Wehr setzen? Töten kann er mich nicht. Schmerzen zufügen schon. Das hat er bereits bewiesen. Und er wird nicht so schnell damit aufhören.

Und da, als ich mit gebrochenem Arm und halb blind vor Schmerzen am Boden liege, wird mir etwas klar: Selbst als Mensch habe ich es geschafft, Vampire, die mir in Stärke und Geschwindigkeit überlegen waren, umzubringen. Mein ganzes Leben lang habe ich nichts anderes getan, als zu trainieren, wie ich meine Nachteile in Vorteile verwandle.

Ich habe einen großen Fehler gemacht, als ich diesen Ring betreten habe: Ich wollte Bastille als Vampir schlagen.

Aber damit habe ich ihm alle Vorteile überlassen. Er ist schon viel länger ein Vampir als ich. Er hatte viel mehr Zeit, seine Sinne und seinen unsterblichen Körper zu trainieren. Weder auf das eine noch auf das andere hätte ich mich verlassen dürfen.

Obwohl ich in den letzten Monaten erkannt habe, dass die Welt nicht so schwarz-weiß ist, wie ich immer dachte, habe ich dieses Denkmuster doch nicht ganz abgelegt. Ich habe immer noch an ein Entweder-oder geglaubt. Aber das wäre zu simpel.

Ich bin jetzt ein Vampir. Trotzdem war ich einmal eine Jägerin. Ich war eine Delacroix und bin es auch jetzt noch. Und in den letzten Wochen habe ich vieles gelernt, ich war gezwungen, all meine Grundsätze auf die Probe zu stellen und habe schließlich meinen unbegründeten Hass abgelegt. Aber auch das kann meine Vergangenheit nicht auslöschen. Und das sollte ich gar nicht wollen. Ohne die Fehler, die ich gemacht habe, kann ich es in Zukunft nicht besser machen.

Während Bastille das Johlen der Menge weiter anheizt, atme ich tief durch. Ich rühre mich nicht, verziehe keinen Muskel, obwohl sich mein Körper gegen die Bewegungslosigkeit zu wehren scheint.

Ich erinnere mich an all die Lektionen, die ich als Jägerin gelernt habe. Vampire sind einem in Stärke und Geschwindigkeit überlegen. Wenn man sie direkt angreift, hat man keine Chance. Man muss warten, bis sie sich nähern.

Ich spüre, wie Bastilles Schritte auf mich zukommen. Seinen Anhängern verspricht er, mein Gesicht mit seinen Fäusten zu bearbeiten. Wenn er mir ins Gesicht schlagen will, muss er mich aber erst umdrehen.

Mein Körper scheint vor unterdrückter Anspannung zu vibrieren, doch ich bleibe selbst dann bewegungslos, als Bastille mich am Shirt packt und grob auf den Rücken dreht. Mein gebrochener Arm versucht zu heilen, doch kann es nicht, weil die Bruchstellen nicht überlappen. Es schmerzt, aber ich ignoriere es.

Bastille hockt sich auf den Boden und beugt sich über mich. »Eine Enttäuschung«, flüstert er mir ins Ohr.

Das ist meine Chance.

Ich hebe meine Beine und schlinge sie um Bastilles Hals, bevor er reagieren kann. Er will sich aufbäumen, hilft damit aber mir und nicht sich selbst. Ich nutze seine Gegenwehr, übe Druck aus und lasse meine miteinander verschränkten Beine zur Seite schnellen. Das Knacken, das jetzt von den Wänden widerhallt, stammt diesmal von Bastille, nicht mir. Ich kann genau spüren, wann sein Genick bricht. Sofort löse ich meine Beine von seinem Hals. Er sackt bewusstlos zur Seite und ich rolle mich herum, bevor sein schwerer Körper meinen unter sich begraben kann.

Von einer Sekunde auf die andere ist es extrem still in diesem Raum, in dem es gerade noch so unerträglich laut gewesen ist.

Ächzend komme ich auf die Knie. Ich umfasse meinen verletzten Arm und reiße den Knochen nach oben. Kurz macht mich der Schmerz blind und taub. Aber dann ebbt er ab und ich spüre, wie die Heilung einsetzt. Ich ziehe mich an den Bändern des Rings hoch. Als ich auf den Beinen stehe, kann ich meinen Arm auch schon wieder bewegen. Meine Magengrube, mein Kopf und mein Arm pochen, ich fühle mich schwach und doch habe ich das Gefühl, endlich in diesem neuen, unsterblichen Körper, der nun mein Zuhause ist, angekommen zu sein.

Bis heute habe ich es immer als unüberwindbaren Gegensatz wahrgenommen, eine Delacroix und ein Vampir zu sein. Aber dass ich hier stehe, beweist, dass ich mich geirrt habe. Ich muss nicht einen Teil von mir ablegen, um einen anderen annehmen zu können. Niemand zwingt mich dazu. Ich kann sein, wer auch immer ich sein will.

Bastilles Anhänger starren zu mir hinauf. Keiner von ihnen macht Anstalten, mich anzugreifen. Nicht einmal Cédric. So viel Ehrgefühl haben sie. Ich habe Bastille in einem fairen Kampf geschlagen – daran lässt sich nicht rütteln.

Die Lana, die ich früher war, hätte jetzt irgendeinen Spruch von sich gegeben, um ihren Sieg zu feiern. Ich spucke einfach das Blut aus, das sich in meinem Mund gesammelt hat, und klettere mit weichen Knien aus dem Ring.

Das ist der Moment, in dem Sybille und Gabriel endlich Nic loslassen. Zwei Atemzüge später hat er mich schon erreicht, berührt aber nur vorsichtig meine Schulter. Vermutlich, weil er nicht weiß, wo er mich anfassen kann, ohne mir wehzutun.

»Lasst uns gehen«, sage ich. »Ich brauche was zu trinken.«

Sybille entfährt ein atemloses Lachen. Sie nickt aber nur und läuft voraus. Ich folge, gestützt von Nic. Und dann legt sich tatsächlich ein Lächeln auf meine Lippen. Nicht, weil ich den Kampf gegen Bastille gewonnen habe. Sondern weil ich endlich diesen Kampf, der seit Wochen in meinem Inneren gewütet hat, beenden konnte.

Der Wind zerrt an meinen Haaren, aber ich weiß, dass es eine liebevolle Geste ist. Ich würde sie gerne erwidern. Nur habe ich bisher nicht herausgefunden, wie ich das machen soll.

Als wir in den Club zurückgekehrt sind, haben wir noch ein paar Shots auf Sybilles Leben getrunken und getanzt. Über den Kampf haben wir nicht mehr geredet, was mir ganz recht war. Zum Glück sind meine Wunden schnell verheilt, sodass ich die Zeit mit meinen Freunden genießen konnte. Letztendlich hat mich jedoch die Nacht nach draußen gelockt. Ihre betörende Stimme hat mich mit einem Lied eingelullt, so lange, bis ich auf einem Dach stand und Paris zu meinen Füßen lag.

Ich lehne an einem Schornstein und starre geradeaus. Für die Stadt habe ich meine Sinne vollkommen geöffnet. Ich heiße alle Geräusche, Gerüche und Eindrücke willkommen, damit sie ein Teil von mir werden, genauso wie ich Teil von ihnen bin.

Wie ein Ozean schwappt die Stadt über mich hinweg. Wenn ich mich nicht wehre, ertrinke ich auch nicht – ich schwimme einfach mit.

Als ich Nic wahrnehme, ziehen sich die restlichen Eindrücke zurück, bis nur noch er übrig bleibt. Wüsste er, wie schnell ich es geschafft habe, mich zu fokussieren, wäre er bestimmt stolz auf mich.

Er hat den Club verlassen und läuft unter mir durch die dunklen Seitenstraßen. Und dann landet er auch schon auf dem Dach. Meine regelmäßigen Atemzüge haben ihm vermutlich schon gereicht, um mich zu finden.

Langsam wende ich mich von der Stadt ab und ihm zu. Er steht am Rand, direkt am Abgrund, umgeben von Dunkelheit. Sie scheint an seinen Rändern zu zupfen, als wollte sie ihn auffordern, es mir gleichzutun. Sich in sie fallen zu lassen, in ihr zu ertrinken, bis er tatsächlich Teil von ihr geworden ist.

»Bitte tu so was nie wieder«, ist das Erste, was er zu mir sagt.

Sofort legt sich ein Lächeln auf meine Lippen. »Wieso? Ich habe doch gewonnen.«

»Knapp«, gibt er zurück. »Viel zu knapp.«

»Hast du dir etwa Sorgen um mich gemacht?«

Nic verschränkt die Arme vor der Brust. »Das ist eine ziemlich überflüssige Frage.«

»Trotzdem beantwortest du sie nicht.«

Nic sieht ertappt auf seine Stiefel. Doch dann hebt er den Blick wieder und begegnet meinem. Eine Verbesserung, würde ich sagen. »Natürlich habe ich mir Sorgen gemacht.«

Mein Lächeln wird breiter. »War das so schwer?«

Jetzt zucken seine Mundwinkel. »Ja.«

Mir entfährt ein leises Lachen, das sofort vom Wind davongetragen wird.

Ein angedeutetes Lächeln zeichnet sich in seinem Gesicht ab. Doch es schwindet schnell wieder. »Er hat dich übel zugerichtet«, setzt Nic mit zitternder Stimme an. »Zu sehen, wie er dich verprügelt ...«

»Ich bin wieder komplett geheilt. Nicht eine Stelle meines Körpers tut weh«, versuche ich ihn zu beschwichtigen.

»Darum geht es nicht.«

»Worum dann?«

»Darum, dass das leichtsinnig war.« Es soll wohl vorwurfsvoll klingen, aber das gelingt ihm nicht ganz. Ich höre ihm deutlich an, dass er auch stolz auf mich ist. Und das macht diese perfekte Nacht, in die ich so unsterblich verliebt bin, noch lauer, noch sternenklarer, ihre Dunkelheit noch tiefer.

»Ich habe gesehen, dass Sybille und Gabriel dich davon abhalten mussten, zu mir zu kommen«, stelle ich fest.

Diesmal antwortet Nic sofort. »Hätten sie mich nicht festgehalten, wäre ich in diesen Ring geklettert.«

»Wieso?«, frage ich. Nicht, weil ich die Antwort nicht kenne, sondern weil ich sie aus seinem Mund hören will. Sie aus seinem Mund hören *muss*.

»Ich habe es nicht ertragen, mit anzusehen, wie du verletzt wirst, und nicht einschreiten zu können.« Nics Augen werden, wenn überhaupt möglich, noch durchdringender.

»Wieso?«, flüstere ich.

Nic grinst endlich richtig und das macht etwas mit mir. »Wie oft wirst du mir diese Frage noch stellen?«

»Bis ich mit deinen Antworten zufrieden bin.«

Er schüttelt den Kopf.

»Du hättest nicht eingreifen dürfen«, erinnere ich ihn. »Das war mein Kampf.«

»Mir ist scheißegal, welche Regeln sich Bastille für seinen Möchtegern-Fight-Club ausgedacht hat. Ich wollte dir helfen. Und in Zukunft werde ich das auch tun.« Nics Ausdruck ist so unnachgiebig, dass er keinen Zweifel daran lässt, wie ernst er diese Worte meint.

»Okay.«

»Okay?«

»Ich bin mit deinen Antworten zufrieden.«

Nun entfährt ihm ein Lachen. Der Wind scheint sich auch dieses schnappen und verschleppen zu wollen. Aber auch ich kann einen Teil festhalten und ich hoffe, dass, egal wie lange mein Leben auch dauern wird, ich diesen Klang nie vergessen werde.

»Und was jetzt?«, fragt Nic. Noch immer steht er am Abgrund. Trotzdem wirkt es nicht, als wollte er sich gleich umdrehen, hinabspringen und mich auf diesem Dach zurücklassen. Ganz im Gegenteil.

Ich lächle ihn an. »Jetzt kommst du näher«, sage ich.

»Und warum sollte ich das tun?«, fragt Nic, obwohl diese

Frage eigentlich überflüssig ist, weil er sich längst in Bewegung gesetzt hat.

Vermutlich hat sich ein Lächeln noch nie so aufrichtig angefühlt wie das, das sich jetzt auf meine Lippen legt.

Ich weiß nicht, wann ich aufgehört habe, zu existieren und angefangen habe, zu leben. Aber ich weiß, dass er mehr dazu beigetragen hat, als ihm bewusst ist.

Ich laufe ihm entgegen und anstatt ihm zu antworten, schlinge ich meine Arme um seinen Nacken und lege meine Lippen auf seine.

Gestern hätte ich mich noch nicht getraut, ihn einfach so zu küssen, wenn unser bevorstehender Tod nicht als Ausrede herhalten kann. Trotzdem muss ich in diesem Moment nicht einmal mutig sein, um es zu tun. Ich küsse ihn, weil ich es will. Weil ich ihn will. So simpel ist es.

Mir ist bewusst, dass wir noch über vieles reden müssen. Wir müssen über die Heilung sprechen, über meine Vergangenheit und was sie für ihn bedeutet. Aber nicht jetzt.

Nic scheint der gleichen Meinung zu sein, denn er erwidert den Kuss sofort, zieht mich noch näher an sich und vergräbt eine Hand in meinen Haaren.

Wir stolpern rückwärts, bis ich mit dem Rücken gegen den Schornstein pralle. Nic drückt mich dagegen, sein Körper berührt meinen jetzt überall und trotzdem habe ich das Bedürfnis, ihn noch näher an mich zu ziehen.

Als Nic seine Hand in die Kuhle in meinem Nacken legt und mit dem Daumen über meine empfindliche Haut streicht, entfährt mir ein Stöhnen.

Nic löst seine Lippen von meinen und stützt sich mit der freien Hand neben meinem Kopf am Schornstein ab, als würde er sonst umfallen. Atemlos sieht er mich an. Und ich blicke zurück.

»Seit wir uns in dieser Falle geküsst haben, konnte ich an nichts anderes mehr denken«, kriegt er zwischen zwei abgehackten Atemzügen hervor. Ich finde es beruhigend, dass nicht nur mein Körper sich weigert zu verstehen, dass er keinen Sauerstoff zum Leben braucht. Wir sind vielleicht keine Menschen mehr, aber unser Geist klammert sich noch immer an unsere Menschlichkeit. Und ich bin froh darum. Ich will mich nicht tot, sondern lebendig fühlen. Und das tue ich in diesem Moment auf jeden Fall.

»Wieso hast du mich dann nicht noch mal geküsst?«, frage ich.

»Weil du schon immer die Mutigere von uns beiden warst«, entgegnet Nic, senkt seinen Kopf und bedeckt meine Lippen mit seinen. Der Kuss wird sofort heftiger, tiefer, dunkler. Er passt zu der Nacht, die uns von allen Seiten umgibt.

Ganz automatisch wandern meine Hände tiefer, unter den Saum seines Shirts. Ich spüre deutlich, wie er unter meinen Berührungen erschauert, als ich über seine nackte Haut fahre.

Ohne darüber nachzudenken, schiebe ich ihm sein Hemd von den Schultern. Meine Finger zupfen ungeduldig am Saum seines Shirts. Er kommt meiner stummen Aufforderung prompt nach, indem er es sich mit einer schnellen Bewegung über den Kopf auszieht. Eine Sekunde später küsst er mich wieder.

Meine Sinne gehen ganz von allein auf die Reise. Mein Herzschlag dröhnt in meinen Ohren. Nach einigen Sekunden gesellt sich ein zweiter hinzu. Nics. Ich höre seinen genauso deutlich wie meinen eigenen. Sie spielen ein Lied. Ein Lied, das nur ein einziges Mal, nur in diesem Moment gespielt werden kann. Es wird sich niemals wiederholen. Wir werden vielleicht andere Lieder spielen. Aber nie zweimal das gleiche.

Mein Kopf fällt in meinen Nacken, als er seine Lippen von meinen löst und nun meine Wange, meinen Hals und mein Schlüsselbein mit Küssen bedeckt. Seine Hände folgen seinem Mund, zeichnen Gemälde auf meinen Körper. Sterne tauchen vor meinen Augen auf und ich weiß nicht, wie viele tatsächlich am Himmel über uns hängen und welche er mir mit seinen Berührungen geschenkt hat. Es ist, als tanzten sie gemeinsam mit seinen Händen über meine Haut. Sie imitieren den Rhythmus, den unsere Herzen vorgeben.

Immer wieder spüre ich die ganze Stadt um mich herum und dann nur noch seine Fingerspitzen, die vom Klavierspielen ganz rau sind. Beides berauscht mich. Meine Gefühle, seine Berührungen und alle Eindrücke verweben sich miteinander, bis ich nicht mehr sagen kann, wo ich ende, er anfängt und die Welt um uns herum nach uns greift.

Nics Lippen wandern meinen Hals hinauf, bis sie meinen Mundwinkel erreicht haben. Er setzt einen sanften Kuss in die Biegung meiner Lippen. Dann hebt er den Kopf, bis wir einander ansehen können.

Ich verstehe nicht, wie es mir erst jetzt auffallen kann, aber er besteht aus den Farben der Nacht. Seine Haare sind die tiefste Dunkelheit, wenn nicht einmal der Mond am Himmel steht. Seine Augen zeigen mir die Dämmerung. Und nun sind sie so verhangen, als würde sich Nebel in einem Tal sammeln.

Ich lege meine Hand an sein Kinn und berühre seine Leberflecke, die ihr ganz eigenes Sternbild formen, das nur ich deuten kann. Und lächle.

Nic erwidert es und sieht mich dann fragend an. Er will wissen, wie weit ich gehen will.

Ich lächle noch breiter, als ich antworte: »Küssen reicht mir nicht.«

Seine Augen leuchten auf. Ich ziehe ihn sofort wieder an

mich. Wir küssen uns so intensiv, wie man es nur tut, wenn alles gesagt ist und man die Lippen vorerst nicht mehr zum Sprechen braucht.

Ich ziehe mir mein Top über den Kopf und werfe es zur Seite, irgendwo in die Dunkelheit, wohin auch Nics Shirt und sein Hemd verschwunden sind. Meine Hände zittern ein bisschen, als ich sie an Nics Gürtel lege, erst diesen öffne und dann seine Hose. Aber auch seine Bewegungen sind fahrig, als er mir meine Hose auszieht.

Nur in Unterwäsche stehen wir voreinander, unsere Haut reibt übereinander und scheint damit noch mehr Funken in den Sternenhimmel, den ich auch sehe, wenn ich die Augen schließe, zu schicken.

Nach und nach entledigen wir uns der letzten Kleidungsstücke, unsere Lippen lösen sich nur für wenige Sekunden voneinander, um ein paar Sekunden später wieder aufeinanderzuliegen.

Ich schlinge ein Bein um seine Hüfte und drücke ihn noch enger an mich. Meine Hände vergrabe ich in seinem vollen Haar.

Noch einmal zieht Nic sich ein paar Zentimeter zurück, um mir in die Augen sehen zu können. Noch einmal blickt er mich fragend an. Ich weiß, dass es das letzte Mal sein wird.

Ich nicke, wir lächeln und unsere Lippen prallen mit noch mehr Wucht zusammen als zuvor. Wie zwei Planeten, die sich gegenseitig zerstören, aber die Kollision nie bereuen können. Er packt mein zweites Bein und ich schlinge es ebenfalls um seine Hüfte. Dann dringt er in mich ein.

Wir stöhnen auf. Die Geräusche gehen in dem Stadtozean um uns herum einfach unter. Er drückt mich gegen den Schornstein, zieht sich aus mir zurück und stößt wieder zu. Seine Bewegungen sind heftig und langsam zugleich. Ich klammere mich an seinen Schultern fest, an seinen Haaren, verschränke meine Beine noch enger miteinander und finde doch keinen Halt. Dann lasse ich mich fallen, spüre jede seiner Bewegungen in meinem ganzen Körper. Als würden sie ein Beben auslösen, dessen Nachwehen selbst in meine Fußspitzen ausstrahlen. Ich dachte, ich hätte das volle Ausmaß meiner Vampirsinne begriffen. Doch richtig tue ich es erst jetzt.

Ich sehe jeden Farbfleck in seiner Iris und die Schweißperlen, die sich auf seiner Stirn sammeln wie ein Sternencluster. Jedes Stöhnen, das er ausstößt, echot laut in meinen Ohren. Und ich spüre jedes Zittern seiner Hände, die meine Oberschenkel halten, jeden Atemzug, der über meinen Hals weht, und jede Unebenheit der Steine, gegen die mein Rücken lehnt.

Nic löst eine Hand von meinen Oberschenkeln, hält mich nur noch mit einer und fährt mit der freien über meine Wange. Die Kuppe seines Zeigefingers ist die rauste, die seines kleinen Fingers ist am weichsten. Er sieht mich direkt an und beugt sich nah genug an mich heran, dass seine Haare meine Stirn kitzeln.

Seine Bewegungen werden schneller, mein Atem und mein Herzschlag passen sich sofort an den Rhythmus an. Ich komme ihm mit dem Becken entgegen, halte mich an seinen Schultern fest, ziehe leicht an seinen Haaren. Nic senkt seine Lippen auf meinen Hals. Seine Zähne kratzen sanft über meine empfindliche Haut. Ich wusste nicht, dass Waffen so behutsam sein können. Es treibt mir Tränen in die Augen, doch ich blinzle sie weg, weil nichts meinen Blick trüben soll. Ich will alles sehen, alles hören, alles spüren. Die Nacht auf meiner Zunge schmecken.

In meinem Inneren baut sich Spannung auf und ich weiß, dass es nicht mehr lange dauern wird, bis sie sich entlädt.

Ich klammere mich noch energischer an ihm fest, küsse jeden Zentimeter Haut, den ich erreiche. Sein Gesicht, seinen Hals, seine Schultern. dNic bewegt sich jetzt schneller, reizt meinen Körper mit seinen Zähnen.

Und während ich in seinen Armen verloren gehe, starre ich hinauf in den schwarzen Himmel und muss einsehen, dass ich mich nicht nur in die Nacht verliebt habe.

27. Kapitel

»Wir verhalten uns leichtsinnig«, grummle ich.
»Das sagst du nicht zum ersten Mal.«
»Ich hätte es nur einmal gesagt, wenn ihr mir gleich beim ersten Mal richtig zugehört hättet.«
Sybille verdreht nur die Augen, was wohl bedeutet, dass ich diese Diskussion verloren habe. Eigentlich habe ich das schon vor über einer Stunde. Ich habe nur bis jetzt gebraucht, um das auch zu verstehen.
»Genieß, dass du an diesem Ort bist«, fordert mich Sybille auf und streckt einmal die Arme aus, während sie sich dramatisch im Kreis dreht. Bei jedem anderen würde diese Bewegung albern aussehen, aber wenn man so elegant gekleidet ist wie Sybille, sieht wohl auch jede Geste graziös aus. »Wer hat den Louvre schon mal nur für sich?«
Vampire, die nachts in das Museum einbrechen.
Obwohl ich angespannt bin, bin ich doch nicht unempfänglich für die Eindrücke, die sich mir bieten: Die langen, verlassenen Gänge, wenn das Mondlicht durch die Glaspyramide ins Innere fällt. Ich war mal als Mensch hier, tagsüber, zusammen mit Tausenden Touristen. Damals war es so laut, dass ich meine eigenen Gedanken nicht hören konnte. Jetzt ist es so leise, dass unsere Schritte einmal durchs ganze Museum zu hallen scheinen. Aber vermutlich kommt mir der Unterschied zwischen diesen beiden Besuchen auch so groß vor, weil ich damals noch ein Mensch war.
»Es ist beeindruckend«, wende ich ein und kann es mir

nicht verkneifen, wenigstens noch einmal meinen Punkt klarzumachen. »Die Jäger haben viele Gönner und Verbündete. Bei der Polizei, Politiker, die wichtigsten Persönlichkeiten von Paris. Und sie alle liefern uns Hinweise, wenn sie Vampire in ihrer Nähe vermuten. Der Louvre ist zu prominent.«

»Wie Lafayette?«, fragt Nic, der sich bisher nicht eingemischt hat. Genauso wie Gabriel hat er sich uns ohne Widerworte angeschlossen, als Sybille den leichtsinnigen Vorschlag gemacht hat, im Louvre flanieren zu gehen.

Er wendet sich von der Statue ab, die er gerade betrachtet hat, und mir zu.

Ich schlucke schwer, als die Todesschreie ihrer Freundin Lucie in meinen Ohren hallen. »Ja.«

Ich warte auf einen bissigen Spruch, doch Nic scheint heute keinen parat zu haben. Das Lächeln, mit dem er mich betrachtet, ist sanfter als früher. In seiner Stimme liegt keine Schärfe und in seinen Zügen keine Härte, wenn er mich ansieht. Seitdem wir auf dem Dach Sex hatten, waren wir noch nicht lang genug allein, um darüber zu sprechen. Deswegen weiß ich nicht genau, was es bedeutet. Aber ich weiß zumindest, dass sich etwas zwischen uns verändert hat. Die Distanz ist fort. Und bisher hat Nic auch nichts getan, um sie wieder aufzubauen.

Sybille und Gabriel sind schon weitergelaufen und bemerken nicht, dass Nic sich ein bisschen zurückfallen lässt, bis er neben mir geht.

Er sagt nichts, aber er blickt auf die Bissspuren an meinem Handgelenk. Die Bissspuren, die er dort hinterlassen hat und die mein Leben für immer verändert haben. Er zögert eine Sekunde, ehe er sie mit seinen Fingern nachfährt. Die Berührung ist federleicht. Trotzdem schießt sie einmal quer durch meinen Körper.

Ich überlege, ob ich irgendetwas sagen sollte, entscheide mich dann schließlich für die Stille. Ich lächle ihn einfach an, er erwidert es und dann laufen wir ein bisschen schneller, um zu den anderen aufzuschließen.

»Alles, was du sagst, mag ja stimmen, Lana«, sagt Sybille, während sie das Porträt eines Mannes so intensiv betrachtet, als würde sie ihn zu irgendwas herausfordern. »Doch was ist die Alternative? Dass wir unsere unsterbliche Existenz nicht genießen? Nie wieder Kunst bewundern?«

Nein, das ist keine Alternative. Sybille hat recht. Zugeben tue ich das nicht, da die Anspannung mich fest im Griff hat. Ich bin in Alarmbereitschaft und werde es auch bleiben.

Wir halten alle inne und blicken auf das gleiche Porträt.

»Die Mona Lisa sieht komisch aus, wenn einem nicht hundert Menschen den Blick auf sie versperren«, meine ich und lege den Kopf schief. Sie wirkt weiter seltsam.

»Irgendwie ist sie kleiner, als ich dachte«, kommentiert Gabriel. »Ich bin ein bisschen enttäuscht.«

»Das passiert, wenn der Hype zu groß ist.«

Wir anderen müssen über Sybilles fachmännischen Kunstkritiker-Tonfall grinsen.

Dann schlendern wir weiter.

Wie zufällig streicht Nics Hand immer wieder über meine Haut. Er berührt mein Handgelenk, meine Taille. Unsere Fingerspitzen tanzen miteinander. Und bei jeder Berührung rieseln Schauer über meinen Rücken. Die Härchen auf meinen Armen stellen sich auf. Er scheint es sich zum Ziel gesetzt zu haben, meine Nervosität mit sanften Fingern aus meinem Körper zu streicheln. Und er ist erfolgreich. All meine Sinne stellen auf ihn scharf, als wären sie eine Kamera, die ein neues Motiv fokussiert.

Wir schweigen, aber sein zufriedener Gesichtsausdruck

legt nahe, dass ihm bewusst ist, was er gerade mit mir macht.

»Wie arbeiten die Jäger eigentlich?«, fragt da Gabriel unvermittelt und reißt mich aus meiner Verträumtheit.

»Wie meinst du das?«

Dieses Thema schafft es stets, mich nüchtern zu machen, selbst jetzt, wo ich gerade noch so berauscht war.

»Du hast von Gönnern gesprochen. Wie genau funktioniert die Zusammenarbeit?«

Ich räuspere mich. Meine Loyalität ist nicht mehr so gespalten, wie sie es einst war. Über die Geheimnisse der Jäger zu sprechen, wird sich dennoch immer ein bisschen wie Verrat anfühlen. Ich tue es trotzdem. »Die Jäger haben schon seit Jahrhunderten die Nähe der Mächtigen ihrer Zeit gesucht, um ungestört ihre Mission zu verwirklichen. Durch Kontakte zu Politikern und der Polizei und anderen wichtigen Institutionen stellen sie sicher, dass die Existenz von Vampiren und die Taten der Jäger vertuscht werden. Im Gegenzug beschützen die Jäger diejenigen, die sie unterstützen.«

»Also beim Personenschutz des Staatspräsidenten zum Beispiel ...«, setzt Gabriel an.

»Richtig. Vier Jäger sind nur damit beschäftigt, ihn zu beschützen.«

»Logisch irgendwie«, murmelt Gabriel vor sich hin. »Und wie läuft das genau ab? Das Vertuschen, meine ich.«

»Ich weiß keine Details«, gebe ich ehrlich zu. »Menschen, die Zeugen von Vampirangriffen werden, werden ausbezahlt, eingeschüchtert oder ... verschwinden.«

»Das sollte mich wohl weder bei den Jägern noch Politikern überraschen«, meint Sybille.

Ich nicke nur. Ich bin keine Jägerin mehr. Nichtsdestotrotz werde ich mich wohl immer schuldig für all die Verbrechen fühlen, die meine Vorfahren und auch ich selbst begangen haben. Das ist gut so. Wer vergisst, wiederholt nur seine Fehler.

Vorsichtig linse ich zu Nic hinüber. Immer wenn es um meine Vergangenheit geht, zieht er sich von mir zurück. Doch zu meiner Überraschung steht er noch neben mir und sein Zeigefinger fährt so heimlich über meinen Handrücken, als würde er etwas Verbotenes tun.

Wie gern würde ich ihn jetzt küssen. Doch das geht nicht, solange die anderen auch hier sind und wir noch nicht über unsere gemeinsame Nacht geredet haben.

»Was haben wir denn hier?«, fragt Nic und schlendert wie beiläufig in einen anderen Ausstellungssaal. Er bedeutet mir, ihm zu folgen. Sybille und Gabriel sind inzwischen außer Sichtweite.

Sobald ich einen Schritt auf ihn zu mache, hat er auch schon die Arme um mich gelegt. Mein Herz schlägt schneller.

»Hey«, flüstert er direkt vor meinen Lippen.

»Hey«, flüstere ich zurück.

Ich will ihn gerade küssen, als etwas anderes meine Aufmerksamkeit auf sich zieht.

Ich verkrampfe mich in seinen Armen, bevor ich richtig verarbeiten kann, was ich gehört habe.

»Wir sind nicht mehr lange allein«, bringe ich hevor und renne direkt los. »Sybille! Gabriel!«

Ich müsste nicht schreien, weil ihr Gehör auch gut genug ist, um mich zu verstehen, wenn ich nur flüstere, aber die Panik, die gerade in meinem Körper überkocht, lässt mich das vergessen.

Nic folgt mir. »Jäger«, haucht er.

Also hat er sie auch wahrgenommen.

Eigentlich sind wir in der Lage, die Jäger schon aus großer Entfernung wahrzunehmen. Aber das Problem ist nicht, dass wir sie nicht hören, sondern dass wir zu viel hören. Ich vernehme die ganze Stadt und es ist fast unmöglich, immer das Richtige rauszufiltern.

Sie sind nicht mehr weit weg. Mein Herz schlägt in meinem Hals. Ich weiß, wer sich mir gerade nähert.

Es sind viele. Sie wissen, dass wir hier sind. Wissen sie auch, dass ich hier bin?

Für einen Wimpernschlag bin ich wieder zurück in der feuchten Zelle unter dem Haus, in dem ich aufgewachsen bin. James sieht mich eindringlich an.

Die Jäger werden dich nicht gehen lassen. Du weißt zu viel über sie.

Ich höre bestimmt zehn vertraute Stimmen. Haben sie so viele meiner ehemaligen Freunde hierhergeschickt, weil sie mich loswerden wollen?

Ich laufe noch ein bisschen schneller.

Sybille und Gabriel, die mindestens drei Ausstellungsräume weiter waren, rennen uns entgegen.

»Wirst du mir jetzt sagen, dass du recht hattest?« Sybille klingt entspannt, aber ich kann ihr ansehen, dass sich ihre Muskeln anspannen, als würde sie sich für einen großen Sprung über die Dächer von Paris bereit machen.

»Nicht nötig«, erwidere ich und beweise mir mal wieder, wie sehr ich mich in den vergangenen Monaten verändert habe. »Wir müssen so schnell wie möglich verschwinden. Es gibt nur wenige Ein- und Ausgänge. Draußen können sie uns nicht einholen, aber wenn sie uns den Weg nach draußen versperren ...«

In dem Moment verstummt die ganze Stadt. Ich höre Paris nicht länger. Nicht mehr die Menschen, die nichts ahnend ihr Leben leben, ohne zu wissen, welcher Krieg in den dunklen Gassen ausgefochten wird. Nicht mehr die Jäger, die näher kommen. Nicht mehr meine Freunde. Kurz glaube ich, wieder ein Mensch zu sein. Erst dann realisiere ich, dass eine Explosion meine Sinne betäubt hat. Für einen Moment bin ich völlig orientierungslos.

Da werde ich zur Seite geworfen. Instinktiv strecke ich die Hände aus, um mich zu wehren. Doch Nics vertrauter Geruch dringt mir in meine Nase.

Mit einem Schlag kehrt alles zurück. Nic hat mich hinter eine Statue gezerrt, die auf einem massiven Block steht. Fünf Meter von uns entfernt kann ich die Splitter sehen, die von einer Granate in alle Richtungen geschleudert wurden. Sie haben dunkle Schrammen auf dem hellen glänzenden Marmorboden hinterlassen.

»Die Dinger sind fies«, entfährt es mir.

»Gut, dass dir das erst auffällt, nachdem du bestimmt Hunderte geworfen hast«, kommentiert Nic trocken.

»Nicht der richtige Zeitpunkt für diese Diskussion«, erwidere ich.

Woher kam sie? Wer hat sie geworfen?

»Wir müssen zu Gabriel und Sybille«, flüstert Nic, zieht mich auf die Beine und wir hechten aus unserer Deckung in den breiten Gang.

Eine weitere Granate geht los, verfehlt uns aber.

Ich will mich orientieren und herausfinden, wo unsere Angreifer sind, aber das kann ich nicht, wenn ich so schnell renne und nur noch mein verzweifeltes Herz und den Wind, der um meine Ohren weht, hören kann.

Noch eine Granate geht los. Diesmal folgt ein Schmerzensschrei von Nic. Ich stütze ihn und lasse mich mit ihm hinter einen Sockel fallen.

Mehrere Splitter stecken in seinem rechten Bein. Ohne Umschweife ziehe ich sie heraus, während er sich auf die Unterlippe beißt, um nicht zu schreien. Blut tropft von seinem Mundwinkel.

»Sybille?«, flüstere ich. Wenn ich leise rede, kann sie mich hören. Die Jäger nicht.

»Die wollen nicht ernsthaft die Kunst hier gefährden«, echauffiert diese sich.

Ich kann sie nicht sehen, erkenne allerdings, wo ihre Stimme herkommt. Sie scheint hinter einem Sockel rund dreißig Meter von uns entfernt zu hocken.

»Sie wollen vor allem uns gefährden«, meint Gabriel. Seine Stimme dringt aus der gleichen Richtung. Er ist bei Sybille. Sie klingen unverletzt und sind zusammen.

Das könnte mich beruhigen, wenn ich nicht auch das Atmen der zwölf Jäger hören könnte, die uns von allen Seiten umstellt haben.

Langsam erhebe ich mich. Nic hält mich sofort am Arm fest.

»Was tust du da?« Seine Hose ist zerfetzt, auch wenn sein Bein inzwischen verheilt sein müsste.

»Ich will mich umsehen. Wir brauchen einen Fluchtweg.«

Beschwörend sieht er mich an.

»Ich passe auf«, verspreche ich.

Widerwillig löst er den Griff um meinen Arm und ich erhebe mich noch ein bisschen mehr. Ich linse über den Sockel. Auf der gegenüberliegenden Seite des großen Raums befinden sich mehrere Fenster. Wir könnten durch das Glas springen. Aber zwischen uns und den Fenstern liegen bestimmt fünfzig Meter mit zu wenigen Möglichkeiten, in Deckung zu gehen. Sybille und Gabriel sind näher dran. Und doch zu weit weg für den Fall, dass die Jäger noch weitere Splittergranaten dabeihaben.

Hektisch lasse ich mich wieder auf den Boden fallen. Eine

Sekunde später bohrt sich ein Holzpfahl direkt hinter mir in die Wand.

Mein Herz schlägt mir bis zum Hals, als ich ihn herausziehe und mustere.

»Das ist nicht deren Ernst«, entfährt es mir ein bisschen zu laut.

»Was?«, fragt Sybille.

»Das ist nicht das übliche Holz, aus dem wir unsere Pfähle herstellen.« Auf einmal bin ich wieder leise. Die Wahrheit betäubt meine Stimmbänder. »Das ist von meinem Stuhl.«

»Deinem Stuhl?«, fragt Gabriel skeptisch. »Und das ist schlimm, weil ...?«

Eigentlich ist es egal. Wenn ich von einem Holzpfahl durchbohrt werde, ist es egal, woraus er gefertigt ist. Anscheinend reicht es den Jägern jedoch nicht, mich umzubringen. Sie müssen es auch noch symbolisch machen.

»Der Stuhl des Erben? Ernsthaft?«, rufe ich, damit sie mich alle hören können. »Ist das nicht ein bisschen sehr melodramatisch?«

»Lana. Du willst jetzt nicht wirklich mit ihnen diskutieren, oder? Das wird uns nicht helfen«, flüstert Sybille beschwörend.

Ich will ihr schon recht geben, als mir eine Idee kommt.

»Der Stuhl des Erben«, schreie ich also ein weiteres Mal durch die Halle, in der meine Stimme so eindrucksvoll von den Wänden zurückgeworfen wird.

Ich stehe auf, bevor Nic mich aufhalten kann. Der nächste Pfahl schießt auf mich zu, doch diesmal ducke ich mich nicht, sondern fange ihn direkt aus der Luft. Und erkenne, wer ihn geworfen hat.

Für den Bruchteil einer Sekunde begegnen sich unsere Blicke, ehe wir beide wieder in Deckung gehen.

Leon.

Ich wusste längst, dass er hier ist. Und dennoch ... ihn zu sehen, ist etwas anderes. Sofort habe ich wieder seinen hasserfüllten Blick vor mir, während er sich über mich beugt, um mein Leben zu beenden. Diese Erinnerung schiebt sich über alle anderen, in denen er sich über mich gebeugt hat, um mich zu umarmen, zu küssen, bis mir diese so surreal vorkommen, als wären sie nie passiert.

»Und auch noch mit meiner Armbrust«, rufe ich aus, über meinen eigenen Schmerz hinweg, der tiefer sitzt, als ein Pfahl jemals eindringen könnte. Ich habe Leon vielleicht nicht auf die Art geliebt, die er gewollt und verdient hätte, aber er war ein wichtiger Teil meines Lebens. Dass die beiden bleichen Bissspuren an meinem Handgelenk all die Jahre, die wir Seite an Seite gekämpft haben, einfach so auslöschen konnten, wird wohl immer wehtun.

»Ist das jetzt wichtig?«, zischt Nic, der mich beschwörend ansieht.

»Erst versucht er mich umzubringen, dann nimmt er noch meine Armbrust«, versuche ich mit scherzendem Ton zu sagen.

Er scheint erkannt zu haben, dass ich gerade Ablenkung brauche.

Deswegen schenkt Nic mir ein kleines Grinsen. »Du hättest seinen Heiratsantrag abgelehnt. Also seid ihr quitt«, scherzt er ein bisschen ungelenk. Aber das reicht.

»Haha«, mache ich und grinse zurück.

Dann stehe ich wieder auf und weiche zwei weiteren Pfählen aus.

»Du triffst eh nicht!«, schreie ich, ehe ich hinter dem Sockel in Deckung gehe. »Wir wissen beide, dass du mit dem Ding nie umgehen konntest.«

Nic zieht die Augenbrauen hoch. Ich schlage ihm gegen den Oberarm.

»Wir haben gerade keine Zeit für deine schmutzigen Gedanken.«

»Aber auch nicht für einen Streit zwischen dir und deinem Ex-Freund, der jetzt schon zum zweiten Mal versucht, dich umzubringen«, zischt Sybille, die klingt, als wäre sie unsere Mutter, die uns zur Vernunft ermahnen will.

»Doch, haben wir. Wenn sie sich auf mich konzentrieren, könnt ihr abhauen.«

Nic sieht aus, als wäre er schon wieder bereit, sich mit mir zu streiten, doch ich komme ihm zuvor.

»Ich kenne die Vorgehensweise der Jäger besser als jeder andere. Ich weiß, was ihre Taktik ist, und ich weiß, wie viele Waffen sie auf einem Einsatz dabeihaben. Wir müssen sie nur dazu bringen, alle ihre Splittergranaten zu werfen und ihre Holzpfähle zu verbrauchen. So schaffen wir es unbeschadet zum Fenster.«

»Das könnte funktionieren«, meint Gabriel schnell.

Er scheint zu ahnen, dass Nic sonst wieder ansetzen würde, um zu erklären, dass ich mich damit unnötig in Gefahr bringe.

»Aber wieso musst nur du dich unnötig in Gefahr bringen?«, sagt er dann trotzdem und ich gebe ihm einfach kurz einen Kuss, als würde ich das ständig tun, weil es so schön ist, jemanden so gut zu kennen, dass man weiß, was er als Nächstes sagen wird.

Er lässt nicht zu, dass ich mich direkt wieder zurückziehe und vertieft den Kuss.

»Auch wenn ich euch gerade nicht sehen kann, ich höre genug, und das, was ihr gerade tut, trägt nichts zu einer gelungenen Flucht bei«, sagt Gabriel belustigt.

Nic lässt mich los und schiebt mir noch eine Strähne hinters Ohr. »Das wird zu einer gelungenen Flucht beitragen.«

»Wie du meinst«, kommentiert Gabriel nur.

Bevor ich es mir anders überlegen oder mich Nic doch aufhalten kann, stehe ich wieder auf.

»Du willst mich wohl schon wieder umbringen. Hat dir der letzte Fehlschlag nicht gereicht?«

Ich fange zwei weitere Pfähle aus der Luft. »Ich war schon immer besser als ihr.«

Eine Splittergranate fliegt genau auf mich zu, doch ich werfe einen Pfahl nach ihr. Schnell ducken Nic und ich uns wieder hinter den Sockel. Sie explodiert in der Luft und Splitter bohren sich in die Wände und den Boden. Aber wenigstens nicht in uns.

»Ich weiß, Lana Delacroix ist spannender als wir, aber wir sind auch noch da«, ruft Sybille da. Die nächste Granate geht los, doch auch die trifft nicht.

Die Jäger verstecken sich in den Türrahmen zu anderen Räumen. Sie werden keinen Zweikampf mit uns suchen. Das weiß ich. Würde sich einer von ihnen uns nähern, könnten sie keine Granate werfen, ohne das Leben eines ihrer Freunde zu riskieren. Und im Zweikampf sind Vampire körperlich überlegen, also setzen Jäger auf Manöver, die sie aus der Ferne durchführen können. Dass ich sie zu gut kenne, um von ihnen überlistet zu werden, hätte ihnen eigentlich klar sein sollen. Vielleicht glauben sie, dass ich gemeinsam mit meiner Seele und meiner Menschlichkeit auch mein taktisches Denken verloren hätte.

Es tut mir leid, sie enttäuschen zu müssen.

»Wenn ich das nächste Mal aufstehe, rennt ihr«, befehle ich mit einem Tonfall, der ausgezeichnet zu meinem Nachnamen passt.

Ich warte nicht ab und wage mich aus der Deckung. Diesmal kommt nur ein Pfahl auf mich zu. Zwanzig Meter von mir entfernt steht Leon, wo er länger als klug ist außerhalb seiner Deckung verharrt. Kurz verliere ich mich in seinem geschockten Gesichtsausdruck, der nicht fassen zu können scheint, dass ich hier stehe, mit einem Pfahl in der Hand, wie ich es so oft getan habe. Wie abscheulich müssen ihm meine glänzenden Smaragdaugen vorkommen?

Ich reiße mich von meinen tausend unbeantworteten Fragen los und mustere ihn. Sein Gürtel hängt leer um seine Hüften – die Granaten hat er aufgebraucht. Er hat nur noch einen Pfahl. In seinem Stiefel steckt keiner mehr.

Jemand packt ihn hinten an seiner Jacke und zieht ihn zurück hinter den Türrahmen. Ich entdecke einen schwarzen Haarschopf. Es ist Zoe. Mein Herz hat vorher schon geschmerzt. Nun blutet es. Das sind Menschen, die ich geliebt habe. Die mich geliebt haben. Und nun müssen wir in der Anwesenheit des anderen um unser Leben fürchten. Das kommt mir alles so fürchterlich falsch vor. So dürfte es nicht sein. Es muss doch einen Weg geben, das zu ändern.

Ich war so sehr mit mir selbst beschäftigt, mit meiner Verwandlung, der Heilung, meinen Gefühlen, dass ich nicht genug über die Welt, die mich umgibt, nachgedacht habe. Ob ich nun ein Mensch oder ein Vampir bin – sollte ich nicht nach einer Lösung für alle streben? Sollte ich nicht versuchen, auch die anderen dazu zu bringen, ihren Hass zu überwinden?

Selbst Sybille hat mich mit offenen Armen empfangen, obwohl mein Onkel ihre große Liebe getötet hat. Wenn sie das kann, wieso sollten wir anderen nicht dazu in der Lage sein?

»Wenn ihr mal für zwei Sekunden die Waffen ruhen lassen würdet, könnte ich es euch erklären«, rufe ich. Ich kann ihnen den Hass, der ihnen seit ihrer Geburt beigebracht wurde, nicht mit ein paar netten Worten ausreden. Bei mir hätte das sicherlich auch nicht ausgereicht. Aber was ist die Alternative? »Ich werde euch nicht wehtun. Weil ich immer noch die Gleiche bin.«

Wieder geht eine Granate hoch. Ich gehe ein bisschen zu langsam in Deckung, weil ich noch immer in die Richtung gestarrt habe, wo Leon und nun auch Zoe stehen. Ein Splitter streift mein Ohr. Ich schreie auf und Blut rinnt meinen Hals herunter.

»Lana!« Nics Stimme bricht. Er hat Sybille und Gabriel erreicht, bleibt nun aber stehen.

»Mir geht's gut. Nur mein Ohr«, sage ich schnell, um ihn davon abzubringen, zu mir zurückzurennen. Wenn ich mich nicht täusche, müssten die anderen jetzt nur noch fünf Meter von den Fenstern entfernt sein. »Ich hatte mir ohnehin überlegt, mir ein weiteres Ohrloch stechen zu lassen.«

Nur Gabriel tut mir den Gefallen, aufzulachen.

»Zoe, ich bin immer noch deine Freundin«, schreie ich. Diesmal aus der Sicherheit meines Verstecks. »Wir lagen alle falsch. Mit so vielem. Vampire können Schmerzen empfinden, und Trauer, aber auch Freude und Liebe. Sie sind uns gar nicht so unähnlich. All die Jahre hat man uns Lügen erzählt. Nun verstehe ich das. Und wenn ihr mir zuhören würdet, würdet ihr es auch verstehen.«

»Hört nicht hin!« Leons Stimme ist schrill, als er versucht, mich zu übertönen. »Das ist ein Trick.«

»Das ist kein Trick.« Ungeschützt trete ich vor den Sockel. Gerade habe ich keine Angst. Ich weiß auch nicht so genau wieso. Ich sollte Angst haben. Doch die Menschen in diesem Raum sind mir wichtig. Daran hat auch meine Verwandlung nichts geändert.

»Ich bin immer noch Lana Delacroix.«

Zoes Kopf taucht im Türrahmen auf. Wir sehen uns an. Eine Träne löst sich aus ihrem Augenwinkel. Sie zögert und dann lässt sie den Pfahl, den sie bereits gehoben hatte, um ihn nach mir zu werfen, einfach sinken.

Ich warte auf weitere Angriffe, aber keiner kommt.

Auch mir laufen ein paar Tränen über das Gesicht. Haben sie mir wirklich zugehört?

Die Fensterscheibe bricht mit einem lauten Klirren. Alle Köpfe fahren herum. Sybille springt hoch und verschwindet in der Dunkelheit der Nacht, die vor dem Fenster liegt. Gabriel folgt. Nic zögert und sieht zu mir herüber.

Und auf einmal geht alles ganz schnell. Leon rennt einfach los. Auf Nic zu. Mit gezücktem Pfahl. Nic sieht ihn nicht. Seine Augen sind auf mich gerichtet, nicht auf ihn. Ich springe, bevor ich mich aktiv dazu entschieden habe. Ich erreiche Nic und will ihn zur Seite reißen.

Schmerz explodiert in meinem Brustkorb, als der Pfahl meine Haut durchdringt. Rippen zersplittern. Mein Herz schlägt verzweifelt. Und dann setzt es aus.

28. KAPITEL

Der berauschende Geschmack von Blut bringt mich zurück. Als Mensch verkündete er den Tod. Mir erzählt er ausführliche Geschichten über mein Leben.

Und dann schlage ich die Augen endlich wieder auf.

»Lana!« Nic ruft mich, als stünde ich am anderen Ende eines Raums und er würde mich auffordern, zu ihm zu kommen.

Ich werde seinen Rufen immer folgen. Weiß er das? Hat er es endlich verstanden?

»Nic«, gebe ich zurück.

»Lana«, wiederholt er. Diesmal mit Ehrfurcht in der Stimme. Ich blinzle. Die Vorhänge sind zugezogen, trotzdem ist es zu hell. Draußen herrscht der Tag und obwohl wir ihn ausgesperrt haben, lässt er keine Gelegenheit verstreichen, uns an seine Überlegenheit zu erinnern.

Nics Geruch umgibt mich, hüllt mich ein. Ich spüre sein Gewicht auf mir und erst in diesem Moment realisiere ich, dass ich auf meinem Bett liege und er mich umarmt.

»Mach das nie wieder.«

Ich kann ihm das nicht versprechen, weil ich mir gerade nicht ganz sicher bin, was ich eigentlich getan habe.

»Trink noch mehr«, fordert er mich auf und hält mir einen Strohhalm an die Lippen. Ich ziehe daran. Das Blut spitzt meine Sinne wie immer an. Viel zu deutlich spüre ich, wie meine zertrümmerten Rippen wieder zusammenwachsen. Es sticht. Und dann ist der Schmerz auch schon vorbeigezogen.

»Weinst du?«, frage ich, nicht um ihn aufzuziehen, sondern weil ich es so abwegig finde, ihn weinen zu sehen, dass ich kurz meine, mir seine Tränen nur einzubilden.

Doch er wischt sie nicht weg. »Natürlich. Ich dachte, du würdest sterben. Wegen mir.«

Die Ereignisse kommen zu mir zurück. Vorsichtig taste ich die Stelle ab, wo der Holzpfahl mich getroffen hat. Nicht einmal eine Narbe hebt sich von meiner Haut ab. Natürlich nicht. Ich trauere Narben nach. Sie beweisen, dass unser Leben Spuren auf uns hinterlässt. Ich möchte kein Leben führen, das spurlos an mir vorbeizieht.

»Die Splitter waren sehr nah an deinem Herzen. Sehr nah.« Seine Stimme bricht.

»Jemand mit Fingerspitzengefühl hat dich gerettet.«

Mein Kopf zuckt zur Tür hinüber. Sybille betritt meinen Raum. Ihr Blick ist verhangen. Sie wirkt erleichtert, aber da ist noch etwas anderes in ihren Augen. Was es ist, weiß ich nicht.

»Gaspard möchte mit uns reden. Kannst du aufstehen, Lana?«, fragt sie.

Ich bewege mich behutsam, erkenne aber schnell, dass meine Wunden verheilt sind. Vor wenigen Minuten lag ich noch im Sterben und nun bin ich wiederhergestellt.

Schweigend laufen wird durchs Gebäude bis zu Gaspards Büro. Vorher Worte zu wechseln, ist zu gefährlich. Nicht mal über Unverfängliches zu reden, trauen wir uns. Das wäre in dieser Situation ohnehin unpassend. Dass ich dem Tod gerade erst entronnen bin, fühlt sich schon jetzt surreal an, da mein Körper mir mit geschmeidigen Bewegungen beweist, wie lebendig ich doch bin.

Sybille läuft voraus, Nic schließt hinter uns die Tür. Dieser Moment kommt mir seltsam bekannt vor. An all unserer Kleidung klebt Blut. Gaspard steht vor dem Kamin, in dem nie Feuer brennt. Seine makellose Fassade erinnert mich an meinen neuen Körper. Nichts hinterlässt Spuren.

Noch während ich das denke, erkenne ich, wie falsch ich liege. Die letzten Monate haben Spuren auf mir hinterlassen. Nicht auf meinem Körper. Sondern tiefer. Und vermutlich ist es genau das, worauf es letztlich ankommt.

»Es freut mich, dich wohlauf zu sehen, Lana«, sagt Gaspard und wendet sich uns langsam zu. Sein Lächeln ist aufrichtig, aber in seinen Augen liegt Sorge.

Ich blicke mich fragend um und sehe nur beunruhigte Gesichter – irgendwas ist los, das mir entgeht.

Und dann verstehe ich es.

»Wo ist Gabriel?« Meine Stimme zittert. Eigentlich kenne ich die Antwort.

Die anderen reagieren nicht sofort und in meinem Kopf beginnt es zu rattern. Ich habe ihn gesehen, wie er durch das Fenster geklettert ist. Er war in Sicherheit. Das kann ich mir nicht eingebildet haben.

»Nachdem du getroffen wurdest«, setzt Sybille an, die ihre statuenhafte Haltung verloren hat. Es gibt kaum etwas, was mich mehr beunruhigen könnte. Sie räuspert sich. »Nachdem du getroffen wurdest, sind wir umgekehrt, um dich rauszutragen. Wir konnten entkommen, aber Gabriel …«

»Nein«, entfährt es mir. Mir wird kalt. »Er ist nicht …«

»Wir haben nicht gesehen, wie er umgebracht wurde«, sagt Nic schnell. »Sie haben ihn nicht getötet. Sie haben ihn gefangen genommen.«

Ich will Erleichterung fühlen, doch sie stellt sich nicht ein. Denn wir wissen nicht, ob das wirklich besser ist. Wir haben keine Ahnung, was mit den Vampiren passiert, wenn sie verschleppt werden. Wir wissen viel zu wenig. Gerade fühlt es sich so an, als würden wir überhaupt nichts wissen.

»Wir müssen ihn retten«, sage ich sofort. »Wir müssen einfach.«

Er kam zurück, um mich zu retten. Er war schon in Sicherheit. Nur wegen mir ...

»Es ist nicht deine Schuld«, sagt Nic mit so viel Nachdruck, dass alle meine Einwände an seinen Worten zerschellen müssen. Er scheint mir meine Gedanken angesehen zu haben.

»Wenn ich nicht verletzt worden wäre ...«

»Du bist ja nicht einfach verletzt worden. Du hast mich gerettet. Wenn überhaupt ist es meine Schuld.«

»Sei nicht albern«, erwidere ich.

»Dann sei auch nicht albern«, hält er dagegen.

»Können wir uns darauf einigen, dass ihr beide damit aufhört, albern zu sein«, schlägt Sybille vor.

Wir verstummen. Sie hat recht – das ist nicht der Zeitpunkt, um zu streiten.

»Denkst du, sie lassen Gabriel am Leben?« Ihre Frage ist ziemlich kleinlaut, etwas, das so gar nicht zu ihr passt. Nichts, was sie tut, ist klein.

»Hätten sie ihn töten wollen, hätten sie es direkt vor Ort getan«, sage ich in dem Versuch, nicht nur sie, sondern auch mich selbst zu überzeugen.

»Das klingt logisch«, murmelt Sybille vor sich hin. »Das klingt logisch.« Sie läuft in Gaspards Büro auf und ab. Immer und immer wieder. Es steigert meine eigene Unruhe nur noch, aber ich will sie nicht bitten aufzuhören, weil ich weiß, dass sie das gerade braucht.

»Wir müssen ihn retten«, wiederhole ich. »Wir müssen ihn rausholen.«

»Deswegen habe ich euch hierhergerufen«, meint Gaspard.

Als ich das erste Mal die Festung betreten habe, hätte ich es nicht für möglich gehalten, dass seine Stimme mal in der

Lage sein würde, mich zu beruhigen. Damals habe ich vieles nicht für möglich gehalten. »Wir werden Gabriel retten.« Er sieht mich direkt an. »Und ich glaube, es ist auch an der Zeit, dass du dein Versprechen einlöst, das du einem gemeinsamen Freund gegeben hast.«

Was ...? Und da wird es mir schlagartig bewusst. Die zwei Monate sind rum. Im ersten Moment kann ich es nicht fassen, dass ich wirklich schon seit zwei Monaten ein Vampir bin. Und gleichzeitig fühlt es sich manchmal so an, als wäre ich nie was anderes gewesen.

Ich atme tief durch. Gaspard hat recht. Es ist an der Zeit, dass ich mein Versprechen an James erfülle.

»Wir werden Gabriel und James befreien«, sage ich also.

»Und Tony«, meint Sybille und seufzt. »Falls er auch noch am Leben ist.«

»Der Plan ist, in die Zentrale der Jäger einzubrechen«, sagt Nic. »Sollte ja ein Kinderspiel werden.«

Sein halbherziger Witz kann die Anspannung, die den Raum elektrisch auflädt, nicht lösen.

»Haben Vampire das jemals versucht?«, fragt Sybille.

»Nein«, sage ich. »Nicht soweit ich weiß.«

»Und das aus gutem Grund«, wirft Gaspard ein.

Er setzt sich in einen seiner Ohrensessel. Wir anderen tun es ihm nicht nach. Er ist unser König und wir seine Soldaten, die bereit sind, in den Krieg zu ziehen, ohne dass wir das jemals laut aussprechen müssen.

»Wie kommen wir da rein?« Nic wendet sich an mich.

Ich blicke kurz zum Fenster, das von Vorhängen bedeckt ist. Selbst, wenn sie offen wären, könnte ich von hier nicht bis zur Zentrale blicken. Aber während ich geradeaus starre, auf den dicken undurchlässigen Stoff, kommt es mir so vor, als könnte ich den Ort sehen, der einst meine Heimat war.

Vor Wochen hat Gaspard mich gebeten, ihnen zu helfen, Blut zu beschaffen. Damals hat es mich Überwindung gekostet. Heute zögere ich keine Sekunde.

»Die Zentrale ist gut gesichert«, beginne ich. »Die Fenster sind dicht. Sie halten Vampiren stand. Der Eingang ist die größte Schwachstelle, aber er wird immer überwacht.«

»Sobald sie uns entdecken, werden sie also sofort Alarm schlagen?«, fragt Sybille.

»Und uns mit Granaten durchlöchern, bevor wir über die Schwelle treten können«, ergänzt Nic.

Ich nicke. »Die gefangenen Vampire sind im Keller. Die Treppe geht von der Eingangshalle ab und führt unter die Erde. Es gibt nur einen Weg rein und raus. Wenn wir auffliegen, sitzen wir dort unten in der Falle.«

»Klingt ja rosig«, kommentiert Sybille.

»Der Schlüssel zu den Zellen ist im Büro meines Vaters hinter einem Gemälde.«

»Natürlich ist er hinter einem Gemälde. Was ein Klischee.« Sybille verdreht die Augen.

»Leider weiß ich nicht, ob er den Schlüssel immer noch dort aufbewahrt. Leon hat ihn geklaut, um mich aus der Zelle zu holen. Vielleicht hat er den Schlüssel jetzt woanders deponiert, damit so was nicht wieder passieren kann.«

»Wäre es wirklich so schwer, ein anderes Versteck zu finden?«, fragt Gaspard.

Sofort schüttle ich den Kopf. »Ich kenne meinen Vater. Ich verstehe, wie er denkt. Die Schlüssel würde ich auch finden, wenn er sie woanders hingetan hat, solange ich genug Zeit dafür habe.«

»Und die hättest du vermutlich eher nicht«, meint Nic.

»Aber das bringt uns alles nichts, wenn wir nicht einmal ins Gebäude reinkommen.«

Ich will schon sagen, dass die Zentrale nicht einnehmbar ist, als ich mich an meinen kleinen, mit dem menschlichen Auge kaum erkennbaren Wunsch nach Freiheit erinnere, den ich selbst als perfekte Tochter nicht vollständig unterdrücken konnte. »Es gibt eine Schwachstelle.«

»Wo?«, fragen die anderen drei gleichzeitig.

»Mein Zimmer.« Eine Gänsehaut breitet sich auf meinen Armen aus. Ich werde zurückkehren müssen. Die Erkenntnis trifft mich erst jetzt so richtig. Wir reden nicht mehr nur hypothetisch über einen Einbruch. Mit meinem Vorschlag wird er real. Durch mein kaputtes Fenster können wir klettern. Es ist möglich. Und ich werde mich meiner Vergangenheit stellen müssen, ob ich mich dafür bereit fühle oder nicht.

»Du bist dir sicher, dass wir so unbemerkt in die Zentrale reinkommen?«, hakt Gaspard nach.

»Sehr sicher«, erwidere ich.

Er stellt mich nicht infrage. Er vertraut mir. Das hat er schon viel zu früh getan und ich werde wohl nie vollständig verstehen, womit ich sein Vertrauen jemals verdient hatte.

»Dann ist es beschlossene Sache«, sagt er mit seiner tragenden Stimme, die zur Tragweite unseres Plans passt. »Sobald die Sonne untergeht, brechen wir auf.«

29. KAPITEL

Ich hätte mich ins Bett legen sollen. Nur wusste ich, dass ich keinen Schlaf finden würde, also habe ich es gar nicht erst versucht. Ich brauchte Ruhe. Deswegen habe ich mich an den Ort zurückgezogen, wo diese immer auf mich gewartet hat.

Hier gibt es kaum etwas, womit ich mich ablenken könnte – bestimmt hätte mir das jetzt gutgetan. Aber in diesem Moment will ich meine lauten Gedanken wahrnehmen. Ich will die Sorge um Gabriel und James in jeder Zelle spüren. Ebenso wie meine Angst davor, nach Hause zurückzukehren. Und meine Todesangst. *Wir haben einen Plan.* Mantraartig rede ich mir damit Mut zu. Aber wir wissen alle, dass es wahrscheinlicher ist, dass wir scheitern, als dass wir erfolgreich sind. Nur weil sich niemand getraut hat, es auszusprechen, macht es die Tatsache nicht weniger wahr.

Und all dem stelle ich mich, während ich mit geschlossenen Augen auf dem Boden der Bibliothek sitze, mit dem Rücken gegen die Wand gelehnt, und die staubige, leicht abgestandene Luft einatme, die nach Büchern, unzählbar vielen Geschichten und Unendlichkeit riecht.

Die Jahrhunderte, die zwischen den beschriebenen Seiten gelagert werden, duften fast so gut wie die Tinte, die sich in die Fasern des Papiers gefressen hat. Ich kann sogar den Leim riechen, der die alten Bände daran hindert, auseinanderzufallen.

Die Tür öffnet sich. Ich bleibe einfach in meinem Versteck zwischen den Bücherregalen sitzen, halte die Augen geschlossen und warte. Diesen Gang würde ich überall wiedererkennen. Und ich muss ihm nicht sagen, wo er mich findet. So deutlich, wie ich seine Schritte auf dem Parkett vernehme, hört er meine Atmung.

»Hier bist du«, stellt er fest, als er mich zwischen den Regalen entdeckt hat. Nun öffne ich die Augen. Nic bleibt am Anfang der Regalreihe stehen und beobachtet mich aus seinen aufmerksamen, blauen Augen, die mehr zu erkennen scheinen, als meine grünen jemals könnten.

»Hier bin ich«, gebe ich zurück. Mehr sage ich nicht. Ich kann ihm ansehen, dass er Worte mit sich herumträgt, die erst nicht mehr wie eine Last auf seinen Schultern ruhen werden, wenn er sie endlich ausgesprochen hat. Das kann ich ihm nicht abnehmen. Das ist seine Aufgabe.

»Ich wollte nur ...« Er stockt. »Ich wollte nur ...« Ich kenne das Gefühl, wenn sich Worte in Steine zu verwandeln scheinen, die die Zunge nicht länger tragen kann. Aber es ist eben nur das. Ein Gefühl. Und man darf es nicht gewinnen lassen. Weil Worte, die schwer sind, meist diejenigen sind, die es wirklich wert sind, ausgesprochen zu werden.

»Ich wollte nur ...« Er räuspert sich und ich erkenne genau, in welchem Moment er beschließt, die Worte für immer in sich verschlossen zu lassen. »Mich bedanken, dass du mich gerettet hast.« Sie kommen viel zu leicht über seine Lippen. Es können gar nicht dieselben sein, mit denen er gerade eben noch gekämpft hat.

Wir sind aufeinander zugegangen. Wir haben uns einander geöffnet. Er hat vor mir geweint und nicht versucht, es zu verbergen. Doch dieser letzte Schritt fehlt.

Enttäuschung macht sich in mir breit. Ich gebe mir keine Mühe, meine Gefühle zu verstecken, sondern nicke nur knapp.

Nic bleibt noch kurz im Gang stehen und betrachtet mich.

Dann nickt auch er und dreht sich um. Damit er die Bibliothek und mich und all die Worte, die zu sagen er zu feige ist, hinter sich lassen kann.

»Nic?«, frage ich, bevor ich es mir anders überlegen kann. Ich wollte ihm doch nicht helfen. Aber ich kann nicht anders. Wir müssen uns endlich trauen, miteinander zu sprechen. So richtig. Nicht nur die halbe Wahrheit sagen, sondern die ganze und dann zu ihr stehen.

Ich erinnere mich daran, als wir gemeinsam in dem Käfig saßen und auf unseren Tod gewartet haben.

Worte allein reichen nicht, wenn sie eigentlich gar nichts ausdrücken.

Das waren meine Worte damals. Und ich meine sie auch heute noch ernst.

»Ja?« Er dreht sich wieder zu mir um.

»Sag mir das, weswegen du hierher gekommen bist.«

Seine Augen scheinen noch blauer zu werden. Als würde Angst die Farbe klarer hervortreten lassen.

»Woher willst du wissen, dass ich es nicht schon längst getan habe?«

Ich lächle schwach. »Weil ich dich kenne. Ich kann es dir ansehen.«

Für einen Moment fürchte ich, er würde einfach davonrennen, doch dann stützt er sich an einem Regal ab und seufzt tief.

»Ich bin niemand, der Liebesgeständnisse von Pariser Dächern schreit«, sagt er zu den alten Büchern zu seiner Rechten.

»Gut, das erwartet auch niemand von dir.«

Er schüttelt den Kopf. Sein Blick ruht unbeirrt auf den alten Buchrücken, als würde er ihnen all das sagen wollen und nicht mir.

»Du machst es einem wirklich nicht leicht. Weißt du das?«, fragt er.

»Natürlich. Ist schließlich beabsichtigt.«

Er grinst. Immer noch nicht in meine Richtung.

»Aber du bist auch nicht der Umgänglichste«, füge ich hinzu und endlich wendet er sich wieder mir zu. Sein Blick fährt mir einmal quer durch den Körper.

Wir haben einander auf die intimste Weise berührt, haben den anderen mit unserem eigenen Leben beschützt. Wir waren uns nah. All das haben wir geschafft. Jetzt dürfen wir nicht an Worten scheitern.

»Ich weiß. Aber im Gegensatz zu dir mache ich das nicht mit Absicht.« Er stockt. Sein Grinsen schwindet und wird von einer ernsten Miene abgelöst. Und sie bedeutet, dass, gegen welche Worte er nun auch den Kampf gewonnen haben mag: Was sie ausdrücken, ist wichtig.

»Was ich dir eigentlich sagen wollte«, setzt er endlich an und alles in mir verspannt sich. Gefechtsbereitschaft. Die Ruhe vor dem Sturm. »Ich werde nicht den Satz sagen, den Menschen schon seit Jahrtausenden so leichtfertig verwenden wie einen Gebrauchsgegenstand, in der Hoffnung, er werde ihnen die Aufgabe abnehmen, sich etwas Originelleres einfallen zu lassen. Ich glaube nicht daran, dass ein so abgenutzter Satz nach all den Jahren, die er in Gebrauch ist, noch genug Bedeutung in sich trägt, um auszudrücken, was ich für dich empfinde. Deswegen werde ich ihn nicht sagen.«

Mein Herz, mein persönlicher Schlagzeuger, setzt zu einem epischen Solo an. Ich kann nicht anders, als Nic anzustarren.

»Auch glaube ich nicht daran, dass man mit Versprechen um sich werfen sollte, wenn man nicht vorhat, sie auch zu halten. Deswegen werde ich dir nur ein einziges geben. Ich gehöre zu dir. Und wenn du das auch willst, werde ich immer bei dir sein.«

Er sieht mich abwartend an. Vor wenigen Augenblicken war ich noch enttäuscht, dass er nicht einfach ausspricht, was er denkt. Doch nun muss ich mir eingestehen, dass Reden eine der schwersten Tätigkeiten sein kann, die es auf dieser Welt gibt.

Langsam stehe ich auf. Ich ziehe mich an der Wand hoch, bis ich mich vollständig aufgerichtet habe. Den Blickkontakt zu Nic habe ich nicht eine Sekunde unterbrochen.

Mit zittrigen Knien mache ich einige Schritte auf ihn zu und überbrücke die quälende Entfernung zwischen uns, die so gar nicht zu seinen Worten passen will.

Nics Blick war nie so offen wie in diesem Moment. Als hätte er mir endlich eine Tür geöffnet, deren Schlüssel er lange verloren geglaubt hatte. Seine Augen glänzen und seine Unterlippe bebt. Er sah nie verletzlicher und auch nie schöner aus.

»Ich will, dass du mir dieses Versprechen gibst«, flüstere ich, als uns nur noch ein Schritt trennt. »Denn ich gehöre auch zu dir.«

Eine Sekunde ist Nic wie erstarrt. Dann kommt ruckartig Bewegung in ihn. Den letzten Schritt macht er, umschlingt meinen Körper mit seinen Armen und drückt seine Lippen auf meine. Ich klammere mich sofort an ihm fest und erwidere den Kuss, nach dem ich mich mehr gesehnt habe, als ich zugeben wollte.

Wir stolpern durch den Gang, bis mein Rücken wieder die Wand berührt, gegen die ich bis vor Kurzem noch gelehnt habe. Nic drückt mich dagegen und ich mich gegen ihn.

»Dafür, dass du keine Liebesgeständnisse machen willst, war das ziemlich gut«, necke ich ihn, als seine Lippen kurz meine verlassen. Unser beider Atem geht hektisch, vermischt sich miteinander, sodass ich nicht weiß, wo meiner aufhört und seiner beginnt. Nic legt seine Stirn gegen meine. Seine Hände ruhen immer noch auf meinem Körper und meine auf seinem.

»Ich habe gesagt, dass ich sie nicht von Pariser Dächern schreien werde. Nicht, dass ich sie niemals machen würde«, korrigiert er mich atemlos. Unsere Gesichter sind so nah voreinander, dass seine Züge vor meinen Augen verschwimmen, aber ich bin mir sicher zu erkennen, dass er lächelt.

»Sybille hat mal gesagt, dass die Liebe eines Vampirs so unsterblich ist wie er selbst«, flüstere ich in den kleinen Raum zwischen unseren Gesichtern hinein. »Ich glaube, sie hat recht.«

Nic löst seine Stirn von meiner, um mich betrachten zu können.

»Das glaube ich auch«, sagt er und streicht mir meine Haare hinter die Ohren. Seine Finger verweilen und berühren die empfindliche Haut an meinem Nacken. Ich seufze unwillkürlich und ziehe Nic wieder an mich.

Ich fahre mit meinen Fingern unter sein Shirt und genieße es, zu spüren, wie er erzittert. Meine Vampirsinne lassen mich jede Bewegung seines Körpers so deutlich fühlen, als wäre es mein eigener.

»Hast du die Tür abgeschlossen?«, seufze ich in seinen Mund hinein. Er löst seinen von meinen Lippen und geht dazu über, meinen Hals zu küssen. Sofort schließe ich die Augen.

»Nein. Niemand außer dir kommt in die Bibliothek.« Die Erklärung sollte mir nicht reichen. Aber gerade ist mir einfach alles egal außer seinen Lippen auf meiner Haut. Ich greife nach dem Saum seines Shirts und ziehe es ihm in einem Schwung über den Kopf. Nic grinst nur und küsst mich wieder. Seine Hände fahren über meinen Körper. Meine Taille entlang, immer weiter hinab. Mein Shirt landet neben seinem. Das Gefühl seiner nackten Haut auf meiner macht mir das Atmen schwer. Obwohl wir schon einmal so zusammen waren, fühlt es sich ein bisschen wie das erste Mal an. Damals waren wir schon so nah, dass ich es nicht für möglich gehalten habe, dass mehr Nähe existieren könnte. Doch seit seiner Liebeserklärung hat sich etwas zwischen uns verschoben.

Wir sind noch nicht einmal nackt und trotzdem fühlt es sich so an, als stecke ich unter seiner Haut und er unter meiner. Seine Berührungen reichen tief.

Auf dem Dach konnte ich die ganze Stadt wahrnehmen, mit der Nacht und ihm verschmelzen. Hier in der Bibliothek sind wir allein. Ohne andere Eindrücke, die uns ablenken könnten. Ich höre nicht ganz Paris, ich höre nur sein Stöhnen und meines, seinen Herzschlag und meinen. Ich verliere mich endgültig in ihm und habe nicht den Wunsch, jemals wieder gefunden zu werden. Außer er würde sich auf die Suche machen.

Wir ziehen einander aus. Anfangs sind unsere Bewegungen hektisch, weil wir es kaum erwarten können, den anderen noch intensiver zu spüren. Doch nach und nach werden sie langsamer, bewusster, sanfter. Als wir beide nackt sind, packt mich Nic nicht direkt an den Oberschenkeln und dringt in mich ein. Diesmal lässt er sich Zeit, meinen Körper zu erkunden, als würde er dessen Topografie dokumentieren wollen.

Er küsst sich einen Weg meinen Hals entlang, liebkost meine Brüste, beißt mir in die Nippel, bis ich so erregt bin, dass ich gequält aufstöhne. Er geht in die Knie, fährt mit der Zunge die Innenseite meines Oberschenkels entlang, seine Finger folgen und dann kratzen seine Zähne zärtlich über meine Haut.

Es fühlt sich an, als wäre ich sein Gemälde, das er bemalt, oder sein Klavier, dessen Tasten er sanft und bestimmt zugleich anschlägt. Er senkt seinen Mund auf meine Mitte und bringt meine Beine so stark zum Beben, dass ich fast umfalle. Seine Arme umfassen mich und halten mich aufrecht, während ich mich unter dem Schwung seiner Zunge auflöse.

Ich bebe und bebe, bis ich es kaum noch aushalte. Mal ist er sachte, dann gröber. Wenn ich lauter stöhne, spüre ich nicht nur seine Finger, die sich in meine Haut bohren, sondern auch leicht seine Nägel. Als ich komme, bin ich so laut, dass ich fast denke, die Bibliothek ist nicht schalldicht genug, um meine Schreie zu halten.

Ich ringe um Atem, obwohl ich ihn gar nicht brauche.

»Leg dich hin«, kriege ich hervor. Mein Herz schlägt so schnell, dass man seinen Widerhall in meiner Stimme hören kann.

Nic lässt mich nur langsam los, kommt meiner Bitte aber nach.

Es war noch nicht genug. Es kann nicht genug sein. Ich muss noch so viel mehr spüren.

Als ich mich auf seinen Schoß setze und meine Lippen fast schon verzweifelt auf seine presse, schmecke ich mich selbst auf seiner Zunge. Seine Unterlippe ist voller als seine Oberlippe und ich spüre die Muster seiner Fingerkuppen über meine Wange streicheln.

Auch ich will die Topografie seines Körpers erkunden.

Ich lasse mich auf ihn sinken und er dringt endlich in mich ein. Wir stöhnen beide und sehen uns dabei direkt in die Augen. Ich bewege mich rhythmisch auf ihm, den Blick unentwegt mit seinem verflochten.

Nics liebevolles Lächeln bringt mein Herz dazu, sich zusammenzuziehen. Es ist der schönste Schmerz auf dieser Welt.

»Ich gehöre dir«, haucht er, packt mich mit einer Hand an der Hüfte, um in meinen Takt einzufallen, während seine andere Hand über meinen ganzen Körper wandert. Unsere Umgebung, die Realität außerhalb der Bibliothek tritt in den Hintergrund. Es gibt nur seine Stöße in mir und seine Worte in meinem Ohr und gerade ist das alles, was ich brauche.

»Und ich dir«, seufze ich und lasse den Kopf in den Nacken fallen. Ganz von allein werden meine Bewegungen hektischer und härter. Wie als Antwort darauf wird auch der Druck seiner Hände fester.

Nic richtet sich auf, bis unsere Gesichter fast auf einer Höhe sind. Er küsst meinen Hals entlang, mein Schlüsselbein und schließlich meine Brust.

»Sieh mich bitte an«, hauche ich. Nic blickt auf und umklammert meine Taille. Ich bewege mich schnell und ungehemmt auf ihm und er gibt mir Halt.

Heute finde ich nicht nur in dem Muster seiner Leberflecke ein Sternbild, sondern auch in den helleren Flecken in seinen Augen. War es schon da, bevor er ein Vampir wurde, der in der Nacht zu Hause ist?

Nic schiebt mir erstaunlich sanft eine Strähne hinter mein Ohr. Ich bin zu so einer Geste nicht mehr in der Lage.

Ich umfasse sein Gesicht mit den Händen und küsse ihn, verzweifelt, hungrig, leidenschaftlich. Er erwidert den Kuss, seine Finger bohren sich in meine Haut. Da kann ich mich nicht mehr halten. Ich löse meine Lippen von seinen, damit ich ungehindert stöhnen kann. Ich bewege mich noch ein paar Mal auf ihm, dann spüre ich, wie Nic heftig unter mir erschaudert. Unsere Seufzer hallen in der Bibliothek wider, bis irgendwann nur noch unsere viel zu hektischen Atemzüge zu hören sind. Nic lässt sich zurück auf den Boden sinken und zieht mich mit sich, bis ich auf seiner Brust ruhe. Sein Herzschlag pulsiert in meinen Ohren und hallt dort nach.

»Wir hatten Sex in der Bibliothek«, bringe ich nach einer langen Stille zustande. »Wenn Gaspard davon erfährt, lässt er uns qualvoll in der Sonne braten.«

Nics Lachen geht einmal durch meinen ganzen Körper. »Das stimmt wohl.«

Er streicht mir gedankenverloren durch die Haare. »Ich habe mich noch gar nicht richtig dafür bedankt, dass du dein Leben für mich aufs Spiel gesetzt hast.«

»Ich glaube, das hast du gerade getan.«

Er lacht wieder. Es ist das schönste Geräusch auf der Welt – ich möchte ihn immer wieder zum Lachen bringen.

»Du bist beinahe gestorben«, sagt er auf einmal ganz ernst.

»Seitdem ist so viel passiert, dass ich es schon fast wieder vergessen habe«, meine ich.

»Ich aber nicht.«

Ich lächle an seiner Brust.

»Ich hatte solche Angst um dich.«

Meine Finger tasten sich über seine Brust. »Ich weiß, wie sich das anfühlt. Damals im Käfig.«

»Wir müssen aufhören, uns so in Gefahr zu bringen und dem anderen solche Schrecken einzujagen«, stellt er fest.

»Na wie gut, dass wir in ein paar Stunden in die Zentrale der Jäger einbrechen.«

All die Dinge, die mich beschäftigt haben, bevor er die Bibliothek betreten hat, kehren zurück.

»Es gibt noch so viel, was ich dir sagen will«, flüstert er in meine Haare, bevor er einen Kuss auf meinen Kopf drückt. »Ich dachte, wir haben mehr Zeit.«

»Das haben wir. Wir sind Vampire, hast du das schon vergessen?« Ich versuche locker zu klingen, aber es funktioniert nicht.

»Wir wissen nicht, wie diese Nacht ausgehen wird«, erwidert er. »Außerdem ...« Abrupt bricht er ab.

»Außerdem?«

»Außerdem suchst du noch die Heilung.«

So vieles haben wir noch nicht geklärt und die Nacht nähert sich uns in schnellen Zügen. Ich kann sie spüren. Tag und Nacht sind Gezeiten und wir sind das Wasser, an dem sie zerren.

»Nicht mehr«, gestehe ich, nachdem wir kurz geschwiegen haben.

»Das musst du nicht mir zuliebe sagen.«

»Tue ich nicht. Als ich gegen Bastille gekämpft habe, ist etwas in mir passiert. Auf einmal wollte ich mich nicht mehr gegen mich selbst wehren. Ich habe es ... akzeptiert.«

»Einfach so?«

»Einfach so.«

Gedankenverloren streicht er durch meine Haare. »Ist es so leicht? Kannst du wirklich damit zufrieden sein, ein Vampir zu bleiben?«

»Kann ich.« Und in dem Moment, in dem ich es ausspreche, merke ich erst, wie ernst ich das meine. »Eine Ewigkeit mit dir – das klingt gar nicht so übel.«

Nic legt den Finger unter mein Kinn, damit ich ihn ansehe. Seine blauen Augen brennen. Er zieht mich an sich und legt seine Lippen auf meine. Der Kuss ist so intensiv, dass ich ihn bis in meine Fingerspitzen spüre.

»Es tut mir leid«, flüstert er, sobald er sich von mir gelöst hat. Nur wenige Zentimeter trennen unsere Gesichter.

»Was tut dir leid?«

»Dass ich dich so oft schlecht behandelt habe.«

»Das muss dir nicht leidtun. Ich habe Verbrechen begangen, die ich niemals wiedergutmachen kann. Dass du mich lange nicht leiden konntest, ist verständlich.«

»Aber auch ich habe Verbrechen begangen. Ich war heuchlerisch. Das tut mir leid.«

Ich erwidere nicht sofort etwas. Inzwischen kenne ich ihn gut genug, um zu wissen, wann er einen Moment braucht, um sich zu sammeln.

»Kurz nach meiner Verwandlung habe ich jemanden umgebracht«, gesteht er.

Eigentlich hatte er das schon indirekt zugegeben, aber dieses Eingeständnis zu hören, ist trotzdem etwas ganz anderes.

Unwillkürlich halte ich mich noch energischer an ihm fest, um ihm zu zeigen, dass ich nicht gehen werde, egal, was er als Nächstes sagt.

»James hat auf mich aufgepasst und mir geholfen, mich an den Blutdurst zu gewöhnen. Aber er konnte nicht jede Sekunde jeden Tages an meiner Seite sein. Und einmal war ich allein. Ich habe all das Blut vor der Festung gerochen. Plötzlich stand ich in einer einsamen Gasse, eine Leiche im Arm. Ich habe keine Ahnung, was dazwischen passiert ist. Der Rausch war so intensiv. Die Erinnerungen daran sind nie zu mir zurückgekommen. Nicht genau zu wissen, was passiert ist, quält mich manchmal. Doch vielleicht ist es so besser. Vielleicht könnte ich es auch nicht ertragen.«

Es wurde noch kein Wort erfunden, das dazu in der Lage wäre, seinen Schmerz zu lindern, deswegen schweige ich und streichle einfach seine Schläfe.

»Der Mann war ungefähr fünfzig Jahre alt. Er war vermutlich gerade auf dem Weg zu jemandem. Vielleicht zu seiner Familie. Ich wollte herausfinden, wer er war. Ich wollte zu seiner Beerdigung gehen. James hat das verhindert. Er wollte nicht, dass ich mich so quäle. Und er meinte, dass es mir nicht zusteht, an seiner Beerdigung teilzunehmen. Damit hatte er auch recht. Ohne ihn hätte ich die Zeit danach nicht überlebt.«

»Wir werden ihn zurückholen«, verspreche ich, weil es das Einzige ist, was ich ihm in diesem Moment geben kann. »Wir werden James retten.«

»Das werden wir.«

Ich kann ihm nicht anhören, ob er wirklich daran glaubt. Und vermutlich ist das auch gar nicht wichtig. Ich kann für uns beide daran glauben.

»Danke, dass du mir das erzählt hast«, sage ich und küsse ihn noch einmal sanft.

»Danke, dass du mir zugehört hast.«

Ich lasse meinen Kopf auf seine Brust sinken, lausche seinem steten Atem und Herzschlag. Sie erinnern mich daran, wie lebendig ich auch nach allem, was mir in den letzten Monaten passiert ist, noch bin.

»Können wir einfach noch einen Moment so hier liegen bleiben?«

»Solange du willst«, erwidert er und ich lächle, obwohl das leider nicht stimmt. Wenn wir so lange hierbleiben könnten, wie ich will, würden wir nie wieder aufstehen.

Doch die Nacht wird bald nach uns rufen. Und ich werde mich nicht nur ihr stellen müssen, sondern auch den Wunden meiner Vergangenheit, von denen ich mir immer noch nicht sicher bin, ob sie jemals richtig verheilen werden.

30. KAPITEL

Als ich vorsichtig gegen das Fenster drücke, weiß ich nicht, ob ich mir wünsche, dass es nachgibt oder es nicht tut.

Wenn meine Eltern erkannt haben, dass es kaputt ist und es repariert wurde, müssten wir zur Festung zurückkehren und ich dieses Gebäude nie wieder betreten.

Aber diese Gedanken sind egoistisch. Ich habe James versprochen, ihn zu retten. Und Gabriel ist ein guter Freund geworden, den ich nicht einfach im Stich lassen will.

Also entscheide ich mich, darüber erleichtert zu sein, als das Fenster tatsächlich unter meiner Fingerspitze nachgibt.

Ich schiebe weiter, bis es offen ist, dann schlüpfe ich hinein. Nic, Sybille und Gaspard folgen lautlos.

Ich weiß, dass sie inzwischen hinter mir stehen, aber ich drehe mich nicht zu ihnen um. Ich kann nicht.

Denn ich bin zurück. Während ich in meinem Zimmer stehe, in dem sich in meiner Abwesenheit nichts verändert hat, denke ich kurz, dass ich mir die letzten Monate nur eingebildet habe. Bin ich gerade aus einem Traum aufgewacht und werde mein Leben so weiterführen, wie ich es jahrelang getan habe?

Die Vorstellung ist nicht länger beruhigend, sondern genau das Gegenteil.

»Das ist dein Zimmer«, stellt Sybille fest und mustert die Wand mit den Fotos.

»Das *war* mein Zimmer.«

Gaspard blickt mich zufrieden an, als hätte ich einen Test bestanden.

»Du mochtest die Farbe der Nacht schon immer«, stellt Nic fest, als er über den mitternachtsblauen Stoff meines Bettbezugs streicht.

Das bringt mich tatsächlich kurz zum Lächeln. Aber nur kurz. Dann erinnere ich mich daran, dass wir uns an dem gefährlichsten Ort befinden, den es für Vampire gibt.

Ich betrachte meine Freunde. Wir alle tragen schwarze Kleidung, um mit der Dunkelheit verschmelzen zu können. Selbst in schlichter Kleidung ist Gaspard noch beeindruckend, obwohl es seltsam ist, ihn ohne den riesigen Rubin am Finger zu sehen.

»Zuerst müssen wir ins Büro meines Vaters«, sage ich. »Dann in den Keller. Wenn wir leise sind, dürften wir unerkannt rein- und rauskommen.«

»Und sollten wir doch entdeckt werden«, setzt Gaspard an, »werden wir niemanden verletzen. Wir werden uns wehren. Aber kein Jäger kommt zu Schaden. Dieser Konflikt darf auf gar keinen Fall weiter eskalieren. Haben wir uns verstanden?«

Wir nicken alle.

»Dann geh voraus, Lana«, sagt Gaspard und lässt mir den Vortritt.

Ich nicke. Zu meinen Füßen steht die Tasche, die ich gepackt hatte, als ich aus der Zentrale fliehen wollte und mich doch nicht getraut habe. Ich mache mir nicht die Mühe, sie zu öffnen. Ein anderer Mensch hat sie gepackt. Was darin ist, brauche ich nicht mehr.

Vor meiner Zimmertür halte ich noch einmal inne.

Mutter, die mir Hühnerbrühe bringt.

Leon, der sich nachts hereinschleicht, weil unsere konservativen Eltern es nicht gutheißen, dass wir schon als Teenager im selben Bett schlafen.

Ich kann hören, dass niemand vor der Tür steht, bin aber im Sog meiner Erinnerungen gefangen.

Ich bin ein anderer Mensch, ermahne ich mich selbst. Ich bin eigentlich gar kein Mensch mehr. Den Hass, den ich damals gefühlt habe, habe ich verloren. Doch es ist beruhigend, dass ich meine Liebe nicht verloren habe.

Ich seufze noch einmal, dann trete ich hinaus in den Flur.

Er liegt ruhig vor uns. Ich lausche und weiß, dass die anderen dasselbe tun. Aber ich nehme nur die gleichmäßige Atmung der schlafenden Jäger in ihren Zimmern wahr. Ein paar sind wach. Zu jeder Zeit muss mindestens eine Person Wache halten, zum Glück für uns halten sie sich am anderen Ende des Hauses auf.

Langsam schleiche ich voran, an den Gemälden vorbei, die Generationen von Anführern meiner Familie zeigen.

Ich wäre die erste Frau gewesen. Und nach allem, was passiert ist, könnte ich so viel verändern. Ich könnte die Jäger ohne Hass anführen. Nur spielt das keine Rolle mehr. Ich bin nicht länger die Erbin und werde es auch nie wieder sein.

Der Weg zum Büro meines Vaters kommt mir zu lang und zu kurz zugleich vor. Als ich es betrete, bin ich eigentlich noch nicht bereit, mich ihm zu stellen. Er ist vielleicht nicht selbst hier, seine Essenz jedoch steckt in jedem Möbelstück. Und auch der kann ich wenig entgegensetzen.

Hier hat sich fast nichts verändert. Nur Kleinigkeiten. Tatsächlich verraten gerade die das meiste über meinen Vater. Die Fotos, die uns zusammen beim Training zeigen, sind fort. Natürlich hat er alle Beweise, dass es mich jemals gegeben hat, aus seinem Büro verbannt. Es sollte mich nicht überraschen. Weh tut es trotzdem.

Obwohl in diesem Gebäude so viele Menschen atmen, kann ich doch sofort erkennen, welche Atmung zu meinem Vater und meiner Mutter gehört. Sie sind mir gerade so nah. Sie liegen ruhig in ihrem gemeinsamen Bett.

Eine Träne rinnt mir über die Wange.

Nic ergreift meine Hand und drückt sie fest. Er sagt nichts. Und das ist auch gar nicht notwendig – seine Berührung ist alles, was ich brauche.

Meine Freunde geben mir einen Moment, um mich zu fangen. Dann lasse ich Nic los und trete auf das Gemälde zu. Der Schlüssel ist noch genau dort, wo er immer war. Das bedeutet wohl, dass Leon bei meinem Vater nicht gänzlich in Ungnade gefallen ist.

»Gehen wir«, sage ich und trete aus dem Büro meines Vaters, ohne einen Blick zurückzuwerfen. Es ist Zeit, nach vorn zu schauen.

Als wir den ruhigen Eingangsbereich durchschreiten, schlägt mein Herz kurz so laut, dass meine Umgebung verschwimmt. Der Wachposten sitzt in einem Zimmer direkt über unseren Köpfen. In dem großen Raum ohne Deckung fühle ich mich sehr verletzlich. Aus dem Augenwinkel sehe ich den Kamin, in dem wie immer das Feuer brennt, und für den Bruchteil einer Sekunde meine ich, meinen Vater dort stehen zu sehen. Mein Herz dröhnt noch lauter.

Aber ich kehre nicht von einer Mission zurück und er wartet dort nicht auf mich. Also laufe ich zum Keller und öffne die schwere Tür.

Sofort vernehme ich James. Ich will schon erleichtert aufatmen, als mir das Fehlen eines zweiten Atems auffällt. Gabriel ist nicht hier. Ich weiß, dass die anderen das Gleiche denken wie ich.

Ein Kloß setzt sich in meinem Hals fest, während sich die feuchten Wände immer enger um mich zu schließen scheinen. Ich laufe schneller, obwohl ich nichts lieber tun würde, als umzudrehen und diesen verfluchten Ort so schnell wie möglich wieder zu verlassen.

»James«, entfährt es Nic und er überholt mich auf den letzten Stufen. Er sprintet voraus und geht vor der Zelle, in der James hockt, auf die Knie.

»Nic?«, fragt dieser verwirrt. Er klingt müder als vor ein paar Wochen.

Mein Blick bleibt kurz an der Zelle hängen, in der ich saß und die nun leer ist. Dann laufe ich zu James hinüber.

»Lana«, sagt James und sieht mit seinen sanften Augen zu mir auf. »Du bist zurückgekommen.«

Ich nicke, weil ich kaum schlucken, geschweige denn reden kann.

Er ist ausgezehrt. Es muss lange her sein, dass er Blut bekommen hat. Seine Augen wirken noch immer wie die Rinde eines alten Baumes. Die Ringe darunter sind tiefer geworden wie Abgründe, die sich nach und nach auftun. Er hat Wunden an den Armen, die nicht verheilen. Sie sehen aus wie Einstiche. Ein kalter Schauer läuft meinen Rücken herunter. Was hat mein Vater mit ihm gemacht?

»Hier, alter Freund«, sagt Gaspard und reicht James eine Blutkonserve.

Das erste Mal, seitdem ich James kenne, verliert er seine unerschütterliche Miene. Er hat Hunger. Und sein Hunger reicht tief.

Er packt die Konserve und leert das Blut in gierigen Zügen. Die Wunden heilen. Auch wenn er wahrscheinlich niemals vergessen wird, wie sie aussahen.

»Sybille, geh nach oben und halte Ausschau. Die Tür ist zu dicht. Wir bekommen es nicht mit, sollte sich doch jemand nähern«, gebietet Gaspard.

Sybille nickt. »Es ist gut, dich zu sehen, James«, sagt sie.

»Du bist immer eine ganz besondere Augenweide, Sybille-Darling«, erwidert James.

Sybille lächelt ein letztes Mal, ehe sie die Treppe hinaufeilt.

»Lana, die Schlüssel«, ermahnt mich Gaspard.

Mit fahrigen Fingern nehme ich den Schlüsselbund zur Hand und probiere aus, welcher Schlüssel ins Schloss der Zelle passt.

»Wo ist Gabriel? Und Tony?«, fragt Nic mit zittriger Stimme. Ich kann ihm anhören, dass er sich fast nicht getraut hat, diese Frage zu stellen.

»Tony ist schon vor Wochen ...« James beendet den Satz nicht.

»Ich verstehe.« Gaspards Worte müssten kühl klingen, doch das tun sie nicht. Sie verstecken die Trauer nicht, sie vertagen sie nur auf einen Moment, in dem wir sie uns erlauben können. Wir müssen am Leben bleiben, um später um die trauern zu können, die wir verloren haben.

»Und Gabriel ist dort.«

Ich habe gerade den passenden Schlüssel gefunden, halte jedoch in der Bewegung inne, als James zur Seite deutet. Auf die Tür zum Labor meines Vaters. Mir wird eiskalt.

»Er ist also am Leben?«, fragt Nic.

»Nur knapp«, entgegnet James. In seinen Augen sehe ich nicht länger nur den Hauch der Jahrhunderte, die er durchlebt hat, sondern auch die Grauen, die er in diesem Keller betrachten musste.

Ich habe das Labor nie von innen gesehen. Ich habe Angst, mit dieser Wahrheit über meinen Vater, meine Familie und unser Vermächtnis konfrontiert zu werden. Wäre ich kein Vampir geworden, hätte mich mein Vater irgendwann eingeweiht in das, was sich hinter dieser massigen Tür verbirgt. Und die Lana, die ich damals war, hätte vermutlich ohne zu zögern alles fortgeführt, was er dort begonnen hat. Egal, wie grausam es auch sein mag.

Ich fürchte mich vor dem Tod und vor Schmerzen und Verlust. Aber am meisten fürchte ich mich vor der Person, die ich hätte werden können.

»Hey.« Nic ergreift sanft meine Hand und hilft mir den Schlüssel umzudrehen. Die Zelle geht auf, Nic lässt meine Hand aber nicht sofort los. »Wir kriegen das hin, okay? Ich bin hier. Ich bin immer hier.«

Ich nicke langsam und küsse ihn. Nicht lang, wir haben keine Zeit für mehr. Aber es reicht schon, ihn nur zwei Sekunden zu spüren, um mich ein bisschen ruhiger zu fühlen.

»Ich habe wohl viel verpasst«, kommentiert James, als er aus der Zelle tritt. Nic steht auf und schließt ihn stürmisch in die Arme.

»Ich habe dich auch vermisst«, sagt James scherzend, erwidert die Umarmung aber.

»Alter Freund«, sagt Gaspard, fast schon andächtig. Die beiden Männer legen die Stirn aneinander und halten sich mit einer Hand im Nacken des anderen fest. Die Geste ist so intim, dass es mir unangebracht vorkommt, ihnen zuzuschauen.

»Lana.« James wendet sich an mich. Das erste Mal stehen wir uns gegenüber, ohne dass uns die Gitter einer Zelle trennen. Ich habe nur wenige Stunden mit ihm verbracht und trotzdem kommt es mir ein bisschen so vor, als würde ich in diesem Moment einen Freund wiedersehen.

Und ihm scheint es auch so zu gehen, denn er umarmt mich einfach.

»Jetzt retten wir noch Gabriel und dann verschwinden wir ganz schnell von hier«, meint James, sobald er mich loslässt. »Es ist viel zu lange her, dass ich den wunderschönen Pariser Nachthimmel bewundern konnte.«

Ich straffe meine Schultern und laufe mit entschlossenen Schritten auf das Labor zu. Ich will schon ausprobieren, welcher Schlüssel in die Tür passt, als mir klar wird, dass es kein Schlüsselloch gibt, sondern einen Code, den man in ein kleines Feld daneben eingeben muss. Früher bin ich der Tür nie nah genug gekommen, um das zu bemerken.

»Fuck«, entfährt es mir. »Ich muss eine Zahlenkombination eingeben.«

»Kennst du den Code?«, fragt Gaspard an James gerichtet.

»Leider nicht. Er hat immer darauf geachtet, dass ich ihn nicht dabei beobachte.«

Natürlich hat er das getan. Wir sprechen hier schließlich über François Delacroix.

»Kennst du die Kombination, Lana?«, fragt Gaspard.

»Nein«, erwidere ich und mein Mut sinkt.

»Vielleicht weißt du nicht, dass du die Kombination kennst«, meint Nic. »Würde dein Vater eine Kombination wählen, die für ihn keine Bedeutung hat?«

Ich schüttle langsam den Kopf. Bei den Jägern hat jede Kleinigkeit eine Bedeutung. Unser Leben ist stark ritualisiert. Alles bedeutet etwas. *Von heute bis in alle Ewigkeit.*

»Er wird kein persönliches Datum wählen«, überlege ich laut. »Nicht den Geburtstag meiner Mutter oder seines Vaters. Aber bedeutende Ereignisse für die Jäger.«

Zuerst probiere ich den Gründungstag aus. Es funktioniert nicht. Dann den Tag, als er zum Anführer wurde. Ich war eine vorbildliche Schülerin und habe ihm in den Geschichtsstunden immer aufmerksam zugehört. Doch obwohl ich alle Daten kenne, bringen sie mich gerade nicht weiter. Die Tür öffnet sich einfach nicht.

Meine Bewegungen werden immer hektischer, während ich ein Datum nach dem nächsten ausprobiere. Ich kann durch die dichte Tür nichts vernehmen, aber ich bilde mir ein, Gabriel verzweifelt nach Hilfe schreien zu hören. Ich muss ihm helfen. Ich kann ihn nicht einfach leiden lassen. Ich muss ...

»Lana«, sagt Gaspard bestimmt und dreht mich dann an der Schulter zu sich herum, bis ich ihn ansehen muss. »Ich weiß, du hältst deinen Vater für jemanden, der nur seine Pflicht kennt und keine Emotionen zulässt. Aber jeder Mensch hat Gefühle. Und meiner Erfahrung nach sind die Menschen, die sie am gründlichsten verstecken, die, die am stärksten empfinden.«

Ich will ihm sagen, dass er meinen Vater nicht kennt und keine Ahnung hat, wovon er redet. Da denke ich an das stumme Beben, das meinen Vater durchgeschüttelt hat, während er den toten Körper seines Bruders in den Armen hielt. Er fühlt viel. Und vermutlich hat ihn auch mein Verschwinden nicht kaltgelassen, auch wenn ich das manchmal glauben konnte.

Ich erinnere mich an einen Tag zurück, der in keinem offiziellen Jägergeschichtsbuch niedergeschrieben werden wird. Damals war ich zwölf Jahre alt und mein Vater hat mir erklärt, wie stolz er ist, mich seine Erbin zu wissen. Schon vorher war es irgendwie klar, dass ich in seine Fußstapfen treten würde, aber an diesem Tag hat er es das erste Mal ausgesprochen.

Meine Hände zittern, während ich die Zahlen eintippe. Und ihr Zittern wird stärker, als die Tür einen Spaltbreit aufschwingt.

Ich stoße sie trotzdem ganz auf.

Dass der Raum so unnatürlich steril ist, macht den Horror, der dort auf mich wartet, nur noch schlimmer. Alles ist aufgeräumt und steht penibel aufgereiht in Regalen. In großen Gläsern schwimmen Körperteile in einer durchsichtigen

Flüssigkeit. Da ein Auge. Da eine Hand. Auf einem Brett liegen Fangzähne. Ich komme mir vor, als wäre ich in ein Gruselkabinett getreten und kurz versuche ich mich an diesem Gedanken festzuhalten, weil dann alles weniger real wirkt.

Aber es ändert nichts. Das hier ist real. Und mein Vater, der Mann, der mich in den Schlaf gewiegt hat, als ich ein kleines Mädchen war, der mich trainiert und aufgebaut hat und seine Hand sanft auf meine Stirn gelegt hat, wenn ich Fieber hatte, hat diese gleichen Hände benutzt, um Vampiren ihre Fangzähne aus dem Gebiss zu reißen.

Gabriel liegt inmitten des Raums auf einer Bahre, die man wohl auch in Operationsräumen in Krankenhäusern findet. Dicke Bänder fixieren ihn auf dem kalten Metall. Er ist nicht bei Bewusstsein. Und sein Herzschlag ist so leise, dass ich ihn trotz meines übernatürlichen Gehörs kaum hören kann.

Seine Haut ist fahl, fast schon gräulich. Doch ich erkenne keine Wunden an seinem Körper.

»Was hat er ihm angetan?«, frage ich atemlos.

»Das erkläre ich euch, wenn wir hier raus sind«, sagt James. Seine Stimme ist hart.

»Leute, hier passiert irgendwas«, dringt auf einmal Sybilles Stimme zu uns herüber.

»Geh zu ihr, Nic«, befiehlt Gaspard sofort.

Nic sieht mich an, zögert eine Sekunde, doch ich nicke ihm zu und er rennt los.

»Im Schlafzimmer deiner Eltern ist ein Alarm losgegangen. Sie sind wach. Und sie wecken andere Jäger auf«, ruft Sybille. »Beeilt euch.«

»Vermutlich war die Tür zum Labor mit einem Alarm verbunden«, denke ich laut, während ich zu Gabriel renne. »Niemand außer ihm hatte Zutritt. Er wollte bestimmt sichergehen, dass sich ihm niemand widersetzt.«

Dabei hätte er doch wissen müssen, dass sich niemand von uns das jemals getraut hätte. Wir waren seine treuen Soldaten. Und ich wäre das auch für immer geblieben, hätte ein Vampirbiss an meinem Handgelenk nicht mein ganzes Leben verändert.

Ich will die Bänder aufreißen, aber sie geben nicht einfach nach.

»Sie sollen ja einen Vampir halten können«, kommentiert James, der sich ebenfalls daranmacht, die Bänder zu lösen, die mein Vater mit komplexen Knoten fixiert hat.

»Gabriel«, sage ich beschwörend. »Gabriel, bitte wach auf.«

Er tut mir den Gefallen nicht.

Gaspard holt eine Blutkonserve hervor und legt sie an Gabriels Lippen. Doch der rührt sich nicht. Gaspard träufelt Blut in seinen Mund. Gabriel bleibt einfach liegen. »Leute«, schreit Sybille. »Sie kommen.«

»Ich gehe sicher, dass wir einen Weg nach draußen haben«, sagt Gaspard und wendet sich zur Tür. »Ich gebe euch noch dreißig Sekunden.«

James und ich antworten nicht und mühen uns nur weiter mit den Knoten ab, die Gabriel gefangen halten. Sie geben kaum nach.

»Wir können ihn nicht zurücklassen«, stoße ich verzweifelt aus, während Gabriels schwaches Herz die dreißig Sekunden herunterzuzählen scheint. Meine Sicht verschwimmt hinter meinen Tränen, doch ich wische sie schnell fort. »Wir können ihn nicht allein lassen.«

Allein in diesem Keller. Allein mit meinem Vater. Hier darf Gabriel nicht sterben. Gefesselt an eine Bahre. Nicht mehr als ein Versuchsobjekt. So darf seine Geschichte nicht enden.

»Lana, wir müssen gehen«, sagt James und in meiner blinden Verzweiflung würde ich ihm gern vorwerfen, dass er herzlos ist, doch auch in diesem Zustand kann ich hören, dass er an diesen Worten fast zerbricht.

»Das können wir nicht tun.« Wenn ich es nur schaffe, Gabriel zu retten, vielleicht kann ich dann wenigstens einen Teil der Verbrechen meiner Familie wiedergutmachen.

»Wir müssen.«

»Lana!« Nics verzweifelter, flehender Schrei bringt mich dazu, die Schnüre loszulassen. Weinend wende ich mich von Gabriel ab und lasse mich von James mitziehen, an den Zellen vorbei und dann die Treppe hinauf.

Die Rufe werden lauter. Ein Kampf ist ausgebrochen. Doch in meinen Ohren dröhnt es so laut, dass ich kaum etwas verstehe.

Wir erreichen den Treppenabsatz. Die Eingangstür gegenüber ist offen. Nic und Sybille stehen schon davor, Gaspard wütet in der Eingangshalle. Er hat uns den Befehl gegeben, keinen Jäger zu verletzen. Und daran hält er sich auch. Aber er wehrt ihre Angriffe ab, lässt Möbel durch die Gegend fliegen, bringt die Jäger dazu, sich in Deckung zu begeben. Noch nie habe ich einen Vampir gesehen, der sich so elegant bewegen konnte wie Gaspard. Er könnte sie alle töten, wenn er das wollte. Die Welt nicht in Blut ertrinken zu lassen, ist eine Entscheidung, die er bewusst getroffen hat.

Doch dann wirft jemand eine Granate. Keine Splitter gehen los. Ein Gas tritt aus.

»Lauft!«, schreit James sofort. »Ihr dürft es auf keinen Fall einatmen.«

Dafür ist es zu spät. Es dringt in meine Lungen und scheint sie wie Beton erstarren zu lassen. Ich ersticke. Und obwohl ich daran nicht sterben kann, greift die Todesangst nach mir und drückt mir den Hals zu.

Gaspards Bewegungen werden langsamer, er hustet. Trotzdem schafft er es zur Tür. Sobald er nicht länger in der Halle wütet, kommen die Jäger aus ihren Verstecken. Und unser Fluchtweg ist versperrt.

Ich kann mich nicht mehr bewegen. Mein ganzer Körper ist wie eingefroren. Eine Splittergranate kommt auf mich zu und ich kann nicht ausweichen.

James packt mich und zerrt mich zurück. In den Keller. Dorthin dürfen wir nicht gehen.

Das Gas wird dichter.

»Nicht einatmen, Lana! Hör auf zu atmen.«

Ich gehorche, aber ich weiß nicht, ob das überhaupt noch einen Unterschied macht.

Ich glaube, wir erreichen das Labor. Abgetrennte Körperteile scheinen vor mir in der Luft zu tanzen. Und dann bricht in meinem Kopf die Nacht herein.

31. Kapitel

»Lana!«

Immer und immer wieder ruft eine Stimme meinen Namen. Doch ich kann die Augen nicht öffnen. Wenn ich sie geschlossen halte, geht es mir besser.

»Lana!«

Nur langsam lichtet sich der Nebel in meinem Gehirn und mir wird klar, dass ich all das schon einmal erlebt habe. Ich spüre kalten Boden unter mir. Ich lag schon einmal hier. Diese Stimme hat schon einmal meinen Namen gerufen. Wieso sollte ich die Augen öffnen, wenn ich längst weiß, wie diese Geschichte ausgeht? Sie wird mich immer wieder an diesen Ort zurücktreiben. Ich kann nichts ändern, nichts bewirken. Warum es also überhaupt versuchen?

»Lana!«

Die Stimme lässt mich nicht in Frieden. Sie wird immer lauter. Und schließlich bleibt mir nichts anderes übrig, als das zu tun, was sie von mir will. Ich öffne meine Augen.

Ein paar Dinge sind anders. Ich liege nicht in einer feuchten Zelle. Mein Kopf ist auf einen weichen Schoß gebettet. Um mich herum stehen Regale.

Die Ereignisse kommen schlagartig zu mir zurück und ich schrecke hoch.

»Trink«, fordert James, der mich immer noch leicht stützt. Ich stürze das Blut herunter, ohne darüber nachzudenken. Der Nebel lichtet sich endgültig, aber mir gefällt nicht, was er verborgen hat.

»Wir sind im Labor«, stelle ich überflüssigerweise fest.

»Richtig«, sagt James nur.

Ich lasse meinen Kopf hin und her zucken. Die Tür ist verbarrikadiert. James hat mehrere Regale davorgeschoben. Um uns herum sind Gläser zerborsten, Scherben haben sich im ganzen Raum verteilt, dazwischen liegen Körperteile.

Eine Gänsehaut breitet sich auf meinen Armen aus.

»Es musste schnell gehen«, erklärt James. »Sie waren direkt hinter uns. Ich musste ihnen den Weg abschneiden. Kein Mensch wird diese Tür aufbekommen.«

Das mag sein. Die Jäger können uns nicht erreichen. Aber wir können auch nicht in die Freiheit.

Mein Blick bleibt an der Bahre hängen, auf der Gabriel noch immer liegt.

Ich springe auf und will die Fäden lösen. Dafür habe ich jetzt schließlich genug Zeit. Doch dann halten meine Finger mitten in der Bewegung inne. Sein Herzschlag ... er ... ist verstummt.

Tränen steigen mit so einer Wucht in mir auf, als wollten sie mir die Augen aus den Höhlen drücken.

»Wie?«, bringe ich hervor, während ich sein Gesicht betrachte, das so furchtbar friedlich wirkt. So schrecklich jung. Das bartlose Kinn und die pausbäckigen Wangen. Er hatte ein langes Leben, aber sein Aussehen verrät es nicht und deswegen kann mein Herz es auch nicht glauben.

»Wie ist er gestorben? Ich verstehe das nicht. Was ist da gerade passiert?«

James läuft bedächtig auf seinen toten Freund zu und streicht ihm behutsam durch sein Haar, als könnte er diese sanfte Geste noch spüren. Ich hoffe, dass ein Teil von ihm das noch kann. Das würde mir Trost spenden. Selbst an einem so trostlosen Ort wie diesem.

Noch beantwortet mir James meine Frage nicht. Er küsst seine Handinnenfläche und legt sie dann auf Gabriels Stirn. Dabei schließt er die Augen. Sein Mund bewegt sich, doch die Worte, die er murmelt, sind sogar für mein Vampirgehör zu leise. Ich warte.

Und dann öffnet James die Augen und sieht mich direkt an.

»Ich wollte aus einem bestimmten Grund länger hierbleiben«, setzt er an. »Erinnerst du dich?«

»Wie könnte ich diese Nacht jemals vergessen?«

»Falls wir die Zeit dazu haben sollten, will ich alles hören, was du in den letzten Monaten erlebt hast«, sagt er, als würde er tatsächlich daran glauben, dass wir noch lange genug leben werden, um das zu tun. »Aber vermutlich willst du zuerst Antworten.«

Ich nicke. Wenn ich James starr in die Augen blicke, nehme ich Gabriels Leiche kurz nicht mehr wahr.

»Dein Vater hat Experimente durchgeführt. Mit Vampirblut.«

Ich erschaudere, obwohl ich noch nicht einmal verstehe, was das eigentlich bedeutet.

»Das Blut eines Vampirs ist für andere giftig. Das wurde dir inzwischen bestimmt schon erklärt.«

Ich nicke nur, während ich kurz an meinen Streit mit Nic denke, nachdem ich Bastille fast an die Gurgel gesprungen war. Danach sind wir auch in eine aussichtslos erscheinende Situation geraten. So wie diese. So wie all die anderen, die ich seit meinem Biss erlebt habe. Wenn ich so vieles überlebt habe, warum sollte ich ausgerechnet jetzt sterben?

Ich zwinge mich, diese Gedanken fortzuschieben, weil es wichtig ist, dass ich James genau zuhöre.

»Das wollte dein Vater für seine Zwecke nutzen. Er hat mein Blut benutzt, um herauszufinden, wie es bei anderen

Vampiren wirkt. So hat er auch Tony umgebracht.« Er stockt und ich ergreife reflexartig seine Hand.

»Natürlich bringt es den Jägern nichts, wenn sie Vampiren das Blut injizieren müssen. Dann können sie ihnen auch gleich einen Pfahl durch die Brust jagen. Also hat dein Vater einen anderen Weg gefunden.«

Ich will nachfragen, als ich mir die Antwort selbst zusammenreime. Das Gas, das mich das Bewusstsein hat verlieren lassen. James konnte mich hierher schleppen und die Tür verbarrikadieren. Das Gas hatte keine Auswirkungen auf ihn, weil es aus seinem eigenen Blut hergestellt wurde.

»An Gabriel hat er das Gas getestet. Das Gas, das sie vorhin freigesetzt haben, war zu viel für seinen Körper. Er war schon geschwächt. Er konnte nicht mehr heilen.«

»Wie viel von dem Gas braucht man, um einen von uns zu töten?« Wenn ich strategische Fragen stelle, kann ich die Trauer um meinen toten Freund kurz vergessen. Vielleicht werde ich niemals richtig um ihn trauern müssen, weil ich mich schon bald zu ihm gesellen werde.

»Dein Vater hat ihm immer nur ein bisschen verabreicht und das allein hat ihn fast umgebracht. Du hast zwei Atemzüge davon genommen und hast das Bewusstsein verloren. Drei Atemzüge wären vermutlich schon zu viel gewesen.«

Das ist eine verdammt starke Waffe. Übermenschliche Stärke und Geschwindigkeit werden den Vampiren nichts mehr bringen, wenn die Jäger dieses Gas gegen sie einsetzen.

»Lana, ein Krieg steht bevor«, sagt James. »Den Jägern genügt es nicht mehr, einzelne Vampire zu töten. Sie wollen uns alle vernichten. Sie planen einen Großangriff auf die Festung.«

Mein Herz hält inne, als wäre es zu müde, um weiterzuschlagen – weiterzukämpfen.

»Sie wissen, wo die Festung ist?«

»Dein Vater hat Tony so lange gefoltert, bis er es ihm verraten hat.« James sieht zu einem Auge herüber, das in einer Lache auf dem Boden liegt. Ich traue mich nicht zu fragen, ob es Tonys ist, weil ich die Antwort gar nicht wissen will.

»Ein solcher Angriff würde sehr viele Tote für beide Seiten bedeuten«, sage ich atemlos.

»Das stimmt«, meint James. »Jeden Tag treffen mehr Jäger aus ganz Frankreich ein. Dein Vater bereitet sich darauf vor, mit der geballten Kraft der Jäger die Festung anzugreifen – koste es, was es wolle.«

Würde mein Vater wirklich das Leben so vieler riskieren? *Ja.* Diese Antwort kann ich mir geben, ohne viel darüber nachdenken zu müssen. Es gibt nichts, was er nicht tun würde, um seine heilige Mission zu erfüllen. Dieser Raum sagt mir alles, was ich wissen muss.

»Wie viel Zeit bleibt uns, um uns darauf vorzubereiten?«, frage ich.

»Nicht viel.« James deutet auf das Regal gegenüber und ich laufe darauf zu.

Darin stehen verschiedene Flakons. In zweien erkenne ich das gräuliche Gas. In manchen schwimmt Blut. In anderen schimmern Kristalle, die an Rubine erinnern.

»Sie haben mich nur so lange am Leben gelassen, weil man Vampirblut nicht lange lagern kann«, erklärt James. »Es kristallisiert.«

Mein Kopf erhält ein Puzzleteil, das er sehr lange gesucht hat. Aber das Rätsel, das ich damit lösen kann, wird mir nichts bringen, wenn ich in diesem Raum mein Ende finde.

»Sie werden den Angriff also durchführen müssen, bevor das Blut kristallisiert.«

»Egal, was heute noch passiert, wir müssen ihre Vorräte zerstören«, sage ich. »Können sie auch das Blut von toten Vampiren nutzen?«

»Nein«, erwidert James. »Das kristallisiert noch schneller.«

»Sie dürfen uns also nicht lebend schnappen«, stelle ich fest.

»Richtig.«

Ich nicke knapp. »Hier unten gibt es nichts aus Holz, aber wir haben das Blut des anderen.«

»Richtig«, wiederholt James. Ich bin froh, dass ich immer noch vor dem Regal stehe und sein Gesicht nicht sehe. Ich glaube, dann würde ich meine mühsam aufrechterhaltene Fassung einfach wieder verlieren.

»Die anderen müssen diese Informationen ganz dringend erhalten«, fahre ich fort, während ich spreche, als wäre ich bereits tot. Diese ganze Geschichte hat damit begonnen, dass ich mich nicht in meinen eigenen Sarg legen wollte. Nun wird sie wohl doch genau so enden. Trotzdem kann ich nicht bereuen, was in den letzten zwei Monaten passiert ist. Ich könnte es niemals bereuen.

Ich denke an Nic, an seine blauen Augen, in denen ich mich vermutlich nie wieder verlieren werde, und das bringt mich fast dazu, zusammenzubrechen. Noch darf ich das nicht. Noch muss ich durchhalten. Ich kann mich nicht einfach hinlegen und auf meinen Tod warten. Vorher muss ich sichergehen, dass meine Freunde leben.

»Ich habe schon versucht dein Handy zu benutzen, aber hier unten haben wir keinen Empfang«, meint James.

»Unsere Freunde müssen diese Informationen erhalten. Irgendwie müssen wir es nach draußen schaffen. Nur für wenige Sekunden. Das würde reichen, um auf Senden zu drücken und eine Nachricht mit meinem Handy zu schicken«, überlege ich laut. »Durch die Tür können wir nichts hören, aber ich bin mir sicher, dass die ganze Zentrale davor auf uns wartet.«

»Davon ist auszugehen.«

Ich atme zittrig durch. »Es gibt nur einen Weg nach draußen.«

»Das stimmt so nicht ganz«, erwidert James.

Jetzt drehe ich mich wieder zu ihm um.

»Dein Vater hat eine Vorrichtung eingebaut, sollte er den Vampir, den er hier *untersucht*, nicht mehr unter Kontrolle haben.«

Eigentlich will ich nicht erfahren, welche *Vorrichtung* sich mein Vater noch ausgedacht hat. Aber ich habe keine Wahl. Also bedeute ich James fortzufahren.

Er läuft um Gabriel herum und umfasst eine massive Metallschnur. Er zieht an ihr, woraufhin eine Klappe über unseren Köpfen aufschwingt. *Ein Schacht.* Er führt hinauf bis zu einem Fenster aus Glas und dahinter liegt der Nachthimmel. In meinen Augen brennen unvergossene Tränen. Wenigstens eine große Liebe habe ich noch ein letztes Mal zu Gesicht bekommen.

Doch der Anblick behält nicht seine beruhigende Wirkung. Denn ich erkenne die Beine von Jägern, die dort oben patrouillieren. James lässt die Klappe wieder zuschnappen.

»Dein Vater macht seine Experimente natürlich nur tagsüber.«

Und wenn sich ein Vampir wehrt, öffnet er einfach die Klappe und das Sonnenlicht bringt ihn dazu, das zu tun, was mein Vater von ihm will.

Ich muss nicht fragen, wie James von dieser Klappe erfahren hat.

»Wir müssen dort hochklettern, bis wir die Nachricht abschicken können, und verhindern, dass uns die Jäger lebend schnappen«, fasse ich zusammen.

»Sie werden schon auf uns warten.«

Das stimmt. Eine Idee reift in mir, die ich eigentlich gar nicht aussprechen will, weil ich dann wieder den Geruch von verbranntem Fleisch in der Nase habe. Doch sie ist gerade waghalsig genug, um zu funktionieren.

»Sie werden dort nicht warten, wenn sie nicht damit rechnen, dass wir kommen.«

James zieht die Augenbrauen zusammen. »Wann rechnen sie denn nicht mit uns?«

»Am helllichten Tag«, erwidere ich. »Und entweder schaffen wir es, zu fliehen oder die Sonne sorgt dafür, dass nichts von uns übrig bleibt, das die Jäger noch für ihre Zwecke missbrauchen können.«

James lässt sich nicht anmerken, dass ihm der Gedanke, bei lebendigem Leib zu verbrennen, Angst macht. Er überlegt kurz und schließlich räuspert er sich. »Wenn wir sterben, dann tun wir auch das zusammen.«

James und ich hocken auf dem Boden mit dem Rücken an das einzige Stück Wand gelehnt, das nicht mit Regalen vollgestellt ist, und warten darauf, dass die Sonne aufgeht. Insgeheim hoffe ich, dass Sekunden sich in Minuten verwandeln und Minuten in Stunden und Stunden in Ewigkeiten und wir einfach für immer in diesem Moment verweilen können.

James hat die Nachricht bereits auf meinem Handy getippt. Sie enthält alle wichtigen Informationen über das Gas und den Plan meines Vaters. Nun gibt es nichts mehr, was wir noch tun können.

»So läuft das schon seit Jahrhunderten«, sagt er unvermittelt, nachdem er die Nachricht zum hundertsten Mal gelesen hat.

»Was?«, frage ich.

»Der Kampf zwischen Vampiren und Jägern. Er schaukelt sich immer wieder hoch. Jäger erfinden neue Waffen, die ihnen einen Vorteil verschaffen. Vampire verwandeln mehr Menschen, um ihre eigenen Reihen zu verstärken. Das wird ewig so weitergehen.«

»Wäre es dann nicht die bessere Lösung, sie es jetzt einfach ein für alle Mal beenden zu lassen?«, frage ich.

»Vielleicht«, murmelt James. »Aber dafür würden wir uns nie entscheiden – es geht um das Leben von denen, die wir lieben.«

Das stimmt wohl.

Ich greife nach meinem Handy und James reicht es mir, ohne zu fragen, was ich vorhabe. Seiner Nachricht füge ich einige Worte hinzu.

Danke Gaspard, dass du mir dein Vertrauen geschenkt hast.

Danke Sybille, dass du eine wahre Freundin wahrst.

Danke Nic, dass ...

Ich stocke kurz, aber schreibe dann doch weiter.

Danke Nic, dass ich dich lieben durfte.

Dann gebe ich James das Handy kommentarlos zurück.

»Da glaubt wohl jemand nicht an unser Überleben«, scherzt er.

»Du etwa?«

»Nicht zu hundert Prozent.«

»Zu wie viel Prozent?«

»Zehn.«

»Das ist nicht gerade ermutigend«, kommentiere ich.

»Besser als nichts.«

Ich bleibe stumm.

»Du und Nic also«, sagt James.

Mir entfährt ein Lachen, weil sein tratschender Tonfall so gar nicht zu den Stunden kurz vor unserem Tod passen will.

»Ich und Nic«, meine ich nur. Ich schiebe meinen Ärmel nach oben und entblöße mein Handgelenk. »Die habe ich ihm zu verdanken.«

»Der Beginn einer klassischen Liebesgeschichte. Bissspuren.«

Ich lache wieder auf. »Für Vampire vielleicht.«

James lächelt. »Ich bin froh, dass ihr einander gefunden habt.«

»Wir hatten nicht genug Zeit.«

»Die hat man mit denen, die man liebt, nie«, erwidert James. »Ihr hättet drei Ewigkeiten miteinander verbringen können und es wären immer noch zwei zu wenig gewesen.«

»Aber drei Ewigkeiten wären besser gewesen als zwei Monate.« Der Kloß in meinem Hals ist so massiv, dass ich ihn nicht runterschlucken kann.

»Das tut mir leid«, sagt er und drückt meine Hand. »Und es tut mir leid für Nic. Man hört nie auf, um die zu trauern, die man verloren hat.«

Vermutlich denkt er gerade an Nics Vorfahr, den er nicht vor dem Tod retten konnte. Stattdessen gab er ihm das Versprechen, sich um seine Nachfahren zu kümmern. Hat James sich so vorbildlich daran gehalten, weil er sich seiner verlorenen Liebe dann näher gefühlt hat? Wird Nic noch verbissener kämpfen, wenn ich fort bin, weil er weiß, dass ich mir das gewünscht hätte?

Ich starre geradeaus und betrachte Gabriel, obwohl das genauso wehtut, wie an Nic und Sybille und Gaspard zu denken, die ich vermutlich nie wiedersehen werde.

»Ich wusste zu wenig über Gabriel«, flüstere ich. »Ich weiß nicht, wann er zur Welt gekommen ist, wie sein Leben als Mensch war, ob er gern ein Vampir gewesen ist. Ich dachte, ich hätte Zeit, mehr über ihn zu erfahren.«

James zieht mich an sich und ich lege wie selbstverständlich meinen Kopf auf seiner Schulter ab.

»Auch Gaspard habe ich nie gefragt, wie es ihm mit seinem langen Leben ergangen ist. Er hat bestimmt sehr viele gute Geschichten zu erzählen.«

James lacht auf. »Wenn du wüsstest. Die meisten willst du vermutlich gar nicht hören.«

Ich wende leicht den Kopf, um ihn kritisch ansehen zu können.

»Er war nicht immer so besonnen wie heute. Als ich ihn kennengelernt habe, nannten ihn alle den Schlächter von Marseille und Vampire auf der ganzen Welt sind bei der Erwähnung dieses Namens erschauert.«

Gaspard wirkt immer beherrscht, aber als er in der Eingangshalle der Zentrale stand und gekämpft hat, konnte ich die Macht, die in seinen angespannten Muskeln schlummert, quasi in der Luft riechen. Es fällt mir gar nicht so schwer, mir vorzustellen, was er entfesseln kann, wenn er mal das schicke Seidenband aus seinen Haaren zieht. Es muss einen Grund geben, warum Bastille ihn respektiert.

Wie hat Gaspard es geschafft, sich von den Verbrechen seiner Vergangenheit reinzuwaschen? Ist das überhaupt möglich? Kann man Blut, das man vergossen hat, wirklich von seinen Händen tilgen oder wird es sie immer verschmutzen?

»Wenn ich heute sterbe, habe ich keine Chance mehr, all das hier wiedergutzumachen«, sage ich, bevor ich die Worte runterschlucken kann.

»Was meinst du damit?«

Ich breite die Arme aus. »All das.«

»Du kannst nichts für all die Dinge, die hier passiert sind.«

»Ich bin eine Delacroix«, erwidere ich. »Ich trage Verantwortung. Sehr viel.«

Mir wird übel, während ich meinen Blick schweifen lasse. Ich will meine Augen verschließen, aber ich habe schon vor langer Zeit beschlossen, dass ich das niemals wieder tun werde. Vor der Wahrheit darf ich mich nicht verstecken.

»Als Jäger gewöhnt man sich viel zu sehr an den Tod«, fahre ich fort. »Ich war mit meinem Freund schick zu unserem Jahrestag essen, obwohl sich meine Trainerin am Tag danach einen Holzpfahl in die Brust bohren sollte. Geht es noch herzloser?«

»Du warst nicht herzlos«, widerspricht James. »Tod war ein Teil deines Lebens. Er wurde normal. Wenn man etwas oft genug sieht, kann es einen irgendwann nicht mehr schocken.«

Ich glaube nicht, dass das wirklich stimmt. Manche Schrecken verlieren ihre Wirkung nie. Dieser Raum würde immer Übelkeit in mir hervorrufen. Davon bin ich fest überzeugt. Und das erleichtert mich. Ich will mich nie wieder an etwas gewöhnen. Nicht an das Grauen. Aber auch nicht an Liebe, damit ich sie nie für selbstverständlich halte.

Ich stocke. Solche Gedanken sind überflüssig. Um mich an etwas zu gewöhnen, bräuchte ich Zeit. Und die läuft mir gerade mit schnellen Schritten davon.

»Tod ist auch ein Teil von Unendlichkeit«, meint James. »Und er wird alltäglich. Aber nicht jeder Tod ist gleich und mit manchen habe ich nie gelernt umzugehen.«

Wünsche ich mir, dass die anderen lernen, mit unserem Tod umzugehen oder will ich, dass sie mich und den Schmerz über meinen Verlust niemals richtig vergessen?

Da ich egoistisch bin, kenne ich meine Antwort auf diese Frage.

»Die Arbeit als Jägerin hat mich abgestumpft. Ich musste erst meinem eigenen Tod ganz nah kommen, um zu lernen, wie viel Bedeutung er hat«, sage ich.

»Ich bin froh, dass du das noch gelernt hast.«

Und das bin ich auch, obwohl es mein Leben nur um wenige Monate verlängert hat.

Ich spüre die Hitze, die durch die Klappe dringt und immer stärker wird. James spürt es auch. Er spannt sich an. Wir müssen uns nicht absprechen. Wir wissen beide, dass der Tag angebrochen ist.

Fast gleichzeitig stehen wir auf. Und dann gehen wir zu dem Regal mit seinem gelagerten Blut hinüber. Wir werfen die Flakons auf den Boden, wo das Blut versickert.

Das ist keine dauerhafte Lösung. Die Jäger müssen nur einen einzigen Vampir in ihre Gewalt bekommen, um das Gas erneut herzustellen. Aber bis es soweit ist, können wir unseren Freunden wenigstens Zeit verschaffen.

Die zwei Flakons mit Gas stecke ich mir in die Hosentasche. Vielleicht können sie mich ja vor einem langsamen, qualvollen Tod in der Sonne bewahren. Ich schlucke schwer. Ich habe es nicht über mich gebracht, den Holzpfahl in meiner eigenen Brust zu versenken. Werde ich es schaffen, das einzuatmen?

»Es war mir eine Ehre, dich kennengelernt zu haben, Lana«, sagt James, als er sich neben die Schnur stellt und sie umgreift.

Ich lächle schwach. »Es war mir auch eine Ehre, James.«

Wir nicken uns noch einmal zu. Und dann öffnet er auch schon die Klappe und lässt den grausamen Tag hinein.

32. Kapitel

Ich weiß nicht, ob mich die Sonne oder die Schmerzen, die sie auslöst, mehr blenden. Aber ich kämpfe mich trotzdem voran.

James ist vor mir, er kriegt noch mehr Sonne ab als ich, doch er wird nicht langsamer. Und er schreit nicht.

Ich ramme mir meine Zähne tief in die Unterlippe, damit ich das auch nicht tue. Sobald wir schreien, werden uns die Jäger entdecken und es wird nichts gebracht haben, dass wir bis zum Tag gewartet haben, um einen verzweifelten Fluchtversuch zu starten.

»Abgeschickt«, ächzt James vor mir, als er das Fenster erreicht.

Ich kann ihm nicht antworten, weil ich dann schreien würde. Ich warte darauf, dass ich Erleichterung fühle. Sie stellt sich nicht ein. Unsere Freunde sind gewarnt. Doch unser Tod ist immer noch in greifbarer Nähe und ich fühle wieder den verzweifelten Überlebensinstinkt an meinen Muskeln zerren, der mich auch dazu gebracht hat, das Leben eines Vampirs dem ehrenhaften Tod eines Jägers vorzuziehen.

James schlägt gegen das Fenster. Es ist viel zu laut. Er schlägt noch zweimal, dann splittert das Glas. Die Scherben regnen auf mich herab und schneiden in meine Wange. Ich registriere es kaum, weil ich nur die Hitze wahrnehme. Ich spüre sie inzwischen tief in meinen Knochen und glaube, dass sie langsam meine Organe kocht.

James springt raus und ich stoße mich ab und springe hinterher.

Die Sonne ist so hell, dass ich kaum etwas sehen kann. Grelle Schlieren ziehen sich durch mein Sichtfeld. Nur Schemen kann ich ausmachen. Hinter mir ist das Haus. Vor mir die Straße und der undefinierte Umriss neben mir, der sich nach vorn krampft, muss James sein.

Auf einmal trifft mich etwas am Bein. Ich gehe zu Boden und meiner Kehle entkommt der Schrei, den ich die letzten Minuten unterdrückt habe. Ein Pfahl hat mich durchbohrt.

Endlich gewöhnen sich meine Augen an die Helligkeit.

Im Eingang der Zentrale steht ein Jäger. Er hat auf mich geschossen und schreit nach Verstärkung.

»Lana!«, ruft James. Ich spüre seine Hände auf meiner brennenden Haut, wo sich langsam das Fleisch freilegt. Er reißt den Pfahl heraus. Ich habe keine Ahnung, woher er die Kraft dazu nimmt. Dann zieht er mich auch schon weiter. Dabei haben wir gar kein Ziel. Wir werden es niemals auf die andere Seite der Seine schaffen. Der Weg ist zu weit. Er schleppt mich hinter sich her in den Schatten des Nachbarhauses. Der Schmerz lässt genug nach, dass ich wieder denken kann, obwohl ich die drohende Kraft der Sonne noch immer auf meinem Körper vibrieren spüre.

»Es gibt wohl keinen Ausweg«, spricht James das aus, vor dem ich mich zu sehr gefürchtet habe.

Wir stehen wortwörtlich mit dem Rücken gegen die Wand. Aus der Zentrale stürmen Jäger. Ein Pfahl schlägt neben meinem rechten Bein ein. Mein Herz hat er echt weit verfehlt. Doch dann wird mir klar, dass sie uns lebend brauchen. Sie brauchen unser Blut, um neues Gas herzustellen. Das dürfen wir nicht zulassen.

Ich hole die zwei Flakons mit Gift heraus. Ich muss es zerstören. Und mich gleich mit. James zieht den Pfahl aus der Wand und legt ihn auf seine Brust.

Die Schreie der Jäger werden immer lauter, verzweifelter. Sie wollen uns nicht verlieren und mit uns ihre Chance auf einen Krieg, der zu ihren Gunsten ausgeht. Wie viele von ihnen werden sterben, wenn mein Vater seinen Willen bekommt?

Ich sehe Leon und Zoe mit leeren toten Augen vor mir. Der Gedanke schmerzt, aber ich werde diesen Krieg nie selbst erleben müssen.

James und ich nicken uns zu. Ein letztes Mal. Wir müssen jetzt handeln.

Ich sehe geradeaus in die blendende Sonne. Und dann entdecke ich es.

Im letzten Moment umklammere ich den Pfahl, den James gerade in sein Herz treiben wollte.

»Der Gullideckel«, flüstere ich.

Uns bleibt der Bruchteil einer Sekunde. Ich verstaue einen Flakon in meiner Jeans und werfe den anderen in die sich nähernde Menge aus Jägern, die nur noch zehn Meter von uns entfernt sind und nur nicht erneut geschossen haben, weil sie uns lebend gefangen nehmen wollen. Aber ich werde niemals in diesen Keller zurückkehren. Und ich werde meinem Vater auch nicht den Gefallen tun, zu sterben.

Das Gas kann ihnen nichts anhaben, aber ein gräulicher Schleier legt sich über sie und nimmt ihnen die Sicht. Ich halte die Luft an und folge James, der mutig zurück in die Sonne sprintet. Verzweifelt presse ich meine Kiefer zusammen, obwohl ich den Schmerz wegatmen will. Das wäre mein endgültiges Ende.

James schiebt den Gullideckel zur Seite, wartet, bis ich bei ihm bin, und dann springen wir hinein.

Er zerrt mich weiter, bis wir um die nächste Ecke sind. Erst dann wage ich es wieder zu atmen. Gierig japse ich nach

Luft, bis der widerliche Geruch, der hier unten herrscht, sich in meiner Nase festsetzt.

Wenigstens rieche ich unsere verbrannte Haut nicht länger. Hier unten ist es dunkel. Und vor Erleichterung entfährt mir ein Lachen.

Doch uns bleibt keine Zeit, uns auf diesem kleinen Sieg auszuruhen. Die Jäger besprechen sich. Sie wollen uns folgen.

»Weiter!« James packt mich am Arm und zieht mich hinter sich her. Die Hautfetzen auf seinen Armen wachsen langsam wieder zusammen, allerdings nicht richtig. Wir brauchen Blut. Dringend. Die Jäger nähern sich und wir können ihnen nur entkommen, wenn wir unsere übernatürliche Geschwindigkeit zurückerlangen.

Ich nehme ein Geräusch neben mir wahr, fahre herum und packe mir eine Ratte aus dem Abwasser, in dem ich bis zum Knöchel stehe.

Mir wird speiübel. Nur bleibt mir keine andere Wahl. James beobachtet mich, versteht und schnappt sich ebenfalls eine Ratte.

»Bon appétit«, sagt er sarkastisch und dann grabe ich meine Eckzähne schon in das wehrlose Tier.

Das Blut ist lebendig, was mich dazu bringt, es gierig einzusaugen. Aber es schmeckt fahl. Sägespäne scheinen sich auf meine Zunge zu legen. Ich trinke trotzdem weiter, bis ich spüre, dass sich die Wunden auf meinen Armen schließen.

»Gute Idee«, meint James nur und wirft die tote Ratte von sich. Ich tue das Gleiche.

Meine Wunden heilen. Ich fühle mich wieder kraftvoll. Meine Umgebung nehme ich gestochen scharf wahr. Die Jäger sind ganz nah.

»Weiter«, sagt James und dann rasen wir auch schon los. Abwasser spritzt in alle Richtungen. Ich kriege es sogar in meine Haare. Den Mund halte ich verzweifelt zugekniffen, damit ich es wenigstens nicht auf der Zunge schmecken muss. Ich liebe meine Vampirsinne. Dank ihnen spüre ich schöne Momente noch intensiver. Nics Hände auf meiner Haut, der Geruch der Pariser Nacht in der Nase, all die Klänge des Stadtorchesters im Ohr. Doch das gilt auch für Unangenehmes. Ich kann genau sagen, aus welchen ekelhaften Gerüchen sich der Gestank des Abwassers zusammensetzt. Ich weiß nun mehr, als ich jemals über die Kanalisation von Paris wissen wollte.

Immer weiter folge ich James und obwohl ich keine Ahnung habe, woher er die richtige Richtung kennt, folge ich ihm stumm, weil ich zum Fragen den Mund öffnen müsste.

James bleibt kurz stehen, um einen Gullideckel über uns kurz zur Seite zu schieben. Automatisch weiche ich in den Schatten zurück. Er zieht sich hoch, sieht sich draußen nur kurz um und lässt sich dann nach unten fallen. »Hier lang«, meint er und rennt weiter. Eine leichte Röte liegt von dem kurzen Kontakt mit der Sonne auf seinen Wangen, doch das wird heilen, ohne dass er neues Blut zu sich nimmt.

Die Jäger haben wir inzwischen so weit hinter uns gelassen, dass ich sie kaum noch höre, aber noch entspanne ich mich nicht. Erst müssen wir die Festung in einem Stück erreichen.

James bleibt erneut stehen, öffnet einen Gullideckel und sieht sich um.

»Die letzten fünfzig Meter müssen wir in der Sonne hinter uns bringen.«

»Nic!«, rufe ich sofort. »Sybille! Gaspard!«

»Lana.« Das ist Nic. Seine Stimme dringt aus der Entfernung zu mir herüber. Sie haben uns gehört. »Ihr lebt.«

»Noch«, meint James. »Wir kommen gleich auf den Haupteingang zu. In der prallen Sonne. Steht mit Blut bereit.«

»Machen wir«, meint Nic nur. Ich kann ihm anhören, dass er weint.

James öffnet den Gullideckel komplett und wir sprinten los. Wir kommen an Passanten vorbei, doch so schnell wie wir sind, verbuchen sie uns hoffentlich als optische Täuschung. Die Festung tut sich vor mir auf, ich werde schneller, obwohl mir die Sonne meine Stärke aus den Muskeln brennen will. Mein Blut beginnt zu brodeln wie Wasser in einem Kochtopf. Ich glaube, ich schwitze nicht, sondern koche über. Mir wird übel. Ich zittere. Ich weiß nicht, ob ich es schaffen kann.

Da öffnet sich die Tür. Und schon liege ich in Nics Armen.

»Du lebst. Du lebst.« Er schluchzt ungehalten und ich tue das Gleiche, sobald sein Geruch mir in die Nase steigt.

»Ihr stinkt abscheulich«, kommentiert Sybille, um über ihre eigenen Tränen hinwegzutäuschen.

Modriges Abwasser tropft aus meiner Kleidung, ich habe noch immer den faulen Geschmack einer toten Ratte auf der Zunge und trotzdem küsst mich Nic verzweifelt und ich erwidere es, weil es nichts anderes gibt, was besser beweist, dass ich überlebt habe, als das Kribbeln, das er auf meiner Haut auslöst.

Ich schiebe mich ein bisschen von Nic weg, damit wir uns in die Augen sehen können. Ich ertrinke in dem Blau.

»Ich lebe, okay? Ich lebe. Ich bin hier.«

»Ich wollte dich nicht zurücklassen. Es tut mir so leid. Ich wollte nicht ...«

»Hey, hey«, sage ich schnell. »Du hast das Richtige getan. Du musst dich für nichts entschuldigen.«

»Nur bei uns«, meint Sybille, während Gaspard erst James und dann mir eine Konserve Blut reicht. »Wir mussten diesen Sturkopf gemeinsam packen und von der Zentrale wegschleppen. Er wollte wieder reinrennen. Wegen dir.«

»Du wärst gestorben«, sage ich vorwurfsvoll, nachdem ich das Blut getrunken habe und endlich keine Sägespäne mehr auf der Zunge schmecke.

Nic will schon ansetzen, doch ich hebe die Hand, um ihn davon abzuhalten. »Wenn du jetzt sagst, das wäre dir egal gewesen, schubse ich dich raus in die Sonne – das ist der größte Mist, den du jemals von dir gegeben hast. Also versuch's gar nicht erst.«

Nic gibt keine Antwort, sondern zieht mich einfach dankbar in seine Arme.

»Ich habe deine Nachricht erhalten«, sagt Gaspard an James gewandt. »Das ist höchst besorgniserregend.«

Da fällt es mir wieder ein. Ich hole den Flakon aus meiner Hosentasche und reiche ihn Gaspard.

»Was ist das?«

»Das ist das Gas. Sei vorsichtig damit. Drei Atemzüge davon würden dich umbringen.«

Gaspard nickt ernst und steckt ihn ein.

»Ihr seid also doch zurückgekommen.«

Ich hebe den Blick und begegne dem von Bastille, der gerade die gewundene Treppe hinabkommt. Natürlich hängt Cédric an seinem Rockzipfel.

»Was eine Erleichterung.«

Wir wissen alle, dass er sich nichts mehr wünscht, als uns los zu sein.

»Ich weiß deine ehrliche Anteilnahme sehr zu schätzen, Bastille«, entgegnet Gaspard kühl. Wenn er mich mit diesem Tonfall angesprochen hätte, wäre ich vermutlich auf der Stelle tot umgefallen.

Bastille deutet eine Verneigung an, dann sieht er mich an. »Du bist wirklich nicht totzukriegen, Lana Delacroix. Das muss man dir lassen.« Es klingt fast schon beeindruckt.

Ich sehe nicht weg. Ich habe ihn schon einmal geschlagen. Und ich könnte es wieder tun.

»Wenn du uns entschuldigen würdest«, sagt Gaspard. »James und Lana brauchen dringend eine Dusche, neue Kleidung und Ruhe.«

»Natürlich, natürlich«, erwidert er und wendet sich noch mal an mich. »Genieß es.«

Er spricht es nicht aus, aber der zweite Teil des Satzes hängt trotzdem sehr deutlich in der Luft.

Solange du noch kannst.

Frisch geduscht und in sauberer Kleidung sitze ich in Gaspards Büro. James hat sich auf einem anderen Ohrensessel niedergelassen. Nic steht hinter mir und hat beide Hände auf meine Schultern gelegt, als wollte er sichergehen, dass ich nicht mehr verschwinden kann. Der Körperkontakt zu ihm beruhigt auch mich, deswegen lege ich meine Hand auf seine.

Gaspard steht am Kamin und starrt in die Leere. Sybille läuft hektisch auf und ab.

»Gabriel«, entfährt es ihr und stumme Tränen rinnen über ihr Gesicht. »Wieder einer unserer Freunde, den wir nicht beerdigen können.«

Sie denkt an Coco. Ich frage mich, ob eine Sekunde an einem Tag verstreicht, in der sie nicht an Coco denkt.

»Und es werden sehr viele dazukommen, wenn Lanas Vater seinen Plan in die Tat umsetzt«, meint Gaspard.

»Das wird er«, sage ich, obwohl ich die anderen lieber beschwichtigen würde. Aber sie verdienen die Wahrheit. »Ich kenne meinen Vater. Er wird nicht ruhen, bis er seinen Plan umgesetzt hat.«

»Dann müssen wir ihn verhindern«, sagt Gaspard. Wenn er so überzeugt klingt, kann ich tatsächlich für einen kurzen Moment glauben, dass es eine einfache Lösung gibt. Doch nur kurz.

»Wie denn?«, frage ich. »Sie müssen nur einen Vampir schnappen und können das Gas wieder herstellen. Und dem haben wir kaum etwas entgegenzusetzen.«

»Wir könnten unsere Reihen vergrößern«, meint Sybille.

»Du willst Menschen, die damit nichts zu tun haben, verwandeln und in diesen Krieg reinziehen?«, fragt James.

»Natürlich nicht. Ich denke nur laut«, fährt sie ihn ein bisschen ungehalten an. »Tut mir leid, James. Ich bin nur ...«

»Ich weiß.« Beschwichtigend lächelt er sie an. »Ich auch.«

Wir schweigen, als hätten wir uns abgesprochen, Gabriel und ihren anderen verlorenen Freunden eine Minute der Stille zu widmen.

Dann räuspert sich Gaspard. Die Entschlossenheit, die er ausstrahlt, sollte mich beruhigen. Gerade tut sie das Gegenteil. Denn er scheint einen Plan ins Auge gefasst zu haben und weil sein Blick so entschlossen auf mir liegt, ist klar, wer ein integraler Bestandteil dieses Plans ist.

»Wir müssen diesen Krieg endlich beenden. Ein für alle Mal.«

»Und wie willst du das machen? Die Zentrale in die Luft sprengen?«, fragt Sybille.

Ich will schon Widerspruch erheben, doch Gaspard schüttelt den Kopf.

»Natürlich nicht. Ich habe genug gemordet. Ich werde nie wieder ein unschuldiges Leben nehmen. Das habe ich mir schon vor Jahrzehnten geschworen.«

Wir sind so still, während wir gespannt auf seine nächsten Worte warten, dass wir uns kaum trauen zu atmen.

»Ich will Frieden. Es ist an der Zeit zu verhandeln.«

Nic entfährt ein ungläubiges Schnauben. »Wie genau stellst du dir das vor? Wen willst du in die Zentrale in seinen sicheren Tod schicken, um einen Frieden auszuhandeln, an den sich weder Jäger noch Vampire halten werden?«

Da Gaspards Blick immer noch starr auf mir liegt, ist die Antwort ziemlich eindeutig. »Wir haben die perfekte Kandidatin.«

Nics Hände verkrampfen sich an meinen Schultern. »Auf keinen Fall.«

Doch ich blicke mich nicht zu ihm um, sondern sehe nur Gaspard an. Genauso gebannt wie er mich.

»Sie mag mal eine Jägerin gewesen sein«, fährt Nic aufgebracht fort. »Aber jetzt werden sie keinen Unterschied mehr machen. Vampir ist Vampir.«

»Dann muss sie eben wieder ein Mensch werden«, sagt Gaspard, als wäre es ganz leicht.

»Ach so, wenn das alles ist, kein Problem, dann nimmt sie einfach eine der vielen Portionen der Heilung, die wir hier rumliegen haben. Keine große Sache«, stößt Nic aus. Ich bin mir sicher, dass er noch nie so respektlos mit Gaspard geredet hat, der nimmt es jedoch gelassen. Er scheint ihn kaum richtig zu hören. Seine Aufmerksamkeit liegt nach wie vor auf mir.

Und da verstehe ich es endlich.

Im Labor hat mich dieser Gedanke bereits gestreift, aber danach ist so viel passiert, dass ich ihn nicht festgehalten habe.

Vor mir sehe ich wieder das kristallisierte Blut in den Flakons schimmern. Wie Rubine.

Mein Blick findet Gaspards Ring, den er, nun, da wir zurück in der Festung sind, wieder an seinem Finger trägt.

Bei unserer ersten Begegnung habe ich mir schon gedacht,

dass es keinen passenderen Edelstein für den Anführer der Pariser Vampire geben könnte. Erst jetzt verstehe ich, wie recht ich mit diesem Gedanken hatte.

»Das Blut des ersten Vampirs«, kommt es mir ehrfürchtig über die Lippen, während ich meine eigene Reflexion in dem Edelstein betrachte, der in Wirklichkeit gar keiner ist. »Vampirblut kristallisiert.«

Gaspard lächelt, als ihm klar wird, dass ich es verstanden habe.

»Du hattest die Heilung die ganze Zeit«

Sybille zieht hörbar die Luft ein.

Gaspard hebt den Ring an und betrachtet ihn gedankenverloren. »Ich hatte ihn all die Jahre. Und ich habe nur auf den richtigen Moment gewartet. Auf genau diesen Moment. Auf dich, Lana.«

Mein Herz schlägt dumpf in meinen Ohren.

»Die Heilung war immer für dich bestimmt. Damit du uns alle retten kannst.« Er zieht sich den Stein vom Finger und reicht ihn mir. »Bist du bereit, wieder ein Mensch zu werden?«

33. Kapitel

Gaspard hält mir den Ring immer noch entgegen, doch ich bringe es einfach nicht über mich, ihn zu ergreifen. Ich bin erstarrt und gerade fühlt es sich so an, als würde nie wieder Leben in meinen Körper zurückkehren.

Sybille, Nic und James hingegen reden alle laut und wild durcheinander.

»Du hattest die Heilung all die Zeit?«, ruft James aufgebracht aus. »Du warst dabei, als ich gelitten habe, weil ich nicht mit Leonardo alt werden konnte. Hattest du die Heilung damals schon? Hättest du mir das Leben mit ihm geben können, nach dem ich mich so gesehnt habe? Ich habe all meinen Schmerz mit dir geteilt. Du wusstest es.«

»Das stimmt«, sagt Gaspard, in dessen Stimme keine Reue liegt. »Und ja, bereits damals war die Heilung in meinem Besitz.«

James wendet sich enttäuscht von seinem Freund ab. Er weint. Ich kann die Tränen von seinen Wangen perlen hören.

»Wieso hast du dann Lana auf diese Schnitzeljagd mit mir geschickt?«, fragt Sybille. »Wozu das alles, wenn du sie ihr einfach hättest geben können?«

Bevor Gaspard antworten kann, funkt Nic dazwischen. »Woher wissen wir, dass es funktioniert? Das Blut eines Vampirs ist für einen anderen giftig. Was ist, wenn es sie umbringt?«

»Ich habe schon einmal einen Vampir die Heilung nehmen sehen. Es bringt ihn nicht um. Die Dosis macht das

Gift und es ist genau die richtige Dosis. Du musst nicht um Lanas Leben fürchten.« So wie er redet, hält er das alles für eine beschlossene Sache. Und war es das nicht immer? Habe ich nicht genau auf diesen Moment hingearbeitet? Bin ich nicht deswegen zu Edna gegangen und habe tote Vampire ausgegraben?

Wieso fühlt sich das gerade nicht wie die Erfüllung all meiner Träume an?

Ein Blick in Nics Augen, die sich mal wieder in blaue Flammen verwandelt haben, und ich habe meine Antwort.

Ich bin nicht mehr dieselbe Lana, die sich nach der Heilung gesehnt hat. Nun ist da dieses Sehnen in mir, nach der Nacht. Und die Frau, die ich nun bin, hat mit der Lana, die in der Sonne laufen konnte, nicht mehr viel zu tun.

Aber macht es tatsächlich einen Unterschied? Geht es wirklich darum oder nicht um etwas ganz anderes?

Mit bedächtigen Schritten nähert sich Gaspard seinem Freund. James zuckt leicht zusammen, als er die Hand auf seine Schulter legt, aber er schüttelt sie auch nicht ab.

»Es tut mir leid, James. Das meine ich aufrichtig. Ich habe gesehen, wie du gelitten hast und hätte etwas daran ändern können. Aber ich habe mich bewusst dagegen entschieden, dir zu helfen.«

James' Körper bebt.

»Die Heilung war nie dafür gedacht, einen Vampir glücklich zu machen, sondern diesen Krieg zu beenden.«

»Das hast du so entschieden«, entfährt es James. Noch immer hat er sein Gesicht abgewendet, damit wir anderen seine Tränen nicht sehen können.

»Siehst du nicht, dass alle Entscheidungen uns genau zu diesem Moment geführt haben? Hätte ich sie dir damals gegeben, dann hättest du Nic und Sybille nicht retten können.

Lana wäre nie ein Vampir geworden. Wir würden nicht alle hier stehen. Wir hätten nicht die Chance, diesen Krieg nach Jahrhunderten endlich zu beenden.«

»Du wusstest nicht, dass das alles passieren würde.«

»Nein«, gibt Gaspard zu. »Ich habe mich damals entschieden, die Heilung aufzuheben, bis ich sie für eine größere Aufgabe einsetzen kann.«

Er lässt James los. »Und um deine Frage zu beantworten, Sybille«, fährt er ruhig fort, obwohl James sich noch immer weigert, seinem Blick zu begegnen. »Ich konnte Lana die Heilung nicht geben, als sie hier ankam. Dann hätte ich sie verschwendet. Damals hätte sie uns nicht geholfen. Sie musste erst eine von uns werden.«

»Also muss sie das jetzt wieder aufgeben?« Nics Stimme bricht. »Du wusstest das von Anfang an und hast trotzdem zugelassen, dass ich mich in sie ...« *verliebe.*

Noch immer kann ich mich nicht rühren, aber dieses unausgesprochene Wort ist das erste, das mich so richtig erreichen kann.

Und trotzdem hat er zugelassen, dass wir uns verlieben.

»Bei dir muss ich mich auch entschuldigen, Nicolas.« Gaspard legt auch ihm die Hand auf die Schulter. »Doch eure Liebe ist einer der Gründe, warum sie eine von uns werden konnte.«

»Das ist nicht fair.«

»Du hast mir mal gesagt, dass ich egoistisch bin, weil ich die Heilung für mich selbst will«, kriege ich mühsam hervor.

»Das habe ich nicht so gemeint«, sagt Nic sofort.

Doch ich schüttle den Kopf. »Es war egoistisch.« Ich sehe Gaspard an. »Denn die Heilung war nie dafür gedacht, einen Vampir glücklich zu machen, sondern diesen Krieg zu beenden.«

Er lächelt mich zufrieden an, kommt auf mich zu und legt den Ring in meine Hand. Ich umgreife ihn so fest, bis sich die Kanten in meine Haut bohren.

»Die Heilung ist für dich, für niemanden sonst. Nicht einmal für die Lana, die du vor ein paar Wochen warst, vor ein paar Stunden, sondern die Lana, die du in diesem Moment bist.«

Ich glaube, ich habe immer noch nicht ganz verstanden, was hier gerade passiert. Ich umklammere einfach nur den Ring, obwohl ich nicht mal weiß, ob ich ihn haben will.

»Du musst nichts tun, was du nicht willst, Lana«, sagt Sybille mit Nachdruck. »Es ist deine Entscheidung.«

Meine Entscheidung? War überhaupt irgendwas jemals wirklich meine Entscheidung?

Ich war die Erbin meines Vaters.

Ich war Gaspards geheimer Plan.

Wozu habe ich mich schon wirklich entschieden?

Das muss ich nun herausfinden.

»Würdet ihr Gaspard und mich einen Moment allein lassen?«, frage ich meine Freunde mit dünner Stimme.

Sybille nickt und James wendet sich wortlos ab. Nic verharrt noch einen Moment an der Stelle, als würde er fürchten, ich würde wieder zu einem Menschen werden, sobald er sich von mir abwendet.

»Ich gehe nirgendwohin. Ich bin hier«, versuche ich ihn zu beruhigen.

»Wie lange noch?« Er klingt nicht bitter oder vorwurfsvoll. Nur müde und traurig.

Bevor er den Raum verlässt, beugt er sich zu mir herunter und gibt mir einen kurzen Kuss.

»Mein Versprechen gilt noch«, sagt er.

Ich kann es nicht erwidern, weil ich keine Ahnung habe,

was in diesem Moment noch gilt. Aber er scheint es mir nicht übel zu nehmen. Er streicht noch einmal sanft über meine Wange und lässt mich dann mit Gaspard allein.

Das Klicken der Tür ertönt und Gaspard setzt sich mir gegenüber in den Ohrensessel. Er drängt mich nicht. Er wartet ab, bis ich bereit bin zu reden.

Behutsam öffne ich meine Handfläche und mustere den Edelstein, der gar keiner ist.

»Edna wusste davon, oder?«, frage ich, während sich in meinem Kopf all das zusammensetzt, was vor wenigen Minuten noch keinen Sinn ergeben hat.

»Natürlich wusste sie es. Sie hat mir die Heilung vor Jahrhunderten gegeben.«

Ich nicke und denke an Ednas vollgestelltes Zimmer. Sie hat ihr ganzes Leben damit verbracht, Kostbarkeiten zu sammeln. Natürlich war auch die Heilung dabei.

»Sie kannte den ersten Vampir. Aber er ist tot. Das ist tatsächlich die einzige Heilung, die noch existiert«, erklärt Gaspard weiter.

Sofort scheint der Kristall schwerer in meiner Hand zu wiegen und die Entscheidung, die ich treffen muss, liegt schwerer auf meinen Schultern als zuvor.

»Edna hat mir gesagt, dass der Vampir, der die Heilung in seinem Besitz hat, sich mit ihr begraben lassen wollte«, sage ich mehr zu mir selbst als zu Gaspard. »Sie hat nie gesagt, dass er tatsächlich gestorben ist, sondern nur, dass er das vorhatte.«

»Sehr gut, Lana«, meint Gaspard anerkennend, als hätte ich einen Test bestanden. Und genau das war es. Alles, was ich in den letzten Monaten getan habe. Immer mit Gaspards aufmerksamen Augen auf mir.

»Du wolltest wissen, ob du mir vertrauen kannst«, setze

ich an. »Dass ich helfe, James zu befreien, war der letzte Test. Damit habe ich endgültig bewiesen, dass ich auf eurer Seite stehe.«

»Es tut mir leid, wenn du dich manipuliert fühlst. Das war nie meine Absicht.«

Fühle ich mich manipuliert? Ein bisschen vielleicht. Trotzdem spüre ich keine Wut. Weil ich Gaspards Motivation so gut verstehen kann. Der Zweck heiligt ja angeblich nicht die Mittel. Doch eine Ausnahme bestätigt die Regel.

»Es war kein Zufall, dass ich gebissen wurde.«

»Doch, das war ein Zufall«, widerspricht Gaspard. »Immer, wenn ein Jäger gebissen wurde, hatte ich Hoffnung. Ich bin sichergegangen, dass der Vampir, der ihn gebissen hat, in der Nähe der Zentrale wartet, falls dieser Jäger fliehen sollte. Alle Jäger vor dir haben sich das Leben genommen. Aber ich habe meine Hoffnung auf Frieden nie aufgegeben. Und ich wusste, dass diesen Frieden nur jemand bringen konnte, der beide Seiten kennt. Jemand, der als Jäger und als Vampir gelebt hat und damit die Sinnlosigkeit dieses Kriegs wirklich begreift. Und dann kamst du. Die Erbin der Jäger, die sich dann auch noch in einen Vampir verliebt.«

Mein Herz zieht sich schmerzhaft zusammen, als ich an Nics von Trauer verzerrtes Gesicht denke.

»Ich habe Jahrhunderte gewartet. Die Heilung durfte auf keinen Fall verschwendet werden – ich hatte nur diese eine Chance. Also habe ich mich geduldet, als du hier ankamst. Ich wollte nicht zu schnell zu viel verlangen. Du warst die Person, auf die ich gehofft habe. Nur warst du anfangs noch nicht bereit.«

Jetzt denkt er, ich bin bereit. Bereit, all das, was ich mir aufgebaut habe, wieder loszulassen, um mich erneut einer ungewissen Zukunft zu stellen.

»Du hast mich auf die Heilung angesetzt, weil du sie mir von Anfang an geben wolltest«, fasse ich zusammen.

Er nickt.

»Also hast du mich immer wieder auf die Probe gestellt. Du hast mich mit Nic ins Krankenhaus geschickt, um Blut zu beschaffen. Damit wir uns nahekommen.«

»Dass ihr euch verlieben würdet, konnte ich nicht wissen. Ich hatte auf eine enge Freundschaft gehofft.«

Und die habe ich auch geschlossen. Zu Gabriel und zu Sybille.

»Hast du Sybille auf mich angesetzt?«, frage ich. »Ist sie auf deinen Wunsch hin auf mich zugekommen?«

»Ich habe ihr gesagt, dass du eine Freundin brauchen könntest. Genauso wie sie.«

Ich sollte wütend auf Gaspard sein. Nur bin ich es nicht.

»Ich dachte, die Anhäufung von Wissen und die Bibliothek sind dein Lebenswerk. In Wahrheit ist es der Frieden«, sage ich.

»Noch ist es nicht mein Lebenswerk. Ich habe es ja nicht erreicht. Nennen wir es meine Lebensaufgabe.« Er seufzt und blickt schon wieder in den Kamin. Inzwischen glaube ich, dass er dort irgendwas erkennt, was uns anderen verborgen bleibt. Und ich werde nie wirklich wissen, was er sieht, wenn er in die Leere starrt.

»Ich habe in meinem Leben viele Fehler begangen, Lana. Größere als ein Mensch in einem Leben anhäufen kann. Ich habe viel wiedergutzumachen.«

Gaspards Geständnis lässt ihn viel nahbarer erscheinen, als ich ihn je zuvor erlebt habe.

»Weißt du, dass sie mich damals den Schlächter von Marseille nannten?«

»Ja, aber ich kenne keine Details.«

»Das ist vielleicht auch besser so«, meint er. »Ich finde es schön, dass du diese Seite von mir nicht kennst. Dann kann ich mich wenigstens kurz dem Glauben hingeben, dass es sie nie gegeben hat.« Er lächelt auf diese milde Weise, während seine Mundwinkel von dunklen Jahrzehnten beschwert zu sein scheinen. »Ich bin der Mann, der ich heute bin, weil James sich entschlossen hat, mein Freund sein zu wollen. Dass ich seine Güte nicht erwidert habe, werde ich immer bereuen. Und dennoch würde ich ihm die Heilung auch dann nicht geben, wenn ich mich noch mal entscheiden müsste.«

Seine Finger tasten nach dem Ring, der so lange an seiner Hand geruht hat, doch sie greifen ins Nichts.

»Früher haben die anderen Vampire auf mich gehört, weil sie Angst vor mir hatten. Erst viel später sind sie mir gefolgt, weil sie mir vertrauten. Das musste ich mir lange erarbeiten und ich bin froh, dass ich von den meisten nun als Anführer respektiert werde. Es ändert jedoch nichts daran, dass James und Sybille beide die bessere Wahl für diesen Posten gewesen wären.«

Mein Erstaunen scheint mir ins Gesicht geschrieben zu stehen.

»James und Sybille beraten mich schon seit vielen Jahren, ohne ihr Einverständnis entscheide ich nichts.« Er stockt. »Mit einer Ausnahme.«

Und die ruht noch immer in meiner Hand und scheint schwerer und schwerer zu werden.

»Selbst wenn ich die Heilung nehme, könnte es sein, dass es keinen Frieden geben wird.«

»Das ist mir bewusst«, sagt Gaspard so leichthin, als wäre es gar nicht so schlimm, wenn der Plan, den er seit Jahrhunderten schmiedet, nun doch scheitert.

»Würde Bastille einen Frieden akzeptieren?«

»Er wird es müssen.« Wieder klingt er so, als wäre es gar kein Problem.

Fragend ziehe ich die Augenbrauen hoch.

»Ich kann Bastille kontrollieren«, sagt er mit Nachdruck.

»Ich habe Angst, dass das nicht immer so sein wird«, gebe ich zu.

»Zweifelst du an mir, Lana?« Gaspard grinst mich tatsächlich schelmisch an, doch er wird schnell wieder ernst. »Bastille ist gefährlich. Das steht fest. Aber er ist nicht so gefährlich, wie du denkst.«

Was ist, wenn er gefährlicher ist, als du denkst?

»Er war ein Revolutionär, wusstest du das?«

Ich schüttle den Kopf.

»Er war beim Sturm auf die Bastille dabei. Deswegen wird er heute auch so genannt. Sein wahrer Name ist wohl im Dunst der Zeit verloren gegangen wie so vieles andere.« Gaspard hält kurz inne, als würde er an alles denken, was seitdem verloren gegangen ist. »Damals wäre er fast gestorben und ist zum Vampir geworden. Doch seine kämpferische Ader hat er auch nach dem Ende seines menschlichen Lebens nie ganz abgelegt. Er hat in der Spanischen Revolution gekämpft und auch in Russland zu Beginn des letzten Jahrhunderts hat er mitgemischt. Womöglich hat er irgendwann auch mal aus Überzeugung gekämpft. Doch das ist lange her. Inzwischen kämpft er nur noch um des Kämpfens willen. Das ist ein Risiko, das alle Vampire eingehen, wenn sie mehrere Lebzeiten für sich beanspruchen. Werden wir zu alt, laufen wir Gefahr, unsere Menschlichkeit zu verlieren. Wir müssen auf sie aufpassen, sie hegen und pflegen wie eine Pflanze. Sonst verwelkt sie. Und wenn sie einmal eingegangen ist, ist es sehr schwer, sie zurückzuerlangen. Bastille ist das nie gelungen und ich glaube, er hat auch kein Interesse mehr daran.«

»Wie soll man sich nach Menschlichkeit sehnen, wenn man sie verloren hat?«

»Eine sehr gute Frage, über die wir philosophische Abhandlungen schreiben könnten. Ich hoffe, eines Tages werden wir das tun.«

Nur wenn es uns gelingt, diesen Krieg zu verhindern. Sonst werden wir nicht mehr hier sein, um unsere Gedanken zu irgendeinem Thema niederzuschreiben.

Ich betrachte Gaspard eingehend und denke über die Frage nach, die mich seit seiner großen Enthüllung nicht mehr losgelassen hat.

Habe ich irgendeine Entscheidung selbst getroffen? Ich war die Erbin. Ich wurde gebissen. Ich habe versucht, als Vampir zu überleben.

Doch egal welche Fäden Gaspard im Hintergrund gezogen hat, habe ich meine Wahl jedes Mal selbst getroffen.

Ich habe mich entschieden, Sybille zu vertrauen und mich Nic zu öffnen. Ich habe mich entschieden, gegen Bastille zu kämpfen. Ich habe mich entschieden, meine Vergangenheit als Jägerin und Zukunft als Vampirin anzunehmen.

»Ich weiß nicht, ob mein Vater mir zuhören wird, selbst wenn ich ein Mensch bin«, sage ich.

»Hat er dich wirklich aufgegeben?«

Ich will mit Ja antworten, doch ich kann nicht. Der Code zum Labor kommt mir in den Sinn. Er vermisst mich, auch wenn er es niemals zugeben würde.

Und wenn ich ganz ehrlich bin, erkenne ich, dass diese Frage überflüssig ist. Mein Entschluss steht längst fest. Ich werde das Risiko eingehen, das in meinem ehemaligen Zuhause auf mich wartet.

Ich erhebe mich und öffne die Tür zu Gaspards Büro. Nic, James und Sybille sehen alle gleichzeitig auf, als ich hinaustrete.

Ich räuspere mich. Der nächste Satz ist zu wichtig, um ihn mit belegter Stimme auszusprechen.

»Ich weiß, was ich tun werde.«

34. KAPITEL

Seitdem ich verkündet habe, dass ich die Heilung nehmen werde, hat Nic nicht mehr in meine Richtung gesehen, dabei sehne ich mich so sehr nach ihm.

»Was ist also der Plan?« James' Tonfall ist sachlich, aber ich kann ihm anhören, dass er Gaspard noch nicht vergeben hat. Noch lange nicht. Wenn unser Plan aufgeht, werden die beiden hoffentlich viel Zeit haben, um sich wieder zu versöhnen.

»Lana nimmt die Heilung und geht direkt los zur Zentrale. Die Sonne scheint. Wenn sie sehen, dass sie die Sonne aushält, werden sie ihr hoffentlich glauben, dass sie kein Vampir mehr ist.«

»*Hoffentlich*«, wiederholt Sybille. »Wir riskieren Lanas Leben für etwas, was *hoffentlich* passiert.«

»Kann man wieder zum Vampir werden, wenn man einmal die Heilung genommen hat?«, fragt James Gaspard.

»Das weiß ich nicht.«

»*Das weiß ich nicht.* Wir riskieren ihr Leben also auch noch für einen Plan, der so viele Lücken hat, dass du nur mit *Das weiß ich nicht* antworten kannst? Hervorragend«, meint Sybille.

Die anderen sind nicht überzeugt, aber sie werden mich nicht davon abhalten können. Ich spüre tief in mir, dass es für mich keinen Weg zurück gibt und den gab es vermutlich schon nicht mehr, seitdem ich den ersten Schritt in diese Richtung gesetzt habe.

Aber ich muss Nic ansehen. *Bitte sag mir, dass du mir ver-*

zeihst, flehe ich in Gedanken. *Bitte sag mir, dass du mir verzeihst, obwohl ich unser Versprechen nicht halte.*

»Nic«, flüstere ich. Er beginnt sofort zu zittern. Er fürchtet sich genauso vor dem, was kommt. Aber wir können nicht für immer in diesem Moment verweilen. Das Davor kann nicht ewig anhalten. Auch wenn wir uns das wünschen.

Ich umfasse seine Hand mit meiner und ziehe ihn kommentarlos aus Gaspards Büro. Die anderen versuchen nicht, uns aufzuhalten. Wir laufen zur Bibliothek und ich schließe die Tür hinter uns.

Das letzte Mal, als wir hier waren, hat er mir seine Liebe gestanden. Seitdem ist so viel passiert, dass es mir vorkommt, als wäre eine Ewigkeit vergangen, obwohl gerade mal ein Tag verstrichen ist.

»Bitte sieh mich an.«

Er zögert, ehe er den Blick hebt. Sobald ich seine Tränen sehe, rinnen mir selbst welche über die Wangen.

»Das ist kein Abschied für immer. Wenn ich den Frieden ausgehandelt habe, kehre ich zurück.«

»Es ist verdammt gefährlich«, sagt er heftig. »Wir wissen nicht, ob du zurückkommen wirst.«

»Sie werden mich nicht umbringen.«

»Weißt du das wirklich?«, unterbricht er mich.

»Nein«, gebe ich ehrlich zu.

Ihm entfährt ein frustriertes Schnauben. »Und du wirst trotzdem zurückkehren?«

»Was ist die Alternative?« Meine Stimme ist auch lauter geworden. Ganz automatisch. Streiten ist so viel leichter, als mir meine Angst einzugestehen. »Dass Jäger und Vampire einfach draufgehen?«

»Du schuldest ihnen nichts. Keinem von uns.« Er rauft sich die Haare. »Das ist Gaspards Kampf, das sind alles seine

Ideen. Soll er doch gucken, wie weit er mit ihnen kommt. Das kann uns egal sein.«

»Das meinst du nicht ernst!«

»Und wie ich das ernst meine!«

Wir wissen beide, dass das nicht stimmt.

Heftig atmend stehen wir voreinander und schweigen, bis sich unser Atem beruhigt hat. Nics Miene wird wieder weich, auf eine schrecklich nahbare und fast schon zerbrechliche Weise, die meine Entschlüsse ins Wanken bringt. Er ergreift meine Hände. »Lass uns einfach verschwinden. Wir verlassen Paris. Wir gehen dorthin, wo das alles keine Rolle spielt.«

Ich lächle sanft. »Und lassen James und Sybille zurück?«

»Die nehmen wir mit.«

»Sie werden nicht gehen.« Ich streiche ihm die Haare, die er sich so grob gerauft hat, hinter die Ohren. »Und wir auch nicht.«

Nic lehnt seine Stirn an meine. »Wir auch nicht«, wiederholt er geschlagen.

»Selbst wenn alles gut geht«, beginnt er mit einem Tonfall, der deutlich macht, dass er nicht daran glaubt, »wissen wir nicht, ob du danach wieder ein Vampir werden kannst.«

Ich verbiete mir, darüber nachzudenken, was der Verlust meiner Unsterblichkeit für mich bedeutet.

»Ich werde dich auch als Mensch lieben«, betone ich stattdessen.

»Das weißt du nicht.« Er klingt hoffnungslos.

»Doch, tue ich.«

»Du wirst altern und sterben, ich nicht.«

Wir weinen beide und wir sind uns so nah, dass manche seiner Tränen, die von seinen Wangen perlen, auch über mein Kinn rinnen.

»Ich sehe schon. Du wirst mich nicht mehr lieben, wenn

ich ein Mensch bin, weil ich dann nicht für immer so jung bleibe, sondern alt und grau werde.«

Er löst sich weit genug von mir, um mich mit einem vorwurfsvollen Blick zu strafen. »Du weißt, dass das nicht stimmt. Mir ist egal, wie du aussiehst. Nicht egal ist mir, dass ich länger leben werde als du.«

»Ich weiß, ich wollte die Situation nur mit einem Scherz auflockern.«

Nic schnaubt.

Er küsst mich. Verzweifelt und flehend, obwohl er weiß, dass ich ihm dieses Flehen nicht beantworten kann. Dann löst er sich von mir.

»Ich werde dich nicht bitten, es nicht zu tun«, sagt er schließlich. »Ich kenne dich gut genug, um zu wissen, dass ich dich damit nur mehr quäle, ohne etwas an deiner Entscheidung zu ändern.«

»Ich werde zurückkommen«, hauche ich.

Nic sieht mich nur auf eine Weise an, als wollte er mir sagen, dass ich keine Versprechen geben soll, die ich nicht halten kann. Aber er spricht es nicht aus. Er nimmt einfach meine Hand und geht mit mir zurück in Gaspards Büro.

Die anderen stehen noch genau dort, wo wir sie zurückgelassen haben.

»Bist du bereit?«, fragt Gaspard.

»Nein«, gebe ich zu. »Trotzdem werde ich es tun.«

Ich hole den Ring aus der Hosentasche und breche den Stein aus der Fassung. Den Ring gebe ich Gaspard zurück. Er steckt ihn sich wieder an den Finger. Vielleicht soll er ihn von nun an daran erinnern, dass sein Plan aufgegangen ist.

Ich halte mich an Nics Hand fest, als ich den Stein auf meine Zunge lege. Er schmeckt salzig. Noch traue ich mich nicht zuzubeißen.

»Wie sicher bist du dir, dass sie das überleben wird?«, fragt Sybille.

»Sicher«, erwidert Gaspard.

Und in der Sekunde höre ich auf zu warten. Auf den Moment, in dem ich mich bereit fühle. Auf den Moment, in dem alles Sinn ergibt. In dem ich keine Angst mehr habe. Dieser Moment wird nicht kommen. Also muss ich auf ihn zugehen.

Ich drücke meine Zähne zusammen, der Kristall bricht und ich schlucke die Splitter herunter.

Kurz passiert nichts. Dann sacke ich zusammen. Die Splitter bohren sich in meinen Hals. Ich spüre den Weg, den sie durch meinen Körper nehmen.

Und dann spüre ich gar nichts mehr.

Ich muss zwischenzeitlich ohnmächtig geworden sein, denn ich wache orientierungslos in Nics Armen wieder auf. Ich blicke hinauf in seine Augen. Und erkenne nicht mehr die Sternencluster aus helleren Punkten, die dort immer nur auf meinen Blick gewartet haben.

»Sie ist ein Mensch«, stößt Sybille geschockt aus. »Ich kann ihr Blut riechen.«

»Und du wirst nicht der einzige Vampir in diesem Gebäude sein, der das kann«, sagt James hölzern.

Meine Halsschlagader pulsiert noch heftiger.

»Könntest du damit aufhören, Lana? So kann ich nicht denken«, meint Sybille und entlockt mir damit ein ersticktes Lachen.

»Ich bin ein Mensch?«

Nic nickt langsam.

Ich weiß nicht, ob die Tränen, die mir entkommen, von Trauer oder Freude sprechen. Es ist wohl eine komische Mischung aus beidem.

Mit einem Ruck hilft er mir auf die Beine. Er ist ein bisschen zu grob, sodass mir ein Ächzen entfährt.

»Tut mir leid«, sagt er schnell. »Ich musste nie mit dir umgehen, als du ein Mensch warst.«

»Alles gut«, erwidere ich und blicke auf mein Handgelenk. Die Bissspuren sind fort.

Er streicht einmal über die Stelle.

Doch nur, weil das Mal verschwunden ist, heißt das nicht, dass alle Spuren, die er auf meiner Seele hinterlassen hat, ebenfalls fort sind. Ich spüre sie noch immer. Auch in meinem menschlichen, nun wieder sterblichen Körper.

»Ich fühle mich so ...« Ich stocke. »Verletzlich.«

»Das bist du auch«, meint Sybille. »Jeder von uns könnte dich ohne Probleme umbringen.«

Ich werfe ihr einen herausfordernden Blick zu. »Ich mag wieder ein Mensch sein, aber ich bin immer noch Lana Delacroix. Unterschätz mich nicht.«

Sie schließt mich in die Arme. »Das würde ich niemals tun.« Viel zu schnell lässt sie mich wieder los. »Dein Geruch irritiert mich trotzdem.«

Ist das Hunger, den ich in ihren Augen erkenne?

»Ich sollte mich wohl auf den Weg machen. Als Mensch in der Festung zu sein, ist, glaube ich, keine gute Idee.«

Die anderen lachen leise auf.

»Kann sein«, schnaubt Sybille.

Gaspard tritt auf mich zu und reicht mir ein sehr alt aussehendes Messer. Nic beäugt ihn misstrauisch.

»Falls sie noch Beweise brauchen«, sagt Gaspard.

Ich brauche keine weitere Erklärung und stecke es einfach ein. Nic sieht aus, als hätte er dazu noch etwas zu sagen, doch er verkneift es sich.

Er ergreift meine Hand und obwohl ich ihn undeutlicher

wahrnehme, hat er sich doch gar nicht verändert. Der sanfte Blick, mit dem er mich bedenkt, ist nicht anders. Er ist einfach nur Nic und ich einfach nur Lana, solange wir einander festhalten. Der Rest spielt keine Rolle.

Wir verlassen Gaspards Büro. Es fühlt sich ein bisschen so an, als wäre ich Teil einer Prozession. Gaspard läuft voraus, Nic und ich folgen, Sybille und James bilden die Nachhut. Wir nehmen die Treppen und ich setze jeden Schritt sehr bewusst. Das werde ich in den nächsten Stunden machen müssen. Was ich als Nächstes tue, ist extrem wichtig.

»Du hast dein Handy dabei. Darüber können wir uns absprechen«, sagt Gaspard. Vampire treten aus ihren Zimmern. Mein Geruch scheint nicht unbemerkt geblieben zu sein.

Unruhe macht sich in meiner Magengrube breit, doch ich versuche, es weder an mich ranzulassen noch es zu zeigen.

»Alles klar.«

»Ich gehe nicht davon aus, dass die Verhandlungen leicht werden oder schnell vorbei sind. Aber wir bleiben in Kontakt«, betont er.

Ich halte mich an seiner Stimme fest, während ich die letzten Stufen nehme.

Als ich die Eingangshalle erreiche, spüre ich Anstrengung in meinen Beinen. Ich hatte ganz vergessen, wie sich das anfühlt.

»Unmöglich.«

Die Stimme erkenne ich auch als Mensch sofort.

Bastille kommt den Treppenabsatz herunter, wie er es schon bei unserer Ankunft in der Festung getan hat. Die übliche Feindseligkeit ist aus seinem Blick gewichen – der Schock steht ihm ins Gesicht geschrieben.

»Inzwischen solltest du doch wissen, dass für mich nicht viel unmöglich ist«, sage ich, um auch mir selbst vorzumachen, dass es mich kalt lässt, als einziger Mensch in einem Gebäude voller Vampire zu stehen.

Einen Moment braucht er, bis er sich gefangen hat. Dann lächelt er siegessicher.

»Du bist wieder ein Mensch.« Er wendet sich an seine Anhänger. »Die kleine Delacroix ist wieder ein Mensch.« Jubel bricht aus. »Das heißt, die Regeln beschützen dich nicht länger. Andere Vampire darf ich nicht töten. Menschen schon.«

Gaspard richtet sich zu seiner vollen Größe auf. »Wer Lana auch nur ein Haar krümmt, wird die gleichen Konsequenzen zu spüren bekommen, die er auch bei einem Verstoß gegen die Regeln zu erwarten hat.«

Bastille ist von Gaspard nie unbeeindruckt, aber heute verfehlt sein Befehl seine Wirkung.

»Wieso gelten die Regeln auf einmal für einen Menschen? Darauf hat sich keiner von uns eingelassen.« Zustimmendes Gemurmel brandet auf. Wäre ich noch ein Vampir, wüsste ich, was sie sagen. Für mein menschliches Gehör verwischt alles. »Und wollen wir einfach ignorieren, dass die kleine Delacroix es irgendwie geschafft hat, wieder ein Mensch zu werden? Das ist etwas, das viele von uns interessieren dürfte.« Das Gemurmel wird lauter.

»Mach nichts, was du später bereuen wirst, Bastille.« Gaspard knurrt die Worte fast. Eine Gänsehaut überzieht meinen ganzen Körper. Ich habe noch nie einen bedrohlicheren Ton vernommen.

Bastille steht nach wie vor an derselben Stelle, nur wenige Schritte von mir entfernt. Mein Herz donnert immer lauter in meinen Ohren und ich würde es am liebsten anflehen, damit aufzuhören, weil ich weiß, dass es die Vampire um mich herum nur noch mehr anstachelt.

Nic verlagert ganz leicht sein Gewicht und Sybille legt ihre

Hand auf die Türklinke. Draußen herrscht der Tag. Sollte hier gleich Unruhe losbrechen, könnte ich mich ins Sonnenlicht flüchten. Aber könnte ich die anderen wirklich Bastille und seinen Anhängern überlassen?

Er fixiert mich. »Ich verspreche dir hiermit, dich bis auf den letzten Blutstropfen auszusaugen, wenn du mir jemals in die Hände fällst.«

Auf einmal geht alles so schnell, dass ich es nicht richtig wahrnehme. Ich spüre einen Luftzug. Ich höre Schreie. Und eine Sekunde später liegt Bastille auf dem Boden, Gaspards Fuß drückt auf seinen Hals und er zieht dessen Arm in einem unnatürlichen Winkel nach hinten. Als er ihn noch stärker beugt, entfährt Bastille ein jämmerliches Winseln.

»Das ist meine letzte Warnung, Bastille«, sagt ein Mann, der in diesem Moment mehr dem Schlächter von Marseille ähnelt als Gaspard. »Wag es noch einmal, dich mir zu widersetzen und du wirst die Konsequenzen tragen.«

Bastille will nicht direkt nachgeben, doch Gaspard lässt einen weiteren Knochen in seinem Arm brechen. Ein Schmerzenslaut wird von den Wänden zurückgeworfen und hallt in meinen Ohren nach.

»Ich verstehe«, ruft Bastille aus. »Ich verstehe.«

Gaspard lässt ihn los, er kommt wieder auf die Beine, doch bevor er sich mit seinen Anhängern zurückzieht, sieht er mich noch einmal an. Das Glimmen in seinen Augen ist unmissverständlich: Sein Versprechen gilt noch immer und er ist entschlossen, es zu halten. Ich bleibe kerzengerade stehen. Es wird niemals so weit kommen. Und dennoch war ich mir meiner eigenen Sterblichkeit noch nie so bewusst wie in diesem Augenblick.

»Lana«, sagt Gaspard auf einmal ganz sanft. Nur die Strähnen, die sich aus seinem seidenen Band gelöst haben, lassen darauf schließen, dass er auch nur für eine Sekunde die Fassung verloren hat. Sonst wirkt er völlig unbeeindruckt. »Ich wünsche dir viel Erfolg.«

Er reicht mir seine Hand und ich ergreife sie.

»Danke«, sage ich wenig einfallsreich.

Sybille umarmt mich nicht noch einmal, schenkt mir aber ein aufmunterndes Lächeln.

»Lass dich nicht wieder einsperren«, sagt James.

»Ich werde es versuchen.«

Ich stehe direkt vor der Tür, nur noch ein Schritt fehlt. Aber das ist wohl der schwerste.

»Darf ich dich küssen?«, frage ich Nic fast schon ein bisschen schüchtern. »Oder ist das seltsam, weil ich jetzt ein Mensch bin?«

Seine Lippen treffen auf meine und geben mir die Antwort. Ihn zu küssen, ist wunderschön. Dass ich kein Vampir mehr bin, kann auch nichts daran ändern.

Der Kuss dauert nicht lang genug. Nichts wäre jemals lang genug.

»Jetzt geh, bevor ich es mir anders überlege und dich doch noch aufhalte«, flüstert er.

Ich nicke nur, versinke noch einmal in dem tiefen Blau. Dann zwinge ich mich, ihn loszulassen, die Tür zu öffnen und hinauszutreten. In einen neuen Tag. Vielleicht meinen letzten.

35. KAPITEL

Ich trete hinaus in die Sonnenstrahlen des Tages. Unwillkürlich spanne ich mich an. Obwohl mein Kopf weiß, dass ich wieder ein Mensch bin, scheint mein Körper es noch nicht ganz verstanden zu haben. Er braucht Beweise.

Der Himmel ist klar, die Sonne scheint. Keine Wolke macht ihr den Platz streitig. Obwohl es kalt ist, prickelt die Wärme intensiv auf meiner Haut. Und es fühlt sich verboten gut an. Selbst die Kälte, die mir nach kurzer Zeit in die Glieder kriecht, ist angenehm. Meine Jacke ist für November viel zu dünn. Wozu sollten Vampire sich auch dicke Bomberjacken anschaffen?

Ich drehe mich noch einmal um. Die Tür ist zwar wieder verschlossen, doch ich habe das Gefühl, dass sie alle noch direkt dahinter stehen. Wäre ich ein Vampir, wüsste ich es. Aber ich verlasse mich auf meinen Instinkt und flüstere: »Sie brennt nicht.« Ich lege kurz meine Hand gegen das Holz und glaube zu wissen, dass er das Gleiche tut. »Wir werden uns wiedersehen.«

Der Klang dieser Worte beruhigt meine aufgekratzten Nerven. Ich werde sie wiedersehen. Daran muss ich mich festhalten.

Endlich setze ich mich in Bewegung. Ich laufe zügig. Der beißende, kalte Wind treibt mich an. Meine Finger kribbeln und meine Augen tränen.

Den Weg zur Zentrale würde ich auch im Schlaf finden. Trotzdem fühle ich mich anders. Es ist ein mir gut bekannter Weg und gleichzeitig genau das Gegenteil. Ich laufe nicht mehr auf etwas Vertrautes zu, sondern in das Ungewisse.

Ich bin zwar wieder ein Mensch, aber wird das einen Unterschied machen? Werden sie es mir überhaupt glauben? Die Jäger wussten nie von einer Heilung. In ihren Augen ist es nicht möglich, dass ich wieder zum Menschen werde. Selbst die Tatsache, dass ich in der Sonne nicht verbrenne, wird sie vielleicht nicht vom Gegenteil überzeugen können.

Noch mehr als vor ihrer Skepsis habe ich Angst vor ihrer Reaktion. Werden sie versuchen, mich umzubringen?

Jetzt zu sterben, nach allem, was ich durchlebt habe, wäre nicht mehr als ein schlechter Witz. Ein Scherz mit einer schrecklichen Pointe. Und es würde nun wirklich nicht zu mir passen.

Die Zentrale kommt in Sicht. Sie wirkt so viel schlichter, so viel nichtssagender als die Festung. Das Gebäude ist alt und erhaben. Aber es scheint nicht zu glühen.

Ich bleibe stehen. Zwanzig Meter von der Eingangstür entfernt. An dieser Stelle habe ich keine Deckung. Ich bin verwundbar. Das ist eine der ersten Lektionen, die ich verinnerlicht habe: sich dem Feind nie auf freier Fläche zu stellen. Nur weiß ich nicht einmal, ob ich es überhaupt mit Feinden zu tun habe.

Mit leicht zitternden Händen hole ich mein Handy aus meiner Jackentasche. Würde ich einfach ins Haus marschieren, hätte ich schneller einen Pfahl in der Brust, als ich erklären könnte, dass ich wieder ein Mensch bin. Die Jäger müssen sehen, wer ich bin. Sie brauchen Beweise. Also muss ich sie zu mir kommen lassen.

All das klingt simpel und ungefährlich. Doch mir ist bewusst, wie viel schiefgehen kann, deswegen zwinge ich mich, nicht länger darüber nachzudenken.

Ich wähle eine Nummer, die ich schon seit Jahren auswendig kenne und halte mir das Handy ans Ohr. Es läutet. Das Freizeichen ist so laut wie Glockenschläge.

»Hallo?«, fragt Leon kritisch. Er kennt diese Nummer nicht.

»Ich stehe vor der Tür.« Kein Grund sich mit unnötigen Begrüßungsfloskeln aufzuhalten. Habe ich noch nie.

»Lana?« Seine Stimme bricht. Ich weiß nicht, was ich davon halten soll.

»Ich stehe vor der Tür. In der Sonne. Ich bin wieder ein Mensch. Ich werde hier draußen auf euch warten.«

Ich lege auf. Meine Hände zittern nun, als ich das Handy zurück in die Jackentasche schiebe, stärker als beim Hervorziehen. Ich erkläre mir das mit der Kälte, die Wahrheit will ich mir nicht eingestehen.

Ich fühle mich ein bisschen wie an meinem ersten Tag in der Festung. Wieder befinde ich mich an einem Ort, den ich zu fürchten gelernt habe, und wider besseres Wissen stehe ich nun hier. Nur habe ich vor der Zentrale andere Angst als damals vor der Festung. In der Festung habe ich mich gefürchtet, weil ich den Ort nicht kannte. Hier fürchte ich mich, weil mir dieser Ort viel zu vertraut ist.

Die Tür öffnet sich. Ganz langsam. Obwohl ich nicht länger ein übernatürliches Gehör habe, bilde ich mir ein, die Türangeln quietschen zu hören. Ich halte den Atem an, bis ich sehe, wer hinaustritt.

Leon. Doch er ist nicht allein.

Einer nach dem anderen treten sie alle heraus. Ein bekanntes Gesicht nach dem anderen. Fünfzehn Jäger. Die meisten Gesichter nehme ich nur verschwommen wahr. Meine Eltern dafür umso deutlicher.

Mein Vater wirkt wie immer. Sein Blick ist unlesbar. Seine Züge sind so hart, als hätte er seine Haut heute zu straff gespannt. Meine Mutter hingegen sieht aus, als würde sie gleich in Tränen ausbrechen. Und komischerweise verklumpt sich mein Hals, sobald ich ihre gläsern wirkenden Augen sehe.

Unbeweglich stehen wir uns einfach gegenüber. Niemand sagt etwas. Niemand tut etwas.

Ich hätte mir zurechtlegen sollen, was ich als Erstes sage. Denn in diesem Moment fallen mir nur fürchterlich unpassende Kommentare ein.

Also sage ich gar nichts. Stattdessen setze ich mich in Zeitlupe in Bewegung. Ich laufe so langsam ich kann, um ihnen keinen Grund zum Angreifen zu geben. Jeder Meter, den ich überwinde, fühlt sich wie ein Kraftakt an. Inzwischen sind meine Finger steif von der Kälte, doch ich spüre es kaum noch. Meine Anspannung lässt alles andere verblassen.

»Keinen Schritt weiter.«

Die Stimme meines Vaters durchschneidet die Stille wie ein Peitschenhieb. Ich reagiere so schnell und intuitiv wie ein gut dressierter Hund. Dass seine Autorität noch immer so eine starke Wirkung auf mich hat, ärgert mich.

Nun trennen uns nur knapp zehn Schritte. Ich stehe nah genug, dass ich mich mit ihnen unterhalten könnte, ohne zu schreien, aber immer noch viel zu weit weg, um sie zu berühren. Ein Ozean könnte zwischen uns liegen und ich würde mich diesen Menschen kaum ferner fühlen als in diesem Moment.

Ich räuspere mich. Weil mein Vater, nachdem er seinen Befehl gebellt hat, wieder verstummt ist.

»Ich bin wieder ein Mensch«, sage ich wenig einfallsreich. »Wie ihr seht.« Ich strecke meine Hände in die Sonne, recke mein Gesicht ihr entgegen. Obwohl ich nicht verbrenne, scheint mir niemand zu glauben. Ich habe damit gerechnet, trotzdem würde ich vor Frust am liebsten schreien.

Zwar stehe ich aufrecht, es kommt mir allerdings so vor, als läge ich vor ihnen allen im Staub und würde um ihre Gunst betteln. Das Gefühl verschwindet auch nicht, nachdem ich meinen Rücken durchstrecke. Immer noch fühle ich mich klein – und im Unrecht. Ihre kritischen, gefühllosen Blicke geben mir zu verstehen, dass ich mich entschuldigen müsste und nicht sie. Ich räuspere mich erneut. »Habt ihr dazu keine Fragen?« Meine Stimme klingt ironisch, dabei finde ich die Situation alles andere als unterhaltsam. »Ein Vampir verwandelt sich zurück in einen Menschen. Ich an eurer Stelle hätte sehr viele.«

Mein Vater tritt einen Schritt vor. Doch es ist kein Schritt auf mich zu. Es ist ein Schritt, der ihn als Barriere zwischen mich und seine Anhänger bringt. Zu denen ich nicht länger gehöre.

»Wieso sollten wir dir das glauben?«

Ich bin so wütend auf meinen Vater wie in dem Moment, als ich das Labor das erste Mal gesehen habe.

»Hm, vielleicht, weil ich nicht in Flammen aufgehe?«, frage ich spitz. Ich bin wirklich nicht die geeignetste Diplomatin. Ich bin mir ziemlich sicher, dass man Friedensverhandlungen so nicht beginnen sollte.

Mit einem freudlosen Grinsen schiebe ich meine Oberlippe mit den Fingern nach oben.

»Keine Fangzähne«, nuschle ich. Und weil ich noch immer keine richtige Reaktion bekomme, greife ich in meine Tasche und ziehe das Messer hervor, das Gaspard mir gegeben hat und von dem ich gehofft habe, dass ich es nicht brauchen würde.

Sobald das Metall im einfallenden Licht blitzt, tasten sie alle nach ihren Waffen, die sie unter ihrer Kleidung verborgen tragen. Ich ignoriere sie.

Meine linke Handfläche halte ich auf und setze die Spitze der Klinge auf meiner Haut ab. Einmal muss ich tief durchatmen, und dann drücke ich zu. Die Spitze durchstößt meine Haut ohne Mühe und ich ziehe sie noch drei Zentimeter weiter, um einen größeren Schnitt entstehen zu lassen. Es brennt höllisch, doch die Kälte hat meine Hände genug betäubt, dass ich mir ein schmerzerfülltes Stöhnen verkneifen kann.

Ich schiebe das Messer zurück in meine Jackentasche und halte meine Handfläche erhoben. Dicke Tropfen fließen darüber und fallen zu Boden. Der Schnitt ist tiefer geraten als beabsichtigt. Stur starre ich in ihre Gesichter.

»Seht ihr. Es heilt nicht. Ich bin ein Mensch.«

Das Schweigen scheint endlos – als wollte es für immer anhalten. So hatte ich es mir nicht vorgestellt. Nicht besiegt durch harsche Worte und Schläge, sondern durch Stille.

Doch dann rührt sie sich. Wie das Blut von meiner Hand läuft, rinnen ihr Tränen über die Wangen.

»Du bist es wirklich.« Mein Vater will sie aufhalten, doch meine Mutter schiebt ihn einfach nur beiseite, überwindet die wenigen Meter, die uns noch trennen, und schließt mich in ihre Arme.

Warm, geborgen. Ich brauche einen Moment, um mich von dem Schock zu erholen, bevor ich die Umarmung erwidern kann. Doch sobald ich meine Arme um sie lege, kullern auch mir Tränen über die Wangen.

»Hallo, Maman.«

»Hallo, Lana.«

Sie löst sich kurz von mir, nimmt mein Gesicht zwischen ihre Hände und mustert mich eingehend. Als suche sie nach einer Veränderung, von der sie hofft, sie niemals zu finden.

»Du siehst genauso aus wie früher.«

Obwohl ich nicht mehr dieselbe bin.

»Du lebst.« Zoe tritt neben meine Mutter und drückt meine Schulter. Das war schon, als wir kleine Mädchen waren, unser geheimes Zeichen, um zu sagen, wie sehr wir uns lieben, ohne uns vor den anderen Jungs mit unserem »Mädchenkram« zu blamieren.

»Ich lebe«, gebe ich zurück und wische mir die Tränen mit dem Ärmel fort.

Zoe greift nach meiner Hand und drückt sofort ein Taschentuch auf die immer noch blutende Wunde.

»Wir müssen dich verbinden.«

Sie sieht zum Haus. Und zu meinem Vater. Der ein wesentlich größeres Hindernis darstellt als die Eingangstür. Wir warten. Wird er mich hineinlassen? Wird er mich fortschicken? Letztendlich trifft er die Entscheidung und niemand sonst. Demokratie hat die Jäger nie erreicht.

Er sieht mich direkt an und ich halte seinem Blick stand. Das war auch schon früher sein Test. Er hat mir beigebracht, niemals wegzusehen.

Also tue ich es nicht.

Mein Vater wartet und dann nickt er kaum merklich.

»Komm rein«, sagt er kühl, dreht sich um und verschwindet als Erster wieder im Haus. Ich atme erleichtert aus. Die erste Hürde ist geschafft, doch die verkrampfte Haltung meines Vaters signalisiert mir, dass es bei Weitem nicht die höchste war.

Zoe schweigt, während sie das Medizinkabinett durchwühlt. Ich sitze auf einer Bahre, die mich auf grausame Weise an die Bahre erinnert, die ein Stockwerk tiefer steht. Liegt Gabriel noch immer dort oder haben sie inzwischen einen Weg gefunden, die Labortür zu öffnen? Und wenn ja, wurde er begraben?

Meine Mutter sitzt neben mir. Ihre Jacke hat sie mir um die zitternden Schultern gelegt. In der Wärme kribbelt meine unterkühlte Haut und der Schnitt pocht überdeutlich. Ich presse weiter das Taschentuch darauf, da die Blutung bisher nicht richtig nachgelassen hat.

Zoe kommt mit einem silbernen Tablett zurück, auf dem alle Utensilien liegen, die sie braucht. Sie ist eine talentierte Jägerin, doch das Heilen fiel ihr schon immer leichter als der Kampf. Ich habe es ihr nie gesagt, aber ich habe sie auch ein bisschen dafür beneidet. Ich konnte verletzen. Manchmal habe ich mich jedoch danach gesehnt, zu retten, statt zu zerstören. Deswegen sitze ich in diesem Moment hier. Obwohl ich noch immer zweifle, dass ich dazu in der Lage bin.

»Mach bitte das Taschentuch weg«, fordert mich Zoe mit jenem unpersönlichen Tonfall auf, den Krankenpfleger und Ärzte anstimmen, wenn sie mit ihren Patienten reden.

Ich komme der Bitte nach. Das Blut fließt zwar langsamer, aber immer noch zu stark.

»Du hättest es nicht so übertreiben müssen«, kommentiert Zoe. »Aber du konntest Dinge noch nie in Maßen tun.«

Ich grinse. »Du kennst mich.«

»Ich glaube schon«, gibt sie zu.

Meine Mutter weint immer noch. Doch ich weiß nicht, was ich sagen kann, um sie zu beruhigen. Ich weiß ja nicht mal, was ich jetzt hören müsste, um mich selbst zu beruhigen.

Zoe desinfiziert die Wunde. Es brennt, doch inzwischen habe ich mit viel schlimmeren Schmerzen Bekanntschaft gemacht, sodass ich kaum zusammenzucke.

»Ich muss es nähen«, erklärt Zoe und gibt mir eine Spritze, um die Stelle zu betäuben.

Kurz warten wir auf die Wirkung des Mittels und starren

alle drei auf den Schnitt, als stünde in ihm geschrieben, wie wir in Zukunft miteinander umgehen sollen.

Beide müssen unendlich viele Fragen haben. Wie bin ich wieder zum Menschen geworden? Was habe ich in der Zwischenzeit erlebt? Bin ich noch dieselbe?

Doch Zoe bricht die Stille nicht mit einer Frage.

»Ich bin froh, dass Leon dich nicht umgebracht hat.«

»Das erste oder zweite Mal?«, gebe ich zurück.

Zoe grinst meine Hand an, während sie den Schnitt schließt.

»Beide«, erwidert sie. »Es hätte ihn gebrochen.«

Ich nicke und mein Mut sinkt ein bisschen tiefer.

»Und ich wollte nicht, dass du stirbst. Selbst als du ...«

Sie stockt und wirft meiner Mutter einen unsicheren Blick zu. »Eine von ihnen warst.«

Ich bin es noch immer und werde es immer sein. Doch das spreche ich nicht aus.

»Danke«, sage ich stattdessen.

Zoe sieht noch meine Mutter an, als hätte sie Angst, sie würde Zoes Mangel an Treue ihrem Mann verraten.

Doch sie lächelt nur milde, während Tränen über ihre Lippen rinnen. »Ich bin auch froh«, sagt sie.

Zoe zieht die Schultern nicht mehr so verkrampft zusammen, wie sie es immer tut, wenn mein Vater in der Nähe ist.

»Ich auch«, scherze ich und bringe die beiden tatsächlich dazu, ein kleines Lachen auszustoßen.

»Dein Vater wird viele Fragen haben.« Die Worte meiner Mutter bringen eine Ernsthaftigkeit zurück, die mir die Luft aus den Lungen drückt und Lachen unmöglich macht.

»Ich weiß«, sage ich.

Zoe klebt ein Pflaster auf die Naht.

Wir verweilen noch alle einen Moment. Meine Mutter sitzt

so nah neben mir, dass unsere Beine sich berühren. Zoe hält meine Hand fest, obwohl sie fertig ist.

Wir können nicht leugnen, was passiert ist und ich bin erleichtert, dass sie es auch nicht versuchen. Diese Stille ist ehrlicher. Sie gesteht ein, dass wir nicht mehr die Gleichen sind wie beim letzten Mal, als wir zusammen waren. Aber sie zeigt auch, dass sich vieles verändern kann, gewisse Dinge allerdings immer gleich bleiben. Und die Liebe meiner Mutter und meiner besten Freundin gehören zum Glück dazu.

Wir wechseln kein Wort mehr in diesem Zimmer. Irgendwann lassen mich beide los und ich erhebe mich, weil ich das Gespräch, das mir bevorsteht, nicht länger aufschieben kann.

Noch einmal lächle ich sie an. Weil sie mich noch akzeptieren, obwohl ihnen beigebracht wurde, dass sie das gar nicht dürfen. Weil sie mir nicht vorgemacht haben, die nächsten Schritte würden einfach werden. Weil sie mir Hoffnung geschenkt haben, dass alles, was ich tue, nicht umsonst sein wird.

Sie erwidern das Lächeln, während ich durch die Tür trete.

Das Erste, was mir auffällt, als ich bedächtig durch die Zentrale laufe, ist, dass viel mehr Menschen hier sind. James hat mir zwar erzählt, dass Jäger aus ganz Frankreich angereist sind. Was es bedeutet, wird mir aber erst jetzt klar.

Sie alle sind Soldaten. Und sie alle sind bereit, meinem Vater zu folgen, egal, wohin er sie auch führt. Selbst in den Tod.

Blicke folgen mir. Doch ich ignoriere sie. In der Festung habe ich mich daran gewöhnt. Wie würden sie wohl reagieren, würde ich ihnen erklären, wie viel sie mit denen gemeinsam haben, die sie aus vollem Herzen hassen?

Meine Mutter hat mich vorhin so schnell durch die Eingangshalle geführt, dass ich das Ausmaß der Zerstörung nicht ganz erfassen konnte. Nun verweile ich einen Augenblick und erkenne Gaspards Handschrift in den zertrümmerten Möbeln. Es bringt mich zum Grinsen. Doch ich verstecke es schnell wieder. Was in mir vorgeht, darf niemand wissen. Eine gute Diplomatin behält ihre Gefühle für sich. Und das ist es schließlich, was ich versuche zu sein.

Die Splitter der Granaten haben sie bereits aus dem Parkett entfernt, aber die gähnenden Löcher im Boden erzählen davon, dass selbst die Zentrale nicht unverwundbar ist. Und die Festung ist es auch nicht.

Im Kamin brennt noch immer das Feuer. Mein Vater steht davor und starrt hinein. Ich stehe in dem Gebäude, in dem ich aufgewachsen bin und trotzdem wirft mich das unbändige Heimweh, das mich schlagartig überkommt, fast um. Werde ich jemals wieder sehen, wie Gaspard diese Haltung einnimmt?

»Papa«, sage ich und alle Gespräche im ganzen Haus scheinen abrupt zu verstummen.

Er lässt sich Zeit, bis er sich zu mir umdreht. Das hat bestimmt etwas mit Macht zu tun. Ich erkenne erst jetzt, wie viele seiner Gewohnheiten Demonstrationen seiner Überlegenheit, seiner Position sind. Sein Stuhl am Tischende und das leere Tischende auf der anderen Seite. Die Gemälde an der Wand. Die strengen Blicke. Das rar gesäte Lob. Seine Gunst, die er sehr bewusst seinen ergebensten Dienern schenkt. Nichts ist unüberlegt. Er führt seine Anhänger nicht angestachelt von blinder Verbissenheit in den Tod, sondern mit offenen Augen. Und das macht es nur noch schlimmer.

Schließlich sieht er mich an.

»Wir müssen reden«, sage ich.

Er schweigt. Demonstriert seine Macht. Damit klar ist, wer hier die Entscheidungen trifft.

Dann nickt er. »Das müssen wir.«

Er läuft voraus und ich folge ihm in sein Büro. Doch weiß er, dass ich ihm sonst nirgendwohin mehr folgen werde?

36. KAPITEL

Das Gemälde, hinter dem der Schlüsselbund hing, den ich vor weniger als vierundzwanzig Stunden geklaut habe, scheint mich vorwurfsvoll anzustarren. Und das, obwohl es nur die Zentrale der Jäger im Jahr ihrer Gründung zeigt.

Vielleicht übertrage ich nur die Miene meines Vaters auf meine gesamte Umgebung.

Diesem Büro kann man ansehen, dass die Jäger nicht in der Moderne angekommen sind. Alle Möbel sind massiv, fast schon sperrig. Irgendwie passt es. Sie ähneln den Überzeugungen meines Vaters. Etwas, was sich nicht verrücken lässt. Und obwohl ich das weiß, werde ich das Unmögliche wagen und genau das versuchen.

»Du musst viele Fragen haben«, breche ich schließlich die Stille.

»Ja«, sagt er knapp. Er meidet meinen Blick nicht. Diese Blöße würde er sich nie geben. Aber ich kann seinen Augen ansehen, dass sie am liebsten vor meinen fliehen würden.

»Bitte stell sie mir.« Ich habe immer höflich mit meinem Vater gesprochen, weil er eben nie nur mein Vater war, sondern an erster Stelle auch mein Anführer. Und trotz seiner Erwartungen und Strenge hatten wir stets eine besondere Vater-Tochter-Bindung. Bis jetzt. Denn wo einst Nähe war, ist jetzt nur noch Distanz.

»Wie bist du wieder zum Menschen geworden?«

»Es gab ein Heilmittel. Das Blut des ersten Vampirs. Ich habe es zu mir genommen.«

»Gibt es mehr davon?«

»Nein.«

Mein Vater nickt. »Hast du als Vampir Leben genommen?«

»Nein.«

Er mustert mich einen Moment, dann nickt er wieder. »Ich wusste immer, wenn du lügst. Du sagst die Wahrheit. Wenigstens etwas.«

Den Zusatz hat er sich wohl nicht verkneifen können.

Zum Glück gelingt es mir, ihm nicht unter die Nase zu reiben, dass er mich nicht so gut durchschauen kann, wie er immer dachte. Sonst hätte er früher erkannt, dass ich mich verwandelt habe. Aber ihn darauf hinzuweisen, würde dieses Gespräch sicherlich nicht angenehmer machen.

»Du hast alles abgelegt, was einen Vampir ausmacht?«

»Ich brauche und will kein Blut. Ich kann in der Sonne laufen. Ich kann sterben wie jeder Mensch auch«, führe ich aus.

Besonders der letzte Punkt scheint ihn dazu zu bringen, zufrieden zu nicken. Vielleicht bin ich auch einfach nur zynisch.

»Lana, warum bist du zurückgekommen?«

Auf diese Frage läuft alles hinaus. Trotzdem erwischt sie mich kalt, weil ich keine Ahnung habe, was ich erwidern soll. Gaspards Plan hängt ganz davon ab, dass mein Vater mir zuhören wird. Aber nur weil er den Code zu seiner Folterkammer nicht verändert hat, heißt das nicht, dass die Überreste seiner Zuneigung zu mir ausreichen, um ihn zum Einlenken zu bewegen.

Weder mein Vater noch ich haben uns je mit Floskeln aufgehalten. Das ist wohl das, was uns noch immer am meisten verbindet. Also halte ich mich auch jetzt nicht mit Floskeln auf.

»Ich weiß, was du vorhast.«

Mein Vater versteht sofort, was ich meine, und seine Miene verhärtet sich. »Weil du hier eingebrochen bist und einem Vampir zur Flucht verholfen hast.«

Darauf gehe ich nicht ein. Wenn er auf eine Entschuldigung hofft, kann er mehrere Ewigkeiten darauf warten. Ich bin hier, um Frieden zu verhandeln und nicht um unter seinem anklagenden Blick alles zu vergessen, was ich gelernt habe.

»Selbst wenn es dir gelingt, einen Großteil der Vampire mit dem Gas in den Tod zu reißen, wirst du viele, sehr viele Jäger zusammen mit ihnen ins Verderben schicken. Du kannst froh sein, wenn nur eine Handvoll von ihnen lebend wieder aus der Festung rauskommt«, sage ich.

Seine Miene verzieht sich nicht einmal. Mir war klar, dass mein Vater immer mit sehr bedachten Schritten voranschreitet. Nicht eine emotionale Regung in seinem Gesicht auszumachen, lässt meinen Hals doch enger werden.

»Aber natürlich ist dir das bewusst«, sage ich und klinge bitterer, als ich beabsichtigt hatte. Trotzdem kann ich mir nicht rechtzeitig auf die Zunge beißen, bevor ich weiterspreche. »Diese Menschen schauen zu dir auf, und du schickst sie eiskalt in den Tod.«

»Und sie werden mit hoch erhobenen Häuptern gehen.«

Von heute bis in alle Ewigkeit.

»Im Gegensatz zu mir«, presse ich hervor. »Das ist es doch, was du damit sagen willst, oder?« Eine Diplomatin sollte einen ruhigen Kopf bewahren. Aber ich war nie eine Diplomatin. Ich bin eine Kämpferin. Und es fällt mir wohl wirklich leichter, Dinge zu zerstören, als sie zu reparieren. »Ich bin nicht ehrenvoll gestorben, wie es von mir erwartet wurde. Und damit habe ich dir Schande bereitet. Deswegen ist es dir auch egal, dass ich wieder ein Mensch bin, denn ich hätte niemals die Chance haben dürfen, wieder einer zu werden. Nicht wahr?«

Er antwortet sehr lange nicht. Ich komme mir ein bisschen wie damals vor, als ich in meiner Zelle saß und auf meine Hinrichtung gewartet habe. Nun warte ich auf sein Urteil. Und schon jetzt weiß ich, dass es erbarmungslos sein wird.

»Du bist meine Tochter«, sagt er schließlich. »Dass du wieder ein Mensch bist, ist ein Wunder.« Hoffnung traut sich aufzuflackern. »Aber du hast recht. Es hätte niemals dazu kommen dürfen.«

Und die Hoffnung erlischt.

Mein Vater macht eine kurze Pause, als wollte er seinen nächsten Worten besonderen Nachdruck verleihen. »Ich hatte dich immer für unglaublich mutig gehalten, doch als es darauf ankam, warst du feige. An dieser Tatsache wird sich niemals etwas ändern.«

Am liebsten würde ich ihm dasselbe sagen. Seine Überzeugungen zu hinterfragen, erfordert Mut. Und den Mut hat mein Vater nie aufgebracht. Das verkneife ich mir allerdings. Es würde die Verhandlungen beenden, bevor sie wirklich begonnen haben.

Also glätte ich mein Oberteil und sehe ihn weiterhin an, obwohl ich am liebsten gehen und weinen würde.

»Hier geht es nicht um mich.«

»Ach nein?«

Ich ignoriere seinen überheblichen Tonfall. »Es geht um den Krieg, den du planst. Ist es dir so wichtig, Vampire zu töten, dass dir das Leben deiner Leute egal ist?«

»Sie alle wissen, dass dieser Beruf gefährlich ist.«

»Es gibt einen Unterschied zwischen einer gefährlichen Mission und einem Himmelfahrtskommando.«

Er runzelt die Stirn und macht sich nicht die Mühe, seinen Ärger zu verbergen. »Tu nicht so, als wärst du wegen der Jäger hier«, sagt er aufgebracht. »Du willst, dass ich deine neuen Freunde verschone. Nur deshalb bist du hier.«

»Ich bin wohl die Einzige, die in diesem Krieg auf beiden Seiten Verluste vermeiden will. Ich tue das nicht nur für die Vampire, sondern auch für die Jäger. Egal, was ich in den vergangenen Monaten getan habe, dass ich meine Freunde und Familie immer beschützen will, weißt du. Daran wird sich niemals etwas ändern.«

Kurz denke ich, dass er aufweicht. Nur ein bisschen. Doch der Moment ist schnell vorbei. »Ich verhandle nicht mit Vampiren und auch nicht mit ihren Freunden. Dass du meine Tochter bist, ändert nichts daran.«

Am liebsten würde ich schon jetzt aufgeben. Ich habe so viel gekämpft. Ich tue schon mein ganzes Leben nichts anderes. Ich bin müde.

Einknicken werde ich dennoch nicht. Das erste Mal kämpfe ich um etwas, um das es sich wirklich zu kämpfen lohnt. Das ist nicht der Moment zum Aufgeben. Das darf ich einfach nicht.

Ich reiße mich zusammen. Morgen werde ich ihn noch einmal darauf ansprechen. Vielleicht wird sich sein Gemüt bis dahin abkühlen. Vielleicht erkennt er, wie erleichtert er darüber ist, dass ich zurück bin. Vielleicht kann meine Mutter ihm gut zureden. *Vielleicht. Vielleicht. Vielleicht.*

Meine Aufgabe ist zu wichtig, um sich auf *Vielleicht* zu verlassen. Aber was Besseres habe ich nicht. Also bleibt mir wohl nichts anderes übrig, als mich darauf zu stützen.

Ich lächle verkrampft. »Wir sollten diese Unterhaltung morgen fortsetzen.«

Er sieht mich an, als sehe er keinen Sinn darin. Doch dann

nickt er schließlich. Das ist zwar nicht viel, aber es ist besser als nichts, also gebe ich mich vorerst damit zufrieden.

»Bis morgen«, sage ich nur, erhebe mich und trete schon zum hundertsten Mal in den letzten Tagen durch eine Tür, ohne wirklich etwas erreicht zu haben.

37. KAPITEL

»Du lebst noch«, begrüßen mich gleich mehrere Stimmen, nachdem ich Gaspards Anruf angenommen habe.

»Ich habe euch schon eine Nachricht geschickt«, erwidere ich. Das habe ich gleich nach meinem Gespräch mit meinem Vater gemacht, damit die anderen sich nicht unnötig sorgen. Sie hören sich jedoch nicht so an, als hätte es geholfen.

»Wer weiß, was in der Zwischenzeit passiert ist«, meint James leichthin.

»Hast du deine Tür verriegelt?«, fragt nun Nic.

Das habe ich tatsächlich getan. Das hier war mal mein Zuhause. Aber der heutige Tag hat mir gezeigt, dass das nicht mehr stimmt. In meinem Zimmer können mich zwar die kritischen Blicke der Jäger und auch ihre Gespräche nicht erreichen, da sind sie trotzdem.

Die Einsamkeit, die mich bei meiner Ankunft in der Festung fast erdrückt hat, versucht seit Stunden zurück in meinen Körper zu kriechen.

Wieder werde ich daran erinnert, dass ich in den Augen anderer nicht länger dazugehöre. Weder Vampir noch Jägerin. Irgendwas dazwischen.

Doch ich bin nicht mehr allein.

Das beweisen meine Freunde, während sie wild durcheinanderreden.

»Ich bin kein Vampir mehr. Ich kann euch also nicht verstehen, wenn ihr nicht nacheinander sprecht.«

»Langweilig«, mault Sybille, was mich zum Lachen bringt.

Während ich das Handy an mein Ohr drücke, schlendere ich durch mein Zimmer. Ich öffne meinen Schrank und fahre mit den Fingerspitzen über meine Kleidung. Ich kann sagen, welches Material weich und hart ist. Viel mehr allerdings nicht. Ich vermisse meine Sinne schon nach einem halben Tag als Mensch. Mir entgehen jetzt so viele Nuancen, die die Welt zu bieten hat.

»Wie lief es?«, fragt Gaspard.

»Es hätte besser laufen können.«

»Das bedeutet, es lief beschissen«, übersetzt Sybille.

Ich lache leise auf. »Mein Vater hat mich wenigstens nicht aus seinem Büro geworfen.«

»Das ist ein Anfang«, versucht James mich aufzumuntern.

»Hm«, mache ich nur. »Meine Mutter und beste Freundin Zoe haben mich gut aufgenommen. Vielleicht hat meine Mutter ja Einfluss auf meinen Vater.« Ich sage das, obwohl mir klar ist, dass er seine Frau in seine Entscheidung selten bis nie einbezogen hat. Aber ich will den anderen ihre Hoffnung nicht nehmen. Noch nicht.

»Das klingt doch gut.« Auch Sybille versucht einen optimistischen Ton anzuschlagen. »Wie war es, die anderen wiederzusehen?«

»Durchwachsen.«

»So eine unverbindliche Wortwahl. Vielleicht bist du ja doch eine geeignete Diplomatin«, neckt mich Nic.

»Ich bezweifle das, aber danke für den Zuspruch.«

»Immer.«

»Wie lief's mit deinem Ex-Freund?«, fragt Sybille auf eine Weise, als wären wir einfach zwei Freundinnen, die beim Brunch zusammensitzen und darüber sprechen, dass ich bei der letzten Party meinem Ex begegnet bin.

Die Vorstellung gefällt mir. Sie ist beruhigend.

»Ich bin ihm aus dem Weg gegangen und er mir auch.«

»Wirst du das Gespräch mit ihm suchen?«, fragt mich Nic.

»Ich sollte es vermutlich tun«, meine ich. »Aber nicht heute. Jetzt brauche ich Schlaf. Ich habe mich schon ewig nicht mehr so erschöpft gefühlt.«

»Wir haben alle in den letzten Tagen kaum geschlafen. Als Vampire können wir damit umgehen. Aber du bist jetzt ein Mensch. Dein Körper braucht Ruhe«, erklärt Gaspard. »Leg dich hin. Du wirst deine Kraft morgen brauchen.«

Ich nicke, bis mir klar wird, dass auch Vampire nicht durch eine Telefonleitung blicken können, also setze ich noch ein »Mach ich« hinterher.

»Wir vermissen dich«, sagt Sybille. »Ich vermisse dich sehr.«

»Ich wünschte, du wärst hier«, fügt Nic hinzu.

»Ich auch«, gebe ich zu, während die Leere in meiner Brust weiter aufreißt, weil mir ihre Stimmen nicht reichen, wenn ich ihre Gesichter nicht sehen und ihre Hände nicht berühren kann.

»Du wirst uns besuchen kommen«, meint Gaspard. »Aber wir sollten abwarten, bis sich die Lage beruhigt hat. Wenn du gleich in deiner ersten Nacht die Zentrale verlässt, um Vampire zu besuchen, wird das den Friedensverhandlungen nicht helfen. Außerdem sind Bastille und seine Anhänger aufgehetzt. Noch ist es zu gefährlich.«

Ist er vielleicht doch schwerer zu kontrollieren, als Gaspard immer dachte? Ich spreche es nicht aus, weil ich mir sicher bin, dass er das inzwischen auch selbst eingesehen hat.

»Wir werden uns wiedersehen«, sage ich mit Nachdruck, als hätte ich Angst, sie würden mich sonst vergessen.

»Werden wir«, erwidern sie alle, was mich wieder zum Lächeln bringt.

»Schlaf gut«, haucht Nic und ich schließe die Augen, weil ich mir dann wenigstens kurz vormachen kann, er säße neben mir und hätte es mir direkt ins Ohr geflüstert.

»Du auch.«

Und dann ist die Leitung tot und die Leere ein bisschen umfangreicher. Ich habe Angst, dass die Verhandlungen so lange dauern, dass mich die Einsamkeit verschluckt wie ein schwarzes Loch.

Ich zwinge mich, tief durchzuatmen. Morgen ist ein neuer Tag. Morgen wird alles besser laufen.

»Was wären deine Bedingungen für einen Frieden?«, frage ich meinen Vater ohne Umschweife, sobald ich wieder in seinem Büro sitze.

»Was?«, gibt er zurück.

»Ich will einen Frieden verhandeln. Welche Bedingungen hast du?«

Ich bleibe ruhig oder versuche mir zumindest nicht anmerken zu lassen, wie nervös mich seine eiserne Miene macht.

»Keine«, erwidert er.

»Wie meinst du das?«

»Ich glaube nicht an einen Frieden mit den Vampiren, Lana«, sagt er kühl. »Also habe ich auch keine Bedingungen.« Er klingt, als würde er einem Kind ein sehr einfaches Konzept erklären.

Sieht er mich so?

Er hat mich schon ernst genommen, da war ich noch sehr jung. Für ihn war ich immer eine Delacroix und deswegen hat er mich auch als kleines Mädchen respektiert. Doch diese Zeiten sind vorbei. Weil ich nicht gestorben bin, achtet er mich nicht mehr. Und ich weiß nicht, was ich tun kann, um das jemals zu ändern.

»Du könntest fordern, dass sie keine Menschen mehr töten dürfen. Die meisten Vampire töten ohnehin keine Menschen. Aber man könnte harte Strafen über die verhängen, die es tun«, sage ich und ignoriere seine unbeugsamen Worte und seinen noch unbeugsameren Gesichtsausdruck. Es ist schwer, einem Menschen Respekt entgegenzubringen, wenn er nicht das Gleiche tut. »Darum geht es uns Jägern doch. Wir wollen Menschen beschützen.«

»Uns Jägern?«, hakt er nach.

Ich ignoriere auch das und fahre fort. »Vampire, die Menschen verletzen, dürfen verurteilt werden. Mördern wird schließlich auch ein Prozess gemacht. Wieso sollte das nicht auch für Vampire gelten?«

»Du willst strafrechtliche Prozesse für Vampire?« Er macht sich über mich lustig. »Kriegen sie dann auch Verteidiger?«

»Natürlich«, presse ich zwischen zusammengebissenen Zähnen hervor.

»Das wird ja immer schöner.«

»Vampire sind uns gar nicht so unähnlich«, setze ich an. »Ich habe getrauert, ich habe Schmerzen gefühlt. Ich habe euch vermisst. Ich war immer noch ich.«

»Nur, dass du Blut trinken wolltest.«

»Richtig.«

»Und du bist nicht der Meinung, dass dieser Unterschied irgendwie entscheidend ist?«

Unsere Stimmen werden gleichzeitig lauter.

»Natürlich ist das ein entscheidender Unterschied«, rufe ich verzweifelt aus. »Aber Vampire sind abgesehen davon genauso wie wir. Ich habe meine Familie vermisst. Ich wollte zurück. Ich hatte Todesangst. Ich habe nach einer Heilung gesucht, um zu euch zurückkehren zu können.«

»Und hast es geschafft«, stellt mein Vater wieder ein bisschen ruhiger fest.

Ich unterschlage, dass ich die Heilung am Ende gar nicht mehr finden wollte, und nicke nur.

»Du hast nicht aufgehört zu kämpfen«, meint mein Vater.

»Habe ich nicht.«

Für einen Moment glaube ich, dass ich es geschafft habe. Dass ich ihn erreicht habe.

Bis er wieder den Mund aufmacht.

»Aber du hast für *sie* gekämpft.« Seine Lippen werden so schmal, als wollten sie ganz aus seinem Gesicht verschwinden.

»Was meinst du?«

»Du bist hier eingebrochen, um einen von ihnen zu befreien.« Mein Vater hebt den Zeigefinger. »Du hast dich vor einen anderen Vampir geworfen, als Leon diesen töten wollte.« Er hebt den Mittelfinger. »Und ich weiß, dass du ihnen verraten hast, wo unsere Fallen stehen.« Auch der Ringfinger kommt dazu. »Ich könnte bestimmt noch mehr Punkte aufzählen, aber das sind die einzigen, von denen ich weiß.«

Es fällt mir schwer zu schlucken. »Und ich weiß, dass du aus meinem Stuhl Pfähle hergestellt hast, um mich umzubringen«, sage ich mit einem kühlen Tonfall, auf den er in jeder anderen Situation stolz gewesen wäre, und hebe meinen Zeigefinger.

»Du bist eine Verräterin. Der einzige Grund, dass du noch atmest, ist, dass ich mich weigere, meine eigene Tochter hinrichten zu lassen.«

»Solange ich ein Mensch bin«, erwidere ich. »Nachdem ich gebissen wurde, hättest du nicht gezögert.«

»Hätte ich nicht.«

Mir wird übel. Es gibt wohl kaum etwas Schlimmeres, als sich vor den Taten von Händen zu fürchten, denen man einmal vertraut hat. Werden sie sich tröstend auf meine Schulter legen oder meinen Hals zusammenpressen, bis ich nicht mehr atmen kann? Ich weiß es nicht mehr.

Ich spüre Todesangst, während ich im gleichen Raum wie mein Vater sitze, der mich doch eigentlich lieben sollte.

Bevor mich mein Fluchtinstinkt übermannen kann, klopft es an der Tür.

»Ja?«, ruft mein Vater ungehalten.

Meine Mutter öffnet die Tür einen Spaltbreit und schiebt ihren Kopf hinein. Sie meidet den Blick ihres Mannes und schenkt mir ein halbherziges Lächeln. Meine Hoffnung, sie könnte einen guten Einfluss auf ihn haben, fällt in sich zusammen. Dass sie meinen Vater nicht einmal richtig ansehen kann, lässt mich ahnen, dass er ihr den Mund verboten hat, nachdem sie versucht hat, mit ihm über mich zu sprechen.

»Ja, Edith?«, fragt mein Vater nun ein bisschen sanfter. Er würde es nicht zugeben und sich auch nie entschuldigen, aber ich weiß, dass es ihm leidtut, meine Mutter angefahren zu haben. Das war immer schon so. Es hat ihn allerdings auch nie daran gehindert, es ständig wieder zu tun.

»Das Essen der Jäger steht schon bereit.« Ich hasse es, dass er sie dazu bringt, kleinlaut zu klingen. Und ich hasse es, dass ich meinen Vater so lange idealisiert habe, dass ich nicht erkannt habe, wie sehr er meine starke Mutter niedermacht.

»Es ist Freitag«, kriege ich hervor. »Ich habe die Wochentage durcheinandergebracht.«

»Das passiert wohl, wenn man in sein ehemaliges Zuhause einbricht.« Ich bin mir nicht sicher, ob er sich damit wirklich auf meine Flucht mit James bezieht oder auf meine Rückkehr.

Die ist für ihn vermutlich auch nicht viel besser als ein Einbruch.

Meine Mutter geht nicht darauf ein, sondern reicht mir nur ihre Hand. Mein Vater schnaubt, doch das bringt sie nicht dazu, ihren Arm sinken zu lassen. Ich stehe auf und ergreife ihre Hand. Sie umfasst sie fest.

»Danke, Maman«, flüstere ich ihr zu, während wir meinem Vater durch die Zentrale folgen.

Würde sie mich nicht halten, würde ich flüchten. Mich allen Jägern in dem Raum zu stellen, indem sie alle erkannt haben, was aus mir geworden war, hätte ich nicht ohne die Anwesenheit meiner Mutter ertragen.

Sie erwidert nichts, sondern streicht nur mit ihrem Daumen über meinen Handrücken. Das reicht mir. Zumindest für diesen Moment.

Wir nähern uns dem Speisesaal, mein Herz schlägt immer schneller. Meine Hände schwitzen. Maman lässt mich noch immer nicht los. Ob sie meinen heftigen Puls spürt?

Wir betreten den Saal. Mein Vater hat seinen Platz am Tischende schon fast erreicht. Es fühlt sich verdächtig so an, als würde er vor mir davonlaufen. Und komischerweise gibt mir das Kraft. Ich will nicht nur vor ihm flüchten, sondern er auch vor mir und der Wahrheit, die ich für ihn bereithalte.

Natürlich ersterben alle Gespräche gleichzeitig. Alle starren mich an. Ich ignoriere das Kratzen auf meiner Haut, die auf einmal über meinem Körper zu spannen scheint. Sie passt nicht mehr richtig. Ich bin ihr entwachsen.

Meine Mutter lässt mich noch immer nicht los und ich realisiere, was ein Kraftakt das für sie sein muss. Sie widersetzt sich vielleicht nicht mit lauten Worten und großen Gesten. Doch dieser unaufgeregte, stumme Protest ist ein mächtiger. Früher dachte ich immer, ich hätte meine Stärke von meinem

Vater geerbt. Nun realisiere ich, wie viel sie mir geschenkt hat und dass ich so vieles übersehen habe, was sie geleistet hat.

Leon sitzt zur Rechten meines Vaters. Es wundert mich nicht. Nachdem ich mich verwandelt hatte, brauchten sie einen neuen Erben und Leon war die offensichtliche Wahl.

Wir sehen uns direkt an. Sein blondes Haar hat er noch ordentlicher zurückgekämmt als sonst. Die Augenringe unter dem tiefen Braun seiner Iris sind größer geworden. Er ist breiter geworden. Für ihn war das Training schon immer eine Methode, seinen eigenen Gedanken zu entfliehen.

Er erhebt sich, als sich mein Vater setzt. Aber er lässt sich nicht wieder auf dem Stuhl nieder, sondern tritt einen Schritt zurück. Dann kommt er auf mich zu.

Alle starren uns an. Die Augen meines Vaters brennen ein Loch in Leons Rücken. Der merkt es nicht einmal.

»Was machst du da?«, zische ich, sobald er nah genug vor mir steht, dass nur er mich hören kann.

»Du bist immer noch die Erbin. Das ist dein Platz.«

Ich reiße die Augen auf.

»Du bist die Erbin, solange du lebst«, beharrt er. »Du bist wieder ein Mensch. Dein Schwur gilt noch. Oder wieder. Und unserer dir gegenüber ebenfalls. Daran kann auch der Zorn deines Vaters nichts ändern.«

Ich kann mich unmöglich zur Rechten meines Vaters hinsetzen. Das wird seinen Zorn noch weiter anfachen und er wird sich vielleicht doch noch mal überlegen, mich hinrichten zu lassen.

Doch auch meine Mutter scheint Leons Meinung zu sein, denn sie zieht mich an der Hand Richtung Stuhl.

Meine Gedanken überschlagen sich. Wenn ich wirklich noch die Erbin bin, könnte mein Vater mich nicht mal hinrichten, wenn er es wollte. Er könnte mich natürlich im Schlaf mit meinem Kissen ersticken. Aber offiziell könnte er mich nicht loswerden.

Ich sitze auf dem Stuhl, bevor ich mich bewusst dafür entschieden habe. Alle Jäger rutschen einen Stuhl auf, um Leon Platz neben mir zu machen. Die Stühle schrammen über den Boden. Mehrere Schritte erklingen. Das Ganze ist mir so unangenehm, dass ich den Jägern dabei nicht mal zusehen kann.

Alle warten auf die Reaktion ihres Anführers. Er wirkt, als wollte er an die Decke gehen. Doch dann sagt er gar nichts dazu.

»Nun da wir vollzählig sind, können wir ja beginnen.« Der erste Gang wird aufgetragen, während die gleichen Worte, mit denen er auch mein letztes Essen an diesem Tisch eröffnet hat, im Raum verhallen. Wird es genauso enden wie das letzte? Werden sie mich niederschlagen und in eine Zelle werfen?

Eigentlich ist mir bewusst, dass das nicht passieren wird. Der Stuhl, auf dem ich nun sitze, beschützt mich. Sich ganz auf die Verteidigung eines leblosen Gegenstandes zu verlassen, erscheint mir jedoch geradezu leichtsinnig.

Alle essen schweigend ihren Salat. Die Jäger sind zwar auch sonst nicht für ihre Lockerheit bekannt, aber normalerweise unterhalten sich alle. Heute nicht.

Ich ertrage die Stille noch bis zum Hauptgang. Als dann Gabeln über Teller kratzen, um Erbsen aufzuspießen, reißt mir der Geduldsfaden.

»Ihr habt bestimmt viele Fragen«, setze ich getragen an. »Ihr könnt mir gern alle stellen.«

Ich muss meinen Vater umstimmen, weil er die Entscheidungen trifft. Trotzdem würde es mir auch nicht schaden, nicht alle Jäger gegen mich zu haben. Ich weiß, dass meine

Offenheit bei einem Mittagessen ihre Überzeugungen nicht ändern wird. Aber vielleicht kann ich Zweifel säen und das wäre schon mal besser als nichts.

Doch niemand öffnet den Mund, außer um sich Hühnchen mit Kartoffeln und Erbsen hineinzustecken.

Niemand reagiert.

Aus dem Augenwinkel sehe ich den selbstgefälligen Gesichtsausdruck meines Vaters. Wieder wird mir übel. Ich zwinge mich zu essen, obwohl es davon schlimmer wird.

Ich denke schon, dass meine Frage in der Stille verloren gehen wird. Da räuspert sich Zoe.

Obwohl mein Vater sie starr anblickt, beginnt sie zu sprechen.

»Wie fühlt es sich an?«, fragt sie so leise, dass sie wohl nicht jeder am Tisch verstehen wird. »Wie fühlt es sich an, ein Vampir zu sein?«

Ich lächle ihr dankbar zu. »Sehr ähnlich wie es sich anfühlt, ein Mensch zu sein. Nur intensiver.«

»Was bedeutet das?«, fragt Julienne, die neben Zoe sitzt. Sie ist ein Jahr jünger als wir und hat sich früher selten getraut, mit mir zu sprechen. Dafür hatte sie zu viel Ehrfurcht vor mir. Das hat sich auch nicht verändert.

»All deine Sinne sind geschärft«, fahre ich fort. »Du riechst Nuancen, die dir als Mensch verborgen bleiben, hörst mehr, siehst Dinge, die menschlichen Augen entgehen. Es ist ein bisschen überwältigend.«

»Wieso?«, fragt ein junger Jäger namens Thoma, der mir, als wir noch Kinder waren, seinen Lieblingsteddy geschenkt hat, weil er in mich verliebt war.

»Du nimmst alles gleichzeitig wahr. Nicht nur das Gespräch, das du gerade führst, sondern auch die Gespräche der Menschen im Nachbarhaus. Du musst erst lernen, den

Rest auszublenden, ehe du dich überhaupt auf etwas konzentrieren kannst.«

Ich rechne jede Sekunde damit, dass mein Vater mich unterbricht. Aber er will sich wohl nicht die Blöße geben. Das wäre ein Eingeständnis, dass er Angst vor den Dingen hat, die ich sagen könnte. Er lässt mich reden, um zu zeigen, dass alles, was ich ausspreche, keine Rolle spielt. Doch da hat er sich verkalkuliert. Eins habe ich in den letzten Monaten gelernt: Ich habe viel zu sagen und meine Worte haben Macht.

»Das klingt anstrengend«, meint Leon. Ich hätte nicht erwartet, dass er etwas sagen würde. Und ich bin ihm sehr dankbar, dass er sich getraut hat.

»Ist es«, gebe ich zu. »Wenn du es unter Kontrolle hast, dann kannst du es aber auch genießen. Paris ist voller wunderschöner Eindrücke und sie alle wahrnehmen zu dürfen, ist ein Geschenk.«

»Ist der Blutdurst auch ein Geschenk?«, fragt ein älterer Jäger, der schon mit meinem Vater gedient hat, bevor sich dieser verletzt hat.

»Definitiv nicht«, erwidere ich. »Es ist eine der schlimmsten Erfahrungen, die ich in meinem Leben gemacht habe. Doch er ist kontrollierbar.«

»Du willst uns also weismachen, dass die Vampire gar nicht so anders sind als wir«, gibt er zurück. Am liebsten hätte ich ihm gesagt, dass mein Vater ihm auch dann keinen besseren Posten geben wird, wenn er ihm in den Arsch kriecht. Aber das verkneife ich mir.

»Das sind sie«, gebe ich zurück. »Ich habe all das gefühlt, was ich auch als Mensch gefühlt habe. Schmerzen, Wut, Trauer, Einsamkeit. Alles war noch da. Trotz der Verwandlung war ich noch immer ich selbst.«

Ehe er etwas erwidern kann, ergreift Zoe wieder das Wort.

»Können Vampire auch ...« Sie stockt und ihre Wangen färben sich rosig. »Können Vampire auch lieben?«

Ich lächle matt, während Tränen von innen gegen meine Augen drücken. Ich lasse sie nicht entkommen. »Das können sie.«

Es wird so still im Raum, als wären wir zur Messe in der Kirche. Die Stille hat fast etwas Andächtiges an sich.

»Hast du geliebt?«, fragt Zoe.

Ich bleibe lange still. Ich könnte lügen – vermutlich wäre das die sichere Option. Doch dieses Gebäude wurde auf Lügen errichtet und ich will nicht eine einzige hinzufügen. Sie alle verdienen die Wahrheit. Die ganze Wahrheit.

Also nicke ich. »Das habe ich. Das tue ich. Ich liebe einen Vampir.«

Die Stille hält an, zieht sich in die Ewigkeit, die nicht länger mir gehört.

Da knallt mein Vater beide Fäuste auf den Tisch. »Es reicht. Ich werde mir das nicht länger anhören!«

»Warum? Weil du Angst vor Worten hast?«, fordere ich ihn direkt heraus, obwohl ich genau das nicht tun wollte. Doch auf die besonnene, diplomatische Tour hat es nicht funktioniert. Mein Vater reagiert nur auf Stärke und vielleicht muss ich ihn daran erinnern, dass ich die schon immer hatte.

Die Vene auf seiner Stirn pulsiert so heftig, als wollte sie jeden Moment platzen. Das wäre eine ziemlich einfache Lösung für meine Probleme. Doch kaum gedacht, habe ich ein schlechtes Gewissen. Ich will alle Vampire und Jäger retten und mein Vater gehört dazu.

»Ich werde dir keine Bühne für deine Propaganda geben.«

»Propaganda?«, entfährt es mir fassungslos. »Wenn ich Propaganda verbreite, was tust du dann?«

»Ich beschütze die Menschheit vor einer bösen Bedrohung.«

Ich schüttle den Kopf. »Meine Familie hat versucht, mich umzubringen, obwohl sie mich lieben sollte. Die Vampire haben mich gerettet, obwohl sie mich hassen sollten. Du hast kein Recht, mir etwas von Gut und Böse zu erzählen.«

Da ist eine Regung in seinem starren Gesicht, aber ich kann sie nicht deuten.

»Ich wurde dazu erzogen, dass die Welt schwarz und weiß ist, gut und böse, Jäger und Vampire. Aber so einfach ist es nicht, das ist mir nun klar geworden«, fahre ich fort.

»Also willst du mir erzählen, dass die Vampire nicht für die blutleeren Leichen verantwortlich sind, die wir noch immer fast täglich in den Straßen finden.«

»Natürlich nicht«, erwidere ich ungeduldig und mein Vater sieht mich an, als denke er, dass er diesen Streit für sich entschieden hätte. Doch das hält mich nicht auf. »Es gibt schlechte Vampire, genauso wie es eben auch schlechte Menschen gibt. Denen jagen wir auch nicht direkt einen Holzpfahl in die Brust, sie bekommen ein ordentliches Gerichtsverfahren, keine Exekution.«

»Vielleicht sollten wir mit ihnen auch so verfahren.«

Mein Vater hat kurz seine Fassung verloren. Das merkt er selbst, denn er glättet seinen Anzug mit den Händen, als könnte er sein Gemüt genauso leicht glätten. Ihm war es immer wichtig, beherrscht und erhaben zu wirken, als stünde er über allem. Gerade hat er bewiesen, dass das auch nur eine Fassade ist.

Ich warte darauf, dass er mir erneut den Mund verbietet oder mich sogar auf mein Zimmer schickt wie ein störrisches Kind.

Doch jemand anderes ergreift das Wort.

»Vampire können lieben?« Jeans Stimme bricht. Ich wende mich ihm zu und sehe ihn direkt an. Seinen kleinen Sohn hat er auf dem Schoß. Genauso wie vor zwei Monaten, als seine Frau Camille sich vor ihm in einen Sarg gesetzt und einen Pfahl in ihre Brust gerammt hat.

»Ja, können sie«, bestätige ich ihm, obwohl ich weiß, dass eine Lüge gnädiger wäre als die Wahrheit.

»Also hat Camille ...« Er kann den Satz nicht beenden. Aber ich kann es.

»Sie hat euch noch immer geliebt. Sie hat niemals damit aufgehört«, sage ich, eine Träne rinnt mir über die Wange.

»Ist sie umsonst gestorben?«, fragt er. Mit zitternden Händen drückt er sein Kind an seine Brust. »Mein Sohn könnte noch eine Mutter haben?«

Ich nicke.

Etwas verändert sich im Raum.

»Camille ist ehrenhaft gestorben«, sagt mein Vater schnell, der es ebenfalls bemerkt. »Sie hat allen Jägern Ehre gemacht.«

Wie oft kann mein Vater das Wort *Ehre* noch benutzen, bis sie alle erkennen, dass ihm gar keine Bedeutung innewohnt?

Jean würdigt meinen Vater keines Blickes. Er sieht nur mich an. Alle Augen sind auf mich gerichtet. Und ich bleibe mit geraden Schultern sitzen.

Ich könnte ihre Meinungen ändern. Das wird mir in diesem Moment sehr deutlich klar. Ich könnte so viel bewegen, wenn mir mein eigener Vater nicht im Weg stehen würde. Frieden ist möglich. Ich spüre Hoffnung, bis ich meinen Vater ansehe.

Seine Züge sind hart – unnachgiebig. Er wird sich nicht umstimmen lassen. Nicht von mir. Von niemandem.

Und da wird es mir klar: Wir sind alle verloren, weil er niemals bereit sein wird, zuzugeben, dass er falschliegen könnte.

38. KAPITEL

»Lief's heute besser?«, fragt Sybille vorsichtig, als hätte sie Angst vor der Antwort.

Ich liege rücklings auf meinem Bett und starre an die Decke.

»Wie man's nimmt.«

»Bitte sei noch unkonkreter«, zieht mich Nic auf. Vermutlich versucht er locker zu klingen, damit ich nicht so deutlich heraushöre, wie sehr er mich vermisst. Es bringt nichts. Ich spüre mein eigenes Sehnen als Echo seines in meiner Brust.

»Mein Vater hat dichtgemacht«, sage ich. »Zum Glück haben mir die anderen Jäger zugehört – das ist immerhin etwas.«

»Aber sie haben keine Entscheidungsgewalt, oder?«, fragt Gaspard.

»Haben sie nicht«, bestätige ich und seufze schwer.

»Verzweifle nicht. Niemand ist davon ausgegangen, dass du den Frieden in zwei Tagen aushandeln kannst«, meint James.

»Ich weiß«, sage ich.

»Und sie haben noch keinen Vampir entführt, also können sie auch kein neues Gas herstellen. Wir haben die anderen Vampire gewarnt. Sie sind in Alarmbereitschaft und wagen sich nicht zu weit von der Festung weg«, erklärt James. »Also haben wir noch ein bisschen mehr Zeit.«

Ich nicke nur, dann schweigen wir alle. Ich drücke mir das Handy so fest gegen das Ohr, bis es wehtut, weil ich mich ihnen so nah fühlen will wie irgendwie möglich. Keine Ahnung, ob das hilft, aber es ist besser als nichts.

»Heute ist mir etwas klar geworden, was mir vorher nicht bewusst war«, denke ich laut.

»Ja?«, haken die anderen nach.

»Ich bin noch die Erbin. Ich habe den Posten offiziell angetreten, sobald ich volljährig war. Und der Schwur ist bindend. Niemand kann ihn lösen, solange ich ein Mensch bin. Was das für den Plan bedeutet, weiß ich noch nicht ganz, womöglich lässt sich ein Vorteil daraus schlagen. Als Erbin kann ich allerdings keine eigenständigen Entscheidungen treffen und muss denen meines Vaters eigentlich Folge leisten. Wirklich was bewegen könnte ich nur als offizielle Anführerin.«

»Wieso guckst du so, Gaspard?«, fragt James. »Ich kenne diesen Blick.«

»Welchen Blick?«, hake ich sofort nach. Was würde ich alles geben, um jetzt bei ihnen zu sein. Die Vorstellung, dass sie ohne mich in seinem Büro vor dem leeren Kamin in den Ohrensesseln sitzen, quält mich.

»Ich habe lange auf die richtige Person gewartet, bis ich die Heilung aus den Händen gegeben habe. Ich bin geduldig«, setzt Gaspard an. »Wenn dein Vater keinen Frieden will, werden wir einen haben, sobald du seine Nachfolge antrittst.«

»Mein Vater ist noch nicht alt und kerngesund«, entgegne ich.

»Dann sind wir eben noch ein bisschen länger geduldig und haben unseren Frieden in dreißig Jahren.«

Mein Magen verkrampft sich sofort. Ich weiß nicht, was ich dazu sagen soll. Nic hingegen scheint es ganz genau zu wissen.

»Das würde bedeuten, dass Lana die nächsten dreißig Jahre bei den Jägern leben muss.«

Wie oft hat Gaspard betont, dass er geduldig sein wird?

Wie oft hat er davon gesprochen, dass er auf den richtigen Moment gewartet hat?

Er hat Jahrhunderte damit verbracht, diesen Plan zu schmieden. Sieht es Gaspard ähnlich, die einzige Heilung abzugeben, wenn seine Erfolgschancen nicht ein bisschen höher stehen oder er wenigstens einen Plan B in der Hinterhand hat?

Nein, tut es nicht.

Deswegen verstehe ich, was er vorhat, bevor er fortfährt.

»Sie würde bei den Jägern bleiben müssen«, bestätigt Gaspard. »Und sie sollte sich überlegen, wie sie es schafft, ihre Überzeugungen an die nächste Generation weiterzugeben.«

»Wovon redest du da?«, entfährt es Nic.

»Sie könnte den nächsten Erben so erziehen, dass er oder sie ebenfalls mit den Vampiren zusammenarbeiten will, statt sich von blindem Hass leiten zu lassen.«

»Und wie genau soll Lana das anstellen?«

»Sie kann ein Kind bekommen.«

Nic zieht hörbar die Luft ein.

»Das ist nicht dein Ernst«, sagt Sybille an seiner Stelle.

»Doch, ist es.« Gaspard klingt so gefasst wie immer. »Die beste Lösung ist, dass sie die nächste Generation Delacroixs zur Welt bringt und ganz anders erzieht, als sie selbst erzogen wurde.«

»Und wo sollen diese Kinder herkommen?« Nic schreit fast und obwohl mein Ohr schmerzt, kann ich das Handy nicht loslassen. »Es ist ja offensichtlich, dass ich nicht ...« Nic stolpert über seine eigenen Worte. »Vampire können keine Kinder bekommen.«

Wieder schweigen wir alle, bis Nic endlich das versteht, wogegen er sich gewehrt hat. »Fuck«, entfährt es ihm ungläubig. »Natürlich kommt Lanas und meine Beziehung in deinem Plan gar nicht vor.« Ich habe ihn direkt vor Augen, während er das sagt. Dass ich mir seinen Gesichtsausdruck so bildlich vorstellen kann, macht diesen Moment nur noch schlimmer.

»Du willst, dass sie einen Jäger heiratet?«, fragt Nic. »Am besten noch ihren Ex-Freund. Vielleicht hat er ja den Verlobungsring noch. Wie praktisch. Dann tun wir einfach so, als hätte er nicht zweimal versucht, ihr einen Holzpfahl durch die Brust zu rammen.«

»In aller Fairness, bei eurem ersten Treffen hat sie das auch bei dir versucht«, meint Sybille. Der lockere Tonfall misslingt ihr jedoch etwas.

»Das ist nicht euer Scheißernst.« Nic findet den Scherz offensichtlich weniger lustig und auch mein Lachen bleibt mir im Hals stecken, als das Leben, das mir bevorsteht, vor meinem inneren Auge abläuft.

Ich bleibe bei den Jägern. Ich heirate einen anderen Jäger. Ich bekomme Kinder mit einem Mann, den ich nur aus Pragmatismus geheiratet habe. Nic und meine Freunde kann ich nie sehen, vielleicht einmal im Jahr, wenn ich Glück habe. Meinem Vater muss ich gehorchen, solange ich seine Nachfolge nicht angetreten habe.

Das Loch in meinem Inneren wird immer größer, bis es an meinen Rändern angekommen zu sein scheint.

Werde ich gezwungen sein, gegen Vampire zu kämpfen? Wie groß wird sich meine Schuld anfühlen? Wie unüberwindbar eine Einsamkeit, die über Jahre gewachsen ist?

Die anderen streiten, ich habe keine Ahnung, wann sie damit begonnen haben.

»Das war von Anfang an dein Plan. Oder, Gaspard? Das ist das, was du ursprünglich wolltest, als du ihr die Heilung gegeben hast«, sagt James gerade.

»Natürlich will ich, dass die Friedensverhandlungen nicht scheitern«, sagt Gaspard, der wie immer ganz ruhig klingt.

»Sollten sie scheitern und die Jäger das Gas wieder herstellen, werden wir viele Verluste auf beiden Seiten beklagen. Aber ja. Dass Lana die Erbin bleibt, ist die nachhaltigste Lösung.«

»*Die nachhaltigste Lösung*«, äfft Nic ihn sarkastisch nach. »Eine Jägerin, die mal als Vampirin gelebt hat, die Erbin sogar – von so einer perfekten Lösung konntest du vermutlich nicht einmal träumen.«

Wenige Sekunden später dringt ein lautes Knallen an mein Ohr und ich zucke leicht zusammen.

»Ist Nic weg?«, frage ich.

»Ja«, meint Sybille. »Wieso hast du uns nicht direkt die Wahrheit gesagt, Gaspard?«

»Weil ich natürlich auch nicht hoffe, dass das nötig sein wird«, sagt er. »Ich will auch, dass Lana zu uns zurückkommt.«

Nur nicht so sehr, wie er einen Frieden will, denke ich. Und trotzdem bin ich nicht wütend auf ihn. Selbst angesichts des Schmerzes, der meine Brust eng werden lässt, bin ich mir nicht sicher, ob ich es nicht genauso sehe wie Gaspard.

Sybille und James setzen schon wieder an, um sich mit Gaspard zu streiten.

»Es spielt keine Rolle«, unterbreche ich sie, bevor sie sich wieder reinsteigern können. Sie verstummen. »Ich weiß, dass ihr es lieb meint. Aber ich kann meine eigenen Kämpfe austragen und diese Entscheidung kann niemand für mich treffen. Weder Gaspard noch Nic oder ihr.«

»Gute Rede«, meint Sybille mit einem Grinsen in der Stimme. »Du hast recht.« Sie schweigt einen Moment. »Ich vermisse dich.«

»Ich dich auch«, erwidere ich. »Ich muss darüber nachdenken und Nic anrufen, okay?«

»Okay«, sagen James und Sybille unisono. Gleich darauf höre ich wieder die Tür, diesmal wesentlich leiser.

»Ich nehme es dir nicht übel, Gaspard. Ich verstehe, warum du das alles tust.«

»Danke dir, Lana. Das bedeutet mir viel. Bald sehen wir uns wieder. Wir müssen ja noch unsere philosophischen Abhandlungen zusammen verfassen. Das habe ich ernst gemeint.«

»Ich auch«, erwidere ich, obwohl ich es damals für einen Scherz hielt.

»Wiedersehen, Lana.« Sein Tonfall legt nahe, dass er das weiß. Dann ist die Leitung auch schon tot.

Als ich Nics Nummer wähle, habe ich Angst, dass er nicht rangehen wird. Meine Angst stellt sich als unbegründet heraus. Nur nach einem Freizeichen dringt schon seine wohltuende Stimme an mein Ohr.

»Hey«, haucht er.

»Hey«, hauche ich zurück.

Ich habe mich auf meinem Bett aufgerichtet, ohne es zu bemerken.

»Bist du sauer auf mich?«

»Auf dich?«, stößt er fassungslos aus. »Warum sollte ich? Meine ganze Wut konzentriert sich auf Gaspard.«

»Nimm es ihm nicht übel.« Ich schließe die Augen, weil ich mir dann wenigstens kurz vormachen kann, dass er tatsächlich hier bei mir ist. Sofort öffne ich die Augen wieder. Mich dieser Illusion hinzugeben, ist gefährlich. Ich könnte mich in ihr zu wohl fühlen. Und in die Realität zurückzukehren, wird dann nur noch schmerzhafter. Ich muss es mir nicht noch schwerer machen, als es schon ist.

»Ich will es ihm aber übel nehmen«, widerspricht Nic.

»Es ist ein genialer Plan.«

»Sag das nicht.«

Ich will es zurücknehmen, kann es aber nicht. Obwohl ich kaum noch Luft bekomme, wenn ich daran denke, mein Leben ohne ihn zu verbringen.

»Die Heilung sollte nie dazu dienen, einen Vampir glücklich zu machen«, murmle ich vor mir hin.

»Bullshit.« Er atmet einmal tief durch. »Ich weiß, dass ich egoistisch bin«, meint Nic. »Ich will nicht ohne dich sein.«

Wir weinen beide.

Die Versicherung, dass es mir genauso geht, ertrinkt in meinem Schluchzen. Doch Nic weiß es auch so.

Wir weinen eine Weile still. Seinen Atem zu hören ist ein Trost. Aber es ist nicht genug. Ich will ihn berühren. Ich will ihn küssen. Ich will ihn in mir spüren. Werde ich das jemals wieder tun können?

»Wolltest du Kinder?«, fragt Nic unvermittelt. »Das kannst du jetzt wieder haben.«

Er überrumpelt mich damit, deswegen brauche ich einen Moment, um mich zu sammeln. Doch Nic hat mir beigebracht, dass es in Ordnung ist, sich Zeit für seine Antworten zu nehmen.

»Ich weiß es nicht«, gebe ich schließlich zu. »Es war immer klar, dass ich welche bekommen würde, weil ich die Delacroix-Linie fortsetzen sollte. Ob ich es wirklich wollte? Ich habe nie darüber nachgedacht.«

»Du hast die Heilung gesucht. Du wolltest wieder ein Mensch sein.«

»Das stimmt. Jetzt weiß ich nicht mehr, was ich sein will. Außer bei dir.« Meine Worte schmecken nach meinen salzigen Tränen, die mir stetig über die Wangen und in den Mund rinnen. Irgendwie passt das.

»Ich will jetzt bei dir sein.« Nic klingt so verzweifelt, wie ich mich fühle. »Ich könnte einen auf Romeo machen und durch dein Fenster klettern.«

Kurz spiele ich mit dem Gedanken, ihn zu bitten, genau das zu tun. Vielleicht ist das alles weniger schmerzhaft, wenn er bei mir ist. Aber es wäre leichtsinnig. Ich würde ihn in Gefahr bringen. Und dabei alles in Gefahr bringen, für das ich so viel aufgegeben habe und vermutlich in Zukunft noch mehr aufgeben werde.

»Ich wünschte, das wäre möglich. Trotzdem ist es zu gefährlich.«

»Immer die Vernünftige«, zieht er mich auf.

Ich lache und würde am liebsten erleichtert seufzen, als er dasselbe tut.

»Wir werden uns wiedersehen. Das war nicht das Ende«, sage ich und Nic widerspricht mir nicht, obwohl er weiß, wie ungewiss unsere Zukunft ist.

Ich lege mich zurück auf mein Bett und starre an die Decke. Wir atmen einfach. Reden ist überflüssig. Wir sind einfach zusammen, auf eine Weise, wie wir es sein können. Und es ist nicht genug. Aber es ist gerade alles, was wir haben.

»Bis bald, Nic«, zwinge ich mich irgendwann zu flüstern, weil ich den Moment nicht noch weiter hinauszögern kann.

»Bis bald, Lana.«

Ich lege auf, weil er es niemals tun würde.

Zitternd liege ich auf meiner Decke. Meine Arme schlinge ich eng um meinen Oberkörper, trotzdem fühlt es sich an, als würde ich gleich auseinanderfallen.

Ich will mein Leben nicht ohne Nic verbringen. Doch diese Sache ist größer als wir, ich kann nicht egoistisch sein. Wenn es in meiner Macht steht, Frieden zu schließen und viele Tode zu verhindern, ist es dann nicht meine Pflicht, genau das zu tun?

Würde ich wegen Nic unseren Plan aufgeben, wäre es dann nicht meine Schuld, wenn Vampire und Jäger in diesem sinnlosen Krieg fallen?

Ich kann ja kaum mit dem Tod leben, den ich gebracht habe. Wie sollte ich mit dem Tod leben, den ich hätte verhindern können?

Ein Schluchzer entkommt mir.

Könnte ich wirklich ohne Nic leben?

Früher habe ich auch für eine Mission gelebt. Damals, als ich mich etwas verschrieben hatte, ohne Fragen zu stellen.

Heute bin ich eine andere. Ich habe gelernt, alles zu hinterfragen. Vor allem mich selbst.

Und es gibt Schlimmeres, als sein Leben dem Frieden zu verschreiben.

Aber auch Schöneres. Es ist, als würde Nic diese Worte in mein Ohr flüstern.

Ich lächle, während ich weine. Er ist bei mir, auch wenn er nicht neben mir liegt. Er wird immer bei mir sein.

Auch wenn es nie wieder genug sein wird.

39. KAPITEL

Ich kann nicht schlafen. Ich bilde mir ein, dass die Nacht nach mir ruft, obwohl ihre Rufe eigentlich nicht mehr für mich bestimmt sind.

Meine Gedanken kreisen noch immer. Und ein Ende ist nicht in Sicht. Vielleicht wird es mir besser gehen, wenn ich den Nachthimmel sehe. Die letzten Monate hat das immer geholfen. Und wenn ich meine eine Liebe nicht sehen kann, dann wenigstens die andere.

Ich stehe auf, schlüpfe in eine Jacke und verlasse mein Zimmer. Die Gänge liegen ruhig da. Keine Geräusche dringen zu mir herüber. Die anderen Jäger schlafen bereits. Die Zentrale ist wie ausgestorben.

Während ich an den Gemälden meiner Vorfahren vorbeikomme, wähle ich Nics Nummer. Wir haben erst vor wenigen Stunden telefoniert, aber ich will seine Stimme hören. Ich will, dass er mir sagt, dass alles gut wird, selbst wenn wir beide wissen, dass es eine Lüge ist.

Doch er geht nicht ran.

Ich runzle die Stirn. Er muss wach sein. Würde er meine Anrufe tatsächlich ignorieren?

Eigentlich nicht.

Solange ich in der Zentrale bin, wird er Angst um mich haben. Er würde immer rangehen.

Oder habe ich ihn zu sehr verletzt?

Ich durchschreite die Eingangshalle. Die Wärme, die vom Kamin ausgeht, ist nicht tröstlich. Ich sehne mich nicht länger nach Wärme, sondern nach Kälte, auch wenn sie mir nicht mehr guttut.

Mit wild pochendem Herzen steuere ich auf die Tür zu und öffne sie, bevor ich es mir anders überlegen kann.

Obwohl ich keine Ahnung habe, wer mich dort erwartet, nehme ich die Treppe hinauf, die zum Aussichtszimmer führt. Nachts ist mindestens eine Wache dort eingeteilt, um unsere Umgebung im Blick zu behalten.

Das Zimmer ist schlicht. Auf dem Boden liegen Perserteppiche. Die Decke ist so niedrig, dass Nics Kopf wohl dagegenstoßen würde. Nur zwei Stühle stehen vor einer großen Fensterfront. Und dahinter erstreckt sich das nächtliche Paris.

Leon hockt auf einem der Stühle und starrt nach vorne.

Sobald er meine Schritte hört, wendet er sich zu mir um.

Am liebsten würde ich direkt wieder verschwinden. Aber ich hätte mich ihm schon bei meiner Ankunft stellen sollen.

Er lächelt. Gerade erinnert er mich viel stärker an den alten Leon. Der, der mich beruhigend in seinen Armen gehalten hat. Nur kann ich nicht vergessen, dass auch der andere Leon in ihm schlummert. Der, der mich fast umgebracht hat.

Mein Körper spannt sich ganz von allein an.

»Ist es in Ordnung, wenn ich hier bin?«, frage ich.

»Natürlich«, sagt er so selbstverständlich, als wäre nie etwas passiert.

Ich nicke nur und setze mich auf den Stuhl neben ihm. Langsam atme ich durch und warte darauf, dass der Anblick der Nacht über mich schwappt wie eine Welle. Doch er tut es nicht. Mein Hals ist sofort belegt.

»Du siehst traurig aus«, sagt Leon unvermittelt.

»Die Nacht spricht nicht mehr mit mir.«

»Vermisst du es?«, setzt er zögerlich an. »Vermisst du es, eine von ihnen zu sein?«

Obwohl ich nicht weiß, ob er bereit für die Wahrheit ist, entscheide ich mich für sie.

»Ja. Ich vermisse meine geschärften Sinne. Die Unbesiegbarkeit und die Geschwindigkeit. Ich vermisse die Nacht.« Ich seufze. »Den Blutdurst und das Verbrennen in der Sonne vermisse ich natürlich nicht.«

Leon stößt ein Geräusch aus, das wohl ein Lachen sein sollte. »Verständlich.«

Wir schweigen kurz. Es gibt viele Dinge, über die wir reden sollten und in meiner nicht mehr unsterblichen Seele brennen Fragen, die ich loswerden muss. Also gebe ich mir keine Verschnaufpause mehr. »Ich dachte, mein Vater hätte dich inzwischen schon den Schwur des Erben ablegen lassen.«

»Er wollte«, erwidert Leon. Vielleicht fällt es uns leichter, miteinander zu reden, wenn wir geradeaus starren, statt uns anzusehen. »Aber du solltest vorher tot sein.«

»Charmant.«

»Nach ... dem Zusammenstoß im Louvre«, er räuspert sich umständlich, »hat er alles vorbereitet. Dann bist du hier eingebrochen und wir wussten, dass du nicht gestorben warst, und er hat den Schwur wieder abgesagt.«

»Muss enttäuschend gewesen sein.«

»Nein«, sagt er sofort und ohne Zögern. »Ich war erleichtert, als mir klar wurde, dass ich dich nicht getötet habe.«

Ich bin mir nicht sicher, was ich darauf antworten soll, also sage ich gar nichts dazu.

»War mein Vater sehr wütend auf dich, weil ich vor zwei Monaten wegen dir entkommen bin?«, frage ich stattdessen.

»Ja.« Leon wägt nicht ab, was er mir erzählen kann und was nicht. Keine Ahnung, was ich davon halten soll.

»Ich habe einen ganzen Monat Strafschichten geschoben.«

»Eigentlich noch milde.«

»Vermutlich hätte er mich lieber ausgepeitscht.« Leon klingt so, als würde er grinsen. Ich kenne ihn noch immer. Oder ich kenne ihn so, wie er früher war. Den Unterschied dazwischen muss ich erst noch herausfinden.

»Vermutlich«, meine ich. »Er wollte dich trotzdem zu seinem Erben machen.«

»Das stimmt. Er hat verstanden, dass ich es nicht getan habe, um dich freizulassen. Meine Unfähigkeit konnte er besser akzeptieren als fehlende Treue.«

»Natürlich«, murmle ich. *Verräterin.* Dieses Wort werde ich wohl immer im Ohr haben, wenn ich an meinen Vater denke.

»Alles, was du über Vampire erzählt hast, ist wahr, oder?« Diese Frage scheint ihn beschäftigt zu haben.

»Ja«, sage ich schlicht.

»Also habe ich ...« Er räuspert sich. »Also habe ich dir wehgetan. Nicht dem Vampir, zu dem du geworden bist.«

»Ja«, sage ich erneut schlicht.

»Es tut mir so leid, Lana. Ehrlich.«

Er hat sich mir zugewendet. Ich kann seine Augen auf mir spüren. Doch ich brauche einen Moment, bis ich es auch schaffe, mich umzudrehen.

Schließlich tue ich es. Seine braunen Augen stehen unter Wasser. Doch noch fließen keine Tränen.

»Ich vergebe dir«, sage ich und erkenne erst in diesem Moment, dass ich diese Worte ehrlich meine. »Wenn die Rollen vertauscht gewesen wären, hätte ich vermutlich nicht anders gehandelt als du.«

»Jetzt würdest du anders handeln.«

»Würde ich. Aber ich musste erst viele andere Erfahrungen machen, um meine Einstellung ändern zu können.«

»Dich verlieben zum Beispiel.« Er klingt verletzt, dennoch liegt kein Vorwurf in seiner Stimme.

»Zum Beispiel«, wiederhole ich, weil mir nichts Besseres einfällt.

Leon lächelt matt. »Du hast dich verändert.«

»Zum Schlechteren?«

»Nein.« Er schüttelt den Kopf. »Du bist besonnener geworden. Als wüsstest du mehr, wer du bist.«

»Ich habe eher das Gefühl, es weniger zu wissen.«

Sein Lächeln wird ein bisschen breiter, ein bisschen mehr wie in unserer Kindheit. Und obwohl uns so viel Falsches beigebracht wurde, vermisse ich, wie einfach sich die Zeit damals angefühlt hat. Heute ist alles kompliziert. »Früher warst du dir vielleicht zu sicher«, fährt er fort. »Womöglich ist es besser, sich nicht so sicher zu sein.«

Ich erwidere sein Lächeln. »Das ist etwas, was ich in den letzten Wochen erkannt habe.«

»Ich wollte immer besser sein als du und habe es doch nie geschafft. Und dann warst du weg und der Beste zu sein hat sich so leer angefühlt.«

Er kramt in der Innentasche seiner Jacke und zieht ein kleines Kästchen heraus. Vor ein paar Monaten hatte es eine riesige Bedeutung. Jetzt ist es nur noch ein Kästchen.

Er öffnet es. Darin ruht ein schlichter Diamantring.

»Ich wollte dich an dem Abend fragen.«

»Ich weiß«, erwidere ich.

Leon sieht kurz erstaunt aus, dann verdreht er die Augen. »Auf Zoe kann man sich wirklich nicht verlassen.« Wir grinsen verschwörerisch, als wären wir noch immer die Kinder, die sich in den Trainingsraum schleichen, weil sie den unstillbaren Drang haben, die Besten zu sein. Vielleicht war es genau das, was uns zusammengebracht hat.

Leons Grinsen verschwindet und er wird mit einem Schlag sehr ernst. »Ich wusste, dass du noch nicht heiraten wolltest, deshalb wollte ich dich zu einer Entscheidung zwingen. Ich wollte dich dazu bringen, mich so zu lieben wie ich dich. Das war falsch. Das weiß ich jetzt.«

Er klappt das Kästchen wieder zu und lässt es in seiner Jacke verschwinden.

»Warum bist du zurückgekommen?«, fragt er, jetzt wieder in die Nacht hinein, die er beobachtet, als wäre sie sein Feind. Ich wünschte, er wüsste, wie schön es ist, ihr Freund zu sein.

»Ein Krieg steht bevor. Mein Vater will alle Jäger gegen die Festung marschieren lassen. Das Gas macht euch stärker, aber sehr viele werden auf beiden Seiten sterben. Das will ich verhindern.«

»Die Festung«, wiederholt er. »Du redest, als wäre es dein Zuhause.«

Das ist es, denke ich.

»Es ist ein Himmelfahrtskommando, bei dem viele sinnlos ihr Leben verlieren werden«, fahre ich fort. »All die Jahrhunderte des Blutvergießens müssen ein Ende finden und nun gibt es eine winzige Chance auf Frieden. Der Anführer der Vampire will ihn. Ich werde ihn verhandeln.«

»Denkst du wirklich, dass dein Vater nachgeben wird?«

»Nein.« Ich seufze und schließe erschöpft die Augen. »Mir ist bewusst, dass ich vermutlich keinen Unterschied machen kann. Versuchen muss ich es trotzdem.«

»Du hast einen Unterschied gemacht.«

Irritiert betrachte ich ihn von der Seite.

»Du hast heute etwas in den Jägern ausgelöst. Auch in mir. Du hast sie vielleicht nicht dazu gebracht, ihre Überzeugungen abzulegen. Was nach einem Gespräch auch zu viel verlangt ist. Aber du hast sie zum Nachdenken angeregt. Das ist etwas wert.«

»Danke«, sage ich ehrlich. »Nur wird das nichts ändern, wenn ich meinen Vater nicht umstimmen kann.«

Leon widerspricht mir nicht, weil er weiß, dass ich recht habe. Ich bin ihm dankbar, dass er nicht versucht, mir gut zuzureden. Wenigstens ehrlich sind wir zueinander. Das muss zu etwas gut sein.

Was würde es für ihn bedeuten, wenn ich bliebe? Würde er sich freuen oder um den Posten des Erben trauern? Oder würde er mir doch irgendwann einen Heiratsantrag machen, weil es die logischste Entscheidung wäre? Würde ich Ja sagen? Unser Leben einfach wieder so aufnehmen, als wäre Nic nie aufgetaucht? Könnte ich das wirklich tun, um Gaspards Plan umzusetzen?

Bevor ich mir Antworten geben kann, schnappt sich Leon das Nachtsichtgerät und blickt hindurch.

»Ein Vampir nähert sich«, sagt er und will schon auf den Alarmknopf drücken. Doch ich ergreife seine Hand und halte ihn davon ab.

»Wenn du den Alarm auslöst, wird der Vampir sofort umgebracht«, sage ich beschwörend.

Langsam lasse ich seine Hand los, er macht keine Anstalten, den Knopf zu betätigen. Als ich ihm die Handfläche hinhalte, legt er das Nachtsichtgerät hinein.

Ich blicke hindurch und brauche einen Moment, um die Person auszumachen.

Sobald ich es tue, schlägt mein Herz schneller. Sie humpelt. Ein Pfahl steckt in ihrem Hals. Blut besudelt ihre Kleidung.

»Sybille«, hauche ich, gebe Leon das Gerät zurück und sprinte zur Treppe. Noch einmal drehe ich mich zu Leon um. »Bitte lös nicht den Alarm aus.«

Kurz ringt er mit sich, ehe er nickt. Dann rappelt er sich auf und folgt mir.

Wir rennen die Treppen hinab, ich sprinte durch die Eingangshalle und reiße die Tür nach draußen auf.

»Sybille«, rufe ich in die Nacht. »Sybille. Komm her!«

Da erkenne ich sie. Einen Augenblick sind ihre Bewegungen übermenschlich schnell, ehe ihre Kraft schwindet.

Ich will ihr entgegengehen, da beschleunigt sie noch ein letztes Mal und fällt über die Schwelle.

Der Pfahl hat ihren Hals komplett durchbohrt. Die Spitze schaut auf der anderen Seite wieder raus. Wie ein Fisch an Land öffnet und schließt sie hilflos den Mund. Ersticken kann sie zwar nicht, doch es muss sich genauso anfühlen.

Erst überlege ich, ihr meinen Arm anzubieten, damit sie ihn umfassen kann. Doch dann deute ich auf eine kleine Kommode. »Halt dich daran fest.«

Sie kann nicht antworten, aber sie tut es.

»Auf drei werde ich den Pfahl rausziehen.«

Ein müdes Nicken.

Ich umgreife das Holz mit beiden Händen.

»Eins. Zwei.« Und dann ziehe ich ihn auch schon aus ihrem Hals. Das Bein der Kommode splittert, als sie vor Schmerz aufseufzt. Das wäre mein Arm gewesen.

Sie atmet hektisch ein und aus, während ihr Hals heilt. In kreisenden Bewegungen streiche ich ihr über den Rücken. Den Pfahl habe ich immer noch in der Hand und erkenne erst da, dass es keine Waffe ist, wie die Jäger sie benutzen. Es ist ein Stuhlbein. Jemand anderes hat sie angegriffen.

Ich werfe einen kurzen Blick zu Leon hinüber. Wir sind immer noch allein und er blickt ständig über seine Schulter, um sicherzugehen, dass sich uns niemand nähert. Noch hat man uns nicht bemerkt. Aber wie lange wird das noch so bleiben? Und kann ich Sybille vor einer ganzen Horde Jäger beschützen?

»Was ist passiert?«

Sybille antwortet nicht sofort. Sie atmet noch ein paarmal tief durch, fährt sich über den Hals, auf dem nicht einmal eine Narbe zurückgeblieben ist, und kommt dann langsam auf die Beine. Ich stehe mit ihr auf, um sie zu stützen. Das Holzbein lasse ich zu Boden fallen.

»Bastille«, setzt sie an und räuspert sich. Ihr schöner Anzug ist zerrissen und blutbesudelt. Ihre langen Haare sind zerzaust. Doch das ist es nicht, was mich an ihrem Anblick am meisten verunsichert. Es sind ihre Augen, in denen eine Panik liegt, die ich dort noch nie entdeckt habe.

»Bastille hat sich gegen uns gewendet«, schafft sie endlich zu sagen. Mein Blut gefriert. »Ich konnte entkommen. Die anderen hat er gefangen genommen.«

»Oh mein Gott«, stoße ich aus. Dann schüttle ich vehement den Kopf. »Gaspard wird ihn bestimmt besiegen. Gaspard wird ...«

»Lana«, unterbricht mich Sybille sanft, während sich Tränen aus ihren Augenwinkeln lösen.

»Wir müssen zur Festung und sicherstellen, dass es ihnen gut geht.« Ich sehe Nic genauso blutbesudelt vor mir stehen wie Sybille und sinke fast in die Knie. »Gaspard wird eine Lösung finden. Gaspard ...«

»Lana«, sagt Sybille nun lauter und mit mehr Nachdruck. Sie packt mich an den Schultern und hält mich so fest, dass es schmerzt. Ich verstumme und sehe ihr in die Augen.

»Lana«, setzt sie nun leise an. Sie holt einmal tief Luft, bevor sie den nächsten Satz ausspricht, der alles für immer verändert. »Gaspard ist tot.«

40. Kapitel

Sobald die Tür meines Zimmers hinter mir ins Schloss fällt, klappe ich in mich zusammen.

Ich rutsche an der geschlossenen Tür herab, bis ich auf dem Boden sitze, und vergrabe das Gesicht in den Händen. Ich weine nicht. Das habe ich in den letzten Tagen zu oft getan. Aber ich muss mich vor der ganzen Welt verstecken. Wenigstens für einen Augenblick.

»Wie?«, ist die erste Frage, die ich über die Lippen bekomme.

Ich zwinge mich, wieder aus meinen Händen aufzutauchen und Sybille anzusehen. Sie hat sich auf mein Bett gesetzt. Leon steht ein bisschen ungelenk neben meinem Schrank. Er ist sich wohl auch nicht ganz sicher, wo er da gerade reingeraten ist. Doch er hat keinen Alarm geschlagen, obwohl er sich im gleichen Raum mit einem Vampir befindet. Das werte ich jetzt einfach mal als gutes Zeichen.

»Wie Bastille es geschafft hat, Gaspard zu überwältigen?«

Ich nicke, während mir ein Kloß die Luftröhre abschnürt. Gaspard ist tot. Noch habe ich diese Information nicht richtig verarbeitet. Und ich fürchte mich vor dem Moment, wenn ich es tun werde.

»Das Gas«, sagt Sybille gepresst. »Er muss es aus Gaspards Büro gestohlen haben. Dann hat er so getan, als wollte er sich mit ihm versöhnen, um nah genug an ihn ranzukommen, und hat es austreten lassen. Gaspard konnte sich nicht mehr richtig bewegen, das hat er genutzt und ihn mit einem Stuhlbein ...«

Ich sehe es so deutlich vor mir, als wäre ich dabei gewesen. Gaspard sieht Bastille erstaunt an. Und dann bricht das Licht in seinen Augen.

»Und James? Und ... Nic?« Meine Stimme bricht.

»Wir waren auch dort. Das Gas besteht aus James' Blut, also hat es ihm keinen Schaden zugefügt. Er hat mich da rausgeholt. Nic konnte er nicht mehr helfen.«

Ich fühle mich, als würde ich gleich hyperventilieren. Deswegen ist er nicht ans Handy gegangen. Weil er bereits tot war.

»Aber soweit ich weiß, sind sie noch am Leben«, fügt Sybille hastig hinzu. »Er hatte es auf Gaspard abgesehen. Die Vampire, die sich ihm nicht direkt anschließen, hat er eingesperrt, um ein Exempel zu statuieren.«

Ich atme ein bisschen ruhiger. »Er wird sie nicht ewig am Leben lassen.«

»Wird er nicht«, bestätigt Sybille.

»Woher wusste Bastille überhaupt von dem Gas? Woher wusste er, wie man es einsetzt? Er war nicht dabei, als wir ...«

Ich halte abrupt inne, als ich mich daran erinnere, wie James und ich in die Festung zurückgekehrt sind. Ich habe Gaspard das Gas noch in der Eingangshalle gegeben, nicht in seinem Büro. An einem Ort, wo uns jeder belauschen konnte.

»Er wusste es von mir«, stoße ich fassungslos aus. »Ich habe ihm quasi gesagt, wie er die Waffe verwenden kann.«

»Hör auf damit«, ermahnt mich Sybille scharf. »Das bringt jetzt alles nichts.«

Trotzdem kreisen meine Gedanken nur noch um diesen einen Fakt.

Gaspard ist wegen mir gestorben.
Nic und James werden wegen mir sterben.

»Reiß dich zusammen, Lana«, sagt Sybille, die auf einmal direkt vor mir hockt. Sie sieht mir beschwörend in die Augen. »Du kannst es dir gerade nicht leisten, auseinanderzufallen.«

Ich atme ein paarmal sehr tief durch. Es hilft nicht wirklich, sondern verschiebt nur das Unvermeidliche. Aber das ist besser als nichts.

»Was machen wir jetzt?«, frage ich. »Wir können sie nicht einfach sterben lassen.«

»Und wir können die Pariser Vampire nicht Bastilles Führung überlassen«, meint Sybille. »Sonst wird Blut durch die Straßen fließen.«

Am liebsten würde ich ihr sagen, dass sie nicht so dramatisch sein soll, allerdings könnte sie recht haben.

»Wir können die Festung nicht zu zweit stürmen«, überlegt Sybille laut. Sie kommt wieder auf die Beine und zieht mich mit sich. Als ich stehen bleibe und nicht direkt wieder umfalle, nickt sie zufrieden. »Das wäre Selbstmord. Vor allem jetzt, da du wieder ein Mensch bist. Selbst als Vampir hast du Bastille nur knapp besiegen können.«

Ich würde ihr gern sagen, dass sie mich unterschätzt, wie ich es vor meinem Aufbruch getan habe. Doch angesichts unserer aussichtslosen Lage finde ich nicht die Kraft, einen Witz zu machen.

»Zu dritt«, murmelt Leon in sich hinein.

Wir drehen uns beide irritiert zu ihm um.

»Zu dritt«, wiederholt er. »Nicht zu zweit, sondern zu dritt.«

»Das ist der Ex-Freund, oder?«, fragt Sybille an mich gerichtet.

»Ja«, sage ich.

»Nicht schlecht«, stellt Sybille fachmännisch fest.

»Ich kann euch hören«, beschwert sich Leon und für eine Sekunde fühlt sich das alles ein bisschen leichter an. Leider hält das nicht lange vor.

»Wird uns sonst noch jemand helfen?«, frage ich ihn.

Er überlegt einen Moment und fährt sich durch seine blonden Haare. Er muss sie sich heute Nacht schon ein paarmal gerauft haben, denn sie liegen nicht mehr so brav auf seinem Kopf wie sonst. »Vielleicht«, sagt er schließlich. »Manche der jüngeren Jäger.« Er beginnt in meinem Raum auf und ab zu laufen. »Sie haben immer zu dir aufgeblickt und sie respektieren mich. Aber es wären nicht viele. Und niemand wird gehen, wenn dein Vater es verbietet.«

»Dann muss ich noch mal mit ihm reden.«

Sybille streicht ihr Jackett glatt. Da dieses in blutbesudelten Fetzen an ihr herunterhängt, ändert das am Gesamteindruck allerdings wenig.

»Er hat dir doch bisher auch nicht zugehört«, meint Leon.

»Und das Friedensangebot vonseiten der Vampire steht nicht mehr«, erinnert mich Sybille. »Gaspard wollte Frieden. Bastille will Krieg.«

»Dann muss ich meinem Vater klarmachen, wie groß die Gefahr ist, die von Bastille ausgeht. Er wird nicht helfen, um die Vampire zu retten. Aber für die Menschen von Paris, die sonst Bastilles Blutdurst zum Opfer fallen, würde er sich einsetzen.«

Leon muss gar nicht aussprechen, für wie Erfolg versprechend er den Plan hält. Die Jäger wurden irgendwann einmal gegründet, um Menschen zu beschützen. Im Laufe der Jahrhunderte ist diese Mission jedoch verwässert worden und hat sich gewandelt. Statt der Liebe zu den Menschen treibt sie der Hass auf die Vampire an. Und der steht inzwischen über den unschuldigen Leben, die gerettet werden könnten. Das weiß ich leider selbst viel zu gut.

»Ich muss ihm irgendwas bieten, was er haben will. Seine Hilfe im Tausch für etwas anderes«, überlege ich laut.

»Und was soll das sein?«, fragt Leon.

Eine Idee formt sich in meinem Kopf, aber sie ist noch nicht reif genug, um sie auszusprechen. »Morgen werde ich mit ihm reden. Heute Nacht kann ich nichts mehr erreichen.«

Wir schweigen und es fühlt sich wieder wie eine nutzlose Schweigeminute für unsere gefallenen Freunde an. Als mein Blick den von Sybille streift, weiß ich, dass es ihr nicht genügt. Mir auch nicht.

»Jetzt erledigen wir etwas anderes«, sage ich.

»Was?« Leon klingt alarmiert.

»Hast du die Schlüssel zu meinem Auto?«

Wir stehen auf einem einsamen Hügel. Es ist gespenstisch still. Zumindest für mich. Sybille kann bestimmt die Menschen vernehmen, die in den einsamen Häusern schlafen, die hier vereinzelt stehen.

Der Boden ist matschig, ich sinke ein bisschen ein. Der Wind wütet ungehindert über der freien Fläche. Er dringt durch die Nähte meiner Jacke und lässt Schauer über meine Haut rieseln.

Sybille bebt auch. Doch ihr ist nicht kalt. Schluchzer schütteln sie durch und ich kann einfach nur neben ihr stehen und ihre Hand halten.

Leon ist in der Zentrale geblieben. Er musste seinen Posten wieder einnehmen. Wir wissen nicht, was Bastille vorhat. Sollte er einen Angriff auf die Zentrale planen, wird Leon ihn früh genug kommen sehen. Ich kann noch nicht genau einschätzen, wie er inzwischen zu mir steht, aber ich vertraue ihm genug, um zu wissen, dass er uns nicht direkt verpfeifen wird.

Vor unserem Aufbruch sind Sybille und ich in den Keller der Zentrale hinabgestiegen. Wir mussten wissen, ob Gabriel immer noch dort unten lag. Doch das Labor war leer. Seile hingen aus dem Schacht, durch den wir entkommen waren. Auf diesem Weg konnten die Jäger den Raum auch wieder betreten, nachdem James ihn verbarrikadiert hatte. Die Regale hatten sie schon zur Seite geräumt. Die Flüssigkeit und die abgetrennten Körperteile, die auf dem Boden verteilt lagen, waren verschwunden. Genauso wie Gabriel.

Wir haben nicht darüber gesprochen. So schnell wir konnten haben Sybille und ich diesen furchtbaren Keller hinter uns gelassen, den ich hoffentlich nie wieder werde betreten müssen.

Danach haben wir uns in meinen Mini gesetzt. Die ganze Fahrt über haben wir geschwiegen und auch nachdem der Motor erstorben war, haben wir nicht wieder damit aufgehört. Ich habe ein paar Holzpfähle mitgenommen und einen halte ich in der Hand. Es war riskant, die Zentrale zu verlassen. Bastille hat mir versprochen, mich bis auf den letzten Blutstropfen auszusaugen und nun gibt es niemanden mehr, der ihn daran hindert, diese Drohung wahr zu machen.

Seine Anhänger könnten uns hier finden. Sybille und ich wollten das Risiko trotzdem eingehen.

Und deswegen stehen wir nun hier. Auf einem Friedhof mit unbenannten Gräbern. Hier beerdigen die Jäger alle Vampire, die sie umgebracht haben, weil sie denken, dass ihre sterblichen Hüllen mehr Respekt verdient haben als ihre unsterblichen Seelen.

Unter der Erde zu unseren Füßen liegen Gabriel, Tony, Lucie und Coco.

Und obwohl sie keinen Grabstein haben, keine Zahlen, die ihr langes Leben mit zwei Daten zusammenfassen, sind sie doch hier. Sybille sollte sich verabschieden können. Und ich mich auch.

Sybille drückt meine Hand vorsichtig ein bisschen fester. Sie hat Angst, mir wehzutun, nun da ich ein Mensch bin.

»Danke«, flüstert sie in den Wind hinein.

»Keine Ursache«, flüstere ich zurück.

Eine Weile verharren wir genauso nebeneinander. Obwohl Gaspard nicht hier begraben wurde, denke ich an ihn. Im Stillen danke ich ihm, dass er für uns alle gekämpft hat, für einen Frieden und für mich. Ich danke ihm, dass er daran geglaubt hat, dass ich es schaffen kann, unsere Leben zu retten. Denn wenn er es getan hat, kann ich mich vielleicht auch trauen, Glauben in mich selbst zu haben.

Ich atme tief durch und blicke gen Himmel.

Diesen Glauben werde ich brauchen, wenn ich nicht noch öfter an dieser Stelle stehen und toter Freunde gedenken will.

41. Kapitel

»Habe ich dich richtig verstanden?«, fragt mein Vater. »Du willst, dass ich das Leben von Jägern riskiere, um Vampire zu retten?« So fassungslos hat er wohl noch niemanden angesehen.

Er gibt mir keine Gelegenheit, zu erklären, dass es wesentlich komplizierter ist als das. Er schüttelt sofort den Kopf. »Auf gar keinen Fall! Sollen sich die Vampire gegenseitig zerfleischen, wir kümmern uns um den Rest, der übrig bleibt.«

Noch bin ich nicht bereit, mich geschlagen zu geben. »Bastille darf nicht der Anführer sein«, sage ich mit Nachdruck. »Er hat keine Achtung vor Menschenleben. Nur Gaspard konnte ihn kontrollieren. Ohne ihn wird er sich skrupellos auf die Menschen von Paris stürzen. Das willst du doch auch nicht.«

Diesmal haben wir uns nicht hingesetzt, weil sich dieses Gespräch so viel besser im Stehen führen lässt. Eine Anspannung, die mich nur wenige Stunden hat schlafen lassen, hält meinen ganzen Körper im Griff.

»Ohne das Gas werden wir die Vampire nicht angreifen«, sagt mein Vater. »Und ihnen schon gar nicht helfen.«

Wenn er wüsste, dass sich Sybille gerade in meinem Zimmer versteckt, würde er nicht zögern, ihr Blut zu nutzen, um Gas herzustellen. Der Tag ist angebrochen. Sybille kann in diesem Moment nirgendwo anders hin. Ich flehe die Zeit an, schneller zu vergehen. Obwohl die Nacht Bastille bringt.

Am Tag fürchten wir uns vor den Jägern. Bei Nacht vor Bastille. Ich fühle mich von allen Seiten umzingelt.

Ich kann nicht vor und nicht zurück. Und mein eigener Vater versperrt den einzigen Ausweg.

»Hast du mir überhaupt richtig zugehört?«, frage ich und klinge furchtbar müde.

»Natürlich habe ich dir zugehört«, sagt er genervt. »Du willst, dass ich Vampire rette. Ich habe dich schon verstanden.«

»Das meine ich nicht.«

Er trägt einen Anzug. Warum trägt er eigentlich immer einen Anzug? Er ist schwarz. Vielleicht soll er an die Kampfkleidung erinnern, die er ablegen musste, nachdem er verletzt worden war. Gerade kommt er mir irgendwie verkleidet vor.

»Was meinst du dann?«

»Ich habe dir erklärt, dass wir falschlagen, was die Vampire angeht, aber du willst es einfach nicht wahrhaben. Und ich habe das Gefühl, mit einer Wand zu streiten und zu erwarten, dass ich sie mit guten Argumenten dazu bringen kann, sich zur Seite zu bewegen.«

»Rede nicht in Rätseln. Dafür habe ich keine Zeit.« Er würde mich wohl am liebsten direkt aus seinem Büro werfen, aber ich bin noch nicht fertig. Noch lange nicht.

»Erkennst du nicht, wie vermessen wir waren? Wir haben stets so gehandelt, als hätten wir alle Antworten! Kein Mensch auf der Welt sollte jemals so felsenfest von seinem Standpunkt überzeugt sein, wie wir es waren.«

Im Gesicht meines Vaters erkenne ich alle Delacroixs, die vor ihm hinter diesem Schreibtisch gestanden und ihren Töchtern nicht richtig zugehört haben.

Ich kann unmöglich die erste Jägerin sein, die die Wahrheit erkannt hat. Auch andere müssen schon hinter die Fassade der Lügen geblickt haben, die man uns beigebracht hat. Haben auch sie verzweifelt auf taube Ohren eingeredet, bis ihre Hälse heiser waren?

Doch selbst wenn alles, was ich tue, aussichtslos ist, kann ich doch nicht aufhören zu kämpfen. Ich werde nicht verstummen. Und vielleicht kommt es genau darauf an. Das hoffe ich zumindest.

»Wie konnten wir jemals glauben, dass es absolute Antworten gibt? Die gibt es zu keiner Frage, die auf dieser Welt jemals gestellt wurde. Absolute Antworten können nicht existieren. Die Welt ist zu kompliziert dafür. Es geht nicht darum, ob alle Vampire gut oder böse sind. Denn solch absolute Kategorien existieren nicht. Wir können nicht sagen, ob alle Menschen gut oder böse sind. Wir können nicht einmal sagen, ob ein bestimmter Mensch gut oder böse ist. Ich musste erst zu etwas werden, was ich gelernt habe zu hassen, um zu erkennen, dass auch ich mehr bin als nur gut und böse – ob als Vampir oder Mensch.«

Kurz flackert in mir die Hoffnung auf, dass meine Worte ihn erreicht haben.

Dann verhärten sich seine Züge wieder. »War das alles?«

Am liebsten würde ich so laut werden, bis ich kreische. Ich will mein eigenes Trommelfell zum Platzen bringen. Ich will den Stuhl vor mir packen und mit ihm auf die anderen Möbel und Wände einschlagen, bis dieses Büro nur noch Kleinholz ist. Und all das würde vielleicht noch immer nicht reichen, um meiner Frustration Luft zu machen.

Doch ich tue nichts davon. Ich sehe meinen Vater direkt an.

Schon gestern habe ich es gewusst. Ich muss ihm etwas geben. Und es gibt nicht viel, was er wirklich haben will.

Außer meinem Leben.

»Nein«, sage ich also. »Ich biete dir einen Deal an.«

»Einen Deal?«, fragt er fast schon amüsiert.

»Einen Deal«, wiederhole ich, als wäre mir sein Tonfall gar nicht aufgefallen. »Du wirst es jedem Jäger, der mir helfen will, freistellen, mitzukommen.«

Er will mir schon den Mund verbieten, aber das werde ich nie wieder geschehen lassen.

»Niemand wird dazu verpflichtet, doch den Jägern, die mich begleiten wollen, ist es gestattet«, sage ich. »Und wenn ich es schaffe, Bastille wieder zu stürzen und Vampire an die Spitze zu setzen, die einen Frieden wollen, wirst du diesem zustimmen.«

»Warum sollte ich das alles tun?«

»Du gehst doch ohnehin davon aus, dass ich scheitere, oder nicht?«

»Ich glaube, dass sich kein Jäger freiwillig melden wird, um dir zu helfen. Und allein bist du nicht in der Lage, den Anführer der Vampire zu stürzen«, entgegnet er.

Ich bin mir nicht ganz sicher, warum er nicht einfach *scheitern* sagt. Vielleicht liegt es daran, dass ich immer noch den Nachnamen Delacroix trage. Das Wort *scheitern* darf uns nicht zu nah kommen. Dann könnten andere ja erkennen, dass wir auch nur ganz normale Menschen sind.

»Dann hast du doch nichts zu verlieren, wenn du diesen Bedingungen zustimmst«, sage ich.

»Aber auch nichts zu gewinnen.«

»Du hast etwas zu gewinnen.«

»Ach ja?«

»Wenn ich scheitere, wird weiterhin ein Vampir der Anführer sein, der keinen Frieden will, also müsstest du auch keinem zustimmen. Außerdem«, kurz stocke ich, doch dann zwinge ich mich fortzufahren, »werde ich tot und damit nicht länger deine Nachfolgerin sein.«

Auf einmal ist es grabesstill in seinem Büro, als würden wir bereits meiner Beerdigung beiwohnen.

»Was meinst du damit?« Ich bilde mir ein, dass seine Stimme zittert.

Macht ihm die Vorstellung, dass ich sterben könnte, vielleicht doch etwas aus? Ich hoffe es. Ändern tut es vermutlich nichts. Ich bin ihm im Weg. Wenn ich sterbe, würde er vielleicht um mich trauern. Überlebe ich, hätte er sein Vermächtnis zu betrauern. Und ich bin mir nicht sicher, welcher Verlust ihn mehr schmerzen würde.

»Ich bin nach wie vor die Erbin. Ich habe den Schwur geleistet. Und solange ich ein Mensch und am Leben bin, hat dieser Schwur Gültigkeit. Ich bin also die, die dir nachfolgt. Jetzt kannst du den Jägern verbieten, mir zu helfen. Doch eines Tages werde ich sie anführen und ich werde das nach meinen Überzeugungen machen, die du nicht teilst. Könntest du mit der Gewissheit leben, dass ich eines Tages deinen Platz einnehme und einen Frieden mit den Vampiren schließe, vielleicht sogar ein Bündnis oder eine Freundschaft?«

Seine Züge sind so hart, dass ich mir meine Fragen selbst beantworten kann. Ich mag sein Kind sein. Doch wir sind an erster Stelle immer Jäger. Nicht Väter. Nicht Töchter. Nicht Menschen. Und sein Vermächtnis bin nicht ich, sondern seine heilige Aufgabe.

»Du würdest die Jäger so entehren?«, fragt er.

»Du entehrst sie«, erwidere ich. »Indem du sie zu Mördern machst.«

Er sieht aus, als hätte ich ihn geschlagen.

»Ich gelobe dir hiermit, als deine Nachfolgerin alles in meiner Macht Stehende zu tun, um Jäger und Vampire zu versöhnen. Ich werde nicht gegen die Vampire kämpfen, sondern mit ihnen«, verkünde ich so feierlich, als würde ich meinen

Schwur zur Erbin wiederholen. Und dann lege ich wie damals meine Hand auf mein Herz und füge noch den Satz hinzu, mit dem ich meinen Schwur damals besiegelt habe. »Von heute bis in alle Ewigkeit.«

François Delacroix zuckt zusammen. Vermutlich wurde er in seinem Leben noch nie so schlimm beleidigt wie gerade von mir.

»In Ordnung«, knurrt er nach einer langen Stille, in der er vermutlich abgewogen hat, mich hier und jetzt zu ermorden. »Ich stimme diesen Bedingungen zu. Das ändert jedoch nichts – niemand wird dir freiwillig helfen. Das verspreche ich dir.«

»Das soll nicht deine Sorge sein«, entgegne ich kühl und strecke ihm meine Hand entgegen. Er ergreift sie nach kurzem Zögern.

»Ich hätte das gern alles noch schriftlich.«

Wir setzen gemeinsam einen Vertrag auf und unterschreiben ihn. Dabei schweigen wir.

Als ich schon denke, dass mein Vater niemals wieder ein Wort an mich richten wird, räuspert er sich.

»Was wirst du tun, wenn dir niemand folgt?«

Sorgt er sich um mich?

Ich erkenne, dass die Antwort auf diese Frage überflüssig ist.

Seine beantworte ich ihm trotzdem. »Du hältst mich für feige, weil ich mir als Vampir nicht das Leben genommen habe. Du vergisst eines: Nur die tapfersten Delacroixs erben unsere grünen Augen. Das hast du selbst gesagt. Und nun wirst du sehen, wie tapfer ich wirklich bin.«

Damit erhebe ich mich, nehme den Vertrag mit mir und verlasse den Raum, ohne ein letztes Mal zurückzublicken.

42. Kapitel

Ich laufe allein die Seine entlang. Der Wind peitscht um meine Haare. Wie ein schützender Mantel legt sich die Pariser Nacht um mich. Doch das ist ein Trugschluss. Ich weiß, dass ich ungeschützt bin. Ich bleibe wachsam, obwohl mir das vermutlich auch nicht helfen wird.

Mein letztes Gespräch mit Sybille geht mir immer wieder wie eine Mahnwache durch den Kopf.

»Das kann nicht dein Ernst sein! Du wirst sterben.« Sybille starrt mich entsetzt an, sobald ich ihr meinen Plan dargelegt habe.

»Das ist eine Möglichkeit«, gebe ich zu. Solange ich ruhig klinge, kann ich mir vormachen, es auch zu sein.

»Du darfst dich nicht auf sein Versprechen verlassen«, versucht auch Leon mich umzustimmen.

Doch letztendlich konnten sie mich nicht davon abbringen. Ich weiß, wie riskant jeder Schritt ist, den ich gerade vor den anderen setze. Trotzdem werde ich nicht umdrehen.

Tief atme ich durch. Passanten schlendern an mir vorbei. Sie lachen und unterhalten sich entspannt. Sie haben keine Ahnung, was in den Pariser Nächten lauert. Und ich hoffe, dass sie es niemals herausfinden.

Mein Körper ist gespannt wie eine Sehne, kurz vor dem Zerreißen. Meine Haut juckt, als wäre sie aus kratzigem Material, das mal wieder gewaschen werden müsste. Unauffällig lasse ich meinen Blick schweifen. Meine Kopfhaut beginnt zu kribbeln. Dieses Gefühl hat mich auch begleitet, als ich damals durch Lafayette gelaufen bin, einen Holzpfahl im Anschlag, und gespürt habe, dass mich Augen beobachten, die ich selbst nicht erkennen kann. Heute weiß ich, dass diese Augen nicht tot sind. Das macht sie jedoch nicht weniger gefährlich.

Als ich meine Kampfmontur angezogen habe, habe ich mich ein bisschen gewundert, dass sie noch passt. Sie sollte sich nicht mehr so perfekt an meinen Körper schmiegen können, nachdem ich die Prinzipien der Jäger hinter mir gelassen habe. Doch genau das tut sie. In meinen Stiefeln stecken zwei Holzpfähle. Auf eine beunruhigende Weise fühlt es sich vertraut an.

Mein Vater hat mich missbilligend gemustert, als er mich so gesehen hat.

»Jäger tragen diese Uniform doch auch, wenn sie in ihren eigenen Sarg steigen«, habe ich ihn herausgefordert. »Ist das nicht genau das, was ich gerade tue?«

Er hat nichts erwidert. Meine Mutter hat geweint. Sie hätte mich fast dazu gebracht zu bleiben. Aber nur fast.

Noch immer meine ich, die Wärme ihres Körpers zu spüren. Sie hat mich so fest umklammert, als könnte mich ihre Umarmung daran hindern zu gehen.

Ihre Tränen haben meinen Vater wütend gemacht. Das habe ich ihm angesehen. Gesagt hat er nichts.

Den ganzen Abend war er außergewöhnlich still. Während ich den Jägern den Friedensvertrag präsentiert und sie um ihre Hilfe gebeten habe, hat er mich kein einziges Mal unterbrochen. Sein Blick genügt in der Regel, um seine Gefolgsleute gehorsam zu machen.

Als ich aus der Zentrale getreten bin, hat er mich noch einmal intensiv angesehen. Auf eine Weise, als hätte er mir noch etwas zu sagen. Doch er hat geschwiegen. Und ich werde wohl niemals erfahren, was er ausgesprochen hätte, wenn er weniger feige wäre.

Das Kribbeln verstärkt sich und breitet sich von meiner Kopfhaut auf meine Schultern aus. Bilde ich mir das nur ein? Haben sie mich schon entdeckt? Ich werde nicht langsamer oder drehe um.

Ich sehe die Festung vor mir. Obwohl sie nun von einem Tyrannen regiert wird, scheint sie mich doch willkommen zu heißen. Dies ist mein Zuhause und ich werde dafür kämpfen. Egal, wie waghalsig ich auch sein muss, um mein Ziel zu erreichen.

Trotz meiner Entschlossenheit schnürt mir Todesangst immer mehr die Luft ab.

Bastille konnte Gaspard töten. Wer bin ich schon, dass ich mich ihm entgegenstellen will?

Ist meine Tapferkeit am Ende nur Leichtsinn?

Ich werde immer noch nicht langsamer, obwohl mich meine Muskeln mit aller Macht in die andere Richtung zerren wollen. *Lebe*, scheinen sie zu schreien. *Lebe. Lebe.*

Mit meinem Überlebensinstinkt hat alles begonnen. Aber ich bin nicht mehr bereit, mich mit Existieren zufriedenzugeben. Ich brauche mehr als das.

Ich beschleunige meine Schritte. Der Wind peitscht sofort ein bisschen heftiger um mich. Doch ich komme nicht weit.

Sie scheinen aus der Nacht selbst zu bestehen. Die Dunkelheit formt sich und trennt einen Teil von sich ab. Und so taucht ein Schatten nach dem anderen vor mir auf. Ich erkenne ihre Gesichter. Und dann haben sie mich auch schon umzingelt. Ich werfe eine Splittergranate, aber es ist ein schlampiger Wurf. Ich treffe niemanden. Und bevor ich nach der nächsten greifen kann, werde ich grob von hinten gepackt.

Eine Wand presst sich gegen mich. Ich weiß, auch ohne

mich umzudrehen, dass es Cédric ist. Er reißt mich am Haarschopf nach hinten. Einen Schmerzenslaut kann ich nicht unterdrücken, als ich spüre, wie er mir einzelne Haare ausreißt. Meine Arme verschränkt er hinter meinem Rücken.

»Wen haben wir denn hier?«, flüstert er mir ins Ohr. Ich spüre seine spitzen Zähne über meine Haut kratzen. Tief atmet er ein. »Frisches Blut«, säuselt er. »Bastille wird sich freuen.«

Ich versuche mich zu wehren, aber es ist zwecklos. Seiner Kraft habe ich nichts entgegenzusetzen.

Wir betreten die Festung, die sich auf einmal nicht mehr wie ein Zuhause anfühlt.

Nur wenige Sekunden später erreichen wir die Tür, die zur großen Halle führt.

Zwei andere Vampire stoßen sie auf. Die Türen donnern gegen die Wand und ziehen die Aufmerksamkeit aller im Raum auf uns.

Die Halle sieht aus wie immer. Bastille hat nur eine Änderung vorgenommen. Ein Käfig, wie ihn auch die Jäger benutzen, um Vampiren Fallen zu stellen, steht neben dem Sessel, der wie ein Thron aussah, als Gaspard darauf saß, und nun nur noch ein Möbelstück ist, während sich Bastille aufführt, als wäre er unser aller König.

Gaspard wird sich nie wieder dort niederlassen. Erst als ich Bastille dort sehe, kommt die Wahrheit so richtig bei mir an. *Er ist tot.* Und Bastille hat ihn umgebracht.

Ganz von allein bäume ich mich gegen Cédric auf, doch er reißt mir noch mehr Haare aus, was mir Tränen in die Augen treibt.

»Lana.« Nics Hauchen dringt durch alle anderen Gespräche und Rufe.

Er presst seinen Körper gegen die Stäbe der Zelle, als könnte er sie so dazu bringen, doch nachzugeben und ihn hinauszulassen. James ist bei ihm und hat eine Hand auf seine Schulter gelegt. *Sie leben.* Erleichterung will sich trotzdem nicht in mir ausbreiten. *Wie lange noch?*

Ich versuche ihn anzulächeln, doch während Cédric mich festhält, fällt mir das schwer.

Warum bist du zurückgekommen, scheinen Nics Augen zu fragen.

Ich würde es ihm gern beantworten, aber das kann ich nicht, wenn uns so viele Feinde beobachten.

Direkt vor Bastille bleibt Cédric stehen. Er schiebt mich ein bisschen von sich, als würde er seinem Boss ein Geschenk präsentieren. Und in diesem Moment bin ich genau das. Ein Geschenk. Eine Opfergabe. Ein Spielzeug.

»Sieh an, sieh an«, meint Bastille. Er denkt wohl, er sieht lässig aus, wenn er so schräg auf dem Stuhl lehnt und den Kopf auf seine rechte Hand stützt. Doch das tut er nicht.

»Du wirst niemals Gaspard sein«, sage ich zu ihm. »Egal, wie verzweifelt du es auch versuchen magst. Du kannst dich nur lächerlich machen.«

Bastilles selbstgefälliges Grinsen fällt in sich zusammen. Mit langsamen und bedrohlichen Bewegungen erhebt er sich von seinem Sessel, der unter ihm niemals ein Thron sein wird, und nähert sich mir. Mein Körper will instinktiv zurückweichen. Aber der Weg ist mir versperrt. Äußerlich ruhig verharre ich an Ort und Stelle.

Vielleicht wird er sich mein Leben nehmen, meine Furcht wird er niemals bekommen.

»Du wirst es wohl nie lernen, in den richtigen Momenten die Klappe zu halten«, flüstert er direkt vor meinem Gesicht.

»Würde es einen Unterschied machen?«

Ihm entfährt ein Lachen. »Nein.«

»Warum sollte ich es dann tun?«

Er grinst breit. »Ich muss zugeben, Lana Delacroix, ein bisschen werde ich dich vermissen, wenn ich dich umgebracht habe. Mit dir wurde es wenigstens nie langweilig.«

»Bitte tu ihr nichts«, ruft Nic und rüttelt an den Stäben. Hinter ihm und James stehen noch andere Vampire. Es tut gut zu wissen, dass sie sich nicht alle kampflos Bastille untergeordnet haben. Ich hoffe nur, dass ihr Widerstand nicht ihr Ende bedeuten wird.

»Was kriege ich dafür, wenn ich sie verschone?«, fordert er Nic heraus.

»Alles«, erwidert er, ohne zu zögern, obwohl er vermutlich selbst weiß, dass Bastille nur mit ihm spielt.

»Ich will nichts, was du mir geben kannst.«

Ich kann Bastille anhören, wie sehr er dieses Spektakel genießt. Er wendet sich wieder an mich. »Weißt du, was ich mit ihnen vorhabe?«

Ich schüttle den Kopf. Ich habe Angst davor, zu fragen.

»Wir haben den Käfig vor ein großes Fenster gestellt«, erklärt er sehr sachlich. »Und? Weißt du jetzt, was passieren wird, sobald die Sonne aufgeht? Damit hast du doch eigene Erfahrungen gemacht.«

Mir wird übel.

Die Vorhänge sind offen und bewegen sich leicht im Wind, der durch das gekippte Fenster weht. Draußen herrscht beruhigende Dunkelheit. Doch in ein paar Stunden wird sich das ändern. Bastille will sie alle der Sonne überlassen. Bis nichts von ihnen übrig bleibt.

»Ich befürchte, dass wir den Geruch nie ganz aus dem Raum rauskriegen werden«, fährt Bastille fort. »Der Gestank nach verbranntem Fleisch ist hartnäckig. Aber ich bin bereit, das in Kauf zu nehmen.«

Die Vampire rütteln heftiger an den Stäben, als könnten sie dem Käfig mit genug Willenskraft entkommen.

Bastille mustert sie belustigt. »Spart euch die Mühe«, sagt er. »Nur dieser Schlüssel öffnet den Käfig.« Er zieht an einer Kette, die um seinen Hals liegt, und an deren Ende ein Schlüssel baumelt. Unwillkürlich zucke ich nach vorne, als würde ich glauben, ich könnte ihn ihm entreißen. Gerade mal zwei Millimeter weit komme ich.

Bastille schüttelt tadelnd den Kopf und lässt den Schlüssel wieder unter seinem Hemd verschwinden. »Du denkst doch nicht, dass es so einfach wird, oder?«, fragt er mich. »Deine Freunde werden sterben und du kannst nichts daran ändern.«

Ich will mich gegen die Erinnerungen wehren, aber sofort habe ich Nic wieder vor Augen, wie er langsam verbrennt, höre wieder seine markerschütternden Schreie. Tränen treten in meine Augen und ich blinzle sie panisch weg, obwohl es keinen Unterschied macht, ob ich nun weine oder nicht. Das wird an dieser Situation nichts ändern.

»Was hattest du vor, als du heute zur Festung gekommen bist?«, fragt Bastille. Er geht vor mir in die Knie und zieht erst einen Holzpfahl aus dem einen Stiefel und dann einen weiteren aus dem anderen. Die Granaten löst er von meinem Gürtel. Alles übergibt er einem seiner Anhänger. »Hast du wirklich geglaubt, dass du dich mir mit diesen Spielzeugen stellen könntest?«

»Ich bin hier, um einen Frieden mit den Jägern auszuhandeln«, sage ich.

»Frieden?« Er schüttelt den Kopf. »Ich hätte dich für klüger gehalten.«

»Du weißt, wozu das Gas in der Lage ist. Du hast es selbst verwendet. Denkst du, du kannst dem etwas entgegensetzen?«

»Ich weiß, was dieses Gas kann«, sagt er. Ich wünschte, ich

könnte ihm dieses elendige Grinsen aus dem Gesicht schlagen. »Es ist sehr praktisch.«

»Bis sie es gegen dich einsetzen. Sie müssen nur einen Vampir in die Finger kriegen. Nur einen. Und das wird früher oder später passieren.«

»Ich setze auf später«, erwidert er. »Davor werden wir die Jäger vernichtet haben.«

»Du willst die Zentrale angreifen?«, frage ich fassungslos.

»Erst werden wir unsere Reihen verstärken. Du weißt selbst, was passiert, wenn man neue Vampire frischem Blutgeruch aussetzt.« Mit einem tiefen Atemzug saugt er meinen Geruch ein. Es fühlt sich auf eine ekelhafte Weise intim an, wie er meine Haare beiseiteschiebt, um sein Gesicht an meine Halsschlagader zu pressen. Seine Nasenspitze streift meine Haut und ich erschaudere. Er hat mich kaum berührt und es widert mich bereits an. »Der Geruch der Jäger wird sie aufputschen. Und ich habe im Gegensatz zu deinen Freunden kein Interesse daran, diese Kraft zu zügeln.«

Ein Blutbad. Ich sehe es deutlich vor mir. Auch er würde seine eigenen Anhänger ohne zu zögern opfern, um zu bekommen, was er will. Mein Vater und er sind sich ähnlicher, als sie jemals zugeben würden.

»Eigentlich hast du es verdient, das alles mitzuerleben«, überlegt er laut. »Ich sollte dich zwingen, deinen Freunden beim Verbrennen zuzusehen, und durch die Zentrale zu laufen, nachdem ich deine Familie abgeschlachtet habe.«

Panik greift nach mir. Sie hat mehrere Hände und sie zerren alle gleichzeitig an mir.

Bastille bedeutet Cédric, mich loszulassen. Doch bevor ich etwas unternehmen kann, hat er mich schon gepackt.

»Das klingt nach einer gerechten Strafe.«

Mein Herz donnert immer heftiger gegen meine Brust.

Bastille atmet wieder genüsslich ein, als würde mein Puls meinen Blutgeruch noch verstärken.

»Ich sollte all das tun. Aber ich bin hungrig, du riechst unfassbar gut. Und ich habe dir schließlich ein Versprechen gegeben. Erinnerst du dich daran?«

Mein Herz schlägt in meinem Hals und scheint sich auf meine Zunge zu legen, als ich den Mund öffne. »Du hast versprochen, mich bis auf den letzten Blutstropfen auszusaugen.«

»Ganz richtig und was wäre ich für ein Anführer, wenn ich meine Versprechen nicht halten würde?«

Mit Schwung dreht er mich um, damit wir nun beide in den Raum hineinsehen. Alle Vampire starren mich an. Oder ihn. Das kann ich nicht genau sagen, da sich unsere Gesichter so nah sind.

Wieder spüre ich seine Nasenspitze, während sie fast schon sanft über meine Halsschlagader streicht. In diesem Moment wirkt es auf schräge Weise liebevoll und das macht die Übelkeit, die in mir aufsteigt, nur noch schlimmer.

»Lass sie los!«, schreit Nic aus voller Kehle, als Bastille meine Haare zur Seite streicht, damit ihm nicht eine einzelne Strähne im Weg ist.

»Lass sie los, du Schwein! Ich schwöre dir ...«

»Was schwörst du mir?«, fragt Bastille belustigt. »Du kannst nichts mehr tun, Nicolas. Du bist geschlagen.«

Nur Gaspard hat ihn Nicolas genannt. Es steht ihm nicht zu, es zu tun. Er wird niemals seinen Platz einnehmen.

Ich zwinge mich, ruhig zu atmen und stillzuhalten. Zappeln wird mir nicht helfen.

»Noch irgendwelche letzten Worte?«, haucht Bastille. Sein heißer Atem streift mein Ohr. Ich spüre seinen Körper hinter mir. Die leichte Erhebung an seiner Brust, wo er den Schlüssel um den Hals trägt. Seine rechte Hand, die sich gegen meinen

Bauch presst. Seine linke Hand, die meinen Kopf leicht zur Seite neigt. Ich spüre seinen Blutdurst genauso deutlich wie alles andere, als würde er mich ebenfalls berühren.

Und ich spüre meine eigene Angst, die mein Blut noch verzweifelter durch meinen Körper pumpt.

Trotz alledem bleibe ich ruhig.

»Hast du denn welche?«, erwidere ich.

Bastille lacht. »Schlagfertig bis zum Ende. Das muss man dir lassen.«

Und dann schlägt er seine Zähne in mein Fleisch.

43. Kapitel

Mein Schrei bleibt mir im Hals stecken. Der Schmerz ist allumfassend. Und dann konzentriert sich alles auf die zwei Einstichstellen an meinem Hals. Sie pochen. Sie pulsieren. Ich kann mich nicht rühren, aber ich kann wenigstens wieder atmen.

Kurz glaube ich, dass ich so mein Ende finden werde. Sybilles mahnende Worte hallen in meinem Ohr wider.

Bastille saugt zweimal sehr tief an mir. Ich spüre, wie sich mein Blut durch meinen Körper bewegt. Ich spüre die Strömungen, die mich aufrechthalten. Er zwingt die Ebbe, zur Flut zu werden.

Und das rächt sich.

Sein Griff um meinen Körper lockert sich. Erst leicht. Dann fällt seine rechte Hand, die gerade noch um meinen Körper lag, herunter. Seine Zähne lösen sich von meinem Hals und reißen ihn ein bisschen weiter auf. Warmes Blut rinnt über meine Haut.

Ich wirbele zu ihm herum. Er schwankt nach hinten. Seine Augen sind weit aufgerissen. Sie fixieren mich, als könnte ihm das Halt geben. Doch es funktioniert nicht.

Er macht noch einen Schritt nach hinten. Dann sackt er in sich zusammen. Und ich kann deutlich hören, in welcher Sekunde sein Herz aufhört zu schlagen.

Niemand rührt sich. Für einen kurzen Moment scheint die Zeit stillzustehen, während alle geschockt nach vorne starren, ohne zu verstehen, was passiert ist.

Nur ich verstehe es. Weil mein Plan tatsächlich aufgegangen ist.

Ich sinke neben Bastilles totem Körper auf die Knie und ziehe den Schlüssel unter dem Hemd hervor.

»Ich habe darauf gesetzt, dass du dein Versprechen einlösen würdest«, flüstere ich.

Mit wackligen Beinen stehe ich wieder auf und greife mit noch leicht zitternden Fingern nach der Wunde an meinem Hals. Wäre ich noch ein Mensch, wäre ich verblutet.

Aber ich bin kein Mensch mehr.

»Du willst dein Leben so leichtsinnig aufs Spiel setzen?« Sybilles Stimme schraubt sich ein paar Oktaven höher. »Was ist, wenn er spontan beschließt, dass ihm vierteilen mehr Spaß machen würde?«

»Dann werden wir wohl herausfinden, ob ein Vampir das überleben kann.«

Oder eben ein Vampir in der Verwandlung.

Dort, wo Nics Bissspuren an meinem Handgelenk verblasst sind, schimmern nun neue. Dort hat Sybille mich erneut gezeichnet. Nur unter Protest, versteht sich. Schließlich konnten wir nicht wissen, ob es ein zweites Mal funktionieren würde, nun, da ich die Heilung genommen habe. Aber als ich von meinem Plan nicht abzubringen war, hat sie sich gefügt.

»Eigentlich verdanke ich die Idee meinem Vater«, erkläre ich ihr, nachdem sie mich gebissen hat. »Vampirblut gegen Vampire einzusetzen, ist genial.«

Sie starrt mich nur eine Weile an.

»Rieche ich noch menschlich?«

»Ja.« Sie nickt langsam und bedächtig. »Aber der Geruch nach menschlichem Blut wird irgendwann verschwinden.«

»Dann sollte ich direkt aufbrechen.«

Nur zehn Minuten später habe ich die Zentrale hinter mir gelassen.

Ich atme heftig, während die aufgerissene Haut an meinem Hals versucht zusammenzuwachsen. Ich bin kein Mensch mehr, aber auch noch kein vollwertiger Vampir. Während mich Bastilles Anhänger fassungslos anstarren, bin ich mir meiner angeschlagenen, sich nach Blut sehnenden Verfassung sehr bewusst.

Ich weiß, dass sie ebenfalls hören konnten, wie das Herz ihres Anführers für immer verstummt ist. Doch sie brauchen noch zwei Atemzüge, um ihren Schock zu verarbeiten.

Cédric ist der Erste, der sich fängt.

Er deutet auf mich. Tränen lösen sich aus seinen Augenwinkeln und obwohl er zwei Meter groß ist, wirkt er wie ein trauernder Junge, der seinen Vater verloren hat. Dann verzieht sich sein Gesicht schon fast grotesk vor Wut. »Schnappt sie euch!«, brüllt er aus voller Kehle.

Ich will den Schlüssel zu Nic herüberwerfen, doch ich habe keine Zeit dafür, weil ich Cédric ausweichen muss.

Beim ersten Mal schaffe ich es. Ich sprinte zu dem Vampir, dem Bastille meine Waffen überreicht hat. Einen Pfahl bekomme ich zu fassen, da werde ich auch schon am Fuß gepackt und nach hinten gerissen.

Mein Kopf schlägt auf dem Boden auf. Sofort fühle ich mich wie betäubt. Irgendwie habe ich es geschafft, den Pfahl und den Schlüssel umklammert zu halten.

Cédric dreht mich auf den Rücken und ich ramme ihm den Pfahl entgegen. Er schreit auf und seine Hände lösen sich von mir. Ich sehe kaum etwas und rolle mich blindlings zur Seite. Nur weg von ihm.

Ich komme auf die Beine, blinzle. Mein Blick klärt sich ein

bisschen auf. Ich habe Cédric im Bauch getroffen und einer seiner Freunde zieht den Pfahl heraus. Cédric fixiert mich. Er springt.

Doch er erreicht mich nie.

Etwas saust an mir vorbei, trifft ihn und fliegt mehrere Meter weiter. Ich starre hinüber. Es dauert einen Moment, bis sich die verknoteten Gliedmaßen genug voneinander lösen, dass ich die Person erkenne, die ihn angegriffen hat.

Cédric steht mit schockgeweiteten Augen da. Er rührt sich nicht. Dann dringt eine Hand aus seinem Brustkorb. Sie ist blutverschmiert. Sie hält inne, als würde sie tatsächlich dort hingehören. Dann verschwindet sie wieder in seinem Körper. Ein nasses Geräusch ertönt, von dem ich mir sicher bin, dass ich es in meinen zukünftigen Albträumen hören werde.

Cédrics toter Körper fällt zur Seite und gibt den Blick auf eine kleine, von einem zu langen Leben ausgebleichte Person frei. *Edna.* Sie trägt wie immer ein schlichtes schwarzes Kleid. Ihre weißen Haare wehen hinter ihrem Kopf.

»Das war für Gaspard, du elender Speichellecker«, spuckt sie aus. Sie hält Cédrics Herz in der Hand. Noch einmal pumpt es. Dann verstummt es und Edna lässt es achtlos auf den Boden fallen.

»Worauf wartest du, kleine Vampirjägerin?«, fragt sie mich. »Mach dich nützlich.«

Chaos bricht aus. Ein paar Vampire wollen sich auf Edna stürzen, doch sie ist zu schnell. Ich habe sie für zerbrechlich gehalten. Ich hätte wissen müssen, dass Vampirinnen nicht unter Osteoporose leiden.

»Lana!« Sybille taucht neben mir auf. Sie drückt mir eine Blutkonserve und meine Armbrust in die Hand. Die Tür zur Halle steht offen. Sie muss mit Edna eingetroffen sein. Ein paar junge Jäger strömen in den Raum und halten ihre Armbrüste und Holzpfähle im Anschlag. Ich wusste, dass sie mir folgen würden. Sie haben sich alle gemeldet, als ich sie vor einigen Stunden um Hilfe gebeten und von meinem Plan erzählt habe. Trotzdem brauche ich eine Sekunde, um zu realisieren, dass sie tatsächlich alle hier sind. Erleichterung rollt über mich hinweg wie eine Welle. Am liebsten würde ich in Tränen ausbrechen.

»Sie sind wirklich gekommen«, hauche ich fast schon ehrfürchtig.

»Der Schlüssel«, fordert Sybille.

Richtig. Keine Zeit, sentimental zu werden.

Ich reiche ihn Sybille. Sie rennt sofort zum Käfig.

Bevor ich irgendwas anderes tue, setze ich die Konserve an die Lippen. Als der erste Tropfen Blut meine Zunge benetzt, schnellen meine Eckzähne aus meinem Kiefer. Energie erfüllt meinen ganzen Körper. Die Wunde am Hals schließt sich. Meine Sinne spitzen sich. Die Nacht spricht wieder mit mir.

Ich werfe die leere Konserve zur Seite und setze die Armbrust an.

Es ist Monate her, dass ich sie in der Hand gehalten habe. Bei meinem Einsatz im Lafayette hatte ich sie nicht dabei. Und vielleicht wäre ich nie ein Vampir geworden, hätte ich mit ihr gekämpft, weil sie mich fast unbesiegbar gemacht hat. Aber nur fast. Und den Unterschied zwischen fast unbesiegbar und wirklich unbesiegbar habe ich früher nicht verstanden. Jetzt tue ich es. Weswegen ich noch stärker bin als damals.

Ich lege einen Holzpfahl an, ziele und feuere. Einer der Vampire wollte sich gerade auf Leon werfen. Ich treffe ihn im Bauch und er geht keuchend zu Boden.

Leons Blick zuckt zu mir herüber und er lächelt mich an, wie er es bei unseren Missionen immer getan hat. Doch das hier ist keine Mission. Er ist so viel wichtiger als das. Und wir kämpfen nicht mehr gegen Gegner, die wir fälschlicherweise für Monster gehalten haben. Wir kämpfen füreinander. Für unsere Zukunft. Für den Frieden, den Gaspard sich jahrhundertelang gewünscht hat.

Ich bin genauso treffsicher wie früher. Aber ich schieße nicht mehr, um Vampire umzubringen. Ich ziele auf die Bäuche, Arme und Beine der Vampire, die meine Freunde angreifen wollen. Meine Pfähle sollen sie aufhalten, nicht töten.

Mein ganzes Leben lang war ich eine Kämpferin. Jetzt weiß ich auch, wie man keine ist.

Als sich Nic, James und die anderen Vampire aus dem Käfig dem Kampf anschließen, ist er eigentlich schon entschieden. Bastilles Anhänger haben keinen Anführer mehr. Einige verschwinden durch das geöffnete Fenster in die finstere Nacht. Ein paar kämpfen, sind aber in der Unterzahl. Die meisten Vampire greifen nicht in den Kampf ein.

»Es reicht.« Ednas Stimme durchschneidet den Lärm.

Und der Kampf erstirbt. Selbst die, die getroffen wurden, trauen sich kaum noch, gequält zu stöhnen, während Ednas bohrender Blick über die Menge gleitet.

»Ich möchte die nächsten hundert Jahre nicht gestört werden. Habt ihr das verstanden?«

Ich warte fast darauf, dass wir alle »Ja, Edna« sagen wie eine Schulklasse zu ihrer Lehrerin.

Wir schweigen. Edna nickt zufrieden und wischt ihre blutverschmierte Hand an dem weißen Hemd des Vampirs ab, der ihr am nächsten steht. Beschweren tut er sich natürlich nicht.

Sie sieht mich noch einmal an. Dann wirft sie mir etwas zu. Ich lasse die Armbrust fallen, um es zu fangen. Es ist die Fassung von Gaspards Ring.

»Er würde wollen, dass du ihn trägst, kleine Vampirjägerin«, sagt sie und ich bin mir sicher, dass sie mich immer so nennen wird, egal, wie alt ich werde und wie viele Jahrhunderte mein Leben als Mensch auch her sein mag.

»Danke«, kriege ich hervor.

Sie winkt ab. »Ich habe es nicht für dich getan, sondern für meinen Freund.« Damit wendet sie sich ab und lässt uns alle zurück.

Ich schiebe mir den Ring an den Finger und atme sehr tief durch. Außer Cédric und Bastille ist niemand gestorben. Leon, Zoe und zehn weitere junge Jäger haben mit uns gekämpft. Und mehr als eine Schramme hat keiner von ihnen davongetragen.

Hektisch sucht mein Blick die Halle ab, bis ich endlich Nic entdecke. Er ist unversehrt. Er steht neben James und sieht mich einfach nur an.

Ich denke nicht nach. Ich renne auf ihn zu und er öffnet die Arme, als ich mit voller Wucht gegen ihn pralle.

Er drückt mich so verzweifelt an sich, als wäre ich gerade vor seinen Augen gestorben. Ich schlinge beide Arme um seinen Hals und beide Beine um seine Hüfte und klammere mich an ihm fest.

»Mach das nie wieder«, ermahnt er mich. Und mir entfährt ein ersticktes Lachen, weil er das nicht zum ersten Mal zu mir sagt. Wieder kann ich ihm nichts versprechen. Ich habe keine Ahnung, was das Leben noch für uns bereithalten wird.

»Ich hoffe, es wird nie wieder nötig sein«, sage ich also.

Er lacht auch, und es vibriert in meinem ganzen Körper, und ich höre wieder seinen Herzschlag, und fühle wieder, welche seiner Fingerspitzen die rauste ist. Um mich herum flüstert ganz Paris, und ich atme die Nacht ein und wieder aus, wiedervereint mit meinen beiden großen Lieben.

Ich bin wieder ein Vampir. Und es fühlt sich nicht wie ein Verlust an, sondern wie der Beginn von etwas ganz Neuem.

44. KAPITEL

Die Miene meines Vaters ist unlesbar, während er vor allen Jägern meine Hand schüttelt.

Verflucht er sich gerade, weil er den Vertrag nicht in den Kamin geworfen hat? Vielleicht. Zum Glück legt er sehr viel Wert auf seine blütenreine Ehre. Würde er den Vertrag, den er selbst unterzeichnet hat, missachten, würde das seine Ehre besudeln. Und das würde er nicht überleben. Sie ist eine der wenigen Dinge, die ihm noch geblieben sind.

James, Sybille und Nic sind mit mir zur Zentrale gekommen. Wie vielen Jägern juckt es jetzt wohl in den Fingern, nach ihren Holzpfählen zu greifen und uns umzubringen? Alte Gewohnheiten lassen sich schließlich nicht so leicht ablegen.

Aber nichts passiert. Kein Kampf bricht aus. Niemand schreit Beleidigungen zu uns herüber. Hasserfüllte Blicke treffen uns aus manchen Richtungen, können uns zum Glück jedoch nichts anhaben.

»Der Frieden zwischen Jägern und Vampiren ist hiermit offiziell«, sagt mein Vater mit einem so neutralen Tonfall, dass ich nicht feststellen kann, was in ihm vorgeht.

Zoe und Leon und die anderen jungen Jäger, die uns geholfen haben, stehen auf und klatschen. Ich lächle sie dankbar an. Dieser Frieden ist sehr instabil. Das wissen wir alle. Der kleinste Regelbruch könnte ihn ins Wanken bringen. Aber wenn ich die nächste Generation der Jäger ansehe, die Menschen, an deren Seite ich aufgewachsen bin, habe ich Hoffnung für die Zukunft. Und solange ich die habe, werde ich nicht verzweifeln.

»Danke«, sage ich zu meinem Vater.

Er nickt nur und lässt meine Hand los.

Meine Mutter steht hinter ihm. Sie lächelt mich an. Trotzdem hat sie mich nicht so selbstverständlich in den Arm genommen, wie sie es getan hat, als ich als Mensch zurückgekehrt war. Das tut ein bisschen weh. Als sie eine Hand auf meine Schulter legt, glaube ich dennoch, dass wir irgendwie wieder zueinanderfinden können. Und das, obwohl meine Eckzähne wieder lang sind und ich unsterblich bin.

»Wir sollten uns auf den Weg machen«, meint Sybille und wendet sich zum Gehen. »Wir wollen die Gastfreundschaft der Jäger nicht überstrapazieren.«

James grinst und bietet ihr galant seinen Arm an, den sie ergreift.

Sie sind nun die offiziellen Anführer der Pariser Vampire. Als ich ihnen erzählt habe, dass Gaspard zu mir gesagt hat, sie seien perfekt für diesen Posten geeignet, haben beide geweint. Das war der Moment, in dem unsere Trauer über uns geschwappt ist. Wir haben uns alle gehalten und geweint und getrauert. Es gibt kein Grab, zu dem wir gehen können, um Gaspards zu gedenken. Bastille hat seine Leiche irgendwo verschwinden lassen und dieses Geheimnis mit ins Grab genommen.

Wenn ich an Gaspard denken will, gehe ich in die Bibliothek. Dort fühle ich mich ihm sowieso viel näher, als ich es auf irgendeinem Friedhof getan hätte.

Nic ergreift meine Hand und wir laufen durch den Versammlungsraum der Jäger. Hier habe ich meinen Schwur als Erbin abgelegt. Hier hätte mein Leben enden sollen. Ich bin froh, dass wir an diesem Ort den Frieden feiern konnten.

Während wir Richtung Ausgang gehen, sehe ich mich sehr bewusst um. Dies war vermutlich das letzte Mal, dass ich hier war. Es fühlt sich bittersüß an. Es ist nicht mehr mein Zuhause, aber ein Teil meines Herzens wird immer hierher gehören.

Mein Vater ist der letzte Delacroix, der jemals die Pariser Jäger anführen wird. Ich hoffe, dass die nächste Familie, die die Rolle übernimmt, ein anderes Vermächtnis zurücklassen wird als meine Vorfahren.

»Lana.« Gerade da wir die Tür erreichen, hält mich die Stimme meines Vaters zurück.

Ich drehe mich zu ihm um. Er steht ein bisschen verloren mitten im Eingangsbereich und sieht mich einfach nur an. Hinter ihm flackert das Feuer im Kamin. Diesen Anblick werde ich tatsächlich vermissen.

»Ja?«

Er hat mich schon einmal so angesehen. Kurz bevor ich zur Festung aufgebrochen bin, ohne zu wissen, ob ich sie lebend wieder verlassen würde. Damals war er zu feige, mir zu sagen, was seine Augen leicht glasig gemacht hat.

Ich halte inne und denke schon, dass es umsonst ist. Da räuspert er sich.

»Du bist tapfer.«

Irgendwas in mir bricht. Ich glaube, dass es brechen musste, um richtig wieder zusammenwachsen zu können.

»Also verdiene ich die grünen Augen?«, frage ich mit belegter Stimme.

»Natürlich«, erwidert er, als hätte er das nie infrage gestellt.

Wir schweigen. Vermutlich werden wir nach heute nie wieder etwas zueinander sagen. Und obwohl das wehtut, ist es irgendwie in Ordnung, weil wir gute letzte Worte gewählt haben.

Ich weine, als ich meinen Vater noch einmal genauso aufmerksam betrachte, wie ich es mit der ganzen Zentrale getan habe. Dann wende ich mich von diesem Gebäude, meinem Vater und meiner Vergangenheit ab. Ich werde nicht zurückblicken.

✤

Ich stehe auf einem Dach und starre hinunter in die Brandung der Stadt. Der Ozean brüllt. Er bäumt sich auf. Er ist machtvoll, unergründlich und unbesiegbar.

Dass Nic hinter mir steht, spüre ich, lange bevor er mich anspricht.

Einen Moment lassen wir uns von der Nacht bezirzen. Wir lauschen den Sirenenliedern und verlieren uns in ihnen.

»Gaspard hat Jahrhunderte für diesen Frieden gekämpft«, sagt Nic schließlich und hindert mich daran, in meinen eigenen Sinnen unterzugehen. »Und hat ihn nie miterlebt.«

Der Gedanke quält mich auch schon seit Tagen.

»Vielleicht weiß er es irgendwie«, flüstere ich, während ich die Fassung des Rings nachfahre, in der einst die Heilung geruht hat.

»Ich hoffe es«, meint Nic. Er macht einen Schritt nach vorn, bis er direkt neben mir steht. Seine Hand umschlingt meine. Diese winzige Geste bringt mich immer zum Lächeln. So auch jetzt, obwohl mein Herz voller Trauer ist.

Sein Zeigefinger fährt zärtlich über die Bissspuren, die nicht mehr seine, sondern Sybilles sind. Ich hatte sie gebeten, mich genau dort zu beißen. Alles andere hätte sich falsch angefühlt.

»Du musstest deine Entscheidung nun doch nicht treffen«, setzt er an. Ich weiß sofort, was er meint. Wir hatten noch keine Zeit, darüber zu reden, ob ich ohne Bastilles Putsch bei den Jägern geblieben wäre, um sie eines Tages anzuführen, wie Gaspard es ursprünglich geplant hatte.

»Nic«, beginne ich, doch er schüttelt kaum merklich den Kopf.

»Du musst es nicht erklären. Ich weiß, was du getan hättest.«

»Bist du wütend?«

»Nein«, sagt er sofort und ohne Zögern. »Ich liebe dich, weil du so bist, wie du bist. Dass du diese Entscheidung zum Wohle aller getroffen hättest, gehört zu dir.«

Ich lehne meinen Kopf an seine Schulter. »Ich wollte mein Leben nicht ohne dich führen.«

»Das weiß ich«, erwidert Nic. »Aber du hättest es getan, wenn du so einen Frieden zwischen Jägern und Vampiren hättest herstellen können.«

»Ja«, gebe ich zu.

»Ich bin froh, dass du das nicht tun musstest. Trotzdem hätte ich es verstanden.«

»Ja?«

»Also vermutlich nicht sofort.«

Ich lache auf und schmiege mich noch ein bisschen mehr an ihn. »Verständlich.«

Wir atmen gemeinsam, unsere Herzen schlagen im selben Takt. Wir sind zusammen.

»Du bist wieder zum Vampir geworden, um uns zu retten. Es gibt keine Heilung mehr. Trauerst du deinem Leben als Mensch nach?«

»Ein bisschen«, meine ich, nachdem ich kurz darüber nachgedacht habe. »Ich habe auch um mein Leben als Vampir getrauert, nachdem ich die Heilung genommen hatte. Wenn man eine Entscheidung trifft, trauert man wohl immer der nach, gegen die man sich entschieden hat.«

»Sehr weise. Darüber solltest du ein Buch schreiben«, scherzt Nic.

Ich muss an Gaspard und unsere philosophische Abhandlung denken, die wir niemals zusammen verfassen werden. Mein Herz tut wieder weh. Dieser Schmerz wird mich wohl noch eine Weile begleiten. Doch das ist in Ordnung. Er ist eine dieser Narben, die die letzten Monate auf meiner Seele hinterlassen haben, die nicht so gut verheilt wie mein Körper.

»Ich will Gaspards Bibliothek erhalten«, sage ich unvermittelt. »Das wird meine Aufgabe sein.« Der Schmerz lässt ein bisschen nach, während dieser Plan in meinem Kopf reift. »Ich weiß, was falsche Informationen anrichten können. Mir wurden Lügen erzählt und deswegen habe ich große Fehler begangen. Wenn ich helfe, die Wahrheit zu erhalten, dann hat meine Existenz einen Grund, eine Aufgabe.«

»Eine Mission?«, fragt Nic neckend. »Ein Teil von dir wird wohl immer eine Jägerin bleiben.« Zum ersten Mal sagt er es nicht so, als wäre es was Schlechtes. Er hat diesen Teil von mir angenommen und ich habe dasselbe getan.

»Ich werde immer nach einer Bedeutung in meinem Leben suchen.«

Nic küsst mich, als wäre das wieder einer der Gründe, warum er mich liebt.

Wir sehen uns tief in die Augen, und versprechen uns ganz ohne Worte, dass wir zueinandergehören.

Und ein Spruch, der für mich seine Bedeutung verloren hatte, erhält in diesem Moment eine neue, eine schönere.

Von heute bis in alle Ewigkeit.

Danksagung

Dieses Buch hat mich über drei Jahre begleitet. Ich habe die ersten Kapitel geschrieben, bevor ich mein Debüt veröffentlicht habe. Seitdem mir Lanas Geschichte eingefallen ist, hat sich mein Leben grundlegend verändert – mehrmals. Aber immer wieder nach Monaten Pause an diesem Buch zu arbeiten, hat mir jedes Mal wieder so unglaublich viel Spaß gemacht. Dies ist das Buch, das ich von allen am liebsten geschrieben habe.

Ich danke Luisa, Jouli und Stefanie. Ohne euch hätte ich die Geschichte nie fertig geschrieben. Danke, dass ihr mir die Chance gegeben habt!

Danke an meine Kolleginnen und Testleserinnern. Schreiben wäre so viel anstrengender und würde nur halb so viel Spaß machen ohne euch. Danke, dass ich diesen Weg mit euch gehen kann.

Und ich danke vor allem meinen Freunden und meiner Familie und meinen Freunden, die wie Familie sind. Ihr habt mich in den letzten Jahren unterstützt, habt mir zugehört und mich begleitet. Ohne euch ergibt nichts Sinn. Nicht einmal Worte. Danke für alles!

Content Note

Blut
physische und psychische Gewalt
Tod/Verlust

Schaper, Fam
Where Blood Reigns
ISBN 978-3-522-50834-6

Umschlaggestaltung: Emily Bähr
unter Verwendung von Bildern von Shutterstock.com:
© joreks/ sergio34/ VolodymyrSanych und Freepik © Freepik/ escapejaja
Reproduktion: DIGIZWO Kessler + Kienzle GbR, Stuttgart
Druck und Bindung: CPI buchbücher.de GmbH

© 2024 Loomlight
in der Thienemann-Esslinger Verlag GmbH, Stuttgart
3. Auflage 2024
Alle Rechte vorbehalten.

Wir behalten uns die Nutzung unserer Inhalte für Text und Data
Mining im Sinne von § 44 UrhG ausdrücklich vor.